文化生活译丛

Culture & Life

一个女子恋爱的时候

韬奋译述点评爱情小说三种

［美］葛露妩斯 等著

邹韬奋 译述

生活·讀書·新知 三联书店

Simplified Chinese Copyright © 2018 by SDX Joint Publishing Company.
All Rights Reserved.
本作品中文简体版权由生活·读书·新知三联书店所有。
未经许可，不得翻印。

图书在版编目（CIP）数据

一个女子恋爱的时候：韬奋译述点评爱情小说三种／（美）葛露妩斯等著；邹韬奋译述．—北京：生活·读书·新知三联书店，2018.1
（文化生活译丛）
ISBN 978-7-108-05595-8

Ⅰ.①一⋯ Ⅱ.①邹⋯ Ⅲ.①言情小说－小说评论－世界 Ⅳ.①I106.4

中国版本图书馆CIP数据核字（2015）第284791号

责任编辑	徐国强
装帧设计	康　健
责任印制	徐　方
出版发行	生活·讀書·新知三联书店
	（北京市东城区美术馆东街22号 100010）
网　　址	www.sdxjpc.com
经　　销	新华书店
印　　刷	北京隆昌伟业印刷有限公司
版　　次	2018年1月北京第1版
	2018年1月北京第1次印刷
开　　本	880毫米×1230毫米 1/32 印张 17.25
字　　数	320千字
印　　数	0,001-4,000册
定　　价	48.00元

（印装查询：01064002715；邮购查询：01084010542）

目　录

i　　编者按语

1　　一位美国人嫁与一位中国人的自述
　　　［美］麦葛莱　著

135　一位英国女士与孙先生的婚姻
　　　［美］露易斯·乔丹·米恩　著

299　一个女子恋爱的时候
　　　［美］葛露妩斯　著

编者按语

邹韬奋先生（1895—1944）不仅是一位杰出的出版家、第一流的记者和编辑、一位笔耕不辍的作家，还是一位优秀的翻译家，他的事迹被收入了《中国翻译家辞典》（中国对外翻译出版公司1988年版）。根据韬奋先生的自述，他的文字发表生涯正是从翻译开始的，早在他读初中时，便从英文杂志上翻译一些文章投寄给《申报·自由谈》发表。在20世纪20年代初，他曾在中华职业教育社正式从事过翻译工作，出版过编译的"职业教育丛刊"。他一生中翻译出版的书共有十多种，其中最著名的译作当属《革命文豪高尔基》，鲁迅在出版前看到《生活》周刊上的广告，便主动写信给邹韬奋，称"这是给中国青年的很好的赠品"。

相比于邹韬奋一生以时势政论为主流的宏大激扬的文字，本书所选的这三篇爱情小说可谓自成一道风景。

这三篇小说先后连载于《生活》周刊上。《生活》周刊创办于1925年10月11日，次年10月由邹韬奋接任刊物主编，直至刊物被迫于1933年12月停办为止。作为关注都市通俗文化生活的杂志，刊物围绕青年男女社交公开等问题刊发了大量文章。这些文章在表示赞同的同时，指出了社会过渡时期男女社交公开所带来的危险和流弊，并提出了相应的建议。这三篇小说自然是其中的主打文章，环环紧扣的故事情节也成为刊物最好的宣传品。译者邹韬奋配上大量的"译余闲谈"，结合国情和社会风气，对故事情节进行点评，同时积极为青年男女介绍恋爱攻略。

《一位美国人嫁与一位中国人的自述》曾在《生活》周刊 1927 年 2 月 27 日（第 2 卷第 17 期）至 12 月 25 日（第 3 卷第 8 期）刊出。1928 年 6 月，由生活周刊社出版单行本，署名"邹恩润译述"，并标为"生活周刊丛书"第一种。书中的男主人公梁章卿的原型就是邹韬奋在南洋公学（交通大学前身）中院（相当于中学）二年级念书时的英文老师黄添福。对于邹韬奋来说，黄老师的教导使他终生受益匪浅，并在《经历》一文中专门回忆了这位老师。这位黄先生旅居美国多年，是密歇根大学的法学学士，英文流利畅达，口音纯正。小说中介绍，梁章卿"一方面在上海一个规模最大的大学里面教授高等英文，兼任别校的国际公法讲习，同时执行律师职务"，后来他又曾去北京，在政府中任职。

《一位英国女士与孙先生的婚姻》曾在《生活》周刊 1928 年 1 月 1 日（第 3 卷第 9 期）至 1929 年 4 月 28 日（第 4 卷第 22 期）刊出。1929 年 12 月，由生活周刊社出版单行本，署名"邹恩润译述"。此书为姚颂馨先生看到《自述》的连载后推荐给邹韬奋继续翻译的。姚颂馨 1924 年毕业于伊利诺伊大学铁路机械科，供职于中华职业学校，并曾短暂担任过校长，因而与邹韬奋过从甚密。此书原名为 *Mr. and Mrs. Sen*，1923 年美国 A. L. Burt 出版公司首版。作者为路易丝·乔丹·米恩（Louise Jordan Miln，1864—1933），米恩1864年出生于美国伊利诺伊州，孩提时代曾拜访过居住在旧金山的亲戚，有机会接触到那里的唐人街。19世纪末，她以演员的身份和同为演员的丈夫乔治·克赖顿（George Crichton）一起来到中国，她把自己的这些经历都记录在《一个西方艺人的东方印象》（南京出版社2009年4月中译本）一书中。后来，她转而学习东方文化，成了东方文化的崇拜者。米恩至少有13部关于中国的作品出版。她的主要作品出现在赛珍珠的名作之前，以一种唯美的笔调描述了中国的风土人情，为西方读者认识中国打开了视野，在美国一度极为风行。

《一个女子恋爱的时候》曾在《生活》周刊1929年5月5日（第4卷第23期）至1931年6月20日（第6卷第26期）刊出，另有附录《迎来送往》刊登在第27期上，阐发了作者对此书的看法，并讲明自下期起将刊登甘地的自述。1929年12月，生活周刊社出版此书的单行本，署名"笑世译述"。此书原名 *When A Girl Loves*，1928年美国Grosset & Dunlap公司首次出版。作者露丝·杜威·格罗夫斯（Ruth Dewey Groves）（邹韬奋译为葛露妩斯），是一位情感女作家，写过不少小说。

邹韬奋的翻译文字读起来很舒服，即使现在读也毫无佶屈聱牙之感。关于韬奋先生在翻译上的见解，幸好有艾伟先生的辑录留给后人。艾氏曾经发出上百份翻译问卷，但只收回了十四份，其中便包括一份作答认真、署名邹恩润的问卷。艾氏整理后，在1929年的《中央大学半月刊》第1卷第2期上发表了《译学问题商榷》一文，其中引用了邹韬奋很多在今天看来仍然不失其意义的见解，譬如："鄙意以为译书之最大要素在使看的人懂，而且觉得畅快舒服，若使人看了头痛或糊里糊涂，不但不足劝人看书，反而使人懒于看书。"值得注意的是，韬奋先生这些翻译体会背后最大的实践支持，无疑是当时他忙得焦头烂额之余仍在坚持翻译的爱情小说。

这三篇小说中，前两篇的主题都是中外的跨国婚姻，而且是以中国男青年作为主导的婚姻，这种选择无疑会给中国青年莫大的自信感。但遗憾的是，这两个故事都以男性英年早逝而收场。从美国的麦葛莱与梁章卿的相爱到结婚生子，再到最后的天各一方，没想到却是悲剧的结局。最后梁先生因为风寒去世了，麦葛莱女士一个人养着三个孩子，生活极其困难。在孙钦露的故事中，他克服种种困难，最终与英国的爱翡喜结连理，并育有一子一女，但却不幸为病魔夺去生命。这种结局固然让人觉得心里很难受，但是好在都只是最后一次连载中的突然收束，并不影响全书的基调。在整个叙事过程中，作者所透露给大家的都是一种温暖的感觉，没有凄凉，没有怨恨，也没有抱怨。因此让人觉得他们的爱情是美好的，是值得怀念的，是任何其他的人或事所不能摧毁的。经过努力，他们幸福地生活在一起，而一切障碍，如与中国的婆婆相处，则只是一种温馨的烦恼而已。第三篇小说则是两个不同阶层的外国青年之间的情爱纠葛，它更像是一个虚构的故事，但是感情描摹依旧细腻入微。

这些故事固然有一定的时代背景，譬如今天男女青年之间的交流远较民国时期开放，家长也更加开明。但是爱情是人类的一个永恒主题，永远不会过时。那些情窦初开的欲说还羞、欲迎还拒的感觉永远是那么真切，能让你回味起自己的青春，或者珍惜自己当下的青春，或者渴望青春的到来。此外，今天的跨国爱情的障碍犹在，而每一位家长也未必有梁章卿的父母开明，因此书中为人处世之道，乃至表白和见家长的方法窍门也毫不过时。这本书将让我们在欣赏纯真爱情故事的同时，也可体会民国风情和跨国风情，以及韬奋先生的文字风采和谆谆告诫之情。而编选此书，也正是对韬奋先生诞辰120周年的一个纪念。

这三篇小说除了第一篇原分三章外，其余分节均为译者为了便于连载所划分，分别分成了四十四节、六十六节和一〇八节；编者除了略作文字修订补注外，尽量保持了原貌。

徐国强
2015年11月

一位美国人嫁与一位中国人的自述

[美]麦葛莱 著

弁　言

这本书译得完，我要谢谢《生活》周刊；这本书刊得出单行本，我要谢谢徐伯昕先生。

这本译述，原来是按期登在《生活》周刊上的，因为读者的谬许，并为顾全《生活》周刊的信用起见，没有一期敢脱落，所以我无论事情怎样忙，总在每星期日的上午把它赶译交卷。有了这样的督促，竟有"欲罢不能"之势，否则就是译得完，也不能这样快，所以我要谢谢《生活》周刊。

译完了，登完了，有许多热心人士纷纷来信要求刊印单行本，但是我的事情一天忙到晚，哪里有工夫去做整理、剪贴、定样、校对等等的手续？幸有徐伯昕先生十分热心，既帮同督促我下刊印单行本的决心，又替我担任上面所说的那许多麻烦事，于是乎才能成为事实，所以我要很恳挚的谢谢徐先生。

十七年六月十日邹恩润记于生活周刊社

这篇纪事里面所说的都是事实，不过两位主人翁梁章卿与麦葛莱女士都是隐名，不是原来的真姓名。这位男主人翁曾经教过我英文文学，是我的一位很敬佩爱重的先生，女主人翁当然是我的师母，不过这位师母做这篇《自述》不用真名，我也不便替他们宣布。好在我们重在事实，姓名倒也无关紧要。

译者

第一章 在美国的时候

一

我第一次遇见梁章卿的时候，是在十月里一个早晨。这一天正是大学开学的日子。在这天的前一个星期里面，我的镇里因为忽由各处来了许多大学学生，各家凡是有空余房间留下来的，都纷纷准备租与这般学生居住，视为做国民的应该帮助学生的事情；所以这几天镇里异常热闹。这天早晨，我看见邻居詹姆士夫人的门口走廊上，也堆满了许多箱子铺盖，便对我的母亲说："詹姆士夫人真要挤得要命了！"说了之后，就同我的老友西丽霞女士赴校，去上我们第一课。

我们进了学校，看见一群男学生正在阶前围着谈话，西丽霞转过来对我说："麦葛莱，那里面有位青年，黑发光耀可鉴，穿了一套灰色的常服，你看见了吗？那是一位中国学生，许多同学都称赞他是一位出类拔萃的青年。我的表兄旧年①在诗家谷②认识他的；那个时候，他正在大学初年级肄业。现在到这里来研究国际公法与

---

① 方言"去年"之意。——编者
② 芝加哥的旧译。——编者

政治学，真是难得！"我当时听了，转过身来，很漠然不注意的向那位青年望了一望，后见日光正在他的黑发上面照得很亮，我当时所得的印象，不过是一位年纪很轻、笑容可掬的青年。看后对西丽霞说："表面上看去还不错。"说的时候，颇含轻蔑之意，说完了，我们两个人也就走了过去。

我在当时刚在大学初年级肄业，攻读很勤，终日忙碌，虽看见那位中国青年，事后也就完全忘掉。但是一两天以后，我才晓得把箱子铺盖堆在詹姆士夫人门口的，不是别人，就是那位中国青年。于是章卿便做了我的隔壁邻居。

我与章卿这个时候并没有得着什么人正式介绍过；我们读德文与法文的时候，虽然是同课堂上课，彼此好久并没有说过一句话。到了后来，我渐渐觉得英文已是章卿的外国语，乃能借此外国语的英文而再读两种外国语，而且读得非常之好，不知不觉中发生钦佩羡慕他的心事。据章卿后来告诉我，他在这时候也在暗中很钦佩羡慕我在德文、法文方面的成绩，因为我当时立志要充外国语教师，对于这类功课特别用功。不过这是章卿后来告诉我的，在当时我却丝毫不知道他在那里钦佩羡慕我。

我对于章卿的注意与感情是渐渐的来的，是由淡漠起点而发生的；我当时所看见过的章卿的民族，他是第一人，最初我对他全是怀着一腔好奇心，心中简直不以为他是与我同样的人类。但是最后由偶然的机会，我们两个人开始谈话；既经彼此谈过话，有的早晨，我们走出家门的时候，凑巧同时，便一同赴校，当时以为用不着回避。

我们一同走进了校门，分开的时候，彼此都略为颔首而别。我在这个时候，精神上觉得愉快；但是感觉友谊的安慰之后，因为当时我对于章卿所属的民族,心存成见,立刻感觉苦痛。总之我无意与他继续常在一起,无意与他继续往来。

我心里的成见,章卿当然毫无所知。至今追想当时的情形,觉得虽然心中存有成见,而待章卿却仍不薄;我当时对他,心里很不自在,恐怕说话有不留意的时候,露出对于中国所存的成见,以致使他伤怀。我在他个人里面,竟完全忘却关于民族的成见。他每天早晨在门外等我,常常等得很迟,匆匆忙忙的去上课;我对于这种情形,心里明白,外面还假装没有知道。等一学期将了的时候,我们俩几乎天天一同走,若行所无事了。

【译余闲谈】

民族的仇视,是世界生活不太平的导火线,真是一件大憾事,尤其是黄白两种。我们在国内大半都是糊里糊涂的,一出国门,这种感触便愈甚,在这段纪事中也很看得出。我敢说一句公道话:这两方面用不着彼此"恭维",也用不着彼此"蔑视";因为人类是"良莠不齐"的,各方有各方的好的,也有各方的坏的。

婚姻的两方当局,要彼此发源于"钦佩羡慕",这是很重要的。我国旧俗的婚姻,是由父母一手包办的,固然说不到"钦佩羡慕"。现在有许多地方,还是由父母物色好了,叫男女双方点一点头罢了,也还说不到"钦佩羡慕"。我觉得这还是过渡时代不得已的办法。将来有了适宜的环境,要全由男女双方自己物色所"钦佩羡慕"的意中人(父母当然可作顾问,或在某年龄内,须得父母同意)。如有"阿憨"没有东西配人钦佩羡慕的,不能物色,或物色不到的,便没有老婆可娶!也就不应该有老婆，免致自害害人！这样在父母方面可以减少"一件心事"；在当局两方更能"半斤""八两"，各得其偶；"巧妇常伴拙夫眠"与"才子"不幸误配"愚妇"的憾事，可以少些。

二

章卿秀外慧中，蔼然可亲；他的爽直愉快的精神，是他生平特有的天性。我与他来往，与他谈话，看他的焕发精神，都觉得异常的快乐。我的悒郁多虑与沉静的心境，得着他的欣欣向荣的一团高兴气概，常常使我获得安慰，精神为之振作。我曾经细细的研究过他的面孔，却含有东方式的静默严肃的神气；但是在当时则绝少显露，我只常常见他一双光耀明亮的眼睛，听他爽人心脾的笑声，虽终日忙着，总有这种愉快和乐的精神。

有好久时候，我们俩没有什么情的作用，不过是两位寻常的青年学生，常常静悄悄的同走，所津津谈到的事情，至今想起来，虽然是很有趣的，但都是很严正的、很审慎的谈话，我们两个人都决志要维持端严的态度，不要陷入情网。我当时十九岁，章卿比我大两岁。

后来有一天章卿得着我的同意，当日夜里来我家里访我。他带了一个大包，里面藏了许多他心中以为我家里人喜欢看的宝贝。我家里人都围着方长桌子，在这张桌子上面他便排满了许多丝织物、绣品、雕刻过的象牙与檀香、许许多多稀奇古怪的小铜像与乌木像。这些东西都光耀夺目，清香扑鼻。

在许多东西里面，章卿所最觉得高兴的，是他母亲替他做的半打领结；他曾经送一条领结与他母亲做纪念物，他母亲便照这个美国式的领结，做半打送他。章卿一只手把弄着一条深黄色缎子做的、中间有金线绣花的领结，对我们说："我的母亲能织绣许多东西，她所做的东西都是很美丽的。"

这种简单的话，与桌子上堆着的许多外国来的奇怪东西，在当时的刹那间，好像使我与章卿的中间隔了一个世界，我看他全是一个陌路人，从异方来的，不可思议的；我觉得他从他本国忽到美国来，理想不同，仪式不同，风俗不同，由他看起来，一定是惊奇不置；他在这种环境里面，一定觉得十分牵强，十分不自然。我心里这样想，手里拿着一个小胖子似的偶像，不觉对他脱口而呼："由你看起我们，要觉得多么奇怪啊！"

"奇怪？一点也不奇怪，不过我对于样样东西十分觉得有趣罢了。由我看起来，都是一个世界！"章卿这样说了之后，我们俩的眼睛对视了一下子。他随手拿一面绣花的中国小旗送我。我当时迟疑不决，眼巴巴的望着旗里许多颜色合绣成功的龙在那里伸爪喷气。在此顷刻之间，我的老成见又作怪，我正要婉拒了。但是我窥见章卿面上也现出一种迟疑的神气，夹着诚恳请求的意思，我心里大为感动。于是我就接受了这面旗，心中还在忐忑不安。

章卿从此常于晚间到我家里来，与我的父母做朋友，很用中国的客气礼貌。我至今常常喜欢追想当时的情景：在这种夜里，我们与家里许多人都围坐于一张大桌子，一盏有罩的电灯射出圆式的清明电光，照着桌上的书籍与新闻纸；房中其余的部分，却是也很使人愉快的淡淡的黑暗。在这种夜里的时候，章卿与我们谈起他的家庭状况，说他的父亲是他的一族里面一位足为代表的人物，好早就觉得闭关主义的狭隘，所以老早就打算叫他的几个儿子到南洋求学，章卿是他的长子。我听了章卿的谈话，心里就想象他在中国南方所有的一个家庭状况，好像就在脑际现了一幅模糊的图画，其中是一个大家族，有许多弟兄，有许多亲戚，有许多仆役，当他的父亲往内地营业的时候，完全由他母亲管辖。

【译余闲谈】

麦葛莱女士口中的梁章卿，是一位活龙活现的笑容可掬蔼然可亲的愉快人物。虽说是他的天性，但是其中却含有西洋化的色彩。我以为就大概说起来，东方的日常生活与西方的日常生活里面有一个很显著的异点：就是我们偏于"静默严肃"，他们则偏于"焕发""快乐"。我说这话，并非崇拜西洋，觉得事实的确如此，我平常最怕参加生友的宴会，因为一个一个呆坐着像"城隍老爷"，恭恭敬敬的问问尊姓台甫，实在觉得不舒服；有的时候参加外国师友的宴会，就是座有生客，但是因为他们很活泼，很会说笑，也就"如坐春风"，觉得快乐，自己不知不觉的也加了进去快乐一番，这种异点，在家庭、社会各方面，如果细细的默察，都能看出。所以久住伦敦的吴稚晖先生也说："中国家庭之中，父兄如官，子弟如囚；或父兄如木石，子弟如鹿豕；虽有深爱，绝少怡怡之情……"而谓西方"家庭之间，融融之乐意较多"。我生平也是喜交"欢欢喜喜""和和气气"的朋友，而远避"愁眉苦脸""心绪恶劣"之徒。我深信人生是应该愉快的，烦闷是不应该的事，是一种病象！

麦葛莱女士说梁君的快乐精神，常常使她的精神安慰振作，我因此想起专研究心理学的张耀翔先生曾经说过："愁与笑均含有极厉害之传染性,一人得之,其相与周旋之人亦随而得之;传染之速,不可思议。"又说:"多愁既与多病为缘,一人面带愁容,即表征其人有病或将有病(多为心病),而一人之愁容既可传与其相近之众人,愁容不啻为传染病中之传染虫。"这样看来,我们要有愉快和乐的精神,不但是对于自己个人应负的责任,也是对于家庭及社会应负的责任。

三

有一次章卿带了一张褪了色的小孩子相片给我看,相片里的小孩子穿的衣服是中国绸缎做的,老古式的。他对我说:"这是六岁时候的我。"

我拿这张相片细细的一看,很诧异的说:"你原来有……有……一条辫子!"

他看见我那样慌忙的神气,不觉也笑了出来,并且申明说:"是的,的确是一条好辫子,还有红丝线结在上面咧。我还记得我小时在小山上放纸鸢,这条小辫子还在空中飘扬着!"

这个时候我的母亲在旁眼光闪烁着,也插一句说:"麦葛莱,你自己也曾经有过一条辫子,不过比这一条短些,而且还结上一个红色的绸带球咧。"

章卿听了插嘴说:"你看我们俩至少也有这一点是共同一样的。"说时向母亲辗然表示感谢的一笑。我当时对于章卿的感情还未曾确定;但是善于谅解的母亲,与他却很有了深挚的友谊。

我虽然因为上述的种种原因,对章卿具有很亲切的同情;但是有的时候,对他很无好感,甚至有厌恶的意思。不过念及个人应有的正谊[1]，与我所得诸遗传的良好品性，即于顷刻之间，使我抵御这种厌恶他的心事。我当时并没有想到男女的交情过密是与爱情相近的，所以极力不使我这种有时发生厌恶的心事流露于外。因此我当时心中不过存着交得好朋友的观念，以为这种愉快的友谊，等到大学毕业以后，彼此分袂，也就可以告终。

到了那年冬季末了的时候，我们的交谊更有了进步；但是那个时候，上面所说的那种感情顿变的厌恶观念，接连的萦回于我的心中。我自己埋怨我自己说：像我与章卿的关系不过是短时间的朋友罢了，竟费许多时间在这件事情上面，实在不值得，实在犯不着。我当时以为章卿虽然很好，但是他是属于中国的民族。于是我决志把以前的交情付诸东流，立与他断绝关系。我实行这个计划的方法当然是很唐突的。我赴校与回家的时候，我故意走别条远路，故意避他；就是在课堂里面，在校里马路上面，也极力避他，不与他会面。

【译余闲谈】

  麦葛莱女士的母亲真是可人；家里有了一位这种慈祥有趣的母亲，也是一种幸福。

  旧俗由父母一手包办的婚姻，用不着说了；不过有自己物色机会的青年，还有一点要特别注意：就是，彼此没有看准，或是未曾决定可以合吾理想或条件以前，不要瞎要好，不要瞎亲密。麦葛莱女士说："男女的交情过密是与爱情相近的。"一点也不错。青年如不注意这一点，尽管瞎亲密，等到交情到了

---

[1] 意同"正义"，民国多用此词。古"谊"与"义"通。——编者

相当程度,两方面都情愿割断,那还可以;倘若出于偏面[1],就要闯出大祸。我曾经有一位很要好的朋友,他未婚以前与一位女士做朋友。那位女士对他很满意,但是他对于那位女士虽样样都觉满意,却有一点不大满意,就是嫌她的容貌差些。他老早对我谈到这层,我就劝他要谨慎,未决定前不要过于亲密。他口中唯唯,暗里又在那里瞎要好!经过半年以后,交情已经到了"与爱情相近的"程度,这位朋友忽然像麦葛莱女士一样,觉得前途不对,也想"把以前的交情付诸东流,立与她断绝关系"。有一天特地来访我,把他的心事告我,同我商量。我听了大不答应,我说你不情愿,老早就应该与她疏远,不应该交情到了这种程度,彼方明明立志与你结伴终身,你这种行为实在违背人道主义。你不要以为没有正式订婚,尽可随意;你要明白彼此已经亲密得了不得,父母亲友无不默认,女子的心志已专一,你何得不负责任。对方的女士我也认得,实在很好;深信你若见异思迁,必陷彼于极惨之境地,我亦从此与你割席,不复为友。我与他激昂慷慨的谈了两夜,他最后才决志不背初盟,后来竟得一个和好的家庭。麦葛莱女士可以说是也犯了那位朋友所犯的一样老毛病。我希望青年不要再犯这种毛病才好,否则便是"作茧自缚","自己讨苦吃"。

四

我立意与章卿断绝关系,上文已经说过了。如此经过了两星

---

[1] 单方面。——编者

期，有一天下午他在学校里大堂总门的旁边专门等我出来，碰见了以后，我一句话不说，他也默默跟着我走，一同走到了学校里马路的末端。我忽然转到一条旁路，很鲁莽的对他说："请你向那条路走，我要往这条路去另有要事。"

章卿仍跟着我走。他说："我要同你谈一谈。"说的时候，声音很低微疲乏而复强自忍痛似的。这个时候，我们俩的眼睛互相望着，我窥见他现出一种很温和、很动人的态度，意思要晓得我的衷曲，并要使我晓得他的衷曲。这种十分使人感动的情景，倘若我在当时不那样固执己见，不管别人，还要觉得难过。他很安静的，用他向来爽直的态度问我："你何故要断绝我们的友谊？"

"我——因为我想这是最好的办法。"我说的时候，悲哽几不成声。

他说："断绝友谊，绝不是最好的办法。但是我们的友谊也许不久就要告终了。我或者就要回中国去。今天我接到我父亲的电报，说我母亲病得很危险。一两天里面，我就要决定回去或是仍可留在这里。"人类的同情胜过了民族的成见，我此时不自禁的对他说："同我一起来，我的母亲很会说话，让她与你谈谈。"

两天以后，又有一个电报来，带了一个好消息，说他母亲的病已经好了许多，不要紧了。在这两天里面，章卿的焦灼忧虑，很使我难安。他不大说话，但见他愁容满面。我与他出外散步，谈了许多别的事情。散步的时候，他告诉我他前途的计划。他把服务中国外交的事业，作他最终的目的；但是尚未达到这个目的以前，他也高兴先从事有建设功效的教书与有关社会的工作。他很心折于中国固有的艺术与天然的美景，很敬重中国所有的许多好的风俗。他告诉我说："我希望中国虽采用新教育，不致因此毁坏东方固有的良法美意。"但是他却深信东方也要加入新的好观念。我听了他一番宏论,对于中国好像有了新的眼光,满腔充满了新的希望。

我们俩又常在一起了。我还记得,我们参加了学校里许多在夜里灯笼照得很亮的马路上所开的快乐聚会;在阳光明媚的天气,共做野行,或参加网球之戏;以及其他大学生活的愉快事情,都共同参加,共同享乐。我与章卿做朋友,最初还不至引人注意;但是到了这个时候,渐渐听见有人暗里作为谈话的资料,同学与镇上的人看见我们都特别注目。当我们赴茶话会或音乐会的时候,我窥见有许多人都把好奇的眼光,对我们望望。

我母亲的朋友里面,有几位与她提出我们俩的事,都表示不以为然的意思。他们都说:"倘若你的女儿与他彼此发生恋爱,怎么办呢?难道就结婚吗?"幸亏我的母亲是生来没有成见的,她做人很圆通,很慈爱。但是我却知道她在这个时候心里也觉得有些不自在,因为她也觉得彼此遗传与信条完全不同的人要结成婚姻却是一件难事;不过她还不致使我难过,就是她朋友不以为然的话,最初也还不同我多说。但是我从别的方面却又听见许多议论,有的时候竟致使我有点动火。但是这种外面来的刺激反使我对章卿更加忠心,有时外面议论得愈厉害,愈动我保护章卿勿使受人欺侮的心情。

【译余闲谈】

麦葛莱女士为友谊而奋斗的精神,很可以佩服。我因此便想到我们生活受社会的制裁,都很厉害。这种制裁也有好处,也有坏处。它的好处是能使人有个范围,不至过于放纵;它的坏处就是有时无理取闹,使人不能超越顽固的习俗而另求其光明的途径。我觉得遇着这种无理取闹的时候,我们应有几分勇气去对付它,不应完全屈服。我听说蔡孑民先生在三十年前结婚的时候,他娶妻的条件,有一条是要天足。当时引起许多人的诧异,简直传为笑柄。我们现在听了觉得毫无足奇。然在当时蔡先生敢于毅然提出,却非有几分勇气不办。所以我以为麦葛莱女士在"楚歌四面"之中,竟能"苦心孤诣"保护梁君,的确是在道德上有可敬之处,我们于此更当记着。我们要在生活习惯上有点改良,也要有几分勇气才行。

五

外人对于我与章卿议论纷纷的时候,我们俩对于各民族互婚的事,彼此也曾经表示过当时所各信的意见。有一天下午我们俩正坐在家里走廊上的时候,坐得很久,我很坚决的告诉他:"我以为异族联婚是不对的。还是各族娶各自族里的人好。"他回答说:"我以为没有什么困难,这全是个人的问题,我看美国人与美国人结婚,也不见得都是胜利的。"我听了,眼睛对他闪烁的呆望,既而故为之辞以申辩说:"我们只听见不快乐的结婚。"他很温和的回驳说:"可见有许许多多不快乐的结婚,我以为各国里面婚姻的结果所以有许多不快乐的结果,大概都是由于自私自利,缺乏爱情,对于小事情往往各执己见,不肯调和去迁就折中的办法。"我们谈到这里,不能再辩,彼此很和乐的往前谈去。

那天夜里,章卿即在我家里一同用膳,至今追忆我在当时的心理思想,也觉有趣。章卿与我们围坐于一张桌子,他的言语举动与我家里的人都一样;我此时坐在其间,心中便在那里胡思乱想。想些什么呢？就是想有人说中国人做妻子的不能与她的丈夫同桌同膳，到底确不确；不知道做中国人妻子的是否只不过服侍她的丈夫，服从她的丈夫，无论何事，都没有她发问的余地；章卿是否不久便要回中国去，是否到了中国便要变成令人难堪的专权管裁的东方式的丈夫。这种种思想，使我异常难过。章卿第二天就要做暑假的旅行，那天的晚膳就是与他饯行的。膳后他一定要帮我料理碗碟，因为我家是很简单的，并没有用什么女仆。我们俩欣然的共同料理用过的碗碟，觉得非常愉快。他一面堆着许多碟子，一面对我说："在中国的地方，妇女们稍为舒服些，关于这一类的事情，都有女仆去做。我曾经认识一位英国女士嫁与一位中国人，这位女士嫁了之后，特地设法在一个大学里教教书，其唯一目的就是要借此寻点事情做做。"

我听了就说："这位女士一点不错。无论何人，闲着无事，都是无益有害的。"章卿听了我的话，很郑重的回答我说："中国的主妇并不是闲着没有事做，她们对于全家里面的各人，都有许多责任要担负的。"他说着就转他的眼睛对我注视，看得出神，我倒觉得难为情，便故意的说："你要看什么，如果我的身体妨碍你的视线，我情愿走开。"他回答我说："你走开无用，无论在什么地方我要看你，你总在那里。"

碗碟安置好了，他把曾经送与我母亲的他自己的相片，拿出来写上几个中国字。我站在他的旁边。他忽然把笔放下，转身向我，把我的两只手握在他的手里。他弯着腰想要近我，我赶紧离开，毅然决然摇着我的头。我抽开一只手，他本来想吻我嘴唇，结果只吻着其他一只手的手指。我当时觉得受了侵犯的意思，神志很受震动，我们俩稍为有点争论，但是一点不厉害，其实也没有什么真的动气。我当时只不过深信我们俩既不能有所谓恋爱,我们在道德上,彼此的关系只可限于朋友的形式。我当时觉得我所怀的这种理想,竟被破坏了。

章卿这个时候还不肯放开我的手,同时很诚恳的说:"咳!你误会了我啊!"我便强定一定精神对他说:"接吻不是朋友所应有的。"他听了就同我道歉,说:"我很对你不住。"我看他的神气,只不过觉得我误会了他,心中难过,此外并没有别的什么意思。

【译余闲谈】

章卿求婚的手续是"西洋化"的,没有看惯的人,当然要觉得奇怪或诧异,至少也觉得不大自然;在他们习俗如此,也就行所无事。我从前有一位先生是美国人,已经七十多岁,夫人早逝,只有一位爱女,年已十八岁。每晨用汽车送爱女赴校时,这位老先生竟在汽车旁与女儿大接其吻,我们初看时不免发生好奇心,有些人还要大惊小怪,在他们父女是表示亲热,却堂哉皇哉,旁若无人。这当然也是中西习惯大异的一点,但我们却无效法的必要。讲到求婚的手续,中国向用媒妁奔赴于两方,用不着本人费心!现在有人维新了,要不要接吻,请诸君随便,却不关重要;我以为重要的,就是不用新法则已,既用新法,婚姻大事,总要由两方本人亲口问一问情愿不情愿才好。我有许多朋友当面难为情问,借书信一问,对方也用书信回答,这倒是一种特别而有趣的法子;既然双方都怕难为情,用用也无妨,总比专靠"媒妁之言"好。

六

　　章卿在暑假旅行中写了许多信给我，我在这个时期里面也有更多空闲的时间，对这事细细的考虑一番；照我心里的意思，不得不承认我做章卿的朋友比获得世界上无论何人的爱情都来得好。

　　章卿回来之后，有一天夜里我们俩一同散步到校里的空场，当时月明如画，我们就一棵大树下面石凳上坐下。我在这个时候，因为先前耳闻有人又提及关于民族成见的话，心里又觉对于章卿发生爱怜之意；所以看见他眼睛很含着要求与我接吻的意思，我就存着牺牲之心，把从前所拒绝的接吻，竟许了他。

　　那年秋季，章卿改入新英格兰的大学肄业。他后来告诉我，此时他离开了我，可让我再细细的了解自己的本心。我在这个时候的确觉得爱他，本心上如此自认，丝毫无所讳饰，但是要使得这种恋爱能够如愿，又觉得是毫无希望，遥遥无期；因为我们俩的民族各异，彼此间似乎有不能超越的隔离。这心那样一想，便心灰意冷，遇着他有信来，竟搁置不看；追忆前次的接吻，觉得徒然是一种青年人轻举妄动的事情，真是可笑。

　　大学里一个学期结束后，章卿忽然回来了。他拿着我的手的时候，眼睛里显出一种难于形容的、很有希望而又很觉着急的神气。他去了许多月，似乎老些，严重[①]些，我初看见他这种面容，于欣慰之中，不禁伤感几于下泪。我们这次见面，即是情人的相见，刹那间都把不相容的杂念抛在九霄云外，一切虚伪的回避念头也都忘

---

① 严谨持重。——编者

却。我趋附他的双臂，视为我之所天①。在这个时候，恋爱使得一切都简单，只感觉精神上的愉快。

我们便把结婚的志愿告诉了我的父母，我父亲听了很觉骇异。母亲却很慈爱，提议我们要订婚一年，使各人再无疑点才好。我们俩可以说是已经毫无疑点，但是不愿违背母亲的好意，就允许了她的这种提议。

章卿立即写信回家，把我们订婚的事告诉他的家人。在我一方面，章卿却有一点，对我用素来直爽的态度，解释了一下。他说："依中国的风俗，儿女的婚事，常由父母代为主持一切，而且常在幼年就替他们订好。我年纪很小的时候，我的父亲就有意想把他一个好朋友的女儿配我，比我年龄小三岁。不过在当时还没有正式的婚约。我出洋留学的时候，曾经请我父亲在我回国之前不要办这件事。从此以后，也就没有提起，不晓得他现在意思如何。但是我们俩的主意已定，这件事无论如何，于我们没有影响，我想你一定能明白这个意思。"我听了这一番话，精神仍觉异常不安；而章卿反抗这种世传的习俗，能如此镇静，我心里却以为异。

他的家族用电报回复他，力阻我们的婚事。我事前也觉得这事恐怕不免要受反对。电报之后，还有一封信来，语气倒很平和。他的父亲在这封信里说，章卿留学即将完毕，现已布置妥当，一俟他回国，即与李瑛女士结婚。他又描写这位李女士如何美丽；这位女士，章卿已经不见面了十二年。他的父亲说，李女士年纪甚轻，端庄温柔，家产又富；而且也受了新教育，使她适于做受过高等教育者的夫人；这门亲事，两方家族都异常满意。最后还郑重的劝章卿

---

① 所天，旧指所依靠的人，特指丈夫。——编者

不要害他的父亲不能实践婚约,以致为难;倘若出此,以后即断绝关系,一切不顾。

【译余闲谈】

　　西洋的婚姻大概都由本人物色,由父母朋友做顾问;中国的婚姻,大概多由父母物色,由本人追认:这当然也是中西习俗的一个大异点。凡是制度,都有他的背景。中国的男女界限很严,现在除极小部分外,还是如此;在这种环境之下,男女自己选择的机会很少,所以往往要父母代谋,尤其是在女子方面。西洋则社交比较的公开,自己选择的机会较多。有了这两种不同的背景,当然有这两种不同的习俗。我私人却赞成后者而不赞成前者。你想,"已经不见面了十二年"的人,仅凭"两方家族都异常满意",就老不客气,把他订了,真是岂有此理!还有一层,我向来主张做父母的人对于子女的教育是绝对应负的责任;至于婚姻,只要顾问就够了。换句话说:子女求学要比子女婚姻看得重。现在却不然。有许多父母没有钱与子弟求学还不觉得大要紧,而却忙于替子弟娶老婆。要改变这种错误心理,非把"物色"的权柄归于青年自己不可,不过同时也要想法在社会上造成相当的社交环境才行。就是在这个过渡时代,我觉得即由父母物色好了,虽不能使双方当局就先做朋友,也要暂勿宣布,先由两方家族来往来往(例如约期宴会或聚餐之类),使两方当局本人有相当机会见见面,谈谈天,然后再征求同意,比"素昧生平",只叫他们点点头就算数,妥当得多了!这似乎是过渡时代最低限度的适当办法。

七

除章卿的父亲有信来反对外，还有别人的信。他有一位美国朋友，在中国当教士，也来一信，大说要使一位美国妻子在东方能过愉快的生活，是如何如何困难的事。他有一位表兄，也有信来，与他做很长的讨论。说在家族里面有了一位外国媳妇，有了一位这种固执成性的妇人，必不能敬重翁姑，必不能照翁姑的希望，恪尽媳妇的职分。

这类的信，纷至沓来。这些信都表示一种十分坚决、毫无商量余地的口气，都含有牢不可破的宗族观念，使我心里觉得有点害怕。我因此很觉不安，心里很觉踌躇。在我与章卿两个人方面，并没有什么不能调和的地方；因为我是一个守旧的西洋人，他是一个思想很新的东方人。但是他不得不同他的家人一同生活，他的生活不得不与他的社会背景发生关系。我所异常惶恐的不是章卿本人，是他的沿传习惯、他的祖宗、他的民族背景。

在我的方面，我又不愿因我而有所阻碍于他的前途。倘若我当时真正了解宗族与家族的势力在中国之可畏，尤其是在政界方面，我恐怕没有勇气敢嫁章卿。但是当时我看见章卿置此完全不顾，意态坚决，兴致仍旧非常之好，我也因为他的愉快心境而觉得愉快。

那些冷静严正的家信，章卿都译给我听；我觉得那些信里面都充满了左道的哲学势力，使我听了不寒而栗。其中都是说他在种种方面应有的责任，对于父母，对于祖宗，对于他自己的将来；独对于爱情，无一言及。只有他的表兄有点说到，但却如此说道："你现在年纪很轻，在青年人看起来，爱情似乎很重要。但你年纪大了，便要觉得爱情淡如水了。"

我听了很坚毅的对章卿说："这话不对！爱情比生命与年岁都更伟大；爱情的永久，不是死所能限制的。使人永不灭，就靠爱情。"

在这个时候，章卿未曾了解我对于爱情的神秘解释。但是他却很快乐的回答我说："有了你做我的妻子，世界上无论什么东西都抵不上。"

章卿继续写信与他的家族，措辞简明恭顺，表示坚决的志愿，丝毫不肯迁就。他家族每隔许久来一回信，后来连回信都不来了。但是章卿与他的家族究竟没有显然的决裂，也不曾显然的断绝关系，不过用很恭顺的、很温和的手段，避免他家族的干涉，而单独负其责任。

有一天我忽然想起在那许多来信里面，章卿的母亲并没有说过一句话，便喊着对章卿说："我想你的母亲总不弃你的！"他很坚决的说："我母亲心里决不弃我。但是倘非父亲赞成，母亲自然不写信来。"我辩着说："但是做母亲的感情特强，决不肯默然的！"章卿听了，很忍耐的样子，提醒我说："在中国，家族比个人来得重要。但是讲到你我，却以爱情为第一义。"

【译余闲谈】

　　这个地方又暗示中西家庭组织的大异点。在东方，女子嫁人不是嫁与丈夫一人，简直是嫁与一族！所以在青年自己对于对方虽然觉得"有了你……世界上无论什么东西都抵不上"，然因为"媳妇""翁姑"等等问题，便致决裂。在西方便认这种问题要把两方男女个人做主体，他们俩合得来就好，合不来就不好；决没有男女既能极合得来，而还要男女各个人与两方家族要合得来才算数。所以麦葛莱女士的父母虽不见得情愿把"掌上珠"嫁与几万里外的中国人,然而因为女儿与梁君实在合得来,居然答应女儿的要求,比梁君家族极力拒绝把一个别人的爱女娶到本国来,直截爽快得多少!这是因为一方面以当局两人为本位,一方面却以家族为本位。所以我常说做西洋女子容易,做中国女子难。何以呢?西洋女子只要能得丈夫欢心,便够了;中国女子除丈夫外,还要得翁姑的欢心,得妯娌的欢心,得阿伯阿叔的欢心,还有其他等等,甚至有时因得丈夫欢心而招致其他诸人的恶感!一个人哪能得许多人的欢心,真是苦极!简单说一句,这就是大家族制度与小家庭制度的区分。在中国现在的过渡时代,老前辈听见了小家庭要动气,青年们听见了大家族要头痛。老前辈所以动气,因想到父母教养之苦,等到儿子大了,便主张什么小家庭,把老辈置诸脑后。讲到这一点,我诚然也反对"不顾父母之养",不过我们要明白,奉养父母还是比较简单的事情,吾国所谓大家族,常于父母之外,拖着许许多多捣乱的角色,实在讨厌。我主张父母尚在健壮做事的时代,不妨让儿辈成立小家庭,不必拉在一起;不过父母年老的时候,则仅仅迎养父母,亦义所应为,且亦不至破坏小家庭的好处,不过其他如阿伯、阿叔、阿婶以及妯娌等等拉杂的人物,绝对不可硬住在一起。还有一种较为折中的办法,就是在大家族中分成许多小家庭,虽然住在一起,有事时可以互助,而在经济上、管理上、房屋方面、仆役方面,都各人分开,不相混合。总之大家族决非良制,欲改进社会,非提倡小家庭制度不可,不过其组织之适当方法,颇有研究的必要。

八

　　章卿的家属虽反对我与他的婚事；而在他则以为依中国风俗虽是家族比个人来得重要，但是他与我是纯然以爱情为第一义的。他始终把我们俩的事，视为属于个人的特例，不应用寻常的标准来判断。我心中常怕有了中国的风俗从中作梗，我们的婚事恐怕要不能如愿以偿；但是看见章卿具有这种始终坚决的态度，又常使我为之气壮。不过在我们结婚以前的一段短时期里面，彼此也曾有几次极微的争论。这种极微争论的由来，不过由于我的方面有时有点轻微的醋意，我以为这也是女子应有的常事，而他则有时未能谅我的这种癖气①。但是我们俩在这段短时期内虽有这样几次的极微的吵嘴，并无彼此怀恨的意思，也并不因此两方有一句否认相爱的话。

　　于是我们便打算结婚。我们所以就打算结婚，因为除事实上有章卿家属的阻碍外，其他已无问题；至于这种事实上的阻碍，在恋爱的青年看起来，觉得没有什么关系；所以我们都以为我们的婚事没有再延展的理由。章卿与我筹谋结婚后的办法，很高兴的说："我们现在才想到实际的办法，已嫌迟了一点；但是我们不妨做做看，尽可随时改进，以求完美的结果。"

　　章卿在这个时候，已得不着他的那位有钱的父亲给他很充足的学费。他既要自食其力，又未毕业，在这种时候，他还要娶一位外国的夫人，向着茫然未曾试过的前途做去，似乎不是一件容易的事；但是我们两个人都兴会淋漓的筹备婚事，说起也很奇怪，当时

---

① 即脾气。——编者

一点也不觉得疑虑，一点也不觉得胆怯。章卿自从来美就学以后，平常很节俭，常把家中所寄的学费留起一半，所以还有些贮蓄。我自己呢，打算谋一个外国语教师的位置做做。一个男子初出茅庐的时候，经济不能宽裕，我想我能这样的经济自立，于他也不无小补。我们筹谋了一番，也就决定了我们的计划。打算我们再同学一学期，等到这一学期完毕，章卿就可大学毕业。他毕业后打算仍留美实习一年，然后回到中国，力图上进。到那个时候，他可先回中国，等他诸事布置妥当，我再随后到中国与他相会。我们当时这样打算，觉得也很简便易行，彼此都很舒服。所以几天以后，就在我的父母家里，请一位牧师，正式结婚。未结婚前，我的父母就对我们说："你们结婚以后，未回中国以前，自然还是和我们同住。倘若你们在这里住得舒服，我们也喜欢你们和我们住在一起。"

未回中国以前，我们暂与我的父母同住，在章卿本很习惯于家庭生活，觉得是很自然的办法；不过我却有点担心。为什么呢？因为在西洋各国有一种很普遍的观念，以为人们一有了法律上的关系，做了亲眷，便不能再像做朋友时候一样。我的中国丈夫和我自己，彼此本来情投意合，同居之后，还无不合之虞；我心里所不免略觉畏惧的，是家人方面因家庭习俗和日常生活之间或有差异之处，在此尝试同居的时期里面，恐怕不免发生小问题。

我事前心里虽然有点担心；但是事实上却丝毫用不着我的过虑，因为在家庭之间极有合作的精神，是章卿的东方遗传性里面一个重要部分。自从我们行了结婚礼以后，他加入我父母家庭里面，做一分子，非常自然，一点不觉得勉强。我的丈夫和我父母本来情谊笃厚，因此使得这一方面的关系，异常简单，不致发生什么纠葛，所以我们也就放心得下，只要我们俩能和好，能与社会上人士合得来就够了。讲到社会人士方面,我们倒不甚措意。我未遇着章卿以前,很怕惹人注意,觉得很难受。后来和章卿结婚,无论和他到什么地方去,随处受人注目;但是我一点也不觉得难受,竟能处之泰然。我自己对于这一点,觉察之后,也觉得奇怪,我非但不觉得难过,而且觉得有了这种丈夫,非常得意,反而喜欢和他一同出去走走。我们的结婚,自开始就很愉快。

【译余闲谈】

就我所知道,做岳母的人总喜欢女婿,很爱护他,很谅解他;而做婆婆的人,却有十之八九和媳妇合不来:这是一种无可讳的事实。有人或者以为这是遇着婆媳做人不好。我以为在实际上也不尽然。有的婆婆待别人都好,只有对媳妇便噜里噜苏;有的媳妇待别人待丈夫都好,只对于婆婆觉得有难言之苦。这种例子,我看得实在不少,所以常觉得婆媳简直有不能同居的趋势。这句话被"老前辈"听见了,一定要骂我"大逆不道";不过我这句话是说出实在的情形,不是我的主张。实际上既有了这种情形,有什么方法补救呢?我想来想去,以为要彻底的解决,或者可于结婚之后,男的随着妻子与岳父母同住。现在女的嫁了之后,要跟着男的走;这样一来,男的娶了之后要跟着女的走。岳母都是欢喜女婿的,也许可免许多麻烦。这种说法虽近新奇,却有许多道理在内。不过要措诸实行,不但男的有职业,能替家庭生利,女的也须有职业,也能生利,相助维持家庭;否则男的无故要担负女的父母生活,要没有人敢娶老婆了!有的人说:只要采用小家庭制度,婆媳的麻烦就可取消。这话诚然不错,但是有的年老父母非同住不可,那么我的"新说"就不无考虑的价值。

九

我和章卿结婚之后，感情融洽，喜悦之精神与日俱进。我们俩的深挚情爱，有非笔墨所能形容。两人谈话之际，在停歇的刹那间，彼此的眼睛注视一下，已彼此将两方的意思，完全了解。我常觉得章卿的感觉敏捷，措辞谨慎，悟解超卓，比我更好。他的体贴入微，实非我所能及。我在未嫁之前，虽喜任意所之，不喜拘束，却也决不肯因此致使旁人觉得不舒服。我这种体谅别人，自信已成习惯；但是我此时在章卿前的言语举动，因为他的温良仁爱，相形之下，我却难免有犯冒昧的地方。所以在我们结婚的开头几个月里面，我最困难的事，是要时刻留神，极力使我自己的思想行为，能适合于我的高尚纯良的丈夫。我对于我的丈夫，虽须这样用心待他，其实他的待我还要好得多多。无论什么事情，他对我总是宽宏大量，而且都是出于至诚，出于自然，使我受了，也激起同样的良好品性。

我自己明白我是一个坦率温柔的女子，讲到恋爱方面，我要有一位意志坚强的男子来扶持我，所以我格外要尊敬我的丈夫。我所觉得安慰的，在我们结婚之后，家庭里面曾经有过几次困难的小事，解决的时候，都表示我丈夫的意志要比我来得坚强。在我的方面，虽诚心的服从我的丈夫；而在我的丈夫方面，在家庭里却并不专制。他以为夫妇应该是平等的伴侣，所以他对于我的处理家务，完全信任我的判断；到了后来，就是关于他自己的事情，也常常和我商量。有的时候，我们俩偶有不同的意见，其结果都不过彼此付之一笑；因为我们各人起初虽各持一见，慢慢的变动初意。到了后来，竟互换位置，各人反而各自主张最初所反对的意思！这种可笑的事，发生不止一次。

最初我就看出，有一点是章卿的东方思想和他所受的西方教育很冲突的地方。这一点是什么呢？就是我对于其他男子及他们对于我的态度。章卿的为人，从来没有过卑陋的妒忌，或是卑陋的疑心，但是在他的心里却含有牢不可破的一种东方观念，就是对于恋爱的女子，存着"独有"的严格观念，排除所爱者对于他方的友谊；这种绝端的观念，是西方人所梦想不到的。

我何以见得章卿也有这种观念呢？有一次我曾经答应一位青年在暑假中教他法文，作为我暑假中一部分工作。我于无意中把这件事告诉章卿，他立刻表示反对。我当时觉得他的反对很不应该，要他说出所以要反对的理由，我催问他好久，后来我竟随口对他说："倘若我的这位学生是一个女子，你便肯随我的意思，不加反对了。"

他说："你已有的工作，已经够做了。"说的时候，也虽无强我服从的意思，但是却很坚决，当时并把他的眼光离开我的视线。我略为笑了一下，他又把他的面孔转向着我，表出很苦恼的神气；我看见这种神气，笑声立停。他很苦痛而又很诚恳的说道："啊！你不要笑！你要记着你是我的什么人。我！我不能置若罔闻，这是我很抱歉的事。"我于是不得不婉拒我的无辜学生，从不提起那件事。从那个时候起，遇着与男子有来往的时候，我的行为严格的保守疏远的宗旨。这事我并不觉得困难，因为我的情爱始终集中于我的丈夫；向人卖弄风情，本非我性所近。

【译余闲谈】

麦葛莱女士所说的章卿的"酸素作用"，亦颇饶趣味。东方人有这种"酸素作用",西方人也何尝没有?试问西方人,假使有人和他的老婆过分亲密,或甚至偷了他的意中人,他能够"犯而不校"吗?不过东西的男女交际习惯风俗有不同的地方,表现"酸素作用"的途径也因此差异罢了。我觉得无论男女,既成夫妇,当然有这种"酸素作用",是人类的天性。至于流行的名词,如"三角恋爱",以及"多夫"或"多妻"的事,虽是也有的事实,但我以为都是由于"尴尬",或恶制度、恶环境的强迫,不是顺乎自然的天性。由此的结论,便可以说"一夫一妻制"确是良好社会中的良好家庭的一个重要条件。在我国虽无所谓多夫制,却有多妻制(此处所谓妻,妾亦包括在内)。做丈夫的人固然不愿老婆"轧姘头",但试问做老婆的人,有哪一个心里真正情愿丈夫讨小老婆?有许多妇女对此事只得"饮泣吞声",不敢起来"打倒",也不过受着几千年的习俗所束缚罢了。但是天性所赋的"酸素作用",还是暗中进行,所以据我见闻所及,可以说无论贫富贵贱,凡是讨有小老婆的人家,家庭里面总是要闹到"乌烟瘴气"。我深信讨过小老婆的人,对区区这一句话,必定"深表同感",就是嘴上不好意思说,心里必定承认的!这件事单单要和男子谋改良,如同向虎谋皮,恐怕没有什么结果。上海教育界同人于十六年四月七日公宴美国来华讲学的教育家克伯屈博士,席中凌冰博士说了几句笑话。[①]他说:"我们男子近来多在女子压迫之下,宜努力求自由解放。我们男子也是被压迫者!希望男子们快快起来,组织团体,大

---

① 克伯屈(W. H. Kilpatrick, 1871—1965),美国教育家,终生致力于推广杜威的实用主义教育理念。凌冰(1891—1993),民国教育家、学者、政要。——编者

家站在一条战线上,向着解放男子的途径上奋斗!"大家听了,哄堂大笑。我以为讲到"酸素作用"的不自由,造成许多黑暗的家庭,妇女们确是"被压迫者",却希望女子们"快快起来""大家站在一条战线上""奋斗奋斗"才好!

十

我的丈夫以为各人有各人的个性,至于我的个性,他决意任我自由,不加摧抑;不过他天性喜欢各事妥适,务使各得其所,所以对于力求我的个性适合,有时也有过分的时候;这种过分的小事,我倒觉得有趣。例如我们常打网球,他并打得很好,有一天我们打了一会,离开网球场的时候,他对我说:"网球的游戏其实不适于你的个性。你的举止很端严,打球狂奔,常非所宜。端严态度是你个性里面一个优点,我不愿意你把它除掉。我觉得你还是搁起网球去学学射箭罢。我以为射箭的游戏更合于你的个性。"我听了也觉得兴致很好,就照了他的建议,居然对于这种新游戏,非常起劲。

依我看起来,婚姻是人类关系里面最神秘而最重要的一种,有的时候,竟可包含其他的种种关系,尤其重要的是关于父母的责任。我天性就喜欢小孩。幼时喜玩洋团团,后来大了一点,想象中也常觉得小孩的可爱。现在我嫁了章卿,心里更希望有一个小孩。这样一来,他虽先往中国从事他的事业,我暂在美国,也可借此小孩使我们俩的精神更有牢固的维系,也可使我借此欢乐,不至孤零寂寞。至于章卿方面呢,我知道他是喜欢小孩的。我有几次故意把邻居的小孩抱来与他玩玩,他对于这个小孩很表示喜悦和爱的态度,所以我知道他也是喜欢小孩。但是我们虽都喜欢小孩,我心里却以为当时刚才结婚，诸事尚未措置安稳，如再加以小孩牵累，恐怕章卿心里不愿意；因此我虽梦想小孩，对于校里我所素喜的书本，渐渐觉得讨厌，也就深自抑制，把希望小孩的欲望搁开，不再放在心里。我这种心事，章卿却不明白；他仍怀着美国一般人的见解，以为美国的妇女都是怕生小孩，都是不愿意做母亲，免得麻烦。

有一天，章卿去访他的一位中国朋友，这位朋友也是在美的留学生，并带了他的夫人和他们的小孩同在美国。他访了这位朋友以后，回到家里，现出很高兴的样子对我说："我亲见我友的婴孩，不久这位小孩还要得着一位小弟弟啊！这个小孩真是好运气啊！"

我改了他的话回答他说："这一对父母真是好运气啊！"说完了长叹一声。章卿听了，对着我望，脸上现出很奇异的样子，继则高兴得很，竟至眉开眼笑。他问我说："麦葛莱，你刚才说的话，真是你心里的意思吗？"他这样问的时候，心里还是狐疑着。经他这一问，我们便大谈我们将来的小孩，谈得很久，谈得很高兴。依章卿的旧观念，结婚的后面当然要有小孩跟着来，有如开花之后当然有果子跟来一样；他至此始发现我关于此事的理想和他一样，格外欣慰，使我们俩更能彼此谅解，更能彼此觉得满意。他还对我解释一层意思；他说有了一个孙子，格外有效力，使得他父母对于我们的婚事易于调解。

那一个学期完毕的时候，我居然有孕，把书本搁起，从事针黹了，我们都觉得很欢喜。缝纫之事，我本喜做；但是此时用绸绒材料做些小衣服，更觉有趣，为我从来所未经。我的母亲是注重实用而不讲究华丽的人，她看见我加上许多绣成的花样，表示反对。不过我的丈夫轻轻翻看我放针线的篮子，现出满面笑容。他笑了，还要常说："你真是一个中国人的夫人，中国的夫人对于缝纫刺绣是很会做的，有的并替一家人做鞋子啊。"我也随口答他说："做鞋子？做鞋不是容易的事；要把鞋子做得好看，也是一种美术。中国妇女能做好鞋，是可以自豪的事。我听说中国妇女很把自己的脚看得重，所用的拖鞋都是自己做的。"

他听了我的这番话，就把他幼时的前尘往事告诉我，说他还记得小的时候，在他家中一个花园里面，和一个小女孩踢毽子玩，他的母亲和这个女孩的母亲，当时也在那里坐着，从事刺绣，低声谈笑。这两位母亲彼此是好朋友，想把这一对两小无猜的男女订婚，使两家的友谊因此更能巩固。

照章卿所描述的这位小女孩，轻盈活泼，我在想象上，好像就在云雾中看见飞翔空中的一只美丽绝伦的蝴蝶，对她很有趣味。据说这位小女孩的名字叫作李瑛。她当时在花园中跑着的时候，还不过三岁，一双脚还是天然脚，未曾缠起。这是章卿所追忆他们小时的情景。至于我此时和章卿谈话的时候，想起这位女士，必坐在一个地方，三寸金莲的脚穿着绣鞋，很文雅的交叉着，等着她的父亲替她与别一位青年订婚。

章卿有一天把他和他父母合摄的相片示我，他那个时候刚才八岁。我拿着这张相片细细的看，觉得他母亲的容貌端严而美丽。她坐在一张雕花乌木桌的一边，穿着有花边的裙子，裙子下面露出很小的一双缠过的脚。在这一张桌的别一边，坐着他的父亲。他穿着一件古式的华丽长袍，看他的神气，显出很严厉、很不易调和、很独裁的态度。立在他的旁边是一个小而静肃的孩童，戴着一顶圆顶小帽，结着辫子（据章卿告诉我，这个辫子还是用红线结的）。所穿的一件绒袍的袖子很长，几及于膝，所以他的手也被这长袖遮住。我看的时候，把手指着这个小孩的头上说："我希望我们的儿子就和他的样子完全一样。"

【译余闲谈】

　　麦葛莱女士希望有小孩慰她的寂寞，这种意思很不错。一个小家庭里面有两个聪慧玲珑的小孩子，确能增加家庭的乐趣。不过太多了，如经济能力不充，也是一件极苦恼的事。我这样说，并非空想，都是根据所看见的许多事实说的。要生育小孩，当然不能自主；要不多生小孩，现在已有相当的方法，可请教良好可靠的西医。

　　做父母的人，有的因为自己要拉拢别人，做好朋友，居然把各人的子女做利用品，拿子女的终身大事做增加自身和朋友的交情；这种事情最没有道理。碰到这种老顽固，我倒要劝告劝告他们。要晓得婚姻应该以两方男女本人做本位的，那些老太爷老太太也许自己年纪大了，也要顾念子女的前途日子还多，不要因自己一时的快意，种下子女一生受累的恶根！关于这种事情的弊害，《生活》周刊二卷二十三期刘凤生先生所著的《指腹之约》讲得很透彻，可以参看。

十一

由美国到上海来了！

　　我希望于未即跟随章卿到中国之前，能生一个小孩慰我的寂寞，后来居然如愿以偿，生下了一个男孩子，俨然抱在我的手里。这个初生的婴儿，襁褓裹着，洗得洁白干净，无故的呱呱的哭。我和我的丈夫看着他一副极有趣的、极可爱的小小面孔，酷似乃父小时的神气，不胜欣然，满面笑容。章卿望着他看个不停，看的时候，欢笑不止，还歪着嘴角，做出滑稽的笑态。看了许久，他又很温柔的和我接吻,对我说道:"麦葛莱,这真是我的儿子,你也快活吗?"我答应他说:"我很觉得快活。情爱所带来的东西,我都有了,当然很快活。"

我们安置家庭的计划,进行得很顺利,我们的小孩威尔佛出生五个月后,章卿便动身先回中国去。我和他离别的时候,恐怕他伤怀,所以力自镇静,不敢流泪。不过到了离别时最后的几分钟,我很觉得不能让他离去,默然紧贴着他的身体,手里还抱着小孩,依依难舍,很觉难过。

章卿再三安慰我说:"这个离别是暂时的,不久我们便可在中国团聚的。麦葛莱,你是很勇敢、很可爱、很真诚的人,前途幸福,必可无量,千万不可悲伤,目前务请暂为忍耐。"

章卿到了中国就来一信,在这第一封里面,他告诉我已受上海一个很有长久历史的著名大学之聘,担任教授。并说他同时已在上海执行律师职务,这是他要想进外交界的第一步。

再过了四个月,章卿来信叫我到中国去,我得了这封信之后,就忙着打算和我的小儿子动身。我的终身大事是要助我丈夫造成一个好家庭,我丈夫的终身大事是要在中国有所贡献;我当然要到中国去,这是当然的办法,不但我自己向来对此不生疑问,就是我的父母向来对此也是没有生过疑问的。但是到了真要动身的时候,我家里的许多朋友却大惊小怪起来!他们问了许多奇奇怪怪的话:你真要到中国去吗?你怎样舍得离开你的母亲?你怎样舍得这样可爱的美国?你到中国去,心里不害怕吗?我对于这许多问句,都尽我力量,很耐心的、很有理由的回答他们。但是他们问得噜里噜苏,很使我觉得麻烦。

其实我这个时候对于中国民族的老成见虽早已风消云散,但是我当时不过因爱章卿而爱及中国，对于中国的实际情形，虽有章卿写了许多信来告诉我，仍是糊里糊涂的。

我由美国动身了。途中依照章卿写来的信里所说的详细办法，我和威尔佛倒也很舒服。有一天黎明的时候，我从窗口望了出去，看见中国长江的黑黄色的水，水面有了许多中国式的船，在那里很忙，在雾里又望见了中国的吴淞口。在那个地方，已经有小轮船等着，我们不久上了小轮，便很急的向着码头驶去。慢慢的雾也散了，我在小轮上向岸上望着：看见两旁的绿岸；远远的窥见屋上的红瓦闪烁着，和美国也没有什么两样；还远远看见夹着白灰的墙壁和中国式的斜脊屋顶。坐了好一会，上海渐渐的现在我的眼前了；所望见的东西，有的好像是我晓得的，有的好像是我所不晓得的，杂在一起，使我百感交集，莫知所措！在近处水里所看见的，有轮船，有小轮，有兵舰，又夹着中国式的货船、花舫和较大的游船，真觉得新奇得很。忽然我从海关码头上一群人里面瞥见我的丈夫。再等一刻工夫，我们的小轮已就近码头，我的丈夫马马登轮，立在我的旁边了。他欢迎我当然十分的愉快，不过在公众的地方，他于亲热之中，却很注重适宜的礼貌。他接手抱着威尔佛，同时扶我上岸，乘着预先备好的马车一同回家。

我初坐在车中所闻见的东西，有的是我所熟悉的，有的是我所奇异的，又是新旧杂陈，惊愕交集：叮当叮当的电车声，汽车的喇叭声，吆喝着跑的人力车，益以小车、踏车的震动声；戴着阔大草帽下的小工黑脸、戴着盔胄的武装巡捕、包着头布的黑脸印度阿三、刺耳的洋泾浜英语，都使我惊奇得很！

就是章卿，也现出他的新旧混合在一起。他穿的是美国装，面孔同从前一样，没有什么改变，口音同从前一样，也没有什么改变；但是他对马夫说的中国语，我只听见一大串叽里咕噜的声音，完全莫名其妙。

我耳目对于许多新奇的东西应接不暇的时候，我的丈夫已坐在我的旁边，马蹄嘚嘚，开步走了，章卿回过头来，向着我笑。在那个时候，我真觉得上海是一个新奇的地方，和我足迹所未到过的婆罗洲或北极……在我当时的心目中，简直觉得一样，没有什么区别。我当时也没有向我丈夫问些什么，只和他及小孩坐在车中，这车便匆匆忙忙的向着我们所备好的家中跑。不久我就到了我的中国家庭了。

【译余闲谈】

麦葛莱女士在订婚的时候，结婚以后在美国的时候，我们已见她不顾环境，不惑人言，尽其心力爱护章卿的真诚，本段里面述她将要动身来中国的时候，又受着种种刺激，她竟一心一意向着所心爱的章卿，这种真纯恳挚的真诚，真是感人；怪不得原书在美国初印单行本发行的时候，风行一时，当时在美国留学的中国学生，几乎人手一编，几乎人人心里都想获得像麦葛莱女士一样贤惠的一位外国夫人！我以为麦葛莱女士固贤，章卿也好，总算俗话所谓"珠联璧合"。换句话说：要得贤妻的心思固是应该的，但是也要先养成"贤夫"的资格，否则专做"单相思"的工夫，也是徒然的。麦葛莱女士初到中国，无处不觉惊奇，这是因为东西风俗习惯和社会状况的不同，无足为怪。不过我觉得这种地方也很可暗示国外旅行的有趣；世界各国的新奇事物，形形色色，奇奇怪怪，为我们所未见闻的，不知多少，倘有机会一饱眼福，也是人生不可多得的乐事。

第二章 在中国的时候

十二

我最初于上海所得的印象,不过像看走马灯,模模糊糊的。初到上海上岸的那一天,我和我的丈夫坐在马车里面,车子沿着黄浦滩很快的跑过。先经过外白渡桥,这个桥和美国所有的桥比较,并无愧色。其次经过礼查饭店的门口,这个旅馆也很像美国的旅馆。其次沿着苏州河,这个河的狭隘,只见于上海,便与美国所见的不同了。

我们的马车到了北四川路,便停在一个里弄口,里内有许多新造的、半西式的房屋。这个里弄是在公共租界,宽大清洁,沿着很热闹的马路。里内各屋的围墙,红砖光滑,间以各家的黑漆大门,门上钉有铜牌,镌着住者姓氏。我们走到其中一家的门口,我的丈夫便停了足,压着美国式的门铃,立刻听见门内电铃顿响。转瞬之间有一个满面笑容的仆人,身上穿着蓝布长衫,出来开门。我们进了大门,走到一个小天井,天井里面排有许多花,杂以青藤,幽雅可爱。再走进去,便到一间很大的四方形的房间,静穆洁净,地上铺有地席、椅桌及"沙发"都排列得很得法好看。壁上悬挂各物,均极精致,即由我自己亲自选择配置,也不过如此。当时看见屋内装有煤气灯的灯架，虽以为异，然却不觉得讨厌。有一墙隅还装有汽炉，可见当时上海天气虽暖，有的时候，还是很冷。章卿同我往各室观览一周，嘴里说着这是一个很简朴的小小家庭，宜于独立的男子所能有的家庭。我们既到了家，便把威尔佛交与一个阿妈看护，这个阿妈是一个面容光洁的年轻女子，穿着一件浆得很硬的布衫，一条白裤，还缚着一条白色围布。同时我们夫妇两人就匆匆同赴章卿一位友人午膳之约。

我们出门乘着黄包车，这种车子，我觉得很新奇，但却也觉得喜欢。不久我们由大路转入弄子，走入一家完全中国人的家庭。这家一对男女主人，都在美国留学过，英语讲得很好，很亲热的欢迎我们。我和他们交际，觉得很自然，如同在美国一样，这是非我初意所预料。这次他们请的饭菜是中国式的。客人围坐于一张圆桌，桌子中央排着鱼肉青菜，随意的吃。各人面前有各人分开的一碗饭，各人面前排有小碟子、筷子、调羹。此外桌上还排有酱油、芥辣、瓜子、杏仁等物。那位女主人除请我中国菜外，还为我另加面包、奶油、冰激凌，并为我另备一副银制的刀子叉子，临时拿出来给我用，真是无微不至；我的丈夫却满口称赞我能用中国筷子，说我用得很伶俐。其实在我们初结婚的时候，章卿虽曾拿出所带的中国象牙筷，教我怎样用法，现在有许多人一起吃饭，当他们面前试用，我却有点胆小；当时因章卿说得很高兴，我体谅他的好意，居然也就试用起来。许多在座的客人待我很好，看我试用中国筷子，都觉得有趣，并且都称赞我用得很好，这便是我做中国夫人，顺应中国交际习惯的开端。

我和章卿由友人家共膳完毕回家，在途中的时候，他对我说："麦葛莱？你觉得不惯吗？"

我回答道："什么不惯？是不是指用中国筷子？讲到中国筷子，我却很喜欢用。"我说的时候，表现出很高兴的样子。其实我心里也很明白他别有所指，并不是指筷子。

他听了我的答语，很严正的说："我的意思不单指筷子，是指许多事情，是指中国的一切情形，如人民风俗等等，以及你的思家病。"

我安慰他说："你放心，你将要看出你娶我，与娶了一位本国女子无异。至于'思家病'，我现已回到我们的家，何病之有？"

就物质方面说，此时我们家庭最重要的一件事，就是章卿独立维持他的家庭生计，此外一点没有别的帮助，这件事在中国的上等阶级是很不容易的。他当时一方面在上海一个规模最大的大学里面教授高等英文，兼任别校的国际公法讲席，同时并执行律师职务。他那个时候出国多年，重到祖国，很是高兴，对于所任职务，满腔热忱，竭尽心力去做，这种满心怀着无限希望的态度，初回国的留学生，大概如此。但是他过于奋勉，过于劳苦，往往超出他的体力所能任的范围。

【译余闲谈】

麦葛莱女士初到上海，看见苏州河的狭隘，就以为异，我想当时倘若经过上海城内素负盛名的城隍庙街市，还要觉得可异。总之就大概说，我国地方上人不注意市政的改良，的确是一件无可讳的事实。孙中山先生说我国向来只有家族和宗族观念，缺乏国家观念，我以为这件事实也可作为一个佐证。公共的街路和一切公共的设备，本在各人"家门"以外，便苟且敷衍，不思积极改良了，并不想到市政的改良和一般人的生活实有密切的关系。

我记得不久以前,有四五百个美国大学旅行团的教授学生,往世界各处大都市"观光",到了上海,各团体商量招待。有人怕上海城里有许多不好看的街市地方,"苦心孤诣"的提出方法,弄几十辆汽车,把这一大班人装进去,派人陪着往城里中华路一带略可看得过的地方兜一个圈子算数,想法不让他们自己往城内各地细细视察,以免"丢脸"!这样看来,市政的改良,不但有关国民平日的生活,简直有关国家的体面了。但是这种事又岂是"只有家族宗族观念"的国民所肯注意的!咳!

十三

我们夫妇在中国布置好了我们的新家庭,安乐的同居,一切都很顺适。我们在美国的时候,所过的生活,因为是暂居的性质,所以有的地方也就因陋就简,现在我们既已到了中国,便安心静意的使得我们的生活愈益丰富圆满。在我的方面呢,我以为我自己要造成旧式贤妻,这种旧式贤妻是特别有益于章卿,也是我所最宜的职务。我这种工作怎样着手呢?我对于家务,很细心的处置得妥妥帖帖,依着我丈夫的所好,用心招呼他,在他需要的东西,设备得完完全全,使他身心安适,事事如意。我这样待他,他也非常喜欢,并且非常感激。

我们所住的是一所两层楼的房子,楼下有两个大房间,楼上有几间卧室,还有一个小小的屋顶花园。我平日有许多时候都在这个小花园里做事;有许多下午的时候,威尔佛和他的阿妈也在这里玩玩。这个小花园里置有漆好的藤造的卧椅,铺有粗毯,排有许多瓷盆的各样花草,光线充足,地方雅洁,使身处其中者心旷神怡。在全部屋子的后面，离开我们所住的房间颇远，便是厨房、仆役的卧室，还有一个洗衣服用的小天井。我们这样的家庭，真是很重实际，而又很新式的很安乐的家庭。我们厨房里面的设备，也可以算是"中西合璧"，装有汽炉，也装有中国灶。其中保存中国色彩的还有三个训练很好的仆人，一个叫作阿秦，一个叫作阿林，一个叫作阿宝。有许多在中国西人所用仆人，都不过叫作"保侬"[①]"阿妈"或"苦力"，我们所用的仆人，却用了上述的名字，犹之乎在外国的仆人，有的叫作"詹姆士"，有的叫作"卜力极"，各有各的名字，不至相混。讲到我们仆人的职务，阿秦扫除房子，并担任购物送信等杂差；阿林烧饭烧菜，有的时候烧中国菜，有的时候烧外国菜，花样很多，都很可口；阿宝是一个女仆，招呼威尔佛，并服侍我。

　　我最初就很欢喜阿宝，她是一个清秀明慧的女子，声音细软，态度从容。她没来侍我以前，曾在一个美国人家做过事，但是她虽略有经验，却非常肯听我的话；我的床铺和我的衣服要怎样整理，威尔佛要怎样招呼，她一一照我指示，一点不执拗。至于阿秦，就有点不同了，他是一个年纪颇大、性格严肃、肯负责任的人。他对于家具的安置，窗牖地板的洗刷，常执拗他自己向来习惯的方法。你若让他自己去弄，他对于屋角细隙等处尘埃，都很忠心的替你洗刷得干干净净；但是倘若你正式的监察他的工作，他反而大意的忽略过去，不肯这样忠心去做。后来有一个朋友替他解释，说他这样，是要示意叫我不要多疑。这种特别的想法，我觉得很有奇趣。阿林对于烹饪很精工，他还有一件有趣的事，就是他的眼角往下斜，和他的卷曲的头发。有的人以为中国人的眼角大都往下斜，其

[①] "boy"的音译。——编者

实大多数并不如此；不过中国人的头发从来极少卷曲的，这个厨子却是一个例外，看他这副样子，倒也很好笑。

照省俭的小夫妇看起来，我们的家庭，也许还觉太奢。依美国的情形讲，就是用一个仆人，我也要觉得太奢。但是在中国，我们家庭还不算人多，我们收入虽不很多，维持这样一个家庭，还觉绰绰有余。

章卿对于家务也尽力帮助，凡事都能特别谅解。我们所用的仆人，对于我所说的话，还懂不到一半，我最初对于他们的管理，当然觉得困难；但是章卿却已自己觉得我开始几个月的困难，他无微不至的帮我，使我减少不便的地方。我还报他的好意，夜里帮他订正所用的讲义，帮他写信，他常说我是他的一位秘书。我们回到中国的第一年，觉得我们俩互助的地方很多，也是一件幸事。

【译余闲谈】

家庭生活是人类生活里面很重要的部分。家庭生活可分精神与物质两方面：精神方面要和和气气；物质方面要清清爽爽。讲到这两点，想到中国一般的家庭生活，真是苦多而乐少。中国的家庭还有许多是用大家族制度，尤甚的还夹了许多不相干的人物，精神上的苦痛，不消说了。讲到物质方面，又多龌龊杂乱，令人生厌。有的女子并不知道是什么叫作"家事学"，有的女子是懒惰得很；有的少奶奶们忙是忙的，不过忙到邻居家里，专心致志于"龙凤白"[①]，家庭的整理布置，也就"无暇及

[①] 即"麻将"，徐珂《清稗类钞》："凡一百三十六，曰筒，曰索，曰万，曰龙凤白，亦作中发白。"——编者

此"了！于是大多数男子觉得家里实在讨厌，有机会便往外边去"消遣"；"打牌""花酒"便大畅其销路了！这种怪现状，尤其在上海厉害。有许多人，你看他衣服穿得多漂亮！但是你试往他家里去看看，简直脏得像猪棚！咳！我们不要看不起家庭生活，家庭生活不改良，要影响到社会的生活。有人以为要改良家庭生活，宽裕的经济是不可少的。这话虽不无一部分的理由，但是我们要晓得洁净整齐与奢华不是一件事；家里东西虽未能精致，虽未能完备，但是揩得干净，排列得法，和龌龊杂乱，便大不同。反过来说：有的人家东西虽多完备，因为不顾清洁整理，也要一塌糊涂的。我们听麦葛莱女士津津有味的叙述如何布置一个安乐的家庭以慰章卿，当亦有感于中。

十四

我们在上海所布置的快乐家庭，对于社交方面，也是很愉快的。我们常请朋友在家里聚餐；不过都是很简单的，没有什么繁文缛节，过奢的设备。我们也加入一两个聚乐会，和许多留学生所做的事情，很有联络。这些留学生在中国的各种事业里面，很占重要的位置，他们虽然也要保存中国文化里面固有的良法美意；但是解决政治的、社会的和经济的种种问题，却很援用西法。时常到我们家里聚餐或茶叙的，有许多是这些留学生，此外还有许多有趣味的人物，其中也有中国人，也有外国人。

和我们家庭来往的朋友里面，有一位是在海关里面服务多年，资格很老；有一位老留学生，体格魁梧，嘴上留有八字式的白须，这位老留学生还是在五十年前由中国政府官费派往西洋留学的。他常告诉我们那个时候留学的趣史和许多吃苦头的事情,他还说句笑话,说他极喜欢吃外国的苹果馒头,在中国竟吃不着,真是觉得大大的缺憾。此外和我们常来往的有一位办英文报的很著名的主笔先生。这位主笔躯干高而瘦,性情镇静,一望而知为脑力充足的人;和他一起的,常有一位短小精悍少年老成的人,他是一位眼光远大的教育家,同时也是一位口若悬河的演说大家。我记得有一次他们两位大讨论中国需要专为中国近代妇女而设的杂志,在当时这种计划还不过是梦想,现在居然成为事实了。在当时我们朋友里面还有一位退职的国会议员,讲起政治问题,这位老先生便谈得滔滔不绝,非常起劲,现在他又到政界里去了。又有一位笑容可掬的青年,常说老大的中国应如何如何革新,侃侃而谈,说得严厉得很;但是有的时候也常作笑谈,很使人发松。又有一位外交家的儿子,他的父亲是中国人,母亲是美国人,生长在美国,大了才到中国来,但是对于中国却很亲热。这件事,我和章卿都觉得特别有趣,因为和我们儿子将来所处的地位,或者也有关系。讲到我们的朋友,自然有许多都是青年一辈,他们的日常生活,都不愿受中国旧俗的束缚。但是有许多年龄较老的、思想较偏于保守的,也常来参加我们的晚宴。遇着这种聚会,我和章卿一同出来招待宾客。

  我到中国后,对于中国人渐渐的更知得深切,觉得他们的社会交际却有敏捷整洁的精神,我和他们交际,觉得很愉快。中国人很注重礼貌,很注重客气,视为社交的基础。我对他们还有一种很愉快的现象,就是他们对于妻女姊妹和朋友,都很谦逊体谅。西方人有的专凭幻想,以为中国人关于这种地方不免存有轻蔑的心意,其实大谬不然。我们谈话的时候,我看见有的丈夫很细心的把谈话内容,用中国语译与他的夫人听,使她也得分享聚谈的快乐。不过我们所来往的女宾里，有许多英语都说得很好。我们家庭请朋友来聚会或聚餐，都很自由，随意谈笑，尽欢而散。中国人很会谈天，所谈的东西虽含有奥理，措辞却能轻快生动，逸趣横生，没有呆笨或自炫的毛病。

我还记得我第一次在上海参加友人聚餐会的情形，那次聚会很盛，宾客很多，其中除了我，都是中国人。我当时对我的丈夫说："我虽不是中国人，也差不多变成了中国人了。"男女围坐于一个大圆桌，诙谐谈笑，相聚甚欢。

我们围坐着餐叙的时候，有一位与我颇为相熟的中国女宾对我说："你试想！旧年我们在这个房间里面还是分桌坐的！"我初听莫名其妙，请她加以解释。她说从前中国有一个时候，男子并不把客人请到家里宴会，他们总在外面请客；后来他们即有在家宴客的，只男子宴叙，女子并不参加的。后来就是有男女宾同室聚宴的，也是男的归一桌，女的归一桌。现在便不同了，仿效西俗，男女也可同桌宴会，共同谈笑了。她这样解释的时候，还加说一句，说她觉得这种新例比旧例好得多。

我在那次宴会里面，看见全体宾主都穿着中国式的衣服，心里很高兴。我也第一次穿我的中国式衣服，上面穿了一件短袄，下面穿了有褶的裙，全套衣服是用淡绿色的和黑色缎做成的。我穿了这套衣服，常常看见章卿向着我望，从他的眼里现出挚爱热诚和谅解的精神，是我所最喜欢看的。我想我穿着中国式的衣服，他看了更相信我的确是爱中国的，更相信我的确是要做一位真正中国的夫人。

【译余闲谈】

我国大多数家庭的生活枯燥无味，内部的整理和布置不好虽是一种原因，但是不讲社交，也是一种原因。我国向来的风俗，"应酬"是以男子为单位；西俗的社交，在既已结婚之后，便是以小家庭为单位。所以我国的大多数男子固然觉得家里索然无味，同时在家里过枯燥生活的女子，也是觉得无味。我以为要家庭生活有味些，要和几个"志同道合"的小家庭联络联络。联络的方法，轮流餐叙也是一种；不过设备要简，时间要短。譬如星期六或星期日的晚餐之类，费时一二小时，弄几样简单的佳肴便饭，各家夫妇聚拢来谈谈，或再加以简单的游戏亦可。总之时间与金钱都要弄得经济才好。我深信这种组织，家数不可太多，太多则精神散漫，必致有始无终。不过如有家庭交游广的，加入几个家庭团体，轮流参加聚会亦可。我的理想人数，以为每个团体以五六家为宜，夫妇聚起来便有十人左右，刚巧可以凑满一个圆桌，便于餐叙（除聚餐尚有游园及短旅行等等）。如这样组成的各小团体，彼此有多数是认识的，每季或每年开一个较大而有兴趣的聚会亦可。我所以主张小团体，实鉴于国内热心人士所曾经组过的家庭团体，定期聚数十或百余不甚相识的人开一个茶话会，大家恭恭敬敬坐着，吃几粒长生果，吃两块饼，听着几个人"老生常谈"的演说，便把好好星期日的全下午送掉！所以有许多人到了几次，觉得讨厌，便常常不到，使得这种组织奄奄无生气。我以为这类组织诚然是各家庭彼此交际的媒介，不过有几点要特别注意：（一）人数不可过多；（二）要由好朋友共同组织；（三）介绍与家庭的朋友，尤须注意对方的品性道德，以免招祸，所以人选要格外严格；（四）时间与费用要力求经济。

十五

我到上海第一次赴友人正式宴会,就穿中国式的衣服,上面已经说过;自从那次之后,虽然有的时候穿美国式的衣服似乎适宜些,但是我穿中国服时候却居多数。我记得有一次伍廷芳博士到我们家里餐叙,他和我相见时,一方面向我鞠躬,同时却很注意我穿了中国衣服。

他对我的衣服注视了一下,好像有很重要的问题要问的神气。然后他突如其来的问我:"你穿这种衣服快活吗?"我回答说:"我真觉得快活。"他又再进一步问我:"你对中国衣服比美国衣服还要来得喜欢吗?"我很坚决的点头,满面笑着,并转着我的眼睛去望望章卿对着我的眼睛。伍老博士听了,挥了他的手说:"你既喜欢中国衣服,尽可常常穿着。"

有件事说起也奇怪,我的丈夫却不赞成中国有的妇女穿裤不穿裙的习惯,所以他始终不许我这样。我个人却觉得这种习惯并不难看,而且也很舒服;但是章卿既不赞成,我也很乐于穿着有褶的简单的裙子。

我不但在衣服上喜欢中国,就是在我心里,也是喜欢中国;我心里所念念不忘的,只有我的丈夫,我丈夫的事业和我丈夫的国人。我初到上海的时候,我心里想我只好静守家门,除与几位女朋友来往外,没有别的什么地方可去。我此时的生活既很顺适,我也任意所之,不加思索,如入梦境。我住在冷静的房子里面,地铺白席,墙悬花卉;屋外喧嚣的半新式的上海,我看去却觉得糊里糊涂的。常听见户外路上的马蹄声、拖着橡皮轮人力车的车夫脚步声、汽车笛的触耳声、小贩的粗大奇声,使得我好像陷入五里雾中,与世隔离的样子。但是我的丈夫却不愿我过这种冷静孤寂的生活,他一定要我和他同到我们适宜去的地方,一定要我和他共同招待亲友,一定要介绍我和许多中西朋友来往。

他很热心常把中国社会的习俗讲给我听,这件事却不是容易的。东方人和西方人的相聚,有许多彼此互异的风俗习惯,我从前曾经说过。即就我所说过的而论,已经够麻烦;此外还有许多复杂的情形,就是中西社交的礼节有许许多多不同的地方。我只要举一个简单的例子,便可以看出。这个例就是来宾坐定之后享以茶点的规矩。在极守旧的中国家庭,来宾对于小茶几上所排的一杯茶,就是用手碰着一下,也不免有失礼之诮。在最新式家庭,做客的却须喝所备的冰过的或冲热的饮料,以免主人见怪。除此两绝端外,还有种种居间的略有变动的规矩:有的看见献茶,只很恭敬的鞠躬致谢;有的把茶杯举起来喝一点儿;有的喝去一半,留着一半。这些俗套,就是中国的新人物也觉得麻烦,这是我亲耳听见他们讨论本国习俗时候所老实承认的。但是这些俗套虽难免令人忽略,做得不周到,但是只要有诚意,却也受人原谅,不至发生误会。章卿对于各方面都能周到,所以补助我的地方也不少。但是有一件事他却忘记预先对我说明。在上海的地方,访友是可以无定时间的,从早晨九点钟直到晚间十点钟,无时不可以跑到别人家里去访友的。章卿有一次暂时离家,我直费了三天的工夫,才察觉自早至晚随时可以访人是中国的制度,并不是偶然的事。我起初不知道,总以为有友随时来访,无一定的时候,是偶尔有的事,后来听了我们仆人阿秦的示意,方才明白。我未得阿秦示意以前,有一天早晨,我只穿着睡衣,不加装束,想要和威尔佛玩一早晨,希望没有外人来间断我们母子的乐趣。哪里知道不多时阿秦便来通报有客人来访。我在前此三天里面遇着不速之客,很觉麻烦;这天早晨又有不速之客来,我想阿秦说的时候,一定觉得我的奇异和讨厌的意思现于面孔。阿秦看见我这种神气,一时倒觉得不知所措,停一会儿,他却表示这种事没有什么不对的地方。他用他的洋泾浜英语对我说:"在上海地方,客人是可以随时来的。"他说了又停一会儿,继而又再三坚决的说:"随时都可以的!"说了也就出去。我听了他的话,证明数日所遇的情形,却也不错。我从此以后,便养成一种习惯,随时都要装束的整整齐齐,因为要预备无论什么时候都有客人可以来访的。

照英文的说法,单数男女的代名词是不同的,阿秦所说的那句洋泾浜英语,却用了男的代名词,这当然是他说错的;因为我的直接朋友都是妇女,这些妇女有好几国人:其中当然有中国人,也有美国人、加拿大人、英格兰人、斯各得兰人①、法国人。我和中国妇女,格外和洽。我深信用至诚和好意待中国妇女,她们最能诚恳的回报,为他处妇女所不及。她们待我非常真挚,使我适应我的新生活,获益不浅。她们常来访我,常陪我出外购物,因此使我不再觉得上海的烦扰;她们助我了解中国币制的复杂情形;她们把中国服式的要点讲给我听,把最好的裁缝介绍给我。她们待我这样好,真是难得。

【译余闲谈】

 中西风俗习惯的不同,不但麦葛莱女士有这样感觉,就是译

---

① 即苏格兰人。——编者

者也常常乘着机会提出讨论，以期改良。我常说中西的人有好的，也有坏的，不能以一概论；中西习俗也彼此有好的地方，也彼此有坏的地方，也不能以一概论。不过我们习俗里面无益的虚套和不顾他人便利之处，却应该改革才是。即如麦葛莱女士所提出的，一日到晚随时可以随意访友，便是一件很不好的习惯。依西俗不宜于星期日或上午访友；最宜的时间为下午四时至六时。除有要事特约得对方同意外，平常都不肯无故去扰人的。我们有职务的人，大概上午及下午四五时以前都是很忙的，在此时间一遇不相干的不速之客，已觉得不甚便利。更加以我国习惯，还有一点与西俗不同的地方：依西俗与友约谈，勿作无益的谈话，要事既毕，亟退，勿耽玩费时，误人他事；我们习惯，一坐了下来，好像屁股就生了根，噜里噜苏的说了许多无关重要的话还不肯走，真是要命！弄到事情被他耽误了，只有自己触霉头的去赶！平常忙的人，一个星期里六日内一天忙到晚，到了星期日，上午也许要多睡一些，补补精神，下午也许要去公园或影戏院等处去散散心。但是一碰到不相干的亲友来乱谈一阵，很宝贵的星期日便白白的糟蹋掉！真是哑子吃黄连，说不出的苦！我这话是对一般人而言，至于有特别要事，或知心朋友的"促膝谈心"，当然是例外。

至于麦葛莱女士所提起的喝茶规矩，说有的碰着茶杯就算失礼，这件事我却没有见过，只得说不知道；也许中国风俗各处不同，也有是我们所不尽知的。不过有一件虚套却是很普通的。就是做客吃点心的往往不好意思吃完，总要留一点，有的还要留下一半。这种虚套实在无意识，徒然糟蹋东西罢了！我向来到人家吃点心，不吃则已，吃必吃得精光，不管风俗不风俗，倒也觉得爽爽快快。

十六

我和章卿无时无地不十分热心，使西方和东方的风俗习惯互相融和，互相混合。在当时有一个春天，远东运动会在上海举行，我们躬逢其盛，又是一个极好的机会，可以看出中西融合的新印象。在好几万观众之前，中国、菲律宾和日本互争体育上的荣誉。这次盛会的事务，全由中国人处理；在许多竞赛里面，我的丈夫都被推任为职员，在场内很忙。我和几位中国朋友坐在参观人的高台上；其中有几位是留学生；观众高呼喝彩，兴高采烈，使我们追想从前在美国大学里热心于运动的种种现象。那次远东运动会在上海举行的时候，日间忙于比赛，一到夜里，又有许多宴会和花园会，欢迎运动健儿。那次中国也获得胜利，当然格外使得我们高兴。

我们在上海居住，过了好几时，章卿最初希望如何如何的用教育使中国革新，到了此时，他常觉中国事事使人灰心，他最初所有的一腔热忱，最初所有的无畏精神，竟有些衰颓起来。这个问题，许多留学生迟早总要遇着的，而且都要设法解决的。他们刚回国的时候，怀着大希望和满腔的热心，要使中国改良。渐渐的他们受环境的压迫，不得不承认一桩很为难的事实。什么事实呢？就是中国已有几千年的荣耀历史，因此反致因固执守旧太甚，被旧风遗俗所束缚。要由一代的青年就能革新，谈何容易，恐怕就是经过两代、三代或一百代，也还不是就能容易推翻旧俗。

章卿任事太勤，而深感中国社会之不易改进，渐渐觉得躁急愁虑。说起也奇怪，我当时不觉思乡之苦，他反而苦念着美国。

有一天他参与大学里面的教务会议，他所提出的改革意见，竟被顽固派所压倒。他回家很气，对我说："美国好像一个英俊有为的青年向前大步的走；中国则踟蹰不前，好像一个老太婆！"我却很温和的回答他说："就是说中国是一个老太婆，我以为也是一个聪明的老太婆。"

在这一个时期里面，章卿常常主张西方的方法，说西法好；我却常常觉得东方的遗风旧俗也有好处的。

章卿在这个时期里面所受的失望、愤懑和艰苦实在厉害，非章卿的天性镇静，易以他人，恐怕断受不住。他在大事方面，既受着种种挫折，感觉精神上的痛苦，于是对于小事也难免时常表示不耐烦的神气。因为这个缘故，我常看见他易于烦躁，讲话的口气也近于粗率，判断的态度也近于固执；凡此种种，我看起来，都很明白是他所处境地的困苦。

章卿虽因他的事业上受挫而急躁愤怒；但是讲到我们夫妇两人的关系，却仍是非常亲爱。他就是偶尔因小事而失望愤懑的时候，也很小心的使我明白这类烦恼的事是在世上做人的所难免的，他心中并不因此而发生悔恨或厌恶的意思。有一天我因为极不要紧的小事而伤心流泪起来，他赶紧用臂揽着我说："我们这样的互相亲爱，这类烦闷心绪算不了什么。千万不要介意。我们俩千辛万苦到了今日，还有什么事能破坏我们的愉快？"我和章卿两个人，虽然民族不同，从小所受的教育也各异；但是我们在性情方面就是有些困难，要互相谅解，这也是无论什么地方做夫做妻的所难免的事，并非我们所特有的。

章卿所以使得我心里爱他，常觉得他的可爱，常觉得他无时不合于我的理想，我以为的确是由于他所具的东方人的特征。我们夫妇和爱相处，无论在哪一方面，我常常觉得我们的婚姻有一种万年如新、永远不衰的乐趣,这正是只因为我们两个人不是属于同一民族,不是属于同一文明。

有一次我老实把这个意思告诉章卿,他问我说:"你的爱我,是不是只因为我是一个中国人?"我回答他说:"不是这个意思,我心里想无论你是属于哪一个民族,我都要爱你,但是我现在爱了你,心里便这样想,其实怎样,我又何从知道?"他说:"我要你爱'纯粹的我';我晓得你只爱'我',心里才舒服。"我回他说:"你的话诚然不错;但是'纯粹的你'的确是一个中国人。"他听了这句话,默然想了一会,对我说道:"我固然是一个中国人,但同时却是美国教堂里一个最可敬的教徒。"我笑着对他说:"我决不因为你是中国人而心目中对你歧视。我所信的宗教是广义的,是可以容纳各国的。"

我的丈夫虽然信教虔诚;但是他的天性并不像我的信教那样更能深入神秘之域。我深信天地间最可宝贵的是"神圣的爱和人类的爱"。我深信人类的爱也是万古不灭的,不是"时间"所能限制的。我的这种信仰,最初还是模模糊糊的,渐渐的更觉真确,更使我信得虔诚。我和章卿的婚姻,心性精神无不十分融洽,无丝毫之间隔;但是我的这种神秘的信仰,他却没有。关于这一点,我虽很愿和他一同享受这种精神上的信仰,彼此竟似有些隔膜,我们俩的性情方面有这种异点,渐渐的有一些微微的觉得;不过微微的觉得,心里微微的有点不大自在罢了。

【译余闲谈】

理想的夫妇,有一个重要的条件,就是能"共甘苦"。所谓共甘苦,不但是有乐共享,有苦同当,尤重要的是能有精神上的慰藉。章卿因莫由展其抱负以益祖国,愁虑抑郁,性情不免偏于躁急,有时竟显露于言语形貌;此时倘遇一位不明白的夫人,和他生气,精神上的苦痛必更加上千万倍,幸而麦葛莱女士这样的贤惠,使他于困顿之中获得精神上的无限的安慰。

各人性情不能尽同,是天然的现象。欲强他人的性情尽同于己,大背恕道。夫妇之间,何莫不然;所以夫妇要永久和好,要注意"相谅"的美德。章卿和麦葛莱女士在"相谅"方面,就很可以示人以模范。再进一步想,我觉得仅仅夫妇之间,意见有些异同,终究容易解决;最难解决的,是当中还夹了许多大家族住在一起的不相干的妯娌亲戚的闲话,甚至婢仆的挑拨,姨太太们的醋风,那就要闹得"乌烟瘴气""不亦乐乎",虽诸葛亮再世,亦"爱莫能助"。吃过大家族苦头的人,必不"河汉斯言"。

十七

章卿病了。他的病虽不厉害,而且好得很快;但是自从这次生病好了以后,他的体气总不能完全复原。这个预兆足以警告我们,恐怕他的身体要从此慢慢的耗损下去,以致不可收拾,发生很严重的结果。但是我们在当时还以为不至于此。

他的医生劝他极力节劳。我们俩在好几夜里面互谈这件事,章卿当时却坚执以为他的身体不好,不过是一时太劳的结果,只要在山里好空气的地方休养几个星期,一定可以复原的。

正在这个时候,我对他说起爱情是永古不灭的;并告诉他我深信人生有其精神上的生活,不限于形体的存亡。我说了我的信仰,并很得意的问他说:"这样说来,就是死也岂能夺去我们两人里面的一个?"章卿听了我的话,对我看了好久,他的脸上现出很悲伤的神气。继而回答我说:"我却不敢断言。我们俩过世后彼此关系怎样?我却不能知道。我所深信的,就是在今世我们俩彼此的情爱是无论什么都比不上的。"

我听他这样说,心里觉得异常恐惧。在此刹那间,因为章卿的信仰和我有这一点的差异,由我看去,好像他和我便有了异常的隔膜;我当时简直发呆,说不出话来。而且我也不敢多说什么,因为恐怕要因此使得章卿心里难过;但是当时章卿一定已经看出我的心神不安,因为他看我的发呆神气,赶紧拿着我的两手拖到他的脸上,把他的眼睛巴巴的望着我,对我说道:"你不要有那样的神气,关于来世永久不灭的道理,我们还有许多时候可以细细的想想。"他虽这样的安慰我,但是自从他生病的那一天起,我的恐惧心思总不能除掉。

且说那个时候我和章卿都很羡慕上海法租界之清雅可爱,树荫夹道,街路广阔,宜于居家。于是我们便搬到沿着霞飞路的一所新房子。这所房子我们很喜欢,房间宽畅,有瓷砖砌的火炉,地板漆得光滑,铺上天津地毯,一到夜里,电光灿烂,着实可爱。此外还有一片青绿如茵的草地,种有中国兰花、棕树、木兰花;离我们房子不远便是一个公园,在这里面,每日常有一二十个儿童,由各人的阿妈陪着游玩,我们的威尔佛有了游伴,更是异常快活了。我们家里的仆人也加到五个:添了一个包车夫,又添了一个阿妈。

不久章卿忽接到他父亲一封信,这封信是自从我们结婚后的第一次。这封信里说他母亲念他很切,要他回家去看看。

章卿看了这封信，用很惊异的口气对我说："麦葛莱，据我看起来，这封信的意思一定是家里要和我调解。我看他们还不知道你已经和我一起呢。"

　　我回答他说："你不妨亲去走一趟，看看究竟是怎么一回事。"我当时为章卿的利益起见，倘若能够调解，差不多无论什么条件，我都可以答应的。我到中国以后，看清了中国的家庭生活，深知家族间的情谊是结得很牢固的，我心里觉得因我而使人的母子兄弟离散，实在不忍。

　　章卿听了我促他回乡去走一趟的话，对我说道："我要把你的为人去告诉他们，这是一个好机会。"

　　章卿未答应回家以前，先写一封信回去，说明他已和我结婚，现已住在一起。他家族的回信，果然证明章卿前次猜度得不错。他的家族只晓得他已回国，至于他的婚事如何，一点也不知道，他们以为我们结婚的事必是有始无终的，哪里料到我们却是始终如一的。其实他们的误猜也不是没有理由的，因为很有外国妇女嫁与中国人，等到他们丈夫要回中国的时候，她们就不愿随他们回国。我自己就亲见一个中国人因为商务存留在中国，而他的外国夫人却不肯到中国来，只在外国等他回去。有的时候，这种外国夫人并不等他们的中国丈夫回去，竟到法庭里请求离婚，于是一段婚姻便算完结。章卿的家族也在那里猜想，以为章卿一定也遇着这同样的情形，所以他们决意尽释前嫌，言归于好。

　　章卿家族得到他回信以后，又来信叫他一个人回乡去。他们的措辞却很灵巧曲婉，大概说他的父亲年岁渐高，如再有剧变之事给他听见，必多周折；并说家中婚嫁已多，人口亦繁，倘他一个人回去看看，必能更为安适云云。

【译余闲谈】

人生数十年乃至百年，时间总觉有限；尤其是像章卿和麦葛莱女士这样的深情极爱，至诚无比，我们哪一个不希望他们天长地久。但是我们所能确实有把握的不过现世的生活，至于女士所信仰的另一世的生活，虽在信仰的人的精神上，有极大的安慰力量（按宗教之所由发生，即在此点），但是总不过一种信仰而已，并拿不出什么真凭实据，这真是人生一件憾事。

十八

章卿家族写信叫他一个人回乡去走一趟，他决意乘此机会回去使他家族对我的态度改变过来。在我的一方面，也很恳切的要使得他的家族明白章卿虽然娶了外国妻，对他并无丝毫损害。章卿去了六个星期，在这六个星期里面，他写了许多信给我，虽说他重见他的母亲很觉快乐，但是对于我们的婚事，一点没有迁就家族要求的意思。我在这几个星期里面，一个人在上海常常瞎想章卿家族里面的情形，想起他大家族里面生活的复杂，想起他们里面的亲属关系和权限有许多层次的差异。章卿曾经告诉我许多关于他家族的事情，所以我此时对于他家族的内容很有点知道，便这样的悬空瞎想着。他们许多人住在一个房子里面，彼此的关系那样复杂，竟能忍耐过去，彼此竟能和睦互敬，真是不容易，我心里常常敬佩他们的能力。

但是就我本身而论，关于这一点又很偏于西方的观念：我觉得我和章卿在我们小家庭里面，不要和大家族混在一起，彼此更能谅解，彼此更能自由的互相彻底明白彼此的性情思想。其实我和章卿的小家庭已渐渐的趋向中国化；我这个时候已第二次的怀孕，我是很富于母性的，喜欢有几个小孩，所以此时欣然望着未来的新生活。但是章卿和我都以为我们生活里面最最重要的东西是爱情；其余的一切都是为着我们的爱情而存在的。我们对于儿女的生育，视为自然的事实，无所用心于其间。儿童虽是我们小家庭里面增加愉快的东西，但却不是最主要的要素。我们的小家庭是为我们自己的爱情而成立的，是为着两个情人自愿过共同生活而有的。

关于我们的这种意见，章卿曾经对我说过几句话把它表示出来。他说："依中国的观念，家族是'目的'，儿童是使得家族存在的'方法'。依西方的观念，儿童是'目的'，家庭不过是保存儿童的'方法'。讲到你和我，便另外一种说法，我们的家庭是为我们两个人而有的，我们两个人在这个家庭里面都有我们的相当的重要位置。"

有一天早晨很早的时候，章卿回来了。我一望见他的面孔，就知道他这次回乡之行是有良好结果的。我一看见他，就跑过去，他就抱我的手臂；当他和我接吻的时候，我看见他的眼睛表现很明亮和爱与满意舒服的神气。

我装出好玩儿的样子对他鞠一个躬，问他说道："我的天，你的严正的母亲身体好吗？"他回答我说："我的母亲身体很好，并且要见见她的媳妇咧。"他说的时候虽用滑稽的声调，但是我知道他心里是很诚恳的。

我要他告诉我，他的母亲的心意怎样能这样的变换过来。

章卿说："我把你的为人详详细细的告诉我的母亲，她听了现出很惊异的样子连着说：'原来这样好，我一点也不知道！我一点也不知道！'我未动身以前，母亲还对我说：'媳妇既像你所说的那样好,你为什么不带她回来?'我当时不好意思对她说家里从前并未曾来请过我们,我们哪里敢贸然回去。我的至爱,你真肯回乡去走走吗?"

我经他这一问,迟疑好一会,才回答他说:"我肯回乡去,但是目前还不能就走。"章卿安慰我说:"我们一时决定不去。"

关于章卿回乡后的情形,我和他谈了许多;经此详谈,我更明白章卿和他家族所发生的纠葛,以及他的亲戚对于我们婚姻所持的成见。

在中国的上等家族里面,长子所居的地位是异常重要的。他的父亲逝世以后,他便是一家里面男子之长。他的夫人便要时时刻刻随侍着他的母亲。美国话所谓"男子娶妻",在中国话便应该说:"他要带进一个新妇来了。"就中国的老法讲,他的确是如此;因为他不是把妻娶到他所自造的家里去,是把一位新妇带到他的祖宅里面去。所以中国旧俗只有讨新妇,自从有许多上等人家的青年受了西方新教育以后,对于中国的旧家法,便很有改良的地方。这里面做长子的,从外洋回国之后,虽然也有依照老法结婚,和大家族住在一起的;但是也有自己娶得新女子,自有他们的专门职业,离开本乡,另组独立的小家庭,过半西式的生活。

【译余闲谈】

中国大多数的结婚,严格说起来,可以说是"讨媳妇",不是"娶妻",诚如麦葛莱女士所言。这件事和中国的家庭组织,当然有很大的关系。中国做父母的人,眼看他们儿子教育没有完全,并不十分觉得重要,最重要的是要替他们弄得一个媳妇,方才完了"一桩心事"。独不想做一个大丈夫,不能自食其力以自立于社会是极可耻的事；没有妻子并不是一件可耻的事。做父母的对于儿子"极可耻的事"，不觉得十分重要，独对于儿子"不是可耻的事"，急急忙忙的造成孽因，真是不懂！我主张做父母的人对于儿子的教育，应负责任；至于讨老婆的事，仅可让他们能有自养家室能力的时候，自己去办，做父母的至多只可立于指导或顾问的地位。

十九

我在上文已经说过，中国人作长子的对于家族虽有特别关系，但是其中也有归自外国，自组新家庭，过一半外国式的生活。我和章卿的小家庭，便是这样一类的组织。我在前面曾经讲过，章卿的母亲望了好几年，想叫他长子娶一位小姐，名字叫作李瑛。他的母亲很希望得了这个媳妇，便可减轻她自己的担负。他的母亲已经尽了良妻贤妇的职务，当然希望有她自己的媳妇来服侍她，她自己只要主持家族里的要务。她希望她的新媳妇能尽她做媳妇的责任；替她款待客人，替她料理祭祀；受婆婆的指挥，从事料理种种家务。等到婆婆百岁之后，这个媳妇即升为一家的女主，对于家里的各种事情都要负责任，她所应享的特别权利和权威，随年数而俱增，尤其是养有儿子的主妇。她的最大使命是在能替一族养育子女，由此使得一族的香火绵绵不绝。我所以在此处先把中国的这种风俗解释清楚，因为有了这种说明，因此可使读者对于我在下文所说的一件意外的事情，不致误会。那个时候我在中国已经住了好久，至少在表示同情方面，差不多完全受了东方化；但是章卿同我谈了回乡以后许多的情形之后，忽然完全停止，然后再用很迟疑的口气对我说:"还有一件事我要告诉你;但是我想你听了一定不懂。"我听到他这句话,心里也有些害怕。

我当时心里虽然害怕,但却立刻回答他说:"我当然能够了解。中国待我这样好,我有什么害怕的地方?"

章卿听了我的话,便逐一逐二的告诉我说:"我这次看见我的母亲,才晓得我真正对不住她老人家,因为我使她失掉她老年所倚靠的媳妇。咳!麦葛莱,妇女的命运真苦,有父母兄弟子女的许多复杂情形,真不容易应付!我倘使力所能及,很愿为她牺牲——但是现在我当然没有什么办法,一点儿没有办法。"

章卿说了这一段话,很沉静的又对我说,他这次回到家乡之后,他的母亲和他展开很郑重的谈判,说她老人家如何如何的需要一个媳妇来帮助她。他母亲提议,依照中国的旧俗,要他另娶一个小老婆,这个小老婆便可和大家族住在一起,代我尽做媳妇的职务。他母亲担任替他布置一切,并再三对他说,他虽远离家乡,他的小老婆和子女必能得着家人的照拂,可以无虑。

我当时一面静听他说下去,同时却满肚子的狐疑:我不能用嘴说出的疑问,已表现于我的一对眼睛。我当时心里自然明白,依中国的风俗,有钱的人家讨几个小老婆是一件极平常的事情,甚至有的大小老婆同住在一个屋里的。但是我平常对于这种事情不大注意,更未想到这类事情居然混到我的生活范围里来。现在突如其来的身历其境,精神上大受打击,我的丈夫告诉我那一番话以后的刹那间,我竟完全发呆,连想都不会想。我只觉得痛苦万分,好像将要哭诉无门似的,为我从来所未曾经过所未曾知道的苦楚。我当时神经过敏,竟不知我的丈夫是否已经服从他本国的这种风俗;竟不知他是否因为一旦与他民族的遗风旧俗接触,便全把他所受的西方训练完全丢到九霄云外。

我最后问他:"你真是已经……?"一时又默然停止。

他立刻走近我,展臂来抱我。他看见我满面苦容,他也攒着眉头,异常难过,对我说道:"我不懂你为什么有那个疑问。以你的这样忠诚至性,我哪能存着欺骗的心怀回来?我已使得我的母亲完全明白,只有你做我的妻,除你以外我不能再有别的妻。我的至爱,只有你和我永在一起,此生永远不变。"

他的这种至诚的话,使得我们严重的婚誓重新巩固。章卿对我的这种精诚,便是我对他信仰的坚固根据。他这样始终坚拒他本国中所承认的一种习俗,在他的物质幸福方面,真是牺牲。他当我们行结婚礼的时候,已很坚决的为我们的爱情而宣誓,他此次又为我们的爱情而有第二次的信誓表现。你看,依他父母的意思,他为着我们的婚姻,已使他们大不舒服。尤其不易的,是中国的民族本性最须服从父母,而章卿竟因爱情而在本身排除这种本性。如果他要重续他的父母旧欢,这次是他最后的机会。照他父母的意思,如果他肯讨小老婆,便可补偿他们的缺憾。这样一来,他立刻能恢复他在大家族里所处的地位——立可恢复他们的感情和他应得的遗产,他如有了家族的辅助,便容易达到他所希望的位置,否则他还须再有好几年的奋斗才行。

【译余闲谈】

"时穷乃见节义",章卿在美国的时候,处处要仰仗麦葛莱女士爱护;到了中国,女士便全仗章卿爱护了。在这个时候,章卿如肯讨小,女士处于绝然无助的地位,也是无可如何的。他们俩在美国的时候,我们已看见女士如何的苦心孤诣爱护章卿。在这段事实里面，女士的惊惶失措，章卿的披肝沥胆，真是至诚感人，可歌可泣。做男子的得到这种至诚无间的夫人，做女子的得到这种至诚无间的丈夫，真是"得一知己，虽死无憾"！我译到这里，真觉得天下惟真爱情的夫妇才有至乐，若"貌合神离"的夫妇，真是至苦极痛的境遇。

麦葛莱女士说中国人讨小老婆是一件极平常的事，这当然是千真万确。我有一位朋友最近讨了一个小老婆，他的夫人大怒而特怒，大气而特气，我当然也大不赞成。但是他的大家族里面许多人，如祖父母咧、父母咧、兄弟姊妹咧，以及其他伯伯叔叔伯母婶婶，亲戚朋友都觉得既讨了也就算了，没有什么大不了的事，家里还有人笑他的夫人吃醋吃得太厉害。处在这种环境之下，人人可以讨小老婆了！咳！还有什么话好说呢？

二十

章卿因爱我而不愿迁就家族劝他娶妾的主张，上文已经讲过；后来我觉得章卿倘若当时肯迁就家族的建议而娶妾，简直可以暗中实行，同时尽可以瞒着我，尽可以使我一点不知道这件事情。况以中国宗族观念的牢固，养成严肃的气概，讲到家里彼此的个人关系方面，即有问题发生，为顾全家族的和平与尊严起见，彼此都缄默淡漠，不事张扬。在这种情形之下，就是章卿娶了一个妾，和我一起住在他的大家族里面，我一定也是糊里糊涂的，不至猜疑他娶了一个妾。

上面所说的那几种情形，有的我自从到了中国以后就知道的；有的是章卿从家乡回到上海那天和我谈起才知道的；还有其他的，是后来渐渐知道的。但是自从章卿由家乡回到上海的那天起,我们俩的关系更好,海虽可枯,石虽可烂,而我们的情爱是始终如一的。我们俩更十二分的永远相信,无论什么极小的事,彼此都不致使对方失望。在我的心坎里,觉得发生了一种心灵安泰的热烈情绪,好像点了一盏永远发亮的灯。我们俩从前本是互相恋爱,经了这番波折,我们更深信我们的爱是透心彻骨,无丝毫疑虑存在之可能。我们经了这番波折之后,彼此的愉快非可言喻;好像青春乐趣复现,满腔的高兴,满腔的热望;好像秋杀的气候将临,忽然由不可思议的魔术,一变而为温和可爱的春天。

自从那次章卿回到故乡去走了一趟,他的家族也就时常有信来,并且时常附笔向我道候。这个时候我们和他家族显然已恢复了友谊的感情,但除了这种友谊的感情之外,也就没有再进一步的接近。这种好结果已经是我们初意所不敢希冀的,现在居然达到这种地步,我们也就觉得心满意足了。

我想章卿一定有一次去信提起他的身体日渐衰弱,所以他母亲有一封很挂虑的信来,叫他再回乡去走走。章卿以事务羁绊,难于脱身,决意不回去,写了回信去婉却她。

有一天早晨,我正坐在走廊上从事针黹,我们的仆人阿秦忽然走到我的面前,用洋泾浜英文,很镇静的对我说道:"主人的母亲,她在楼下。"我听了莫名其妙,对他望着,既而问道:"你说什么?"阿秦听这一句,走得更近些,举起一只手,慢慢的按次屈着手指,算着他嘴里所说的字眼,很忍耐的用洋泾浜英文问我:"主人不是有一个母亲吗?"我说:"是的!是的!"他又用洋泾浜英文说:"对了,就是她来了,她在楼下!"

我立刻立了起来,心慌意乱得了不得,为生平所未有。幸而我当时穿了一套中国衣服——穿了一条黑裙,一件蓝色的绒袄。我当时站在那里,极力要使自己镇静的时候,因为穿了一套中国衣服,心里觉得这样衣服在我见婆婆的仪式方面,很有好处,很是重要。我要和婆婆相见,心里本已想了许多次,现在居然到了这个时候了,反而觉得手足失措,不知所为。我心慌意乱的向着楼下,很快的跑了几步,又倏然停止,再慢慢的向前走去。假使当时章卿在家,我便可向着他跑,一切可以由他主持;但是当时却凑巧只有我一个人在家,当时心里只想到一个意见——就是要尽力使我自己能够获得婆婆对我的爱。就主观方面说,我所听过的关于中国做婆婆的许多事实,却很使我担心;我记得在此事发生以前,章卿也曾经对我谈过中国做婆婆的威严,他说:"做母亲的在中国家族里所占的位置异常重要。她的丈夫因有公事,常常在外,无暇顾及家务;除了她丈夫之外,她在家里简直是好像一个专制国的皇帝,对于她的儿子、媳妇、仆人、亲戚,以及其他各人,简直有无上的权威。她自己年轻的时候虽须领受限制和训练,一到她年岁大了,做了一家的主人,便完全相反。"我走到客厅的门口,忽然停步,第一次看见了我丈夫的母亲!我未见她以前,心目中好像把她当作神怪小说里所说的可怕人物;现在实际看见了她,觉得她也是真的活的一个人,倒觉得有些奇怪起来。她当时在客厅里坐在一张很大的长背的椅子上面,把两只手平平的放在两膝上面。她的面孔,和章卿从前给我看过的相片里面年轻母亲的面孔一样,不过现在老了些,样子稍为比以前严厉些。她穿的衣服是黑色摹本缎做的,折得很平,折痕毕露,更增加她的尊严态度。在她的旁边,立着一位陪她同来的男亲戚——是一位中国老式的上等人,穿着一件黑色丝料的长袍。在这位母亲的后面立着一个女仆、两个男仆。

我知道这位母亲一点英语不懂；我自己呢，对于她的南方土语也一点不懂。所以这个时候我们两个人对视，一个客厅里面都静默无声，在那个顷刻间，简直是万籁俱寂。

【译余闲谈】

我们细读麦葛莱女士对于"爱"的描述，觉得真是"丝丝入扣"，使我们俯仰身世，真觉人生除真正的"爱"，一无所有，一无趣味。

讲到中国做婆婆的人，表面似乎威严，其实也是很烦苦的。中国风俗以多子多孙算福气，太太们有了媳妇孙子满前，大家便要说她是有福气；其实一个家族里人口一复杂，闲话便多，管家的便不大容易，此中的烦苦，却非常人所能知道。我看见有一个人家，媳妇好几个，孙子也不少，家境也不坏，我有许多朋友不知内容的，无不同声一致的说这位太太真好福气；但是据我所知，她们婆媳间差不多每三四个月要大闹一次，每月平均要小闹一次，这种气也就够受，如此以为福气，我情愿倒运！我还见一个人家，比上说的一家还要盛，但是其中主持家务的八十岁老太太，因为人口复杂，彼此不和，她老人家还是要拼老命管家，不能脱身，这种苦到死的生活，如果也算福气，我情愿早些断气。在相反的反面观察观察，我看见有许多英美人的师友家庭，他们的子女长大了各自成立独立的家庭，或独立的生活，虽时相往来，时相存问，但是总用不着再累老头子、老太婆来管那样复杂情形的家，他们老夫妇还是双双的郊外闲步，在家得享清闲的福气，比之中国家族越大越是一团糟，谁是福气,我倒要请明眼人区别一下。

【译余闲谈中的闲谈】

本年(民国十六年)六月二十九日上海各报本埠新闻载有下列一段新闻:"昨晨有美国妇人吉泰氏,在临时法院控与其夫嘉定人顾志义离婚。该妇现住爱文义路四十二号,据供年三十三岁,与被告顾志义同庚。顾昔在上海圣约翰读书,嗣考入北京清华学校,一九一四年派送赴美,入某大学肄业。其时我在跳舞学校,始与认识。顾卒业后为汽车工程师,一九一九年二月八日在美国教堂与顾举行婚礼。一九二二年,偕其来华同居。共六年有半,感情甚好,未曾生育。近因顾失业,日用概由我供给,致妆奁中之美金六千元,均被用罄,顾遂不别而去,我以其必系赴汉,盖其弟现在汉口也。嗣忽接顾从南京寄来一信,内谓尔我姻缘已绝,不能再续,如欲离婚,亦所同意等语。现该信存于顾之友人处,因其信并无确实住址,故未裁复,今日信未带来,我之对彼要求赡养部分,自愿抛弃,只请断令离异。我母仍在美国,我如回美,则可自立云云。承审推事吴经熊君,即谕知原告暂勿赴美,听候订期宣判。"

我看了这段新闻,发生两种感想。(一)无论做什么事,都要量力,像这样丢脸的事,不但丢了自己的脸,并且丢了中国人的脸,实为憾事。(二)女子要生活自由和妥稳,须有自立的能力,像这位女子虽遭此意外的不幸,因"可自立",还可减少痛苦。

第三章 做长媳的时候

二十一

阿秦报告我的中国婆婆到了上海,已在客厅里,我惊惶失措,走到客厅门口,彼此言语不通,呆了一会,我随后赶紧学中国的敛衽样子,合着双手,满面笑容,对她鞠躬。我的这位中国婆婆立刻立了起来,对我走近一步;她的全身就靠着她的一双小脚立着,还靠手里所持的一根粗大金头的拐杖扶着。我看她身材非常的高。她对我走近一步之后,有一件事出我意料之外的,就是她居然学美国人的样子,伸出手来要和我行握手礼,我赶紧伸出我的手去握她的手;在这个握手的当儿,我们两个人的眼睛,还是对着彼此的面孔巴巴的望着。我从她的面孔看来,觉得她仁爱之心与恐惧之心混合在一起——觉得她面孔上含有一种担心的样子;其实这种担心的样子,也是我当时面孔上所表现的一样。我当时看了这种神气,知道她老人家心里的忐忑不安,简直和我一样;她觉得这个会晤在她的方面很是重要,和我自己觉得这个会晤在我的方面非常重要,简直也是一样的。

仆人阿秦看见我们行过了礼,把我的椅子向前搬得近些,我和婆婆便彼此坐了下来,彼此相望而笑,只能够用手势来勉强达意。后来她伸出右手，手掌向下，从地板把向下的手掌向上提高，表示量小孩身长的样子。同时把她自己的头倾向着我，眉毛向上动动，表示要问我的样子。我知道她老人家要问她的小孙子，我随把我的手做成枕头的姿势，把自己的头倚在上面，把眼睛闭拢，再用手指着楼上。我们两个人学哑子这样做手势达意，彼此都觉得有趣。就是随同婆婆来的一位长者模样的人（他是婆婆的堂兄），也现出表示同样的喜悦神气，还有三个在旁的仆人，起初虽严肃得很，至此也不禁微笑。我的婆婆又用手势问我的丈夫在什么地方。我用手向着街上大舞而特舞，表示他已经出门去了。她听了颔首，把身体向后坐了一些，伸了一口长气，我和她两个人用手势达意，说到这里已经登峰造极，如要再谈下去，非有一位翻译帮助不行。

正在尴尬的时候，忽然听见章卿回家的门铃响起来，我赶紧跑出去迎他，把消息告诉他，章卿听见这个消息，也惊惶失措，比我还要厉害；他赶紧先我跑进屋子里，我在后面有意慢慢的走，因为要让他们首先相见时不致受别人的烦扰，等到我走近他们的时候，看见他们彼此相望而笑，用中国南方土语，对一个睡眼蒙眬、美若天使的婴儿谈笑。这个婴儿非他，就是章卿一团高兴，立刻叫人由楼上抱下来迎接他的祖母的。

来寓的各人都安顿清楚；章卿告诉我，说我们的母亲要在沪寓耽搁六星期。我天性虽然不善表演，但是在这段时间里面和我中国的婆婆相处，居然学会了许多使用手势达意的法子。我和婆婆彼此谈话，都靠眉毛和手的活动，也靠着笑，点头，摇头，眼睛的转来转去。我立刻获得婆婆的敬爱，她对我表现出一种很温和的很信任的态度，使我心里异常喜悦。

她这次来上海，带了许多中国式的礼物送我们；送给我的是一条很精巧的中国金做的金链，装在一个檀香木做的盒子里面；送给威尔佛的是全套中国式的儿童衣服一打，衣料光亮华丽，是东方儿童所穿的。威尔佛穿了这种衣服，样子好像"小的大人"，又好像已经得了祖宗遗产一般。婆婆还送了我们许多篮的水果——其中有苹果、荔枝、龙眼——还有无数瓶子装好的腌鱼、腌肉、腌菜等等，这东西都是章卿幼时在家乡所喜吃的。

　　我的婆婆和别的中国妇女一样，喜欢出外买东西。她常和我一同出去，还有她的堂兄和仆人随着；我们由绸缎店跑到瓷器店，由铜器店跑到地毯店，大搜买其好货物。虽然她买东西的时候，有许多讲论价钱的事是由她堂兄代理一切，但是她自己对于价目的便宜与否，东西的好坏如何，都有一定不移的见识，很使我佩服她。在绸缎店里面，她买了很好的缎子和绣好的丝绸；她还叫我依着自己意思选购几种用。她虽然对于她本省所流行的衣服式样，慎重保存；但是她对于上海流行的衣服式样也很留心，她曾经仔细把我的衣橱开开来看看，很注意紧小的短袖子和两边七褶的裙，若在广东，裙的两边便只有五褶。

【译余闲谈】

　　麦葛莱女士和她的婆婆，可以算是"婆媳和睦"了。但是就普通而论，我还是主张小家庭勿与大家族混合住在一起。我们要晓得，人类的通性，偶然见面，或暂时相处，客客气气的，总还不致发生不相和睦的地方；至于一个家庭，人口一复杂，住在一起，慢慢儿总有发生许多不能预见的噜苏事实，弄得彼此都不舒服，不如分开来住；如要彼此照拂，尽可住得略为近些,可以保存原有的客客气气的精神,可以避免许多烦恼的事实。我有许多朋友听见和人同居,便要大摇其头,说情愿独自一家住小点的屋子,不愿和人合住较大的屋子,也是因为和人同居时常有许多麻烦的事情发生。这种麻烦,和别人同居固然难免,大家族同居尤为特甚。我有一位朋友的朋友,他在法国留学的时候,和一位法国女子发生恋爱,就娶了她,回国以后,和他当过国会议员的父亲家族住在一起。他新娶的法国夫人只会说法国语!其余全家的人,除她丈夫外,没有人会说法国话,古人有"老死不相往来"的一句话,这种情形也可以说"声音不相往来",要闹也闹不起来,所以起初何尝不"客客气气",但是不久便发现了"不能预见的噜苏事实",把全家闹得"乌烟瘴气"。为什么呢?这位法国夫人不久生了一位玲珑可爱的"小宝宝",同时在这个大家族里面有一位鸦片烟吃得一塌糊涂的少爷(就是这位法国夫人的丈夫的胞弟)。这两件事初看起来,似乎也是"风马牛不相及"的,但是就在这里发生"不能预见的噜苏事实"。这位烟气熏人的"大烟阿叔",偏偏喜欢吻那位玲珑可爱的"小小阿侄"的脸,吻得那个小脸龌里龌龊,臭味逼人;这位法国夫人天性喜欢清洁,当然不愿她爱儿的脸常常不清洁,问明缘由,便"提出抗议",哪里晓得她的婆婆又是溺爱小儿子的,屡抗无效,而且大说其"官话",说做"阿叔"的人亲亲小阿侄的面孔正是爱惜小宝宝的好意!有什么不好?于是"星火燎原":媳妇爱她的小儿子,婆婆也爱她的小儿子,相持不下,全家闹得个"不亦乐乎"!咳!如果老早分开住,尽管"各爱其所爱",有什么相干!

二十二

西方人有一种很普遍的幻想,以为中国人的衣服式样总是照旧的,总是永远不变的,哪里知道中国妇女对于她们的衣裙裤子的尺寸大小,是很讲究的。例如衣服上的花边啊,扣子的数目和地位啊,领子的高低啊,凡此种种,都依上海的风气为转移,各季不同的;犹之乎美国人也要受着纽约和巴黎的风气影响,对于衣服式样也非常讲究。不但如此,美国人的衣服只顾到四季,在中国讲究穿衣服的人每年竟有八季的区分,各时候有各时候的适当式样和厚薄的材料。

在家里的时候,我的婆婆做了许多针黹,她的左手虽然指甲很长,而用的时候却很灵巧好看。她看见我的美国式的"缝衣机",表示很惊羡的样子。据章卿说,婆婆在家乡也有一个很好的是用手工的缝衣器具,不过我的是用脚踏板的,所以她老人觉得新奇,也要试试看。我用手拿起那两只穿着华丽小鞋的纤足,一只放在踏板上的前一点地方,一只放在踏板上的后一点地方,她居然能把两脚交换运动得很好,并且也缝了好几条,不过很吃力罢了。

章卿的母亲和我曾经一同到中国菜馆去过。我的婆婆看见我不但能够很自然的用着筷子,而且真能喜吃中国菜,很觉得高兴。我们常到菜馆里去吃许多好菜;用香料烧的鸡鸭、鱼翅、燕窝汤,汤里还有鸽子蛋(是我最喜欢吃的),此外还吃海菜、竹笋、蜜柿、莲心、黍糕和杏仁茶等等。

有一次我们到一家有屋顶花园的菜馆里去,当时我穿着美国式的衣服,旁桌的人看见我居然能用筷子,十分注意,大加批评,因为中国人很喜欢看见外国人惯于他们的风俗。其中有一位年轻的妇人,用中国南方土语说道:"那位外国妇人一定是教会中人。"婆婆听得懂这位妇人的话,听了之后,她随口用很仁慈的口气对章卿说:"现在你要弄点美国菜与你的夫人吃。"那个妇人的评语及婆婆的建议,章卿都译成英语给我听。我当时觉得我的婆婆在大庭广众之间承认她的美国籍的媳妇,并不以为可羞,我心里也很舒服。

婆婆很喜欢看戏,上海地方又有好几个好戏院;所以婆婆住在我们家里的时候,我们陪她一同去看了好几趟。

我们一同去看的戏院里,有半圆式的戏台,台上演着历史的旧剧,台上各方挂有很华丽的绣品,地上铺有阔而且宽的天津地毯,无数电光照得全台灿烂夺目,伶人穿着往古时代所用的宽袍盔胄。如同西方"依利沙伯"①时代的戏剧一样,剧中的女子也是用男子妆成的,并且妆成小脚,如同缠足一样。有的时候我觉得锣鼓喧天,有点不耐烦;有的行头粗劣,和所悬的美丽绣品及所穿的衣服都不相称。不过我对于台上所演的故事都很熟悉,所以对于剧里的动作都能懂得,因此也看得津津有味;后来章卿告诉我说:当时婆婆看见我对于中国戏这样有兴趣,又引起她老人家的奇怪。我们一同坐在花楼里面,望着楼下,看见许多排的椅子,上面坐着许多攒动不息的看客,其中有男的,有女的,还有许多小孩由他们的阿妈抱着的。在我们花楼前面的栏杆上,总有一壶茶放在那里。其余的地位还排着果品,如甘蔗、瓜子等等,装在碟子里面,同时还有其他食物。由头戴小帽身穿蓝布长衫的茶役兜售。时常有一个人提着开水壶来冲茶,有的时候还要拿蒸热的面巾给我们揩面擦手。章

---

① 即伊丽莎白一世,在位时间为1559—1603年。——编者

卿遇见这种面巾要递过来，便大挥其手，叫他们赶紧拿开，并对我说："这真是令人讨厌的习俗，真不卫生！我不懂他们怎样弄得来？"他对我说了，还用中国话对他母亲多说几句。他的母亲对他所说的话，虽然没有回答，但她眼里很现出明白的神气。

【译余闲谈】

麦葛莱女士说西人以为中国人的衣服形式是永久一样的，没有变化的，这是实情，而且也不能怪那些不熟悉中国人情形的西人。就是我们东方人，有许多人对于西人的衣服，也不过觉得他们男的衣服像猴子，女的露臂袒胸，把奶奶和屁股前后凸出而已，大概也要觉得他们的衣服也是永久一样，没有变化的。不但衣服如此，有许多中国内地的人初到上海等处，看见许多西人，觉得他们的脸都差不多，不大十分清楚。我有几位朋友的女太太们，她们看外国影戏，常常把戏中各人的脸弄不清楚，以为看上去都似乎差不多。从反面看，我也曾经听见西人告诉我，说他们有的初到中国的时候，看中国人的脸，也好像都是一样的。其实我们的脸，哪里能够一样！我们有一句俗语说："人心之不同，有如其面。"正是说我们的脸，个个不同。这样看来，东西民族隔膜和误会的地方，实在不少，衣服面貌还是其"小焉者耳"。所以我们关于我们民族的实在优点，应该对世界有一种宣传工夫。

讲到戏剧，乃是一种专门学问，我是完全门外汉，当然不敢胡说一句。不过戏是通俗的一种教育工具，或娱乐的好方法。不妨把我个人的意见提出，希望改良改良。中国戏的缺点，麦葛莱女士所举的"锣鼓喧天"，弄得看戏的人头昏脑涨，实在讨厌,我对女士十二分表同情。此外还有数点可以简单说一下:(一)中国戏总有一次"全武行","全武行"里面又夹着许多龌里龌龊的人大翻其筋斗,翻了一次还不够,要翻无数次,有什么好看!真是讨厌至极。(二)有许多不是要角的衣服往往脏得了不得,白袖子和白领头,变成灰色袖和灰色领,令人作呕,哪里有什么美感!(三)时间太长,一看大半天,出了戏院,总有些不舒服,不如看影戏两小时就完的舒服得多。(四)影戏院先到先坐,就是定位置的,先定先选,不像中国戏的戏院,有的时候,出了钱还要受"按目"①的气。所以我喜看影戏,和中国戏的戏院差不多绝缘。我以为生活里面少不了娱乐,看戏也是娱乐的一种,所以提出来谈谈。

二十三

我的婆婆异常宠爱威尔佛。这个小孩子,当婆婆来的时候,已经能说许多中国话,他常用这些中国话和他的阿妈瞎谈。威尔佛是一个中国式的极好看的小孩子,他的样子很可爱,很喜欢他的阿妈和祖母。他的祖母常用手托着他的下颏,仔细察看他的神气,同时点着她老人家的头,表示赞成之意,随后用手摸摸他的头的后部,由袋里拿出瓜子或杏仁给他吃。威尔佛说的方言,简直是稀奇古怪的混合物,其中杂有官话、上海白话,他的阿妈又教了他一些广东话。此外婆婆还要很忍耐的把她本乡的土语教他。

---

① 旧时戏院中负责包售戏票和引领座位的人,经常照顾权势者。——编者

婆婆在我们家里住了几时要回去了,她回去的时候,对章卿说道:"你们的确是一个中国式的家庭,里面还有了一位中国式的夫人,差不多没有一样不是中国式的。我起初以为你的夫人是一位西式的妇女,所以在未曾亲自看见以前,简直不能相信有现在的这样情形,现在我的心里真快乐。"婆婆又对章卿说:她要我们回到家乡去看看。

章卿的父亲是在菲律宾经营出入口生意的,他经商的资格已经很老,常在菲律宾主持他的商务,和他自己年岁差不多事业相仿佛的人来往来往。他的回到家乡,不过偶尔回来,视为休假闲游的事情,所以家里的事情全靠婆婆管理。

当婆婆临别和章卿谈话的时候,我静悄悄的在旁看着她老人家的脸,听着章卿的答语,想着我所知道的关于中国家族的一切生活,我心里很觉得我们真是家族的一部分,应该是其中不可脱离的一部分。我在这种情景之下,觉得我们的小家庭和大家族确有休戚相共的关系;我们不是可与他们分离的,我们也不应该和他们相离的。

婆婆去了以后,章卿和我谈起婆婆告诉他,说我并不拘泥西式的话,对我说道:"母亲虽如此说,但是我爱你关于你的西方特性方面,却有这一点:我们俩的情爱,是彼此共同享受,是彼此出于本心的自由,是彼此立于平等的地位,这便是使得我极快乐的地方。"

我和章卿尚未动身回乡以前,我们的第二子产生,取名"爱尔佛"。爱尔佛生后六星期,有一个美国妇人问我:"看了胸前所抱的小孩生着一副东方式的面孔,要觉得爱子之心为之一淡否?"我很简单的、很老实的答他说:"不。"我对于我的丈夫,一点不因此而觉得对他淡漠,对于我们的儿子哪里会如此呢?

爱尔佛之来，使我得着很好的托词，乐得不出门，在家里安静几时。我在这个时候，很用心习官话和章卿的家乡土语。初学的时候，也感困难。幸而章卿却是一位很能鼓励的教师，于是我也就瞎三话四的瞎用我所学的新语言。我大半和威尔佛瞎说中国话，他会说好几种话，真是我们家里的"方言大家"；他对于我的中国话，听起来尤其认真，一点不肯含糊过去。我对章卿却不能像对威尔佛那样多说，因为他听我突然改变的腔调，觉得很可笑。

到了那年年底的时候，我决意到一个中国女子中学里面，担任英文和历史教员的职务。我把这个意思告诉章卿的时候，他颇觉奇异；但是也不反对，他看我那年教书的生涯，也很觉饶有趣味。我喜欢教书，尤其喜欢我所教的几班里面的女子。无论就团体说，或就个人说，我都觉得中国的女子在精神和心意方面都是极好的。中国青年女子的可爱，简直非言可喻。我因此心里便很望生一个女儿，到了第二学期的末了，我有了实现这种希望的可能，章卿也帮我欢喜。

秋季开始的时候，婆婆写信来，叫我们准备到家乡去过冬。那个时候，章卿的身体已有一年多很强健，不过总觉得北方冬天过冷。此时我们决意实践前约，回到故乡的祖宅去看看。章卿因此便告了六个月假。

【译余闲谈】

麦葛莱女士说小家庭和大家族彼此有休戚相共的关系。这句话我也承认，不过我却十二分反对中国大家族的混居。我以为供养父母，就负担方面说，是比较简易的事；父母和子媳同居也是比较简易的事；不过我们要知道中国大多数的大家族，往往包括许多"寄生虫",除了父母之外,还有许多不是一定要同住的人。有了这种情形,在感情方面,便有挑拨煽动之虞;在负担方面,便有做事的人愈苦,坐食的人愈不知耻的可痛状况。所以我要大声疾呼,"打倒"中国的大家族制度,否则大多数人的"生活",便要永久的"暗无天日"!

二十四

我和章卿决计听从婆婆的敦嘱,一同回乡去看看。费了十天工夫,把上海寓所拼挡清楚,除阿妈和忠心的男仆阿秦之外,其他仆人都暂行辞退。收拾行李之后,往各友人处辞行。当时路旁树上的叶子都已下落,廊沿青草也都萎缩,檐下的冷风时作怪响。章卿的面色渐见苍白,咳嗽又起。我们赶紧从上海严冬的酷寒里面,逃到中国更南的地方去享享温和环境的清福。

我们乘了一只很大的轮船,这个路程,照寻常讲起来,本不算远。不过那个时候因战事的关系,不免有许多耽搁,不免有许多变更。途中经过了三次的变更和耽搁,我们到了章卿本省边上一个埠头。我们在此地暂停,打算再乘三日小火轮。那个地方的小火轮很小,专做埠头上来来往往的生意,且多破旧不堪,在岸边汽笛一阵一阵的吹得非常响闹。所卸的货不外干的水果和染料,所装去的货大概有米、布、檀香等物。我们本要搭这种小火轮,继续行程。不过当这个时候,忽有一事阻挡我们的动身。因为我快要分娩,所以暂时到了一个本地医院里面去。看护我的是一位身材短小、笑容可掬的女医生,穿了一件南方样式的衣服,本领却很好,在她的医院里面,我生了我们的女儿,取名爱丽霞。

十天以后，在一个冬天的黎明，晨光微带灰色，清风凛然，我们随波起伏的小船已在港口等候，登船还要用舢板渡过去，所以有许多舢板来兜生意。我产后不久就动身，本非章卿所许，是由我用甘言蜜语骗得他允许的。那些争来兜生意的舢板，好像大鱼一般，在浪里摇跃不已，船头两边画有两个大眼睛，船尾弯得奇形怪状，煞是好看；驶船的伙计多是瘦而多筋的人，穿着浅蓝色的布衣。章卿扶我爬进了一个舢板里面去，当这个黎明的清晨，密雾里露出温柔的日光，我觉得非常愉快。

当时港口里许多小船都忙得很，许多沙船旁边还有许多装行李的小船，上面还挂有四方形的棕色风帆，在风中作响。此外还有两只中国兵舰驶过，舰身很大，漆了灰的颜色。

眼睛再向远处看，相距不到一英里的地方有一个岛，它的起伏不平的侧面正朝着我们，在水光飞跃的海里忽然伸出一大排灰色岩石。后来我们的船渐渐驶离大陆的时候，和这个岛也渐渐的接近；岛上瓦盖的屋宇，四周有弓式露台围着，一幢一幢的前后衔接，曲曲折折，看上去好像极美丽的花边一样。这个岛还有树荫遮护着，树上的叶子不是夏天的碧绿颜色，却是冬天的淡黄色。在这些树荫里面，隐约可以窥见屋宇的颜色，有的是蓝的，有的是珊瑚色的，有的是灰色的，五花八门，光耀夺目。再望望岛上的山岭，又见岩隙突出的仙人球和深红的异草，相映成趣，顿增山岭的光辉。我立觉这个岛真是可爱，对章卿说："这个真是我们的幸福之岛。我们老的时候就住在这个地方罢。"

不久我们便到了码头。阿秦先上去喊轿夫。不一会儿，我们都坐在轿子里面，我的轿子在我丈夫的前面有几码路的远，轿夫飞快的向前跑。

【译余闲谈】

麦葛莱女士描述乡下的山水景象,尤其是在黎明的清晨,和爱人携手偕行,此种乐境,真是令人神往。城市生活有城市生活的好处,乡村生活有乡村生活的好处,本不可一概论。不过我们久过城市生活的人,最好每隔几时尝尝乡村生活的风味,所以旅行确是一种乐事。西人的办事机关,向有一种例假,有的每隔三年,或每隔五年,或每隔七年,总有一种长假,在这长假期内,薪俸照领,使办事的人得乘此机会,选好玩的地方去游历一番,换换空气,真是一种好方法。中国的机关,很少这样优待办法,也是我们生活上一个缺点。不得已而求其次的,我们似可在相当时候,约知友数人,或家里人,作"游园会",或"野游会",即西人所谓 picnic,远则一日,近则半日,同入青草如茵,高树蓊郁,或山高水长,临流围坐的乐境里面去,一洗红尘俗扰,也是快事。

【译余闲谈中的闲谈】

本书第二十节《译余闲谈中的闲谈》曾经说起一位"拆烂污"朋友,娶了美国妻,半途"逃之夭夭"的事情。我现在要把本月廿二日报上所载关于此事的结果,报告一下,报上的标题是"华夫美妇准予离婚之判词",内容如下:

"嘉定人顾志义,昔年留学美国时,与该国跳舞学堂女生顾吉泰琴史氏发生爱情后,娶之为妻,偕同回国。去秋,顾弃氏离沪,踪迹不明,氏乃具状诉请离异。现已由临时法院缺席判决,为录判词于下:(主文)准原告与被告离异,讼费归被告负担。(事实)原告请求准与被告离异,其事实之陈述略称:氏生长于美国印逖那卜①地方，父母皆系美国人，氏与被告系于中华民国八年二月八日，在美国结婚，嗣被告回国，氏亦同来。先后同居凡六年有奇，并无子女，二人感情颇洽，后被告因营业失败，郁郁不得志，忽于去年九月十日弃氏他往，踪迹至今未明。唯六个月前，曾由南京寄氏一函，略称：予因经济困难，不能再养吾爱，为吾爱计，不如离异等语。氏因被告函上并无住址，无从回答，只得投院请求准与被告离异云云。（理由）本案被告虽经公示送达，迄未到案。本院斟酌原告之供词，似属可信，照原告所供，被告既有离婚之要约，并经原告当庭表示承诺，则协议离婚之条件，实已满足，自应准予离异。并依民事诉讼第九十七条之规定，责令被告负担讼费，特为判决如主文。上海临时法院民庭推事吴经熊书记官蒋公健。"

别的事情拆拆烂污，或者还不要紧，讨老婆的事情，却不能像买东西一样，高兴就要，不高兴就不要。担不起家累的人，开头就要审慎，像这类大拆烂污的事情，并且大丢中国人的脸，真是憾事！

二十五

我们上岸之后，便在章卿的本省，将近他小时所处的小村了，此时我心里充满了愉快。我所乘的轿子，边旁挂有纱帘，内外透明，我因好奇心的驱使，常常从帘里向外东张西望。我们的轿子沿着海边的城镇走，这个城镇是一个小小的空旷光亮的地方，有许多

---

① Indianapolis，今译印第安纳波利斯。——编者

小屋子，上有曲瓦盖着的屋顶，屋檐离地很近。我们慢慢儿离了这个城镇，向山上走。我随手把轿上的纱帘稍为拉起一点，向外大看而特看。我到了这个时候，心里万念俱集，深觉回乡的有趣，因为这次真是我和我的丈夫一同回乡了，我觉得我丈夫在他家乡所过的生活，我也参加了一分。

我们向着上山的狭小弯曲的许多小路走去，山上都罩满了烟雾。向外望望，除了许多村舍之外，左右的高墩上都种了东西。凡遇有肥饶的平地，都拿来做了菜园。这种东一块西一块的碧绿菜地，一洗冬天枯黄萧条的野景，更使人精神为之一爽。我望着这个山，好像看见了一个严肃的大汉，一身穿了许多花球。慢慢儿这种起伏蜿蜒的小山也渐远了，在淡黄灰紫的光中看去，隐约可辨而已。经过的小径，还有许多小溪，上面盖有斜曲的狭窄石桥。

最后我们完全看见我的丈夫祖宅所在的乡村了。这个乡村在一个小山的旁边，有许多瓦盖的屋子，稠密得很，远望过去，好像一群鸟巢的殖民地。大道的两旁都沿着一排一排的墙。那个时候还早，所以居民都在高卧，寂然无声，矮檐的白灰的和石造的房子面前的大门还是紧紧关着的。我们的轿抬到一个灰石高墙的屋子，走近了大门，便停了下来。阿秦举手打门，门开之后，好几个仆人赶出来照料；后面还跟出三只跳跃如飞的黑狗，向着我们狂吠，后来章卿对这几只狗"说"了几句话，才把仇视的样子一变而为欣悦欢迎的神气。

我们进了大门，经过一个很大的天井，又经过一个极讲究的花园；这个花园极其美丽可爱，是我在中国所仅见的。花园里有一个人工造成的湖；湖面光平如镜，偶有金鱼触动，才现微波。桂树、木兰花遮满了路径的上面，蓊郁阴暗，湖边竹叶随风飘动，反映水中，有如一幅美景图画。

到了此地，章卿扶我下轿，一同走过两扇大门，进了大厅。婆婆早已听见我们到了，已立在那里欢迎我们；我一见了她老人家的颜貌，更觉得我真是回乡了。我当时微微觉得我是身处于一个大厅里面，厅的后部排着祭坛，坛上放有玻璃盒子装着的神主和金身神像，像前香炉里有香气上腾。墙上挂着的金色辉煌的绣品，灿烂耀目，好像日光穿过棱镜一样。坛前排着乌木造的大靠椅和茶几，此外还有大理石面子的圆椅，上面罩着好看的缎套。

我们一同走过了这个大厅，便进了婆婆的房间；到了这里，婆婆请我坐在一张椅子上，我坐下之后，才忽然的觉得我自己已十分疲倦了。

【译余闲谈】

麦葛莱女士提起那样好的花园，又动了我的旧感触。什么感触呢？就是觉得中国私家的好花园虽随处都有，而好公园实在绝无仅有，实在是我们愉快生活上一个大缺憾。较好的公园，在城市的地方，尤其特别需要。在成人需要，在许多城市的儿童尤其需要。因为城市的房屋比较狭小，有树林草地的地方更不易得，必须有广大的青草如茵绿树成荫的地方，让那般儿童奔走游玩，欣赏天然之美，吸收新鲜的空气，养成活泼的精神。我每到上海法租界里的法国公园，未尝不羡慕那般外国儿童的福气，深觉这个公园虽有少数执有"派司"[①]的中国人也可进去走走看看，但是我每想到这是由法国人布置的，不是由中国人

---

① 通行证，pass 的音译。——编者

经营的,觉得非常惭愧;又想起我国人自己不争气,一般人享不到这样愉快的生活,不但惭愧,而且愤恨。

二十六

我们到了祖宅以后,先在婆婆房里坐下。当时家人群集,其中有远亲,有堂房弟兄,有来宾,不过都是妇女,章卿把我一一介绍与她们。婆婆的第二子的夫人,叫作春时太太,先出来代表婆婆敬客。这位春时太太年纪很轻,才十七岁,娇小玲珑,飘飘欲仙,在那些妇女里面,真像一枝艳丽妩媚的桃花。她穿的衣服,浅淡的碧绿色和浅蓝色夹着的,小脚上穿了一双绣鞋,头上黑发光滑可鉴,加上许多首饰,目光明锐,满面笑容,并含羞答答的样子。她进房的时候,捧着漆器茶盘,上面放着极细致的瓷杯,银托银盖,里面还放着银制花匙,递香茶给我们喝。

家里各人都这样轮着出来敬茶,至于我们的两个小孩子呢,则喝些热牛奶,吃些饼糕。我手里抱着新养的小女孩,正在很安适的睡着,家里许多人围着向她看。

当时许多人里面有一位走来走去凑忙的、身材矮小的太太,靠近着我,对我作滑稽的笑容;婆婆替她介绍与我的时候,她深深的向我颔首为礼。婆婆说她是曹太太。这位曹太太穿的衣服颜色很华丽,和我的朴素淡装适形相反。我的婆婆很严肃,这位曹太太却天性欢悦。她两脚虽小,走起来却轻盈迅速,同时也不妨碍她的雅步态度。

当时我已十分疲倦,对眼前花花绿绿的衣服、房间有一边排着的床铺、各人言笑的声音,忽然之间觉得模模糊糊,好像都在很远的地方。当我正在恍恍惚惚、仍在强笑的时候,忽闻我丈夫的声音；他对我说："母亲想你一定疲倦了，要叫一个阿妈陪你到我们的房间里面，请你一定要躺下休息休息。"

我就依他意思到房间里去躺下，手里还抱着爱丽霞同睡。我们床挂有紫色的帐子，上面铺有软而且白的绒毯。我和爱女睡了不多时，章卿偷偷摸摸的走进房间来。他看见我微醒，就问我："你人舒服吗？"我很睡懒的样子，点点我的头。这时他指着一盒的饼对我说："这个就是那位身材矮小的、跑来跑去凑忙的曹太太送给你的。我想你已知道……"讲到这里，他啜嚅了一会，才接下去说："我想你早已知道，倘若我从前不坚执恳求你的母亲，把你嫁给我，这位曹太太也许已经是我的岳母了。"他说的时候，把我的面皮轻轻的捏了一下，和我开玩笑。

我这个时候已完全醒了，听了他的话，便问他说："在外面的那位玲珑矮小的曹太太就是——李瑛的母亲吗？那么李瑛在哪里？"

章卿答说："关于她的消息，她们并未曾直接的告诉过我。但是在谈话之间，她们故意提起曹太太是刚由她的女婿家里回来的。风闻李瑛已嫁了，而且已经生了三个小孩子——先生两女，后生一男。我想……"我丈夫说的时候，满面笑容，温良可爱，用一只手揽着我，俯着身去吻爱女淡红色的还在睡里的脸，吻了才继续说："我想我们子女的产生次序比他们的好，因为男孩子应该长些，然后生出女孩子年幼，更觉得可爱！"到了午时，我已经很安静的睡了一小时，章卿又跑了进来，他的旁边还立着一个女仆，女仆手里拿着一个漆器茶盘。我见了他们，就在床上坐了起来，对章卿说："我本想要出去和你们一同吃点心。"一面说，一面就要预备起身。

章卿看见我就要起身，慌忙得很，赶紧劝我说："请你还是仍旧躺着罢，我的母亲刚才在那里埋怨我，说我不该许你带着一个出生十天的婴儿旅行。我也埋怨她,说她不要以为是出于我自己的主意。母亲很称赞你的精神好,不过她说为你的身体起见,你至少还要休息两个星期才好!"我听了他的话,就很温和驯良的再躺下去,并对他说:"好,好,我素来是很愿服从的!"

【译余闲谈】

我是始终坚决反对大家族制度的,你看麦葛莱女士和章卿在美的时候,在上海的时候,过的都是小家庭生活,多么安适自在。这是因为家里人口简单,夫妇之间更无所谓客气,更无所谓虚套,高兴谈就谈,倦了就随便可以休息,一切多么自由;她一到了大家族里面去,就有许多人围着闹着,虽是好意欢迎她,款待她,但是已经疲倦了,非俟婆婆叫她休息不敢休息!已经就要吃些苦头,已经不免麻烦了。这还是因为那个大家族里许多人都存着麦葛莱女士是"外国人",已经另眼看待,若是本国人,一定还要噜苏。我有一位好友的妹妹,嫁了一位总算是新人物,而且是大人家,但是不幸处在大家族里面,新官人因和新娘子感情极好,每日在自己新房的时候比较的多,于是父母和妯娌等等就在背后私议,说他娶了老婆就把父母和其他各人丢到脑后了!渐渐的便对她现出淡然的态度,好像她犯了什么罪一样!这许多"岂有此理"的屁话,已经常常使他新夫妇觉得难受。不幸未到五个月,这新郎患伤寒症逝世,全家的人都说这是因为新娘和她的丈夫太要好所致!你看在肝肠寸断的新妇,再加以这种不入耳之言,人生至此,天道宁论!我看见中国大家族制度的许多黑幕,实在可说是"罪恶贯盈",非弄它到"呜呼哀哉尚飨"不可!

二十七

婆婆说我产后未久，至少还要休养两星期。我听了章卿的婉劝，也就静卧在我的很美丽的床上休息。当我卧着休息的时候，处处觉得中国家族生活的特别的地方：我常听见打着呼唤仆人的小锣声音；我的房门关闭或开起来的时候，常听见户外有许多人的笑声，有的时候微微的听着，有的时候听得很清楚；我又常听见缠过的小脚在户外走廊走过去时候的"嚓嚓"的足音；这是耳朵里所常听见的种种声音。眼睛所常看见的，是春时太太（按即章卿的弟妇）跑进来时候身上穿着非常光亮的红红绿绿的衣服；她常跑进来慰问我的健康，并带进好吃的，特为我购备的东西。此外厅上祖先祭坛上所点着的香，也常常有烟吹到我们房里，使人闻着，往往追想前尘影事，百感交集。房里的东西，如所挂的饰物，所有的衣服和用具，都熏满这种香气，再加上陈旧灰尘的老气味，由我嗅起来，觉得是中国特有的气味；但是我觉得比世界上许多芬香气味，都还要宝贵。

我在房里休息到了第三天，下午吃了第四餐以后，很不耐烦起来，对章卿有些埋怨的说："这样的生活只是忙着吃，别无所事。"

他说："你吃的餐数虽多些，但是每餐所吃的东西都是很少，这样比隔多时吃许多，似乎好些，你以为怎样？"

每天早晨很早的时候，专门服侍我的年轻女仆就拿进一杯牛奶和一碟饼干，在我们房间里面。到了八点半的时候，这个女仆就预备开早膳：我们早膳所吃的是稀饭，和吃稀饭用的小菜，其中有咸的，有甜的，也有酸的。到了十一点钟，吃一碗鳖鱼汤，或是鸡汤。午时吃中饭；中饭吃的有好几碗鱼肉青菜和汤，并且吃饭。下午吃的点心有麦粉或豆粉做的薄糕，或是其他各种的饼糕。至于茶呢？各人房间里面都有茶壶篮暖好的茶，随时可以用。到了七点钟，我们用晚膳；两星期以后，我和家人一同用晚膳，和婆婆及丈夫同座。晚膳很讲究，先一样一样的吃过许多好菜。最后吃点饭。到将要睡的时候，再喝一杯热牛奶，或是一点甜粥，或是喝一杯茶，里面还有莲子和杏仁拌着。我简直一天到晚不停嘴的吃。我觉得中国菜味道真好，尤其在我丈夫的本省，因为这个地方的炒烧干脆的东西特别著名。

但是章卿却很想吃美国菜。我对厨子详细教他做几样美国菜给章卿吃；用西班牙酱煎杂的鸡、生菜鱼片、牛排等等——有的时候还要做点美国糕饼。章卿也很喜欢吃美国的罐头食物，和牛油、牛酪、甜酱、面包等等同吃；这种罐头食物是时常由外埠买来的。

这个时候，有一件小事情，使得全家都觉得有趣。什么事呢？就是章卿居然大教他的家人烧煮所谓"杂碎"，把"杂碎"的秘密内容和历史告诉他们。这种"在美国做的"中国菜，本是好笑得很，凡是有留学生的中国家庭，都视为一件好玩的事情。我们在上海的时候，曾经听见人说，有许多留学生到上海青年会开的西菜馆里去，都要吃所谓"杂碎"，弄得青年会西菜馆的厨子莫名其妙，只得去一只由美国开来的轮船上，去请教船上的厨子，学习"杂碎"到底怎样烧法！我们到了家乡，在这个时候，回想在美国大学俱乐部时候吃着"杂碎"如何有趣，又看见我们家里厨子很聪明懂事，所以我和章卿非常高兴，就把这种在全世界上最被人误会的菜，介绍到这个老式的祖宅里面来。家里许多人看见这种从所未见的中国菜，都说看上去似乎有点熟悉，其实从来没有试过，而且都觉得比美国菜里面的什么酱杂鸡、西班牙牛排或是热饼,都更好吃。

【译余闲谈】

中西生活上的风俗习惯有许多不同,就是"吃"的一件事,也有许多异点。有许多地方,两方彼此模仿,弄得"不伦不类""非中非西"。考所谓"杂碎"的历史,还是在昔李鸿章游美的时候,想吃中国菜,由唐人街酒食店进馔数次,西人陪着同吃,后来问起菜名,华人难以具对,糊里糊涂的"统而言之"说"杂碎"(即英语所谓 chop suey),从此"杂碎"之名大噪,美国人有许多以为这就是中国菜,其实烹饪殊劣,并不像中国菜。

中国人有许多喜吃"西菜",或叫"大菜"。其实就是在中国许多大商埠,所谓"大菜",也不过"大菜"的形式,其实还是中国菜的味道,和真正的"西菜",还是不同。真正的"西菜",有许多中国人吃了觉得很不惯,觉得不合胃。反过来看,有许多初到中国的西人吃"中国式的""大菜"也吃不来。我有一位同学也娶了一位美国妻。这位美国夫人初到上海的时候,对于中国式的大菜完全吃不来,据说吃后就想呕。后来她情愿自己烧,不过用厨子帮忙而已。

中国菜的味道的确比西菜好吃,就是久处中国的西人也这样说,不过他们一面说好,一面却说中国菜实在太多。你看麦葛莱女士也说中国菜好吃,不过她也有嫌多的意思。中国人请客,来了一碗又一碗,到了末后大家已经吃得"无可奈何",还有四大碗结结实实的菜同时拿上来!给你看看!往往其中还有一只很大的猪蹄子,这真是讨厌,真是大不经济,真要改良。

二十八

当我们津津有味的弄"杂碎"的时候,我丈夫的弟弟刚巧回家暂息,他的名字叫作莲卿。这个时候,章卿的父亲还不在家,所以我还没有看见过他,但是依我所看见过的相片,可以断言他的弟弟很像他的父亲。莲卿的夫人就是前文所讲过的春时太太。他们的婚事是完全由父母做主的;在未举行婚礼以前,彼此是没有见过面的,但是我看他们似乎很相配,很和乐。我心里觉得旧式婚姻虽不适用于西方,但是在有的民族用起来,其中也未尝没有它的好处。我曾经把这种意思告诉章卿,并且对他说:"我们的儿女长大的时候,一定要他们和中国人联姻。"章卿默然对我望了好久,做出发松①的样子叹口气说:"我爱,他们父亲给予他们的榜样又是怎样呢?"

我的中国话,本来懂得很有限。口音和成语又缺乏练习,所以我对于家族中人还不能谈话,于是在饭桌的时候,或在婆婆房间的时候,总是一声不响,只有和颜悦色,和春时太太的静默态度一样。有许多女宾来的时候,都由春时太太敬茶:她敬茶的时候静默无言,只不过樱口边装出甜蜜的笑容,表示敬意而已。我看她向女宾敬茶的时候,非常留神,因为我晓得她是代我做长媳所应做的职务。

我们在家族里的生活,因为渐成习惯,久经训练,也就觉得进行顺利。每日按餐用膳,房间和小孩都有许多老妈子,依着主妇的指挥而从事照料,所以我们自己的空闲工夫都用到家人互相招呼,并轮流照料供奉祖先祭坛的事情。不过关于祖先祭坛行礼的事情,

---

① 有趣可笑之意。——编者

我的丈夫不大注意，并始终不勉强他的妻子拘守旧礼；我们到一个小礼拜堂里面去做礼拜，家人也视为当然，不加干涉。但是有的时候，我却对于这祭坛研究得津津有味：觉得祭坛的雕刻精工，香炉蜡烛架的构造精巧，坛上围饰的绣品精致。坛上供有一个送子的观音菩萨，我觉得和天主教里某种神像相似，对她很注意。尤使我特别注意的，是坛上所供的许多神主。别人所视为神圣可敬的事物，我向来也很敬重的；但是我这个时候对于这些神主肃然起敬，还有个人的关系，其中含有很深切的情感。为什么？因为我心里想，这些神主所代表的许多男女祖先，他们的混合的品性仍存于我的丈夫的身上；他们的血脉仍继续于我的子女身上；我心里暗想，或者他们在天之灵也知道我怎样的感谢他们，怎样的希望我的子女能够显亲耀祖，不至贻羞他们。

因为有了章卿的教导和我自己细心的观察，不久之后，我对于家中的日常事情，也就熟悉了。每日上午十点钟，我便到婆婆的房间里去看她，陪她坐几点钟；如她表示要我久坐，我就陪她坐到中饭时候，或甚至下午用茶点的时候，遇着天气好，我们一同到花园里去散步，婆婆轻轻靠着我扶她的手臂，她一手还拿着拐杖，"笃笃"的在路中石板上一步一步的击着。有的时候，就在这个花园里用茶点，同时小孩子也在这里吃些甜饼，喝些热牛奶。

我费了好几天工夫，才把家族里面许多人认清楚，因为我们家族里共有三十人，其中差不多都是妇女，有三分之二是仆人。家族里许多温柔淑静的妇女，差不多一天到晚都在各人房间里过生活。婆婆的性情很静默严肃，所以在她左右的人都静肃得很。她和曹太太很要好（按就是从前要想把女儿嫁与章卿的），很相得，这是因为曹太太很随随便便，令人欢喜她。婆婆只对曹太太常展笑容，对其余的人便不这样常笑,婆婆和曹太太一面刺绣,一面闲谈;当这个时候,我就静听她们的谈天,听她们好像音乐的、南方的土语声音。

【译余闲谈】

或者有人说:"你坚决反对大家族制度,麦葛莱女士不是在大家族里面很合得来吗?"我说这是因为他们都把"麦葛莱女士是外国人"的意思存在心里,所以有的地方特别原谅她,你看春时太太代她做长媳的事情,家人不强她拜祖宗等事,便可以看出特别原谅她,况且麦葛莱女士连中国话都不会说,家人就是要和她多嘴,也无从着手。再进一步看,我们试把麦葛莱女士在大家族里"好像囚犯"的生活,和她与章卿在美国及在上海所过的愉快活泼的小家庭生活比较比较,到底哪一种更合于"愉快家庭"的现象?而且我们处处都看得出麦葛莱女士的"苦心迁就"。所以我还是始终坚决反对大家族制度。

或者还有人说:"照你这样讲,似乎只顾自己的小家庭,把父母置之不顾!"我说不然,如有父母的确处在年老孤单的地位,子女当然有同居爱护的责任;我所反对的大家族,是父母无和子同居的必要时候,而且还夹了许多父母之外的家族中人在一起。我的意思绝对不是说和父母断绝关系,请勿误会。这个问题说起来很长,将来想另作几篇文发挥发挥。

麦葛莱女士说旧俗婚姻也有好处,我也极端反对,近来很有人拿一两件结果好的旧式婚姻,拿一两件结果坏的新式婚姻,大有赞美旧式彼此婚前从不见面的男女婚姻!这真是胡闹!姑不论婚姻大事,就是购买一件东西,你要想买一件称心的东西,你还是自己先要看看,先要审察审察呢?还是一味让别人代庖，自己闭着眼睛不问？托别人买东西，也许有时偶然能称你的心；但是岂可作为一定的真理，预断别人代买的东西，件件都能称心吗？我的话被"老前辈"听见了，一定大不赞成；不过我要问一般"老前辈"："你们讨小老婆的时候，是由自己选呢？还是请你们的'尊大人'和'令堂'做主？"

讲到祖宗一桩事，我也有几句个人的意见要讲讲。恭敬祖宗，是当然的事；不过中国的顽固习俗把人人视为祖宗的唯一的"遗物"或是"专利品"，就要贻害无穷！其中理由很多，一时也讲不了，简单的讲：（一）养成"家奴"，对于全国社会的事反而漠视。（二）养成一种大谬观念，以为没有本领不要紧，不能自立不要紧，对社会无所贡献更不要紧，最要紧的是养儿子；所以就是自作孽生了一个"大憨大"，也想"娶媳抱孙"，把自己作的孽发布于社会上去！（三）永远不能打破万恶的大家族制度，由此束缚个人的自由，摧残个人的幸福，替社会造成许多不健全的苦恼分子。我的话，或者有"老前辈"，或者有"遗老""遗少"们要视为"狂语"，但是我个人却深信不疑。我现在有了一个"小犬"，已决心等他大的时候，请他自己另组小家庭（如果他自己没有能力，就不要他组什么家庭）。那个时候的"老头子"的我，和"老太婆"的我的夫人，无论如何，不准有我们未来的大家族的存在。我希望有多数同志，共同把万恶的大家族制度弄到"驾归瑶池"！和它"永诀"！

二十九

有的时候，我坐在一张铺着厚垫的椅子上面，臂膊的旁边摆着一壶茶，和我们的小女儿爱丽霞玩玩；在这种时候，我心里往往在那里暗想，觉得坐在一个雕琢华丽、挂着丝帐的古式大床上的婆婆，实在可以代表中国永久习俗所赖以承上递下的人物。你看她嫁到梁家的时候，一切都照几百年来的中国妇人做媳妇的老规矩；自从到了梁家以后的生活，都完完全全依照中国古来由做媳妇而做婆婆的观念和榜样，所以当她从事刺绣或随便谈话的时候，我都觉得她无时没有一种威严。在她的面前，我觉得自己年少不更事，觉得自己一无主张，觉得自己茫茫无措。

　　我曾经在深夜家人都睡的时候，把这种感想告诉章卿。他对于我的这种感想，很觉得高兴；因为他知道我所以有这种感想，是由于我对于他的家族有很深的爱，对于他的家人都有很好的同情。在精神方面，章卿对于他的家族，当然表同情。不过在实际上有的地方却也不尽然；例如我在前面曾经说过，他有的时候很想吃美国菜，而他到家之后，第一件事便把我们房里挂好的帐子去掉。我们依西俗不挂帐子，家里人也没有说什么闲话。我们大家族里有一种客气容忍的特别精神，一点没有像西人言论自由喜欢批评的毛病。我的意思，并不是说我们的大家族里没有暗潮，有的时候却也不免冲突，个人的牺牲和愁苦，不过在表面上看不出，因为在中国的大家族里面，为保存全族的和平和幸福起见，个人的要求无不完全废弃。在全家族里面只有一个"威权"；在我们的大家族里面，这种"威权"就在我的婆婆手上。这种制度，使得中国的大家族制度能和睦，能保存；这种大家族制度便是中国国家所由成立的基础。

　　讲到我自己呢，自从加入了这个大家族里面，渐渐的与之俱化，也浸润于上面所说的那种精神，不觉得十分勉强。所以将到阴历新年的时候，北京政府有事给章卿，叫他到北京去，我就依着中国的习俗，把难过的感情硬压下去，问章卿说："章卿，我们全家的人都觉得多么荣耀！你什么时候动身？"

那个时候正是阴历新年的前一个星期，所以婆婆很诚恳的叫我的丈夫将行期展缓，就北京的事情看去，迟点动身尚无妨碍，俾得在家过新年。这个时候家里正在筹备新年，随处都嗅得着好吃的菜正在那里烧的气味，各人都预备新衣，各人的面孔都现出欣欣向荣的快乐神气。

【译余闲谈】

麦葛莱女士说到中国的大家族制度，她的本意虽是称扬，但无意中已把其中的痛苦内容泄露了出来。简单说一句，在大家族里面，"个人"是牺牲品，毫无价值就是了！我的老友刘凤生先生对于这一点，有过几句很沉痛的句子，他说："唐张公艺九世同居，高宗叩之，书百'忍'字答之，呜呼！此一忍也，家庭间饮泣吞声之事，不忍闻矣！"我还要乘此机会报告一件最近发生的关于大家族的"不忍闻"的惨事。我有一位朋友，他自己是一位高等的专门人才，他的"贤内助"是一位受过中等教育的贤女子，他的父亲是一位有道德的教育家，他的母亲也办过学校，也可算是知识阶级中人。此外家里还有弟弟妹妹等等，家境也充裕。这种的家庭，用上海话讲起来，总可以算是"呒啥"。但是婆婆听小姑的谗言，虽媳妇万般柔顺，总是要吹毛求疵，使她难堪。最近由小姑从这位贤惠的媳妇所看的一本书里，检出一封男朋友写给她的信。这封信是她未嫁以前，在学生时代，一位在学生会同事的男友写给她的，里面不过说些敬仰的话，并且我的朋友也曾经看见过，知其来源，并不以为不应有的事,他们小夫妇本是很要好的,至今仍是很要好的。哪里晓得婆姑就狼狈为奸,由小姑报告后,婆婆就借此要把媳妇关起来饿死,并要叫儿子讨小老婆!闹得一团糟!咳!贞节不贞节,丈夫有直接关系的,并不疑心,干你小姑婆婆底事!呜呼痛哉!中国的大家族制度!万恶的大家族制度!"呜呼哀哉尚飨"!打倒!打倒!!打倒!!!

三十

我们将到新年,章卿北京之行也暂时从缓,上面已经讲过。有一天夜里,章卿去见了母亲之后来看我,未说话以前,就笑得不亦乐乎。他说:"母亲提醒我一件事,说照中国的规矩,过新年的时候,有三天工夫,仆人在屋里扫的灰尘垃圾,不可倒到外面去,要把这些垃圾好好的堆在屋角;他们相信倘不如此,一家的好财运便一同扫了出去!但是母亲说这话当然是一件老迷信,至于你呢,尽可以随你的便,你如果喜欢叫仆人把垃圾扫到外面去,尽可以照平常的办法,不必拘泥这种迷信。"我听了也笑了起来。我对他说:"请你告诉母亲,我们当然也要尽我们的本分,帮同保存全家的好财运。"章卿又继续的说下去:"还有一件事,在新年的三天以内,无论家里什么人,都不许发一句恶声,或说一句骂人的话。所以……"他说到这里,故意同我开玩笑,装出严厉的声音说下去:"所以在这三天内,你的专制的中国丈夫也对于他的美国夫人停止他的训词——虽然他的夫人很需要这种训词。"我直望入他的眼睛,看见他的眼睛光彩奕奕,美悦动人,我倏然把他的眼睛吻得合拢,我自己的眼睛也就迷醉蒙眬了,我低声附耳说道:"啊!我的至爱,你虽年岁大了，在家里却仍像一个小孩子。"我讲时便用手去抚摩他的黑发，他的黑发里已有一点灰色。我又对他说："章卿，我很喜欢中国的新年。"

由今追想当时的新年景象，犹历历在目。我的丈夫穿了一件很长的很威严的蓝袍子，一条没有花纹的蓝色裤子（这是中国做官的人常穿的），短的古铜色的马褂，有软毛出锋镶边的，戴着一顶黑缎小帽，穿着一双黑缎靴子。我们的长子威尔佛也居然一位年幼的上等人的样子，也穿了一件青绿色的绸做的长袍，有滚边的深绿色的马褂，蓝裤子，戴一顶红绒顶的小帽。矮而胖的爱尔佛穿一件灰蓝色的马褂，深红的裤子，衣前挂一条虎头式的袋子，袋子的颜色有白有黑，此外还穿一双绣鞋，戴一顶小小美丽的结织的帽子。至于我们的小女儿爱丽霞呢，平日穿着美国式的褶皱的白色服，全家的人都爱她这样的装束，那时到了新年，也在美国式的衣服上面加上一件桃红色的绸衣，戴上一顶夹着桃红与黑色的帽子，使她在西式上面显出东方式的美丽样子。我自己穿着上海最时兴的中国女服，用淡紫色、黑色夹着的花缎制的。宾客来贺年的，来往不绝。我们也出去拜年。各处都充满了酒肉饼糕的香味，耳朵所听的是锣鼓声、炮仗声与欢喜声。

但是不久新年的景象已经过去，我丈夫动身的时候到了。

阿秦用他老练的本领，不作声的把行李预备好。在三天以内是章卿准备动身的时候。他赶紧把家常须用的几句中国话教我练习，庶几他不在家的时候，也可使得我能够达意。婆婆决意等到我丈夫不在家的时候，我应该要开始做长媳的职分，叫我帮助婆婆做许多琐屑繁杂的事。我本不怕做，因为我也爱她老人家；不过我的技巧和周到能否胜任，自问却毫无把握，所以我当时每想到未来的事，心里异常觉得惊慌苦痛。

【译余闲谈】

　　我恨极了中国的大家族制度，据我所闻见，一百家里面，婆媳不和的总有九十九家。就是有点不至在表面上不和，而彼此都心里暗觉苦痛的，也是占大多数。章卿到北京去，应该带麦葛莱女士同去。他不是没有钱的人家，同去视为旅行，也未尝不好。竟计不出此，使她"心里异常觉得惊慌苦痛"，这真是千不该万不该。

　　或者有人说婆婆不要媳妇裹理大家族里复杂的家务吗？我说这是做婆婆的人"自讨苦吃"！若采用小家庭制度，有一子结婚，即另外组织小家庭，各人管各人的；做婆婆的仍不过管理她自己和她老丈夫所有的小家庭，决不致复杂，而且只有格外省事，格外自由，格外舒服；分出的一个一个小家庭，也清清楚楚，各人没有闲话说，也没有不入耳的话听。我看见我的老师美国人卜舫济①博士，他的几个儿子都结婚各成小家庭，他自己的家庭还是一个老头子和一个老太婆，要游历欧洲就老夫妇两人携手游历欧洲，要到哪里去，就两个人携手同行，在家里也享着清福，哪里有什么复杂家务攥心扰神，多么舒服！多么自由！多么省事！而大家族里的婆婆必要"把持一切"，真是"自讨苦吃"，还要连累做媳妇的一同吃苦，彼此都过"苦生活"，真是"罪无可逭"！要改良中国社会，要改良中国家庭，

---

① 卜舫济（Francis C. H. Pott, 1864—1947），美国教育家，担任上海圣约翰大学校长达52年。——编者

非把这种流弊丛生的恶制度打倒不可！而且就是为"婆婆"自身的真正幸福计，这种万恶的制度也有打倒的必要。

三十一

章卿将要动身到北京去，在上文已经讲过。我和章卿在家乡，相处数月，差不多没有一小时的分离，现在忽然要和他分袂，真使我心慌意乱，不知所措。他在将要动身的那一天，从我们房间里跑出跑进，布置一切，毫无宁晷。最后他走近了我，立在我的身边，对我轻声附耳说道："我的至爱，你要和我言别了。我此次不得不去利用机会，从前做的事是没有什么好机会的。"他揽我凑近他，我们彼此以极诚挚的心情，互相接吻，我此时双泪涌流，不能再自禁止了。

他也悲不自胜，求我说道："你不要哭，你不要哭，否则我也不能离开你！"然后他捧起我的脸，用手巾把我脸上眼泪揩掉，很正经的对我说："对我笑一笑！"我就对他笑一笑。

我们一同走向婆婆的房间方面去，看见婆婆也走了出来，她老人家的眼泪也在脸上直往下滚。此时家里人都出来送行，我们许多人共同陪送章卿到大门口，大门开着，门前排着一顶轿子等着，几把那个大门塞住。当时章卿身穿中国衣服，立在许多仆人当中，嘱咐他们一切事情，我仅看见他的侧面，觉得他当时的神气态度，似乎较前更偏于东方式的，更深含中国的神气态度。

他对于他的母亲深深的鞠一个躬，对她说些告别的话，对我也很严肃的微微的点一点头，然后他就不回头，直往轿里踏进去。进去后，轿帘放下，轿夫抬着向前走去，后面还有几只黑狗跳跃随着，随了一点地方才回来。

这个时候，别人都去之后，婆婆和我两人还立在门口，望着他的轿子往狭窄石铺的道路，拥挤而去，我们两人望不见轿子之后，才往里转；这个时候，我们两人彼此望望，嘴边现出伤心的笑，眼里都涌着眼泪，彼此相对摇摇头。我把一手举到我的心胸，再坠下去。我想我们两人都没有一种互能了解的语言可用，也只得彼此默然。

我和婆婆往屋里走，大门也随后关上。我伸手去护持她，直陪她走到里门，我退一步，让她先进。我这样静默无声的陪她，一直陪她到祖先的坛前，她老人家就在坛前跪拜，我但见装好祖先牌位的玻璃箱前面，香烟向上直滚。等她拜好之后，我再送她到她自己的房间里面去。这样的做去，我的真正中国式的长媳妇生活便开始了。

【译余闲谈】

天下爱情最真挚的，只有"母"与"妻"。

我们看麦葛莱女士与章卿离别的苦楚，更觉得章卿应该要带她同去。或者有人说他的母亲舍不得他，也要丢了家务同去吗？我说他母亲在家还有子女安慰她，和麦葛莱女士的言语不通，零丁寂苦，情形当然不同。

或者有人说：你既知道"母"爱，何以主张小家庭，我说：倘若采用小家庭制度，章卿的母亲当时便可不致有大家族事务的麻烦，尽可随着他的父亲一同在外住在一起，享他们夫妇家庭之乐；麦葛莱女士也可不致有大家族里长媳职务的羁绊，尽可随章卿出外，享他们夫妇家庭之乐。岂不是各人"得其所哉"！那个时候，竟任一母一妻在家吃苦头，也就是大家族的遗毒，于真正的"孝""义"，两有妨碍。

第四章 天长地久的爱

三十二

章卿动身之后,我陪送婆婆到她的房间里面去,当这个时候,我心里想起我自己的朋友从前替我担心的话。这个时候,他们的话好像仍在我的耳朵旁响着。最初他们说:"麦葛莱女士嫁与一位中国丈夫,一定不快乐!"后来我居然嫁了,他们又说:"在美国同居总算不坏,但是将来一同回到中国,便要吃苦头了。"后来我居然回到中国,并未曾吃过什么苦头,他们又说:"倘若麦葛莱与中国的婆婆同住,那就要不得了!"后来婆婆到上海来暂住,倒也很好,不过又有几位在上海的外国朋友预料的说:"你的婆婆住在你的家里,你觉得她还可爱;但是你将来试住到她的家里,到那时候,你就知道做中国媳妇的苦处了!"

我陪送婆婆到她房间里的时候,心里想着上面的许多话,暗暗的对自己说:"麦葛莱,这个时候是你最后的一关了!你真要留心!你倘若做得不好,便使反对异国联婚的人多一种口实,多一件借口反对的事实;倘若你能做得好,不致出毛病,你自己这件婚事便不至发生什么问题,可以打破最后一关,完全解决了。"

婆婆与我一同出去用膳,这次用膳比寻常略为迟些。我们眼光望下垂着，勉强吃下去。继而我懒洋洋的把眼睛举起望望，看见婆婆泪珠满脸，我也觉得不过意，向前执着她老人家的手。我们两人都极力说出一两句话来安慰，我勉强说出一句"不要流泪"，她也回答我说："请你要忍耐！"

第二天早晨，阿妈替我小女儿爱丽霞穿好衣服，爱丽霞一团高兴，满面笑着，用眼睛向我望来望去，我就带她去看婆婆，此次去看婆婆也比寻常早些。我到她房间的时候，看见她已坐在床上，把绒毯卷叠在一旁，倚着墙坐着。我当时心里想起章卿，视线直射婆婆床上后部的一排抽屉（按中国旧式的大床，后面中间有装好的一排抽屉）。我记得章卿曾经告诉过我，说他年纪很小的时候，有一天立在母亲这排雕刻精美的一排抽屉下面，头部碰了一下，要稍为弯着头才容得下，觉得自己比前长高些，很得意！他告诉我这一排抽屉里面，是他母亲放首饰及贵重东西的地方。威尔佛这个时候已能立在这一排抽屉之下，但是他立在那个地方的样子神气，使我想象章卿小时的情景；我此时在那个章卿幼时居住的房间里面走来走去，心里总想着章卿。那天早晨我把爱丽霞放在婆婆的床上，靠近她的身体。婆婆俯身身去亲她的玫瑰花色的脸。我想我自己的母亲恐怕要看重男孩，但是我看见婆婆非常爱护爱丽霞，我心里十分愉快。婆婆这样，却也有些理由；因为在我丈夫的家族里面，两代里只有一女，就是爱丽霞，所以在中国虽然男子是宗族里无价之宝，而爱丽霞却极受人爱。有的时候，我觉得全家里面都爱爱丽霞，比什么其他男孩子都爱得多；在许多男孩子里面，章卿的弟妇春时太太的小儿子也在内，在家骑竹马，闹得天翻地覆。我此时追忆西方有句话，说中国的家族不欢迎女孩子，未必确切吧。

婆婆抚弄着爱丽霞，对她说玩，这个时候我问婆婆要我替她做些什么事。

【译余闲谈】

　　强西方娶来的夫人,做中国式的媳妇,实在是给苦与她受。麦葛莱女士虽因极爱章卿的缘故,无事不可牺牲,但我们只要看她无时无地不露出苦念章卿的意思,即可知道她精神上所受的痛苦为何如。章卿既是爱她,更不该任她受这样非不可免的苦。这是我对章卿一万分不满意的地方。

　　男孩女孩,到底哪一个更可爱?我个人觉得女孩更可爱,男孩便差些。男孩在十岁以内还天真烂漫的可爱,以后越大越顽皮;女孩子就是到十几岁,二十几岁,都有温良、和柔、娇媚、取人怜爱处。这也许是我个人的偏见,我现在还没有女孩子,有了女孩子的人,何妨出来发表发表意见?

三十三

　　婆婆正和爱丽霞玩弄的时候,我在旁问她要我做什么事,她指着她的梳妆台上所摆的看风景相片用的望远镜。我就把那许多风景片子和镜子一同取给她。这许多风景片子,合起来是讲明有系统的历史上的事情,不过当时已经被人夹乱。我既然能读相片上面的英文说明,就把它们一张一张依着前后的秩序排好。我做这件事,做得很老练,而且很迅速,大博婆婆的称赞。

　　我从那个时候以后,帮助婆婆做的小事很多,上面所说的不过是其中的一种。为尽我做长媳的职务计,每日有许多钟点要陪伴婆婆,天气好的时候,我要陪她到花园里去散步,我和她坐在一起,从事缝纫，如同我在家时帮助我的母亲一样。有的时候，我还助她做那些缠脚用的小鞋子。这种小的鞋子，婆婆自己照她的小脚的大小做的。有一天我告诉她，说从前听见章卿谈起中国妇女要替家里许多人做鞋子，觉得异常奇怪；现在亲眼看见了这些小鞋子，才明白做鞋子确是中国妇女的一种技术。

婆婆和曹太太对于她们自己能做这类小鞋的本领，非常觉得自豪。曹太太的脚比婆婆的还要小，还不到两寸半长，婆婆的脚却比她长两倍，样式也和她不同。据我所发现的理由，曹太太很拘守旧俗，要把脚缠得很小，不肯放大；婆婆便肯渐渐的把她的脚带放松，肯采用维新的办法。

我对于缠脚的风俗，却也觉得津津有味。我在上海的时候，我所教的学校里的许多女学生和我在交际中所遇的妇女（除少数例外）都是天足，其中大多数并且穿着外国式的高跟皮鞋。在公共地方虽也常见缠脚的妇女，似乎都不令人注意，但是到了家乡便不同了，只有十二岁和十二岁以下的女孩子，能因新法而免受此种惨酷的方法，至于我所同住的妇女，都是缠脚的。照中国上等人的清洁习惯，缠着的小脚是很受护卫的，每隔两三天就要把缠脚用的白布带子换一次。我在家里望望许多缠脚的妇女走路，很觉得中国文学里所描述的三寸金莲，步履婀娜，有如风里修竹的摇动，在她们的皱褶的绣裙之下，露出灿烂耀目的纤小绣鞋，煞是美丽可观。回看我自己的脚反而觉得大得可怕，渐渐的甚至觉得自己大脚难为情。有一天我和婆婆各坐在一张有手靠的椅上，中间隔开一张乌木茶几，我把自己的脚和她的脚平排比着，叹口气对她说道："咳！这大脚实在难看！"婆婆却摇头表示不以为然的意思，并且很客气的说道："不要紧，看虽不好看，走起路来却好得多。"

我当然喜欢使我的爱女爱丽霞属于青年中国，不受缠足之苦，我常常听见人说缠成一双三寸金莲，要流一桶的眼泪，我当然不愿我的爱女遭这种酷烈的待遇。我看见许多缠脚的妇女，不过偶然觉得麻木，叫老妈子用手捶腿，还没有什么苦痛，所以我想她们的一桶眼泪，一定是小的时候流的。她们全身都靠着这一双小脚支持着，停的时候除非有老妈子或手杖辅着，不能稳定，要向前向后前退一小步；她们居然仍能很自然的立着，仍能有力，倒令人非常觉得奇怪。

【译余闲谈】

  风俗的移人，真是可怕，非有特等聪明的人，很难只顾理性，不受它的无谓拘束。麦葛莱女士因和缠脚的妇女相处，竟自觉大脚的难为情！中国从前妇女情愿忍痛缠脚，也何尝不是盲目的社会风俗逼她这样。从前非缠脚简直嫁不到上等男人。我有一位朋友，现在是顶刮刮的一位簇簇新的新人物，但是他的夫人告诉我说，他们是从小订婚的，订婚在十几年前，那个时候她的"姑爷"未娶以前，听见她的脚缠得不小，恐怕做"新娘子"时候不好看，常常吵闹！可见盲目风俗的害人不浅！所以有志改良生活的人，对于风俗当存"批评的态度"，以"理"为根据，不宜盲从。但是这种事非有几分胆量不行。

三十四

讲到女子缠足的一件事，我觉得我的婆婆走路的态度非常雅观。春时太太（即弟媳妇）的脚，因听从她丈夫的嘱咐，已经稍为放大了一些，走起来很慢，似乎不大好看。有一位张太太，也是小脚的，步行很艰难。要做章卿的岳母而未成功的曹太太，虽是小脚，走起路来，却异常的敏捷，一步一步非常伶俐，有的时候，她还要与我们的第二个小孩子爱尔佛赛跑着玩。我们的爱尔佛这个时候已经两岁半了，非常欣悦伶俐得可爱。曹太太和他赛跑的时候，把双手抓着他的双手，接着向厅的前后跑着，两个人都笑得不亦乐乎。我自己呢，有的时候也要举起脚尖，立住脚跟，做出三寸金莲雅步的走路样子，婆婆与曹太太看了也笑不可仰。

我的丈夫离家之后，我与婆婆同住，生活倒也过得顺利。章卿的父亲向来半年回乡一次看看，至今也尚未回来，章卿的二弟也出门了。甚至他的静默安闲的三弟也到南洋去加入他父亲的商业。这位三弟缄默镇静，在家的时候每天替我到花园里采些玫瑰花。所以此时我们家里余下的都是女子，住在棕黄色的小山上，此时将届春季，将由棕黄而变为深绿了。

婆婆的为人，很宽宏大量，仁爱慈祥。除有的时候，仆人太不小心，做错了事，她声色稍为严厉点；其余的时候，我从没有看见她有过疾言厉色。我看她坐在她的床铺上，好像坐在皇帝宝座上的尊严，指挥一切家务，我看时觉得很有趣味。她所出的命令，很少是直接的，往往先招入一个家人，或上级的仆人，嘱咐一番，再由她们转达与有关系的人。这样一来，她的命令好像由皇后发出的命令一样，很重要，没有收回成命的余地。家里的许多仆人，没有一个不忠诚于她的。

婆婆很自豪的带我参观我们大家族里的复杂的房屋；在这房屋里面，梁氏世世代代"生于斯""死于斯"。

在大座的房屋里面，连有许许多多小座的房屋，彼此都相类，各有各的天井，各有各的大厅，厅里有祖宗的祭坛，旁边便是私室。这种"家里的家"不但在大屋后面有许多连着，并且向东西分，与当中的一排房屋成为直角的形式。

婆婆把她往昔做新娘时候所住的房间，指给我看，并把章卿在哪里产生出来的一个房间指给我看，那个时候正是我们祖母用严厉而慈爱的手段管理全家。我看了这许多东西，很受感动，更觉得我自己是家族里的一分子。

在这大家族里面，他们都是很忍耐的，很勤苦的，很客气的。我和他们住在一起，我自己晓得有许多做错事的地方，幸而婆婆不像中国其他的易于触怒的婆婆，她却非常有耐性，她遇着不适宜于我的事情，从来不叫我做；无论什么小事，她叫我做的，都显出她确曾用过一番鉴别的功夫。我有的时候也陪她到寺庙里面去，到祖宗的坟墓上去，但是我都不过做一个旁观者；她对于宗教的观念很宽大，并不勉强我迁就她。她带我去看祖父母与曾祖父母的坟墓，她晓得我心里存着很恭敬的意思。至于烧香拜祭等事，都是我们的弟妇春时太太去做，用不着我去做。

【译余闲谈】

　　这一段事实，很可以暗示中国注重养儿子传代的风俗。所谓"祖宗的香火"要有人接下去，否则祖宗便要做饿鬼！人类的传种，非但无懈可击，本是一件好事，否则人类便要灭绝。而且依现代的思潮，种子不但要传下去，并要使传下去的种子特别的好，所以才有所谓"优生学"，成为一种科学。但是我国专为祖宗传代的思想，却有许多流弊；例如一个人没有本领，过倚赖生活，都还不觉得十分重要，讨老婆养儿子却视为人生第一重要的事,所以借口没有儿子而讨小老婆,社会上简直视为千应该万应该的事!甚至从前妇女有"七出"之例,养不出儿子也在可以驱逐之列!好像养儿子是妇女一方面的事情!做父母的人,因为恐怕祖宗"断绝香火",所以就是他们儿子是一个"大憨大"是一个"贼坯",也要替他娶一个老婆,希望养一个孙子!牺牲他人的女儿,在所不计!我说就照迷信的说法,这种没有心肝的人真该绝种!此外因为只有男子有传代的资格,女子没有,所以承袭遗产的,只有男子,女子便没有份。于是重男轻女的恶根性,因之愈益牢固。其实想起来,"香火"不"香火",有什么道理?人类生的时候,没有哪一个在鼻子前面点一根香,在眼睛前面点一双蜡烛,才觉得舒服,何以见得死后没有香火便要做饿鬼?世界各国,注重祖宗香火的,只有我国,难道在"鬼世界"里面全世界的鬼都是饿鬼,只有中国的鬼是饱鬼?诚然如此,譬如全世界都没有饭吃,只有中国人有饭吃,也要被人抢得一塌糊涂,大家吃不成!这种事情,真是"莫名其土地堂"[①]!

讲到个人方面,还有一个大流弊,就是不希望自己而偏重希望子孙。我常听见人说:"我自己不行了,现在只望我的儿子将来能好好的做一番事业。"这种人真配得上"自暴自弃"的尊号。

三十五

我们家里关于长媳应做的祭祀的事情,都由我的弟妇春时太太

[①] 土地堂即庙,谐音妙,旧时文人雅趣。——编者

去做，在上面已经讲过，这位年轻的弟妇，也很可做中国旧式妇女的代表，她虽受了相当训练，但却未曾受过教育，由我看起来，常常觉得有许多有趣的事情。她的天性是很娇羞，很静默，但是不久之后，我居然可以和她谈谈。有一天她领我看看她做新娘时候陪嫁的衣箱。这些衣箱是用白漆漆过的，上面还加了红色金色的装饰；箱子里面装满了她嫁时带来的许许多多衣服，折得整整齐齐；里面还有嫁时就预备好的长子穿的小衣服，也是她嫁妆的一部分。

先备好小孩子的衣服做嫁妆的一部分，是章卿家乡本有的风俗。这种风俗，我觉得很好。中国人有许多地方是老老实实的，这也是其中的一件。那些预备好的小孩衣服，有的绸做的，有的缎做的，有的洋布做的，颜色都很华美灿烂。这类小衣服都是希望的符号，有结果的婚姻与快乐的吉兆。我对于结婚与生育的观念，虽然本很习惯，但是像这种老老实实一点不掩饰的态度，我发现之后，倒也觉得有趣而且奇怪。

他们对于重要的事情，虽存这样简单的老老实实的见解，而对于个人礼仪方面，却非常的注重形式，非常的严格。我把这两方面比较一下，觉得相去很远，也觉得稀奇。这种仪表是一种具有久远文化的老民族所有，这种民族已久有他的基础，到如今不过奉行故事罢了。

他们的日常生活的进行，都是根据于一种信仰，以为人类的最重要的事情是家族生活；为了保存家族生活起见，无论什么牺牲，都置之不顾；否则生活便无从发展。他们既认家族的舒适是很有价值的事，所以觉得无时不当保存，个人方面无事不可牺牲。

在我们大家族里，在大门以内的生活，一天一天的很顺利的过去，所以我简直不想到外面去走走。在我们的村内没有戏院，遇着节日，有各处游行的戏班来做戏，戏台是临时搭成的，有的时候搭在庙里，有的时候搭在私人的家里；但是有的时候我们也到邻近的大城里面的戏院去看戏。有的时候，有客来我们家里留住几天，我们也和宾客同去看看戏。我至今想起当时的情景，倒有很深的印象；我们夜里同去看戏，有十几顶轿子连着走，轿夫抬着向前飞跑，走的路又是弯弯曲曲的，前后有许多男仆拿着灯笼跟着奔。

家里的小孩子倒也受着家人的庇荫，过他们快乐的生活，和仆人及年幼的家人一同玩耍，有的时候在门内，遇着好天气，也同到门外去玩玩。他们甚得祖母的疼爱，袋袋里装了许多铜圆。往昔中国用钱串的小钱，那个时候已经用铜圆了。小孩子有了铜圆，就向过路的小贩买许多玩物，买竹头做的弓箭、吹得响的笛鸟、泥做的戏子，还有许多糖果糕饼。遇着节日，花样更多了，有许多用糖吹成的东西，插在细小竹竿上，吹成的式子有的像灯笼，有的像鸟，有的像鱼，真是五花八门。遇着其他的节日，还有就竹架上用纸扎成的大鱼，上面涂着五颜六色的花样，风里吹得飘来飘去，倒也好看；还有像鸟像龙的纸鸢，放到空中的高处，也是小孩子喜玩的东西。

【译余闲谈】

吾国的嫁妆，倒有许多稀奇的事情。做起棉被的，十几床一来，叠得高高的，沿街"耀武扬威"由女家抬到男家；尤奇的是马桶也大大小小的十几个，简直好像把新娘子视为"大拆烂污"的朋友！新娘子的脚盆，也有大大小小的好几个，好像新娘子向不洗脚，嫁了人才大洗而特洗！这真是不通到"不知所云"！在比较开通的少数地方，这种怪现象还是时常可以看得见的；至于内地，那更是司空见惯，非有十几个马桶陪新娘子过去，简直好像说不过去！有人说这是"子孙桶"，非同小可！我以为就是不用新法，一定要把儿子养到马桶里面去，也不是十几个儿子一时连着养出来，何必这样着急！

至于为大家族而牺牲个人的惨事，也就够了，即就麦葛莱女士本身而说，她在大家族里的生活，是否比得上她在小家庭里所过的甜蜜愉快的生活？

三十六

我们家乡所在的那个城里，有少数外国人居住，其中有好几位美国籍与英国籍的妇人常来看我。她们里面有几位很稀奇的问我，怎样忍得住大家族里的烦恼。她们问的时候，当然问得很温婉，防备触动我的愠意。

婆婆对于这些访我的外国女宾，觉得异常有趣；其中有许多能说中国话的，我并且把她们介绍与婆婆。往往当她们将要辞别的时候，婆婆总喜欢问她们许多话：问她们是哪一国的人；问她们的丈夫做什么职业；又问起她们有多少小孩子。讲到最后的一问，她们大多数都回答只有一个小孩子，有的时候也有人回答有两个小孩子；但是有一次有一位极美丽的，头发铁棕色的外国女宾来看我，她辞别之后，婆婆和我的谈话，使我永不能忘。婆婆问我这位外国来宾有几个小孩子，我回答她说："一个小孩子都没有！但是她有五只狗——而且最近又从上海买了两只狗，下期轮船就可以运到。"

婆婆听了，大吓一跳，用很惊吓的声调对我说道："一个小孩子都没有，却有五只——七只狗！"我们两个人都不禁大笑起来。

但顷刻之间婆婆又恢复她的严正态度,对我说道:"外国妇女总是不愿意有小孩子的。"我听了却驳她说道:"我却愿意有小孩子,我喜欢许多小孩子。"婆婆笑着说道:"你是做了中国人的夫人啊!"

幸而此后一次来访我的是一位生了六个小孩子、温雅可爱的美国妇人,来看我的时候,并且带着她的两个小孩子同来。这样一来,美国的国家名誉居然得以保存了。

在那个时候,我常常想到异国联婚的一个问题。我记得我们住在上海的时候,有一位由美国来的留学生来访我们,住了好几天,后来他对章卿说:"我在美国大学的时候,几乎娶了一位美国女子。我现在懊悔得很,可惜当时没有充分的勇气把这件事做到。"我在那个时候听他这样讲,也替那个美国女子可惜,觉得她失却机会享受与我同样的愉快;这种愉快我现在比从前更觉得是真实可靠,一点用不着怀疑;但是这类事情也不能一概而论。就我个人讲,却有许多地方,倘若有不幸的事发现,也许不能有现在的满意结果。譬如说,假使我的丈夫不那样温存体贴,不那样真诚忠挚;假使他的大家族不那样仁爱宽宏;假使我自己迟疑多虑,执拗成性,或是不能使我自己适应环境,我可以每天都有困苦愈深的可虑。所以我以为异国联婚这一件事,不能有什么一定的规则可循。婚姻本是当局个人的事情,异国联婚更是当局个人的事情。有一位在美国大学的美国女子,因为钟情于一位同级同学的中国学生,曾经写一封信来请教我,她信里最后几句说:"我的好友,你是做了梁太太了,你一定要替我解决这个问题。"我回答她说:"这个问题,只有你们两个人能够解决。没有人能够给你很安稳的指教,因为无论在哪一方面,一有错误,便要终身失欢的。但是我却有一点可以贡献,我以为倘若爱情的强烈程度,能够受异国联婚的试验而不至畏怯,便用不着向别人寻求什么指教。因为这种爱情，本身就不容有什么疑虑的存在。"

【译余闲谈】

在西洋如有人家生了十个或十几个子女，常有报纸把他们的照片大登而特登，视为新闻。在我国则多生几个子女，真算不了稀罕的事情。怪不得梁家婆婆听见许多西人家庭说起子女的数目，往往只有一两个，便要奇怪！我觉得家庭倘若真是由"爱"组成的，就是没有子女，也乐得一个干净，并没有什么大不了的事情；如果有了一两个子女，也未尝不能增加些家庭乐趣；但是如果成群结队，此哭彼叫，已经受不住，倘更加以经济的压迫，去之不能，育之不周，那真是地狱生活！大概社会文化愈进步，男子非有充分的经济能力，不敢贸然成室，不得不有迟婚的趋势，故生育率也可略少，并且医学进步，人力也可制胜天然；有此两因，过分的繁殖，未始不可避免的。

异国联婚，我是很赞成的。一则西洋女子体格好的，具有特别优良品性的，对于我们将来的种族，也许有好影响；二则异国联婚多了之后，民族的仇视也许可以略减。不过我们中国要娶西洋女子，第一要没有陈旧的旧家族从中扰乱，第二须有充分的经济能力；否则还是享不到家庭的幸福，并且要自害害人，不可不慎。

三十七

在全家里面，章卿既赴北京，能讲英文的人只有我与我的长子，我极力学习中国语言，倒也还算顺利，为我初料所不及。章卿临走的时候，为我预备好一张单子，上面写好许多日常用的中国话；在我自己呢，一天到晚听见家人很快的谈话，非常留心听着，处处学习了解，耳朵也就练得很灵。所以没多久，家中对我说的中国话，我差不多句句都懂。

  我在晚间很静的时候，常与婆婆作长谈；我们大半谈章卿的事情，谈的时候，婆婆拿出许多关于章卿幼时的"古董"：有一件是章卿幼时穿的深红色的绒马褂，一顶小帽，一件是银制的儿童玩具，一件是他小时初读英文用的教科书。我对于这许多东西，都非常的喜欢，婆婆居然都能好好保存起来，想到这点，我愈爱婆婆。我尤其喜欢的是婆婆给我看的章卿小时的相片，这张照片连章卿自己都未曾存有，所以我从前还未见过。我和章卿所摄的照片，婆婆倒也觉得很有趣味。我示她章卿在大学时候参加学生戏剧的戏装照片，婆婆大为发噱。我又把我自己各岁所摄的照片，我父母的照片，我祖父母的照片，给予她看，她说出哪一个像哪一个，一点也不错。在这种夜里，有的时候，我和婆婆同看章卿从北京寄来的杂志；有的时候，我们谈谈外国的风俗。不久我就觉得和婆婆谈天是很容易的一件事，而且因有她的帮助，我居然也学会阅写简单的中国字；这是因为婆婆的父亲是一位思想自由的人，所以也给他女儿多少教育的机会，为婆婆同辈女子里面所不易享到的。

  夜里我和婆婆谈天，谈到钟上指到十二点的时候，她便轻轻摩着我的手，对我说道："你睡的时候到了。"我常要回答她说："我先要把寄给章卿的信写好了再睡。"她听了常要摇摇她的手，对我说道："时候太迟了，你一定要去睡。"但是关于这一点，我却很坚持的，往往要回她说："母亲，倘若我不把那封信写好，我便睡不着!"她听我这样说,也就允许我。到了第二天,我便把我所写的好几张信给她看,因为我和章卿来往的长信,婆婆听了也觉得异常有趣的。我常把这些信的内容,尽我所知道的中国字,诚实译给她听,并常在我写与章卿的信里,把婆婆要求附笔的话加入。

我当时也学用西文字母来写中国话的语音,因为我们家乡土话利用西文注音方法,很有成绩,很有标准可循。我常把怎样利用外国字母来写中文语音的方法,做给婆婆看,她也觉得很有趣味。章卿回我的信也常用这样写法,不过他寄给他母亲的寻常通讯,仍用中文。婆婆常告诉她的朋友说:"儿媳辈彼此常写长信,每次竟写至十五张二十张之长。"说的时候,显出一团高兴的神气。我这样常常陪伴婆婆,觉得非常愉快,除了此事以外,我一点都未受着什么拘束。我可以很自由的一个人出去走走,到城里答访朋友,或出外购买东西。

我自己生性事事要做得周到,所以我每有出门的时候,未走以前,总先到婆婆的门口,对她说明为什么事出去一趟,要征求她的同意。我实行这种形式上的小礼节,婆婆总是答应的,没有一次反对我的请求。她惯于享受这种敬礼,我觉得我也乐得从她,用不着反对。我接到朋友的请帖,无论是西人,或是华人,我或受或谢,总依婆婆的训示,因为我很信任她对于人的好坏及社会的习俗,都富有经验,一定不会错的。

【译余闲谈】

"出必告,反必面",我觉得这种礼节,在二十一岁以内的子女,对于家长守着,未尝非"家教"之一种;但是已经到"成人"的地位,简直可以不必,而我国的自命有家教的大家族，仍拘泥这种规矩于成年子女的还不少。我有好几位朋友仍要吃这种苦头，费时费事，毫无意识！

麦葛莱女士之爱章卿，连对于他幼时所留下的东西，都觉得可爱，这真是可以称为"彻底的爱"。

三十八

章卿离开家乡的几个月里，我们所认识的人竟有两个逝世。一个是年纪很轻的青年，而且还是家人对他希望殷切的独子。还有一个是年轻的女子，曾经陪伴婆婆去上海看我与章卿的。她虽服侍婆婆，但并不是寻常的女仆，是婆婆远亲里面一个孤女；婆婆待她很慈爱宽宏。婆婆向来是深居简出的，那次到上海去，在她竟可算是一件大事。这个女子陪她到上海去，回家未久，即配给一个很有希望的人家。婆婆把她嫁出去的时候，妆奁方面也应有尽有。后来那个女子听见我与章卿也一同回到家乡来了，她就穿起做新娘子时候用的淡绿色衣服来看我。她看见了我，喜欢得什么似的，这种聚晤欣悦的神气，真使我受极深切的感动。她见我之后，很殷勤的把她丈夫和她婆婆的为人告诉我。谈起她的初生的小孩子，更觉得得意。相聚数小时，她还同我们的几个小孩子玩嬉一会，才辞别。辞别的时候，她还满口答应不久再来。哪里料得到那次就是永诀，以后便不能再见她了。在她欢悦之后，死神忽然把她抢去。

我经了这两件事情之后，才恍然觉得死这一件事究竟是人生不远的事情。还有好几次，目击一群一群的死去，其中有的是我们家里的小孩，有的堂弟兄，有的朋友，有的仆人，都向阴间去。我又看见许多坟墓，由山下望到山上的墓碑，沿着山边，显成一排一排的白色，有的地方蜿蜒好几里路，这种景象，看了之后，使我心里更觉得人生真如朝露！

在这些山上还有许多稀奇的石造的"节坊"，各归各的立着，寻常多竖立于道旁，都是用来纪念节妇的；这种节妇都是古代殉夫的女子。依中国的古俗，凡是情愿殉夫的节妇，于夫死未久的时候，先把她要自尽的志愿宣言于众，于是她的家人就立一个高台，请了许多亲友参加这个典礼；到了择定的时候，这个节妇就在这个高台上自缢，死后就立一个节坊旌表她的节烈。在中国的家族里面，凡是不再嫁的寡妇，极受人尊重敬礼；这种尊重敬礼，除了做婆婆的所受的以外，没有及得到她的。守节守到年纪大了，寡妇所得的威权愈大。中国虽不禁止寡妇重嫁，但是重嫁之后，有许多困难的地方，所以非有大胆的人，简直不敢做。倘若一个寡妇重嫁，她与第一丈夫所育的子女是归丈夫的家族，与她不相干；至于她的第二丈夫的家族呢，又要鄙视她；所以弄得两面不讨好。

【译余闲谈】

讲到我国奖励节妇的事情，真是惨无人道。麦葛莱女士说是"古代"的风俗，其实区区七八岁的时候，就听见家里的伯伯叔叔与父亲往观节妇殉夫的惨剧（时在福州），看了回来，还围坐大谈，说节妇先穿好凤冠霞帔，坐一顶轿子，前面有人打着锣，在热闹的街市兜一个圈子，再抬到特别搭好的高台上，将要上吊以前，还由所谓父母官的知县老爷向她三跪，然后她才从容不迫的把头套入绳圈上吊。这个时候死者的夫家与娘家许多家人亲族，甚至朋友，都个个人面上现出无上尊荣的神气！唉！这种野蛮无比的事情，居然我本身时候还有机会遇着！我说这种死者的家人亲族，乃至朋友，乃至当地的所谓父母官，真等于刽子手，都是该死的东西！刽子手还是手刃定过罪的犯人，他们却是手刃无辜的女子，其罪实不配与刽子手比，实在罪不容诛！

还有无数所谓文人，喜欢替这种惨无人道的事情做"墓志铭"，大加称赞！真是糊涂虫，无耻已极！

这种事情的遗毒，就生出无形钳制寡妇，及"上门守节"等等非人的行为。不必说什么"古代"，也不必说什么二十年前的时候，就在去年，我有一位朋友的亲戚，是住在安徽的"遗老"，自己讨了四个小老婆，却逼着他的一个十七岁女儿"过门守节"！满嘴仁义道德！说这是家门无上的荣光！唉！这种没有心肝的人，照我办起来，恨不得"着即就地正法"！

我的意思，不是说做女子的不要贞节。嫁了一位恋人，忠心于他，就是贞节。至于做寡妇的人，再嫁不再嫁，应从她的自由，别人不应强迫她嫁，也不应用许多圈套，硬把她压到非永做寡妇不可的一个深渊里面去。换句话说，倘有一个寡妇，得了一个知己，再嫁过去，这于贞节上不能算有亏缺，我们决不可轻视她。

自己尽量的讨小老婆，却欲伸出头来主张什么节义，主张什么"上门守寡"，借此增加"家门无上的荣光"，我只有馨香祝祷他们快点死光，否则社会风俗总无彻底改良的希望！

三十九

上面所说关于寡妇或守节的事情，当然有人以为这类事应注重个人的自由意志，不应有外力的压迫，但是讲到我个人的意见，却十分表同情于终身守节的寡妇；我现在不幸做了寡妇，固然出于梦想之外，但是在这件梦想不到的事情以前，我已久有这种同情。虽我初见中国许多"节坊"的时候，心里异常难过；但是我倒也觉得中国的这种观念，似乎不是不自然的事，虽则在当时我已经知道这种风俗在二百年前，已有上谕把它禁止了。

从前章卿与我都深信我们俩的爱情，在我们生存的时候，一定是永久不变；但是在那个时候，我自己还有一种很强烈的观念，以为真正相爱的人，他们的死不过好像火炬一时的熄掉，又在永远不变的精神界大放光明。那个时候我脑海里已潜有这个观念；现在我生在世上，也是依着这个观念做去。

为着这同样的原因，我并觉得中国人对于死者的态度，很可以慰人心意。他们对于所爱的死者，没有一刻工夫断绝关系，死辰的纪念与生辰的纪念视为同一重要。所以他们生命的递嬗是没有间断的，由死而生而渺茫，而又复生，使个人觉得他自己是这种进行不止的历程中的一部分，如光之亮而熄，熄而亮，循环不绝，觉得自己有承前传后的责任——这样一长拖的延传下去，成为不可免的聚合。

中国人的道德观念虽在个人的牺牲，虽信精神的不灭，但他们的人生观却是入世的，而非出世的；却不厌恶人生，反而祝求长寿。所以在中国的祝语里面，如健康、尊荣、财富种种里面，最注重的还是长寿两字。这两字常有人刻在戒指上，手镯上，发簪上，儿童衣冠的绣品上等等。我常在他们日常风俗上觉得对于人生无限敬重的表现；例如新娘离开母家时就预把未来婴儿的衣服做好，以多子增强家族为幸事，对于祖先的坟墓非常看重等等。

有几次我也陪伴婆婆去祭扫梁氏的祖坟。我还记得最后一次，在章卿将要回家的前几天，我陪她一同走向祖坟上去，她一手携着我的手，一手拿着她的金头拐杖。当时她衣服简单，穿了一条有褶的黑裙，一件单灰色的外衣，穿了一双很好看的黑的小脚鞋。

我和家人立在颇远的地方，大家都默然静立，婆婆一人则行她的礼节。坟前铺了许多纸钱锡箔，用小石头压着。婆婆跪下去叩头，双手合着，嘴里很虔诚的轻轻的祝祷；然后有一个仆人帮着她烧许多纸钱锡箔等物，同时还放炮仗，把有恶鬼的空气震震清楚，祭礼便完毕。

【译余闲谈】

祭祖宗是"追远"的厚德，在原则上当然没有反对可言。不过我觉得形式未尝不可改良改良。譬如无论日里夜里祭祖都须点烛，烛油是一件污糟的东西，有什么好处？有人说祖宗要蜡烛照着才看见吃！就说祖宗要借光才看得见，白昼的日光，夜间电光灯光难道不见，偏要加点一双蜡烛做什么？

再有拿几碗菜排着做做空样子，等一会儿还是要装到生人的肚子里去！这种骗人的事大可不必。我常看见有人祭祖宗桌上排十双筷子，我说倘若到了十一位祖宗，岂不是有一位要用手来拿东西吃吗？至于烧纸钱，烧锡箔，都是极端骗人的事。我们平常铜角子、铜洋钿不能通用，要用真银或真金造的，就说有所谓阴间，就说阴间要用钱，我们又怎样晓得几张钱纸一烧就成了钱，锡箔一烧就成了金银？简直大骗其祖宗，以自欺欺人罢了！我以为要纪念纪念，何妨挂些照片，供些鲜花，岂不简便清洁？

四十

我陪伴我的婆婆去扫祭梁氏祖坟,一同回到我们的村里去。我们将到了自己的村落,在路上走的时候,随处有人从他们门口喊着招呼我们,婆婆也就回答几句话问问他们的好,彼此客气得很。到了村边,我们到一个亲戚家里看看,借此休息一下。我们告别出来的时候,这家亲戚就有许多亲友送了出来,走了一段路,嘴里都喊着:"来啊!再来啊!不久就要再来啊!"我这个时候还看见山上的斜阳,还嗅着邻近海水的咸味。我们转过了山石,看不见送我们的亲友,还觉得"来啊!再来啊!不久就要再来啊!"的声浪震于耳鼓!这种声音却是我一生最后一次听得到的,当时真梦想不到。

章卿来信说就要回家了。我在一个月里,天天念着他的回家。他由北京写给我的信,都是情书,总写得很长,说他身体平安,事务顺利,回来之后,还有许多话要当面告诉我。后来寄来一封信,说明他定乘某轮,大概于某日可以到。哪里知道当时因为国内战事的关系,船期很难预料。他所乘的那只船途中既已耽搁,又须变计驶到别个埠头,章卿不得不跟到那个埠头,再设法换乘他轮回家。一时又没有轮船,竟致屡次延搁。他又赶紧写信回来说明原委。继而又耽搁起来,他又写许多信来申明理由。婆婆和我都望得心焦。最后到了一天早晨,那个时候我因为许多时候的盼望,疲顿得很,夜里睡得很迟,那天早晨章卿居然回来了。

我从酣睡里醒了起来,听见极静的屋子里忽然人声嘈杂,听见锣声,听见外厅里的足声,又听见婆婆房里的欢迎笑声。我赶紧披上外衣,抱着女儿爱丽霞,奔到房门口去开门,刚在这个时候,章卿也到了我的房门口，刚要伸手叩门，房门刚巧开了起来，我当时在晨光蒙眬之中有点模模糊糊的看见章卿。他满面笑容，婆婆就站在他的后面，也满面笑容，我和章卿见了面，彼此都很严重的呼了彼此的名字，彼此呆呆的望着，要把几个月的苦念都消灭了它。既而他望着小女儿看，他用中国话对她说道："爱丽霞，我的千金！"爱丽霞也居然晓得对他笑，两臂伸出要他抱。婆婆很欢喜的诧异道："她居然还能认得他！"好一会儿，我们三个立在一起，彼此不做声，都围着小女儿。我这个时候更深切的觉得我自己是家族的一分子，是中国的妇女，忠心诚敬于我丈夫的族人。

后来章卿把他那次所以回家的理由讲给我听。他说在北京政府所担任的法律职务已结束，将放外差，委任去做美国的一个中国领事。所以我们都要一同回到美国去了。章卿本有志于外交，经过了这种领事的职务，将来在外交方面的前途希望更有把握了。但是这样一来，我却要离开我所亲爱的中国了，这个时候，我对于中国已有了极深切的感情。但是我和章卿都以为这样离开中国，不过是暂时几年的事情，我们过了几年当然还要回到我们的中国乐土，我们俩一同享受我们的老年愉快的生活。

【译余闲谈】

讲到我国太太奶奶们送客时候的大喊小叫，使我倏然忆起数年前的一件好笑而又可恨的一件事。我当时是和一家同居，我自己所处的是一个很安静的小家庭，而同居的一家却是一个大家庭。他们有老太太，有好几位少奶奶，有好几个丫头，有好几个老妈子。他们极喜欢打麻将，夜里总要请几位外面来的太太少奶奶，至少一桌。打起来，总常常打到深夜。这都不关我的事,不过当我夜里睡到正酣的时候,常在两三点钟,他们却刚才散局。十几位"女性"的主人送出好几位"女性"的嘉宾,由房里送到大厅,由大厅送到天井,由天井送到大门口,一大堆的送着,就一大堆的喊着,一方面大喊"来啊!""来啊!""一定来啊!"一方面则胡乱的大声回答说"来的!""来的!""一定来的!"喊了一两句不够,一路送就一路喊!老太太一个人喊不够,许多少奶奶帮着喊!老妈子丫头跟着喊!小声喊不够,还要大声喊!我日里工作得疲极,夜里梦中被她们惊得跳起来。最初一两次以为火烧房子!后来才晓得是她们客气送客的把戏!每经这样一次,我总要从梦里惊醒起来,叽里咕噜一顿。我有几次看见别人家里也有这样现象,只有禁着嘴不敢笑。有一次与家人到了一个亲戚家里去,出来的时候,也承他们用同类的"呼喊敬礼",我拖着腿三步做两步走,赶紧走出大门"避难"!

四十一

我们因为章卿要到美国去做领事,家人平静的生活,到这时候也变忙了一点,我们差不多立刻就着手准备到美国去过我们的新生活。章卿盼望这个变更的实现,非常的高兴,好像他是将要回到故乡似的。我当时听说就要到美国去,最初的感触是心里觉得异常的愉快,但是转念之间,觉得我所爱的我所亲昵的中国与家人及日常事物,要因此离开,又不免心里难过。不过我表面上却不得不现出欢悦的样子,勿引起家人的不悦,然而我也不愿太有欢悦的样子,因为恐怕婆婆怪我以离开家人为快乐。

在这个将要动身到美国去的时期里面，我见着我的中国阿翁。当时是在秋初的一天，那天天气很好，章卿和我因事同往城里去，回到家里的时候，已经是下午。我们的轿子刚到大门口放下来的时候，看门的仆人就对章卿报告老太爷已经到家的消息。我一听见这个消息，心里怕得什么似的。从前我第一次看见婆婆的时候，凑巧身上穿了一套中国式的衣服；这次遇见阿翁，却凑巧身上不是穿中国式的衣服，却穿了一套白色和蓝色丝绸造的美国式衣服，头上戴了一顶白边的西式女帽，帽上还有黑绒，玫瑰花蕊等饰物。当时章卿自己呢，穿了一套白色法兰绒的西装，头上戴了一顶巴拿马的草帽，他下了轿，随手把草帽和手杖交给仆人。我们一同走进了客堂，坐在婆婆旁边有一个人立起来迎接我们，这个人就是我的中国阿翁。我看过去他是一个中等身材的长者，容貌严肃，面上胡子剃得很干净，头发已经灰白。他身上穿了一件蓝绸的袍子，上面加了一件黑色马褂，头上戴着一顶寻常式样的黑缎小帽。我当时看见他，正在不知所措的时候，他老人家的严肃的容貌忽然变为笑容可掬的态度，尤奇的是他也和婆婆第一次见我的时候一样，居然也伸出手来和我握手。我觉得这个时候阿翁对我殷勤握手，致辞欢迎，全是因为我未回来以前，婆婆已把我的为人告诉他，他的这种态度正是深信婆婆的表现。他和我握手行礼之后，就招呼我坐在他刚才坐的婆婆旁边的那张椅子；同时他自己和章卿就坐在我和婆婆的对面。这个时候，婆婆满面笑容，对着我笑，表示她的异常愉快。我起先对于章卿的国家风俗总是怀疑，这个时候连阿翁都已见过，我觉得章卿的背景都已完全显露出来给我看过了。我从前对于章卿的背景，心里存着苦楚与恐惧的观念，但是到了那个时候，我却觉得仁爱而安稳。我最后还怕着看见阿翁，一见之后，也觉得没有什么可怕，自己也觉得可笑。

　　阿翁听见他的孙子能说很流利的家乡话，十分满意，他常把他的孙子一同拉到他的身边，每次至一小时之久，问他们许多话，试试他们的实际知识，或是告诉他们故事，给他们听着取乐。至于我们的小女儿爱丽霞，阿翁也很爱她。爱丽霞真有趣，只要有人用简单的中国话吩咐她，她已知道合着她的手，或是叉着她的手，深深的向人鞠躬。婆婆很觉得她的小孙女可爱，常说："这个小女孩和她的父亲小时一样！"阿翁听见了，总表示同意，大笑一番。他们老夫妇两位，虽然是旧式人物，都能彼此互爱互敬，成为情投意合的伴侣，很使我看了感动。那个时候阿翁刚巧回家来陪伴婆婆，我觉得很愉快，因为章卿和我不久就要携带三个小孩子离家，照中国的老俗，我们都应该住在一起的。

【译余闲谈】

　　"容貌严肃"使人怕，"笑容可掬"使人悦。我国大多数家庭生活的最大缺憾就是充满"严肃"之气，大多数个人的毛病也是板着面孔，常带几分"严肃"之气。老友陈霆锐先生从前在暨南学校教过商法，当时暨南的商科还在徐家汇松坡图书馆里面。我当时有一天也因事到该校，被老友涂九衢先生拉着吃饭。据他说陈先生来上课的时候，常在校里吃一顿午饭，他吃饭的时候，笑话连篇，说得大家笑哈哈，弄得满座春风，大家的饭还未吃完就消化了！我以为这种怡悦的音容，愉快的习性，不但是家庭生活的要素，也是社会生活的要素。"板面孔"的可厌朋友，不但不宜于良好的家庭生活，并且不宜于生存社会里面！

四十二

章卿被政府委任,将要到美国去做领事去,我和章卿就忙着预备动身的事情。有一天下午家人谈起我们的儿女里面,应否留一两个在家乡。

阿翁对章卿道:"依寻常的情形,你应该和你的弟弟一样,一个人独自到美国去,把你的全眷留下与我们同住,至少你也应该留下一个小孩子在家乡;但是你的母亲和我都明白你现在所处的情形和寻常不同。你的妻子是美国人。她对于我们的见解,已有许多十分的迁就谅解,出乎我们意料之外;现在我和你的母亲当然也要体谅体谅她的意思,而且她的意思也就是你的意思。我们知道,依美国的观念,小孩子应当跟着父母的,我们当然不能禁止你照着这样办法。但是我要你知道,倘若你能留下一个小孩子,我们就非常的愉快。我们要小心保护,这是不消说的,你也一定知道的。"

好一会儿工夫,彼此都默然无语。我当时在旁边,心里也忐忑不安,当然轮不到我说话;就是轮到我开口,我也说不出。我当时心里在那里暗想:倘若这许多小孩子都离开家乡,婆婆要何等的寂寞;但是我们小家庭在美国,少看见一个小面孔,也是难过的事情。我一面这样暗想着,一面眼巴巴的望着章卿的面孔,看出他的面孔上也有进退两难的神气,不过不大留意的人还看不出。后来章卿竟开口回答。

他很诚恳的说道:"父亲,母亲,我们心里异常感激双亲的慈爱,我们这种异常感激的心意,想起来父母也一定知道的。我们知道小孩子跟着双亲,有许多益处,这些益处是我们自己所不能给予他们的。但是我们的几个小孩子里面,有哪一个我们可以留下享受这些益处呢?讲到威尔佛,他是我们的长子,我们也想带着他同走。次子爱尔佛呢,在我们几个人里面,他似乎是最不宜于南方的天气。夏天的酷热已使他面色苍白,活泼减损。所以他很需要航海,换换空气。至于女儿爱丽霞,她还是一个婴儿,又是我们的独一女儿。所以我们似乎都离不开他们。这决不是我们忘记双亲的好意而敢一意孤行,务请双亲谅解。"

这样一来,阿翁和婆婆当然都彼此对着摇头,略有伤怀的意思。虽是他们两个老人家彼此摇一摇头,继而也就彼此笑了起来。

父亲答应章卿的请求,并且说道:"这样也好。但是有一件事你一定要答应,此事非他,就是每隔多少时候,无论你的职务怎样忙,一定要回来一趟,而且你们一齐都回来,和我们团聚再去。不要让你们的小孩子忘记了我们,也不会让他们忘记了中国语言。最多过了四年,你们一齐都要回来。"

阿翁这个意思,章卿和我当然立刻答应。婆婆和我彼此重复着说:"再过四年,一齐都回来。"这样说着的时候,我们都眼泪盈眶。

那天夜里,我对我的丈夫说:"我们起先应该要答应留下一个小孩子。"

但是章卿对于这件事的脑子,的确比我清楚。他问我:"到底留下哪一个好?"他这句话问得很有意思,我当时听了他这样口气,知道我的提议完全是空的。

【译余闲谈】

西俗出远门总是带着家眷一起走的居多。你看就是老学者,像美国的杜威博士、克伯屈博士等,来华演讲,都各人带着夫人同来。中国作客他乡,多数都是孤身的。顾荫亭先生近和他的夫人由欧洲倦游回国,顾夫人也说西人以离了眷属远游为奇怪少见的事。这件事当然西俗好;不过中国一般人做不到这件事,也有他们种种的困难:例如大多数仍是大家族制度,势难带着许多人同走,只好一个都不带,此其一。就是可以带着小家庭一部分走,往往因经济方面的关系,觉得钱用不起,也只好作罢,此其二。中国有许多地方交通不便,途中实在累赘,而且彼此都受累,所以索性以少动为上策,此其三。还有中国职业界常不安定,得了一件事,不知能做多久,所以多取审慎态度,不敢来往徒劳,此其四。有此种种原因。这件事明知依西俗好,也只得嘴里说声好,实际上有许多人做不到。

四十三

在我们将要动身到美国去之前的那个星期日,章卿和我准备与中国辞别。我们陪着父母及其他许多家人亲戚,一同步行到本村的一个很高的小山上去,那个山顶上有一个庙,庙在山岩凹处,四望达数英里,在淡淡的夕阳之下,风景尤佳绝。这个庙居然包括三个宗教,因为在大殿上供着三位大石像,一是孔子,一是如来佛,一是老子。章卿和我两人竟贾其余勇,一同跑到山的绝巅。我向着山下四方一望,看见明媚足以自豪的村庄,沿着山边,五颜六色,着实可爱;又看见虎豹藏身的许多高山间有沃壤平原,密布丛林绿茵。再放眼远瞩,看见许多山向着云团凝聚的天边蜿蜒倾斜,但觉万籁俱寂,遥盼无际。我当时觉得我所处的中国国土,真万分可爱,真欲跪下去向我所践的泥土接吻。我当时情感的勃发,竟有不能自禁之势,慨然对章卿说:"章卿呀!这真是我们的家!我希望我们一天都不要离开它。"

章卿用中国话对我说道:"我们不久就要回来的;我们老的时候,就共同生活在这个可爱的地方。"

在那天傍晚的时候,我们两人共同坐在家中很静寂的花园里。至今想起当时的情景,还历历在目。当时我们在花园里遥闻从婆婆房里传出的她的侄儿的读书声音,因为他正在温习第二天的功课;又听见在一个颇远的客堂里,有两个丫头在那里发出玩笑声。同时又听见近园的路上,有轿子抬过去的竹杠轧动的响声与轿夫的草鞋步声相应。

再听得远的东西,就是在极静中的锣声、卖物小贩的打竹筒声、打小鼓声。

仰首望望附近许多小山,但见众山被黄昏的阳光衬出的紫色,莹润的月亮从紫色的天边慢慢儿涌现出来。鼻里闻着供菩萨用的异香。海上起的微风吹着附近龙眼树的枝叶,使它震动起来,树上的龙眼互击作响,摇来摇去,好像远望着的小灯笼一样。我们俩在这种情景里面,合手默然静坐了许多时候。静默许久之后,我丈夫很温柔的说出入我心坎的几句话。他说:"麦葛莱,相离能给我们教训。从前我们在美国婚事未成的时候,我有一次暑假和你相离,使你反省自己,寻着你自己的本心。我这次到北京去,又和你相离若干时,愈使我有一种很深的信仰,同你一样,就是深信爱情是万古不灭的。在形体上我们也许有的时候要相离;但是在精神上,你和我是二而一,是海枯石烂,此情不灭的。"

那个时候,明洁的月亮越升越高,圆洁可爱,一如我们俩的爱情。

【译余闲谈】

人生有这样的恋爱，精诚可开金石，可哭鬼神！昔者圣人说："朝闻道，夕死可矣。"我说人生朝得此爱，夕死可矣！反观世上的夫妻，有真爱情的，死心塌地互爱的有几人！多数不过是在形式上做了夫妻，不得不这样敷衍下去罢了！可以算是一生一世没有享过这种精神上的心灵上的愉快！已经铸成大错而无可挽回的人不必说，一般还有自由选择的男女朋友，总要求得真爱才好，不然，宁愿终身抱独身主义的清爽舒服！不要去受那种说不出的精神上的无穷苦痛！

四十四

我和章卿在家乡花园里静坐谈心后几天，就一同动身到美国去了。以后的事情只能简单的说几句，因为惨悼之极，简直也没有什么适当的话说得出我的凄惨！我们到美国只有一星期之久，章卿就患伤寒症！其实他好几年就常常有些病，不过他很能抵抗，隔几时身体又觉得很健康起来，所以我们有一个时候竟把起初的忧虑恐怖忘却。但是那好几年与疾病的奋斗，元气已不免亏损，因此这次一患伤寒症，就入危境。只病了六天，他就与世长辞了。他将要逝世的时候，很静的，很赍恨的，断他的一口气。我们当这次病发生时虽然就怕有突然的惨变，但彼此都不深信竟至有此极惨苦的灾难！我们俩临诀的时候，我们彼此重申我们千古不磨的至诚相爱，好像我们在黑暗的人世携手偕行，彼此的手更紧握一层。他这个时候再三对我说："全世界中，你是我的最心爱的……全世界中，你是最能了解我的，你是始终如一的爱我的，你是我至爱的贤妻。"他刚把这些话说完,我臂上所扶着的我至爱的人,竟一瞑不视,所留下的不过是他精神所附的躯壳,他的精神就此一去而不复返了!

说到这里,我的历史也就完了。我写的时候,凄惨苦楚,又现目前,但是想起我的子女,回想我远在中国的家,还在那里等着我回去,我又深信人的躯壳总是要失败的,只有借着至诚的爱,才能获得精神上的凯旋,也就勉强忍受,过此余生。

【译余闲谈】

悠悠苍天,人生至此,悲惨曷极!我译至此,不禁一洒同情之泪!以麦葛莱女士之贤淑,章卿若能在外交方面事业青云直上,由苦而甘,同享到老,才是使人满意的事,乃至有此凄惨的结果!讲一句迷信的话,可叹一声"天道宁论?"讲一句愤激的话,简直天没有眼睛!

据最近由美国回国的朋友姚希琛先生传来的消息,说麦葛莱女士十年来在美抚养遗孤,艰苦备尝,已于去年五月间逝世。她所敬重的远在中国的家,并没有怎样照拂她,她和子女在经济上都很艰苦。两男一女都已十几岁,形貌都像白种人,唯头发全黑像中国人,现都依靠他的外祖父母,中国的祖父母却不想他们回来,也不帮助他们!所幸美国社会事业兴盛,只要有志向,不难有工读机会,将来尚无堕落之虞。咳!大家族的刻薄!"夫复何言"!

姚先生又告诉我,麦葛莱女士因嫁与中国人,她的本国亲友甚不以为然,逝世后送她灵柩的,中国留美的学生恭送的不少,本国人反而寥寥无几。民族嫉视的成见,不知何时才能消灭,真可浩叹!

我于伤悼之余,觉得人之所以异于禽兽者在乎情义,麦葛莱女士与章卿先生的至情至义,实足与日月争光,躯壳虽去,而此种至情至义之精神,实与宇宙同其长久。他们所以感动我们者在此;我们所以敬重他们者亦在此。

【译者附启】

我译这本书,受读者奖励的信近二百封,口头奖励的还很多,真使我且感且愧。其实是麦葛莱女士至性的原文处处动人,我因事忙,匆促执笔,很觉得惭愧。最近又得许多热心人士的信,劝印单行本,现已决定刊单行本,作为"生活周刊丛书第一种",以答盛意。

译完的时候附记

一位英国女士与孙先生的婚姻

[美] 露易斯·乔丹·米恩 著

译者附言

我的朋友姚颂馨先生看见我把《一位美国人嫁与一位中国人的自述》译得津津有味，又听见许多读者看得津津有味，特为介绍这本书备我接着译出来。所以我在动笔译述以前，先要谢谢他。

这本书原名 *Mr. and Mrs. Sen*，是 Louise Jordon Miln 记的，一九二三年由美国纽约 A. L. Bure Company[①]出版。原书材料很好，不过笔者不免存着种族的成见，有的地方说些不相干的话，我译述的时候，只撷取他的精华，酌删他的糟粕。这是要预先声明的。

---

① Bure 应为 Burt，原单行本所刊有误。——编者

一

　　这本书的主人翁，当然是孙先生与一位英国女士，这是不消说的。那位孙先生的大名叫作孙钦露，那位英国女士的芳名叫作爱翡。但是他们两位本来是不相识的。在他们不相识以前，有一位"老小姐"叫作珠莲女士，和他们的婚史很有密切的关系，所以为叙事的系统起见，我先要谈谈珠莲女士。

　　珠莲女士是美国惠贞尼亚州[①]人，世居该州露斯希尔地方[②]，离京城华盛顿不远。当美国南北战争的时候，惠贞尼亚州是属于南方的范围。珠莲女士的父亲是南方的一员将官，不幸阵亡。女士有四兄一姐，四兄都为南方而从戎，三兄都以身殉国，一兄死于北方的俘虏狱里，所留下的不过一个寡母和姐妹二人而已。不久她的阿姐私奔于一个军官，不知所终，她的母亲因年老伤感，不久也就逝世。所以珠莲女士从小就过很孤寂的生活，所幸家里还有忠实的老女仆招呼她，尤其是一位黑种老家人，名叫来生德，很诚实的在家

---

① Virginia，今译弗吉尼亚州。——编者
② Rose Hill Farm。——编者

服务。所以珠莲女士住在父母所遗的屋子里，并由其他遗产里得到的收入，倒还可以维持她的生活。

她所住的地方叫作露斯希尔，与华盛顿相近，上面已经说过。虽父母俱亡，兄弟均故，平常却很喜交游，华盛顿人士，很有许多和她来往的。她的交游中尤其亲密的有三位朋友。一位是女医生，虽是美国南方人，却嫁了一个美国北方人；还有一位是英国女士，她的表兄是一个英国贵族，当时住在美国华盛顿，她就在这个贵族家里担任女教师，教导看护她的两个小外甥；还有一位是中国青年，在华盛顿中国公使馆里任职。

珠莲女士老而未嫁，已是一位老小姐，她每年总有一次就她家的花园里开花园会，请友人参加。有一天晴光明媚，又是她举行花园会的时期到了。那天珠莲女士当然盛装出来款待嘉宾。来宾里面有银行家，有公使及其女公子，还有其他几位男女宾客，姑不细述。且说当时开着花园会的时候，园里排了许多小桌子，桌上铺着讲究的桌毯，上面排了许多饼糖水果及冰激凌等物，其中有一张桌子上的东西已经吃完，桌旁的椅子上却坐有四位女士在那里畅谈。

现在让我很简单的把那四位女士介绍一下。有一位是茉丽女士，她的父亲是代表奥利康州[①]的上议院议员。有一位是露雪女士，她的父亲是大理院[②]的法官。一位是玛利女士，她的父亲是华盛顿一个著名教堂里的牧师。当时是夏天，所以她们都穿着雪白而艳丽的衣服，头上都戴着精致伶巧的帽子，但是有一位女士却没有

---

① Oregon，今译俄勒冈州。——编者
② 即美国联邦最高法院，大理院是用清末的官署名。——编者

戴帽子,身上却穿了一件绿色的、比较简单的长衣。

茉丽女士对着这位穿绿衣的女士喊着说道:"你的样子,好像是天然生长在这个花园似的。"其实茉丽女士这句话说得倒也有点理由。因为那个时候她们坐在树荫之下,凤尾草的叶子密布于上,虽当时还不过在下午四点一刻左右,炎热已退,清风徐来,但见将退的阳光照着碧绿的树荫与齐平的青茵,真是眼前一片赏心悦目的欣荣绿色。在这种天然绿色之中,爱翡女士却穿了一身绿衣,绿光映耀,媚态益增,怪不得茉丽女士要说她好像是天然生长在这个花园里面。

当时各位女士衣上都插有名贵鲜花,爱翡女士胸前却不过插着一朵大红色胡椒花,这朵花虽不名贵,插在她的妩媚婀娜的身上,却为其他名贵之花所不及。

那四位女士谈谈笑笑,爱翡女士忽然谈到接吻问题,她的意思,生平不喜欢受人接吻。这几句话却被许多男宾听见,其中尤以一位青年更加注意。他听见这位女士的意思,特别留心向女士详细观察一下。

那位特别注意的青年,虽已二十七岁,看上去年纪还要轻得多,身材高度适中,圆润丰满,面貌、身段都很美丽,眼光奕奕有神,衣服尤整洁异常。他注意爱翡女士的议论,随后怎样,下次再谈。

【译余闲谈】

　　花园会(garden party)也是增加社交愉快的一种好方法,择一个适当的花园,或是自己的花园,备些茶点,请若干男女亲友来聚会,闲游谈笑,或杂以有趣的游戏,空气新鲜,花卉悦目,于身体、精神都有很大的益处，借此联络友谊，犹其余事。这种社交方法，所请宾客可以略多，而在经济上又不必需要巨费。

与花园会取意相仿的有所谓野游会（picnic），约几位朋友赴野外或近山游览，随带热水瓶、面包、简便菜肴等物，就草地围坐谈心，鸟语花香，泉声松影，好像别有天地。不过野游会的人数不能如花园会之多。

我国交际大多数都不过请人饱吃一顿，而且只有男子专利，家庭妇女、儿童更少参加的机会，弄得家庭生活异常单调。我觉得像花园会、野游会一类的交际，很可提倡举行。

二

爱翡女士和几位女友在珠莲女士所开的花园会里，谈笑风生，讲到接吻问题的时候，唤起近座的几位男宾的注意，尤其是有一位青年男子，停一会儿，这位青年和另一位男宾叫作葛得时的将军，由座位上立起来走走，无意中走过刚才说的几位女士围坐着的桌子前面。那几位女士看见倒也很加注意。其中只有露雪女士在华盛顿交际场中遇见过那位青年，当然有点认得，和他微笑颔首。等到那位青年走过之后，露雪女士就对她的女伴说，这位就是孙钦露先生，曾在华盛顿见过一面。爱翡女士听了随口插嘴问一句："他是何国人？"露雪女士答道："中国人。"爱翡女士听见孙先生是中国人，心里存着种族的各殊，也就淡然置之。

转瞬夕阳西下，宾朋星散。珠莲女士忙着送客，正在这个时候，孙先生与爱翡女士凑巧又立在一起，彼此对眼望了一下，但也不过望了一下，并没有什么别的意味。

宾客散得将要完了，珠莲女士从门口转进里面，招呼留下的几位朋友座谈。原来这几位朋友是珠莲女士请他们于花园会完后，留在她家里用晚膳的。在这几位留下的朋友里面，凑巧孙钦露与爱翡女士也在内。当珠莲女士进来招呼留下的几位宾客的时候，人数愈少，相见愈易，那位英国女士的碧眼和那位中国青年的黑眼又遇着了。到了这个时候，爱翡女士才微笑一下，孙先生也很谦和的微笑着报她。

既而宾主入席，西俗男女共宴，由主人派定哪一位男宾和哪一位女宾并坐。这一次晚餐，凑巧珠莲女士又把孙先生和爱翡女士坐在一起，所以爱翡女士左席就是孙钦露。

爱翡女士这个时候对于孙虽仍是淡漠的态度，但是既承主人派定，也不得不敷衍谈话，以存礼貌。所以就座之后，爱翡女士把头略倾向孙先生那方面，很客气的轻声问他说："你喜欢美国吗？"孙先生满面笑容的回答她说："我很喜欢美国，不但美国，有许多其他的友邦，我都很欢喜的。"

爱翡女士随着问他："我看孙先生常犯思乡病罢！"脱口说了之后，觉得初见面奈何说出这样亲切关心的话，不禁红上双颊，颇觉不安起来。

孙先生却很自然的回答说："有的时候，的确很觉得思乡之苦。"爱翡女士赶紧接着说："我刚才那句话是不应讲的，抱歉得很。"说时微微有点叹息。

孙先生却十分有礼的替她回护："承你下问，无论何事，都以回答为荣幸。况且男子思乡并不是什么难为情的事情。"既而又说："爱翡女士，遇着我在谈话里有批评英国的地方，请你不要见怪。我知道你是英国人，不是美国人。"

"你怎么晓得我是英国人？"

"你告诉我的。"

"我？这倒奇极了，我们从前彼此不相识，何从谈话？"

"爱翡女士，你自己告诉了我。我在花园里和葛得时将军一同走过的时候，我听见你说几句话，就听得出你是英国人。其实只要听见说出一个字，就辨得出是英国人，不至错误的。"

爱翡女士听见他一口拿定她是英国人，所谓被他"一语道破"，又红上双颊，好像羞答答不大好意思似的。

孙钦露却清辩滔滔，继续的说下去："在中国有两句格言叫作'差以毫厘，谬以千里'。倘若一字英语的声音由受过教育的英国人嘴里讲出来，竟不能显出是英国籍，这个字音一定是跌入一个听觉迟笨者或聋子的耳朵里。"

爱翡女士听见孙先生暗里在那里称赏她，倒不易接语，只得轻着语意问道："在你中国语言里格言多吗？"

"在中国语言里，格言很多很多。"

爱翡女士笑着说道："我从来没有听见过中国话，有人说中国话非常难学。"

孙钦露很敏捷的回答说："话虽如此，其实中国话也不难学。"他就轻声低语的说出一两句中国短语，弄得全座宾主都倾耳静听，一点儿也不懂，大家都笑了起来。

【译余闲谈】

我觉得西俗宴客与中国宴客，有两点很值得注意。第一点是他们的菜肴很简单，吾国总是大鱼大肉，一二十碗的拿上来，总要使得你吃到肚子装得满满的，不能再装进去，才觉得是优待嘉宾！不但糟蹋东西，暴殄天物，时间方面也极不经济。第二点是西俗宴客，宾主谈笑，总是轻声低语，力避喧哗，中国则流行猜拳，"一品高升啊！""五金魁呀！"大声疾呼，筋起脑涨，好像对手的耳朵是死人的耳朵，非这样狂叫不听见似的！在中国菜馆里想聚几位朋友共宴谈心，而左右贵邻却闹得乌烟瘴气，使得我们讲话非特别张大喉咙，放大声带，老实是糊里糊涂，这真是一种野蛮的习惯！

三

孙钦露在珠莲女士家里晚餐席上，正说一两句中国话与爱翡女士听的时候，弄得全座宾主听着不懂，都笑了起来。笑了之后，大家又谈点别的话。停一会儿，爱翡女士又谈到中国语言，他对孙先生说道："中国语言听起来真难懂，我想无论如何，总是学不会的。"

孙先生很和婉的问她："你果肯尝试学习中国语言吗？如肯尝试，我倒也情愿教你。"

爱翡女士回着说："你不见得情愿教人罢。我自己却不情愿教人什么，我的担任教书，不过是为自立之计罢了。"

孙先生听了很惊异的说道："你真是一位女教员吗？你的年纪这样轻，居然有学识担任教育事业，真是难得。我以为教育是最高尚的职业。"

爱翡女士很郑重的告诉他："我实在学识浅陋，并不懂得什么。我不过在我的表兄家里，教两个外甥。一个名字叫狄克，还有一个名字叫博浪。我教他们都是很粗浅的东西，连带招呼这两个小孩子。我本不喜教书，为力谋自立计，姑且担任下去。"

孙钦露听见爱翡女士的口气，知道她的身世是很可怜的，所处的境遇也是不甚宽裕的，不禁引起他的同情心，反增加了他的爱惜之意。这种注重容德不重钱财的态度，却是中国人的美德。在西洋男子对于女子，大多数都是崇尚拜金主义，有钱的女子处处受人奉迎，否则往往自悲身世，不能获人怜惜。

既而孙钦露又旧话重提的说："我很情愿教你中国语言。"

爱翡女士听见他这样郑重其事的口气，不免有一点诧异，问道："为什么我要学中国语言呢？"

钦露笑着回答她："你或者想着中国语言十分艰涩难学，或者又想着你学中国语言没有什么用处，但是若有一天你到中国去，你所学的中国语言便很有用处了。"

"我到中国去？我想我决没有这种好运气！决没有这种机会！"

钦露听了摇着他的头说："人事难料，谁也不敢预说。"

爱翡女士毅然的说："我却敢预说。"

两人这样你一句我一句，针锋相对，彼此说完了话，都笑了起来。

讲了这许多话，钦露还是很坚执的说他应该要教爱翡女士中国语。女士又问他有什么理由。他说在花园里初次遇见女士的时候，觉得她有的地方很类似中国的女子，虽则他在海外久，生平未曾见过一个中国女子，当时心里却有这样的感觉。爱翡听见他生平未曾见过一个中国女子，又不免引起她的好奇心，不自禁的问道："你从来没有见过一个中国女子吗？"

钦露很和缓的申明："苦力的女子，当然随处可以看见，我所指的是上等社会的女子。我离中国多年，在中国的时候年纪还小得很，当时中国的风气比现在还要闭塞，上等社会的女子总是终日关在大门以内，在外面简直看不见，我自己并没有姐妹。讲到我的母亲，她弃养的时候，年岁非常的轻，我当时还在襁褓之中，所以关于我母亲的音容笑貌，我简直一点没有影像，说起来还不免伤感。在华盛顿我认得两位中国夫人，在欧洲也认得几位，但是她们都已嫁了人。所以我说我生平没有见过一个中国女子。"

爱翡女士听他倒也说得头头是道，理由充足，不过想起刚才钦露提起她有的地方像中国女子，她倒要问个明白。关于这一点，钦露如何解释，且等下次译出奉告。

【译余闲谈】

言语真重要；误会、疑团、淡漠等等，只要有近情近理的诚挚谈话，便易冰释。我生平交游多直爽的朋友，彼此有话径说，最可怕的是有话放在肚子里，使人摸不着头脑。我国有两字成语叫作"阴险"，可见"阴"便近"险"，"险"则往往不能脱"阴"。

中国上等社会的妇女，大多数总是讲究"躲起来"，就是现在还有许多地方是这样。我看外国影片里面有时有中国的情形，其中的中国妇女总是江北老太婆，或是牵子背女的江北乞婆，那种怪形怪状，令人见了真觉无容身之地。难道中国就没有美丽端庄衣服讲究的、替本国争些体面的妇女？都是"躲起来"，只有那些不躲起来的出来"献丑"！听说日本政府遇有外人到本国摄影，都派人随着指导，无形中就加以取缔，所以流传于外的人民，不至"献丑"。怪不得电影明星张织云女士到美国游历的时候，彼邦人士见她美艳超群，都以为她是日本女子。

四

孙钦露在珠莲女士家中晚宴席上,与爱翡女士恰巧坐在隔壁,谈笑风生,清辩成趣,后来说到爱翡女士有的地方使孙想起中国女子,她倒要问个明白,到底有什么理由。钦露说他到外国多年,到了夏天,外国女子总是全身穿得雪白。在中国的旧俗则以白色为丧事不幸的表示,如外国之对于黑色一样。那天下午在珠莲女士家中的花园会,许多妇女都穿着白色,爱翡女士独穿绿色的衣服,所以使他特别想到中国女子的服色。这是一事。还有她身上插的胡椒花,在她行动的时候随着震摇摆动,又使他想起中国女子喜戴的,也往往有插在头上常常摇动的首饰。

爱翡女士反诘钦露道:"你说生平没有见过一个上等的中国女子,那么你怎样知道中国女子穿的什么戴的什么呢?"

钦露听她这样细心的诘问,对她笑了起来,笑后接着说道:"你真问得厉害,不过我还是没有被你问倒。我生平虽未曾见过上等的中国女子,但是我却看见过她们的相片,而且我是能够阅读中文的,我在中文小说里,当然也阅过关于中国美人的描述。"

这样一说,又说得爱翡女士只有报以一笑,不能再驳他了。

谈笑愉快的餐叙,不久告毕。那夜晚宴后并不举行跳舞,不过于散席后稍坐清谈,并佐以音乐,赏心悦目。钦露又善于多种乐器,大献他的好艺术。宾主尽欢而散。

那夜珠莲女士还留着爱翡女士在她家里过夜。

第二天早晨,她们两位正在同用早膳的时候,仆人来生德拿进一大盒花,芬香扑鼻,娇艳动人,爱翡女士不自禁的拿起许多来嗅嗅香味。

那个花盒里现出一张名片，上面印着凸起的名字，仔细一看，却是孙钦露三个字。名字下面还写上"昨蒙宠召，无任感幸"。

爱翡女士看见那些可爱的鲜花，不自禁的在那里玩赏，忽然看见孙钦露的名片，却发呆起来。

珠莲女士当时看见爱翡女士的神气，诧异她对于钦露有何误解，随口问道："你为什么不喜欢孙先生呢？"

爱翡女士微笑答道："我何尝说过这句话？"

珠莲女士有意和她说玩笑，再进一句说："我以为这样。"

爱翡女士接着说："但是我也不敢说我是不喜欢他。"

珠莲女士笑着说："但是我相信你也不敢说你是喜欢他。"

爱翡女士听她辩得这样曲折入微，禁不住的笑着承认说："一点不错！我到底喜欢他不喜欢他，连我自己也不知道。我但望两者都不是。其实我喜欢他或是不喜欢他，于我有什么相干？我又何必多此无谓的念头？"

"为什么不相干？倒也请你说个理由。"

"讲到理由，我倒说不出什么。但我转念一想，觉得他总有什么缺憾似的。"

珠莲女士很殷勤的问道："总有什么缺憾？你有什么理由？"

爱翡女士吞吞吐吐的答道："我想来想去，想不出什么理由，有之或者因为他的种族和我不同，也未可知。"

珠莲女士很镇静的说道："讲起孙钦露的为人，比许多我们同种族的人都好得多，这是我们要明白的。"

爱翡女士听了默然不语。

珠莲女士继续的说下去："我所以很优待他，还有我的理由。

我的理由是因为他于我有特别恩惠。"爱翡女士听到这里觉得非常惊异。究竟孙钦露对珠莲女士有什么恩惠，说来话长，此处暂搁一下。

【译余闲谈】

  有人说恋爱是出于感情而无理性可言。我以为正是因为出于感情，所以不为世俗成见所拘束，否则受理性的判断，多所顾虑，或者反为世俗成见所拘束。例如爱翡女士之对于孙钦露，此时虽尚不足于语所谓恋爱，但爱翡女士横梗于胸中的尚有一种族异同的成见，而仍恋恋不能尽忘所见的孙先生，便是偏于感情作用而不能自禁的倾向。

  但是此中也不能说全无理性作用，在钦露方面，当然也有他的人品性格，有以吸动他人之处，其程度之强烈，竟不能为种族成见所掩没。

五

  珠莲女士告爱翡女士勿轻视中国人，说中国人也有上流社会和下流社会的区别，与欧美各国一样：上等社会中国人之高尚聪慧与别国同。并且说孙钦露于她有特殊的恩惠，所以更宜领受她的特别优待。爱翡女士听她说得娓娓动听，也就渐渐的听得津津有味。

  珠莲女士更进而说明孙钦露何以对她有过特殊的恩惠。据说她有一位叔祖曾到北京经营商业，被匪徒掳去，几遭不测，幸有一位中国朋友叫作孙章祚的极力营救，卒免于难。从此她家里的人对于这位孙章祚先生就感恩不忘，她也听了家人谈起，知道这件义气的事情。后来她在报纸上看见华盛顿中国公使馆里有一位秘书孙先生，是由中国来的，她又想起这件故事，便试往中国公使馆去询问，居然问到一位孙先生，晤谈之下，才知道他叫孙钦露，所谓孙章祚者就是他的祖父。珠莲把他祖父援救她叔叔的事情告诉一番，他却不知道有这么一回事，但是自从那个时候起，这位老小姐珠莲女士便认识了孙钦露，彼此成为朋友。

珠莲女士告诉爱翡，说她最初和孙钦露的交际，常请他到家里参加宴会等等，还不过存着"报答恩惠"的意思；后来因常聚谈，觉得他的为人高尚纯洁，性情和易，有种种令人敬重的地方，所以每次请到他，不像从前那样出于"义务"的意思，却是出于真心欢迎，巴不得他一定要到！

爱翡女士听了这一番话，还是默然。她心里还是怀着异族的成见，还是存着冷淡的态度。

珠莲女士发了这篇议论之后，把孙先生所送的花，支配在几个花瓶里面，还提议再到花园里去采取玫瑰花，爱翡随她同去。

两小时之后，爱翡女士满臂拥着许多新鲜娇艳的玫瑰花，回到华盛顿，依旧去尽她女教师的职务。她是在她表兄史诺家里担任教导两位外甥，前面已经说过。

珠莲女士在家里所开的花园会是在星期四，所以爱翡女士回到华盛顿的那一天是在星期五。到了星期六的早晨，爱翡女士忽然遇着一件出乎意料之外的事情。

那天早晨爱翡女士忽然接到一个男子送给她一盒鲜花，再细看盒里所附的名片，方知不是别人，正是在珠莲女士家中所遇见的孙钦露！当时她视孙钦露不过是一位偶然见过的寻常朋友，加以彼此种族不同，更觉淡然，所以收到这盒花的时候，心里似乎觉得孙钦露微嫌鲁莽。不过他既经送了来，也就不好意思退还，顺便把所送的花插在她卧室中的花瓶里。

星期六往往是爱翡女士最忙的一天。那天她的表嫂史诺夫人总是上午出去购买东西，下午又要出去访问朋友，所以爱翡女士还要替她在家里照料一切。爱翡女士在上面所说的那个星期六，虽因孙钦露送她那般好的花，最初心里不免多一件心事，但是她自己那天很忙，转身也就把这件事忘却，不放在心里。

凑巧那一天有两位女朋友来访她。在常友，碰着忙的时候，她当然可以挡驾，怎奈那天来的却是爱翡女士极熟的朋友，阍人对她们说不在家，她们却已三步做两步的跑了进去，横冲直撞的奔上爱翡女士的房间来。那两位女宾不是别人，就是珠莲女士花园会里和爱翡女士同桌的女宾里面的两位。一位是露雪，她的父亲是大理院法官；随她来的还有一位是茉丽，她的父亲是上议院议员，想读者都还记得。露雪女士的为人是最喜抉发人的秘密，口锋滑稽而锐利，她带了茉丽女士同来，已怀着一肚子的鬼胎！她们走进了房间，爱翡女士就说她非常之忙，不能抽身陪她们出去游玩。露雪说那不要紧，她们不过来访问访问，不是一定要一同出去游玩的，一面张嘴说话，一面却转着两颗好像探海灯的眼珠，往房间四面东张西望。既而她忽然呼着说道：

"爱翡！真的吗？"

"你不要大惊小怪！你到底问什么是真的？什么是假的？"

"孙钦露真的送花给你吗？"

爱翡女士听了却大吃一惊：这个时候，孙钦露的名片不在花上，她们又何从知道？这种事情既被口锋滑稽而锐利的露雪女士打听到了，倒不免一番口舌。

【译余闲谈】

　　古人说人之相知,贵相知心。我觉得旧式婚姻的大病,就是两方的"心",尤其是女子的"心",没有达到"心悦"的地步,硬被什么形式方面的"文定""拜堂""合卺"一类把戏,强成所谓"终身伴侣",真是天地间一件很滑稽而残酷的事情。我曾经一次听见一位女士在极熟的几位朋友谈座中说几句很好笑的话,她说现在中国内地还有许多把素不相识的人,一旦睡在一个床铺上去,从此便要一生一世在一起,真是"岂有此理"到了极步!我以为这种事所以成为"岂有此理",就是因为男的娶了一个形式上的妻,未曾先获得女的"心"。

　　爱翡女士这个时候的心还不在孙钦露,所以她的态度淡然,是应该的事情。孙钦露如不能获得她的心,爱翡女士就是始终淡然,都是应该的。

六

　　露雪女士在爱翡女士卧室里,一口道破孙钦露送花与爱翡的秘密消息,弄得她异常惊异,赶紧接着追究道:"这又是哪个人告诉你的话?"露雪女士答道:"没有哪一个告诉我。我自己看见他的,我看见他亲向花市采购的。我陪一位女朋友刚巧同往花市商定结婚用的鲜花,忽见孙钦露走了进来。我看他细心选了许多好花,还买了极讲究的花盒,他无意中看见了我,举帽为礼,却没有谈话,仍继续买他的花。等到他花和盒都装配妥帖之后,我亲耳听见他吩咐花市伙计径送与他所要送的人。那个人是谁?我又亲耳听见他吩咐那位伙计把那盒花送给你。到了那个时候,我才恍然孙先生苦心孤诣的选购那许多好花，原来是存心要送给你！是不是？孙先生到底是不是送了花给你？请你立刻给我一个答复！"

爱翡女士问道："你来看我，就是专为这件事吗？"

露雪女士忙着答道："当然是的！"茉丽女士也凑闹忙的插一句说："当然是的！这是不消说的！"

露雪又逼着爱翡说道："到底孙先生有没有把花送来？到底有没有？爱翡！"

爱翡女士被她这两位女友那样盘问穷诘，弄得真不耐烦，最后才慢慢儿的回说："是的，他是送了花来。"

露雪听了，狂呼道："爱翡！真令人羡煞！"茉丽也大肆她的揶揄口气，接着说："你真是一位好幸运的女子！好幸运的女子！"

爱翡一面继续做她的女红，一面淡然说道："我倒不觉得什么！"

露雪和茉丽同声喊道："爱翡！你难道痴了吗？孙钦露从前从未送过别人什么花。孙钦露居然送花，真是一件不可多得的事，而今竟送给你！真是……"说到这里，她们都吃吃的笑，笑声与语声混在一起，分别不出她们究竟讲些什么！

爱翡女士也不自禁的笑了起来，说："露雪！你们的话却错了！你们说孙先生从前从未送过别人什么花，殊不知他却常常送花与珠莲女士。昨天早晨他就送了许多花给珠莲。送来的时候，我也在那里，所以还亲眼看见。至他今天送给我的花，真不过一点儿，远不及送给珠莲的多。"

茉丽听了歪着嘴耸着肩插着说道："珠莲女士吗！不错！我知道孙先生常常送花给珠莲女士。但是你要知道珠莲女士是一位老小姐，孙先生对她好像是对娘一样；珠莲女士之待孙先生，也好像做娘的爱护儿子一样。至于孙先生送花给年轻的女子，你却轮着第一！"

露雪忽然有所思，随即问道："和花一同送来的，是否还有一封信？"

"没有什么信附着送来。"

茉丽又改着声调揶揄道："告诉我们……你谢他的时候，到底怎样措辞？"

"我收花以后，并未曾和他晤面。"

"但你当写回信时候，你怎样说法？"

"我未曾写什么回信。"

露雪与茉丽哪里肯停，还是噜苏不休，噜苏了一大顿才去。

爱翡女士对孙先生的送花，本很淡然，但是经了那两位女朋友酸素作用，多方揶揄，倒唤起她的特别注意，自想依寻常礼貌说起来，似乎也要写一封信去谢谢才是。

【译余闲谈】

吃醋的毛病，有的地方，女子确比男子厉害。我听见一位女友说她们同学在女校里的时候，各人有各人的极要好的知己朋友，譬如有甲乙两同学要好，倘若一旦甲与丙也要好，同时并不弃乙，但在乙则往往要因此气得发昏章第十一①，不吃饭啊！哭啊！诉啊！闹得一团糟！

我有一位朋友，他夫人的酸素作用特别厉害，他偶然遇着

---

① 昏头昏脑的风趣话。民国多用，仿《孝经》"某某章第几"的说法。如《水浒传》第二十六回："跌得个发昏章第十一！"——编者

美貌妇女，只要对他夫人提起赞了一句好看，她就要一天没有笑容！说话也要没精打采似的！那位朋友发现了这个毛病以后，遇这种事，只得"噤若寒蝉"！

酸素作用是人情所不免，不过酸得太厉害了，也是徒然自寻苦恼。倘像《红楼梦》中的黛玉，别人一颦一笑，一举一动，差不多都能引起她的酸素作用，那真是自寻绝路。和这种终日愁眉苦脸的人一起，也算倒霉！

七

爱翡女士得孙钦露赠花之后，看见她的两位女友露雪和茉丽那样妒羡她，倒唤起她的注意，觉得孙钦露的好意，不可不写一封短信去谢谢他。她的两位女友是星期六来访问的，下星期一孙钦露便接到爱翡女士的谢信。信里这样说：

孙钦露先生：
　　承你惠赠蔷薇，使我回忆珠莲女士家中聚会之愉快，殊深感谢。
　　　　　　　　　　　　　　　　　　　　　　爱翡上

孙钦露接到了这封信。看了又看，玩索她的文义，还端详她的字体，简直发呆了半响！好像上了电气一样！

爱翡送那封信，是自己在星期日下午陪着她的两位外甥博浪和狄克出去游玩的时候，亲身付邮，不放心假手于仆人。她把信投邮之后，心里独自暗想，不知道孙先生要不要回她一信，更不知道孙先生要不要求她允许来访问她。

在孙钦露回信或是访她之前,爱翡女士与孙先生凑巧相遇于跳舞场。孙先生一闪眼即看见爱翡女士,殷勤谢她的谢信。爱翡女士觉得孙先生精神焕发,笑靥迎人,又觉得他的跳舞功夫,超卓美雅。

爱翡女士和孙先生有过两次晤叙之后,隔了一个多月,孙先生无意中又认识了她的表嫂史诺夫人。爱翡女士原来家住英国伦敦,她的父亲是一位学校教师,母亲温柔贤淑,善于家政。膝下只有这一颗掌上珠,所以父母对她都视为宝贝一样。不幸她在十四岁的时候,她的贤母就弃养;二十岁的时候,父亲又见背。于是这位爱翡女士乃陷于孤苦伶仃的境地。幸而她的母亲的姐姐有个儿子,就是史诺爵士,在她方面说起便是表兄,这位表兄和她的表嫂都极爱重她,见她寂寞悲悼,到美国华盛顿去的时候,就带她同去,请她担任女教师,教教他的两个小儿子,也就是她的两个外甥。

且说爱翡女士的表嫂史诺夫人有一夜在她友人兰笙夫人家里宴会,席中遇着孙钦露,觉得他的恂恂温雅,谈吐隽永,无一不合于西洋人所谓士君子的资格,很可敬佩。回家以后,在家里晚席宴上,对她的丈夫说:"我在兰笙夫人的宴会席上认得一位新朋友,我请他有空的时候到我们家里来谈谈,不知道你赞成吗?"

史诺爵士装着诧异的神气说:"你请些朋友到家里来谈谈,这也是极寻常的事情,何须用得着我来赞成或反对呢?"

"我当然喜欢交游,求得愉快的生活,哪个能像你那样一天到晚看报纸杂志,真闷煞人!"

史诺懒洋洋的批评说:"你自己不喜欢看报纸杂志,所以觉得闷煞人。"

史诺夫人笑着说:"你不要瞎批评,刚才说起的事情,我还有一点没有告诉你,我所说的那位新朋友不是女友,乃是男友!"

史诺爵士也笑着回她:"你这句话是多说的!男友不男友,有什么关系,用不着这样严重的声明!你既认识的一位男友,到底是哪一位?"

"我新认识的一位朋友是一位很可敬爱的中国人。"

史诺爵士听了一点不诧异,不过爱翡女士在旁听了,却特别注意,赶紧问他道:"你喜欢中国人吗?"

史诺爵士说:"我极喜欢中国人。我以为深知他们的人,没有不觉得他们的可敬可爱。"

当时在座的有一位男的来宾,叫作汉密顿,很含醋意,问史诺爵士道:"你说这样的话,你认识了很多中国人吗?你真能深知他们吗?"

他们谈锋滔滔不绝,随后还有很重要的话,而且牵涉到爱翡女士的本身。

【译余闲谈】

孙钦露和爱翡女士的婚姻,进行似乎很迂缓,其实应该如此,一是审慎的意思,二是要做到两方情愿,不能仅凭单相思。我国某大学实行男女同校之后,有某男生单相思某女生,写信乞婚,不许;有一天跑到那位女生房间跪着哀求婚事,又不许;他竟用刀斩下手指一段,血淋淋的跪到那位女生那里哭求,还是不许,而且闹了这个笑话,被学校当局开除!这个性急朋友真是愚不可及,也可说是自作孽!

八

爱翡女士的表兄史诺爵士和她的表嫂史诺夫人在家里晚宴,在座的除爱翡女士外,还有一位男宾汉密顿。史诺夫人谈话之间,无意中谈到新认得的一位中国朋友,这件事我在上次已经告诉诸位。且说当时汉密顿听见史诺爵士赞许中国人,大含醋意,问他是否认识了很多中国人。史诺爵士很从容不迫的回答道:"我在中国住过十年,因此和他们交游也有了十年。我在英国考取了文官考试,便派到中国北京去,在英国公使馆里供职。我在那个地方非常愉快,希望能常驻下去,不幸过了十年,却被擢升,调到日内瓦去,于是我才与中国告别,至今恋恋不舍。我的中国朋友当然不少。他们大多数都是很可敬佩的,你倘若和他们相处愈久,相知愈深,必愈觉得他们的好处,这是我所敢断言的。"

谈到这里,史诺夫人插嘴说道:"我新认的那位中国朋友孙先生告诉我说:'……'"话尚未完,史诺爵士把将近嘴边的酒杯放下来,问道:"你所说的那位孙先生是否就是孙钦露?"

史诺夫人很严重的回答说:"是的,就是叫作孙钦露。我当面请他到我们家里来谈谈。"

史诺爵士很高兴的说:"好!我希望他一定来看看我们。"

史诺夫人说:"他已经答应了,一定肯来的。"

这个时候,心里老不高兴的,当然是大有酸素作用的汉密顿。

史诺夫人忽转首对着爱翡女士说道:"爱翡!还有一件事,我忘记说起,据孙先生告诉我,你曾在珠莲女士家里见过他。"

旁听的汉密顿更觉酸得不可耐,等不到爱翡回答她表嫂的话,已经脱口而出的问爱翡道:"爱翡女士,你喜欢这个人吗?"

爱翡答道:"珠莲女士非常喜欢他。我不过偶然遇着他两次。"

汉密顿故作鬼脸说:"什么珠莲女士!我虽从来未曾见过她,深信她一定是一个痴婆子。"

他说了这句话,很有自鸣得意的神气。这个时候史诺夫人一心一意于孙先生送花给爱翡的事情,也无心理会汉密顿讥讽的话,只对她问道:"爱翡!他真的送了花给你吗?为什么你从来没有告诉过我?他在什么时候送给你的?"

爱翡女士淡然低着头答道:"这类无关重要的事情,难道我也要把他详详细细记到日记簿子里去吗?"

史诺夫人却固执的问她:"他真的送了花给你吗?"

史诺爵士也随着问她:"孙先生真的送过花给你吗?"

爱翡女士很镇定的仰着头答道:"是的,孙先生有一天送过一束蔷薇花给我,真美丽的花。"

史诺爵士很诧异的说道:"早就应该让我晓得!"

史诺夫人诘问他道:"为什么早就应该让你晓得?"

爱翡女士笑着对史诺爵士插嘴道:"难道你要暗探中国的事情,像日本一样,要想攫取中国的山东吗?"在美国华盛顿会议的时候,中国的山东问题闹得乌烟瘴气,闻名遐迩,所以爱翡女士也拿来做谈话资料。

史诺爵士也笑着说道:"你居然知道什么山东!真是你的进步!我看将来我们回到英国,你简直有资格做国会议员!将来你也许旅行到中国去,看看山东的孔子坟墓!"

汉密顿听他们说得津津有味,他只觉得一肚子充满了酸溜溜的酸气!

【译余闲谈】

爱翡女士的父母俱故，史诺夫妇是她的至亲，对她的事特别关心，是应该的事情，也可以说是义不容辞的事情。我以为婚姻的事情，最好是由男女两方本人自己物色，但同时最好也要有较有经验的亲友做顾问，然后可减上当的机会。这个意思，在吾国今日的女子方面尤为重要。像在上海的地方，自由新女子受着已婚男子的欺骗，嫁了过去才发现已有大妇的，时有所闻，不可不慎！

讲到女子自己物色夫婿，我觉得中国做父母的比西洋苦。我看西洋女子大了总是由自己物色，物色到了，只要告诉父母罢了，物色不到，情愿做老小姐，父母心里也没有什么难过。在中国则女子年逾二十而未订婚，做父母的人就觉得有一大宗心事了，非办妥不可。要改良这一点，当然要提高并普及女子教育，社会交际方面要多予女子以参加的机会。

九

爱翡女士同她的表兄史诺爵士、表嫂史诺夫人，在晚宴席上谈起孙钦露，来宾汉密顿却在旁大发其酸素作用，这是我在上次奉告过诸位的。如今且让我谈谈这位汉密顿到底是怎样的一个人。他是生长于美国诗家谷，生平毫无所长，只晓得讲究服饰，顾影自怜，用他父亲的金钱，在华盛顿过他贵公子的浪漫生活。讲到他的品貌，除不免略带大块头的毛病外，倒也生得一副小白脸，够得上花花公子的资格。有钱挥霍，又有小白脸做"照会"，华盛顿的妇女当然有许多入他的彀中！供他挥霍的一位父亲是以牧师做职业。牧师原以传教为宗旨,而这位老太爷却借传教为幌子,大发展他的敛钱手段,所以腰缠万贯,居然面团团①作富家翁。那位老太太呢,却是一位优柔寡断、昏聩姑息的无用妇人。汉密顿兄妹两人,他自己居长。他们得了这一对贤明父母,当然难兄难弟,彼此半斤八两,以无业为高尚,以挥霍为能事,以浪蝶自居为得意。

汉密顿有一位大富的舅父,他是诗家谷地方一位有名的书业中人,但自己却无所出,所以他的千万元的产业,将来百岁之后,汉密顿兄妹两位大有承继的希望。因此社会上趋炎附势的人,对他们两位格外的恭维,格外的敷衍。在他们的父母,也觉得这件事大靠得住,对两子也格外的溺爱,视他们为财神菩萨,说什么是什么!

汉密顿对于己身,别无希望,只望娶得一位如意的夫人。他心中所谓如意的夫人,要有两种资格:一是贵族,例如哪一国的公主之类,可在社会上出点风头;二是要大富,穷贵族还是无可取,同时还要有几千万元的家私,任他取之无穷,用之不竭,才觉称心满意。他竟想借着讨一个老婆而达到名利兼收的目的,倒也亏他想入非非,高妙得很!

汉密顿的婚姻标准,既如上述,照理他不应想到爱翡女士身上去;因为爱翡女士既不是出于贵族之门,也不是富翁爱女。但是他自从见了爱翡女士之后,却死心塌地的实行他的单相思主义,把以前心中的理想一笔勾销!在史诺夫人呢,她对于父母俱逝的爱翡女士的终身大事,当然占有很重要的位置。她看见汉密顿挥霍如意,又听见他有继承千万元遗产的风说,虽是爵士夫人,而对于这样巨富的人家,心中却也想玉成其事,希望爱翡女士配得这样富有的夫

---

① 形容脸面圆胖。——编者

婿，使她一生吃着享用不尽。于是乎汉密顿遂成为孙钦露的情敌！

【译余闲谈】

有某君的令妹，因为他老太太贪人家有五十万元的家产，糊里糊涂的把这位贤惠的妹妹嫁过去，嫁过之后，才知那位女婿在生理上有缺憾，而且是一个阿憨，见客的时候，你问一句，他答一句，你再问一句，他再答一句，你不问，他一直不作声，陪你静坐！不到三年，那位小姐已生了痨病，现在听说已进痨病第三期了。我有时看见她到亲戚家里去，固然满头珍珠，衣服华丽，但是她的心里不知有多深的哀痛！

近来有一个朋友托我替他妹子做媒，我问他有什么条件，他说要相貌好，要品性好，要学问好，要富有，要有靠得住的高尚职业。我说你提出许多"要"字，把我吓倒，我"要"交这本卷，倒不容易！

我以为故意嫁与一个穷措大①，当然不必，把财富看得太重而置其他于不问，也是大错而特错！

十

当汉密顿在史诺爵士家里晚宴席上大发酸素作用之后的第三天，孙钦露第一次到史诺夫人家里访她，当时刚巧她在家，彼此晤叙了一番。过了一个星期，史诺夫妇便请孙钦露到他们家里晚宴。上次他们请汉密顿的时候，宾主共四人，这一次也是如此。这四位

---

① "措"通"醋"，旧指贫寒酸腐的书生。——编者

里面，两位是史诺伉俪，一位是孙先生，还有一位呢，当然是爱翡女士了。爱翡女士在珠莲女士家里宴会，曾经和孙先生同席过，现在又知道史诺爵士也很欢迎他，所以史诺爵士请爱翡那天晚宴不要出外，请她作陪，她也就很自然的答应了。

那天在晚宴之前，爱翡女士对于应穿什么衣服，倒也踌躇了一下。她想起上一次在珠莲家里晚宴的时候，她身上所穿的是绿色，很引起孙钦露的注意，这一次若再穿那样颜色，恐怕孙先生疑她有意和他兜揽，有意使他注意。她想绿色是她最喜欢的，除此之外，只有红色和灰色还可以选用。最后她便选定一件红色的衣服，那时已经不早，她赶紧整发修容，穿好衣服，奔到楼下去，碰见孙先生恰巧来了！她便招呼他一同走进客厅里面去，走进客厅之后，孙先生的态度非常自然，落落大方，而爱翡女士反而两颊娇红，对孙先生嫣然一笑，冀以掩其娇羞。在她心里转念之间，以为她那晚不穿绿色而穿红色，当可减少孙的注意，哪里知道红色正是中国新娘子穿的衣服，也免不了孙的注意，这是几个月以后孙钦露才告诉她的。

爱翡女士一面招呼孙钦露坐，一面通知史诺夫妇，他们知道之后，也就一起出来，叙谈甚欢。继而相偕入席。入席之后，爱翡女士觉得孙钦露虽和她的民族各异，而其态度娴雅，谈吐隽永，妙趣环生，精神焕发，处处超过同属于一个民族的汉密顿。因此她又想到珠莲女士那样优待孙钦露，史诺爵士又这样欢迎孙钦露，的确有他们的理由。

这个时候的孙钦露，温雅谦和，谈论风生，使在座的都觉得随他的笑语声而坐于春风之中，真是可人，不愧良侣。他谈话的时候，当然多对着史诺夫人说，而他的眼光，却常常闪到爱翡女士的脸上，次数多而且久；妇女在这种地方是最易注意的，所以史诺夫人已经觉得。

在孙钦露方面，他觉得爱翡女士比前次所见的更妩媚，更可爱。他在华盛顿社会里，遇着的女子也不少，像汉密顿的妹子也在华盛顿，她的胡闹和乱来，也是他所知道的，如今看见爱翡的贞淑，愈引起他的敬意。

在中国地方，对于妇女向取"锢禁"主义，无所谓男女社交的，倘非家属，或是索性做乡下人，男子是不轻易看得见女子的，讲到宴会交际，更不消说了。孙钦露是中国人，如今却享着这样社交的愉快生活，在他尤是特别的遭遇。

那晚席上的谈话，是随便谈谈普通的事情，并未曾谈到有关个人的地方，但是却是很有兴味的谈话，所以史诺夫人席终立起来招呼来宾散席的时候，爱翡女士心里觉得很可惜，觉得那席晚宴过得太快。

席虽散了，史诺爵士却对他的夫人说："我和孙钦露还有话要在此地谈一下，请你勿依通例叫我们就到客厅去。"他吩咐了这句话，还故作笑语说："我要考问考问孙先生一二秘密的事情，我要把他的脑袋都抓了出来！"孙先生听了只眼巴巴的望着笑，开着门等史诺夫人及爱翡女士先到客厅里去。当爱翡女士正随着史诺夫人走过他所开好扶着的那扇门，孙钦露对爱翡说："我最好要使得我的脑袋快快的被抓了出来！"引起她们都笑起来。史诺爵士究竟要问什么话，且听下回分解。

【译余闲谈】

原文著者批评吾国男女社交不公开的现象，近来似乎已经略为开通，不至如此之甚。但是有许多地方，尤其是在内地，还不免"锢禁"的主义，好像社会是男子所独有的，和女子不相干！

西国请客，女主人占很重要的位置，差不多在席上是"发号施令"的人，她在席上还要能说能谈，使得来宾都能欣欣然尽欢而散。中国的女子向来不讲究这种能力，所以有许多遇到这种机会往往呆得很！这也是提倡男女社交公开的人所宜注意改进的一事。

十一

史诺爵士留孙钦露在餐室里多坐一下，说他有话和他谈谈，他一面注视杯中的酒，一面开口说道："我住过中国多年，这件事想来或者你还没有知道。"

孙钦露听了笑笑，继而说道："但是我也未尝不知道。我们公使馆里备有名簿，凡是现在华盛顿的人士，其中有到过中国的，或是对中国的事情特别热心的，我们都有登记。"

史诺笑道："你们有这样的记录，我也知道。不过我在中国到底做了什么事情，恐怕你一点不知道。那个时候，你的年纪还小得很，还躲在你母亲的胸前吃奶。"

孙钦露皱眉笑道："是啊！凡是爱中国的中国国民，当中国正在过渡特需人才的时代，巴不得赶紧长大起来，好好的把自己训练好，对国家有所贡献。讲到你呢，你到过中国，喜欢中国，爱护中国，是中国的好友，所以中国的爱国国民应当特别欢迎你这样的外国好友。史诺夫人约我来晚宴，我非常高兴的跑来，也是这个缘故。"

史诺接着道："讲到我住在中国的经历，为时却不少，竟达十年之久。"

孙钦露喟然的说:"光阴如箭,我离开祖国也已很久。比你在中国的时候,只差一年七个星期。"

史诺听了很表现诧异的神气,说:"我还不知道你离开中国居然有许多时候。"略停一下,再接下去说:"各人对于本国的情形,特别明白,不是外国人所能及得到,这是当然的趋势,不过国际间彼此国民也应该有相当的了解,从前西洋各国对于中国总难免有许多误会的地方,现在幸而渐渐的有人真能了解中国的国情了。"

孙钦露点首表示赞同的说道:"现在外国朋友了解中国实在情形与优点的确已有人,不过还嫌太少,我们还希望渐渐的多起来。"

史诺很殷勤的说道:"我也这样的希望。倘若你一时得不到,也无须自馁,往前干去就是了。"

孙钦露回答道:"我当然也极望我的国人有这样的勇气。不过外国如不和我国表同情,事事加以窒碍,我们不得不多行延展我们成功的时期,也是一件憾事。"

史诺插着道:"的确要把成功时期延展得多。孙先生!我老实告诉你,除了我自己的祖国以外,我所最喜欢的,最羡慕的,最信任的,也就是你的国家。"

孙先生举着酒杯,接下去说:"爵士!我也要很诚恳的对你说,除了我自己的祖国以外,我所最喜欢的,最羡慕的,最信任的,也就是你的国家。"说完了,喝尽一杯酒。

史诺爵士也满面笑容的把杯举起来,陪着喝尽一杯。喝完之后,他说:"孙先生!有一件事我也要老实告诉你。当满清推翻的时候,我实在希望它不至推翻!"

孙钦露笑着解说道:"在我们中国的国民,意见却和你相反。我深信凡是自爱而且爱国的中国国民,没有不觉得推翻满清是应当的事情。其实这也是大势所趋,莫之能御的事情。"

史诺听了末了一句话,居然也略示让步的说:"说是大势所趋,莫之能御,这也许是可有的事情。不过我个人总是不赞成的。这是个人的意见,关于这一点,我们可以不必多所争辩,以至动气。"

孙钦露也简单的回答说:"我们随意谈谈,决不至动气,请你放心。"

"我也以为不至动气。不过照我个人的见解,仍旧希望满清可得复辟。"

孙钦露很惊异的问道:"你为什么缘故有这样的见解?"

"我觉得清朝是你们最好的朝代。而且我不喜欢民国,我不信仰民国,尤其觉得和东方民族更不相近。"

孙钦露听他这样的固执成见,不禁笑了起来,说道:"满清末季那样腐败,你也承认它是最好的吗?"

"我要说满清末了几个皇帝里面仍有很好的。在这里面有两个皇帝,是无论何国所没有的。

"你的意思是不是指康熙与乾隆?"

"是的。"

孙钦露听完笑了一下,把所装满的杯中酒喝了一口。

史诺接下去说:"我实在不赞成推翻君主。"

"推翻君主,在中国是数见不鲜的事情。"

史诺驳他说:"我以为不然,朝代的递嬗,和百姓的推翻君主而立民国两样。"

孙钦露申说道:"孟子曾经说过,闻诛一夫纣矣,未闻弑君也。"

史诺有意揶揄说道:"那么孟子也受了赤化!"

孙钦露大笑说:"这样说起来,孟子居然也新到这样地步了。"

史诺还争着说:"我是不愿意看中国成为民国!这句话你也许觉得很不入耳!"

【译余闲谈】

史诺爵士是生长于保存君主名义的英国,他的拥君议论是不足奇的。不过他的言论后面还有一个原因,便是酸素作用。他不赞成民国,是不愿意看中国是民国,这句话便露出酸溜溜的意味了!无论个人或国家,将向好的路上走而尚未做得很好的时期中,最是遭忌的时候!一个人的本领将好而未很好的时候,立于一条线上或是有利害关系的旁人便要大发醋味!等到好得使人心悦诚服,便把醋味一变而为敬佩。国家也如此。日本是新兴之国,西洋各国对她的猜忌,比猜忌中国不啻千万倍!现在渐渐的由忌而转到敬佩了。这种趋势,我们在西报上是很看得出的。使人敬佩是全由自己努力,决不是别人方面的事情。个人如此,国家也如此。

十二

史诺爵士大发挥他的尊君论,孙钦露当然大不赞成,但他却色和辞婉,并无剑拔弩张的发急态度,他很从容的对他说道:"你刚才发表的意见,在个人方面,我并不因此对你有什么恶感,但就事理方面讲,你的意见的确是错的。可是一个人的本身如果是好人,他虽有偏见,于他自身的人格是没有什么损碍的。我深信你的意见是你由衷之言,至于我的不赞同又另为一事。这些话姑且搁起,但就中国的现状而论,满清既经推翻,决无复辟的可能,凡是做中国国民的人就应该就民国方面积极改进，使中国成功一个健全的国家，此外似乎都是废话！"

孙钦露说到这里，问史诺道："你说有几句话要考问我，到底什么事？"

"是的，我确有几句话要考问考问你，所以我请史诺夫人及爱翡先退，要和你一个人谈谈。我所要问的事情，你当然不容易告诉我。不但你，就是在美的中国公使，也不容易告诉我。但是我是一个老手，特提出来考问考问你，也许要被我探得出来。"

孙钦露听他说得这样严重而又滑稽，大笑之下，继而很严正的问道："你是否指山东问题？"

"不是，我不是指山东问题。我知道你自己和你的爱国同胞怎样尽心渴望至圣孔子所在地的恢复原状，我对这件事也和你们极表同情，所以无须什么讨论。"

钦露很镇定的说："承你的好意，非常感谢。"

"我所要问的是要知道你个人对于如何使得中国'中兴'方面，有什么抱负，我用'中兴'两字，还要请你原谅。"

钦露正容答道："没有什么要紧，我自己也常提起这两个字。我个人深信中国的基础和新势力是在经济方面。中国的危机也在金融之权握诸外人之手。我久在国外，对于欧洲及美国的银行制度及方法，特别用心研究，也是有鉴于此。"

史诺听了很为动容，进一步问道："你的目标究竟何在？可以让我知道吗？"

"我的意思，而且深信我国有许多人有这同样的意思，就是极想做到在中国的银行都完全归中国人主持，全由中国人用正当的方法，适当的方针，投资经营。"

史诺拍桌称赏，说："对极了！望你极力干去，这一层果真办到了，其他的事也就易于进行了。"

"是的，我们都这样想。"

他们谈到这里，各人吸各人的香烟，静寂无声，停一会儿，史诺很静的开口说道："我想你不知道我在中国有多少财产。"

"我略为有点知道。我想你在中国所有的财产仍旧存在。"

"仍旧存在。不过我深信你所主张的中国银行是要完全用中国的资本，是要完全由中国人管理的。"

"一点不错！我不愿有一块钱由外人投资，我不愿行里有一个外人担任管理，担任职务的，上至总理，下至仆役，个个都是中国人。"

史诺听了这样毅然决然的主张，还有什么高见发表，说来话长，下次再告。

【译余闲谈】

　　孙钦露觉得中国的需要在经济方面，他想专营银行业以贡献于祖国，这是他理想中自身的归宿。我常觉得一个人总要有个归宿，再说得清楚些，就是一个人总要有些专门的本领，拿这本领对社会有所贡献，在这专业内有多少贡献，终身以之，这就是我所谓归宿。像我国有许多青年与壮年，专恃家产的享用，饱食暖衣而终日逍遥不做事，当然无异衣冠的猪猡猡！就是做事，倘做自己所不宜做的事，性所不近的事，也是苦事；或是一辈子做普通的事，没有进步，没有渐渐达到专精的境地，也是无所归宿。（初任事的时候做普通点的事情是当然可以的，不过总要有进步，一辈子故步自封便不行。）再讲得简单些，一个人如能探得自己的特长，就特长方面修养准备，然后再留心机会，利用特长于某种专业，对社会有充分的、实际的贡献，这是人生最快乐、最有价值的事情。这样做人，才有归宿。否则糊里糊涂，空空洞洞，白过一世，就是不至列入猪猡猡，也就大不爽快，太无意味了。

十三

孙钦露有意尽瘁于中国的银行事业，对史诺爵士发表他的意见，说要使中国的银行全由中国人自己主持，不愿有外人越俎代庖。史诺听他赤心为国的筹谋，倒也十分赞成，不过他说："你的主张，实获我心。但是我深信如有可靠的外人存款，可靠的外人和你的营业上来往，你也肯容纳罢。"

孙钦露很敏捷的回答说："那是当然的。无论哪一个文明国的银行家，只须不是国仇的账，都情愿肯容纳存款，都于营业上有往来。"

"你能明白这一点，那是很好的事情。"

孙钦露听了这句话，再进一步申明说："我们的主旨当然是要替中国人的金融谋利益，所以并不想去兜揽外人的存款，不过来者不拒罢了。"

史诺很郑重的告诉孙钦露说："你的宗旨诚然非常之好，不过要知道罗马之建设并非一朝一夕所能致的。你这件事倒也不是短时间里所能实现的。"

孙钦露很表示赞同的意思说："你的话一点不错，我所建议的这件事，岂但非一朝一夕所能致，就是加以数年的工夫，也不见得就可以办好。"

史诺听了点点头，慢慢的说道："我希望能加入做你第一批的存户。我要想把我在中国的产业完全变为现款，存入你所经营的国家银行。我还可以答应你做长期的存款，等到我的小儿子狄克三十岁的时候再收回，平常只要收收普通的银行息金就可以了。就是到了那个时候，我真要收回，也于事前很宽裕的时间里通知你，使你有所准备。这样一来，你便可放心进行，不必多所顾虑了。在你的一方面呢，无论什么时候，只要你觉得你的银行用不着我的存款，我也可以随时收回，免得使你为难。"

孙钦露笑着说道："我非常感谢你的盛情，山东如果在你的手里而不在日本的手里，岂不是大幸事吗？"

史诺听他这样东扯西拉的滑稽口气，也就笑了起来，停一会儿又继续的说道："我还有一句真心的话，在你的试验期内，如果你觉得资本不够，尽管暂时挪用我的款项，不必作为外资论，暂算为你自己的资本就是了。"

孙钦露当时自然很感谢史诺的一番热心好意，他这时穿着一身极整洁的西装，安闲稳雅的坐在他的座位上，很从容的燃着他的香烟吸着，好像正在深思似的。略停一会儿，他对主人说道："你这样热心帮忙，牺牲未免太大罢！中国的时局时常变动，已是一个问题；况且还有一点，我不避直率的老实告诉你，承你不弃，视为好友，为时究竟很短，你又何能深信不疑呢？"

史诺答道："你的话固然是深思远虑。我诚然是和你初交，关于你个人的情形，的确尚未深悉。但是我深知你民族的良好品性，尤深知你所属的高尚的阶级。"

"我们中国并没有什么阶级之分。"

"这话不对,世界上无论什么地方都有阶级。我深知你的家族情形。我认得你的父亲,你父亲的第二堂兄尤与我莫逆。从这样好的家族出来的子弟总是好的,所以我对你也很放心,用不着十分深悉你个人的详细情形。"

孙钦露听了,连忙谢谢他的盛意,史诺却接着说下去:"况且我深信中国的前途远大,很相信你的银行计划,很爱中国,很喜欢中国人。以上所说便是我肯出力为你帮忙的理由。"

他们两位谈到这里,把银行的事情可算暂告一段落,史诺又对孙钦露说:"我希望你来,不拘客套的谈谈,正是因为想问你一些关于中国的事情。今天夜晚我们已经谈得不少,以后望你随时惠临,一点不要客气,我还要和你谈谈别的事情。我想你不以此为麻烦罢!"

孙钦露赶紧答道:"不!决不麻烦!倘若史诺夫人和爱翡女士容许我来,是我莫大的荣幸。"

"她们一定欢迎你的。我们一同去客厅里坐坐罢。"

【译余闲谈】

良好的家庭出来的子弟大都也是好的,这件事虽也有例外,但是大概是对的;因为耳濡目染,感化于不自知。反过来看,乱七八糟的家庭,造出来的也大半是乱七八糟的子弟!纨绔子弟装出大少爷的臭牌气,何尝不是他的老子常摆老爷的臭架子示之模范!有某君娶妾,他的夫人对他吵个不了,他慨然说道:"我家三代都有妾,我这件事也不过遵守祖训罢了!"真说得堂哉皇也!孝子贤孙!乱七八糟!

十四

史诺爵士和孙钦露在饭厅里谈了许多话,后来史诺请孙同往客厅里去坐坐。临走出的时候,史诺笑着脸附着孙的耳朵轻声说道:"你们中国向来不讲究男女社交公开的,你对于男女交际却很得法,倒是一件奇事。"

孙钦露从座位上刚立起来,开着门想让史诺先走,听见这几句话,也笑着回答道:"这是承你赞许!我虽然受了欧风美雨,懂了许多新礼节,但是中国的良风美俗,我还是同时要保存的。"

他们走进客厅的时候,史诺夫人因为等候得疲倦了,竟在那里大打其瞌睡。他们走进了,她才半睡半醒的打一个呵欠,呼着孙钦露说道:"孙先生,我竟睡懒得这个样子,请你快来谈谈,使我全醒。"

孙钦露赶紧走近她的身旁,很谦和的答道:"这是我很荣幸的事。"

这个时候,史诺夫人身上穿一件孔雀绿的艳丽薄衣。手上带着灿烂耀人的钻戒,大有半老徐娘风韵犹存之概。史诺爵士看见他的夫人居然仍很动人,很觉得自豪。在孙钦露,知道她一身装饰价值的浩大,只觉得她奢得可怕。

孙钦露和史诺夫人谈话的时候,同时他的眼珠却向房里四处瞬转!这种神情,却被心灵眼快的史诺夫人看了出来。凑巧这个时候史诺随口问道:"爱翡到哪里去了?"

史诺夫人答道:"她就要来的。她走出去的时候,亲口这样告诉我的。"

不多时爱翡女士果然来了。她欣欣然走进来的时候，手里带了一本书，拿给孙钦露，对他说道："你肯在我笔记簿上写几个字吗？"

孙钦露立起来去接受这本书，同时欣然说道："你允许我吗？"

史诺爵士知道孙钦露是一位诚实君子，看见他的表妹这样欣欣然的态度，也就眉开眼笑的对她望望。

爱翡女士对孙钦露这一问，只答以嫣然一笑。孙钦露接下去问道："你要我写英文呢？还是要我写中文？"

爱翡女士答道："请你把两种文字都写上去，分开写在两个地方。"

孙钦露应允她说："我一定遵从你的话，不过可否许我带回去写？一个人要十分郑重的写什么东西，应该要有充分的预备，馨香洁手从事才是。"

爱翡女士点首答道："这当然可以的。"

孙钦露手里拿着这本书，问她道："你自己已经在这本簿子里动过笔没有？可否允我略为翻开来看看？"

他等她点首之后，才把书面翻开，随口说道："啊！真是使人感动的笔述。但是此时我不急急于看下去，将来还要细细的看。"孙钦露的眼睛真快！他仅仅略翻一下，已经被他看见一事，就是爱翡女士自述喜欢骑马以资消遣。所以他把那本书合拢之后，接下去说道："爱翡女士，我知道了，骑马是你所喜欢的一种消遣。你在美国也常常骑马吗？"

"我在美国简直没有骑过马。史诺爵士公务忙得很，没有时间陪我一同出去骑马。史诺夫人呢，却懒得很！而且讨厌骑马。讲到我自己呢，又不喜欢独自一人出去骑马。"

孙钦露说道："爱翡女士，我希望将来我们成了老朋友之后，史诺夫人肯允许我陪你出去骑马。到那时候，我还要希望你也肯允许我陪着出去骑马。"

爱翡女士怎样答法，史诺夫妇有何表示，下次再谈。

【译余闲谈】

正当的男女社交公开，当然是进化的社会所当有的好现象，不过在此开始提倡的时候，流弊却不可不有相当的社会制裁；我觉得最重要的是要经过靠得住的介绍人，而且要注重真正的"公开"，我意中所谓公开，是指男女两方都应该把光明正大的交际公开于家长或有关系的亲友，不可两方私自认识，私自偷偷摸摸的进行。青年人有的地方当然因阅历浅而易受人骗，有了这样的公开，多得顾问和指导的效用，便可大大的减少危险。

像爱翡女士，父母俱亡，亲人只有史诺夫妇，也可算是她的家长。你看爱翡女士和孙钦露的交际，何尝瞒着史诺夫妇？史诺爵士深信孙是诚实君子，也就坦然。这便是男女社交的公开。

朱贯三先生是留美学生里面资格很老的人。他十年前在南洋公学教算学的时候，课余喜欢与同学闲谈。他说他最初到美国，同校里有一位美国女同学，彼此虽未叫应过，在校里走路上常常遇着，所以他觉得很面熟，有一天他在街上看见她，很客气的向她点点头，而对方也没有"反应"！他回校后大发牢骚，说那位女同学看轻他，后来有人提醒他，说没有经过介绍，你觉得她面熟，她也总不觉得你面熟，依美俗那位女子是不错的。

西俗对人不轻易说请到舍间来谈谈，如果他对你说了这句话，就是表示满意你的人格，很有信任，依礼你必须去一趟的。

这个风俗很有道理，如把不相干的人引到家里，加以男女社交的公开，就很容易出毛病，至少是一件可危的事情。

十五

孙钦露表示希望有机会和爱翡女士一同出去骑马，爱翡听见他这个意思，不禁红上双颊，娇羞不胜，既而说道："孙先生，我有许多时候都全费于教授小孩子，恐怕不能抽出相当的时间。"爱翡女士是在她的表兄史诺爵士家里任女教师，教她的两个外甥，这是读者所知道的。现在她就借此拈来说说。

爱翡女士这样随意的说了一句，旁听的史诺夫人却认真起来，赶紧插进一句声明说："孙先生，你不要听她瞎说。她虽要教授我的两个小孩子，但她非常自由，高兴的时候就多教些，不高兴的时候，尽可少教些，决没有牵绊她的情形。她的自由，和我一样，不过我不喜欢骑马，除非我的丈夫一定要拉我出去一同骑着玩玩，我简直连想也不去想它。至于爱翡呢，那就大不同了，她很喜欢骑马消遣，她坐在我们那匹马名为'狮子'的，真相配得很……"

史诺夫人这样不惮喋喋的声明，不过是要表明她待爱翡女士很不错，并没有迫她工作得苦，以致连空闲的时间抽不出。但在孙钦露方面却是另一心理，他听见史诺夫人说爱翡会骑马，而且有空闲时间骑马，那么他当然便有机会和她偕辔并行了。所以他听到史诺夫人的话刚才略为歇一下，他就脱口而出的说道："这样看来，爱翡女士也许有一天允许我一同出去骑马，那是我再荣幸没有的事了。"说到这里，他觉得自己未免过于口快；随即顾左右而言他，想对史诺爵士谈点别的事情。可是史诺夫人连忙接下去问道:"孙先生,你骑马的时候很多吗?"

孙钦露回答:"常常骑的,但也不算十分多。"

"我们朋友里面有位于德夫人,骑得非常之好,你曾经和她一同出去骑过吗?"

孙钦露回答说:"我不认得这位夫人。其实我从前未曾和哪一位妇女一同出去骑过马。我多自己一个人骑着到乡郊去兜兜圈子。"

史诺夫人笑着说道:"你对骑马倒有这样好的兴致,天一亮就爬起来,独自一人到乡郊去骑着兜圈子。"

这个时候爱翡女士无意中问道:"孙先生,你什么时候能约我们出去骑马呢?"

孙钦露很安静的答道:"随便什么时候,只要你们觉得便当就是了。"

爱翡建议说:"本星期四何如?"

"好极了,不过你喜欢在本星期四什么时候?"

"上午十点钟何如,那个时候天气还不热。"

史诺夫人听见他们两位这样一问一答,很殷勤的说道:"孙先生,那一天请你到我们这里来用早膳罢,我们每晨九点钟就用早膳,适合你们的时候。"

孙钦露很诚恳的谢谢她,说:"史诺夫人,你待朋友真好,我一定按时奉访。"

他们的预约到此可算告一段落。史诺爵士因谈话已经谈得不少,要请爱翡女士弹钢琴,唱唱清歌,爱翡女士却让史诺夫人献身手。后来孙钦露也加入唱了几曲。他们在音韵悠扬、歌声清越的空气中，彼此都感觉异常的愉快舒服。

停一会儿，孙钦露起身告别，史诺夫人及爱翡女士都和他握手告晚安，史诺爵士送他到门口，彼此相告晚安，欣然握别。

【译余闲谈】

　　我们中国的家庭生活所以多枯燥，当然有许多原因，但是不讲社交，无愉快的环境，也是很大的缺憾。中国请客总是到菜馆里去的多，而且只有男子参与，像家庭宴会，实在很少很少。至于愉快的环境，尤其缺乏。女子多不讲家庭布置与装饰（home decoration），尤无音乐的素养。在西洋差不多家家有钢琴，人人会唱几句。在中国从前是以歌唱为卑贱的。男的弄弄丝竹，家长往往视为懒惰的表示；女的唱唱歌，弹弹琴，更有家长视为轻贱的事情，很不以为然。他们绝对没有想到乐歌是快乐家庭里面的一个要素。我国只有奉基督教的家庭还有些乐歌的空气，至于一般官僚派的人家，尤其是自诩所谓"世家"的，简直是"绝响"，还不如乡下人月下篱前唱唱山歌，自有他们的天籁之乐。

十六

孙钦露在史诺伉俪家中晚宴之第二日早晨，送了许多兰花给女主人史诺夫人以表谢意，史诺夫人当然受了。至于爱翡呢，他并没有送什么，也许因为他正在细看她笔记，一时未看完，看完后再一起送点东西给她。

到了午膳的时候，史诺爵士看见饭桌上有了许多嫣艳芬香的鲜花,问起是哪里来的,史诺夫人才告诉他是孙钦露送的。爱翡女士这时无意中又问史诺爵士道:"你喜欢孙先生吗?"史诺也随口回答道:"和他来往很有趣味,我是喜欢他的。"他说完了这句话,却反诘爱翡女士道:"你喜欢孙先生吗?"爱翡女士给他这一问,却怔了一下,才回答道:"我不觉得他讨厌;讲到喜欢不喜欢,此时还说不到。我和他晤面还不过三四次,这是你所知道的。以这样短浅的交际,哪里就说得到什么深厚的交谊呢?而且你知道我对于应人接物,是不轻易加以爱好的。"

他们这段谈话是在星期二。第二天下午孙钦露亲到史诺家里访问,刚巧他们都出门,彼此遂至相左,孙钦露临走的时候留下三张名片。

到了星期四那天。孙钦露依约于上午九点钟的前五分钟就到史诺家里。前次他们约他这天来此共用早膳,用早膳后他再陪着爱翡女士出去骑马,这是读者所知道的。不过这天早晨却临时发生一件意外的事情。在平常呢,用早膳的时候,爱翡女士的两个小学生总是陪着她一同用早膳的,这天早晨,史诺夫人因为这两个小孩子都受了一点风寒,叫他们在床上多睡一会儿,不必急急忙忙就要起身的。史诺爵士自己呢,临时因英国公使馆来了一个电话,说有要紧公务急待面商,把他立刻请了去。天下无巧不成事,真是不错!史诺夫人又因为前一晚赴一处跳舞大会,把两条腿跳得酸痛,夜深回家,早晨刚睡得未久,睡魔也未全去,于是也就懒洋洋的不愿起身。这样一来,这天早晨在早膳席上的人只剩了爱翡女士与孙钦露两个人。

在爱翡女士方面呢,她常和史诺伉俪一起,对于许多交际的事情,见识本很丰富,就是在史诺家里约她自己的男朋友用茶点,两人对谈,也是做过的事情。所以照理讲起来,她和孙钦露既不是第一次见面，陪他用早膳，算不了什么一回事；不过她在心理方面，觉得这件事情这样突如其来，一时倒不免有一点尴里尴尬。

既然到了那个时候，她也只得做做主人了。孙钦露到的时候，她出来陪他，先对他说明各人不能来陪的原因，并十分的替他们道歉。停一会儿她就引他到餐厅里去共用早膳。

他们俩共用早膳的时候有什么话，且听下回分解。

【译余闲谈】

合得来的好友家庭，时常轮着到各人家里便餐，乘此机会谈心，也是家庭社交的一件很有价值的事。我国请客总是找到一个菜馆，彼此大鱼大肉大吃一顿，像这样家庭里轻便的聚餐是很不多见的。西人还有于下午四五点钟时候请友人到家里用茶点，设备非常简单，清茶一杯，饼糕数块，便足了事。所重的在促膝谈心之乐。这种茶叙，一友可，数友亦可，自由得很。

我国通常可以留得住朋友的，似乎只有打麻将；至少可以说，这是最流行而最有功效的留客方法。像区区对于"碰和"便是完全门外汉，连坐在旁边作"壁上观"都觉十二分的无味。所以到了友人家里，如果他们凑起来打麻将，我三十六着，走为上着，就只有赶紧溜之乎也！而我生平最觉快乐的事，却是和知心良友作痛快的谈话，有的时候谈了数小时还是嫌短！和我表同情的师友却也不少。

十七

孙钦露和爱翡女士在史诺家里同用早膳，因为时候已不早，所以吃得很简单,便赶紧打算出去骑马,在席上没有什么深谈。当他们早膳用好之后,孙钦露依西俗把她所坐的椅子移归近桌的原处,爱翡女士心里想孙钦露从前虽自己说起未曾见过一位中国女子,而对于西俗优待女子的礼貌却纯熟得很,觉得孙钦露虽为东方人,而所受的西方教育与陶冶却已非常周密完善。

他们两人用早膳后,即欣然一同出门,走近已经备好的两匹马,当时孙先生穿上一套骑马用的衣服,益显出他的英姿焕发,人品非凡。爱翡女士也穿着妇女骑马用的服装,于妩媚中寓活泼轻盈的气概。爱翡女士心里在那里狐疑,不知道孙钦露骑马的本领到底好不好,后来看见他照顾她自己上马,非常得法,非好手不办,才知道这位孙先生的骑术的确很好,这个时候,她突然有意揶揄他说:"孙先生,我看你这样纯熟,一定照顾过不少的女子上过马!我忽然想起你在我表兄家里晚宴的那一夜,你曾经说起,你从来未曾和女子一同出去骑过马。真的吗?"

孙钦露听了,回以一笑,走近她的鞍边,仰首对她说道:"爱翡女士,我的确未曾和哪一个女子一同出去骑过马,不过陪着友人的夫人骑马,却是常有的,这是寻常交际上所常有的事,也是你所知道的,因为这个缘故,我练习的机会也就不少。"

爱翡女士听他这样申说,也就回眸嫣然。孙钦露一直笑着跨上自己的一匹马,彼此并辔前行,彼此望望,觉得彼此的骑马姿势,都非常的好。

他们的双马跑出城市,渐入郊野,望见青山绿草,苍翠欲滴,益以清光明媚,微风爽人,爱翡女士不禁莞尔对孙钦露喊着说道:"何等的愉快!"孙钦露也欣然答道:"有如天上非人间!"

爱翡女士又说道:"孙先生,你的骑术,比我表兄史诺爵士高明得多,我看你的骑法,完全是英国式。"

孙钦露解说道:"是的,我在英国中学校肄业时代,就在那里学习骑马,不过我在美国独自一人骑马的时候,也常用美国式。"

她很快乐的插问一句:"什么缘故?"

"我觉得美国式的骑马似乎舒服些。"

爱翡女士听了摇摇头表示不以为然的样子。

孙钦露接着说:"你不妨学学美国式的骑马,便知道了。"

爱翡女士又连摇她的头,并且说道:"我不喜欢学什么新花样。"

"你也不喜欢学习新的语言吗?"孙钦露这样的问她。

爱翡女士驳他说:"我想你不能说中国语言是新的语言罢!"

孙钦露也用说笑话的样子笑着说道:"在你的方面看起来,说是新的语言,也未尝不可。"

他们这样谈谈笑笑,并辔在郊野跑了一圈,一同回来。将到史诺家里的时候,孙钦露对爱翡女士说道:"我希望异日仍允许我们这样一同出来骑骑马。"爱翡女士现着笑窝说道:"我很欢喜你的建议。"这个回答当然使得那位孙先生心花怒放。

孙钦露把爱翡女士送到史诺家里之后,独自回去。当天下午饬人送一大堆鲜花与史诺夫人,慰问她前一夜的辛苦。同时他并送了许多玫瑰花给爱翡女士,并附以名片,上面写了"异常感谢"几个字。爱翡女士受了之后,除插在自己卧室的花瓶里,还拿了一朵插在自己的衣角上,因为她向来是喜欢玫瑰花的。

【译余闲谈】

西人喜欢享用"无盖空气"(open air)的生活,说得易懂些,就是喜到屋外无盖的地方,如公园、郊野、草地等等地方,空气新鲜，日光充足，或拍网球，或骑马，或作其他游戏运动。就是老夫妇，也喜欢偕往这种地方散散步。我国人喜欢享用这种生活的习惯，就很有限。一则躲在家里的习惯居多，二则社会上关于这方面的设备很少。其实这种"无盖空气"的生活愈多愈好。于身体及精神两方面都有极大的好处。这种"无盖空气"的生活，儿童方面尤其需要。所以西人的儿童，总是由父母用小车子推到公园里去，或常到空旷地方走动走动，我国一般儿童便终日由大人抱着在家里的时候居多。彼此体格发育的程度相差很远，这一件事未尝不是一个原因。

十八

孙钦露与爱翡女士作郊野骑马之游以后，亲陪爱翡女士到史诺家里，然后他独自一人骑着原马，缓缓的回家，在回去时候的途中，一个人在那里瞎想，他觉得他从前对于爱翡女士，不过存着交得一个好朋友的意思，现在仔细一想，觉得爱她到极点，实在是已经发生了恋爱。那天早晨彼此并未曾深谈。在早膳的时候，因为时间匆促，赶紧吃完，以便出去骑马，当然谈不到什么要紧的话。彼此在马背上的时候，马步迅速，虽可谈笑，也不宜于什么深谈。但是爱翡女士嘴里随便的露出几句话，已经使得孙钦露觉得柔音悦耳，谈吐倾心，而且在晨光明亮，万象皆春的时候，他看爱翡的娇媚轻盈，更觉得比她的实在的年纪轻得多，这个时候爱翡女士已经二十二岁。孙钦露已经二十七岁。由孙钦露看起来，爱翡女士的活泼精神，妩媚态度，不过十八九岁的光景。他独自一人在马背上想起她的言笑，想起她的神气，想起她的举止，又想到她的品性。他觉得她虽十分的活泼娇艳,而又端庄不陷于佻佽;并且看她对于史诺侁俪亲爱有加,情意浓厚,更可见得她的品性敦厚,存心慈祥。他一路上在马背这样左思右想,所得的断语,简单的说起来,就是他深信爱翡女士是一位容德才华俱全的女子,他对她已有了深挚的情爱。

讲到孙钦露自己呢,他的原籍虽是中国的河南,但从幼生长于外国,所受的美风欧雨,浸润至深。他自己常说,他要兼并中西之优点,使冶于一炉,成为完璧。所以他的志趣的高尚纯洁,也不言能喻。他通英德法三国文字,流利精纯,得未曾有。至于他的仪表,精神焕发,清洁无比;举止礼貌,虽西方所谓"士君子",亦有望尘莫及之势。天下无论什么事,最重要的是要"相当",若是蠢夫偏要想才女,丑女要恋名士,那便是天地间的大缺憾。像他们这两位,旁观的人,除非另有作用之外,当然希望有情人都成眷属。

闲话少讲,且说孙钦露那天回到中国公使馆后,一天没有出门,就是用膳及茶点,也叫仆人高升拿到房间里独自一人用着。他的房间布置得很精美,地上有地毯,墙上有名画,架上有名著,瓶里有鲜花,他坐在软而且厚的"沙发"上,静悄悄的心平气和的细看爱翡女士给他的笔记。他到底看出了什么东西,又要在下次奉告了。

【译余闲谈】

我常常觉得一个人如有时间享受"窗明几净"的生活,也是一种莫大的幸福。什么是"窗明几净"的生活呢?例如在家里设备一间极安静的书房,与外面尘嚣完全断绝,其中设备差不多和上面所说的孙钦露的房间一样。每天有几个钟头在这里面看看所喜看的书画,转转所喜转的念头,写写所喜写的文章,这真是俗语所说的"羲皇上人"!我自己虽有这种梦想,但是每天上午八时忙到夜里十时,哪里有时间享受这种福气。只有梦想而已。天下要做得"称心"的事,谈何容易!

十九

孙钦露独自一人在房里,坐在宽厚的"沙发"上,静悄悄的翻阅爱翡女士叫他题写几个字的一本笔记,异常的安闲舒适。她的那本笔记里,请了许多名人题了许多文字,他越看越有趣,那里面有许多名人,爱翡女士所以认得,当然是因为她的表兄史诺爵士在美国外交界声誉素著,交游素广,因此社交方面也非常讲究,爱翡女士也常参加其间。除了当时名人的题词之外,还有许多是她自己的朋友,珠莲女士也在其内。孙钦露看到爱翡女士自己所记的文字,更觉得精神专注,兴趣浓郁。这本笔记簿子,还是她十六岁时候过生日的那一天,有一位挚友送给她的。在那个时候,她的年纪虽然很小,而她的文才却已峥嵘可惊,孙钦露看了,当然又加上一百分的倾倒。他把全本看完之后,满面笑容,带这本书走到书桌的旁边坐下,先拿中国笔,濡着墨,就空白的一页上题上几句,再用钢笔把英文写上去。等墨水都干了之后,他还拿到窗口去细细的看一遍,才把它合起来,他还想细看一下,所以暂时还不想就送去。

过了一天他稍为空些,就去访史诺夫人。到了史诺家里之后,只见史诺夫人一人在家,他欣欣然对她说道:"我居然遇着你在家,愉快得很,你今天身体已经健适了吗?"

史诺夫人十分殷勤的接待他,并谢他说道:"我现在身体完全好了,承你多次的慰问,非常感谢。这几天我的丈夫因公使馆里忙得了不得,有的时候到了夜深才回来,今天可不在家,刚才我打电话问他,他说今天下午也许可以回家用茶点,但是现在时候已不早了,想不见得能够回来。我想你这几天也是忙得很,承你盛情,多次差人慰问我和我的小孩子,你待朋友真好。"

孙钦露说:"这也是你们待我好,所以使我难忘。"谈到这里,他便问起史诺夫人的两位小公子在哪里,他说他要想看看他们,其实他何尝真是要看看他们,不过要想看看他心目中的"她",所以不得不先问"她"的"他们"罢了。

史诺夫人听了他这个意思,回答的话却也很别致,她是否另有用心,固非我们局外人所知,不过她的确这样的回答他:"你喜欢看看狄克与博浪吗?你真的喜欢看看他们吗?我的这两个小孩子天真烂漫,讨人欢喜,现在又承你见爱,真觉得十分荣幸。不过今天你却看不见他们!他们都随着史诺爵士的表妹到露斯希尔去玩去了。"(按:露斯希尔即珠莲女士所住的地方。)史诺爵士的表妹是谁,就是孙钦露所倾倒的爱翡女士,这是读者所知道,用不着我来多嘴。不过史诺夫人有意不直说,却喜欢兜一个圈子说出来,倒也别致,也许是女子酸素别动队的作用!

孙钦露听到这里,才豁然明白他此行的目的完全无着,但是当时又不好意思转身就跑,只得略为坐下谈一会儿,起身告别,并请史诺夫人代向史诺爵士道候。他走出史诺公馆的大门,便一溜烟的往露斯希尔跑。

【译余闲谈】

天下事在要想得而未得到或将得到的时候,是最感得快乐的时候，等到真真得到手之后，也不过尔尔！所以有人说："做恋人时代比做未婚夫妇时代快乐。做未婚夫妇时代比做实际夫妇时代快乐。"孙钦露在这个时候好像热锅上的蚂蚁，急得什么似的，也是他最感快乐的时期。史诺夫人也许看出他的"心事"，所以有意从从容容的和他"寻开心"。

把话说回来，上面所说的"做恋人时代比做未婚夫妇时代快乐，做未婚夫妇时代比做实际夫妇时代快乐"，并不是说实际夫妇间的感情一定不好，不过"好新奇"是人类的共性，乃是一件事实。再进一步说，情的作用也许可以分为"热情"和"挚情"两种。"热情"作用是一时的，"挚情"作用是永久的。"热情"原是只有一时的作用，如果没有"挚情"来继续接连下去，便是苦痛的根源了。

二十

孙钦露到史诺家里遇不着爱翡女士，听说她陪着她的两个外甥到珠莲女士家里去了，他便向珠莲女士家跑。到了之后，黑仆来生德看见是女主人熟友，便赶紧说女主人在家，连忙把他引导进去。珠莲女士正和她的朋友雷绮女医生坐谈，看见孙钦露进来，便说笑的对他说："你好几天没有来了，此来是为着寻觅失却的表而来的呢？还是有意来吃晚饭？"这样问着的时候，眼睛眯着笑，表示她的欢迎的意思。

孙钦露也笑着瞎说道："两个目的都有。"

珠莲女士年纪虽老，而说笑的本领和兴致的好，却也不让少年。她又笑着回答说："这样看来，我要请你吃一顿晚饭是免不掉的了！"她讲完之后，又接一句说："你来访我，我还不觉得不舒服！"她说了上面几句笑话，才觉得还未替雷绮女医生介绍过，便对孙钦露说道："我想你还没有见过雷绮女医生，让我来介绍一下。"

孙钦露微笑着对雷绮女医生俯身鞠了一个躬，同时看见这位女医生却也生得落落大方，面容光亮。雷医生答礼之后，就告诉他说："今天下午我们在此地真愉快，开了一个儿童会，好像聚了许多天上安琪儿在一起，天真烂漫，精神活泼，看看令人心旷神怡，百念俱消。我不是被请得来的，也是偶然来访珠莲女士的，居然碰到这个盛会，饱我眼福。这会刚才散的。你可惜慢了一步，否则也可以看看。"

孙钦露进门之后，一直没有看见爱翡女士和她的两个娇小玲珑的外甥，心里正在诧异，听了雷绮女医生最后的几句话，才知道他又跑了一个空，这个时候他当然不好意思再跑回史诺家里去，珠莲女士既殷勤留他晚餐，他也就答应下来。

这个时候，珠莲女士的仆人说有电话，她走开去听电话，孙钦露先陪雷医生坐下。雷医生的年纪和珠莲女士相仿，人很和蔼可亲，向孙钦露笑着说道："我和珠莲女士在很小的时候就彼此认识的，但是我从来没有看见过她的精神有今天那样好，刚才听她把故事告诉给那几个小孩子听，真说得天花乱坠，娓娓动听，怪不得他们都喜欢她，都听得津津有味。这种情景，我看了真觉感动。"

孙钦露很温和的答道："这种情景真是令人感动。"

雷绮女医生正在接下去说："那几个小孩子真可爱……"恰巧珠莲女士打好电话走进来，听见末了"真可爱"三个字，也瞎凑上去说："真可爱！真可爱！"孙钦露听了大笑说道："你们说得这样好！到底那些儿童会有多大？"

珠莲女士翘着嘴唇，故意做埋怨的口气说道："你自己何不早一点来！早一点便都知道了。"继而转作笑容说道："我不瞒你说，只有两个，就是爱翡所带来的两个小孩子！"说到这里，珠莲女士忽然插一句问道："孙先生，你也喜欢爱翡女士吗？"孙钦露看不见爱翡女士，又突如其来的受了这一个难问题，他究竟如何说法，倒也很可注意。

【译余闲谈】

西洋女子的谈锋，滑稽流利，真是社交的宝贝。讲到口才，不但女子，就是男子也是很重要的，谈话似乎是人人会的，但是要谈得好，真不容易。我国社会里的谈话，试一细心默察，便看出有种种的差异。大概年纪到了五六十岁，谈话易犯"噜苏"的毛病，他也许自己记性不好，也以为别人记性也一样的不好，所以一样的话，往往说了一遍又一遍，说个不休！半小时可以讲完的话，他要讲一小时，甚至要东拉西扯的讲到数小时！有一类人讲话，好像是他一个人的专利品！在几个人谈话里面，只听见他一个人像连环炮的声音，不容别人有插嘴的余地！上两种的谈话，都容易使人讨厌，不耐烦，又不好意思立刻转身不顾，溜之大吉，真是难于对付！有一类对少数人说话的时候，声如雷响，叫他跑到演台上去，听众很多的时候，他却又只有嗡嗡之声，好像千金小姐似的！这种人也极可厌。还有一般做牧师的学着外国人说中国话，把一字一字陆陆续续的不相连的分开来讲，使听的人真要急得不要听，或听起来实在不能入耳！这种人生好一副中国嘴巴，偏偏不用，真该打！

二十一

珠莲女士突如其来的问孙钦露是否也喜欢爱翡女士,孙钦露倒也爽爽快快的直率告诉她说:"我是喜欢她的,她的笑靥迎人,使人如坐春风,所以可爱。"

珠莲女士却一半好像揶揄他的神气说道:"你只爱她的笑靥。我却觉得她没有一点不可爱,全部都可爱。样子可爱,品格可爱,才华可爱,样样可爱。我几时要请她带着她的两位小外甥同来玩玩,我希望那个时候你也一定来加入。"

孙钦露喜容满面的回答道:"这是再愉快没有的事情!我今天到史诺家里的时候,本要看看那两位娇小玲珑的小孩子,当时他们已经到你这里来了,当然没有看见。"

珠莲女士又嬉皮笑脸的露出她的滑稽腔调:"啊!你当时看不见他们,因为他们已经到我这里来了,你知道他们到这里来,而且亟要看见他们,所以你来得这样迟,等他们都去了你才来!"

孙钦露急着说道:"你又来不讲理了!我也哪里料到他们去得这样快呢?"

雷绮女医生在旁边看见珠莲女士那样说笑话,害得孙钦露急得什么似的,只对着地毯发笑。

既而黑奴仆来生德进来通知晚膳已经预备好了,请他们一同出去用膳,走出客厅门口的时候,珠莲女士一面嘴里还在那里自言自语道:"爱翡女士真可爱,但是那样孤苦伶仃的身世又是何等的可怜,做女子当然要常常愉快,常常要觉得人生是快乐的,常常要在快乐的生活中过去。像爱翡那样可爱的女子,更应该有快乐的生活随着她。"

他们宾主三人入座之后，谈笑风生，充满愉快的空气。雷绮女医生虽曾见过好多中国人，但是多是下等阶级，至于上等人士，看见孙钦露还是她生平第一遭，因对象之不同，她的观念亦随之而异，对于孙钦露的仪表谈吐，十二分的敬佩。

他们谈的时候比吃的时候来得多。晚膳之后，他们还在廊前坐谈了许多时候。孙钦露先前来的时候，曾对珠莲女士说谎话，说他的表不见了，来的目的，寻表也是其一，这个时候他想时候已经不早，无意中把自称已经失掉的表抽了出来看看，回转头来向雷绮女医生说道："时候不早了，雷绮医生，要不要让我送你回府？"

珠莲女士插着道："用不着你劝她回去，她难得到这里来，现在既经来了，我要留她在这里过夜，不让她这样匆匆忙忙的就回去，至于你呢，也还可以再谈一会儿，用不着这样急急的要走。"

孙钦露听了她的话，也就陪着她们再谈一会儿，才起身告辞。他走了之后，大门刚才关上，雷绮女医生就对珠莲女士说道："孙先生的为人真有趣，我遇着他，也可算是生平快事。"

且说这一天夜里，史诺爵士回家之后，史诺夫人就告诉他说："今天孙钦露到我家里来过。他留下了一张名片，向你问候，而且非常殷勤的问起我们的两个小孩子。我想他似乎专门为着要看我们小孩子而来的，后来知道我们小孩子出去了，他觉得非常失望。"史诺夫人这样告诉史诺爵士的时候，恰巧爱翡女士也在旁边，所以她说到最后几句，恰好像煞有介事的装出郑重的声音。她说完之后，还转首对爱翡女士说道："爱翡！说起也奇怪！孙先生今天没有一句话问到你，我心里非常诧异。你那一天得罪他没有？"

爱翡女士问道："什么那一天？"

"就你陪他一同出去骑马的那一天。"

爱翡女士说道："啊！说起那一天，我们骑得很愉快，他而且约我几时再出去骑马咧。"

"恐怕你笑过他骑得不好罢！"

"没有这回事，他骑得非常之好，用不着我来笑他。"

这个当儿，史诺爵士有意无意的插上一句话："凡是孙先生做的事，没有一件不是好的！"

【译余闲谈】

　　珠莲女士说做女子的应当常在快乐的生活中过去，这是西洋一般女子的写真。说我国的女子，从前以"善病工愁"为美女的一个条件，不必说了，现在还是没有弄得好。我近来觉得女子要过快乐的生活，也要养成享用快乐生活的本领。譬如野外的游戏运动，如拍网球之类，我国女子有几个有这样的素养？又如作长距离的散步，我国有许多女子走起路来，半步一走，慢得要命，而且走不多远就"吃勿住"！又如社交也是快乐生活之一，我国女子有许多在家里尽管"哗啦哗啦"，出外见生人，又好像"木头人"！社交谈话当然是快乐的事情，但也要多看书报，常识丰富，否则别人谈天，十有八九自己不懂，何从参加？但是我国大多数的少奶奶们，对于阅书看报的素养很少很少，有的不过看看孙行者猪八戒一类的旧小说，讲时事的日报，就是家里订好，也是不大愿意看的。这是大多数的情形，当然也有例外。这当然也不全是女子自身的错处，女子教育、家庭环境和社会环境都有关系。

二十二

孙钦露在珠莲女士家里和雷绮女医生共用晚膳的第二天，就派人把爱翡女士请他题词的一本笔记送还她，送去的时候，还附去一大盒的百合花，爱翡女士那天早晨还躺在床上，听见有人送东西来，心中很诧异，以为何以这样早！后来望墙上的一架悬钟看看，却已将近十点钟了；这不是说她天天晏起的，原来她在前一天夜里赴一个友人所约的跳舞大会，一直到夜里三点钟才宾主尽欢而散，所以她第二天早晨睡得特别长久。那一天史诺的两个小孩子，当然也因女教师的疲顿，放了一天假。

她坐在床上，拥着那一大堆百合花，翻开那一本送还的笔记看看，看见里面孙钦露所写的中国字，觉得非常美观，不过它的意思到底讲些什么，她实在莫名其妙。她于是翻过一页，看他译成英文的意思，方才明白。其中有一句是孙钦露问他自己所最喜欢的女子名字是谁，只中文方面有答句，而在英文方面却空了起来，爱翡女士看了又大转其念头。她再翻回一页，对着中文呆看着，终究看不出什么名字，她想这一定是因为中文名字之不易译成英文的缘故，所以孙钦露在所写的英文里没有把他译出来。继而她又想，难道这中文里的名字就是他未婚妻的吗？转念又想，孙钦露曾经亲口告诉过她，说他久游海外，生平未见过一个中国女子，那么这个中文的女子名字不见得便是他的未婚妻的了。她又想孙钦露所最喜欢的这个女子名字，读起来不知道到底是什么声音？她对于中文，完全是门外汉，所以心里虽自己一人这样瞎想，嘴里当然读不出这个名字的声音来，她想来想去，想了好一会儿，才想到史诺爵士是久住过中国的,他对于中文多少有点知道,等到见面的时候,不妨问问他,也许可以弄个明白。

她这样替自己打定主意之后,便躺下去,好舒适的把头靠在温柔美洁的大枕头上面去,同时把那一大堆花拖上去,面部左右及胸部都堆满了芬香扑鼻的鲜花。

史诺夫人因史诺爵士十分爱重他的表妹爱翡女士,所以对于她的房间,也特别布置得精美,这个时候爱翡女士躺在床上,身上穿一件轻松稀薄的睡衣,头上蓬着如云的黄金发,娇容上的玫瑰红和百合花争艳,笑靥时时显露,明洁精锐的眼珠和窗上透入的阳光争媚,再加以那个精美绝伦的房间布置,托着这位好像天上的安琪儿,真使人有天上非人间的感想!这一幅图画,恐怕就是画家名手,也有不能传达之憾!

闲话少讲,且说爱翡女士躺下之后,又望着眼前的百合花瞎想,她想她所心爱的百合花,不知中国有没有。随又想到前一天史诺夫人有意郑重其词的说孙钦露来时没有一句话提起爱翡,不觉自己对自己发了一笑。自言自语的说道:"为什么孙先生一定要应该提起我呢?史诺表嫂居然那样大惊小怪起来!"

她瞎想了一会儿,又对孙钦露所写的英文字,觉得越看越好!心里想像这样好的英文字,就是善于写字的英国人写出来,也不过如此。又想这种秀丽的字,写的人似乎有一双秀小的手,而前一次她和孙钦露一同出去骑马的时候,他扶她上马,那一双手又是稳定有力,是一双堂堂大丈夫的手。

总之这个时候的爱翡女士之对于孙钦露,心里已觉得十分可爱了。前此时期是友谊时期,后此时期是更进一步的恋爱时期了。

【译余闲谈】

爱翡女士这样经过审慎历程的爱,才是心坎里发出的爱。所以西谚对于男子获得女子的爱,有一句成语叫作"赢得她的心"(win her heart),所谓"赢"是要经过努力的。讲到这一点,我记起最近上海男女同学的某著名大学,发生一件笑话,这个大学里有一位女生,年方二九,美艳聪慧,活泼轻盈,有一位和她不相识的男生,居然大发其"单相思",贸贸然写一信去求婚,对方当然置之不复。又是第二信去作进一步的请求,又不复,最后一信竟说如不允许,即以最后手段对付!这位女生为之一吓,报告家长,家长告之校长,请他特加保护,俾免危险,一面该女生自己亦特别"戒严",真是不胜其苦!这位男生不知道对方是人类,是有情感的,是有自由意志的,不像看见好东西,只要买了拿起就走的!

二十三

爱翡女士和孙钦露将由友谊时代而进于甜蜜的时代,这是记者在上次就告诉过读者诸君的。且说自从孙钦露题词于爱翡女士的笔记以后,他们常常聚首,彼此都深切的觉得彼此互爱,彼此都喜欢常在一起。

他们俩一是英人,一是华人,同在美国旅居,同有思乡之苦;孙钦露虽是中国人,但因生长受教育于英美。兼并中西的长处,所以格外使得爱翡女士觉得惊奇爱好,况且她的至友珠莲女士和她的至戚史诺爵士都非常敬重孙钦露之为人,愈有以坚爱翡女士之信心,知道绝对不至受骗,所以也就放心和他做朋友,相处日久,相知日深，自然的趋势，便发生比朋友更深一步的感情。

在孙钦露方面，他既倾倒爱翡女士之雪肤花貌，又心折其娴淑贞正、愉快和蔼的德性。当时他于万分满意之中，微微觉得爱翡女士似有一种小小缺点，这小小缺点非他，就是她不大喜欢小孩子。她对于史诺夫妇固然亲爱异常，可是对她的两个小外甥，虽也爱护，但总少十分喜欢他们的感情。中国人是极重嗣续问题的，所以孙钦露对于这一点颇费踌躇，不过这是未来的事情，在当时他对爱翡女士既那样的倾倒心折，这种小小的狐疑也不足阻碍他的热情。

中国虽盛行多妻主义，但是一般的中国人却能成为很好的丈夫。有许多人以为中国女权不发达，做女子的往往享不到许多一般的权利，这虽是事实，亟待有心人士的提倡改良；但是有一事我们不可忽略的，就是在中国惧内的丈夫实在不少，老婆管丈夫的实在比丈夫管老婆的多。至于中国人在外国与异族女子结婚的，大都很能优待他们的妻子，都能持久维持他们的爱情而过满意愉快的家庭生活。

闲话少讲，言归正传。爱翡女士和孙钦露在华盛顿那样亲热，不到两个月，华盛顿社会上人士一传十，十传百，差不多轰动一时。有许多人不过作为有趣味的谈资；有许多人却大发其酸素作用，尤其是汉密顿和十几个多事的妇女。

其实受过高等教育的上等的中国人，和受过高等教育的上等的英国人，讲到行为礼貌各方面，并没有什么差异；不过在传统的观念方面，当然彼此有很不同的地方；例如西方人对于祖宗，对于老年人，对于子嗣，没有像东方人那样注重得厉害。

【译余闲谈】

本书著者毅然决然的说在中国惧内的丈夫实在不少，这件事我们并没有过科学的统计，究竟是多是少，当然不敢贸然下肯定的断语，不过就译者个人见闻所及，"季常"先生却是"比比皆是"！其实有许多惧内的人并不真是"惧"，不过是觉得酸素作用特别强烈的女子常常噜里噜苏，喋喋不休，为勉求安静计，不得不马马虎虎罢了。这是在下根据观察推测有惧内令名者的话，是否正确，当然还待富有实际经验者的审查。其实倘若真是不幸嫁了一个"坏坯"，就是用"雌老虎"威风来"管"，也不见得管得好；就别一方面说，倘若用不着管而硬要瞎管，徒然使做丈夫的精神上觉得苦痛罢了。

关于惧内这事件，使我记起两件事。现在"文明结婚"渐渐的多了，而仍行旧式婚礼的还不少。我最近在号称开通的上海，到一个朋友家里去"观礼"，看见新郎新娘用拜跪礼，尤奇的是他们对拜时将要下跪的时候，彼此不肯先跪：喜娘帮新娘，男方几个家人帮新郎，坚持好几分钟才像跪不像跪的了事！最好笑的是新郎腿向左右弯开，要跪不跪的神气，好像马上弯弓，如临大敌！我一时莫名其妙，后来经旁人告诉我，才知道新郎倘先下跪，便有惧内的危险！这也可以说是不可思议的预防法！

还有一件事，此我最近在美国杂志上看见的一笑话，上面画着一个雇主坐在办公桌的旁边椅上，对着立在桌旁的一个雇员说道："我知道你就要结婚了，你来信要求增加薪水，是不是要加入家用里面去？"那个雇员尴里尴尬的神气答道："不是！我的薪水数目是我未婚妻所知道的，我要另外加点薪水，另外私自存在银行，不给妻子知道，预备婚后自己的零用！"这样看来，受管的丈夫，不独中国为然，简直可以说是"中外同慨"！

二十四

孙钦露和爱翡女士的交情愈益亲密,不免引起华盛顿社会人士的注意和谈论。在爱翡女士的亲戚方面,最先看出他们俩的趋势而不胜其惊吓的是史诺夫人。有一天早晨史诺爵士正在修胡子的时候,史诺夫人突如其来的问他道:"你肯不肯让爱翡嫁给孙钦露?"

史诺爵士听见这一句话,如闻雷声,把剃刀吓得丢到地上!板起面孔回答道:"你不要瞎说!"这种疾言厉色,是史诺夫人从来没有看见她的丈夫有过的。

史诺夫人很郑重的说:"这是我亲眼观察的结果,决不是什么瞎话。"

史诺爵士仍是怒气冲冲的说:"你如有一点脑子,不应该这样瞎说!"

史诺夫人笑了起来,仍旧说道:"这是我亲眼观察的结果,决不是什么瞎说。"

史诺爵士还是板着面孔说:"亲眼观察!都是你的瞎吹罢了!"

史诺夫人这个时候很冷淡的回答他说:"你自己不是没眼睛的人,何不张开眼睛来看看!"

说到这里,他们两个人各做各人的盥洗更衣,一同下楼去用早膳。总之他们两个人对于爱翡的婚事都不愿意罢了。

对此事最早看出的,除史诺夫人外,要算雷绮女医生。她是珠莲女士的老友,曾经在珠莲女士家中和孙钦露一同吃过晚饭的,前面曾经说过,想读者还能记得。她本在诗家谷地方行医,以独身寡累,每年总要到几个好地方旅行,散散心,快乐快乐,华盛顿也是她所常游的一个地方。她在这时候,正巧到华盛顿来看看她的老友珠莲女士,看出爱翡女士和孙钦露的甜情蜜意。有一天早晨她正在珠莲女士家中和她一同用早膳的时候,她也突如其来的问珠莲女士道:"你肯不肯让那样美丽的爱翡嫁给孙钦露?"

珠莲女士听了也吓得一跳,也怒着眼埋怨她瞎说。

雷绮女医生很冷静的说道:"珠莲!我看他们的亲密趋势,不得不断定他们有这事的可能。"

珠莲女士还是不高兴的说道:"你的话徒然要吓煞人,我以为决不至有这种事情。"

"何以见得决不至有这事情?"雷绮女医生这样问着。

珠莲女士很武断的回答说:"因为这种提议,一听上去就使人觉得不对!我想孙钦露不至有此心事,倘若他竟想如此,我要恨死他!"

雷绮女医生一面用她的早点,一面接下去说:"我以为孙钦露现在也许不想有这件事,在爱翡方面也许不想有这件事,但是爱情是冲动的,不一定用得着想的,有许多人结了婚之后才想呢!据我的观察,他们两位一定要走到彼此结婚的路上去。"

珠莲女士不赞成爱翡嫁给孙钦露,还在那里气着,雷绮女医生却接下去说道:"我在诗家谷的时候,看见一位开古董店的中国人娶了一位娇小聪明的美国女子,他们俩都是中等阶级,结婚之后,那位丈夫把她待作宝贝一样,情愿他自己工作得勤苦,不愿他的爱妻有一点辛苦。我已经说过,这一对是中等阶级,讲到彼此是属于上等阶级的男女,那就不敢知了。"

珠莲女士听了还是不能回心转意。

【译余闲谈】

史诺夫妇和珠莲女士平日都是极爱重孙钦露的人,但是一听见爱翡有嫁给孙钦露的趋势,竟一致的表示不赞成,这种的原因,无非民族的成见作祟。我以为指导婚姻的人当以男女两方本人的利益为前提,决不可杂以自己的成见,或私见,我国指导子女婚姻的家长,也往往不免夹以自己的成见。例如近来有一部分人娶了外国女子。他们的家族也往往不问怎样,先取反对的态度,此外为着对方的家族是自己的好朋友,或有权势可贪,或因金钱鼓动,对于对方的男子或女子便马马虎虎,硬把自己的子女配过去,这都是家长作孽的事情,不可不改。

二十五

孙钦露和爱翡情爱日密,史诺夫人看出来势,老实告诉史诺爵士,雷绮女医生也同时觉察,径告珠莲女士。但是史诺爵士和珠莲女士都一百个不相信,说他们做朋友则有之,至于婚事,万万不至成为事实,于是仍旧纵任孙钦露常到史诺家里或珠莲家里,史诺夫人和雷绮女医生也只得默然,不欲多辩。

华盛顿是一个喜管闲事的社会,爱翡女士和孙钦露又是交际场面的人,所以大众更注意得厉害,"爱翡和孙钦露"一句话,差不多成了茶余酒后人人嘴上提及的。可是他们两位本人却丝毫没有听见,所以也行所无事。

史诺夫人和雷绮女医生的大惊小怪,不过是出于"关切"的意味,和"酸素作用"没有相干。且说当时对此事酸素作用最厉害的有两个人，一个是汉密顿，一个是汉密顿的妹子汉密玲。

汉密顿是什么样的一个人？他是一个"金玉其外，败絮其中"的纨绔子弟。当孙钦露刚刚认得史诺夫人而尚未到过她的家里的时候，所谓汉密顿者，曾经在史诺夫妇家里吃晚饭，当时爱翡女士也在座，偶然谈起孙钦露，他已经醋意横溢，想读者还能记得。

汉密顿的妹子汉密玲怎样呢？她是手段很辣而面貌不扬的一个女子。在华盛顿胡闹，租了公寓中一个房间，大纵其浪漫生活，她这副尊容和这样卑下的性格，偏要转孙钦露的念头，竟觍然敢做爱翡的情敌！同时她的阿哥那副贱骨头，也竟觍然敢做孙钦露的情敌！总算得无独有偶了。

有一天他们兄妹两人在公寓里大喝其酒，谈起爱翡女士，汉密玲就把爱翡和孙钦露发生恋爱的事情告诉她的老兄，对他说道："这是千真万确的消息！"说完之后，居然呜咽悲哽而哭了起来！汉密顿看她那样伤心哭了，也莫名其中的真意，不过对于爱翡和孙钦露的事情，却很坚决的回答说："我绝对不相信，她哪里肯嫁给那个中国流氓？"

最可笑的是汉密顿这样骂了孙钦露一句，汉密玲居然袒护孙钦露，愤然对她的阿兄说道："我此地不能任你这样蔑视孙钦露！你要骂他，请你到别个地方去骂！"在汉密玲所以有这样口吻，也许是出于"单相思"，不过使汉密顿愈陷入五里雾中，摸不着头脑！

既而汉密玲更进一步建议道："我们两个人能彼此互助吗？让我们两个人各成……"她这样说着，在她自己固然十分明白命意所在，在汉密顿一心只想着他自己的事情，所以也只听见一半，或者也可以说只懂得一半！所听懂的一半，就是关于汉密玲如何能帮助他成就他所希望的事情，所以很迅速的、很愁虑的回答她道："你看怎么办好呢？"

汉密玲问道："你真要娶她吗？"

"是的。"汉密顿这样很直率的回答她。

她又问道："你真下了决心吗？"

汉密顿皱着眉头说道："……但是我知道她不中意我，她不要我。"

"你亲口问过她吗？"

汉密顿听他的妹子这样逼着问，他又不便不和盘托出，虽嘴里不好意思说，却把头点了几点，表示承认。

汉密玲又问道："你何时亲口问她的？"

汉密顿叽里咕噜的说道："在什么时候开口问，对此事有什么关系？"

汉密玲说当然有关系，她到底有何高论，下次再谈。

【译余闲谈】

读者听见汉密顿和汉密玲两个人居然不自量力，也许要觉得奇怪，其实不足奇，天下最不易得的是"自知之明"，我在火车里或影戏院里，常常看见丑得不堪注目的女子，偏偏喜欢从衣袋中取出小镜子，用粉拍在面上大拍而特拍，自己对自己再三端详，看个不了，我想她自己一定想天地间像她那样标致的恐怕寻不出！还有一次我在长江轮船上，从窗口望见官舱中有一个客人面孔黛黑，在房里大擦其雪花膏，可惜擦了半天，还是一团黑。但是我想他自己以为这样拼命一擦，便已变成一个"小白脸"，因为我看他擦完走出来的时候，很有顾影自怜的神气！难哉"自知之明"！

二十六

汉密顿在他的妹子汉密玲公寓房里大谈其"爱翡和孙钦露"。汉密顿并不知道他的妹子在那里单相思孙钦露,以为她心里专为他设法把爱翡弄到手;在她的妹子方面,她以为我们各有所爱,你帮我的忙,我帮你的忙,各人把各人的目的达到,岂不各偿所愿?所以他们在房里谈话的时候,有的地方简直各不相谋。这种尴尬的情形,想读者在上次已经看出,此处毋庸多述。且说他们谈话的时候,汉密顿既对他的妹子承认已经向爱翡求过婚,汉密玲就问他在什么时候开口的,他以为何时开口在实际上无关重要,不肯说出,后来经他的妹子再三诘问,他才没精打采的回答道:"我已经向她开口求过好几次了。"

汉密玲接着问道:"是不是在她常见孙钦露之后?"

汉密顿听见孙钦露三个字,忽然怒形于色,很粗率的说道:"你不要提孙钦露!他哪里配得上和我争婚!他和我的求婚有什么关系!"

汉密玲很坚决的对她的阿兄说:"我老实告诉你。孙钦露和你的求婚的确有极大的关系。据我的女友邹玛利告诉我,孙钦露第一次看见爱翡是在珠莲女士家里所举行的花园会。你第一次向她开口求婚,是不是在那次花园会举行之后?请你不妨老实告诉我罢。"

汉密顿本是一个无用的纨绔子弟,被她的妹子这样锐不可当的逐层诘问,他当然不能再有所掩饰,不过一时却不好意思取消他的强项态度,所以嘴里仍不肯说,只得把头点一点,表示承认他的求婚确在那次花园会举行之后。而且他自己也未尝不觉得自己无用,心里虽爱爱翡的美,又没有本领去弄到手,既知道他的妹子诡计多端,手段泼辣,所以暗中希望她能助他一臂之力,成其好事,所以他妹子所问的话,就是他心里不高兴回答,也不得不勉强回答。

汉密玲看看她的阿兄点着头,已知道他的意思,便燃着一根香烟,插入嘴里吸着,同时她的暗淡无光的眼睛,望着天花板呆看,显出她在那里计上心头的神气,既而说道:"我想到一个法子!我们一定要骗得孙钦露相信爱翡曾经爱过你,随后又二三其德,背盟违誓。"

汉密顿听了这句话,跳了起来呼道:"好极了!好极了!我真要怎样感谢你的妙计啊!"他快乐的声音还没有完,不料他的妹子又接着说道:"我们同时还要骗得爱翡相信孙钦露已经和我订了婚!"

汉密顿听了这句话,笑容尚未完全收下,怒容已经涌着上来!他怒声斥道:"胡说!我决不愿听这样的话。我对孙钦露恨极了!就是你为我而假装和他订了婚,我也不愿有此污辱!你竟敢对我说出这样的话,真是荒谬绝伦!"

汉密玲多么厉害,看见她的阿兄那样瞎跳瞎闹,她不但不怕,而且发一声冷笑说道:"我要么不和孙钦露订婚,若和他订婚,便要做到真的,便不是假装的!"

汉密顿当然火上添油,更怒得不堪言状!但是她的妹子仍是不理会他的样子,接下去从容不迫的说道:"我要向法庭提起诉讼,说孙钦露违背他和我的婚约。所可惜的我一时还拿不到他的证据。他从来不肯写信给我,连一张字条都不肯写给我。就是我打电话给他,我还没有说上三句话,他就把听筒搁起!他又从来不肯和我跳舞。所以我要向外宣布和他有婚约,却也有些困难。"

汉密玲究竟有何泼辣手段显出来,只有再听后来的事实才能知道。

【译余闲谈】

　　我国的老式婚姻，全用"父母之命，媒妁之言"，男女两方本人非但不参加，并且羞答答的规避！尤其以女子为甚。在这种情况之下，男女本人方面无第三者竞争之可言。不过到了新式的婚姻，由男女本人自己物色，于是便难免竞争，或数女谋一男，或数男谋一女，哪个谋到手，便算胜利。这是自然的趋势，不是什么不好的现象，但是"谋"的时候要出以光明正大的态度，堂堂正正的进行，不应该下暗箭伤人，做出卑鄙诡骗的事情。我有一位同级的同学，看中了某女校的著名美女生，但是"谋"她的人多至数十，我的那位同学在上海光明正大的进行，后来她赴美留学，他也跟着到美国去留学，但是还继续做他的光明正大的"谋"的功夫。所谓光明正大者，用自己的热情和品性学问感动对方的敬爱，增强对方的友谊，不用欺骗或暗伤他人的恶劣手段。经过八年之久的竞争，那位女士深觉他人用情之伪，只有他最靠得住，竟委以终身。我觉得这件事便很正当。至于汉密顿和他的妹子汉密玲，我不怪他们竞争，只怪他们的手段太卑劣可鄙。

二十七

　　汉密玲和她的阿兄汉密顿在公寓中有了一番密谈之后，她便打定主意，硬着心肠，实行她的阴谋。她生性阴险泼辣，而胆量和智慧又足以济其诡计，所以不动则已，动则大有锐不可当之势。汉密顿虽也是坏坏，但却柔懦无用，畏首畏尾，尤其不愿把他妹子的名字和孙钦露连在一起；不过汉密玲做事向来独断独行，就是她的父母也没有力量劝阻,那位阿兄的话,当然更似过耳东风,对她的实际动作,可以算是丝毫不生影响的。

汉密玲第一步先造谣言,糟蹋孙钦露的名誉和人格。这种谣言的内容大概说孙钦露实在是一个卑鄙恶劣的淫棍赌棍,曾在华盛顿一家洗衣作楼上,关着一个中国女子,日夜把窗帘放下,里面只有她和孙钦露两人!此外他又开一所秘密赌场,骗人钱财,无恶不作。最近那个被关闭的女子忽然死了,听说病的时候,一个医生都没有请过,死后即偷偷摸摸的用箱子装好,于深夜运出,借避警察的耳目,至于葬在什么地方,当然没有人知道!那个女子死的当夜,孙钦露竟丝毫没有哀怜的意思,还到跳舞场里去作乐!还和几位太太们及爱翡女士跳舞。以这种恶棍劣徒,史诺家里的人竟不加留意,任他和爱翡女士来往,将来结果只有惨剧,可以断言。史诺爵士自己还可以说是因为公事倥偬而无暇顾问;至于史诺夫人,便不该装聋作哑,目击爱翡女士之危险而不加援救。以上都是汉密玲所造谣言的刻毒内容。

喜欢听人闲话,差不多是社会上一种最普遍的恶劣心理,汉密玲这种谣言传出之后,居然不胫而走,传遍一时。大家也不知道它的根源所由来,老实说也不注意它的根源所由来,大家瞎传以为酒后茶余的谈资就是了。这个谣言的结果,当然引起多人对于孙钦露发生恶感,就是爱翡女士也因此受人的冷眼。

这个谣言的全部分内容,差不多华盛顿交际场面的人个个听见,不过史诺夫人,爱翡女士,和孙钦露却不清楚。爱翡女士听见关于孙钦露个人的坏话,但是涉及她个人的地方,当然没有人肯告诉她,所以她自己一点儿不知道,至于孙钦露方面呢,也不过微微的听见有人附耳窃语,说他认得爱翡女士,并没有听到有人说他引诱她的话。雷绮女医生和珠莲女士也各有所闻,却都不甚相信。史诺爵士听得更多，但他竟完全信任孙钦露的人格，不相信那些谣言，孙钦露对于这种无根之谈，也不屑置辩，他们两人见面的时候虽未曾谈起外面所传的谣言，但都彼此谅解。孙钦露对于史诺爵士的信任和友谊，当然更加深一层的认识和铭感。

此外最觉得着急的还是中国驻美的公使，上面所说的那种谣言，他当然完全听见，而且屡次对孙钦露噜里噜苏。孙钦露也不多加争辩，不过淡然置之。

此时最重要的当然是爱翡女士的态度，说起也奇怪，她不但不相信外面的谣言，而且对孙钦露的情谊反比前浓厚，这件事当然使孙钦露感激涕零，非可言喻。但是汉密玲却有再进一步的举动。

【译余闲谈】

造谣言是最靠不住的事情，无论造得怎样周到，终极总要水落石出，无可掩饰的。据由日回国的国民政府特派员殷汝耕君说，日本存心阻挠我国北伐的成功，所以南北军正在北方交战的时候，日本各报便大造谣言，说北军如何胜利，南军如何无用，读报的人也就姑妄听之，不生疑窦；后来北军大溃，南军竟克复北平天津，日报势难再说谎，只得据实记载。读报的人觉得前后记载如此矛盾，便恍然大悟从前的谣言，对于日报的信用，大为减损，这真可以说是"心劳日拙"！其实造谣言害人，都是逃不掉"心劳日拙"的结果。

二十八

汉密玲捏造很苛刻的谣言，破坏孙钦露的人格和名誉还不够，还勾通一家无赖的报馆,把孙钦露和汉密玲已经订婚的捏造消息,登出来宣布于大众,不过登出的时候,不敢就把两个人的姓名赤裸裸的写明,仅说有一位诗家谷著名牧师的女儿和一位在交际场中素来惹人注意的中国青年外交家订婚,里面当然还加了许多肉麻的描述。但是真姓名虽然没有写明,有了这样详细的形容和描述,华盛顿交际场中的人士,个个人都心里明白的。

汉密玲一方面勾通无赖的报馆传布已与孙钦露订婚的假新闻,一方面又极力自向所认识的人士大吹,说爱翡女士虽与孙钦露那样要好,意中人居然被她抢得。华盛顿许多人对于声名狼藉的汉密玲,本是"久闻大名",现在听见孙钦露居然爱上了这个宝贝,都不禁付之一笑,但是也有少数人不相信。雷绮女医生看见这段新闻的时候,就知道是汉密玲从中捣鬼,暗叹一声:"可怜这位心劳日拙的女孩子!"

孙钦露于早膳后翻阅报纸,偶然看见这段新闻,虽然没有看见他自己的姓名在内,但明知是汉密玲有意和他捣乱,他冷笑了一声,便跑到一位律师那里去,商妥办法之后,他从容不迫的去看爱翡女士。总之他一点不恐慌就是了。

他去看爱翡女士,并不是要把汉密玲的无赖行为去惊动她,因为这件事他既托律师去办,用不着去惊动她。他见了爱翡女士之后,便请她一同出去骑马。她本来很愿意陪他的,不过她那天要教两位小外甥的法文及地理,深以没有余暇为憾。孙钦露说:"像今天的那样晴光明媚,真是难得的天气,偶然缺课,有什么要紧?"爱翡女士见他来意恳切,也就答应了下来。

在平常遇着一同出去骑的时候,孙钦露总要先问爱翡她喜欢到哪里去跑跑,那天他却没有问她,乘着自己的意思,扬鞭前驰。平常他们并辔出行，总喜欢到郊外空旷的地方，欣赏欣赏野景，那天却又不同，孙钦露所取的路径，却多走市街及寓所所在的区域，爱翡女士心里莫名其妙，问他理由，他却说这是捷径，再问得紧些，他又笑而无言。既而两人一同跑到珠莲女士的家里，就在那里用午膳，雷绮女医生凑巧也在那里，彼此说笑仍甚欢乐。午膳后，孙钦露和爱翡辞别而回。所走的路径又是避却郊野而就市道，在华盛顿的寓所所在的街道所经尤多，爱翡又问孙钦露什么缘故，他又笑而不言。

在孙钦露方面，这样的行为，当然有他的用意。汉密玲用尽种种方法，捏造种种谣言，一方面要极力离间孙钦露和爱翡的友谊，一方面要使人相信孙钦露已和汉密玲订婚。未婚夫妇时代是人生最可宝贵的一个时期。倘若孙钦露果与汉密玲定了婚，果与爱翡女士断绝友谊，在那样晴光明媚的可爱日子，在华盛顿街道上应该只孙钦露和汉密玲一同骑马才是，何以还有爱翡女士和孙钦露并肩飞驰的事实？孙钦露那天正是要用这种反证的方法，破坏汉密玲的诡计，而他同时又不愿爱翡女士心里多一件心事烦闷，所以秘而不宣，仅以一笑了之。至于他所付托的律师有何后文，下次再告。

【译余闲谈】

司马光曾说他一生没有做过不可告人的事情。我以为世界上只有没有做过不可告人的事情最不恐慌，最不至心虚，所谓"问心无愧"，尽管外面甚嚣尘上，闹得不亦乐乎，还是没有什么可怕。像孙钦露虽遇着汉密玲那样刻毒，他却能那样心境泰然，从容不迫，就在乎他本来没有做过汉密玲所捏造的种种事情。

雷绮女医生说"心劳日拙"的人可怜，一点不错。天下最能使人心服的是"开诚布公"，最能使人厌恶的是喜用诡术。有某机关的领袖，专门利用办事人中彼此互为侦探，他对各人都假装唯一信任的意思，叫各人时常报告别一同事的秘密，他坐听各个的报告以便操纵，后来各人发现了他的"诡计"，都不把真话告诉他！喜用诡术的结果如何？

二十九

上次说过孙钦露和爱翡女士一同出去骑马，有意多走街市的用意，同日代表他的律师葛利也往访汉密玲。汉密玲听见仆役拿着这位律师的名片进来，她起先还没有想到他就是为着孙钦露来的，汉密顿兄妹有一位很富的舅父，这是从前提过的，这个时候汉密玲心中在那里瞎猜，以为他们的那位有钱舅父也许一命呜呼，把遗产传给他们，所以有律师来打招呼，代为主持支配的事情；转念一想，如果那位舅父真是"伏惟尚飨"了，她的母亲应该有电报来通知，那时并未接到这种电报，恐怕所猜的事情不见得有可能性。她一面心里这样瞎转念头，一方面出来延见那位律师，探个究竟。

她走出来的时候，偶向窗外一望，千巧万巧，凑巧看见孙钦露和爱翡一同骑着马并行而过，她看他们谈笑甚欢，不禁一肚子装满了酸气。

汉密玲虽听过葛利律师的名字，从来没有见过面，但是葛利平日喜欢到戏院里去跑跑，戏院也是汉密玲常到的地方，所以她看见他的时候，虽然是初次相会，却觉十二分面熟，招呼他坐。

葛利却仍旧立着，同时说道："我不愿多费女士的时间。我今天到这里来，是为着敝当事人孙钦露……"他的话还没有说完，汉密玲就接着说道："无论如何，你总须坐下来谈！何必那样慌忙！"

葛利看她那样老手段的神气，倒被她吓了一跳！便坐下来说道："孙钦露在某报上看见一段捏造新闻……"说时把带来的报纸指与她看，又接下去说道："敝当事人对女士向来不大认识的，何以有此捏造的消息，他觉得非常愤懑。我已经为此事去看过那家报馆的主笔，叫他登报更正道歉。敝当事人特叫我来看女士，他的意思要彻底追究原稿的来源，如追究出来，必以法律手续严控。不过如果女士以为此事经过更正及道歉后，便可终了，不至再生枝节，则孙钦露亦不为过甚，即此中止。此事的进行，最后视女士的意旨而定。"

汉密玲听了之后，竟悻悻然说道："这件事我要亲见孙钦露面谈一切。"葛利答道："要亲见他恐怕事实上已不可能！因为他已把这桩事完全付托与我了。"汉密玲更怒上心头，说道："不要胡说，我非亲见他不休。"葛利摇头说："不可能！"汉密玲说："就是他不见我，我也可以写信给他。"葛利冷笑道："既把案子委我以全权，就是你的信给他，他也要把你的信交给我，由我回答的。"汉密玲至此乃高声斥道："他敢把女子的私信公开给人看吗？"葛利却低着声音回答道："这有什么稀奇！女子的私信，我也不知看过多少了！"

做律师的人大多数不免老奸巨猾，葛利谈到这里，自觉越谈越远，就是这样口角下去，也没有什么意思，所以他便平心静气的对汉密玲说："女士！你不要动气，我来的目的很简单，该报既允更正道歉，我们现在所要解决的问题，就是要不要追究原稿，女士对于此点，有何意见？"

汉密玲说："我用不着告诉你，我要自己当面告诉孙钦露。"葛利律师看她那样坚持，始终不得要领，也只得告别而去。

汉密玲见他去后，心想报上更正之后，她从前所用的心计和苦工,完全一笔勾销,又想起刚才看见孙钦露和爱翡那样亲密得如胶似漆,不禁伤心,泪下如雨,掷身俯伏于沙发上呜咽大哭起来。但是她转念之间,觉得这件事一不做二不休,既决意动手做了,非做到底不肯甘休,于是她又盘算再进一步的计划。

【译余闲谈】

　　一个人有能力还靠不住,有了能力还要用到正当的路上去,才有好处。我们看汉密玲那样对付葛利律师,虽以老手段的律师,一时也无可如何,可以看出她未尝没有她的特别能力;又看她那样一试再试,不肯罢休,那种坚持的精神,也未尝不是她的特长。这种能力和特长,如果训养得当,不拿来做"坏心术"的事情,尽可以造成一个精明强干有作有为的人才。可惜她所生的家庭是一个乱七八糟的家庭,所参加的交游,又是一个乱七八糟的社会,于是耳濡目染,尽是邪曲的途径,真是可惜!这种地方很可以看出环境的重要。

　　汉密玲之爱孙钦露,我们只能说她不自量,决不能说她坏;她设法和爱翡抢夺所爱,只能说她用的手段卑劣,决不能说她不应抢。还有一点很可注意的,爱情是要双方的,就是起于单方,也要弄到成为双方的,才是正当的途径,若不过单方的而要硬来,是摧残对方的自由意志,不但不应该,到底也弄不出什么好的结果。

三十

汉密玲勾通一家报馆登出一段谣言,暗示孙钦露已经和她订了婚，爱翡女士虽不曾亲眼看过那张日报，当天就已耳闻有这么一回事，不过她听见之后，竟淡然置之，不加思索。她的表兄史诺爵士当天也听见这件事，他虽不疑心孙钦露有什么不正当的行为，却很诧异，不知道什么人故意造此谣言，造了这段谣言又有什么好处呢。爱翡女士连这样诧异的思想都没有，老实就完完全全置之不理，连念头都不为之一转。史诺夫人同时也有所闻，因为其中措辞鬼鬼祟祟，并未指明名姓，且因前次和史诺爵士提起爱翡和孙钦露的婚事问题，吃了一鼻子的灰，所以也不愿多谈。

那家登载谣言的报馆刊登更正函之后的数天，史诺夫人在家里开下午茶会，招待宾朋，那次茶会特别的盛，而来得特别早的要算汉密玲女士了。她寻觅机会，想独自一人和爱翡女士谈话。寻了许久，乘着她独自一人和爱翡同坐在厅内一角的时候，突如其来的诘问爱翡道："你舍得钦露吗？"

爱翡女士见她这样唐突，板着面孔反问道："汉密玲女士，你问我什么？"

汉密玲多坏！她明明知道爱翡已经听见了她的话，所以置反问于不答，凑紧一步说道："我的哥哥舍不得你，这是你所知道的。……"汉密玲嘴里刚才说出一句话，爱翡便老大不高兴，挡着说道："我不愿和你作此无谓的讨论。"

汉密玲哪肯中止？她还是厚着面皮接下去说道："孙钦露是我至敬极爱的意中人，虽全世界给我，不能使我舍得他！"

爱翡听见汉密玲说出这样不怕难为情的话，赶紧提高声音止她说道："嗳！你不要说了！"爱翡女士心里尤其觉得替汉密玲汗颜的，是她和孙钦露相交如此之浅，竟厚颜说出这样肉麻的话！

当时客厅里来来往往的客人当然不少，汉密玲和爱翡两人本系坐在一角轻声谈话，爱翡听她越谈越令人不耐，想略为提高声音这样喊一句，借此阻止她，使她不要再往下说。不料汉密玲却不动声色，仍本其奸猾的态度说道："孙钦露是我至敬极爱的意中人，你尽管提高声音，无论什么人听见，我都不怕！"

爱翡女士听她这样说，心里也觉得以汉密玲素来的行为，确有这样厚面皮的本领，她自己声明的话，确也一字不差！爱翡正在这样暗转念头，汉密玲却仍旧厚着面皮接下去说："我老实告诉你罢，倘若不是为你起见，他已经和我订了婚了。"

爱翡女士至此不禁红晕双颊，怒斥她说："这真是荒谬绝伦！"

汉密玲却将计就计回答道："这真是荒谬绝伦！为什么呢？因为他并不是真正舍不得你；而在你的方面呢，我也不信你舍不得他。如果你真是舍不得他，请你明白告诉我……"她说到这里，正眼对爱翡面上望了一下，看见爱翡正在那里翘着她的嘴，便接下去说："如果你真舍不得他，那么我们两人便是情敌，只有分头奋斗，看是谁胜；如果你并非真正舍不得他，你肯把他给还我吗？我是真正要他。你也要他吗？"

爱翡女士听到这里，已经气得娇喘急迫的说道："我看你这个人一定发了痴，你的胡说实在令人发指！"她说的时候，张圆两只眼睛做出可怕的神气望着汉密玲，立起来就要走。

汉密玲还不肯休，一手拉住她。

【译余闲谈】

天下最可怕的是"厚面皮"，最少希望的也是"厚面皮"。昔人有所谓"笑骂由他笑骂，好官我自为之"，也是厚面皮之一种。我常以为任何机关的领袖，对于雇员或任何职员，以为不可用则索性请他"卷铺盖",既以为可用,便应该加以礼貌,即偶有无心之过,亦应善言婉劝,以养成其自爱自重的潜意识,不应该任意乱骂或直斥,徒造成厚面皮的习惯。家长之于子弟则亦有然,好子弟素未多见家长之斥责,只须略有不愉之色,不悦之言,已经觉得心里难过;若做家长的专喜闹脾气,今天骂一顿,明天打一顿,使子弟把打骂视为"家常便饭",面皮厚了,虽天天打而且骂,也还是无济于事!汉密玲也是厚面皮的"英雌",所以爱翡自以为出以厉害的应付,在她只有付之一笑!

三十一

史诺夫人在家里开下午茶话会,汉密玲女士也来,在一个厅角和爱翡女士开谈判,爱翡女士听得不耐烦,立起身来想走,却被她一手拉住。当时大客厅内的男女来宾来来往往的济济一堂,爱翡女士是极顾体面的人,被她这样横拉直撞,恐怕被别人看见,很不雅观,于是不得不赶紧坐下,以避别人耳目。汉密玲见她坐下,又诘问道:"回答我!你一定要回答我!你到底是否舍不得钦露?"

爱翡女士很冷淡的回答她道:"我是喜欢孙先生——我想不但我,无论什么人都喜欢孙先生的。"

汉密玲作不信任的神气说道:"你喜欢孙先生,不过和常人一样吗?我不相信!"

爱翡女士垂着她的莹洁的粉颈,抬着眼直望汉密玲,表现看不起她的神气。

汉密玲恳求她道:"他真是一个尽善尽美一无缺憾的男子!你肯把他还给我吗?"

爱翡女士答得倒也很有趣,她说:"不是我所有的东西,我不能够给予别人!你这样侮辱我的话,我不愿再听!就是你吵到我的表兄史诺爵士面前,我都不怕的。"

汉密玲至此换着声调问道:"他今天也到这里来吗?"爱翡女士老实告她说:"我不知道。"

这个时候汉密玲忽见爱翡身上插的美丽芬香的鲜花,便也一步不放松的诘问道:"这些花也是他送给你的吗?"

爱翡女士听她这样噜里噜苏,喋喋不已,决意立起来就走,这一次汉密玲不再拉着,不过嘴里却在那里叽里咕噜的说道:"我知道是他送给你的。"

男女宾客来的来,去的去,而汉密玲却好像有什么胶漆粘住,来了许久,总不想走。史诺夫人对她望望,觉得很诧异,而爱翡女士则极力的避开她。

夕阳西下,天将黑了,未去的来宾只有一打左右,也将要告辞了。这个时候汉密玲还没有走,钻在这一小堆来宾里面瞎谈,谈了一会儿,老性又发,硬凑近爱翡女士说道:"你时刻不忘孙钦露,何以我来此许久,从没有听见什么人谈起他,他为人的无可取,于此可见一斑。"她说过这几句话之后,又把近来外面对于孙钦露的种种谣言(其实就是由她有意传布的),把孙钦露的如何如何坏,穷形尽相的详悉无遗的告诉爱翡女士。说了还要问爱翡道:"这些情形你曾经听见过没有?"

爱翡女士很气愤的答道:"我都听见过,不过没有像你这样说得不留余地使人难堪罢了!"汉密玲还想噜苏下去,爱翡女士被她这样骚扰着,不易脱身,实在苦不堪言!幸而那个时候忽然看见孙钦露来了,他那天因特别事故,所以到得独迟,正在厅的门口和史诺爵士谈话。爱翡女士如同遇了救星，乘着这个机会抛开汉密玲，望着孙钦露身边跑，走近了对他说道："我真渴望着你来，我要约你明天一同出去骑马，你答应吗？"

孙钦露赶紧伸出手来和爱翡女士作亲热的握手，很敏捷的答道："这是我向来所极愉快的事情，也是你所知道的。"

那个时候，汉密玲极力向爱翡女士糟蹋孙钦露的话，最后一两句，孙钦露其实已经听见，不过他是素有涵养的人，所以仍是满面春风，愉快和悦，一点不动声色。

那个时候，女主人史诺夫人也知道孙钦露来了，也跑过来握手欢迎，孙钦露周旋其间，处处得当。爱翡女士等到史诺夫人话刚说完，她对孙钦露说道："我要谢谢你送我这样可爱的百合花。"一面说，一面移其视线望望身上所插的花，望了之后，满面堆着笑容对着孙钦露双眼直注，并且低声说道："我觉今天这些花比往日更特别的可爱！"

既而众宾都散，汉密玲也只得没精打采的回去。史诺大人留着孙钦露共用晚膳，孙钦露低声偷问爱翡女士道："我要不要留在这里用晚膳？"爱翡笑着说道："要！"

【译余闲谈】

中国家庭如要增加愉快的空气，对于社交方面很有注重的必要。西俗小家庭常有请朋友在家里茶话之举，称为 at home，并非平常排着长桌各人呆板坐着的正式茶会，不过预备很简单的糖果清茶，由夫妇发出卡片，说明自下午几时到几时招待朋友茶话，就在客厅里随意坐谈，来宾在所定时间内随意来来往往，谈笑为欢，可以说是一种很简便愉快的家庭社交的方法。

三十二

爱翡女士在史诺家里面约孙钦露第二天下午同去骑马，孙钦露满口答应。到了第二天下午，孙钦露依约来会，爱翡提议骑到华盛顿城里去玩玩，但是孙钦露只满面堆着笑容，把马首转到波汤默克河方面去，经过那条河上的一道桥，便往乡下跑。那个时候正是十二月，那天的前一晚，白雪纷飞，所以那天的村景，白地共长天一色，一望无际，景致绝佳。

此时双辔并行，虽冷风袭人，而他们却不觉得冷。孙钦露左顾右盼，觉雪景之可爱，好像展览名家画帙，引人入胜，大有徘徊不忍遽去之概，所以故缓其步，"嘚嘚"慢行；仰望树林雪滴溜下，灿烂如金刚钻，莹洁胜于珍珠，暗叹造物神工，成此奇景！在爱翡女士呢，但觉飘然如羽化而登仙，好像身处天上非人间，这个当儿，彼此默然，觉得彼此由互敬互爱而发的友谊，其深切为往日所未有，觉得这种出自心坎的敬爱友谊，无论赴汤蹈火，受尽挫折，都是不能磨灭的。她常常用她的明眸望着他看，现着她的皓齿望着他笑，见他精神奕奕，光彩焕发，笑容可掬的回应她的笑靥，心里的愉快欣慰，简直非俗世笔墨所能描述。

后来夕阳西下，淡黄的阳光和雪光相映，又是一景，他们以时候不早，回辔向城里跑。将到城的时候，爱翡女士觉得后面有很急迫的蹄声赶着，她心里诧异，回首一望，要知道到底是什么人。她回首望了之后，回转头来，攒眉不舒，默无一言。

这个追在后面的不是别人，就是汉密顿！当时孙钦露还没有注意是他，直到他的马颈和孙的马颈并排时，孙才看见。

汉密顿本不善于骑马，那天又喝了一点酒，虽未大醉，却有几分醉意，一近孙钦露就开口骂道："你这黄种抽鸦片烟的下流！我随后要拿点手段给你看看！"说的时候，怒目涨筋，好像可以吃人的样子！拿起马鞭挥了一下，继续的大声喝道："你快快滚蛋！我不许你和这位女士一同骑马！我不许你再和她说一句话！你这个不要脸的洗衣作！（按：美国有一部分无知识的人民，以为中国人都是做洗衣生意的，故有此言。）懂了我的意思吗？"

孙钦露听了，微微的笑了一下，态度非常的镇定，转首对旁边的爱翡女士说道："爱翡女士，请你骑着你的马走下去一点儿距离，我一刻儿工夫就可以跟着上来。"他说话的神气和声调都异常的自然。

爱翡女士答道："不！我要和你在一起？你是不是要杀他？"

"在你的面前杀他吗？不！在你的面前，我连打都不打他，只不过要使他下马立就是了。请你稍为骑着马走开一些儿距离，我顷刻之间就可以追上来陪你。"

爱翡女士只静坐在鞍上，未开口，也未移动，汉密顿已在那里扬鞭要打。孙钦露却从容不迫的把手所执的辔带套在臂上，稍侧他的身体，用两手抓着汉密顿的两臂，把他丢在地下。丢的时候，并不用粗暴的手势，只要使他下马立在那里不敢动！一方面他用手向汉密顿所骑的那匹马轻轻一拍，使那匹马"嘚嘚"的向前跑掉，留下那位汉密顿立着发呆。他初不料孙钦露这样的英武，到了这个时候，动都不敢动，和刚才的横暴不可侵犯的神气，真是天差地远！

孙钦露把汉密顿这样处置之后，仍很安静的顾爱翡女士说道："我希望他那匹马自己认得路回到马厩里，现在我们可以向前走了。"爱翡女士初看孙钦露动手的时候，她面上忽然发白！此时才

一位英国女士与孙先生的婚姻

娇喘初定，对于孙钦露一笑，孙亦报她一笑。在途中他们两位有一段很有趣味的谈话，等下次奉告诸位。

【译余闲谈】

我们看了这段快人快事，不禁发生种种感触，以为无论国家或个人，要保护自己应享的正当权利，要抵御无理的外侮，非有实力不可。国家靠武力来侵略别国，固然要不得；但是国家没有实力抵御强暴的掠夺，也是大可羞耻的事情。个人靠强力来欺凌别人，固然要不得；但是没有实力以自卫，没有实力以卫所亲爱的人，也是大可羞耻的事情。

昔人所谓"唾面自干"，实在是奴性，实在是不要脸！近来我在某处还听见某人演说，说譬如一个人打我一个耳光，我也打回一个耳光，他又打来，岂不是打个不完！照他的意见，竟要白吃耳光，无须反抗！我要痛劝国民，力除这种奴性。

三十三

孙钦露和爱翡女士骑马回到华盛顿城外的时候，汉密顿截途骚扰，被孙钦露从容处置之后，孙钦露仍和爱翡女士并辔前进。爱翡女士笑着对孙说道："我的心里想着一件事要想告诉你，我们既然是这样好的心腹挚友，我就倾意的对你说，想你也一定不见怪的……"

孙钦露笑着用手脱帽子示敬的说道："我的心腹挚友！当然不怪！"

爱翡女士继续下去说道："我心里正在想着你的手，还是在珠莲女士家里首次遇着你的那个夏天,心里瞎想的一件事情。"

孙钦露凑着说道:"我还记得初次和你相遇的情形,至今回忆犹历历在目。"

爱翡女士有点嗫嚅的说:"你的手……你的手有点两样的地方。"

"中国式的手!"孙钦露猜着回答她。

爱翡女士颔首说道:"是的,我当时看见你两只手不很强厚,以为遇着用武的时候,恐怕不能有所作为,今天我才看出我当时心里瞎想的不对。"她这样说的时候,嫣然望着孙钦露。孙把手按着她马鞍的前部凸处,很诚挚的对她说道:"这个中国式的手。倘若得着你的允许,情愿永久的护卫你。"

爱翡女士低声答道:"我知道你的好意。"

孙钦露伴送爱翡女士到史诺家里之后,独自回寓,不在话下。

汉密顿吃了一顿苦头,也不好意思张扬,好像哑子吃黄连,说不出的苦,幸而那匹租来的马居然自己知道跑回马房里去,不然他还要负赔偿之责。他经此挫折,在华盛顿触景生情,更觉难堪,所以跑回本乡诗家谷去浪荡几个星期再说。

转瞬由十二月到了正月的中旬,那个时候汉密玲所造的谣言,华盛顿社会也淡然忘却,不再提起,大概谣言总是不能持久的,这也是普通的情形,不足为怪。孙钦露还是时常和爱翡女士一同出去骑马,史诺夫妇和他们的子女也常往孙钦露寓所里游玩,并常到那里用膳,弄得孙钦露由中国带去的仆人高升忙得不亦乐乎。

有一天,英国来了一位公爵和他的夫人。史诺夫妇陪他们同到美国白宫里去见大总统,家里只有孙钦露和爱翡两人在那里谈心。爱翡女士忽然想起从前孙钦露替她所题的笔记里面,有一个他所喜欢的女子名字仅有中文,英文方面只是空白,她就取出那本笔记,叫孙钦露教她如何念那个中文的名字,孙钦露教了她好几遍,她也跟着学了好几遍,觉得还念不好,不禁笑起来,对孙说道:"中国语竟这样的困难。但是我听着你念那个名字的声音,觉得很悦耳,所以我很喜欢那个名字。我想那个名字的意义一定很可爱的。"

孙钦露很老实的告她说:"这个名字的确非常可爱,在我看起来,更是世界上第一可爱的名字!"爱翡女士听了,愈陷入五里雾中,疑惧的情绪到了极点。她心里暗想孙钦露对于这个女子的名字爱到这样的地步,不是他的未婚妻,便是他的夫人,似乎二者之中必有其一的。她这样瞎猜着,又不好意思唐突的追问,只另从别条途径问他道:"这是中国女子的名字,你当然不能译成英文。"

孙钦露回答道:"可以译成英文。中国文字有许多译成英文之后,意义一点不至走漏的,像这个名字,我曾把相对照的英文字写过好几次!"

爱翡女士愈弄得莫名其妙,到底孙钦露所最爱的那个女子的名字是谁呢?

【译余闲谈】

我们看爱翡女士那样深思远虑的态度,再三细察那个女子名字的究竟,很可以看出她对于终身大事的审慎。我国的女子,现在风气渐渐的开了,知道自由婚姻的可贵了,但是事前的审慎态度还十分缺乏,所以上人老当的时有所闻。有的男子已有了正式的妻子,女子不知道他的底蕴,竟大用其爱情,一旦事已成熟,大妇凶横吵闹,弄得进退两难,往往有屈居于作妾的地位而不得不饮泣吞声忍受的。这种事实,诸位留心看报的,必时有所见。于是顽固派的道学先生便振振有词,以为还是专凭"父母之命，媒妁之言"的婚姻好。殊不知过渡时代女子自己不审慎所致，不能完全推在"自由婚姻"上面去。

三十四

孙钦露在爱翡女士的笔记里题过几句中文和英文对照的话，其中有一句话的答话，他只写有中文，没有把英文写出来。那句话不是别的，就是他所最喜欢的女子的名字。这样一来，使爱翡女士疑团常聚，不知道那个名字还是孙的本国已婚妻呢，还是他的本国未婚妻，有一天便提出来问他。但是她又不便直问，只得从语言中兜圈子，问他是否因为中文的名字不能译成英文，所以他没有把英文写出。孙钦露回答说她可以译成英文，于是她更莫名其妙，禁不住问道："既然如此，你何以不……"

当爱翡女士这样迟疑未即接续的当儿，孙钦露笑着说道："我所谓那个最爱的女子名字，乃是我母亲的乳名，她做女孩子时候的乳名。我所以觉得那个名字可爱，我耳朵听了那个名字的声音，所以觉得比什么音乐都要来得好听，因为那个名字是我所亲爱的母亲的乳名。"

爱翡女士听了这一番话，才恍然好像梦中惊醒，心里并且觉得有些惭愧。她不免有些羞答答的样子告诉孙钦露说："我真对不起你，要请你原谅！"既而又出以"激将"的口气说道："当然！你所最爱的名字，哪里肯写在我的笔记里！"

诸位要知道，这句话，就表面看去，似乎不外带些酸溜溜的意味，其实出于情深女子的樱口，正含着无限的深情。但是在孙钦露听了这句话，当然不免有些着急，赶紧声辩道："我何尝没有写？

不过我只用中文写的。现在你若允许我把英文的译意写上去，我当十分愉快的照办，我当时所以只写中文而未即写英文者，因为未敢唐突你的乳名！"

爱翡女士听了最后的一句话，又不懂起来了，不自禁的惊讶道："我的……"

孙钦露把两只笑眯眯的眼睛直对着爱翡女士的两只莹洁可爱的眼睛望着，对她说道："我母亲的小时乳名叫作红璧，在英文可译为 Ruby，我知道你的小时乳名也是这个字，彼此是一样的了。"

到了这个时候，爱翡女士蓄了许多时的一个闷葫芦，才全然揭开，涣然冰释，同时心里觉得非常稀奇，即对孙钦露说道："天下居然有这样凑巧的事情！那么你母亲的全部姓名，当然是红璧孙了！"（按照英文例，名字放在姓前。）转念一想，女子嫁了之后，才把丈夫的姓加在自己名字的上面，如今"红璧"既和她自己的乳名符合，忽然和孙钦露的"孙"字说在一起，未免太冒昧了，于是刹那间不免红晕双颊，愧不自胜！

孙钦露是一位极聪明的人，看见爱翡女士那样娇羞的形态，赶紧说几句来敷衍过去，他笑着说道："你说红璧孙还有些不对，依中国的说法，要说孙红璧才对。"

爱翡女士听了这句"校正"的话，也就随着孙钦露笑了起来。这样彼此一笑，也就把刚才难乎为情的心意，掩没过去。

他们这样谈了一番，孙钦露立起来，走到房内钢琴坐下，弹起琴来，爱翡则温柔和悦的坐在琴旁，他们俩这个时候在琴声悠扬中默然无语，不过要说有语也可以，因为他们此时"眉目传情"，有的人也叫作"眉语"，或"目语"。

他们俩这天在史诺家里的时候，史诺爵士夫妇先已陪着新自英国来的公爵去白宫访美国总统，这是上次说过的，想读者诸君还记得。到天将夜的时候，他们都回来了，孙钦露和爱翡女士只得暂停他们的"眉语""目语"，陪他们一同谈谈。停一会儿孙钦露也就告辞而去。

那天夜里，爱翡女士一夜睡不着，所为何事，容当奉告。

【译余闲谈】

　　婚姻是何等事！真当特别审慎！我们看见爱翡女士对于孙钦露所"最欢喜的女子名字"，大费其"研究"工夫，也无非是审慎。现在又看见孙钦露因为他母亲的乳名和爱翡的乳名，凑巧相同，他虽与爱翡有了交情，也不敢贸贸然写上"我最喜欢的女子名字是红璧"，恐怕唐突她，这是何等的审慎态度！我国现在自由婚姻渐渐的有了。但是有许多一点儿没有"审慎"的态度。最近报上载有某君因与某女士同事，认识不到半个月，便写信去求婚，大写其"吾爱"，被对方回信骂了一顿，他还不知自返，笑话越闹越大，真是可怜！"爱"固然是好的东西，但是交情够不上而乱叫"吾爱"，只配"骂"一顿！近来上海有一位女学生受一个海关"听差"之骗，信他是一个海关职员，最后弄到自杀；又有一个闺阁千金受一个已有妻子的仆人之骗，信他是没有娶过妻的"情种"，弄到"身败名裂"。咳！这样鲁莽的举动，我们希望一般女子真须觉悟！

三十五

　　史诺爵士夫妇陪着新自英国来的公爵去访美国总统的那一天，孙钦露和爱翡女士独自两人在史诺家里谈了许久。那天夜里爱翡女士躺在床上，一夜没有睡着，她心里希望终有和孙钦露恋爱成熟的一天，同时又不免发生种种过虑的念头，因此身体虽然躺在床上，而两只眼睛却一直张着。等到东方将白，她才蒙眬入睡，睡后梦见孙钦露的本国妻子及他的那位妻子恨她的种种情形，自觉一失足成千古恨，愤懑已极，于愤懑之中气醒，才知道是一场幻梦。醒后默想自己何以这样瞎转念头，倒有点难为情。一面这样心中暗想，一面因时间不早，赶紧下床穿着拖鞋，预备盥洗修饰。这个时候，她心里忽想到孙钦露是中国人，是和她的民族互异，倘若将来恋爱真正达成熟的时候而嫁给他，似乎有种种不妥的地方。再四思维，愈想愈觉得这条路不对，决意要斩断这段情缘，等孙钦露来的时候，老老实实的告诉他。

既而到了用早餐的时间，那天从英国来的公爵还耽搁在史诺家里，所以他们一同用早餐。史诺爵士本来是很喜欢爱翡的，平日爱护无所不至，那天早晨，看见她从房里出来，对她满面笑容可掬，充满和蔼及诚心卫护的精神，而爱翡的轻盈跌丽，欣悦愉快，又善诙谐，也使得在座者如坐春风，为之心旷神怡。那位公爵坐在那里，也不自禁的怦然心动。在此处要特别申明的，那位公爵是一位老头子，他对爱翡女士转念头不是替他自己转，是替他的儿子转。他的夫人名叫玛利。他的公子名叫孚伯。他当时看见爱翡女士那样可爱，便想到倘然史诺夫妇有回到英国的时候，爱翡女士当可同回，届时他要请玛利夫人和爱翡来往，请到家里来住几时，介绍她和孚伯相识，做做朋友，也许可以玉成这段良缘。那位公爵一面在早餐席上和史诺夫妇及爱翡女士谈笑，一面心里却在这样大转其念头。他暗中转了这个念头还不够，还在嘴上说了出来，他说的时候当然不是说要替他的儿子做媒，不过说希望将来爱翡女士随史诺伉俩回到英国的时候，到他家里谈谈，他深信玛利夫人一定非常的爱她。当时史诺夫妇听了，当然表示谢意。爱翡女士听了也笑着答谢。

且说那天爱翡女士再四思维，忽然觉得还是和孙钦露割断情丝的好，亟等孙钦露来一倾所怀，所以她那天在家一直留心来宾的足音和声音，希望孙钦露当日来访。可是那天孙钦露并没有来，不过送她一大堆花。平常他送给爱翡的大半是百合花，那天爱翡女士把送来的花盒揭开一看，却是艳红的玫瑰花，她随手把身上所插的百合花拿下，换上两朵玫瑰花。

后来午餐的时候，史诺夫人看见爱翡女士身上换了花，心中在那里暗想，不知道那些花是谁送给她的；但是史诺夫人是很细心的，当时有生客在座，当然也不肯开口发问。不过那位新自英国来的公爵，他的老眼睛一闪，居然看见爱翡女士身上所插的鲜花，已和早餐时所插的不同，那老头儿倒也爽心爽口，看见了便笑眯眯的对爱翡女士说道："你换了身上所插的鲜花。我听见说你平日总是插百合花，现在却插了玫瑰花。"

爱翡女士答道："也不一定要插百合花，不过一位朋友常常送我百合花，所以我就常用这种花。"

她所说的那位送花朋友，当然是孙钦露，但是那位老公爵哪里知道，所以还噜里噜苏的问道："时常送得很勤吗？"

爱翡女士虽知他语出无心，但却不愿回答，只答一句不相干的话，说："今天的玫瑰花是我自己买的。"

过了两天，孙钦露来了。

【译余闲谈】

那位老公爵觉得爱翡女士的可爱，想她做媳妇，先想把她介绍给他的夫人，再慢慢的介绍给他的儿子，我们在这种地方，很可以看出西方婚姻对于本人意志的十分注重，做父母或家长的人仅能在旁帮忙指导，决不能自己硬作主张的；又可以看出家长对于子女的婚姻应该怎样指导的途径。

西谚有一句话说："疑心由前门进来，爱情由后门出去。"爱翡女士对孙钦露似乎有了疑心，但是以为倘有所疑，索性在未决定以前弄清楚，不要于决定后懊悔，或多费手续。可怜中国的女子，有许多对于自己终身大事没有参与的权利，糊里糊涂把终身大事付诸命运，就是发生疑心也没有机会！

三十六

爱翡女士忽想孙钦露的民族和她的不同，觉得倘若恋爱成熟，恐有种种不妥的地方，于是有意折断此段情缘，渴望孙钦露来访，俾得老实和他说穿，等了两天，孙钦露来了。她这天初见孙钦露的时候，因心中别有见地，所以虽很温婉的招待他，但却有意维持一种较为严正的态度。孙钦露心里仍如前的敬爱她，心里并不觉得她和从前有什么两样。所谓"心理作用"，本甚厉害，这也不足为奇。

可是那天爱翡女士最初虽然有意维持严正的态度，希望从此可得渐渐疏远，避免情网的束缚，但是她一与孙钦露晤面之后，受他那样气宇轩昂、精神愉快、诚心恳挚所感动，不但不忍把她心中所要说的话告诉他，而且使她爱护他、酷好他的心又油然而生，出于自然而然，有不能自已之势。她心里又在那里胡乱的暗想，她想孙钦露是中国人，她自己是英国人，民族固然不同，但她此时觉得他的人极可爱，只认得他是世界上她所最心爱的一个男子。至于国籍的各异，有什么相干？她又想英国的人民有上等的，有下等的，中国的人民也有上等的，也有下等的，以英国的上等人和中国上等人缔结婚姻，有什么不可以的理由？总之，她一见了孙钦露又死心塌地的爱他，所以自设许多理由替自己辩护。

民族的成见真厉害，以爱翡女士的用情真挚，虽汉密玲女士想出种种谣言来糟蹋孙钦露，不能动她分毫，而她自己一想到民族各异的问题，竟不免发生犹豫之心，爱翡女士本人犹且如此，她的至亲史诺夫妇更可知了。所以当时爱翡女士和孙钦露的交情虽然那样好，而史诺夫妇都以为他们不至发生婚姻问题；至于史诺夫妇所以深信他们不至发生婚姻问题，也不过想到他们的民族不同，有此强烈的成见作梗，总不至成为事实而已。最先认得孙钦露的珠莲女士也有相同的见解。不过珠莲女士的老友雷绮女医生却有她的卓见，她始终相信男女的恋爱是不受国界所限的，所以她始终相信孙钦露和爱翡的婚事不是不可能的事情。

旁人的见解姑且搁在一旁，且说爱翡女士的心理虽经过上面所说的一度的摇动，现在好像稀云蔽日，转瞬全消，又是青天白日气象了。他们俩的笃厚情谊还是和从前一样，他们俩常相过从还是和从前一样，孙钦露把许多关于中国的情形告诉爱翡女士，她并且常常学写她的中国名字，就是"红璧"两字。到了这个时候，她就是有时想起孙钦露不是和她同国的人，她就联想到这样好的中国人真是可爱，所谓关于民族的成见，在她的脑筋里也就永久消灭了。

转瞬到了阳历的四月，阳历的四月正是初春的时候，青草柳阴，正在开始欣欣向荣，与人以赏心悦目的新气象。有一天下午薄暮的时候，爱翡女士和孙钦露正并肩在一条两旁绿荫夹道的路上缓步偕行，低声密语。既而走到一个地方，爱翡女士向街上一所房屋望去，看见那所房屋的门牌，知道那个房屋正是孙钦露所住的，而且常听史诺夫人谈起，知道那个沿街的窗，就是他的书房的窗，但是她是一位循规蹈矩的女子，平日当然未曾到过她的男朋友的寓所。她此时和孙钦露且走且谈，当然也没有提起那所房屋。但是正在这个当儿，爱翡女士忽然紧握着孙钦露的手臂，极端受吓的叫喊起来！

原来她看见那条街转角的地方有两只小马拖着一部四轮无盖小车正在飞腾奔跃，如同发狂，势将倾覆，而车上坐着的不是别人，正是史诺爵士的一男一女，也就是她所教的外甥和外甥女。车上只有一个小马夫在那里拉着缰绳，死命的挣扎，不但不济事，反使那两只马更跳得厉害！孙钦露看见了，正在飞奔过去援救的时候，小马夫手上的缰绳忽有一根断了，那部马车就往前倾覆，把那两个小孩子压在车下。

【译余闲谈】

孙钦露能以"一见"而消除爱翡的成见，自有他的精神感人之处。一个人的仪表谈吐往往有吸引人感动人的特别势力；这是因为由仪表谈吐里可以表现一个人的修养功夫和特有的精神。例如美国新闻学领袖威廉博士①到过中国好几次，这位老先生演讲的时候，他的音容自有一种令人肃然起敬的地方，不是仅在报上阅读他的演词所能领会得到的。从反面看，"瘪三"自有他的"瘪腔"，"滑头"自有他的"滑腔"！

---

① 沃尔特·威廉（Walter William, 1864—1935），创办了世界第一所新闻学院，担任世界报界大会会长，制定的《记者守则》影响深远。——编者

三十七

上次说过孙钦露和爱翡女士有一天薄暮正在一条树荫夹道的路上并肩散步。忽见史诺爵士的一男一女坐在一部四轮小马车上,那两只马如狂的乱跳乱奔,弄得那两个小孩子立濒于危。孙钦露奔去救援的当儿,那部马车已经倾覆,把那两个小孩子压在下面,危险万状。此时两只发狂的小马惊得狂鸣,已不能前奔,还在瞎跃。孙钦露奋不顾身的奔上前去,把那两只马拼命的拉住,那两只马仍在极力的挣扎,虽以孙钦露的膂力过人,到底人的体力当然不及马,况有两马对峙,他的疲苦也就可想而知,但他仍是极力挣扎着。爱翡女士当然也跟着上前相助,可是她是女流,所助也就有限。她此时看见孙钦露眼巴巴的望着压在车下的两个可怜的小孩子,他面上的哀痛,非可言喻。小马夫巴敦则更吓得神魂颠倒,手足无措,但知坐在地上大哭!

孙钦露一方面拼命的挣扎,一方面喘着对爱翡女士说道:"你……你赶紧和马夫把这辆车子翻开来!快快动手……但你先把一只手伸入我的袋里——裤袋里——就是这个左边的一个——拿出一把小刀,把它开起来。赶紧先用这小刀把鞍上的皮带割断,使马离开车子,快快动手!"

爱翡女士赶紧把手套脱下,把手伸入他的裤袋里取出那把小刀。可是在紧急的时候,事情往往偏不凑巧!她虽取出了那把小刀,却因那刀锋合在刀柄里合得很紧,她虽用指甲拼命的拉,差不多拉出血来,还是拉不开,一面看见孙钦露和两匹怒马坚持,当时她的方寸芳心,其苦自不可言喻。孙钦露大声叫那小马夫出来帮忙，而这个小马夫一半因为吓昏，一半因为哭昏，连孙钦露叫他的声音都听不见，依旧坐在那里发呆的哭着！

孙钦露此时两手既忙于对付那两匹马，只得叫爱翡赶紧把刀锋的背置在他的嘴里，让他用牙齿咬着，同时她用两只手拿着刀柄拉，居然拉开，不过孙钦露的嘴唇却被刀锋割了一下，鲜血淋漓；从嘴上一直往腮上滚流下来。这个时候孙钦露一心在拯救压在车下的两个小孩子的生命，并不觉得自己嘴上被割的痛苦，也许连鲜血都没有看见。爱翡女士看见了这个情形，当然心如刀割的难过，但处此境地，也无可如何。孙钦露一见刀锋已开，赶紧对爱翡说道："现在赶快把鞍上皮带割断！赶快！赶快！"爱翡女士当然手忙脚乱的用那把小刀在皮带上拼命的割。马鞍上皮带有两条，颇粗厚，爱翡女士气力既有限，用的又是一把小刀，其困难也可以想见。她用了全身的气力，拼命的割，仅割了皮带的一部分，因为那两匹马狂跳得厉害，这皮带也就分成两断。但是割了一条，还有一条。其先马鞍上两条皮带俱备的时候，不过马离不开，还得均衡，现在割断了一条，又留下一条尚未割去，失却平衡的牵掣，弄得更为尴尬！

这个时候，一秒钟有如一个钟头！孙钦露的两臂可以说是已经筋疲力尽，但是他深知一放那两个小孩子更无生望，所以他拼死不肯放。

孙钦露和爱翡女士那天所散步的那条马路，原是很静僻的一条路，情人谈心的地方本以静僻为宜，这也无足为怪。不过平常那条路上不过行人稀少，也不是绝无人迹。可是那个时候却许久没有一个人走过，只剩下吓昏哭昏一无用处的小马夫，拼命和两马对峙的孙钦露，及拼命割着另一条皮带的爱翡女士。这个时候，爱翡女士已筋疲力尽，全身颤动，还在那里勉强拿着刀拼命的割，心里一面念着孙钦露，一面又念着两个小孩的生命，泪如泉涌，真觉得是天外飞来的意外灾殃！真是"芳心碎矣"！

【译余闲谈】

　　我觉得最能感人的莫过于"热诚"或"至诚"。在这种时候的孙钦露，我要把中国小说里所谓"全身都是胆"，改为"全身都是热诚"来赠送他。我生平最讨厌的是冷面孔，冷心肠的人，最敬爱的是以一腔热血待人的人。所以我的好朋友都是充满热血的人，找不出一个冷面孔冷心肠的人。

　　一个人要临乱而能镇定，非有大学问大修养不办。孙钦露当这种十分危难的时候，而心意还是很清楚的，否则更糟了！我们遇着危难的事情，最重要的是先有镇定的态度，只有镇定得住的人能对付危难的事情，慌乱的人绝对无济于事，反要偾事。

三十八

　　孙钦露和爱翡女士因见史诺爵士的一男一女所乘的小马车倾覆之后，正在极力营救，筋疲力尽的时候，那条马路上好久没有人走过，他们两人的力量又不够，十分觉得困难。正在这个当儿，马路旁边忽有一家的窗子开了起来，里面钻出一个黑种女仆的头来，向外一望，吓得狂喊一阵。她这样狂喊，对他们两人虽无直接的协助，但使得旁人惊动，都开门拥出来看看，也未尝没有间接呼唤"救兵"的益处，后来闲人越集越多，惊动了附近的一个警察，也跑了过来。那个警察魁梧雄壮，穿着一身整齐严肃的制服，一看见这个危险情形，知道是他的职分内事，立刻跑近孙钦露，要想帮他去控制那两匹尚在发狂的小马。孙钦露看见这个警察过来助他，赶紧对他说道："这两匹马我还能勉强对付，你赶紧把这部倾倒着的马车倒过来，那里面压着两个小孩子，赶紧救他们的生命，再迟恐怕无望了！"那个警察听了这几句话，连忙把那部马车翻转来。他本雄健有力，并有孙钦露把两匹狂马制住，鞍上的皮带又已被爱翡女士割断了一条，所以他并不十分困难的就把那部倾覆着的马车翻了过来。翻出之后，各人才看见里面鲜血淋漓，惨不忍睹！爱翡女士的小外甥狄克已闭眼无声，不能动弹，她的外甥女博浪还勉强能够呻吟。这个小孩子也就伤得实在可怜！

这个时候，帮手更多了。又来了一个警察，年纪很轻，是一个犹太人；一个妇人，面上戴着纱幕，眼上架着眼镜；一个殷勤备至的牧师；还有一个慈善会的干事。这几个都加入帮助拯救的事务，看见孙钦露满胸都是血，两肩负有重伤，就共同替他拉着那两匹马，孙钦露放了手，赶紧跑到爱翡女士的身边去；这个时候，爱翡女士正在双膝跪下，伸着双手把博浪揽抱在怀里。孙钦露此时虽身上负有重伤，十分苦痛，但目击爱翡女士对博浪那样温柔慈爱，不禁大为感动，反把自己的苦痛忘却！他看见她满面哀容，眼泪直往下滚，同时把鲜血淋漓的博浪面孔，揽着紧贴她的胸怀，一手把那小女孩的脸向上轻托，向她细望，现出说不出的苦楚。

孙钦露一面这样看着爱翡女士，一面赶紧去把不能动弹的狄克抱了起来，赶紧把头低到他的鼻前，知道那个小孩子还能勉强呼吸，心中略慰。

那天那条马路上出事那一段，正和孙钦露的寓所相近，这是在上次已经提过的，想读者还能记得。孙钦露当时看见那两个小孩子实在伤得厉害，知道不可再多震动，所以要把他们先抱入他的寓所里面去，但是那两个警察不知道孙与爱翡和那两个小孩子有什么关系，却主张要用送病人的汽车运到医院里去。后来爱翡女士对他说明那两个小孩子是她表兄的子女，孙钦露更毅然指挥他们说道："赶紧打电话通知这两个小孩子的父亲——就是史诺爵士——在英国公使馆；如他已回家，就打到麻塞街他的公馆，我一方面先把他们抱到我的卧室里去。"那两个警察听他这样堂而皇之的口气，什么"爵士"咧，"公使馆"咧，知道他的来路不小，不但不敢固执己见，反对他举手行礼，遵命而去！

【译余闲谈】

"母亲的爱"感人至深。博浪虽非爱翡女士的女儿，但由她教养，情爱等于母女，我们看她哭抱博浪的一幅"图画"，其哀痛至情之感人为何如！

"从井救人"，虽昔贤不以为然，但我听见在福州地方，有一次有一个不到三岁的小孩跌入井里去，那口井大而深，井边尤峭险不易攀缘，那位柔弱无力的母亲，竟于刹时间不顾身的爬下去，救出她的爱儿！这种勇敢的行为，虽"勇士"有所难能，乃"弱不胜衣"的母亲竟做到！这是"母亲的爱"，虽赴汤蹈火，有所不顾！"母亲的爱"是最真诚的爱。

三十九

史诺爵士的小女儿博浪和他小儿子狄克，被马车压伤之后，被孙钦露救了出来，因受伤过重，暂时抱到附近的他的寓所里去。讲到那两个小孩子的伤势，狄克吓得魂不附体，顿失知觉，但是实在的伤势还不十分厉害，所以那天夜里就由孙的寓所里搬回史诺自己的家里去，不过那个女孩子博浪实在伤势很凶，医生不许多所移动，所以仍住在孙的卧室里。博浪伤得实在可怜，她的头部有一大块压坏，有一只小小的手臂断了，有一条腿也伤得不成样子！许多名医一小时一个的来往不绝，都说外部伤得这样厉害，恐怕身体内部也难免有很重要的损伤。博浪因此在孙钦露的卧室里养病，躺在他的床铺上足足有两个星期。在这两个星期里面，虽特别请了两位看护妇，白天一位，夜里一位，彼此轮流着，但是博浪只要爱翡女士，一刻也不许她离开左右。爱翡辛勤看护，真是衣不解带，夜不合睫，但是一个人的精力总是有限，所以她就渐渐的支持不住，幸而博浪后来除爱翡女士外，倒也很喜欢孙钦露的中国仆人高升，所以隔若干时爱翡就叫高升来陪着那个小孩子，自己跑到隔壁的一个房间里去偷睡半小时，但是过了半小时左右的时候，博浪又于苦痛中呼唤爱翡女士了。

　　上面所说的隔壁的房间也就是孙钦露的书房。最初爱翡女士因愁劳交并，对于这个书房的一切，也无暇关心。后来博浪的伤渐有起色，她走入这个书房的时候，也就东张西望，渐加注意。她看见那个书房里的器具都是西洋式的，有很舒适的阔臂大沙发，有很讲究的书桌和书橱。不过中国书很多，所布置的中国东西也不少，所以她觉得那个书房却充满了中国空气，因感觉到中国空气，又想到孙钦露的为人，于是她虽是到那个书房里去休息，往往脑筋里却在那儿不停的想这个，想那个，想个不休！

　　孙的卧室里挂了一张中国画的观音菩萨，博浪身上苦痛略减的时候，小孩子天性喜欢玩，对于这个观音菩萨倒也觉得津津有味。高升乘此机会，大讲其观音菩萨的故事，滔滔不绝，博浪听得非常有趣。那个高升所知本有限，所以讲得没得讲的时候，居然捏造连篇的神话，瞎三话四的敷衍一阵，这样一来，才使爱翡女士隔多少时候得到隔壁房里躺在沙发上去打半小时瞌睡。

在这个两星期里面，孙钦露当然是天天来的，不过他夜里却只得睡在驻美的中国公使馆里，有时就睡在史诺爵士的家里。史诺夫妇当然也是每天来的。可是史诺夫人因见爱女重伤的苦楚，一见面就泪涔涔下，哭个不住，所以医生劝她不要加入看护。

那两位特别请来的看护妇，差不多等于领"干薪"。但是有了他们帮忙，爱翡女士当然觉得便当些，也不能说不无小补。

我们记得，汉密顿和她的妹妹汉密玲曾用种种恶劣手段来离间爱翡女士和孙钦露的情谊，结果爱翡女士丝毫不为所动，他们俩反因此挫折而情谊更进一步的巩固。如今不幸遇着这两个小孩子受伤的意外事故，更使他们俩彼此愈益相爱，而且使孙钦露获得更深一层的了解。为什么呢？容再奉告。

【译余闲谈】

一个人履坦途的时候，所谓好朋友也者，不大看得出，一旦陷入患难的境地，只有真心的朋友肯死心塌地的护持你，不弃你，这便是古人所谓"患难之交"。这个时候的恩惠，常能使受者感激涕零，永铭肺腑，古人所谓"得一知己，死可无恨"，也就是这个道理。夫妇之间也有这种情形。文豪欧文所著的 *The Sketch Book*[①]，里面有一篇的题目叫作《妻》，感人最深，就是写

[①] 华盛顿·欧文（Washington Irving，1783—1859），美国文学家，曾任驻西班牙公使，旅居欧洲十七年，写成《见闻札记》（*The Sketch Book*）一书。——编者

一个丈夫破产,由富丽堂皇的生活一降而过乡村简朴的生活,他的爱妻仍是愉快舒适,用笑颜蜜意来迎他。孙虽受人诬蔑,而爱翡女士独能屹然不为所动,孙钦露安得不感激。

四十

史诺爵士的一男一女,差一点儿给马车压死,幸亏孙钦露拼命的援救,才免于非命,这是前面已经说过的。他这样奋不顾身的救了这两条命,史诺夫妇固然感激得异乎寻常,就是几个警察和几个名医生,也敬佩得异乎寻常,此外亲眼目睹的还有一位美丽聪慧的爱翡女士。

孙钦露的雄健勇敢、侠义超卓、神志镇定、大公无私,这种种美德,当他前次在途中对付酗酒胡闹的汉密顿,爱翡女士已经目击心折,深印脑际。所以孙此次的见义勇为,在别人觉得异乎寻常,在爱翡女士方面虽多了一重印象,但却觉得平常,因为她深知以孙的人格品性,自然有这种行为,是出乎他本心所不能已,非有意造作以鸣高的。

但是经此一次意外的事故,孙钦露对于爱翡女士更加了重要的新印象,使他更死心塌地的爱她。

他其先还疑心爱翡女士不喜欢小孩子,但在马车闯祸的那一天,他看见爱翡女士满面说不出的哀痛,抽抽咽咽的跪下去用双手极细心的去抱史诺女儿博浪,揽在怀里,用自己的脸附着她的脸,眼里的泪珠儿不断的往外涌,那种温柔体贴万分情爱的精神,任你铁石心肠,看了也要悲咽感动起来!后来博浪因受伤太重暂时住在与闯祸地点附近的孙钦露的寓所里。孙钦露又看见爱翡女士看护博浪之辛勤切挚,完全是"慈母"的精神,使得他对她,不但万分羡爱她的天生丽质,并万分敬爱她的天性仁慈。

博浪的伤势慢慢的好了一些,她却很喜欢孙钦露由中国带到美国的仆人高升,所以遇着爱翡女士实在疲顿不堪的时候,也还能代表服侍个一二十分钟,让爱翡女士打一个瞌睡。后来史诺夫人看见博浪可无危险,可怜爱翡女士那十多天里衣不解带目不合睫的勤劳,心里实在不过意,便有一天和孙钦露商量好,叫他陪着爱翡女士出去散散步,换换空气。

这种事情,在孙钦露当然是无上的"优差",他得了史诺夫人嘱托之后,便偷偷摸摸的无声缓步向博浪的卧室走来(也就是他自己原来卧室),他所以这样偷偷摸摸的无声缓步走来,不是怕什么,是怕惊动了亟须静养的博浪。他这样静悄悄的走到那个卧室门口的时候,立在门槛上望望,却看见博浪黄发蓬松的头靠着爱翡的胸前,爱翡的玉臂揽着柔弱无力的博浪身体。那个使人爱怜的女孩子正在熟睡,爱翡女士却醒着。孙钦露此时眼前好像现着一幅慈母拥抱爱子的图画,就是西洋名画的《慈母图》也不过如比。他此时自己看得出神,好像置身天国,看见安琪儿和天真烂漫的孩儿缠在一处!其实天下最能感人心脾使人依恋的,的确莫过于千娇万媚的美人和天真烂漫的孩儿。

他静悄悄的看了一阵,才蹑手蹑足的走进去,把意思轻轻的告诉了爱翡女士,让史诺夫人进来代了她,他们便静悄悄的一同出去。这一趟出去,孙钦露即向她求婚,结果如何,容再奉告。

【译余闲谈】

孙钦露和爱翡女士一直到现在,可以说是在此长时期的交友阶段，双方没有一刻不注意审察对方的人格品性。这点很能唤起我们的特别感触，尤其因为我国自由婚姻正在萌芽时代，有许多青年男女往往鲁莽讲恋爱，很缺乏审慎的态度，以致后悔无及。

四十一

史诺夫妇的女儿博浪被马车压伤，幸得孙钦露的奋勇援救，复经爱翡女士的辛勤看护，体气渐渐的好了起来。有一天上午，史诺夫人因可怜爱翡女士苦了许多时候，特托孙钦露陪出去散散步，换换空气；他们就一同去访老友珠莲女士，在珠莲女士家里同用午膳之后，略谈一刻，孙钦露和爱翡女士便一同告辞握别而出。他们自珠莲女士家回到华盛顿，本须经过扑汤默克河①，河上有一座桥相通，在渡桥之前，还要经过一段深林，到了桥边可乘街车回家。

孙钦露和爱翡女士出了珠莲女士家门之后，就并肩缓步在这段树林里偕行。此时四望丛林密布，曲径蜿蜒，蓊郁荫深，绿叶满枝，日辉尽碧，益以千红万紫，群花争媚，似与尘世隔绝。飞鸟和鸣，有一个巢里母鸟正在那里教小鸟飞翔。有几个松鼠在河边大洗其面孔，双目眈眈，行所无事，一点儿没有惧怕的样子。许多蜜蜂在花堆里采蜜，东奔西探，忙得什么似的。在此鸟语花香，静寂环境中，只有一对素心人，挽臂偕行，情话喁喁，我们倘说一句含有迷信色彩的话，只有叹一声"几生修到"？

孙钦露和爱翡女士的情谊到了这个时候，虽然已经深厚诚挚到

---

① Potomac，今译波托马克河。——编者

了沸点，但是还未曾开口求婚，这是读者所知道的，开口求婚是如何一件重大的事情，孙钦露那样审慎，是无足为怪的，不过在这个时候，造化的势力真大，他处在这个环境，臂上挽着一位娇艳轻盈的伴侣，明眸皓齿，清光焕发，频用她那百媚横生的眼睛和笑靥对他仰望着，孙钦露好像受了电气一般，但知用手轻抚她的黄金云鬟，对她笑，两眼缩成一线缝，反而说不出话来！这个时候无所谓中国，无所谓英国，无所谓他们所在的美国，只有一男一女和自然界，全世界中一切都没有了！

停一会儿，孙钦露才指着一棵苹果树对爱翡女士笑着说道："到了九月，我们还要一同到这里来，那时苹果都熟了，我们可同来饱啖一顿。"爱翡女士听了静悄悄的答道："但是我在八月里就要回英国去了，你知道吗？"

孙钦露听了这句话，怔了一响，眼里的热泪滚流的往下淌，断断续续的对爱翡女士说道："你一定不要离我！我——我没有了你就不能生活。你是我的生命。"

他们这个时候，本来是站在一起的，孙钦露说到这里，两臂向爱翡女士伸出，现出恳求的态度。爱翡女士赶紧走上一步去就近他，贴近他的身体，孙钦露呢，赶紧把臂揽抱着她的"爱"，用他的脸贴住她的脸！

一会儿他把手轻轻推开她的脸，用挂着眼泪的眼睛笑着对她望，她的眼也眼泪盈眶的向着他微笑的娇羞的望着！这个时候他们心坎中出来的爱不是用口来传达，简直是用两对眼来传达了！

孙钦露问她："将来你肯随我一同回到中国去吗？"

爱翡女士答道："随你到天边地角，都无不可！"这句话是她向来所未说过的。

孙钦露听了，再轻轻的把臂揽抱着她，轻轻的紧抱着，他的脸贴着她的脸。

天上的云霞一阵一阵的飞过，扑汤默克河的微澜轻声潺潺的流着。这个时候无所谓中国，无所谓英国，无所谓他们所在的美国，只有"天"！

【译余闲谈】

中国小说有一句滥调，叫作"为之魂销"，译者译述到这一段，要老实承认，手上虽持着一管笔，眼眶望着一张纸，身体虽坐在书案旁边，而灵魂（倘使有这样的东西），却好像飞到九霄云外去了！爱之魔力大矣哉！我以为享不着这样爱福的人，多看这样的纪事，也未尝不可说是"过屠门而大嚼，姑且快意！"

四十二

孙钦露已开口向爱翡女士求婚，爱翡也有了很肯定的回答，这一幕情深如海的表现，已于上次说过了。到了这个时候，华盛顿社会上已遍传他们俩的订婚消息。报纸上视为可以轰动社会的新奇新闻，都大登而特登，办新闻业的人本想常常获得轰动社会的新奇材料，所以他们的尽量公布，目的也不过在轰动的作用，并无所谓反对，也无所谓赞成。不过在社会人士方面，个个都觉得新奇，以为事出意外。在他们原来的意思，以为孙钦露虽是一位出类拔萃的人物，但与爱翡女士总有民族各异为之隔阂，在华盛顿社会以美外慧中著名的爱翡必不肯漠视这种隔阂的作用而肯委以终身，况且他们做了许久的朋友,从来没有听见有结为终身伴侣的表示,突如迅雷不及掩耳的消息传来,当然引起他们的惊奇。

在此消息公布之前,只有三个人心里知道这件事恐怕终有实现的一日。一个是史诺夫人,一个是雷绮女医生,一个是孙钦露的仆人高升,在这三个人里面,史诺夫人还是半信半疑的,她以为也许只做到好朋友为止,不至就陷入情网。换一句话说,她以为爱翡对于民族的成见也许和她的一样深,所以总不至有这件事的实现,所以这件事的真确消息传来的时候,她还不免有几分惊骇。

说也奇怪,珠莲女士之敬重孙钦露是读者所知道的,孙之认识爱翡还是由于珠莲女士的介绍,但是她听见他们订婚消息之后,竟因诚笃的友谊敌不过民族的私见,非常不舒服!她甚至叫人通知孙钦露和爱翡,说倘若他们不将婚约取消,从此绝交,不相往来!他们俩哪里肯依?于是过了一个星期之后,她分开请他们到她家里面谈。她先请爱翡女士来,千方百计的劝她勿践婚约,后来竟因用了尖辣讥诮的话,触动爱翡女士的义愤。结果珠莲女士徒然失了爱翡女士的多年交谊,没有达到破坏这段姻缘的目的。她在爱翡方面碰了一鼻子的灰,又去请孙钦露来,极力劝他解约,也说了许多不入耳的话。孙钦露念她从前的厚谊,力制感情,未曾动火,不过始终不因她而变动初心。在珠莲女士方面,仍异常固执,从那时起,她便不和他来往,所以这次孙钦露从她家里出来,可以说末次的会晤,他心里怀念从前的友谊,怅惘无极,但是当然决不能因此牺牲他的"爱"。

在这个时候,帮助爱翡女士的倒只有史诺夫人和雷绮女医生。雷绮女医生到底是一位研究科学的人,所以成见也比较的少些;史诺夫人老早也看出了孙与爱翡的恋爱,并非临时受了什么意外的打击，所以也比较的头脑平静，感情和易，她心里也许不大愿意把爱翡嫁与孙钦露，但表面上却心爱爱翡，并不表现反对的态度。

这个时候心里最觉得快乐的，要推史诺的小儿子狄克和小女儿博浪，因为他们小孩子天真烂漫，脑子都干干净净，当然没有丝毫成见的存在，知道他们所亲爱的孙先生和所亲爱的爱翡女士订了婚，真是觉得欢天喜地，有说不出的快乐。

史诺爵士也是不赞成这件婚事的，他不赞成的原因，当然也是发生于民族的成见。不过他到底是一位外交家，老于世故，有些涵养，不像珠莲女士那样鲁莽咆哮，令人难堪。但是他却也要力劝孙钦露把婚约打消，所以特约孙到他家里作一长谈，他们谈些什么，究竟结果怎样，且听下回分解。

【译余闲谈】

西俗成年女子的婚事，就是父母都没有绝对干涉的权利，何况旁人？所以许多人对于爱翡女士婚事的阻挠，实属庸人自扰的无谓事情，况且他们的动机全出于民族的成见，更属无谓。有成见的人，好像戴有色的眼镜，对于真相完全不明彻，用此态度对人对事对自己，都无一是处。

四十三

孙钦露和爱翡女士的婚约宣布之后，史诺爵士很不赞成，不过他不像珠莲女士那样唐突鲁莽，却能持以镇静，他心里也是极望能设法把此事打消。他先和爱翡女士谈起这件事情，他谈的时候，用手握着爱翡女士的手，很温婉的开导她，但是他虽然十分恳切诚挚的开导给她听，想用慈爱的情谊来感动她，希望她因此能回心转意，把此段姻缘打断，无奈他言之谆谆，爱翡女士却听之藐藐，始终像铁石心肠，丝毫不为所动。史诺爵士虽弄得舌敝唇焦，倒也无可如何，白用了一番工夫。

史诺爵士看见在爱翡女士方面他已绝对没有法想，只得另用一番工夫对付孙钦露，希望此着不至再失败。他主意打定之后，即请孙钦露到他的家里去倾谈。他们两位的这次谈话，作很长的辩论，辩论的时候虽是很激烈，但是始终彼此未曾动火，因为他们原来彼此都很敬重，又彼此都有很好的学养，动火当然是不会有的事情。彼此坐下之后，史诺爵士先取香烟奉给孙钦露吸，供给香烟本是开谈话会的情况，不是相骂时候所有的。史诺爵士奉给香烟之后，即很沉着的向孙钦露说道："你和爱翡的婚事，我实在不敢赞同，我只得十分诚恳的请你再加考虑。"

孙答："史诺爵士，我深信我已经有过很审慎的考虑。"

史诺问："请问你在什么时候有过很审慎的考虑？"

孙钦露未答而微笑，史诺爵士却接下去说道："我深信你未曾有过很审慎的考虑，我以为你在求婚之前未曾思考一番。依我所猜想，你这件事是出于一时的冲动。"

孙钦露承认道："此中有冲动的作用，也许是真的。"

史诺爵士听了微笑，既而叹一口气说道："这类的事情往往出于冲动啊。"

孙："冲动作用固所不免，不过我对此事未发生以前，的确从各方面着想，很周密的思考过一番，并非贸然从事的。"

史诺："你开口求婚的时候，心里未见得于事前有此存心罢？"

孙:"我在开口的当儿,事前却未曾预先布置要在那时开口。"

史诺:"但是实际上你确是已经向她开过口。"

孙:"我确是已经向她开过口。不过我要声明的,她并未曾先向我提起这件事。"

史诺:"你现在对此事有何感想?"

孙:"我稍为有点替她担心,因为我恐怕她不见得过得惯中国生活。"

史诺:"我以为你自己倒要替自己担心,讲到爱翡,你倒不必替她担心。倘若她仍得住在西方,不必到东方去,她便不至有什么不舒适的地方。不过你娶了一位外国夫人,我恐怕此事在你自己却是一件自讨苦吃的事情!"

孙:"讲到我自己方面,我倒不怕有什么牺牲。"

史诺:"但你说对此事有些替她担心。"

孙:"其实也没有什么,因为不便利的事情未尝没有方法可以避免。"

史诺:"你既然有些替她担心,我十分盼望你就因此当机立断,悬崖勒马,把此事打消,我所以提出这个请求,不但为爱翡的前途幸福计,也为你的前途幸福计。"他说到这里,孙钦露仍不为动。

【译余闲谈】

说严重的话很要一点功夫。有功夫的人可以轻声说重话,缺乏功夫的人未说一言两语便要动起火来了。这种地方,史诺爵士便比珠莲女士的功夫好得多。这种功夫是可以用心学得会的,并不是一定由天赋的能力。

四十四

史诺爵士不赞成孙钦露和爱翡女士的婚约,他先向爱翡女士极力劝导解约,吃了一鼻子的灰,又向孙钦露极力劝导解约,说了许多话,有一部分已于上次报告过诸位。孙钦露听了他的那许多话之后,冷冷回答他道:"你极力劝我想法解约,我自问实在无法可想:我不能想法,也不愿想法。要么请你向爱翡去想想法,也许……"

史诺爵士接上去说道:"爱翡吗?我早已和她谈了一大顿,不但无济于事,反把事情弄僵!她那样固执成见,我实在无如之何!但是我知道你是很讲理的,你是肯听我的劝告的,所以和你谈谈。"

孙钦露默然未语,史诺爵士却滔滔不绝的畅说中西民族结婚之必无良果,说了许多风俗不同性格各异的话。他说了许久,有的意思孙钦露虽和他表同意,但是以为不是无可救药的,有的意思,孙钦露以为是全出于民族的成见,于实际是不符的。最后他对史诺爵士说道:"你所说的话,我都考虑过。你所代为担心的地方,我从前也有些觉得担心,但是现在我却觉得毫无问题了。到了现在,我无论如何,决不能舍弃爱翡。"

史诺爵士听到这里,诘问孙钦露道:"你在此地嘴里横爱翡,竖爱翡,你也知道在中国做丈夫的人永不把妻子名字向朋友道及吗?在中国做女子的名字向来是不公开的,丈夫对客人不提起她的名字,甚至子子孙孙都不提起她的名字。即就此一点而论,可见中西观念之差异。你要想强观念差异的人而成终身伴侣,恐怕终难永合的!"

孙钦露笑着答道："你的话未尝不对，但是你不知道中国无日不在进步的历程上走，你所说的情形是中国顽旧的人物，不是中国有新思想的人物。中国现在有新思想的人物并不怕把他夫人的名字告诉别人。况且我自己从幼就在英美受新教育，这种观念更无差异的可虑。"

史诺爵士听了之后，恍然觉得所说的一大堆话又是白说的了。他此时又想到西洋人多信基督教，只信一个上帝，而中国人则相信许多菩萨，在宗教上也有很大的差异。他便随口问孙钦露道："你是不是一个基督教徒？"

孙钦露答道："我并不是一个基督教徒。但是我所入的学校，都在基督教的空气中，我所交往的朋友也都在基督教的空气中，所以我对于基督教虽非受过洗礼的教徒，却也不是格格不相入的。我想你总是基督教徒。"

史诺爵士很自豪的答道："是！我是相信上帝的。"

孙钦露说："我也是相信上帝的。"

史诺："但是你所相信的上帝，和我们西人所相信的不同，和爱翡所相信的也不同。"

孙："我以为宇宙间只有一个主宰，有人叫作上帝，有人称他别的名字，在原则上还是同此一个主宰。所以我向来深信，无论什么宗教，只要是真诚的、恳挚的，在精神上并没有什么大差异的。"

史诺："我以为你在此地敢说这样的话，在中国便不敢这样说。"

孙："你这话未免说得过分。在中国虽有一部分人民有许多迷信，但是对于个人的信仰并无严厉的抑制。况且信教自由，我也决不至强迫爱翡信什么中国的宗教。"

【译余闲谈】

　　史诺以为有许多中西的异点足为婚姻的阻碍,乃经孙钦露说穿,竟毫无问题,可见中西情形的隔阂,往往不免有许多误会的地方。例如我国的广东人有少数吃老鼠的,西人往往以为中国人都是吃老鼠的!在美国有中国人做洗衣作的,便有许多美国人误会,以为中国人都是洗衣的!有人提议我国的上等人士,应该多往外国旅行,借消误会,确是很好的意思。

四十五

　　孙钦露和爱翡女士排除种种困难而自由订婚之后,引起各方面的反对,史诺爵士力劝爱翡女士解约,既属无效,又力劝孙钦露解约,对孙举出种种不可不解约的理由,从东西民族习俗性格的差异,一直说到宗教的迥异,孙钦露逐段驳回,始终不为所动。史诺爵士劝到这个地方,见宗教的理由既不能动他分毫,也只得乘风转舵说道:"其实彼此宗教的迥异还不是这件婚事的主要障碍,我所要知道的还有一件事,就是你娶了一位英国女子做妻子,你想带她到中国去吗?"

　　孙钦露答道:"我对这一层也曾经细细的想过一番,我的意思,目前不带她回到中国去,因为这个时期在目前还未成熟,不过我想可以带她回到中国去的时期并不甚远。"

　　史诺:"我也以为这种时期未成熟。"

　　孙:"我的志愿是要回到中国去过我的生活,做我的事业,并不是要想终身在外国的。所以我要带她回到中国去是当然的一件事,不过时间问题而已。有一天我曾经把这个意思告诉过爱翡,并且问她情愿不情愿跟我一同到中国去。"

史诺:"她的答语,你可以不必告诉我,我已经猜得着。"

孙:"我也想你当然猜得着。"

史诺:"她此时未到过中国,不知中国的生活状况究竟怎样,当然样样首肯,我深信她将来到了中国之后,一定觉得不免种种的苦痛,一定觉得精神上有种种的苦楚。东方不是不可享受愉快生活的地方。不过要西方女子嫁与西方男子,一同到东方去,才能愉快,若嫁与东方男子一同到东方去,情形便不同了。"

孙:"我以为这不是人的问题,是环境的问题,在目前中国的环境也许有许多不满人意的地方,但是现在天天在那里进步,不久必能有很大的改良。我打算在目前不带她到中国去,也是这个缘故。我以为我们俩的新家庭,在目前可暂在英国,我虽须往中国做我的事情,但交通尚属便利,我可时常来来往往。"

史诺:"这样办法,恐怕耗费过巨,在你的方面未免牺牲太大罢!"

孙:"费用方面虽不免较大,精神方面虽不免较劳,但是因她是我唯一的心爱的人,虽以天下之大不吾易。这些许牺牲,算不了一回事。"

史诺爵士见孙钦露真像铁石心肠,这样劝他不动,那样劝他又不动,倒也弄得无可如何,谈了许多时候,还是一场无结果!

停一会儿,史诺爵士走近一张桌边,开了一个本来锁好的抽屉,取出一个椭圆形象牙小架子镶着的东西,拿到孙钦露面前,一只手附着孙的肩上,对他说道:"这个肖像自从到我手里之后,只有我一个人看见过。"说完之后,他就把这个肖像交给孙钦露看看。

孙钦露仔细把那个肖像一看,看见上面是一位很美丽的中国女子。他再细细的一相，忽然说道："这是我的母亲！"

史诺爵士一面走回他所坐的椅子，一面慢慢的答道："不是！这不是你的母亲，是你母亲的姐姐。她的名字叫作莲馨。"

孙："啊！她是尼姑！"

史诺："我认识她的时候，她还未做尼姑。"史诺和这位女子到底有何关系，和孙的婚事又有什么相干，且听下回分解。

【译余闲谈】

一个人无所爱则已，诚有所爱，不可没有自我牺牲的精神，慈母之爱子是世界上最诚挚的一种爱，她的为子牺牲的精神如何！一个人对于恋人的爱倘若是真的，也应该有这种精神。所以但知自私自利的人说不到真正的爱。

四十六

史诺爵士不赞成孙钦露和爱翡女士的婚约，说了许多话劝他解约，他丝毫不为所动，最后史诺爵士从抽屉里取了一张肖像出来给孙钦露看。孙仔细一看，似乎是他的母亲，经史诺爵士的说明，才知道是他的母亲的姐姐。据他说这位姨母已做了尼姑，史诺说他认识她的时候，还未曾做尼姑，并且告诉孙钦露说道："你的母亲我也曾经看见过，她做女儿的时候我看见过，后来她出嫁了，我也看见过。"

孙钦露听见史诺这样的提起他的母亲，想到自己的母亲去世得那样早，那时他还在襁褓之中，音容渺然，无从追忆，不禁悲从中来，对史诺说道："我自己从未看见过她。"

史诺："这两姐妹的面貌很相像。"

孙表示同意的说道："十分相像。我的父亲临终的时候，曾把我母亲的肖像交给我，我至今还珍藏着。"

史诺："据我所知道，这两位姐妹的肖像是由一个画师绘画的。我当时也看见一张你在小孩子时代的肖像，如今回想当时，你的外祖父及你的父亲都异常的信任我的为人。"

孙钦露此时才明白史诺和他的家长及家人居然有过这样密切的渊源，不禁肃然起敬，加上一番亲密的感情。

史诺接下去说道："我还有一桩秘密的故事要告诉你。这件事我以为终要永远秘密，除我自己一人知道之外，不再告诉别人，不料现在竟想把此中情形来告诉你。"

他说到此处，孙钦露如陷入五里雾中，一时真觉莫名其妙，但听史诺爵士继续的说道："我一生爱过两个女子，心里只想要过两个女子。"

孙："我一生却只有一个。"

史诺答道："我知道。"说完这句话之后，他取了一支香烟，燃着狂吸，才慢慢的把他那桩秘密的故事说出来。他说："我到中国北京的第二年，曾因避暑住过一个山上寺院里两个多月。当时你的外祖父也在这个山上避暑，他所住的地方离我所住的寺院不远。我所住的寺院里，有时有一两个朋友来聚首谈谈，大部分时候却是独自一人在那里消遣，因为我当时尚未有家室，是一个独身的男子。寺院里的和尚所烧的素菜，实在可口，所以我住在那个地方很觉得舒适。我当时在那个寺院里住着，既属独身，行动当然非常自由，每天下午夕阳西下之后，便在山上东奔西跑的赏鉴风景。尤其觉得舒服的是常常独自一人，静悄悄的在深山中领略孤独缄默的异趣。但是有一天在山中正在这样孤独游散的时候,却遇了一件非常的事情。

"有一天下午,我在山里一个很幽僻的地方,于高松翁郁之下,夕阳刚下,红霞方兴,手展一本书卷,盘坐着在那里纵览。这个地方离你外祖父所住的房子很近。当时万籁俱寂,只有自然和我。忽而听见有女子尖锐的呼救哭声。你知道中国山里的木造房屋,一遇火患,是如何的容易焚烧起来。"

孙钦露点点头,表示史诺的话不错。

史诺:"我当时自然望着火焰飞跃的地方奔去,到了那个门口,也不能顾到中国内眷的门禁森严,只得拼命的飞跑的冲入,先把两个女子救了出来。她们体量都不重笨,所以当时虽我一人,竟将她们两位同时挟抱出来。这两位女子和我们刚才所谈的两张肖像完全一样。讲到当时火患正炽时许多男女仆人,却都像兔子一样,各自抱头鼠窜,但知他们自己的性命,遑恤其他!"

四十七

史诺爵士和孙钦露谈起他在中国北京山上避暑的时候,所住的寺院和孙的外祖父的别墅相近,有一天那所山上的别墅忽遭火烧,他冒险把其中的两个女子救了出来,其中一位女士名叫红璧,后来便是孙的母亲,还有一位名叫莲馨,就是他母亲的姐姐。当时史诺爵士把她们救出之后,他自己既不懂得中国话,那两位女子又不懂英文,弄得他有点不知所措!红璧于惊慌之后,还对他微笑以表谢意,莲馨则哭着脸,不知所云。

后来史诺打定了主意,把她们挟抱到邻近的一个寺院里去,寺里的房间以方丈所住的最好,史诺特别和他商量,把那个房间暂时腾出,备这两位小姐休养。幸而这位方丈慨然允许,他布置妥帖之后,赶紧把她们安置在床铺上。房门外许多和尚你一句,我一句,问的问,答的答,闹得人声喧天。当夜史诺爵士不放心,未敢退去,即在那个房门外面踱来踱去了一夜。到了第二天早晨,知道她们的家人于前两天远出打猎,才设法饬人去寻到了她们的父亲。她们的父亲和她们的四位阿兄,赶紧奔到,当时因为这两位小姐已经不但吓得魂不附体,而且也还受了火伤,所以,当时也不能多动,只好暂住该寺。孙钦露听到这个地方,当然油然而生敬佩史诺爵士急公好义的精神,况且所救的人和他又有那样密切的关系。史诺爵士吸了几口香烟,继续的告诉他说道:

"我和你的外祖父及他的四个儿子居然一见如故,便也移到那个寺院里同住了四五星期。我当时对于这件事,所效力的地方,真是微乎其微,算不了一回事,因为这两位女士身体轻盈,我举起来好像两只小鸡,并没有什么费力,况且临难援救,也是应尽的义务。不过中国人的感恩图报,其情谊之殷切,实为任何其他国人所不及。经过此次意外的患难之后,你的外祖父完全不以宾客视我,完全视我为他家族中的一分子。后来这两位女士身体完全复原之后,她们随同父兄搬到原有的那所别墅里去,我也得随时到那里面去,聚首谈笑,如同她们的弟兄一样,彼此也不回避,尤其常在一起散步谈叙的地方,是在他们别墅的伟丽花园。说起也奇怪,你的外祖父本是守旧人物,平日外来的男宾,只得在花厅里坐坐,和内眷是向来不见面的,对于我却完全不同,视为自己家人一样,不分彼此。我因此也常到他的别墅里去走走,和全家的人谈谈。我在这个短时期里所学的中国话,比我用了两三年工夫所得的结果,还要多出十倍。过从愈密，感情也随之而日厚。说到你的母亲和她的姐姐，她们两位的面貌简直一样，有的时候，就是仆役也要弄错，不过我却能分得清楚，不至误认。红璧女士笑起来非常美丽悦人，莲馨女士则双目绝媚，秋波动人。久而久之，我对于莲馨女士，因敬爱已达极点，竟有求婚的狂想，一时又不敢显露，只得强抑下去，自斥不要再作这样的梦想，但是这种强抑的苦痛，也就一言难尽。有一天我凑巧在那个别墅里荷池旁遇着莲馨女士，我们照常谈谈之后，我的爱念又勃然发生，不能自禁，我就轻轻的握住她的手，竟大胆的把我心坎中爱她的意思，说了出来。我说完之后，赶紧望着她的眼睛，由她的可爱的眼睛的表情，我已知道她也爱我的，后来她答我的话，竟然证明我所猜的不错。我当时精神上的愉快，当然非言可喻；离了她便赶紧去看她的父亲。"

【译余闲谈】

有一位老先生很喜欢看不佞译的《一位美国人嫁与一位中国人》和《一位英国女士与孙先生的婚姻》，不过他说若是一位中国人嫁与一位美国人，或是一位中国女士嫁与一位英国人，他便不喜看！这样看来，外国人嫁与中国人，她们的父母朋友多是反对的，也不足为奇，可见种族的成见彼此都难免。

四十八

史诺爵士听见孙钦露和爱翡女士自由订婚消息之后，不以为然，请孙钦露到他家里，用全力劝他解除婚约，他说了许多话，孙钦露丝毫不动心，记者在前几次已经报告了不少，但是还未曾报告完，本次可以告一结束。

史诺爵士最后劝告孙钦露的话，是把自己和一位中国女子在中国发生恋爱的经过告诉他。这位中国女子不是别人就是孙钦露母亲的姐姐，名叫莲馨。史诺得到她亲口表示爱他之后，即跑去见她的父亲，把他们俩相爱的衷曲，光明磊落的告诉了她的父亲，意思当然是要请求他老人家的同意，准允他们两位有情人成为眷属。这位孙老先生听了他的话，好像听见霹雳一声，惊骇万状。这位孙老先生平日待遇史诺之真挚诚恳，完全视为自己的子弟一样，爱他的心也总算是深切了，但是因为他是一位外国人，一旦提起要想娶他的女儿为妻，竟毅然婉谢，无商量的余地。史诺爵士把这段已过的恋史说完之后，对孙钦露表示他后来的感想，继续说道："我现在想起来，非常感谢你的外祖父，因为我深信当时假使我和莲馨女士竟如愿以偿，成为夫妇，到现在的时候，两方面一定都要觉得不愉快，因为各民族的人还是娶本族女子为上策。不过我在当时被你的外祖父坚拒之后，当然一肚子的郁闷，当日就离开了那个山上，往北京城里去。从此之后，我便永远的未同莲馨女士晤面。两年之后我才知道这位莲馨女士竟看破红尘，入山为尼；因为她入庵为尼的时候，写了一封最后的信给我，告诉我这件事情，这封信我至今还珍藏着，我心里至今还觉得悲伤。不知道她还生存否？"

孙钦露泪儿满眶的答道："她现在还在人世，做了那个尼庵里的主持，得全庵人的敬爱，不过我想起这位姨母，心里不知怎样总觉得非常难过。"

史诺："我听见她还生存着，非常欣慰。我现在所珍藏的东西，除上面所说的那封信外，就是她的那个肖像，这个肖像是你的外祖父送给我的，是一位著名画家绘的，你的母亲也有同样的一帧，就是你自己现在所藏着的。后来你的母亲是在河南和你的父亲结婚的，我当时得着你外祖父发出的喜帖，竟由北京赶到河南去观礼。你的外祖父看见我来，非常快乐，招待得异常周到。我看见了他，也好像看见了自己的老伯伯一样，谈笑甚欢。不过想起莲馨女士，不禁心如刀割。在中国的内地规矩，男女是不易相见的，但是你的母亲看见我来了，竟采新俗，亲把一朵花插在我的衣领上，她那种很自然的友谊，使我至今不能忘。你的外祖父本是守旧中人，而对于这种事竟如此宽容，也无非是念我曾于火险中拯救过他的两个女儿，视我为一家中人一样，如同他女儿的阿兄阿弟一样，并不以外宾相待，他的那样深情厚谊，实使我没齿不能忘的。我现今视你如同自己人一样，心里处处爱护你，也是有感于你的外祖父和你的母亲从前待我那样诚挚。我此次阻止你和爱翡女士订婚，也是出于爱护你的意思，因为我深信异族结婚，在男女双方将来都要觉得不愉快的。我很诚恳的请你把婚约取消，你能鉴我的苦心，答应我的请求吗？"

孙钦露很诚恳的回答道："我很对不起你，这件事我绝对办不到！"他说这句话时，意态异常坚决，史诺觉得他的一番话又是白说了！他此时也无法再说下去，便叫史诺夫人备些茶点来吃吃，孙钦露见时已不早，婉谢而别，他们两人的长谈也就此告一结束。

【译余闲谈】

真爱情是海枯石烂而不变的，倘若受人劝劝或进逸，便要变心，哪里还算得什么真爱情？孙钦露的百折不回，便是这个道理。

四十九

孙钦露和爱翡女士订婚之后，珠莲女士用一番苦劝的工夫，想劝他们解约，全归无效；史诺爵士随后也用一番苦劝的工夫，想劝他们解约，说的话比珠莲女士更恳切，更详尽，但是最后还是全归无效。他们两位的原意本想极力使孙钦露和爱翡女士的婚约取消，而实际上却反而使得他们俩的结婚提早举行。何以故呢？因为珠莲女士本是爱翡的一个很知己的老朋友，现在为着这桩婚事，竟至彼此绝交，心里已经觉得很不舒服，益以史诺爵士的激烈反对，她目前是住在史诺夫妇家里的，虽史诺夫妇仍旧待她很好，而她心里因为史诺不赞成她的这桩婚事，噜里噜苏的缠扰不清，使她住在那里心中十分不安。她的这种为难情形，孙钦露当然体贴得入微，所以在爱翡女士当然不好意思催促婚期，而孙钦露却深知非赶紧举行正式婚礼，不能解决这种困难的局面。

于是孙钦露便着手准备，就在那年八月里和爱翡女士假华盛顿一个教堂正式结婚。结婚的那天早晨，清风拂面，晨光悦目，这一对情人便在一个附近的树荫掩蔽着的小教堂里，举行简单的婚礼。依西俗，女子出嫁的时候，原有一个亲属陪挽着入礼堂，婚礼行毕，才交给新郎，称为 give away。那天的婚礼，孙钦露本想请史诺爵士担任这件事情，后来因为他不愿，也就作罢。行礼的时候，除牧师之外，女家方面的亲友在场的，只有史诺夫人及雷绮女医生，因为在亲友中许多人里面，只有他们两位的态度，还比较公正。在孙钦露方面，他身在外国，本国的亲友本也无多，而且他也不愿惊动他们，不过到场的友人里面，中国驻美的公使却也光临。这位中国公使对于孙钦露的婚事，原也不以为然，不过到了那个时候，却也笑脸迎人，见孙钦露赢得这样一位美丽淑女的心爱，不自禁的发生一种歆羡的心思，逢人便说老孙的艳福不浅。

西俗婚礼本甚简单，不若东方的繁文缛节之麻烦，所以孙钦露那天的婚礼简单，在他们俩的心里也不觉得怎样缺憾。况且他们原是以真切的恋爱为结婚的基础，是为他们自己的爱而结婚的，其余的俗例节目原不是他们所注重的，只要举行一个婚礼就算了。

他们俩百折不回，辛苦备尝，才得到那天的最后胜利，所以他们俩在行礼时立在牧师的前面，两人的面上容光焕发，两对眼睛更奕奕有神，从时时出现的微笑中衬出令人羡煞的亲爱的精神来。其实他们俩在这个当儿，你心目中只有我，我心目中只有你，好像两个人——只有两个人，飞腾在九霄云外相倚立着！

那个时候，孙钦露本已准备好把他在驻美中国公使馆里的职务，移到驻英中国公使馆里去，他的手续既已办妥，所以在结婚后同乘火车到纽约住了三天，就乘轮赴利物浦，不久便到了伦敦，在那个地方组织他们由真切恋爱结合的小家庭。这一对情人在蜜月中海行的生活，适遇风平浪静，时在船面上倚坐谈心，远瞩海天，意为之远，近顾情侣，心神俱醉，人生本受爱情的支配，他们俩此时的生活，也就完全在爱情的天地中。这是途中的情形，以后我们便要谈谈他们俩在伦敦组织新家庭后的情形。

【译余闲谈】

　　天下东西得到愈不易的，得到之后愈快乐。无论男女，要得到一个称心的终身情侣，真是一件不易的事情。倘若两方本人不审慎，眼光错了，不幸铸成大错，便是一件很难挽救的事情，所以要慎之于始，不可全任感情的奔放，还应该用理智加以审慎的考虑。但是有时两方本人看准了。还有许多由本人以外引起的障碍，那便须坚毅的精神来奋斗了。真能坚毅奋斗，没有不成功的，而且奋斗愈苦，胜利后的快乐也愈增，不过最要紧的还在开始时眼光不要错。

五十

孙钦露和爱翡女士在华盛顿举行婚礼之后，便设法将他在驻美中国公使馆里所担任的职务，移到驻英中国公使馆，携同他的如花美眷，一同到伦敦去组织他们的新家庭。他们蜜月中的甜蜜生活，有一部分就在海行中享受。到了伦敦之后，转瞬过了三年。在此三年之中，他们贤伉俪的恩爱和好，始终如一，中间虽不免偶然有些小小吵嘴，但真是轻微得很，没有等到吵嘴完结，已经彼此笑容可掬，相拥相倚的接吻蜜语了！总之，无论女的方面，或是男的方面，他们对此婚事都觉得十分满意，都觉得彼此是极相适合，极相爱护的，从未曾有过什么懊悔的心思。孙钦露在公使馆里的职务，非常之忙，但是非常顺利，非常乐业，非常愉快，这是他对于自己职业方面的情形。至于他对于他的夫人，更是爱如至宝，时常觉得有此贤惠的娇妻是生平最可自豪的一件事，相处的时日愈久，愈益爱得深切，爱得胜于心肝宝贝！所以在此三年之中，爱翡女士可以说无时无刻不在情爱欣悦的空气中，她和孙钦露相处愈久，也愈觉得他的可爱，简直越看越可爱，越谈越可爱。这种以真诚挚爱结合的幸福家庭，当然是世界上最可宝贝的一件东西。

伦敦的社会，上流的社会人士，在交际场中对于他们贤伉俪也觉得珠联璧合，予以亲热的欢迎，并不表示什么关于民族的成见。在孙钦露的经济方面呢，他的薪俸也比前增加，处境更觉宽裕，所以他也有力量供给他的心爱夫人，一同参与社交，以及其他可以使她身心愉快的费用。

在这个时候，他们俩的情爱已有了结晶品，生了一个小宝宝，已经五个月了。这个小宝宝生得肥胖洁白得可爱，性情的欣悦愉快像他的老子，蓝眼金发却像他的母亲。他们贤伉俪对于这个小宝宝的爱好，当然非言可喻，而这个小宝宝虽尚不知人事，但对于他的父母的爱恋，却也异常有趣而增人爱好。

他们的小家庭离伦敦的"康新顿街"（Kensington High Street）不远，装饰得精雅玲珑，有一个小花园绕着。他们在这样的环境里面，处在这样的爱巢里面，恩爱与日俱增，彼此的互信透彻无间，过他们一丝一毫没有缺憾的共同生活。

有一次，他们因为英文名字的事情发生了小小的争执。孙钦露的孙字在英文的写法，他向用 Sen，这个字在英文里面本来是没有的，是依"孙"字的音而拼成的，爱翡有一天印名片，把这个字改为 Seun，因为看上去可像英文的姓，在名片上成为"Mrs. K. L. Seun"。其实这种更改原没有什么深意，中国有许多留学生，也往往于原有名字之外，加上一个英文名字。但是这位孙钦露夫人把名片印好之后，笑嘻嘻的拿到孙钦露的书房里给他看，他见他的夫人来了，笑着脸望着她，随后看了那张名片，笑着问她道："她是谁？是你的一位新朋友呢？还是你的一位老朋友，忽然寻着了你？"

爱翡女士也笑着对他开玩笑的鞠一个躬，对他说道："请看！就在你的眼前！"

孙钦露听了虽然仍是一团和气，但心里却不以为然，劝他夫人还是不改的好，彼此争执了几句，后来还是爱翡女士听了他的话，把新印的名片丢在火炉里烧掉，当时她心里不免有些不舒服，但是转瞬仍是笑眯眯的欣悦如常，这一场小小波澜也就平了下去。

【译余闲谈】

　　孙钦露和爱翡女士的这样愉快的小家庭，有谁不羡慕？不过我们要知道这种愉快的小家庭不是一方面的好就可以组成的，要两方面都好才组得成的。所以未有小家庭而在羡慕这种愉快小家庭的人，先把自身弄好，且慢"转念头"！即就经济一端而论，没有充分自立能力的人，倘贸然成室以自累，乃是苦事，乐于何有？

五十一

　　孙钦露和爱翡女士在美国华盛顿结婚后，即同往英国伦敦组织他们愉快安乐的小家庭，两年半之后，并生了一个小宝宝，取名露宾，他们贤伉俪异常疼爱这个挚爱深情的结晶品，家庭生活非常舒适和悦，其大概的情形，在上次已经说了许多。他们贤伉俪自到伦敦之后，因孙钦露在中国驻英公使馆里担任要职，在外交界中崭露头角，为伦敦上流社会人士所钦敬，所以爱翡女士也随处受人敬重，享受愉快社交生活，她一方面觉得所享受的愉快的社交生活很满意，尤觉得她的欣悦体贴的丈夫和天真烂漫的爱儿更是十分的满意。

　　孙钦露在夜里睡梦中虽不免常常想到祖国的故乡情形，但是每晨睡醒的时候，眼一张开，即看见身边睡着一位笑靥迎人艳如桃花的安琪儿夫人,不但常能补偿他的思乡之苦,而且愈觉得爱翡之愈益可爱。他自己向来起来很早的,成了一种习惯,所以他每晨黎明即醒,他醒时爱翡仍是酣睡着,便先就床前小几上看看书,有的时候就把臂曲着置在枕上,撑着他的头,向着他的爱妻端详静看,越看越可爱,越看越出神!有时在这样端详静看的时候,他还想起从前的种种:想起在美国花园里和她并肩偎倚的情景,喁喁情话的意味,在教堂里举行婚礼时她那样诚挚真切一往情深的态度:真是越想越觉得她的可爱,越想越出神!一个人在那样晨曦清明万籁俱寂的环境中,好像发了痴一样的在那里静看静想,而在那样静看静想中所得的心灵上的安慰与快乐,也就非拙笔所能形容其万一了!他自己一个人发了这样一阵的痴,爱翡女士醒了,媚眼微启,秋波动人,孙钦露赶紧笑着脸,轻轻的握着她的手,俯近去接她的爱吻,这是他们由深情挚爱结合的小家庭生活的一部分。

他们当小宝宝露宾未出世以前,家庭生活中还有一个很快乐的方面,就是他们贤伉俪常常同出去旅行。西方的交通本比东方便利得多:在东方的中国,你若往内地旅行,因交通的不便,设备的不全,简直是受罪,丝毫没旅行的快乐,在西方便不然。孙钦露和他的夫人既住在伦敦,当然有很好的机会常去游览欧洲各国的名胜,所以孙钦露常常利用职务比较清闲的时候,陪他的贤夫人同往威尼斯去住一个月,往西班牙去住几个礼拜,又到巴黎去住一个礼拜,享受他们情侣旅行的愉快生活。不过在露宾出世之后,他们因为小孩子的关系,却常在伦敦的时候多,旅行的时候比较从前少些。总之在爱翡女士嫁了这样的一个丈夫,她心里以为十分的心满意足,毫无遗憾。

爱翡女士的表兄史诺爵士起先非常反对孙钦露和爱翡女士结

婚，并想出种种说法来劝孙把这件事打消，这是大家知道的。但是等到他们在华盛顿举行婚礼后的一天，史诺以木已成舟，爱护她的心思又勃然不能自禁，就很自然的写了一封信去安慰她。后来爱翡女士随着孙钦露到英国之后，史诺夫人常常有信寄给爱翡，史诺爵士也常常写几句夹入他夫人的信里问候爱翡。至于史诺爵士和孙钦露之间，也有信札来往。

【译余闲谈】

　　爱情虽不宜和金钱牵在一起，尤以看见美慧的女子嫁与面目可憎、语无伦次的守财奴为天地间一件大憾事，不过要维持愉快的小家庭，也要有相当的自立能力，换句话说，我们应该先把自己的职业或事业弄得有点根底，经济能力已有相当的把握，后再存心物色恋人，再打主意成立小家庭。否则不但享不到小家庭的幸福，反使所爱的人和自己一同受苦，何苦来！

五十二

　　孙钦露和爱翡女士的婚姻，史诺爵士事前虽不赞成，但后来已成事实之后，他们新夫妇在英国伦敦组织新家庭，史诺倒也心软意回，时常和他们通信，和好如初。过了几时，史诺爵士辞了英国驻美公使馆的职务，全家搬回伦敦居住，过他家乡的生活，那时他们一同到孙钦露夫妇的家里访问，孙钦露和史诺笑着殷勤握手的时候，爱翡女士在旁边看见他们的欣悦态度无殊曩昔，心里也为之大慰。史诺夫人之对于爱翡，相见之余，当然也亲爱的了不得。史诺夫人看见孙钦露和爱翡恩爱得那样深厚，家庭里充满了那样纯洁愉快的空气，不由得心里不发生欣悦愉快的感想，这是事实所引起的观感，不是任何私见所能埋没的。

在当天孙钦露夫妇就留史诺夫妇在家里共用晚膳，席上的谈话已经异常畅快，膳后又在客室里长谈。这个客室是长方形的，生了两个火炉，史诺夫人和爱翡围着一个火炉谈心，所谈的无非属于家务、小孩子、汽车夫，以及其他主持家事的琐屑事情。史诺爵士和孙钦露却坐在相近一个火炉的沙发上谈他们的话。彼此把别后的事情约略谈了一下，孙钦露忽然对史诺说道："今天早晨我收到了中国寄来的两封信，家里叫我回到中国去走一趟，我颇想下星期就动身，还未把这个消息告诉爱翡，不知她听了以为怎样。"

史诺："你不想和她一同回去吗？"

孙："我以为和她一同回去的时期还未成熟，恐怕此时的中国情形，她到那里去还不免觉得有种种不舒服的地方，所以我心里想一个人先回去走一趟，让她暂时仍留在英国。讲到我家里在中国所经营的银行，事虽重要，但我在英国也未尝不可遥为策划，一时尚无亟亟回国的必要，不过我的祖母念孙心切，极想要看看我，所以我不便拒绝她的叮嘱。"

史诺听了点一点头，孙钦露接下去说道："爱翡和我回去的问题尚在其次，我还想到我们的小宝宝露宾，也许经不起途中的奔波跋涉，所以我以为他们母子两人还是暂住在英国为妥。"

史诺："如他们母子两人一时不到中国去，何妨搬到我家里同住，以便彼此招呼。"

孙："我很感谢你的好意，不过我们家里也很安适，搬在一起同住似可不必，不过要时常劳你来看看，照料照料就是了。"

史诺:"你打算回到中国去耽搁多久?"

孙:"一时却说不定,也许一两天就行,也许久些要几个星期。"

史诺:"你曾把这个消息告诉爱翡么?"

孙:"我还未曾告诉过她。"

史诺:"我和我的夫人走了之后,你便可以告诉她。"

孙:"不!我想明天早晨告诉她,免她今天夜里心中多一件心事,以致睡得不安。"

他们四位谈了一会儿,时候已经不早,史诺夫妇便欣然告辞,握手而别。

【译余闲谈】

我们中国从前因交通不便得厉害,往往有娶了一个老婆丢在家里,自己远出经商或求仕,十几年不回家,现在内地交通不便的地方仍是很多,把老婆丢在家里的事情还是不少。除交通不便外,当然还有大家庭和本人经济能力的关系,有要走大家走,不走大家不走的趋势,所以做丈夫的只得把老婆丢在家乡了。这种现象在西方是绝无仅有的,他们没有老婆则已,有了老婆总是常在一起的,做女子的没有丈夫则已,有了丈夫绝没有不跟着丈夫而跟着丈夫的族人之理。孙钦露既有了小家庭,到中国后只须住在交通比较便利的地方,另设小家庭,殊无须过虑他夫人有种种不舒服的地方。

五十三

孙钦露的祖母由中国迭寄两封信给他,叫他一定要回到中国去走一趟，孙钦露以当时的中国状况还未有什么进步，恐怕把爱翡女士带回中国后不免吃苦，所以想自己一人先行回国，把爱翡女士及他们的小宝宝暂时仍住在伦敦。接到这两封信的那一天，史诺爵士夫妇适由美回英来看他，他就私把这个意思对史诺谈起，史诺叫他不妨把这个意思和爱翡商量商量，孙钦露因怕那天夜里爱翡听了也许要多一件心事而不得好睡，所以想等到第二天才告诉她。

孙钦露当天夜里因怕爱翡女士听了不得好睡，所以不肯即将当天收到两封信的消息告诉她，但是他自己那天夜里却因为这件事弄得一夜翻来覆去的睡不着。他一面觉得他的祖母的命令不可不从，一面又觉得不忍离开他的娇妻爱子，真是进退两难！但他想那时中国总不得不去走一趟，只得立意和他的夫人商量一下。

平日到了黎明的时候，爱翡女士不过蒙眬中翻一翻身，又要酣睡一阵才醒过来，醒时也是慢慢的醒来，那种令人陶醉的娇媚睡眼，正是孙钦露天天早晨饱着眼福欣赏的一件事。但是说起奇怪，那天早晨天朦胧亮的时候，爱翡就醒了，而且醒得很快，一醒即张开眼睛，也好像有了什么心事似的。孙钦露本是一夜醒着在那里大转念头，那时见他的爱妻醒了，赶紧转身向着她，伸臂把她拥揽着，把他接到祖母两封信的消息，和他要想何时动身的意思，和盘托出的告诉她。爱翡女士听见了他要回到中国去，以为她当然也跟着她所心爱的丈夫同归故乡，乃笑容满面，奕奕有神，现出娇嗔的样子，对他说道："我昨天早晨看见你收到由中国寄来的两封信，原来就是这么一回事。你一直到了现在才告诉我，把一天的工夫全糟掉，现在又要忙着摒挡行李！你真是恶作剧！"她这种似乎埋怨的口气，正是她赤心帮助她的丈夫，死心塌地爱着她丈夫的流露。

孙钦露也和她说笑话的答道："你几时摒挡什么我的行李，我却以为我曾经摒挡过你的行李！"其实他们两人的行李也就是一人的行李，本来分不出什么彼此的，如今他故意分出我的你的，也不过是开开玩笑。爱翡听见了他这一番开玩笑的话，也不自禁的笑了起来，伸出两手来抱着孙钦露拥做一团。正在这样情意甜蜜偎倚着的当儿，孙钦露忽然装作正经的样子对她说道："我的行李用不着带得多！"

爱翡女士听见他又提什么"我的"，便回答他道："你的行李吗！那简单得很！两块手绢，一把保安剃刀，一本诗，就是了！你的行李简单！我是知道的。但是你难道以为我自己和我们的爱儿，还有一个帮着看护爱儿的看护妇，旅行过半边地球，难道也要只带着一个衣箱就算完事吗？"

孙钦露听到这里，很温和的对她说道："吾爱！我们决不能带着小宝宝去作长途的跋涉，你知道途中的辛苦和种种的不便，在这样的婴孩当然受不起。"

爱翡女士听了他的话，回答道："不带他去呢，把他留在英国，我实在放心不下，而且心里也实在舍不得；如要带他同走呢，对于这样小的婴孩的身体方面，的确也有不大好的地方。这件事我们怎样办才好呢？"她此时当然还不知道孙钦露不想带她同走。

【译余闲谈】

宗法社会的遗毒使男子娶妻是为全家族而娶的，使女子嫁夫是嫁给全家族的，于是弄得各方面都感觉苦痛。我以男子娶妻是为自己娶的，不应使妻子受大家族所给予的种种苦痛；女子嫁夫是嫁给她所心爱的一个男子，不必受大家族所给予的种种苦痛；男女由真正的恋爱而成为终身的伴侣，是两个人的事情，不应有什么族人加到这个小家庭里面去噜里噜苏！

五十四

孙钦露在伦敦接连的收到他的祖母由中国寄来的两封信，叫他一定就要回中国去走一趟，他因为中国在当时情况还没有什么进步，恐怕把爱翡女士带回中国之后，不免感觉种种的不便，况且他们的小宝宝露宾还小得很，途中跋涉，亦有所不宜，所以他心里想独自一人先行回国，叫他的娇妻爱子暂时仍旧住在英国。他把将要回国的意思告诉了爱翡女士，爱翡女士起初以为他将要带她一同回中国，非常的快乐，却也觉得如把露宾留在英国，实在放心不下，问孙钦露怎么办才好。孙钦露听了她的话，把手抚摩着她的金发，很迅速的回答道："当然！我们不能使露宾独自一人留在英国，所以我的意思要请你暂在英国陪着他。"

当他们这样说话的时候，彼此都是黎明睡在榻上还未起来，这是上次已经说过的，想读者诸君都还记得。爱翡女士本在那里躲在孙钦露的手臂里，偎倚着听他说话，不过听到这几句，忽然吓得一跳，从她丈夫的手臂中将身缩了出来，轻轻的推开他，把她自己的身体移起来坐在枕头上，睁着眼巴巴的望着他呆看，然后很镇静的对他说道："钦露！我要和你同去！"

孙："不！吾爱！此时不是你回中国的时候，在日前我不能带你回中国去！"

爱翡："什么缘故！"

孙："带你回中国去的时候还未成熟，这个时期你去一定要觉得不舒适的。"

爱翡："我应该要和你常在一起的！"

孙钦露被她的那样天真烂漫的可爱的神情,以及她的那样诚恳真挚的可感的厚意所激动,一时弄得说不出话来,只用着自己的手去触着她的手,用着自己的微笑的眼去望着她,表示说不出的感激的意思。

但是停了一会儿,孙钦露又很坚执的说道:"吾爱!我此时真不能带你一同回去,我觉得一时还是不带你回去的好。"

爱翡很镇静的说道:"你是否决意要回中国去?你想你是否应该回中国去?"

孙:"是的!我想我应该回中国去。"

爱翡:"你既决意一定要回中国去,却不肯让我陪你一同去吗?"

"你为什么又要提到这一点!实在觉得在目前我不宜带你一同回去。"

爱翡听了他这句话,默然者久之,把她的眼睛转到榻前小桌上花瓶里的鲜花呆看着,看了好一会儿,又抬起眼睛移向她丈夫的脸上看,睁着她的百媚横生的眼睛巴巴的望着,同时把她的手放在她丈夫的手上,问他道:"钦露!你是否心里觉得把我带回中国去是难为情的事情?是否觉得有我随着你在中国,要使你失掉体面?"

孙钦露听了她这两句刺耳的问句,赶紧再三的声明说:"难为情吗?失体面吗?决然没有这回事,这层意思你还用得着问吗?"

爱翡:"那么你何以不肯带我同去?"

孙:"我怕!我替你害怕!我的至爱!"

爱翡:"怕什么?"

孙:"怕我的家族待你不好!"

爱翡:"有什么怕得!你的家族也就是我的家族!你到哪里去,我也随着你到哪里去!"

孙钦露揽着他的娇妻，拥在怀里，他们俩亲着，彼此无语，房中万籁俱寂。

【译余闲谈】
　　天下唯真诚的爱最动人！我们虽属旁观者，见了爱翡女士这样的真诚挚爱，也只有感动得说不出话来！我于此处很怪孙钦露的怯懦，不该！

五十五

　　孙钦露得到中国去的家书叫他回中国去走一趟，他在接信的第二天的早晨黎明的时候，在床铺上和爱翡女士商量，他的意思是要请爱翡女士陪着小孩子露宾暂住英国，让他自己一个人先回中国去，而爱翡女士的意思却要随他一同走，彼此谈了好一会儿，孙钦露感于她的至诚深爱，弄得说不出话来，揽偎着在床上出神，这是在上次已经详细说过的。到了后来，他觉得娇妻之亲热不忍相离，有若小鸟依人，怪可怜似的，心里实在不过意，便勉从她的意思，答应带她同走。爱翡女士得了这个好音，便起身收拾行装，布置杂物，整理一切，预备起程。

　　不过婴孩露宾因太小，恐怕途中受苦，决意暂寄史诺家里，由史诺夫人照拂。

　　在他们夫妇尚未离开伦敦以前，有一天爱翡女士问孙钦露道："你心里不喜欢在中国住家吗？我的意思以为我们的小家庭尽可搬到中国去住，岂不很好？你以为如何？我在这几天里一直在想着这件事情。我看你自从接到中国来的那两封家信促你回去之后，简直归心如箭,这也不足怪,不过我想我们何以不把我们的小家庭完全搬回中国去呢?"

孙钦露笑着答道:"中国目前的状况还未有什么进步,把住过英国的小家庭搬到中国去,岂不像把英国的鲜花栽在中国的荒野?"

爱翡女士很柔和的提醒他道:"你要知道露宾是一半中国一半英国的,并不会过不惯中国的生活。至于我呢?既是你的妻子,一切都可以跟着你,也不至有什么问题的。"

孙钦露开玩笑的答她道:"你不要说露宾是半中国半英国的,露宾的样子比你还要像英国的呢。"

爱翡:"你这句话并没有答复我的意思,也可以说是所答非所问。"她这样说的时候,把手臂靠在孙钦露的肩上倚偎着,继续的说下去:"我住在伦敦这许多时候确是觉得异常的愉快,我确觉得真舒服,真是幸福,事事都使我十二分的满意,在我呢,心里实在也喜欢伦敦,爱好在伦敦的许多亲友。但是这种种都比不上一件事,这件事不是别的,就是我心里所最酷爱的是要不离开你和我们的小孩子露宾。这是由我心坎里说出来的话,我那一天黎明在床上和你说的话,字字都是由我心坎里出来的,字字都是忠实的。我想到你,无论住在什么地方都可以的,都不在乎的。这是我心灵上要这样的,丝毫不出于勉强的。所以让我们索性住在中国。你的大部分的业务都在这个地方,所以我要请你带我一同回到你的祖国去,把我造成功一个中国的妇女,这是我所心愿的。"

孙钦露听到这里,又感动得说不出话来,只把两只手抱着她的那副娇嫩的脸,眯着眼望着,这就是他当时的唯一的回答。

爱翡女士现着笑靥,仍坚执的问他道:"你到底是否喜欢和我一同住在中国?将来我们尽可以时时到伦敦来看看,做做客,你说好么？"

孙钦露笑着答道："无论如何，我们先到中国去旅行一次，尝试尝试看怎样。"

【译余闲谈】

这样真诚深爱令人感泣的贤女子如爱翡女士，只有令我们羡煞老孙之幸福而已，夫复何言！不过女子的专一也有两种的分别。一种是心里真正觉得你本人的可爱，于是乎专一；有的是既经嫁了你，不得不靠你吃饭，或是既经嫁了，名分已定，无可如何，就是心里不觉得你本人的可爱，也只得专一。前者是为着真爱，后者是吃饭主义！

五十六

孙钦露得到中国家书催促回国一行后，本想请他的夫人爱翡女士陪着他们的爱儿露宾暂时留住伦敦，后来因爱翡女士很诚挚的要和他同走，他感于她的深情挚爱的话，不忍拒绝，就把露宾托史诺夫人照顾，他们贤伉俪就一同由伦敦动身，准备回中国。

他们到了香港，才看见中西风俗之界线。孙钦露虽是生长在外国的，对于本国的情形，虽未曾目睹，但是当然常常听见前辈和华侨中的朋友谈起，所以多少也有些知道，这次到了香港，觉得中国确不无多少进步。例如他从前常听见中国是以男女授受不亲为礼制的，这次到了香港，看见马路上男女扶臂并排走的不少，即此一端，可见风气比前不同了。爱翡女士当然也因所见所闻的事情，引起不少的好奇心。

他们俩在香港因为孙钦露有许多关于银行的事情要和各方接洽商榷,所以住了几个月。他出去的时候,有时和爱翡女士同行,有时独自一人出去,大概看所去的场所而决定,因为爱翡女士一点不懂得中国的语言,有的地方使她孤默得不舒服。

那个时候有件凑巧的事情,就是香港总督是史诺爵士的一位至好的老朋友,而且这位总督的夫人还是史诺夫人的一个远亲。从前这位香港总督和他的夫人在伦敦的时候,曾经到过史诺家里参加宴会,所以爱翡女士和他们很相熟。爱翡女士嫁孙钦露之后,在伦敦组织了小家庭,这位总督和夫人也曾经到过他们的小家庭,彼此感情甚为融洽,因为这个缘故,这次孙钦露和爱翡女士到了香港之后,这位总督当然大尽其东道主的义务,招待非常周到,彼此来来往往,倒非常的亲热。有的时候,孙钦露接洽银行事务出去的时候,爱翡女士未同去,常往总督府里去走走谈谈。所以还不至孤寂冷落,就全靠有了这种社交的机会。此外中国妇女能说英语的,在香港的当然也不少,爱翡女士因为她所爱的丈夫是中国人,她更有意的要和中国妇女做朋友,彼此宴会酬酢,倒也不寂寞。

有一天晚上,孙钦露和爱翡女士在旅馆里共用晚膳的时候,孙钦露忽然笑着对爱翡说道:"我今天中午的时候在街上遇着一位妇女,因回来路途很远,就在附近的菜馆里请她吃了一顿午餐。"

爱翡:"她是谁?"

孙钦露故意吞吐其词的说道:"我独自一人和一位妇女在外面吃了一顿午餐。"

爱翡女士知道他有意要引起她的醋意来开玩笑,不但不着急,反而有意镇静从容起来,而且也笑着和他开玩笑答道:"你不必吞吞吐吐,我已知道!"

这当然也是她的激将法,她本不知道,乃从容的说知道了,也无非要借此套出孙钦露的话。孙钦露却一下不肯说出,反诘道:"你已知道了,你知道她是谁?"

爱翡女士看见激将法不行,给他这一反诘,只得胡扯的说道:"一定是英国有什么亲友来了。"

孙:"她不是由伦敦来香港的,是由美国的华盛顿来的。"

爱翡笑着说道:"一定是汉密玲女士了!难道她还追踪着你到香港来,要控告你违背婚约不成?那么香港的新闻纸上又可多一桩动人听闻的新奇消息了!"

孙钦露听了不禁大笑起来,继而对她说道:"这个妇女是你所认识的,而且和你很要好的!"

爱翡笑着低声问道:"真的吗?"

孙:"真的!吾爱!雷绮女医生居然在香港,而且珠莲女士和她一起在这个地方!"

爱翡女士还是现出半信半疑的样子,默然无语。

孙钦露继续的说道:"这件事也出于我意料之外。雷绮女医生向喜各处旅行,她到香港来还不算稀奇,所稀奇者是珠莲女士为什么也到这个地方来!"

珠莲女士原是爱翡的好友,因为不赞成她的婚事而绝交,雷绮女医生是珠莲的好友,对此事却比较的有了公正的态度,这是已往的事情,想诸君还能记得,这次她们到香港来究为何事,容再奉告。

五十七

孙钦露和爱翡女士由伦敦动身,打算同回中国一行,途经香港，同住在一个旅馆里面。有一天孙钦露忽然告诉她说珠莲女士和她的好友雷绮女医生也到了香港，爱翡女士听了异常惊异，就问他道："你自己在此地见过珠莲女士没有！"孙答道："她本人我在此地并未见过，不过我听说她的确是到了香港。"

爱翡女士仍然异常惊异的说道："这倒奇怪！珠莲女士境遇之窘迫，这是你所知道的。由华盛顿到旧金山的盘费，在她已经付不起，她何从弄来的钱到香港来旅行？雷绮女医生手中比较的充裕得多，因为她有了专门的自由职业，又没有什么家累，但是珠莲虽穷，她又决不肯用雷绮女医生的钱，我从前看见她与雷绮出门的时候，就是五分钱车费，她都要自己拿出来，不愿意由雷绮代付，可见她生性的廉洁自励，不肯有丝毫的依赖性。所以说她此次来香港由雷绮女医生帮助她的经济，是绝没有这回事的。但是除此之外，倒想不出她从何处弄到这一笔旅行费。难道她肯把这硕果仅存的一所房屋和用来勉强度日的一点钱来作破釜沉舟的旅行么？这也是不近人情的事，决不会有的。所以我想来想去，简直莫名其妙！"

孙钦露："你曾经听见过她自己谈起她有一个表兄名叫李西奥吗？"

爱翡："没有！我从来没有听见她谈过。"

孙："我也从来没有听见她谈过有什么一个表兄李西奥，不过今天中午遇着雷绮女医生，据她说珠莲确有一个这样的表兄。雷绮比珠莲年龄大几岁，这是你所知道的，但从表面上看去，雷绮的面貌却后生得多，这也许是因为雷绮有了相当的职务运用她的心思体力，而珠莲则吃饱无所事事，瞎玩一阵，反因无规则的生活把身体弄老。讲到刚才所说的这位李西奥呢，他的年龄又比珠莲女士大了几岁,他在美国南北战争的时候,曾在南军中担任过一个将官的职务,所以大家都称他为李将军,倒也忠勇善战,在那时候很著名的波尔岩一役,他打断了一只手臂,后来在魏尔德涅斯一役,又打去了一只脚,他的父亲和他的阿哥都效命疆场,未得生还,他虽然这样残废,倒没有送命,不过他在战事结束之后,却穷得不得了。"

爱翡女士听到这里,不禁愁眉双锁,叹口气道:"战祸真惨!"

孙钦露很表同情的说道:"是啊!除了最近的世界大战之外,那次的南北战争,也总算是一桩惨祸了。"

爱翡:"但是当时那一战也有所不得已,因为奴隶之废确是一件很应该的事情。"

孙:"你的话虽不错,但是你要知道当时的南北剧战有一大半还是出于政治的作用,不尽是为着废奴的事情。"

爱翡:"我不相信!珠莲女士平日总是帮着当时的南军,你的这种偏见,也许是受了她的毒!"

孙钦露笑着说道:"你又不是大学里的美国历史教授,你又何以见得你的见解是完全根据事实呢?"

爱翡笑着道:"我们不要高谈阔论这些不相干的事情罢!还是请你把珠莲女士的表兄的事继续的告诉我。"

孙:"好!据雷绮今天中餐时候告诉我说,这位李将军在战事结束之后,穷得无聊,就跑到南美去做一些小事。曾经回家乡去走一趟,也曾经去看看珠莲女士的家属,那时她才十六岁。后来他又回到南美的巴西,在那里多年,总是不得意,勉强糊口而已。在一年前他居然做了一些木材生意,发了一些小财,后来他竟不幸死在海船上,因为身后并没有什么亲属,就吩咐把所留的两万美金遗产交给珠莲女士。"

爱翡女士正在听得出神,不禁自言自语道:"这倒是她意外得来的。"

孙:"她得到这一份意外的遗产之后,居然旅兴大发,留下一部分作为养老之用,抽出一部分用来旅行,以此自娱。"

爱翡:"啊!原来她的旅行费是这样来的!"

五十八

孙钦露在香港旅馆里把珠莲及雷绮也到了香港的消息告诉爱翡之第二天早晨,早餐刚才用过之后,雷绮女医生便来访问他们,爱翡和她久别相逢,倍觉愉快,雷绮便在他们那里作竟日的畅叙。

雷绮女医生本是异常疼爱爱翡的,那天一看见她,就双眼笑眯眯的握着她的手,对她说道:"你的女傧相来了!"说完这句话之后,再细看她的美丽笑靥,继续的说道:"你生活愉快吗?其实我这句话是多问的,因为我只要看你的焕发欣悦的态度和音容,便已知道你的生活一定是很愉快的了。"爱翡女士听了也很愉快的笑了起来,接着问她:"珠莲女士好吗?"

雷绮女医生答道:"讲到珠莲女士吗!她不但身体比从前好,自旅行以来,她的兴致也比从前好了几百倍了!她兴致这样浓厚,我如今带了她出来,不知几时才能够带她回去!她到了火奴鲁鲁的时候,你看她年纪虽这样老,在海滩上穿着游泳衣,随众追逐玩耍,简直乐得忘形!后来我千方百计,才骗得她离开那个地方。你说好笑不好笑?"

孙钦露在旁听雷绮讲了这一番笑话,不禁于静悄悄中笑出声来,开玩笑的说道:"你这样破坏别人的名誉,罪有应得!"

雷绮回转身向他笑着抗议道:"我丝毫没有破坏她的名誉,她不仅对于海滩游泳忽然有了这样的狂热,而且穿着稀薄的时式衣服,爬山越岭,鼓着勇气直上山巅,说是要借此扩充扩充胸襟,开拓开拓眼界,我看她的年纪实也不小了,劝她不要这样瞎起劲,万一倾跌坠渊,不是好玩的。"

爱翡听了现出不安的样子,赶紧接着问雷绮道:"你既然陪她出来旅行,也负有一部分保护的责任,怎么可以纵任她这样乱来?"

雷绮很着急的申辩道:"你也不能埋怨我,你要知道我劝她的话不知道说了多少,她简直像小孩子对娘一样,努着嘴不肯依,她到底是个成人,我难道可以把她关起来不许她出去吗!"

她这样说的时候,宾主三人也就彼此付之一笑。雷绮望见桌上排着的一张露宾的相片,拿起来细瞧,嘴里不住的赞赏道:"真可爱!真可爱!"

既而他们同在旅馆里用午餐,又谈到珠莲女士身上,雷绮说道:"珠莲女士这次出来旅行,还有一件有趣的事情,就是她上了这样年纪,跳舞的兴致居然大发,在火奴鲁鲁的时候,有一夜跳得不亦乐乎,倘若不是我拉她回寓,她恐怕连时间都忘记了!"

孙钦露插着说道:"她觉得身体上舒适,跳跳也无妨!"

雷绮:"觉得身体上舒适!第二天早晨来生德跑来对我说他的主人因为昨晚跳得太起劲,今天两腿酸得移不动,要在床铺上躺一天休息休息才行。这样拼死命的干,实在有点犯不着啊!"

孙钦露听见来生德的名字,才知道珠莲女士此次因为得了一份意外的遗产,有钱出来旅行,连这个黑奴也带了出来。后来再问问雷绮女医生,并知道她此次旅行不但带了黑奴来生德,而且把家里所用的黑种女仆丁娜也一同带了出来。他们两位都是服侍珠莲女士多年的仆役，珠莲不惜工本的带他们出来玩玩，也许是要酬报酬报他们的忠诚好意。但是雷绮女医生谈到这件事，却现出很不耐烦的神气埋怨珠莲女士，她说："我们出来旅行，本是乐事，珠莲却一定要带着这一对黑人跟在一起，既不雅观，又加了许多累赘的事情，我虽用了全力劝她不要带，竟完全无效。"

午餐后，他们同到旅馆的花园里坐谈，彼此谈谈在华盛顿时候的前尘影事。停一会儿，爱翡女士因为听见侍役说外面送了许多邮件来，便独自先到房里去看看有什么要紧的信。这个时候只有孙钦露陪着雷绮坐谈，雷绮医生乘此机会对孙钦露说道："你们对别后和珠莲的事情，总算问得详细了，我现在却要问问你们俩现在的情形怎样。"

五十九

雷绮女医生在香港孙钦露所住的旅馆的花园里聚叙，问起孙和爱翡自结婚以至现在，其中经过的情形究竟怎样。孙谈到此处，问她道："你可许我吸香烟吗？"雷绮点点首，他就燃着一支香烟，吸了几口，慢慢的开口道："我以为我们结婚后的情形非常圆满，我和爱翡彼此都十分的心满意足，毫无懊悔的地方，不过再细细的想一下，爱翡的心里可以说是毫无愁虑的事情，而我的心里却不免有些愁虑，愁虑的是什么呢？在美国在英国的时候，一切都是外国的环境，在爱翡生在外国的女子，有此环境，没有什么不方便的地方，现在到了香港，已经是要慢慢的接近中国的环境，我看她似乎已有些不方便的地方，如言语的不相通，性情习惯的差异，都使她在交际往来上多少有点不便。因此我心里常常在这里愁虑着，恐怕再带她深入内地,这种困难恐怕只有逐渐的加深。"

雷绮女医生原是很聪明的人,听他这一番话,也深以为然,她就建议道:"既然如此,你此次回国,原是为看看你的祖母,不是决定不再出国的,何妨把爱翡交托给我,让我和她同往日本去作短期的旅行,等你事毕回到香港,我们再到此处和你相会,岂不十分稳妥?"

孙:"你的话固然很有道理,我只要能够使得我所心爱的爱翡能愉快,什么计划都可听从的。但是我想你所说的计划,爱翡一定不赞成,对她说了也是徒然的。我们在伦敦时,我会千方百计劝她暂留在伦敦,她始终要跟我在一起,我看她那样恳挚,只好听她的意思……"

他们谈到这里,刚巧爱翡女士走进来了。爱翡原是听见有邮件来,所以独自走到房里去看信,那些信都是由英国寄来的,里面有一封是史诺夫人写来的,除报告些琐屑家务外,并提及露宾已经生出第一个牙齿,已经可以穿穿小皮鞋,不过赤足惯了,一下要他穿什么人造的不自然的皮鞋,他很不愿意,满心想把足上穿的那双小皮鞋踢掉。爱翡看了,为之一笑。她走进花园之后,略谈几句,雷绮看时间已经不早,即行告辞。因为她所住的旅馆和孙钦露所住的相距很远,路途又不熟,所以孙钦露自己护送她回去,在途中的时候,雷绮女医生问孙对于新中国有何感想。他说,虽然尚有许多不满人意之处,但是无论什么新运动,总不能绝对没有缺憾的,所以也并不因此发生什么悲观,最要的还是依着正路往前干去。

雷绮女医生答道:"你的话一点不错,讲到美国的华盛顿,当他从事立国的时候,他的左右也何尝没有使人不能满意的地方。"

孙钦露插着说道:"但是我们要记得他的居心,他的行为,他的死战,他的力作,都是赤心为国的,不是为着私利的。他有了这种正确的途径往前迈进,所以终底于成。"

雷绮:"天下的正道往往被人自己弄坏了,所以人是最重要的,得到正派忠诚的人,公而忘私的干去,没有什么国家弄不好的;倘若人心腐坏,无论你在表面上采用了什么好的方法,也是徒然的。"

孙钦露随口问她:"你觉得香港怎样?"

雷绮:"我觉得香港美丽极了!"

孙:"这也何尝不是用人力去造成的!"孙嘴里刚说出了这句话,转念一想此处所谓"人",并不是中国人,因为香港是英国用大炮夺去的,无论怎样美丽,也都是他们所经营的;又想中国人自己原有极好的地盘,自己闹得一团糟,不知经营,无暇经营,徒资外人的利用,不胜痛心。

转瞬雷绮女医生的旅馆到了,他就握手而别,乘着原车回到自己的旅馆。

六十

在雷绮女医生访问孙钦露的以后几天,他因在香港应行接洽的银行事务,纷至沓来,忙得不可开交,所以很少和爱翡女士到交际场中去,别的地方也很少他们俩的踪迹。有一天他略为有些空闲,爱翡女士很想和他一同出去到一家中国古董店里看看,买些家庭布置上用得着的东西。孙钦露就陪她同到一家很有名的古董店去看看。刚到了那店之后,有一件出乎意料之外的事情发生,就是忽见珠莲女士买了许多东西,两手拿了一大堆,向外走出,后面还跟着她的黑仆来生德和黑女仆丁娜,他们各人的手里也拿了不少的东西。珠莲女士原与孙钦露和爱翡交谊甚笃,他们俩的认识,就是由于她的介绍,后来因为她绝对不赞成他们俩的婚事,遂至绝交,这是诸君所知道的。那天她于无意中遇见孙钦露和爱翡,成见仍未消灭,竟反眼若不相识,一点不肯招呼,向外继续的走去。她后面跟着的来生德看见主妇这样的态度,也埋头随着走,不敢说什么,还是丁娜觉得这样寡情太不好意思,暗暗里对孙钦露和爱翡女士,由她那双诚实忠心的眼睛表出无限的情谊。爱翡女士看见珠莲女士这样冷酷态度,只付之微微一笑。孙钦露回想从前珠莲待他的厚意盛情,如今竟冷淡一至于此,虽欲调解而无从开口,心里很觉得难过,眼巴巴的望着她向外走,直看她走得不见影子,才回转头来陪着他的爱翡观看店里的古董。那家店主本来知道孙钦露的家世富有,所以招待得特别周到,他们随意买了几件东西就同行回寓。

那天夜里,孙钦露因为觉得爱翡在白天受了珠莲女士的委屈,心里十分不过意,对她格外温存体贴。第二天早晨他独自一人又到那家古董店里去,回来的时候,竟带回一串非常可爱的珍珠送给爱翡,同日珠莲女士也收到一项礼物。

珠莲女士所收的礼物是谁送给她的呢?在表面上是那家古董店的老板送给她的。那位老板亲自送去一个镶好宝石的檀香精雕的小盒子,说是承她买了许多东西,特再送些小礼物,聊表谢意。天下年老的妇女们大概贪多务得,所以珠莲女士嘴里虽尽说着何必如此客气,但是看看那个小盒子确实可爱,也就不客气的收了下来,很慎重的把它包藏好。她心里越想越觉得这位古董老板实在是天地间不易多得的好人,越想心里越佩服他,竟于第二日又到他的店里去花费了许多钱,买了许多本来不想买的东西。

这也是那家古董店的老板财运特别亨通。为什么呢？因为那个礼物不是他所破费的。孙钦露自那天在那家店里遇见珠莲女士后，虽觉得她那样寡情不该，但回想他在美国时承她那样优待，心里仍觉得她的厚惠可感，所以想了一夜，第二天早晨就跑到那家店里买了这件礼物，又因为珠莲女士的性情异常执拗，态度非常坚决，如说是他送去的，恐怕一定要璧谢的，于是另想一个方法，就托那位老板用他的名义送去，只要她肯收下，钦露的心里就觉得略为安些，至于她不知道是他送的，也就无暇计较了。这种地方，很可以表示孙钦露天性之敦厚。

事后珠莲女士还常常对雷绮女医生赞叹这位古董店老板之不可多得，她简直是一路赞到美国去！在雷绮女医生呢？她却是一位异常聪明的女子，她想天地间绝没有做生意的人对初次不认识的顾客大送其贵重的礼物，心里明知这一定是孙钦露弄的把戏，不过不愿意对珠莲说破，让她去继续的高兴罢了。因为就是她肯说破，如果珠莲不相信，徒然白说一顿；如果肯信，不但她那执拗的性情不肯对孙钦露恢复好感，而且要把那件礼物毁掉。说破既是毫无裨益，反不如让她瞎高兴，于她的精神上倒有点益处。

再过几天，孙钦露和爱翡女士便离了香港，准备到孙的家乡去。

六十一

孙钦露和爱翡女士离开香港之后，一路顺适，将到河南祖宅之前，因内地的人民少见多怪，孙和爱翡商量，叫她把从香港制好带来的中国式的妇女衣服穿起来，免得引起许多人的注目。她穿好之后，孙钦露笑着问她道："你喜欢这样的衣服吗？"她笑靥嫣然的回答道:"你叫我穿的东西,我心里没有不喜欢的。"

离祖宅尚有半里之远的时候,爱翡女士坐在轿子里面,从轿窗望到两旁的田里,看见有许多妇女也在那里持锄耕种,心里暗暗叹息中国上等妇女远不如农妇之勤于职业,替社会尽了这样重要的义务;不过看见那些农妇身上穿的衣服那样破烂不堪,却很觉得她们的生活实在可悯。

此时同在途中的孙钦露,他虽生在中国,从小就在外国长大起来的,此次回国到故乡来看看,也觉得事事新奇,好像到了没有到过的外国一样。

他们的轿子到了孙家的大门口,看见大门已经开着,孙老太太和全家男女老幼都拥着出来迎接他们,此外还有几十个男女仆役也忙着照料。他们那样热烈的欢迎,爱翡心里当然很感动。不过许多人都现出异常的好奇心,好像街上许多人围着看猴子似的,倒弄得爱翡女士不免有点局促不安起来。

在香港的时候,孙钦露就把中国的风俗习惯讲给她听,使她不要临时也许有所恐惧。她也说既然嫁了他,就是他的人,既然爱他,为他无事不可牺牲,况且区区风俗习惯上的异同,断无不可以迁就的地方。这是她在香港的时候,一点儿未曾亲眼看见中国大家族情形的时候,所以心里觉得这不算一回事,必能容受得了的。但是后来到了孙的祖宅,看见这个大家族里的人口在六十以上,孙钦露要忙于和他们敷衍,使她深觉得她在这种大家族里的地位实在渺小无足轻重,她的夫婿也不是她所独有的了!过惯了小家庭主妇的生活,忽卷入这样大家族的旋涡中,怪不得她精神上深感痛苦,终日惘然若有所失,但她为心爱孙钦露起见,却还能忍耐着。

爱翡女士慢慢的觉察中国大家族里的老太太实居最重要的地

位,好像一个君主国里的皇帝,如果没有了她主持一切,全家好像就要瓦解。讲到这家的孙老太太,做人虽异常的精明,但待人却很敦厚,对于这位外国娶来的孙媳妇也很疼爱,可惜老人家不懂爱翡的话,爱翡也不懂她的话,彼此相见的时候,倘若没有孙钦露在旁边做翻译,彼此都好像变成哑巴一样。爱翡觉得孙钦露的精明敦厚的天性,得诸祖母遗传的居多,因为他们两个人的性情有许多相似的地方。不过孙钦露平日却另有他的欣悦和蔼的态度,使人遇着他如坐春风,精神上觉有一种愉快;至于这位老太太就很不同,她的态度音容都很严肃,一天到晚不易看见她的笑容,所以遇着她的人却往往发生一种畏惧的感触。这也许是她要管理六七十人的那样复杂凌乱的家事,不得不凭借严厉的人格以相周旋。此外爱翡还觉得她的这位祖婆婆年纪固然有六十几岁,而老态龙钟,步履艰难。外国妇人到了这样年纪还能维持她们的很壮健的体格。这也许有一部分是由于她从小就把一双脚缠得那样小,简直不及三寸,把全身的重量加到这样小的一双脚上,就是体格好的人恐怕也走不大动,而况因此已使体格方面受了不少的损害;还有一部分也许是因为中国妇女素不注重运动及户外生活,一天到晚躲在闺阁里,所以比较的易老。

六十二

　　爱翡女士和孙钦露一同到中国河南祖宅之后,她对于中国的大家族生活,深感精神上的苦痛,前面已经说过。那个时候,在河南内地,妇女们只有关在大门内的时间居多,社会上的交际简直无妇女参与之余地,比之西洋的家庭生活常和社会的交际相连贯,做小家庭中的主妇有她的朋友,有她的礼尚往来,有她的户外娱乐,和中国内地习俗以妇女抛头露面为大忌的,当然完全不同,益以爱翡女士在那个地方言语不通,人地生疏,更没有与社会接触的可能。她所靠的唯一的伴侣,只有孙钦露一个人,但男子又有他在外的应酬,而在中国,这类应酬也只许男子参加,女子没有共同参加的机会,所以她这个仅有的伴侣,也要打一个折扣,不能完全归她所有的了。爱翡女士于无可如何之中,只得借针黹以自消遣,但是这种消遣当然也不能一天到晚,于是在静寂无聊之中,每每不免悒悒寡欢,想到留在英国的爱儿露宾,更引起她无限的伤怀。

孙钦露原是一个聪明人,他的祖母也是一位仁慈敦厚的老太太,对于爱翡女士的枯寂生活,当然也很觉得,不过因环境所限,也很觉为难。有一天孙钦露忽然带了一个裁缝司傅进来看爱翡女士,爱翡起先到弄得莫名其妙,后来听见孙钦露说明原委,才知道是祖老太太叫他来替爱翡做一套骑马的新衣,意思要请她和孙钦露一同出去骑骑马,欣赏欣赏乡村中的自然美景,借此旷达心胸,散散闷气。爱翡起初不肯,以为在香港的时候还不敢有此举动,恐怕引起社会的注目,现在到了内地,风气更比较的闭塞,安可有此举动,引起社会议论,也许由此要牵累到孙氏全族,她觉得这样的责任倒担当不起。这原是她的一翻好意,因爱孙钦露而顾虑到孙氏家族的名誉。后来经孙钦露加以解释,说乡人觉得此事之新奇则或有之,但决不至以此为不道德之行为,请她不必过虑,她也就首肯。中国的内地裁缝当然从来没有经手做过什么妇女的骑服,这次却是一个破天荒的事情。但是因为他很聪明,经过孙钦露和爱翡的指示,不到一天,就把这套新衣服做好,成绩倒也不差。

新衣制好了,讲到马呢,祖老太太却也很费心思,她觉得自己家里虽有，但却没有特别漂亮的好马，所以特向一家亲戚，也就是孙钦露的表兄黄姓那里借了两匹好马。凑巧那位表兄住过上海多时，女友中不少会骑马的，他们常在上海静安寺路附近的地方并辔疾驰以为乐。所以他除了男子应用的马鞍，还买了一副女子用的，后来回乡，那副女子的马鞍竟成了废物，不料现在废物竟有了利用的机会。

一切都准备完毕之后，趁一天天气非常好的时候，孙钦露一团高兴的请爱翡女士把那套新制的骑服穿上，他自己也穿上了旧有的男子骑装，一同走出来。那位平日不大有笑容的祖老太太先在大厅上候着一饱眼福，看见他们一同穿着骑衣，都奕奕有英气，尤其是爱翡女士于柔媚之中寓刚武之气，她老人家也不禁歆羡起来，深觉自身不知修到几世才享得着这样的幸福！其余家中的妇女们当然更是大惊小怪，其中有的奶奶们还是缠着的小脚，几步一停的走着路，看见这样的情景，简直有点不好意思把自己的小脚伸出来！

孙钦露扶爱翡女士上马之后，他自己也一跃上马，彼此加鞭，两马并行着飞跑的出发，向山侧大路进行，只见松竹夹道，百花献媚，远望湖水光平如镜，飞鸟高翔，自由活泼，爱翡自顾也好像是初出笼中的鸟。一会儿他们的马步渐渐的缓慢起来，并辔谈心，顾盼欣悦，此时他们恍然如在美国扑汤默克河旁一同骑马游行时的情景。

六十三

爱翡女士到河南孙钦露的祖宅之后，因社会环境及习惯风俗之不同，感受种种痛苦，前面已经说过。不但如此，她的爱儿露宾留在英国伦敦，虽交托与史诺夫人照顾，但母子之爱比什么都来得浓挚，爱翡女士以舍不得离开孙钦露，只忍痛暂与露宾分别，现在处在这样冷寂的境遇，更容易引起她思儿之念。她常想到那个小孩的玫瑰笑靥，常常想到他的纤小活泼的嫩手，常常想到他的巨大神气的眼睛，常常想到他的清晰悦耳的声音……一个人常常想得发呆，想得掩泪泣起来。

她这样一来，对于嫁给孙钦露的这件事有点懊悔吗？不！她爱他的心与从前一样，甚且比从前还要深厚。根本的原因当然是由于觉得孙钦露的品性学识以及健康欣悦种种方面都合于她的理想。在西洋女子嫁人是嫁给对方的男子，不是给对方的家族，只要对方的男子是合于自己的理想人物，便没有什么可以踌躇或懊悔的地方，所以爱翡女士对于这一点，始终没有发生过什么悔不当初的念头。至于中国的家族制度及风俗习惯之不同，她也不怪孙钦露，因为这当然不是他所能负责的事情，也不是他个人所能一朝一夕改造的事情，所以她对他只有原谅的意思，决无迁怒的观念。况且她看见孙钦露处处尽心尽力使她舒适，万般体贴，无微不至的行为，凡是在他个人能力里面可以做得到的事，所谓仁至义尽，无以复加，所以爱翡对他不但不发生怨怼之心，而且反觉得对他不住，反觉得他爱护之周至深切，情深如海。因为这种种原因，她虽然深深感觉所处环境之苦痛，但却想死心塌地的忍耐着，为爱孙钦露起见而忍耐着。可是她心里虽然打定了这样的主意，而实际上的环境还是一样，她在精神方面还是不能安乐，益以思子念切，颇有难于久住的样子。

孙钦露的祖老太太本是精明无比，孙钦露自己又是一个绝顶聪明，对于爱翡的心事当然是异常的明了。其先她老人家因爱孙心切，而且在国内所经营的银行事业也希望孙子能就近料理，俾得蒸蒸日上，所以很有意思要他们夫妇作久住中国之计。在孙钦露自己呢？他在国外时就怕爱翡女士到中国后过不惯中国的生活，所以自始就不想把小家庭搬回中国来，只想隔几时到中国来看看，后来因为爱翡女士舍不得离开他，一定要跟他同行，而且几次劝他可将他们小家庭移到中国来，所以他也动了尝试的念头。如今这位祖老太太和他自己都觉得当初的希望都成泡影，势难继续维持下去了。于是有一天他的祖母就和他商量这件事情。据她老人家的意思，在事实上既不免困难，孙钦露不如再陪他的夫人回到伦敦去。她说她心里实在舍不得孙钦露远行，一则因为他是长孙，二则因为她自己年纪已大，有许多家事也要他帮忙，但是她心里也非常疼爱爱翡女士，不忍叫她久处不适宜的乡境里面，所以再四思维，只得对孙子割爱，让他仍把小家庭搬伦敦去住。她同时并极力安慰孙钦露，说他老人家究竟子孙众多，孙钦露虽远行，她也绝不至无人照顾，不必多虑，至爱翡女士所恃者不过他一人，所以较量轻重，他不得不偏重爱翡女士的安宁幸福。

这位祖老太太的明白慈祥，弄得孙钦露一面静听，一面感动得泪如雨下。他表示一番感激的意思之后，就往爱翡的房里跑。

他跑进房里之后，看见爱翡一个人在那里流泪哭着，他赶紧把她揽在怀里，问她怎么一回事。她不料被孙钦露这样碰着，一时倒弄得把哭脸收不回来，只说没有什么事情，不过刚才忽然觉得头部痛得厉害，并说："我这样哭着脸的样子，很不愿给你看见。"爱翡女士无论在精神上有什么苦痛，她平日对孙钦露仍是笑靥相迎，语语慰藉，所以她有末了这句话。孙钦露从来没有看见她这样哭过，所以也更觉得心里难过。

六十四

孙钦露在他的祖母房里商定仍将他的小家庭搬回英国伦敦居住的计划之后,走到自己房里,看见爱翡女士独自一人在那里流泪,问她为着什么事,她以头痛托词掩饰,并说不愿孙看见她这样的哭脸。孙钦露说道:"我幸而看见了,可以问明缘由来安慰安慰你。"爱翡于呜咽之余,轻声断断续续的回答他道:"没有什么,不过头痛使我哭了出来,我现在不再哭了,请你不要难过。"

孙钦露从来未见过爱翡女士这样哭过,一面用手抚摩着她的金发,一面很和蔼的低声对她说道:"我的至爱!你心里有什么抑郁,还是让它哭出来的好,不可郁在胸中,反而有碍身体。"

爱翡女士平日无不以孙钦露的忧乐为忧乐的,她无时不在留意使孙钦露精神上获得愉快的,这一次偶然给他碰见了她的哭脸,原怕使他因此发生愁虑,心里很觉不安,很觉得对不住他,同时又见他那样温柔体贴千方百计来安慰他,心里更软了下来,好像冰雪遇着火而融化一样,脸上泪痕未干,已现出了笑靥;呜咽尾声尚在耳际,轻笑之声已在樱唇上微发出来。此时她懒洋洋的附着孙钦露的身体,把面孔挨着他的袖子,让她把她的泪痕擦干。孙钦露也微笑着赶紧把她揽紧抱着,此时的她好像小鸟依人,视孙钦露若长城,彼此揽抱无语者久之。

停一会儿,爱翡女士低声说道:"我的头痛就要好了。现在已经好得多了。"

孙则低声答道:"我们一定要赶紧设法把这样的病医好!我的'甜心'!你好好的休养一下,今天夜里好好的睡一夜,我希望我们明天就可以动身了。"

爱翡女士听到他的末了一句，不禁低声惊呼道："动身——"她说出这两个字之后，好像全身都震动起来了。

孙钦露连忙接着她所说的"动身"之后，替她接下去说道："——回到家里去，吾爱，到我们应该走的时候。"

此时爱翡女士一下说不出什么话来，她简直不信她自己的耳朵，以为这是梦境，而同时却又不能自禁的喜形于色，要想掩饰却掩饰不住的样子。

还是孙钦露先开口，他问道："你这样歇了一会儿，身体上觉得舒服一些吗？"

爱翡女士："我此时身体已经觉得十分舒服了。"此时他们慢慢儿离开身体，孙钦露的一臂还揽着她的颈肩，爱翡突然笑着问他道："钦露！你真的预备好动身吗？不太匆忙吗？你真的要去吗？"

孙钦露笑眯着眼回答她道："真要回去！回到家里去！回到露宾那里去！"

爱翡很相信孙钦露说的话，至此才觉得这并不是梦境，是确凿实在的事情。

爱翡女士将到孙家的时候，全家手忙脚乱的预备欢迎，现在听见她决计要离开中国了，又全家手忙脚乱的预备欢送。孙家那位祖老太太原来非常喜欢爱翡的，现在想到她就要去了，心里怪难过的，别的没有什么办法，只得多送几件珍贵的物品给这个孙媳妇带去作纪念物，里面有她生平最珍贵的一串珍珠，好几块宝石，一个首饰银盒，上面还有很精美的雕刻，刻着她自己未嫁前的做女儿时候的娇容。家里其他的姐娌们也纷纷赠送纪念物，有的送绣品，有的送绸缎，有的送这个，有的送那个，简直弄得爱翡女士大有应接不暇之势。她领受她们这样的盛情厚意，心里真觉得有说不出的感激。

六十五

爱翡女士想到即日就要偕同孙钦露回英国伦敦去，想到回伦敦后的小家庭生活，社交生活，以及爱儿露宾的笑容悦语，心里当然是非常的愉快。但在中国虽然只住了几个月，对于孙氏祖宅里的许多妯娌亲属，尤其是慈祥明理的祖老太太，彼此感情倒也很厚，所以想到分离，却也不免十分难过。在动身的那一天，祖老太太和她握别的时候，彼此都哭得好像泪人儿一般。孙钦露虽是男子，心肠比较的硬些，观景生情，倒也被她们弄得眼眶填满了眼泪，但却勉强装作笑容，一面安慰祖母，一面安慰娇妻，忙得什么似的。

他们俩与家人别离后的途中情形，没有什么特别可以记述的地方，不过爱翡女士深觉中国的家族观念和西洋的家庭观念，真有根本上的差异。在中国的家族里面，做儿子就是自己成家立业之后，他还是大家族里面一个没有独立资格的男子，他的妻子仍是要附属于这个大家族，也没有随着丈夫独立的资格；在西洋则一个男子成家立业之后，丈夫是妻子所有，妻子是丈夫所有，彼此另组成社会上一个独立的单位，而与父母的家庭是截然分开的。爱翡女士在途中对此点反复思维，很觉得孙钦露虽是她的丈夫，应有和她同居的义务，但照中国的习俗讲起来，他同时还应有和大家族中其他各人同居的义务；如今她竟把孙钦露拉回伦敦去，岂不是好像她把孙钦露这个人从孙氏大家族许多人方面抢了过去，据为己有？于心似乎有些不忍，既觉对不住孙氏的族人，又觉对不住孙钦露。她想她自己是在西方文化里面生长起来的，对于小家庭的组织，是视为当然的，原可没有什么问题，而这种思想却与东方文化不相容，如何是好？讲到孙钦露呢，他虽也是生长于西方，但究竟是中国人，她深恐他对此事心里不免有些芥蒂，所以在途中有一夜正当明月高悬，风平浪静的时候，他们俩在轮船甲板上并坐密谈，孙钦露偎倚着她的香肩，轻轻的吻了一下，对她的笑窝望着的当儿，爱翡女士低声对他说道："你待我的深情厚意，我真不知所报。不过有一句话屡次想要问你，就是你离开中国，觉得伤怀吗？"

孙钦露也低声的回答她道："我和家人话别的时候，虽不免伤怀，但是我此次陪你一同回伦敦去，心里却丝毫没有什么懊悔的地方。因为我带了我的宝贝到中国来，现在又带着我的宝贝到英国去，有什么懊悔？而况在伦敦我们还留下了一个小宝贝，我们又哪里能够舍得他呢？总之我的爱妻就是我的愉快的源泉，就是我的知足的宝筏，虽有人把全世界的富有和我交换，都换不去的。"

他们俩这样偎倚着密谈的时候，那轮高悬的明月时而钻进白云里，时而又钻出来赤裸裸的显露着，好像羞答答的对他们望着，望望不好意思似的，又借白云掩蔽起来。

他们到伦敦的时候虽近冬季，天气倒也温和，并不严冷。他们和亲友及爱儿聚首之乐，当然是异常愉快。转瞬耶稣圣诞将届，史诺夫人差不多天天来替爱翡女士帮忙料理家务，因为爱翡此时将作第二次的分娩了。

有一天史诺爵士正在书房里吸烟，史诺夫人奔进来报告一个消息，说是爱翡女士生了一个女孩子，并说露宾的面孔像娘，而这个女孩子面孔却很像她的父亲。

爱翡女士非常喜欢她的小女儿，露宾也很喜欢他的小妹妹。孙钦露有了一个爱妻,得了一个爱儿,现在这个愉快欣悦的小乐园里,又添了一朵娇嫩艳媚的鲜花了,全园里更是好像春光明媚,温暖融和,桃红柳绿,鸟语花香,别有天地非人间。

六十六

孙钦露与爱翡女士同回伦敦后,孙钦露仍在驻英中国公使馆任职,家中则夫妇子女融和安乐,充满愉快人生的空气。他们俩最喜骑马,所以有许多时候都消磨于鞍上,并辔驰骋于村野山径之间。他们每当这个时候,往往回想到在美国初次共骑的情景,历历在目,其甜蜜的意味,永久不减。除骑马外,喜在家里请几位男女朋友打打网球,他们也都喜欢跳舞,所以凡是朋友开交际跳舞会的时候,他们总欣然参加的。有许多人结婚了数年之后,感情总要渐渐的淡漠起来,他们俩虽结婚了好几年,彼此情爱的笃厚,体贴的温存,和最初却是一样,而且因经过许多困难挫折,也许只有增加些浓厚的程度。

说起也奇怪,爱翡女士此时想起在中国河南孙宅时的情景,不但无懊悔之心,而且倒觉得回想中国有趣味;她对朋友谈起中国的事情,居然津津有味的把许多身历的有趣事情告诉他们,作为茶余酒后的谈话好资料。

他们伉俪回到伦敦转瞬住了两年多,到了第三年的五月的时候,孙钦露的身体渐觉易感疲乏,最初医生说他有胃病,他却也不大注意。有一天在家中小花园里正和爱翡女士陪着两个小孩子游玩嬉笑的时候,忽然腹作剧痛,爱翡女士吓得面无人色,手足俱颤,立刻请向来所常请的佛斯德医生来诊,据说仍是胃病作怪,并安慰爱翡女士，说不甚要紧。但是孙钦露竟从此卧床不起，胃病愈趋愈险。有一天剧痛又作，此时因卧病多日，元气大不如前，更难耐此苦痛，爱翡赶紧用电话催请史诺速来。到了这个时候，孙钦露自知此次病症的加剧，全身支持不住，恐怕在人世的时间已有限，他把爱翡女士的手放在他自己的胸上，并说了几句安慰她的话，对她望着，看他的样子，知道他心里十分难过，好像刀割一样。史诺夫妇俄顷即赶到，并赶紧另请一位医生来看，据他说孙的心脏已异常虚弱，所以胃病随之俱剧，开方之后，暗对史诺说孙的病已无望，姑试服药以尽人事而已。医生去后，爱翡女士适因事暂时走开，孙钦露即握着史诺的手，流着泪对他说道："我自料不起，心中所难过者只有爱妻及幼小之一子一女，要完全托你照拂。爱翡在中国住不惯，不可再回中国，子女也只得在英国教养，不可离开他的慈母，免她伤心，我想你一定肯容纳我的请求的。"史诺点点头，不过仍极力安慰他，叫他不必悲观，服药之后，也许可以渐渐的痊愈。

停一会儿，孙钦露又对史诺说道："现在我的子女年龄太小，一点不懂得什么，等他们年龄稍大起来的时候，我希望你要告诉他们好好的爱护他们的贤母……"他说到这里，双泪涌流，呜咽不成声。史诺只得尽力的安慰他，但人生至此，安慰的话如像投入大海的小石子，是没有什么影响的。

那天夜里，孙钦露的病势愈趋愈恶，一手揽着哀痛万分的爱翡女士，呆呆的望着她，还勉强作微笑的面容，好像一个疲乏已极的小孩子，随后把头搁近她的肩臂，爱翡赶紧俯着首去亲他的嘴唇，不料她的心爱的丈夫竟从此逝世了。当时爱翡的惨痛，殊不忍叙述，史诺夫妇也随着挥泪。后来孙钦露的遗骸，就照他生前的意思，安葬在英国，一切后事，都是史诺替他料理，并由史诺写信到河南去详告孙的家属。孙宅接到噩耗之后,当然又是一场悲悼,可怜那位慈祥的祖母竟哭得晕去。后来,孙老太太总算体念孙钦露的意思,一切都照他的遗嘱办理,并拆分一部分家产变成现款,给她的在英的重孙子孙女,由他们的母亲管理。

  这样美满的姻缘,竟以天不延年,致使"天长地久有时尽,此恨绵绵无绝期",我们虽属旁观,亦为泫然悼惜:但念天下无不散之宴席,人生无不分之聚会,则亦姑作达观,勿为物牵。

          十八年四月二十日在生活周刊社译完
               译者附志

一个女子恋爱的时候

[美]葛露妩斯 著

这篇是美国女作家葛露妩斯女士（Ruth Dewey Groves）一九二八年的名著，内容惊心动魄，引人入胜，惟原著甚长，特由译者用意译撷其精华，诸君可随这篇文字的向前叙述，看见昳丽浪漫的珠莉女士对青年艺术家尼尔发生热烈的恋爱。尼尔则已与贤淑美慧的贞丽女士订了婚，贞丽又为富而狡黠的丁恩所酷爱而欲据为己有。其中可惊可喜的经历，耐人寻味。

译者

一

"倘若你真要娶那个女子,我就要跳入河里去!"一个美丽活泼的女青年这样说着。听见这几句话的那个男青年笑了一下,似乎表示不相信的神气。

"尼尔!我嘴里这样说,真是要这样做的。"这个女子很郑重的申说她的意思。

男的:"是啊!你当然是真会这样做,犹之乎你去年和柏陀也这样说过,前年和哈利也这样说过……"

女的:"你不要瞎说!我何尝对他们献过殷勤?我全心爱你,几乎发痴,这是全村的人都知道的。"

他们俩正在一个艺术工作室里这样谈话。那位男青年叫作尼尔,他是格林维基村里的一位艺术家,这个村庄距离纽约只有五十二里。女的叫作珠莉,是他艺术工作室里所用的模特儿。这天尼尔正在准备为他的未婚妻贞丽女士开一个小小的宴会,请村里艺术界同志来欢乐一番,第一次把她介绍给他们。珠莉女士对尼尔发生了异常热烈的单恋,先跑来和他争论了许多时候,尼尔很不耐烦,叫她不要再像小孩子那样的淘气,还是来帮助他把桌上的花排好，以便当晚举行宴会之用。珠莉哪里肯依？只见她愤然说道："这些花，我想一定又是她送给你的。"说到这个她字，声音特别的提高。起先尼尔还在那里忙着排布桌上的东西，听她这样不断的叽里咕噜，便停着手很认真的对她说道："为什么她不应送花给我？就是这个桌毡也是她送的。"他说了还举起一个银制的花瓶，继续的说道："这些东西都是她送的。我老实告诉你，就是这个宴会也只是为她而举行的。"珠莉气得发颤，现着怒容向他说道："你……你……真是一个可怜的疯子！"尼尔此时虽更觉得不耐烦，而她却继续悻悻然的说下去："尼尔！许多人都在那里纷纷议论你的事情……她原来是卜斯德的女儿……我们都以为你发了痴。到底怎么一回事？尼尔我爱……"她起初疾言厉色，盛气凌人，说到末了，顿把声音语气软了下来，接着说道："你娶这样一个在艺术界以外的女子，要破坏你自己事业的前途，你知道吗？"

他们正在这样争吵的当儿，门铃忽然响了起来，尼尔匆匆的说道："如果是贞丽来了，你千万不可再这样鲁莽！"他一面说，一面走出开门。珠莉气得粉颊绯红，杏眼圆睁，怒视着他的背后，自量一时争不过贞丽，但她心仍不死，她想男子的心是容易变的，也许还有她可以利用的机会。她心里这样暗自思量，同时因她所立的地方与门口只隔着一个很薄的帷帘，她从帘后窥见尼尔迎着贞丽狂吻，她此时心里简直好像有火焰熊熊的焚着。贞丽进来之后，珠莉便托故避出。她们俩原未见过。珠莉看见贞丽的温柔艳媚，笑靥迎人，觉得尼尔的狂吻，似乎也是出于情不自禁，但想到她自己用尽心机，落得一个空，这种宽恕的念头瞬间即逝，无复存余。贞丽初次看见她之后，也问尼尔她是姓甚名谁，尼尔以实告，她听了并没有什么疑虑，却很从容的说珠莉的身段婀娜娉婷，确是美女的模型。珠莉力劝尼尔不要娶贞丽，她表面上最大的理由是贞丽不是艺术界中人，不能欣赏他的艺术，不能促进他的事业，所以尼尔把模特儿告诉贞丽之后，眼巴巴的向她望着，看她对于模特儿的反应，是否和常人一样，后来见她不但无反对的态度，而且很有欣赏的兴趣，愈觉得她的可爱，又揽抱着她狂吻。等他放松之后，贞丽笑着问他："什么使得你这样？"尼尔笑着答她："你使得我这样。你的美慧迎人，沁我心脾，好像什么浪传布过来，使我无从抵抗。贞丽，我常常要和你接吻，我心里喜欢这样。"贞丽和他开玩笑的说道："常常要这样，所谓常常，也有什么一定的时间么？"

尼尔："常常就是随时的意思。"

贞丽："随时！"

尼尔："是的！随时！现在来宾未到，我又要吻了！"

尼尔正要再吻，贞丽不胜娇羞的当儿，门铃忽然又响了。

【译余闲谈】

珠莉劝尼尔不要娶贞丽，以她不是艺术中人，不能欣赏他的艺术事业为理由，在她方面固然是"项庄舞剑，意在沛公"，并不是真心有这个好意，但是这一点理由的本身却是很有价值。美国现在总统胡佛氏原为开矿工程师，他的夫人便和他同校研究过地质学，对此饶有兴味，当他做工程师时，协助他的地方不少；英国现代文豪萧伯纳，他的夫人也富有文学天才，对此很有兴趣，协助他的地方也不少。因为有了这样共同的兴趣，才易有同情，易有鼓励。我有一位女朋友擅长文学，嫁了一位工程师，他只知道欣赏铁锤引擎，视文学若无物，致她悒悒寡欢，我不是说工程师一定不懂文学，不过倘若他要娶文学家做夫人，他至少于欣赏铁锤引擎之外，也要知道欣赏些文学才好；他所找的她，自然也要对他的事业有相当的欣赏，否则缺乏共同的兴趣，不易有同情，不易有鼓励，便是一个缺憾。

二

尼尔正和贞丽在他的艺术工作室里等候宾客来参加宴会，乘来宾未到的时候，正要再吻她的当儿，门铃忽然又响，他问道："你想是你的父亲来了吗？"她答道："不！尼尔，这一定是你的第一位来宾。我的父亲今天失望极了。他对我说他今晚有特别重要的事情要出去找一位朋友去，所以不能抽身到这里来。"

"我也为之大失所望！"尼尔这样的说，其实他心里确觉得不舒服。他虽觉得卜斯德是好人，平日很敬佩他，并不是因为他当时是个巨富的财政家，却因为他的本人很可敬佩。但在尼尔未与贞丽订婚之前，既真心爱了贞丽，心里却常怕她的父亲也许因为他是一个清寒的艺术家，在艺术方面的名誉虽在继长增高，在经济方面着想，未必肯容纳他作东床之选。如今既如愿订了婚，在此宴会里第一次要把贞丽介绍给同村里的许多艺术界同志，而她的父亲却不能亲临，依他从前潜伏的心理，当然不免觉得失望。

不过一会儿他也就把这样不舒服的心理忘却，因为陆陆续续来了许多宾客，争来和他握手道贺，倒也热闹非凡，使他忙得什么似的，把刚才的心事完全抛开，随着他们一同快乐起来。这些宾客是一群一群结伴同来的，每群总有一位中心人物，或是一位著名的男艺术家，或是一位著名的女艺术家，他们都是笑脸迎人，满面春风，语言幽默，使人倾倒，一个静寂的艺术工作室被他们弄得变成了一个欢天喜地的世界。

珠莉在宴会未开贞丽未到以前，虽然先来和尼尔争吵了一顿醋潮，那天晚上的宴会本来不想参加，但是她对于尼尔的恋恋不舍，真像发了痴，好像多看见他一会儿，也可以解渴充饥似的，所以竟熬不过，终随着两位很漂亮的男朋友和一位沉静淡漠的诗家，一同到尼尔的工作室来，不过到得很迟就是了。宴会之后，继以交际舞，她乘着贞丽在那里和宾客谈话的当儿，静悄悄的跑近尼尔身边，柔声对他说道："请你和我跳一回舞，肯吗？"

一个人的感情究竟是易动的，而且在礼貌上对方女子以和颜悦色、轻声柔语来周旋，也不好意思板着面孔坚拒，所以此时尼尔照普通的礼貌，很温和的从她所请。但是在他们俩正在开始跳舞之际，忽然那个临时雇用的仆役来通知尼尔，说有人在德律风①上等他说话。他正想和贞丽知照一声，但是那个仆役赶紧做手势叫他不要知照她，一面孔严重和经了恐慌而强自抑制的神气，尼尔仅匆匆和珠莉道声原谅，即跟着仆役走出去。等到他们走出可以不令贞丽听见的距离，这个仆役才开声说道："据说卜斯德先生家里发生了不幸的事情，他家里有个人在德律风上等你说话。他说在他和你谈话之前，不要先让贞丽女士知道。据说是她的父亲……"

此时尼尔好像冷水浇背，不寒而栗，他想不得了，恐怕因此有什么惨剧要随着发生。他此时虽尚未听到德律风上的的确消息，但他心里想近来太快乐了，或许不免有乐极生悲的事情。他一会儿跑

---

① telephone，电话。——编者

到艺术工作室的隔壁一间小室里面，这个小室在平常晚间就是他拿来作卧室用的，德律风也就装在里面。他还没拿起听筒的俄顷间，回首望望隔壁大房间里的贞丽，心里异常替她难过；他还看见她在那里欣悦愉快的笑容迎人，尽她女主人款待嘉宾的礼貌，心里何等的快乐欢慰，哪里想得到有什么大祸临头？他想到此后她的快乐就是他的快乐，她的忧愁就是他的忧愁，如今遇着这样一件十有九危的消息，愈益替她伤心。这两个房间相隔虽仅一壁，但在此刹那间两方面的人的心境，好像是处在两个绝对悲欢各异的世界。尼尔在这样严重空气中呆了一下，才摸着德律风上的听筒，提起来听着。他先轻轻的开声说："我是尼尔。"对方答话的声音异常低，他几乎听不大出，不过勉强听到一句不清楚的话，好像是说贞丽的父亲死了。他略为提高声音喊道："你替他请过了医生吗？"对方仍用很轻微的声音回答道："我立刻就去请一位！"随后尼尔但听见"的答"的声音，知道德律风的线已断了。

【译余闲谈】

境由心造，在相当的范围内，未尝没有一部分的真确。尼尔在将把德律风听筒提起前的俄顷间，心目中突现喜悲两剧的情况，很可玩味。由此推广想想：心平气和的人，由他眼里看出去的世界，常见欣欣向荣的气象；胸襟褊狭的人，由他眼里看出去的世界，却常见满地荆棘的气象。而实际的世界，则犹是这一个世界，但一则以乐，一则以悲。这当然要在相当的范围内，若穷困到无以为生的苦百姓，当然很难生出什么可乐的心境来，便须从积极方面补救了。

三

尼尔在跳舞厅的隔壁小卧室里听了电话之后,心慌意乱的走到房门口,简直不知道怎样办才好。他呆呆的望着贞丽,看见她正在陪着一位来宾叫作赖安宜的跳舞,他想或许可用眼睛示意,或用手示意,就可请贞丽走过来,但是恰巧贞丽那个时候的视线并未移到他的身上,所以无从着手。珠莉原是很想和尼尔跳舞一会儿,偏于要动足的当儿,又有什么电话来打断他们,她心里觉得十分不舒服,但是她心目中仍脱离不得尼尔,虽未跳成,却仍在那里东张西望的注意尼尔,所以尼尔正要往前走的时候,即被她最先看见,笑眯眯的、轻盈迅捷的跑过来问他到底为着什么事情。但听见尼尔对她说道:"珠莉!请你告诉那几位音乐师,叫他们快把跳舞的音乐停止。"珠莉原是一位很聪明伶俐的女子,看见尼尔的神色不对,知道必有什么意外的事情,当然特别的对尼尔献她的殷勤,立刻就依照他的嘱托,把这件事很迅速妥帖的办到。一等到音乐慢慢的低微下来的当儿,尼尔先跑到贞丽的身旁去阻止她的跳舞,同时对她正在陪舞的来宾赖安宜道歉,对他说道:"赖安宜,请你原谅她,因为此时她家里忽有要事发生,我立刻要陪她回去走一趟,并请你告诉其他来宾,并代致歉意。"尼尔这样匆匆的说完几句之后,就赶紧向贞丽看着。因为他心中最注意的就是恐怕她受惊,他果然见她已经吓得发了呆,只得对她问道:"让我把你的大衣取来,你的车子是否歇在门口?"贞丽赶紧把两手握着他的臂,此时欢欣鼓舞中的来宾都好像梦中惊醒,围着他们俩,纷纷询问什么事情,可是贞丽已经急得眼花,并不注意有许多人围着,只很急迫的对尼尔说道:"告诉我!尼尔,告诉我……到底有什么事情发生……我的父亲……"

尼尔答道:"我也不大懂得清楚,我们立刻就去。"他一面这样说,一面挽着贞丽向大门走,将近门口的时候,看见珠莉已立在那里,手中拿好贞丽的大衣,招呼她穿上。珠莉此时的行为,是不忍他人患难而出于好心呢,还是有意做给尼尔看,当然非我们所知道,无论如何,在这样乱纷纷的当儿,她的心有如此之细,总是可以敬佩的。尼尔陪着贞丽坐入汽车开驶之后,贞丽又很急的问他在德律风里究竟听见了什么话,尼尔告诉她说,电话是她父亲的随侍仆人榜资打来的,据说他老人家病很厉害。贞丽觉得她那天下午和父亲分别的时候,并不见他有什么毛病,何以有这样忽然发生的大病,心里实在不解。尼尔也安慰她说,据榜资的意思,他也不确知病情到底怎样,因为他打电话来的时候,连一位医生还未请到。贞丽听了他这几句话之后,默然无语,唯有恐慌和伤痛的神情,看她的面容,已可概见。

他们赶到之后,刚走入她父亲的房门,有一个人,看上去明明是医生的样子,抬起他俯着的头,用很惨然的眼睛向他们望了一下,他们看了这一望,已经猜到事情不妙,贞丽心里已经觉得她刚才急急追问尼尔的话,至此已得了很惨痛的答语。她赶紧奔到她父亲的榻前,慈父的眼睛已经紧闭;她不禁放声号哭,哀痛万状,尤其因为她出生之后刚才两岁,母亲即弃世,全恃她这位仁爱的父亲,兼尽母职,把她抚养爱护,以至成人,如今忽以暴疾一瞑不视,弃此爱女而去,她追思亲恩,悲怆更异寻常。况且她既无兄弟,又无姐妹,简直从小就在父亲的慈爱中生长起来,一旦失所依归,哀伤曷极!

卜斯德在世的时候,对于尼尔和贞丽的婚事,一点没有反对的意思,尼尔很敬重他,他也很爱重尼尔,所以卜斯德的亲友虽有许多人觉得尼尔是一个清寒的艺术家,配不上贞丽,而卜斯德却丝毫不为他们所动。他们有这样提起的时候,他总是一笑置之。他深知尼尔是一个诚实笃厚可以信任的青年,深信贞丽的终身付托得人。他因爱女之深,平日很怕她爱错了人,但是后来听见她告诉他说尼尔是她的意中人,他这种忧虑便完全消灭,如释重负。但是他这一方面的忧虑虽已消灭,又另有一种忧虑,致他短命,内容如何,随后便可以明白。

【译余闲谈】

一个家庭里有一二聪明活泼的男孩子,好像种了一两棵青树;有一二秀外慧中的女孩子,好像开了一两朵鲜花。我个人觉得鲜花尤其是能替家庭中增加无限温柔和暖的空气,不过做父母的人对于女儿却有一件很担心的事,就是怎样助她选得一个如意的"他"。卜斯德对于他的爱女,"平日很怕她爱错了人",这种心事,我想凡是贤明的父母,无论中外,都是有的。只要父母是贤明的,做女儿的也应当请他们做"高等顾问",不可自己暗中瞎撞,以至上当,后悔无及。

四

贞丽赶到她的父亲榇前的时候,伏尸痛哭,椎胸哀号,好像要拼命把慈父从死中抢夺回来,左右诸人及尼尔看着这样惨状,虽一同挥泪,竟不知作何语以慰这个哀痛悲怆的贞丽。这个时候她已哭得神志昏迷,几至晕去,大家弄得发了呆,幸而在旁的老医生梅尔灵比较的镇静些,把两手伸过去紧紧的按着她的双肩,同时对尼尔点首示意,尼尔才从呆中醒来,赶紧半扶半抱的把贞丽送入客室里去,把她躺在一个沙发上,贞丽仍是抽抽咽咽的哭个不住,尼尔虽尽力对她说了许多安慰的话,她都好像未曾听进耳朵里去。

停一会儿,尼尔于无意中看见贞丽抬头对他哭着说道:"尼尔,你看见父亲死时面上怪难过的样子吗?"尼尔来不及加以思考之前,脱口而出的答了一个"是"字。她又哭着说道:"你……你以为有人做了什么事害了他吗?"尼尔听着她这样呜咽中断断续续的话,也觉得事有可疑,但在当时,为安慰贞丽起见,只得对她说道:"我想绝不至此。你难道未曾听见梅尔灵医生刚才说过吗?据说是患了心脏病,患了心脏病的人,往往不能持久,死起来是很快的。"贞丽听了又哭着说道:"我想一定有什么意外可怕的事情使他到这样的地步……咳!尼尔!你想……"她说到这里,又呜咽得说不出话来……"你想……他也许将死的时候叫人来唤我和他一别……那个时候我却一点儿不知道,反在跳舞享乐……"尼尔极力安慰她道:"贞丽,你不要这样说,你父亲有知,听见这些话,也要使他老人家见你这样哀痛而抱着不安的。"这些话不但安慰不住贞丽,反使她越想越悲痛起来,越哭越伤心起来,尼尔弄得手足无措,不知所可。

幸而此时老医生梅尔灵恰巧走了进来,对尼尔说道:"赶紧叫女仆来,我们要把贞丽女士送到床上去安睡几小时才好。"等一会儿医生告诉尼尔说道:"我刚才给贞丽女士服了一些安神药。"他们把贞丽安顿之后,尼尔想起贞丽刚才提出的疑问,不能自禁的问医生道:"梅医生,你看卜斯德先生是不过因病而死的吗?"梅医生听他这一问,对他怔了一会儿,才很镇静的说道:"你怎么问起这句话来?"尼尔迟疑了一下,回答他道:"我看他临死时的面孔,似有无限的苦痛和忧虑……"

梅医生忽然接着问道:"我似乎听见你已和贞丽女士订了婚,确吗?"

尼尔:"确的。"

梅:"那么,我可以老实告诉你,卜斯德先生实在忧虑得过于厉害,竟因此病剧而死。我曾经好几次劝告他,说这样忧虑下去,是很危险的。"

尼尔现出很不相信的样子:"以他的境遇,在这个世界上他有什么忧虑的事情呢?"

梅:"你有所不知,他实为经济压迫而忧虑;彻底说起来,经济压迫是世界上人忧虑的主因啊!"

尼尔很直率的说:"像卜斯德先生这样的人,还有什么经济压迫的忧虑,我却有点不懂。而且就是照你所说,他为经济压迫而忧虑至死,他将死的时候,脸上也何至现出那样恐惧的神气?"

梅:"他并不是为他自己恐惧,他实在因为想到经济方面,替他的爱女恐惧,他原想多活几时,勉自维持,把几年逐渐失去的财产恢复起来,免他的爱女受苦。"

尼尔听见卜斯德的财产消亡,虽还不明白究竟是什么一回事,但他对于财产本不在意,此时他心中所念念不忘的是贞丽的苦乐问题。梅医生见他对于财产详情并不诘问,也觉得这位青年难得,深为贞丽得人庆,所以他很诚实的把手按着尼尔的肩上,对他说道:"卜斯德先生所有的唯一觉得自慰的事情,就是他觉得他的爱女将要嫁给一位他所信任的青年。"

【译余闲谈】

老友沈寿宇君在美国普林斯顿大学读书的时候,他有一次问几位美国的同学,说譬如有两个女子于此,一个美而穷,一个丑而富,你们要娶哪一个?他们都众口一词的说要娶丑而富的。美国人拜金主义之剧烈于此可见一斑(当然也有例外)。他们许多人老实不客气的说"为金钱而结婚"(marry for money)。其实这种情形,岂但美国,就是我国也何尝没有,不过没有那样厉害就是了。但就中国的实际状况说,老婆的娘家尽管有钱,做女婿的真能揩到什么油的,却也不多有,就是多得些嫁奁,所揩也就有限,而且常在"内务部"的掌握之中。做丈夫的要揩油,不但难为情,确也不易。有某君娶了一个富妻,自己虽从美国得了一个化学硕士,回国后一时无事,靠他的夫人暂维家计,每天夜里耳朵边继续不断的叽里咕噜,也就够受!我个人以为丑而富,不如美而穷。

五

梅尔灵医生和尼尔等把哭得好像泪人儿的贞丽安顿于她的卧室榻上让她安息之后,梅医生又想起一个念头,他说要叫为卜宅管理家务的派克夫人赶紧打电话,请到贞丽的一两位要好的女友来陪陪她才好,同时他还要由医院里派一个得力的看护妇来照料照料。他这样吩咐之后,对尼尔说道:"贞丽女士哀痛过分,我给她吃了安神药后,要让她好好的安睡数小时。现在时候不早了,你自己呢,也应该回去安睡一些时候,因为她明天还需要你的护卫。"

尼尔稍为坐了一会儿,直等到贞丽的一位要好的女友来了之后,他才回去。当时来陪伴贞丽的女友是谁呢?是一位丁女士,芳名克拉,尼尔前此虽常听见贞丽说起她,却从来未曾会过面,那天晚上是第一次相遇。由尼尔看去,这位丁女士的样子很轻浮,为什么贞丽会交着这样的一位朋友,心里很觉诧异;但据派克夫人说,她确是贞丽的一位很亲近的好友。

尼尔当时正是心绪万分恶劣的时候,也无心去对此事多想,既然听见派克夫人这样说,他也就离开了贞丽,独自一人向家里跑。

他在街上独自一人在深夜里踯躅前进,头昏目眩,心神飞越,几不知人间何世,想起贞丽之可悯,边走边挥泪。他半走半撞的闯进了自己的艺术工作室,那时客人当然都早散了,就是临时雇用的一个仆人也没有影踪。他略睁开眼看看,模糊中似见椅桌凌乱,杯盘狼藉,好像是表示乐极生悲的样子。他此时不禁涕泪滂沱,把身体掷在一张沙发上,抱着头放声哭了出来。

在此夜阑更尽的时候,尼尔自以为是独自一人在房里悲伤,不料忽然听见有很柔和的女子声音在旁说道:"你要吸一支香烟吗?"他惊得一跳,抬头仔细一看,原来不是别人,却是珠莉,他就开口问她道:"客人都散了,你为什么这个时候还未回去?"

珠莉:"我一直心里怕你有什么困难的事情。尼尔,到底什么一回事?是不是她的父亲死了?"

尼尔点一点头说:"心脏病。"

珠莉:"这件事在你真是不幸。但是这样一来,你不仅是有了一个巨富的女承继人(按西俗父母未逝世前,承继遗产者还不能就得到手),而且是可以得到一个巨富的妻子。"

尼尔:"不要胡说,珠莉,我岂是存心这样的人?而且卜斯德先生并没有什么遗产留下来。"

珠莉作冷笑："不久你自会明白，她爱你这样深，一定会把事实告诉你。"

尼尔："如你所说的她是指贞丽，她自己未曾告诉过我说她的父亲并没有什么遗产留下来。其实她自己对于这件事并未曾知道。"

珠莉听了尼尔这几句话，现出很惊讶的神气，脱口而出说了一声："哦！"下文便说不出什么，好像呼吸很急促似的。

她在刹那间，好像智囊的小脑子，异常敏捷的产生了一个新观念：她心里暗想，贞丽原是百万巨富的承继人，钱是一生尽够用了，所以就嫁给一个清寒的艺术家，也不在乎，因为她并不怕没有钱用；如今不同了，倘若尼尔刚才所说的没有遗产留下是确切的消息，贞丽便要一贫如洗，也许要变心去嫁给一个有钱的人，把清寒的尼尔置于脑后，这样一来，尼尔岂不是又到她自己的掌握中了吗？珠莉想到这里，不禁心花怒放，好像精神振作了百倍，赶紧把桌上众客余下的白兰地酒，倒一杯很慎重的递与尼尔，要他饮些救救疲顿的精神，这当然也是她的一种温柔中含有用意的手腕。

【译余闲谈】

经验阅历愈多愈深的人，遇着意外的事情也愈能镇静；经验阅历愈少愈浅的人，遇着意外的事便容易慌乱：此经验阅历之所以可贵。上了年纪的人虽易有顽固的毛病，而遇事能够镇静的功夫却是他们的优长。少年人不应效法他们的顽固，而这种镇静的功夫却是应该学的，应该自己随处留意的。你看当此乱糟糟的当儿，梅尔灵老医生却能那样镇静，指挥得有条不紊，这也无非是他经验较多、阅历较深的缘故。这还是比较的小事，天下事业愈大，问题愈重，镇静功夫的需要也更厉害，因为必须自己先能镇静,然后脑冷思清,才能应付咸宜,庶免迷惑鲁莽。

六

珠莉在艺术工作室里等到尼尔回来,大献其殷勤,拿香烟哪,倒白兰地哪,可是满怀悲念贞丽的尼尔一点儿不要领受,一面尽管温柔体贴,一面却仍然悲怆冷淡。珠莉到了这个地步,也自己觉得所用的手腕不灵了,只得开口对他说道:"我这样的诚心待你,你却这样不要,那样不要,一点儿不肯领受!我想你这样子,总要有好些时候无意于艺术的工作,所以一时也用不着我,还是让我暂时到哈克那里去帮帮他的忙罢,你的意下如何?"

尼尔糊里糊涂答了一句"晚安",这是通常晚间相别时用的话,珠莉听了,知道她到哈克那里去也好,到其他任何地方去也好,在尼尔是无可无不可的。

但是珠莉的心究竟不死,转念又对尼尔柔声和气的说道:"你明天早晨几时起身?那时我要来替你弄些咖啡茶。"

尼尔:"我不想到床铺上去睡了,谢谢你,请你不必费心罢。"

珠莉:"你难道因为替贞丽女士悲伤,就打算一夜坐到天亮不睡吗?"她说的时候,满面表现替尼尔担心的样子。

尼尔把表拉出来一看,随着说道:"现在差不多天亮了。"

珠莉:"那么让我在未去之前,就替你把咖啡茶弄好。"

尼尔:"请你不要费心……"尼尔这样说,原是怕她以咖啡茶为借口,其实却要不肯走,在那里和他噜苏。但是有一件事出他意料之外的,就是珠莉很迅速的把咖啡茶预备好,送到他的面前茶几上,又把白糖放在杯旁之后,立即爽爽快快的告别。

珠莉真是一个聪明伶俐的女子，她很能察言观色，往往能做出出乎他人意料之外的事情。人非木石，谁能无情？尼尔此时疲顿已极，有一杯现成弄好的咖啡茶，当然受用得很，所以在珠莉离开之后，他便独自一人在那里拿着茶杯往嘴里倒，同时想到珠莉那样深情蜜意，得了他那样冷淡的反应，仍辛辛苦苦的弄好一杯这样好的咖啡茶，很可怜的出门而去，心里实在觉得不过意，不禁发生感激她的意思。但他转念之间想到贞丽，又把珠莉全忘了。

第二天早晨，尼尔又赶到贞丽家里，以后几天里，他每天都去安慰她，辅助她一切。那个时候，卜斯德身后的经济消息，贞丽一点儿未曾知道。尼尔由梅医生处听到这件事，而梅医生则从前曾与卜氏的顾问律师谈起，知道这件事。不过这位梅老医生，是卜家向来的家庭医生，和卜氏是很要好的，所以对于贞丽也很爱护，叮嘱卜家许多人，非到卜氏出丧之后，不可把这件事让贞丽知道，因为她正在悲怆逾恒的时候，如再加上一个不幸的消息，更要使她难堪。

卜斯德安葬之后，尼尔时刻害怕的是贞丽知道她父亲的经济陷于困难的情形，因为她刚遭大故，哀毁逾恒，身体已经疲弱得可怜，如再听见这样不幸的事情，恐怕受不住。可是这件事却给予尼尔一个机会，作他看出贞丽良好品性之另一个新的方面，因为后来卜氏的顾问律师嘉定纳把这件严重的事，用很温婉的语气和态度慢慢的告诉她之后，她并无过分伤感的表示。尼尔深觉贞丽之爱她的父亲是真心的爱他，并不是于父亲之外另有什么目的。所以当她失了父亲，那样哀痛得厉害，等到知道她失了巨大的遗产，虽觉得不幸，却没有什么过分的着急。不过她想父亲在时何以一点儿未曾提起，不禁很轻微的对嘉定纳说道："我却有点不懂，你说我们赤贫如洗了吗？我们在格兰柯武地方还有一所很大的房屋，而且父亲从未把家用的钱裁减过一些……"

【译余闲谈】

珠莉女士那样温柔体贴的深情蜜意，在她固然另有目的，但是这种行为却也很足以动人。我以为合于理想的伉俪，双方都应有这样的情意，可是这样的情意要由心坎中自然的发出，却也勉强不来的。不过没有了这样的情意，便只剩下义务上的夫妻。所谓义务上的夫妻，是既经糊里糊涂的结了婚，因没有办法，只得维持下去。有某君夫妇感情淡漠到冰点，他的义务只不过按月交出多少家用的钱，此外彼此简直不相闻问，甚至彼此生病的时候都不大理会，却生了四个儿子！这是他亲自叹息对我说的。

七

贞丽听见她父亲的律师顾问嘉定纳说起他父亲身后一无所遗，虽不十分置意，但却不解格兰柯武地方还有一所屋子，而且平常对于家用并无裁减之处，何以身后萧条至此。嘉定纳听她说出这样怀疑之后，便这样回答她道："他正是因为要强绷场面，所以把自己急死。其实他所有的产业早已抵押掉了。你刚才所提起的那所屋产，是他最后所强自保持的，但三个月以前也卖掉了。当时他从这所屋子上所得的一笔款子到底怎样用去，我至今查不明白。我在他所有的近来日期的收条里面，总找不出关于这一笔款子的收条。贞丽女士，我恐怕卜斯德先生还有许多账未清理，也许你所可有的一些遗产里面，不久都要拿来抵债哩。"

嘉定纳说的时候，深怕引起贞丽的伤心，所以有意把声调弄得很低微和婉，但是他觉得贞丽的态度很安定，他心里暗暗揣想，也许贞丽另有可恃的产业，为他所不知道的。他暗想也许卜斯德三月前卖掉屋子所得的款子……但转念间又觉不对，因为他深知卜斯德的诚实品性，他既然还有债务未清，绝不肯作此欺骗隐瞒的事情。

尼尔此时坐在贞丽的身旁，很贴近着，他一直在那里忐忑不安，也很怕嘉定纳律师的话说得那样直率，也许要使贞丽受不住，所以他一直盼望嘉定纳的声音和语意再可以轻淡委婉些；同时他又有几句极重要的话要独自一人和贞丽开口，所以盼望嘉定纳快些把话说完走开。一会儿工夫嘉定纳果然退了出去，此时尼尔当然乐得什么似的，正想向贞丽开口所要说的话，却被一个女仆进来打断，据女仆说有一个客人丁恩先生要见贞丽，贞丽答应她可以延见。

尼尔既有几句极重要的话要向贞丽说，便不肯她见客，提出抗议说道："贞丽，我要请你这个时候无论什么人不要见，因为我有一件事要和你商量。"

贞丽："但是尼尔，来的是丁恩先生，我怎能挥之使去呢？"

尼尔："当然你不能挥之使去，他是怎样一位有力的帮助你的人啊！"他说的时候，显然大含醋意。

贞丽此时还不觉得尼尔的醋意，这样对他说道："他和他的女儿克拉，都是很热心帮助我家的人。像克拉近来因为我惨遭不幸，她情愿牺牲社交的快乐来陪伴我，这是多么可感！"

尼尔恐怕引起贞丽的不快，对她这句话并未加以辩驳。他凑巧知道这几天克拉并不是用她全部分时间来陪伴贞丽的，确曾参加好几处社交的聚会，有一处是跳舞会。但贞丽既相信克拉用全部时间来陪伴她,以此自觉安慰,他为她的安慰计,对克拉也就不愿多说去拆穿她的假仁假义。但他对于丁恩之为人,却一点不能有这样宽恕的意思,因为他向来很厌恶他。他也说不出为什么那样厌恶他,但总觉得丁恩的态度实在令人厌恶,简直不愿意和他握手;尤其是看见丁恩和贞丽行握手礼的时候,握着不放还要抚摩着那种密切肉麻的样子(丁恩一向对贞丽如此),更觉火上心来,很想打他一个耳光,才泄心中之愤。丁恩是谁?他却是卜斯德的一个熟朋友,和卜斯德是属于一个俱乐部,常相过从的,因此也成了卜斯德家庭的朋友,但无论如何,尼尔总觉得他这个人的品行靠不住,仍是很厌恶他。所以这天丁恩来看贞丽,笑着脸走到房门口的时候,尼尔很勉强的略点一点头,很冷淡的把手放在背后立着。在丁恩呢?他的心目中原来只有贞丽,所以对尼尔也很冷淡,只不过很敷衍的对他说一句客套语:"你好吗?"看见他手不伸出来,他也不在乎。因为他一心一意准备着和贞丽握手,只要握到贞丽的手,他就心满意足,其他一切都不管了。

【译余闲谈】

英语中有所谓"家庭的朋友",在西俗也是很郑重的。所谓"家庭的朋友",不但做某家庭中一个男子的朋友,并且成了那家庭里面的主妇以及他们姊妹子女等等的朋友,因此对不可靠的人绝不肯轻易介绍到家庭里面去。我们中国人对友人说你有空请到我家里来谈谈,这句话似乎不甚重要,在西人对你说这句话,就表示很信任你的态度,你应当去看看他的,否则便很失礼。我国旧式家庭,妇女向不见男宾,自命新式家庭却往往误会,以为可以一切公开的,这也不对,像卜斯德交到了丁恩,也就够倒霉!

八

尼尔正有要紧的话要向贞丽开口,忽有丁恩者来见。丁虽为她父亲的朋友,但是他的品行,尼尔觉得很靠不住,所以他来之后,尼尔很不高兴,就向贞丽告别,有意提高声音对她说道:"我半点钟后再来。我有些要紧的话要和你谈。"他有意这样说,要使丁恩听见,给他一个不可久留的暗示。尼尔临别的时候,贞丽和他亲了一个吻,这是他们未婚夫妻的送别礼。

贞丽当然是死心塌地的爱尼尔,但她却未看出丁恩的品行不可靠,她以为他既是父亲的熟友,而且他的女儿克拉也与卜家时常来往,所以心里也就把他当作自己的伯叔看待。尼尔走了之后,她就陪着丁恩坐下。丁恩装作很悲伤的口气开口说道:"我本不想在这个时候阻断你们的谈话,但是我所以不能已于言者,因为我要你知道我是你的父亲最信任的人,此次惊闻你不幸惨遭大故,心中实在替你难过,所以赶紧跑来安慰你。你得着你父亲的一个信任的好友来安慰你,也许可以减少一些你的伤心。你父亲在世的时候,我曾经当面答应他,说我要保护你一生的安全。"

贞丽听了他这一番话,在她天真烂漫、不知诡谲的心里,当然视为诚恳殷勤的意思,就问他道:"我的家况之萧条,真像顾问律师嘉定纳说的那样厉害吗?"

丁恩:"你父亲在世的时候,确曾和我谈过,说他的境况每趋愈下,形势日恶——但是,当然,嘉定纳到底怎么说,我却未曾听见过,也就不知道内容究竟如何。"

贞丽:"据他说父亲身后一无所遗——就是这所屋子里的家具,

都要卖掉抵还债务。"丁恩本来还用手紧紧的握住贞丽的手不肯放,贞丽此时说到末了两句话,不禁伤心起来,不知不觉中把手缩回来,掩面哭了出来。丁恩伸臂围着她的粉嫩颈项,把她的头拉近他自己的胸际,紧紧的抱住她。长辈对于幼辈的爱护安慰,原来也有亲爱的举动,却是也有相当的程度,抚揽尽管抚揽,但像丁恩此时的紧揽密抱的动作,显然含有其他不正当的观念,在有意观察的人未尝不能看出破绽。不过天真烂漫的贞丽正在父亲见背自伤身世的悲怆中,精神上常在昏迷的状态,当然无心观察,一点儿不在意,一点儿不觉得丁恩心里有些别的什么念头,只当他是父亲的好友,只当他是诚心卫护死友的爱女,所以她还哭着说道:"丁叔叔,我自己简直不懂何以一至于此!我现在要怎么办才好呢?"

丁恩:"我所以急急要来看你,正是要来和你商量这件事情。当然,你父亲的产业统统变卖抵债之后,你要到我家里来住,和我及我的女儿克拉住在一起。你也不必过分伤心,也许你父亲的产业变卖后,还有一些遗余,不过此时还没有什么把握罢了。"

贞丽呜咽着说道:"倘使我爸爸不死,关于产业钱财的损失,我一点儿不在意。现在为我自己呢,我对产业钱财也不在意,不过为着尼尔……"此时贞丽已坐了起来,泪水盈眶的眼珠儿对丁恩望着。

丁恩现出十分诧异的样子:"你怕因为你现在穷了,尼尔对你要改变他的态度吗?"这个意思倘使是确实的,当然是丁恩所极端欢迎的,正是他欲求不得的,但是他虽妒忌尼尔,却从来未想到尼尔会有这样的事情,所以听了这句话,虽是心花怒放,却仍在狐疑之中。贞丽对他这句话如何回答,倒也很值得我们的注意。

一个女子恋爱的时候

【译余闲谈】

　　我国俗语有一句说:"先小人而后君子。"这句话初视似乎未免以小人之腹度君子之心,其实很有意思。我们无论对于何人,要信任他,先要加一番很细密的观察与检查,这就是"先小人"的意思;观察检查的结果,确觉得他好,然后再加以信任,这就是"后君子"的意思。这种态度是不可少的。尤其因为世界上作伪的人太多,表面上看去似乎很好,其实里面却不堪闻问。这种作伪的手段尤其易欺天真烂漫、胸无城府的女子,所以做女子的更不可不慎。贞丽因丁恩是她父亲的朋友,便不自加考察,深信不疑,她不想她父亲是个有钱的老头子,她自己却是一个娟媚动人的年轻女子。

九

　　丁恩听见贞丽说她不是为她自己而觉得失掉遗产为可悲,实为尼尔起见,觉得难过,他惊喜交集的问她,尼尔是否要因没有了遗产而改变态度。贞丽听他这一句,深以他误会为可笑,便亟亟的辩着说道:"不!尼尔绝不是这样的人,他是真心爱我的,时常觉得爱上了一个有钱的女子为憾事,他原是爱我,不是爱我的钱。不过在我为他设想,倘若我能在经济上使他宽裕些,不至以经济之窘迫撄心,不必在这方面愁虑,以便可用他的全副精神于艺术的研究,尽量发展他的天才,这是我自己为他打算的意思,并不是恐怕他现在因为我没有了遗产就要改变态度,请你不要误会。"

　　丁恩本来是满腔充满希望,听她这样爽爽快快毫无掩饰的一番说明,真像背上浇了一盆冷水,一时好像失了神经似的,但他是诡谲异常的，定一定神，又假痴假呆的说道："哦！我明白了。你处处为他设想，却也不错。一个堂堂的男子汉，在经济上连一个亲爱的人都供给不起，他当然要觉得心里不安，而对于他自己的工作也要因此分心了。"他这几句话，在表面上似乎是赞同贞丽的意思，在骨子里实含有讽刺尼尔的恶意，不过不以恶意度人的贞丽一时不留意而听不出罢了。

贞丽一心把丁恩视为一个热心的顾问，所以还对他说这样的话："我想尼尔就要我和他结婚。他自己虽然还未曾对我说过这个意思，但是我料得到倘若他听见嘉定纳说这个房屋不日即须变卖抵偿父亲的债务，我不日即须离开此地，他一定要决意和我即行结婚，免我无家可归。"

丁恩表示很不赞成的样子："这却办不得。你切勿转这个念头，贞丽！你自己曾经说过，这件事要增加尼尔的牵累，有碍于他前途的事业。而且你的父亲去世未久，你就结婚，对于纪念你死父的方面也很不适当。"

贞丽很温柔的回答他道："我想我亲爱的父亲在天有灵，一定要我这样做的。我既无家可归，倘非正式的结了婚，我又不愿糊里糊涂的随着尼尔过日子。"

丁恩："这有什么难解决，你离开此屋之后，尽可以到我家里，和我及我的女儿克拉同住。"

贞丽："这件事我要先和尼尔商量一下再定，但是我要先请你谅解的，你不要以为我不知感谢你和克拉的厚谊。倘若没有你们父女两位和尼尔这样的爱护我，我这样可怜的身世简直忍受不住。"

丁恩："不过你不要让尼尔掩蔽了你自己的良好判断力，贞丽！我知道你现在还未能深悉你自己到了什么苦恼的境地，你要明白像你这样从小娇养惯了的女子,一旦离开这所房屋,跌入穷苦的悲境里去,真是难受!你要想适应这种穷苦的环境,要慢慢的做去,并非一朝一夕所能骤改的。在这种慢慢改变自己的生活以适应穷苦环境的时候,最好不要把尼尔拖在一起,因为他正在努力前程,此时即加上家庭的牵累,和他前途的成功是很有妨碍的。"

贞丽含泪悲怆的答道:"丁叔叔,你的话不错。"

丁恩:"我告诉你的这一番意思,确是不错的。不过你却不要希望一个正在迷于恋爱的青年能对我的意思表示赞同。所以我请你要特别谨慎,不要让尼尔迷惑你,使你不想到将来的恶果。"

贞丽很感激的答应他:"我一定要想法使他明白这个意思。"

他们谈话完了之后,丁恩满心准备好装作父执爱护幼辈的样子,吻了贞丽的前额,才和她告别。他所说的一番劝导的理由都是假的,老早准备要实行这一吻,却是真的。他走出房门经过通道的时候,看见尼尔正从对面走过来,两人相遇,都板着冷面孔,勉强微微的点一点头,各走各的路。

【译余闲谈】

"君子可欺以其方",小人可恶,能有"方"以欺人,使人不知不觉中上其圈套的,更可恶。丁恩的花言巧语,初听去何尝不处处好像为贞丽及尼尔谋安全?但他的心术便不堪问!所以防小人不易,欲防有才以济其奸的小人更不易,非有极精密的观察和极敏捷的感觉不可。像丁恩讽刺尼尔的话,显然意存离间,但非细心防备的人便听不出。苟能细心防备,他的奸计也就无所施其技了。

十

丁恩离开贞丽之后,尼尔匆匆的跑回来,一看上去就知道他是带了满腔心事来看贞丽的,他一见着贞丽就喊道:"我的甜心!"那种着急的样子好像有了几个星期之久未曾见过她似的。他接着说道:"我刚才真不该走开!丁恩对你说了什么?"贞丽此时倚着他的胸怀,由尼尔伸臂揽抱着,仰首回答他道:"他劝我暂时住在他家里去。"

尼尔:"他真敢胡说瞎道!他看我是什么人?我只望你当时爽爽快快的对他说你就要和我举行婚礼,不再延搁了。"

贞丽仰首对他笑着,尼尔从她的笑里看出她的怀疑的态度,她的随着后面的答语实在是要回绝尼尔的建议,不过不忍唐突的先回答,似乎要借此一笑来和缓空气,慢慢的说道:"让我歇一歇气再告诉你。"尼尔略为放松他的揽抱,继续说道:"你现在可以告诉我到底对他说了什么话。"

贞丽:"我答应他先要和你商量一下。"

尼尔:"贞丽,你知道我对于此事的意见;我对此事只有一个回答,就是你要离开这个屋子的时候,就要立刻和我结婚,若能提早更好。我实不愿你冷清清的、孤独的住在这个地方。我想另外出去寻得一个适宜的小地方,和你同住,因为我恐怕你也许不愿意住在艺术工作室里。你的意思如何,吾爱?"

贞丽:"我只能说一个'不'字,尼尔。我要请求你谅解我的意思;我一想到立刻结婚,心里就觉得难过,而且此事在你的一方面也不宜于亟亟举行。"

尼尔用恳求她的口气说道:"但是你要知道我是要卫护你的,照顾你的。你刚才对我说,你告诉丁恩说你要和我商量一下,但是现在听你说的话,似乎你心里已有了成见,并未等我商量而后决定。"尼尔说完这几句话之后,默然停了一会儿,好像心里忽然来了一个新观念,很突如其来的脱口而出的,说道:"要么你已不信任我了。我想我却有了好几个地方使你失望。"

贞丽赶紧用手掩着他的嘴,很急迫的喊道:"在这全世界上我所最心爱的只有你……"她精神上此时很受刺激,简直说不出话来,勉强断断续续的接下去:"……现在,尼尔……但是为你我两方的前途计,我对此事都不应该鲁莽。我深信你对此事未曾像我这样用过一番详慎的考虑。我们如果立刻就结婚,要给你一个很大的牵累,这是人人所觉得的,只有你自己尚未觉得有困难。"

尼尔:"不!我诚然未用过充足的考虑得到这样一个发痴的主意!但是我用不着怎样深的考虑,就可以知道这个聪明的主意并不是你的!"他讲这几句话的时候,异常的痛恨。贞丽发了呆,只眼巴巴的对他望着。

尼尔随着切齿痛恨加上一句:"我知道这完全是丁恩教你的主意。"

贞丽此时仍是口呆目瞪的对尼尔望着,她觉得立在她面前的不是平常温柔体贴的尼尔,好像完全另外换了一个别人,满眼充盈了嫉妒,嘴唇变成了石头。她看见这个样子,不禁害怕起来,停一会儿,才声音抖颤着说道:"丁恩先生所说的话,不过是我所已经觉得是对的意思。"

尼尔狠狠地说道:"那么你和他一起住去!"

贞丽:"尼尔,你不要这样严厉。"

尼尔："严厉！如果我真要发泄我的心头恨，我真要找到丁恩，立刻把他的脑袋斫下来！他有什么权利来干涉我们俩的事情？"

贞丽："他是我家的老友，他并且答应我的父亲……"贞丽的话还未曾说完，已经泪如泉涌，抽抽咽咽的哭了出来。

【译余闲谈】

一个人遇事一有了"先入之见"，便好像戴了一副有颜色的眼镜看东西，绝研究不出他的真相来。像贞丽女士何尝不是一位贤惠的女子，但是她先被丁恩的似是而非的话蒙蔽着，便大上他的当，虽有眼光如炬的尼尔，看出了丁恩的奸谋，终不能令她明白。我们由此很可以得到一个教训，就是无论听何人说了什么话，甚至于自己转了什么念头，临事时总要就事的真相虚心研究考量一番，不可先把成见横梗胸中，以致聪明被全蔽没。

十一

尼尔见贞丽受丁恩欺骗的话所惑，一时劝不回她的心意，态度忽变严厉。其实他的严厉态度是由痛恨丁恩而发生的。但是贞丽竟因此泪如泉涌的、抽抽咽咽的悲哭起来。尼尔本因一时的愤激而忘其所以，他对于贞丽仍是疼爱的，所以一见她因此伤起心来，深切的埋怨自己不应如此鲁莽，立即软下来向她恳求道："我求你恕我。我自己控制不住自己的脾气，诚然是我的不该，我已愧悔得很；但是你不知道我怎样愤恨于心，想起你要住到那个人的家里去，每天看得见他，在你所住的那个地方他每天也看得见你，甚至接触得到你的身体。"

贞丽："尼尔，我想你这样好的人一定不存嫉妒之心，是不是？"贞丽这样说的时候，她满心相信尼尔绝不至如此，所以她边说边笑了起来，继续说道："无疑的，我和你商量的那件事绝不至如你所想的那样不堪。"

尼尔："你就说是嫉妒，也尽可以随你的便，我无成见。不过我所要郑重说明的是我不能信任丁恩的人格，所以每见他和你亲近的时候，我就觉得不寒而栗。"

贞丽："你对于丁叔叔发生如此的嫉妒，这真是一件极可笑的事情。"她说到这里，现出很正经的面孔接下去："但是，当然，你决不会这样。我以为你所以这样严厉的责备他，是因为他的话对我不应该有这样大的影响。你如果因此而这样严厉的责备他，却是一件不公平的事情。你要知道当我这样患难的时候，不久就要离开这所房屋，行将赤贫如洗，丁叔叔和他的女儿肯这样殷勤的招呼我，叫我搬到他们家里去同住，实在是可感的好意。"

尼尔："我想这样一来，徒然使你所称的丁叔叔更快乐，并不能使得你更快乐，倘若我心里没有这样的一个观念，对于你所说的话，也许可以赞同。"

贞丽很安静的回答道："我这样的可怜身世，这种暂时不得已的办法，我原来心里也不希望能获得什么快乐。"尼尔见她心里如此坚决，知道劝也无用，再劝也不过使她再哭一顿，心里也实觉不忍，只得放任了。他无精打采地问道："你打算何时搬去？"

贞丽："我最好立刻就搬去，因为这所屋里的许多东西都引我想起老父，悲不自胜。"

尼尔："不是今天吗？"

贞丽："不是，也许明天。"

尼尔:"那么我今天就在这里和你同用晚膳罢。你的身体疲倦得厉害吗?"

贞丽:"吾爱尼尔,我很愿意你在这里同用晚膳,但是你一天这样奔走辛苦着,要不要回家去歇歇?"

尼尔虽自觉疲顿得很,但不愿回家去歇歇,却愿提起精神和贞丽同用晚膳;他心里忐忑不安,好像很怕一旦贞丽搬进了丁恩的家里,他很难得机会再和贞丽两人单独的聚会。

但是尼尔也算"蹙眉头",他满心想借此机会再和贞丽单独谈谈,晚膳尚未开出之前,丁恩的女儿克拉又来了。她来了和她的老子一样,虽见贞丽的未婚夫在旁,她也像身上生了钉,一来就钉住不肯就走,竟也打算在那里用晚膳,弄得尼尔真像哑子吃黄连,说不出的苦。他看见克拉那种妖形怪状的样子,浮荡已极,还时时转着秋波向他瞟着作出媚态,他简直是一直攒着眉毛展不开来。

克拉耸肩伪笑着对贞丽说道:"爸爸告诉我说你已经答应搬到我们家里去住,等到目前乱糟糟的情形过去了再说。"

贞丽眼巴巴的望着她:"你不讨厌我来烦扰吗?"

克拉:"我吗?关我什么事?为什么要我来讨厌?"

尼尔听了更不舒服,觉得她应该说几句欢迎的话才是,何以说出这样不伦不类的话来。但他转念又觉得克拉的话中有话。

【译余闲谈】

真正的美和妖形怪状迥然不同。美是自然的,妖形怪状是矫作的。乡下女郎,天真烂漫,明眸皓齿,虽穿一件蓝布衫,自有她动人的美。城市的妖精,或甚至于老妖精,虽穿得满身红红绿绿,两颊擦得赤化,却更要令人作呕。

十二

尼尔正想乘着在贞丽家里一同用晚膳,两人单独谈谈,不料丁恩的女儿克拉忽作不速之客,坐而不去,大为扫兴,她嬉皮笑脸的对贞丽说道:"你刚才问我你将来搬到我家里,我觉得烦扰否;我觉得别的没有什么,不过你知道我已经和罗塞发生了恋爱,我们在家里是要喁喁情话的,你搬来之后,要特别安静些,不要扰及我们的情话。"她自以为是说笑话,但是由尼尔听起来,却觉得粗俗不堪,一面孔现出不愿听的样子。可是克拉一点儿不觉得,还装出妖冶的样子继续的说道:"罗塞真性急,他想要立即订婚,订婚后立即结婚,立刻把婚礼的新闻宣布在报纸上,真急得什么似的!"

尼尔本来已经一肚子的不高兴,听见她这样肉麻的话,更觉不耐烦。他想这种的女子很容易朝秦暮楚,二三其德,罗塞之急急忙忙的要把这件婚事办完,也不为无见,所以竟率尔插嘴说道:"这样办法,在罗塞却是很有益的。"

克拉听了,现出很冷刻的神气,对他身上望了一下,很傲慢的说道:"我原来以为你是一位艺术家,或类乎这一套的东西,不料竟听见所谓艺术家者,对于婚姻形式上的事情却这样的重视,脑子可谓新极了!"

尼尔听她这几句话,明明知道是意含讥讽,他却也不肯让,再揶揄的说道:"我不是注重什么婚姻的形式,我不过佩服罗塞很有主意,很有见识罢了。"克拉虽觉得他意在言外,倒也未便穷诘,免使自己更陷入窘境,只移着视线到贞丽面上望着一笑,用不相干的话对尼尔说道:"你和罗塞同为男子,你当然要说帮他的话。"她说完这几句话之后，就寻些别的事情瞎谈。

尼尔真觉得克拉讨厌，但为礼貌所拘，又不好意思明明白白的赶她走，虽有好几次暗用讽示的说法，表示他另有事和贞丽单独谈话，但克拉却尽管滔滔不绝，置之不闻不问，他也无可奈何。他想也许因为刚才说的几句讥讽她的话，使她有意这样和他为难，死死坐着瞎谈，不肯先走。后来时候不早，尼尔只得垂头丧气的先行辞别，一路心里难过。他想克拉那样妖形邪意，而又刻毒，贞丽被她玩诸掌上，将来危机四伏，实在不妥，因此又想到如何另谋一个办法，使贞丽赶紧和他结婚，住在自己的安乐家庭里，免她飘落得这样可怜。他一路想得头绪纷繁，不觉到了自己的艺术工作室门口，把门一开，见室内电灯开得光亮，他出去时本未开灯，此时何以有人把灯开了起来，心中正在诧异，既而又见茶几上放了一壶热气腾腾的咖啡茶，更觉奇怪。他睁眼向室内四面一望，又不见有什么人，他想也许是一个熟朋友知道他房门的钥匙放在什么地方，自己开了进来歇歇，还烧了咖啡茶喝着，走的时候把电灯忘记关闭，所以人去而灯光仍是这样灿烂着。尼尔在贞丽的家里共用晚膳的时候，本因克拉种种捣乱，心里很不舒服，并没有吃下什么东西，如今看见这一壶热腾腾的咖啡茶，反引起他的胃口，想吃一些东西，就把这壶咖啡顺手带到厨房里，然后打算先到卧室里去换一件衣服，再来弄点东西吃。他走进卧室里，开了电灯，向衣橱里取出一件衣服，正转身想把身上穿的外衣脱下来的当儿，倏然看见床上睡着一个人，此人非他，却是珠莉女士！

【译余闲谈】

　　尼尔疑心克拉之所以久坐不去，是因为他说了几句她不愿意听的话，虽也不无理由，但是他所以会说出那样几句她不愿意听的话，也是因为她自始就久坐不去，所以也可以说克拉的脾气原来就是只顾自己不顾别人的。你看她自己则怕贞丽妨碍她和罗塞的"喁喁情话"，而她自己却先在那里阻碍尼尔和贞丽的喁喁情话。无论中西，待人的良好礼貌，其基本的观念都不出乎一个"恕"字。所谓"恕"者即"推己及人"之谓，即如《论语》里所谓"己所不欲，勿施于人"。例如我国的赴宴，一定要挨过规定的时间一二小时，其实轮到自己做主人，便以久等来宾之虚掷光阴为可厌。又如无事却钉着久坐，瞎三话四，其实自己忙的时候也以此种客人之弗识相为可厌。又如在公共处所，高声阔论，其实自己要安静的时候也以此种不顾公德的行为为可厌。所以能常念及恕道，此类恶习便可以减少。

十三

尼尔那夜从贞丽那里垂头丧气回到家里，发现珠莉已先在。他见她懒洋洋的躺在他的床上睡着，嘴里叽里咕噜的埋怨道："我就想到也许是你了！"一面说着，一面就用手按着她的肩膀摇她。孰知她动一动手，反把头往枕上一钻，睡得更酣起来！

尼尔再仔细看看，看见床上的被窝铺折得好好的，明明是她很诚恳的替他预先铺好，备他使用的。此时尼尔又把视线转到珠莉的身上去，看见她桃红的笑靥，丢在头边压着蓬松金发的玉臂，好像在梦寐中还在那里想念着他，好像对他说，我也是人类，也有人类所同具的深情蜜意，你又何必视我若蛇蝎而回避唯恐不及？尼尔此时简直发了呆，就是百炼钢的心肠，也要化为绕指柔了。

尼尔一人在万籁俱寂中，思绪有如云起泉涌，大发怜悯珠莉的念头。当时虽已春末，室内气候却出乎意料之外的寒冷，他不知不觉中伸手把床上的绒毡轻轻向珠莉身上一盖，盖了之后，他仍呆呆的望着那个横陈着的活美人。

他这样呆看了好一会儿，又往室中四面仔细看看，才恍然珠莉为什么睡得那样酣畅，原来她把室内的地板窗槅都无处不替他揩得纤尘不染，各样东西都整理得井然有序，以一个弱女子而辛苦了许多时候，做了许多工作，安得不觉得疲顿，安得不一睡就睡得好像死去一般！

他触景生情，心里实在不能自主的对珠莉发生感激的意思，但同时又觉得恼她。为什么呢？因为他想珠莉明明知道他已把他的身心全部贡献给贞丽，为什么又这样深情蜜意的来扰他的心，使他精神上感受无限的痛苦？但是他心里虽涌出这样恼她的思绪，而鉴于珠莉一片痴心诚意，倏然间感激之心终究胜过恼她的思绪。他又想正是因为他心里觉得感激她，更不应该让她深夜睡在他的房里；但看见她疲顿得那样厉害，又不忍决意叫她深夜出门。于是他决意不去扰动珠莉的安眠，自己到隔室里拉出几本小说来看。他本打算看到天亮，不料后来眼睛不争气，尽管往下垂，起先他还挣扎着张开，渐渐的竟无力张开，手脚以及全身都软了下来，人也糊里糊涂了，只得让他自己靠在椅上睡去，那本小说也从他的手里跌在地上。

后来他忽被电话机上的铃声吵醒了。他那时还是懒洋洋的要睡，所以虽听见了铃声，并未立刻起身。当他正在打算起来接的时候，珠莉已经很敏捷的先跑到电话机旁边。他正在懒得什么似的，起先也不怎样注意，但一转念间觉得这个电话也许是贞丽打来的，便叽里咕噜的说道："不要你接，等我自己来。"可是珠莉尽管假装未听见,很迅速的拿起听筒来听,立即回答对方的电话,这样假痴假呆的说道:"孟先生不在家。什么?八七二六号码?不是!你打错了!这里是孟家,我以为你是要和孟先生说话的。"尼尔走过来要想把听筒抢过来听,却已被珠莉挂了上去,电话线已断了。

尼尔很不高兴的说道:"对方如果是贞丽,她一定还要打过来,如果她再打过来,你千万不要做声,免得给她听见我这里忽有什么女子的声音,弄出没趣的是非来,不是好玩的。"

珠莉揶揄他道:"我想真爱情是不相欺的,我想你也一定不肯欺瞒她的,是吗?"

尼尔:"这件事我却不能不瞒她一下,你这样深夜睡在我的房里,若被她知道了,就是解释也是说不清楚的。"

珠莉:"什么深夜?你真糊涂,你看看窗外,不是已经天亮,已经是早晨了吗?"

【译余闲谈】

我常常觉得社会风气开通及男女社交也渐渐公开之后,最重要的是要有互尊对方意志自由的道德,即不可仅凭一方面单恋而强迫对方,要么用些功夫达到双恋的境域,但在未达到此境域以前,无论何方都不应有强迫的行为。珠莉对于尼尔的热烈单恋,其深情蜜意处未尝无可取,倘若尼尔未先爱上了贞丽,也许要被她感动的。

十四

电话被珠莉有意回绝后,她告诉尼尔说天已亮了。

尼尔:"那么请你赶紧出去,我就要洗澡……"他说到这里,忽然又听见电话机上的铃声响,立即拿起听筒说道:"是的,是的,这里是八七二六号,你是贞丽吗?当然,我是尼尔……你听得出是我的声音吗?我刚才起来……是的,我昨夜略为睡了一些,你怎样?你愁虑吗?千万不可,我的甜心……当然,我是很了解的……我立刻就来看你。"

珠莉叽里咕噜的嘲谑尼尔:"这总算是时间看得准确的女子,她以为你什么时候应该在什么地方,她就非寻得你不可,你得着这样严正管束的机会,倘不致使人笑你的无用,当然也是一件很称心的事情啊!"

这当然是意存挑拨的话,所以尼尔听了很不高兴,回答她道:"你不要胡说,我本该抓着你的头,把你丢到门外去,但是你替我做了许多事,不无微劳可录,总算你赚到了一顿早餐,就在这里吃了早餐再走罢。"

珠莉听了非常愤怒,悻悻然的说道:"我赚到了一顿早餐?你这样看不起我,谁愿意来陪你吃什么早餐?"

尼尔看她那样气得厉害,心里又有些不过意,乃又软下来对她说道:"请你不要发戆了,让我们一同预备用早餐罢。我老实告诉你,你如果一直这样下去,使我对贞丽要陷入极困难的境地。贞丽和你完全是两种人,她不能谅解你的举动。"

珠莉:"我却希望她不能谅解我的举动,她这样胸襟褊狭的小鬼!"

尼尔:"你这样瞎说,简直不知所云。"

珠莉:"什么不知所云!倘若不过因为我在这里过了一夜,便要引起许多龌龊的猜疑,这不是胸襟褊狭是什么?而这种龌龊的猜疑，就是你恐怕贞丽知道了我在这里过夜所不能免的，是不是？"

尼尔："不！我没有这个意思。我的意思是恐怕她不能明白你在这里是一个不速之客，不被欢迎的来宾，却要误会是我自己要请你到这里来的。"

珠莉："就照你所说，假使果是你自己要请我到这里来的，又有什么了不得的事情？做一个堂堂的男子汉，难道没有权利请他所要请的人在一起吗？我们又未曾伤害了什么人！"

尼尔："你的话固未尝没有你的理由。但是这种事情，见仁见智，全视各人看法之不同。你以为这样是没有什么了不得，贞丽知道了便不以为然，所以我说你们两人是完全不同道的。"

尼尔看见珠莉已经平和了好多，就建议道："好了！我们不要再争辩了，我想去洗澡，同时可否请你替我们预备早膳？"

珠莉："我是应做你的奴隶啊！"

尼尔听了她的话，知道余怒未平，但他自己此时的心理却觉得宽松了许多，这不是因为珠莉方面的事情，却是因为贞丽方面的事情。贞丽起先对他说她已有意容受丁恩的婉请，搬到他家里去住，不听尼尔的劝阻。现在却打电话来对他说她一夜没有睡着，因为她觉得因此事使他心里不舒服，她心里也非常的愁虑不安。尼尔想，照此看来，贞丽是如何的一心专为着他，是如何的一心要得着他的允诺；倘若他不允诺，她便那样心神不宁。从这一点看来，他的意见，在她方面是看得如何的郑重。尼尔想到这里，不知不觉中心里愉快了许多。

他此时自己对自己辩论："我自己目前的经济能力确是很有限。贞丽是从小娇养惯的，立刻要把她住入狭隘的公寓里去，确是一件很难堪的事情；暂时住在丁恩家里去，只要没有如我所猜的恶意，而贞丽又不至上他的当,我又何必这样和贞丽执拗呢?"

【译余闲谈】

自知之明是很不容易的事情,珠莉埋怨贞丽之胸襟褊狭,而独不想到她自己对贞丽之醋意磅礴。不过家庭中只有醋味而无信任之心,或在实际也无信任之可能,则双方都要感到苦痛。所以从前有人主张妒与爱是连在一起的,据最新的趋势,却有人主张既有发生妒的机会,即应该彼此脱离。这当然非双方都有自立的能力和另选对方的机会,也是一件很难的事情。

十五

尼尔得到贞丽的电话后,他心里想贞丽是从小娇养惯的,一时陷入穷苦,恐怕也过不惯。倘若丁恩不怀恶意,暂到他家里去住,似乎无妨,颇怪自己未免固执成见得厉害。他一面这样暗自踌躇着,一面匆匆忙忙的洗澡,换衣服,他所以这样匆忙,有一部分是因为勿使珠莉久候,有一部分也是因为要急于晤见贞丽,因为她在电话里说过,亟须他去帮同收拾包裹行李等物。

他在这样匆忙洗澡换衣的时候,心里一直以为珠莉未走,以为她正在替他预备早膳。但一会儿之后,他刚把领带结好,把毛刷拿在手里刷衣服的当儿,听见隔室寂然无声,他才知道珠莉已经不别而去了,他此时很诚恳的希望珠莉心里不至过于悲愤,减轻他的不过意。他又想珠莉真是一个温柔心肠的可怜女子,但又觉得她好厉害,觉得她是很有危险性的。他这样胡思乱想了一阵,不禁对自己失笑,自言自语的说道:"人都去了,还想什么?"他刚要自己着手预备早膳的时候，忽见桌上的早膳已弄好排好，物物俱备，烤好面包和烧好的鸡蛋上面还用一块小布巾（即用餐时放置腹前用的）遮掩着，他想大概是恐怕冷却，所以遮掩着保存温度，等他享用。他目击这样景象，不禁深深的叹一口气，对自己说道："心思缜密，一至于此，真是一个可敬爱的可怜虫！"他再望望切好的水果，香味扑鼻，使他垂涎欲滴，赶紧坐下去，打算大嚼。不料他刚把那杯咖啡茶喝了一口，大叫一声，把那杯茶往地下一倒，原来里面放着许多盐，咸得不堪言状！他见时间不早，随手把水果搁开，打算赶紧把面包和鸡蛋吃下去算数，不料他刚把遮掩着那块小布巾揭开，瞥见盘里的一块小小面包已烤成木炭一般，那个鸡蛋也好像是一块烧红的硬炭，切都切不动！他至此才恍然大悟，知道是珠莉有意恶作剧。他很愤怒的骂道："这才是所谓狠毒无比的心肠！"既而又转念对自己说道："也好！就是她心里有多大的委曲，这样一来，也算可以泄泄气了。"

他赶紧出门，跑到附近的一家咖啡店里喝了一杯咖啡茶，就往贞丽家里跑。他踏进她家门的时候，心里就准备要告诉贞丽，说他已改变他原来的固执态度，肯和她的思想表同情了，倘若她不打算就在目前举行结婚，要将婚期展缓，又何必强她所难，使她悲上加苦呢，他自己对自己这样说。

贞丽用极亲热和爱的态度迎接他，她的形态现出非常的疲顿可怜，把她的弱躯丢在尼尔的臂弯里，任他怀抱着，微微的叹气。尼尔此时觉得自己是应该尽心力爱护这个可爱可怜的温柔女子，觉得他自己是一个应该负此责任的男子汉。他把头俯下去，把他嘴唇埋在她的一堆蓬松温软清香的金发里面，再把他的颊际轻轻的在这堆柔发上摩着，开口对她说道："我昨天对你的态度简直是好像一头暴兽，但是我今天大不同了，我不再使你觉得不愉快了，我的甜心。"

贞丽抬起她的头，对他望着，然后这样说道："昨夜我一直想着你，我想你见我要暂时搬到丁恩家里去，不照你的话做，不知你要不要疑心我不体贴你的意思，以为我对你淡漠了。"

尼尔很老实的承认："我当时心里确有一点儿怀疑。"但是他说这句话的时候，那样坦白诚恳和爱的态度，已使贞丽明白他的怀疑已经烟消云散了。

贞丽："我今晨一早就打电话给你，因为我恐怕你不来了，所以一定要打电话来问个明白，你到底有没有那样的意思？"

尼尔对她笑着："你难道以为我的爱是'自顾自'造成的吗？难道我一不能随我自己的意思，便抛弃我的爱人吗？"

【译余闲谈】

正在尼尔钦倒无已的时候，珠莉忽以"恶作剧"而打断他，在她方面似乎是一件很不值得的事情。但是"妒"之权力最烈，也怪不得她。有上海报界某君，伉俪素笃，她的夫人平日温柔和婉，朋侪所知。有一次他忽在上海舞场上认识一舞女，同往苏州旅行，被他夫人侦知，赶往苏州某旅舍，一声狮吼，震动天地，柳眉倒竖，杏眼圆睁，不但把舞女打得天翻地覆，就是她的丈夫也大"吃生活"①，前后竟判若两人。

十六

尼尔可怜贞丽忽陷困境，以为只要丁恩不含恶意，让贞丽到他家

---

① 吴语方言，挨打之意。——编者

里暂住,也未尝不可,并对贞丽表示他之爱她是出于至诚,绝不因她此事不照他的意思而遂发生抛弃爱人的念头。贞丽回答他道:"我知道你不至于如此,但我也要你知道我之爱你也是出于至诚,没有自私的意思掺杂在里面。我本想照你的意思做去,但是我既深知不妥,倘若随着你的意思而即行结婚,我便对不住你,我便是自私。"

尼尔此时只得力把嘴唇压住,不和她争辩,因为他心里始终觉得贞丽搬到丁恩家里去住,虽是暂局,实含有多少危险性,但仔细一想,他又没有什么具体的反对理由,所以既不愿再使贞丽心里不快,也就极力忍耐,不再固执己见,不过这样的对她说道:"贞丽,你至少要答应不久就要和我结婚,不可久延。我既已让步,你也应该有相当的让步,才算公平。"

贞丽:"我知道我应该体谅你的好意,让我暂时渡过目前的困境,免我对于将来总存惧怕的观念,那时我再全照你的意思做去。"

贞丽因念尼尔在艺术方面尚须聚精会神的努力做去,他的境况既清寒,立时和他结婚,增加家累,殊为不宜,所以坚持要将婚事从缓举行,丁恩那里既坚邀暂住,也未尝不是过渡的办法。在尼尔方面所以勉从她的意思,也因念她是富家女,从小娇养惯了,他自己一时又无力量使她过舒适的生活,如果勉强她受苦,则在大难之后,益觉难堪,只要丁恩勿存恶意,暂住也是一种办法。总之他们都是出于互谅的好意,全是为对方的幸福打算,没有但顾自己单方利益之心。

他们彼此谅解之后,拥抱蜜吻着,山盟海誓,互期永勿相负。然后尼尔问她什么东西要待他帮忙收拾,俾他开始工作。我们知道贞丽之所以必须离开原屋,是因为据她父亲的顾问律师说,她父亲因投机营业失败,身后债务累累,就是自己住的一所房屋及其中一切家用器具等等都须用来抵偿债务。所以此时贞丽亦不能多取,只得把若干本书籍和图画收拾起来，连同随用衣物，由尼尔帮同放入两只箱里去。尼尔一面帮同收拾零物，一面偷眼望望贞丽，看她面上现出十分哀痛的神气，因为她在顷刻间就要和这所从小生长游嬉的房屋告别，由此引起她对于过去愉快生活之回忆，过去慈父音容的哀思，及今后自己身世之可怜，不胜沧桑之悲感。尼尔在旁时时偷望着她，见她这样唏嘘悲怆，心里说不出的万分难过。正在这个当儿，丁恩的女儿克拉带着她新订的未婚夫罗塞跑来了。尼尔素来讨厌克拉的轻浮妖冶，但是此时她来，他想也许可以减散贞丽的悲怀，倒觉得有几分的欢迎。

但是一会儿他便觉得他的几分欢迎也是不该有的，因为他仔细看看，罗塞的假装正经里面实满含着油腔滑调和靠不住的质素，益以克拉的令人讨厌的轻浮举动，使尼尔心里想贞丽和这般人混在一起，终难免陷入困苦的境域，又深悔不该勉从贞丽的意思，仍应始终坚持自己的见解。但此时业已整装待发，这也不过他心里的胡思乱想，在实际上势难挽回了。

克拉先把罗塞介绍给贞丽，然后回转头来对尼尔略为点一点头敷衍一下。这样之后，她又回转头来对贞丽解释罗塞原来是不想来的，还是她强他同来的。但照尼尔的眼光看去，罗塞却现出一团高兴的样子，丝毫没有不愿来的意思。

他们匆匆忙忙预备动身了。贞丽随着尼尔走进克拉的汽车里面去之后，她想起和原屋就从此永别，又引起她一切的悲哀，一个人竟发了呆，好像魂不附体或肝肠寸断一样。

【译余闲谈】

尼尔此时的苦处无非是一个穷字。穷原不是可取的好事情，他的可取是在乎他的人格性情学问。贞丽因爱他的人格性情学问，所以不因他的穷而弃他。我以为女子之择人，能得到好的人格性情学问而又不穷，当然更好，因为就大概说，穷得厉害也易于毁坏其他优点而陷入苦境的。不过因眩于富而不顾其他一切，当然也是不对的。

十七

贞丽含悲忍泪离别住宅，随同丁恩的女儿克拉和克拉新订婚的未婚夫罗塞，乘着汽车同去，尼尔也陪着一同去。丁恩也是一个巨富的人家，住在纽约第五街，一会儿工夫就到了那家门口。在路上的时候，克拉虽顺便请尼尔一同到她家里用午膳，但她那样淡漠的样子和敷衍的口气，尼尔自顾虽清贫，却不愿承受，所以一到门口，尼尔就和贞丽郑重告别而去，临走还对她说如有需要他的时候，可随时用电话唤他。如此叮嘱之后，没精打采的和她分别，远远的还回望丁宅大门，好像是他前途幸福的一个大障碍。

和尼尔此时的没精打采适处于相反境地的，当然是兴高采烈的丁恩了。他在家里原已等得不耐烦，忽见贞丽来了，好像从天上下降的安琪儿，他欢迎的态度之亲热，和全身好像受了电气而飞越的神情，有非笔墨所能形容得来的。他把双手按住她的玉臂，把她拉近了他自己，装作丁叔叔的慈爱的样子，亲亲热热的在她额上吻了一下。站在旁边的克拉看见她父亲这一副神气，把嘴角笑得向上翘，她那样怪笑的后面存着什么见解，当然只有她自己明白。

克拉陪贞丽上楼，送她到那间预先为她准备好的房间里去。她看见贞丽哀伤疲顿得那样可怜，不知不觉的对她说："如果你觉得身体支持不住,就先事休息,不必就立刻勉强下楼用午膳了。"贞丽也表示同意,自觉身体支持不住,还是暂先休息一下的好。克拉把她安顿好之后,便打算走出去,但走到房门口时,好像忽然心里想起一件什么重要的事情似的,回转来对贞丽说道:"我对罗塞实在是死心塌地的爱他,这是你所知道的。"贞丽看她那样郑重的样子,霎时间说出这样一句没头没脑的话,不知其意何居,一时倒弄得目瞪口呆,定一定神才回答她道:"我深信你一定是这样的爱他。他真是一个好人啊,克拉。"

克拉:"是的,他确是一个好人;不但是一个好人,而且是可以吸引人的一个美男子。还有一点尤其重要的是他并且很富。我觉得他已经和我的父亲一样富,就是在目前差些,总有一天和父亲一样富。倘使有人有为金钱而嫁的必要,也许要把他从我手里引诱得去,那么他倒是好像一个天之骄子,要人人抢的。"她说到这里,停了一下,继之以一笑,又继续说道:"不过要想从我手里把他引诱去的人,却也没有那样容易,要想达到这个目的却也有许多困难在前面等着她。"克拉这样说完之后,又继之以一笑。她的话已经使贞丽难受,再加以那样使人不快的奸笑,更使她难受,但贞丽既到了克拉的家里,又不得不敷衍她,便这样的对她说道:"听你的口气,似乎你对于罗塞还不能放心,这倒使我觉得奇怪。"

克拉慢慢的回答:"我确是未能放心,世界上有了不名一钱的女子,哪一个女子对于她所爱的富人能够放心?"贞丽听到"不名一钱的女子",好像身体上受了什么打击一样,但她尚能不慌不乱的很严正的驳克拉说道:"我想正是因为罗塞有了钱,你更应该信任他;因为他既有了钱,便不至贪人家的富而才娶的。你既以为凡是不名一钱的穷人都是贪财慕利唯富是趋的人,假使罗塞是穷人,你才有疑心他的理由。"

克拉："他之和我订婚,不是贪我父亲的钱财,这一点诚然是我觉得满意,但是你要知道,他自己既有一宗巨大的遗产可得,他选妻的机会便多得很。他这样有钱,他愿意娶谁,就能够娶到手。"

【译余闲谈】

世上男子良莠不齐,世上女子也良莠不齐,克拉那样深刻的话,当然不能抹杀一切的女子,但是不能说没有一部分的女子做她深刻观察的背景。有相当的经济独立的能力原是立身社会的一个要素,所以我们常劝世人先使自己有相当的职业及经济独立的本领,再想到成家立室的事情。不过在别一方面看,品性学识均无可取的纨绔子弟和卑鄙龌龊的大腹贾,为女子者如为他们财富所诱,便是自投罗网,后悔无及。

十八

克拉对贞丽承认罗塞和她订婚确非贪她父亲的财富,不过罗塞自己有钱,选妻的机会便多得很,愿意娶谁就可以娶谁。贞丽听了很和缓的回答她道:"但是罗塞现在已经选定了你。"

克拉很老实的接下去说道:"可是他本来不是十分愿意,是经过我的努力促成的。但是这一层我想不至于使你惊异罢,贞丽。"

贞丽很诧异的问道:"你最后一句话到底什么意思,我却听不懂。"贞丽这一句,的确是因为她实在不懂克拉心里到底存些什么意思。

克拉默然对她望了好一会儿,然后耸肩冷笑着讥讽道:"哦!

你倒会假痴假呆,学我们老祖母的装腔作调!但是我却深信你在表面上的形态言语和你心里的意思实是不相符的。"

贞丽:"克拉,你越说越使我不懂了,你好像说了一些谜语,使我莫名其妙。"

克拉:"你真的不懂么?那么请你老实告诉我,让男子主动选择之后,自己却……你认为不是自相矛盾吗?……像你这样的新女子……"

贞丽听她这样吞吞吐吐的说,仍觉得糊里糊涂,只得凑上去问她道:"你的意思是不是以为做新女子就不该为父亲逝世而哀痛吗?"

克拉:"无论如何,我总相信你的哀痛未曾使你的判断力受了蒙蔽。所以我说你仍是一个新女子,就是你自己不愿意承认,我仍是要相信的。"

贞丽:"我猜想你所以有这样的话,也许是因为我不肯答应尼尔即行结婚的要求,而却暂时搬到你家里来住。但是,克拉,假使你也失掉一个慈亲,便知孤儿的可怜情境,就可以谅解我所处的境地了!"

克拉颇悻悻然的勉强承认道:"哦!我当然知道你们父女俩的情谊是异常真挚的。但是你知道,我的父母虽双存,但我的母亲已和父亲离了婚,我的母亲被离婚夺去,丢下我这样一个零丁的女儿,和死了母亲简直是一样的。但是我却不因此而失掉替我自己考虑的能力……我在上面所说的都是随意谈谈的话,并没有什么关系。贞丽,你现在到我家里来了,我是很愉快的,至于何以觉得愉快,我也有自己的种种理由,现在不对你多说了,不过我可以答应你总有一天要告诉你的。"

贞丽:"你真的觉得愉快吗?克拉,我心里却怀疑着,不知道你心里到底是否如你嘴里所说的那样愉快。"

克拉："不要说这样无意识的话，吾爱；你和林德白（按林德白为最近飞越大西洋的飞行家）一样的受欢迎。我尤其觉得愉快的是我们有了刚才的一番随便的谈话。我深信我们现在彼此都能了解彼此的心意了。"她这样说了之后，和贞丽亲了一个吻，就匆匆的跑出房门往外去了，却留下贞丽独自一人在房里仔细思量刚才一番"随便的谈话"。

贞丽自言自语的说道："克拉的话虽然说得那样毫无边际，令人无从捉摸，但我想她的意思似乎不过警告我不要引诱她的罗塞。如果她的意思只不过是这样，也罢了，不过我却怀疑……"她正要再往下想时，房门外忽有人在那里叩门，把她的思路打断。

贞丽："进来。"她嘴里这样说的时候，心里以为来的大概是一个女仆，但房门开后，她看见的却不是什么仆人，乃是丁家的主人翁。这位丁叔叔用手轻轻的将门推开，就踏进房里来。

丁恩一面孔堆着笑容，很柔和的问道："你不想下楼去用午膳吗？"

贞丽很疲顿的回答道："如蒙你允许，我想不下来了。"

丁恩："可怜的孩子，你真疲极了。但是我希望晚膳时你能下来，可是你当然可以随意，不必勉强的。也许下午你高兴同去乘汽车兜兜圈子，于你是很有益的。要不要我先去预备车子？"

【译余闲谈】

说话大概有两种，一种是爽爽快快的话，一种是弯弯曲曲的话。前者的优点在光明磊落，缺点在每陷粗率；后者的优点在婉和曲达，缺点在每近虚伪。再进一步说，理直气壮的人说话易于爽快，不免内疚的人说话每偏弯曲。言为心声，故观人之道在察言观色，我们听贞丽和克拉两个小儿女的促膝对谈，大可看出她们的性格来。

十九

克拉谈完出去之后，丁恩来到贞丽房里，劝她出去乘汽车兜兜圈子，借消烦闷而振精神，贞丽懒洋洋的随眼望望窗外，见蔚蓝青天，白云奔窜恍如绿茵场上的群羊，这种自然界的清雅景象，使她觉得身处设备靡丽的房内反而很不好过，不自觉的忽然引起劲儿，脱口而出的喊道："好，一定去，到户外去散散多好。"

丁恩："那么就在三点钟出去如何？"他此时惊异露于颜色，因为他觉得贞丽对于他的提议竟如此起劲，也许芳心对他已有默契之意，哪里知道她不过是烦闷无聊惶惑达于极度的反应，实在是丝毫无所容心。丁恩心里一直在那里想他自己陪她一同出去，而贞丽心里却一直以为只是她独自一人出去。

贞丽听了丁恩提议在三点钟时出去，催着说道："啊！再可以提早些。"她这样说了之后，忽然觉得自己的神气有些反常，也许要引起什么误会，立即加以解释道："我想我在户外的时候，脑子可以特别清楚些，能有更清晰的思考力，更能想得清楚些。"

丁恩听了她这句解释，皱眉说道："你还要用得着想些什么？我希望你不是在愁虑你自己的将来。这种无谓的愁虑是无须有的。"

贞丽泫然的说道："我自己也不十分明白到底愁虑些什么。"

丁恩劝告她道："你千万不可把自己的身体弄坏。你知道我是肯真心帮助你的，无论什么，我都肯尽力的帮助你，这是你一定可以信任的。"

贞丽:"我所愁虑的,实在不是可以用言语谈得出的事情。"

丁恩跑近贞丽身边,用两手握着她的两手,很柔和的对她说道:"我可以叫车子先预备好,无论何时,你要用便有。我现在可否先叫他们送点午膳上来给你吃?"

贞丽点了一点头。但是后来午膳送上来之后,她一点儿没有动。她那个房间的窗正对着第五条街,她只呆呆的坐近窗口,头上戴好帽子,等着汽车开来。她等了好一些时候,已经觉得很不耐烦,忽然瞥见丁恩的一部黑蓝色的汽车开到大门口。她抓了手套,飞速的从房里跑出来,往楼下奔,正跑过楼下通道的时候,丁恩倏然间现露于餐室的门口,对她说道:"可否请你略为等一等,我要陪你同去。"

他这样的请求,贞丽在礼貌上当然是万难拒绝,但是她心里实在就觉得十分失望,因为她一直望着独自一人乘着汽车在外面散散。同时她心里已微微的觉得丁恩的神态有点可怕,想起克拉刚才在房间里所谈的一段令人猜测不出的话,更觉可怕,她已觉得如住在丁恩家里,这种可怕的势力是摆脱不了的危险。

一会儿丁恩出来陪她了,一同走出大门之后,他伸臂挽着她的臂,扶助她走下大门前的石阶。此时贞丽心里觉得她自己尽会走,这种扶助是可以无须的,但是丁恩的这样照顾的行为,在通常也是很自然的一件事情,所以她在口头上并没有拒他。不过……她忽然想起从前尼尔曾对她说过,说他到了丁家之后,处处都有给予丁恩接触她的机会,所以此时丁恩用臂挽她走过街旁而达汽车的一段路上的时候,她心里觉得有些不忠实或对不住她的未婚夫。

他们两个进车坐定后,愈使贞丽局促不安,因为坐下来的时候,丁恩似乎有意和她坐得很近,她虽把身体再往车侧避开,他又把身体挨近过来。贞丽心里想,这也许是丁恩出于无意,她自己神经过敏,但是汽车开驶之后,丁叔叔在途中过于亲热的样子,又使她感觉十分的不安。她自己姑自慰藉,以为这也许是丁叔叔对她可怜境地特别表示怜悯与同情的意思,也许没有什么恶意,但她念及尼尔从前对她屡次提起丁恩靠不住的话,倏然使她觉得此时坐在她身旁的那个人是别有心肠的人,和她前此心目中所视为一位好友的父亲和她自己父亲的一位可靠的朋友,完全不同。

【译余闲谈】

作伪的人虽用尽心机,总不免有露出马脚的时候,所以察人须在长时间中留心其微细不经意之处。丁恩的马脚老早就露了出来,不过到此时特别露得显著了。贞丽不知防微杜渐,到了此时,已在他的掌握中了,岌岌乎危哉。

二十

贞丽在汽车里看见丁恩似乎有意和她坐得很近,心里已觉不高兴,不料丁恩得陇望蜀,居然伸出手来想去握她的手,贞丽此时不自觉的把手缩开。丁恩见此形状,脸上勃然变色,双眉紧蹙,但他在转瞬之间,仍力自抑制其感情,故意装作很和缓的声音对她说道:"你知道,贞丽,只要你肯信任我,我一定能够帮助你解决你的问题。"

贞丽:"丁叔叔,你为什么说这样的话?我想你知道我和尼尔的情形。我心里所迟疑不决的,不知道你替我想的办法对不对,不知道我应否即让尼尔亲自照顾我,他的意思是很要这样做的。"

丁恩:"一个人做事要有勇气,我恐怕你的勇气又要失掉了。你当然想要让他……但是我想你是十分爱他的,是不是?"

贞丽笑着,既而她很简单直率的说道:"尼尔已教我知道这个字(按指爱字)的真谛。"

丁恩:"你既然是真心爱他,便不应该糊里糊涂的毁坏他的前途。"他对贞丽说这几句话的时候,一面孔装出十分严肃的样子,意思是要使她肯深信他的话,和在前几分钟他那只不安分的伸伸缩缩的手正在活动的时候大不同了。

贞丽:"我想何至就会毁坏他的前途。我也能辅助他,这是我所深信的。"

丁恩:"贞丽,我希望你能让我救救你。你自己年轻不更事,不知道比你年长的有许多人遇着你同样的问题,他们是怎样的解决,你应该利用前人的经验,自免烦扰,不要徒乘己意,鲁莽的瞎弄。总之你现在是好像立在歧路上,你还是愿听良好的劝告呢?还是要乘你自己的偏见去进行?何去何从,对于你自己前途是有很大的影响。"

贞丽:"你……简直是吓我。你使我觉得前途的安乐愈益辽远。"

丁恩:"不,你的安乐并不辽远,只须你肯要;倘若你肯要,安乐就来了。你替你自己和尼尔打算,要选行最好的方法,选定了最好的方法,便须坚毅的做去,不可再三心两意,反复无常。你千万不可因一时的恋爱而蒙蔽自己的判断力。"

贞丽:"你的话也许是对的,但是我心里总不免怀疑,我只望我能像你那样的坚定才好。"

丁恩:"我深信你不久必能这样坚定……你现在可否让我知道,

在物质上我有什么可以帮助你的地方？我的好孩子，凡在我能力所及的范围内你若自甘缺乏，不让我来帮助你，那你未免太对我不住了。"

贞丽："谢谢你，我并不需要什么……"她说时心里觉得歉然的，是她此时回答的声音和口气很淡漠，一点没有怎样热烈感激的意思。她虽明明自己知道，却出于自然而不能自禁。她觉得丁恩说这几句话的口气，于大量协助之中实含有存心市恩之意——这也许是她在想象上如此觉得，但这个感觉却使她的态度十分冷淡。

等一会儿之后，贞丽又说道："不过你不要以为我住在你家里觉得有什么不周到的地方。我所要知道的，我来府上暂住，在克拉心里不知是否十分愿意。"

丁恩："你说这句话，我疑心克拉也许有开罪于你的地方，倘若果有，你要知道她是一个心直口快的人，想什么说什么，一点不知有什么分际的，请你原谅她，不要因此引起什么误会。我深信我们父女两人对你都是十分欢迎的。请你来住，虽然我心里久有此意，但在我未曾说出之前，最先开口建议的却是克拉。"

贞丽听了他这一番话，便很坦白的承认道："克拉也许没有什么别的意思，也许是出于我的神经过敏，妄作想象，把她说的话误解了。我越想越觉得我一定有误会她的地方。"

【译余闲谈】

俗语说"空穴来风"，天下坏事往往非一方面的人所能做成的，上当的人早上钩，就表示他自身先有了缺憾。贞丽如肯上钩，早被丁恩钓去了。无论什么社会，总难免有黑暗的部分，所以我们对子女或青年的训育，最重要的是要养成他们能自树立的基本工夫，便不易为黑暗社会所诱惑。

二十一

丁恩和贞丽仍继续的在汽车中谈话,贞丽怀疑克拉对她来住也许有些不愿意,丁恩极力剖白,贞丽承认也许她对克拉不免有所误会。丁恩接着这样说:"你这样说,我听了非常愉快。你和我们同住的时候,我愿意我们能爽爽快快的同住,不愿意弄成好像黑云四布的糊涂景象。"

贞丽心里念念不忘的只有一个尼尔,便乘着这个机会对丁恩说道:"你的好意我很感谢,我想你既不愿使我处在好像黑云四布的糊涂景象里,一定肯把你欢迎我的一番好意扩充到尼尔的身上去,也欢迎他常常到你家里来,我想这一定是你肯允许的。"

丁恩听了又觉得这是不入耳之言,但是在表面上他也无法拒绝,只得懒洋洋的勉强答道:"哦!这是当然的。"但是他瞬息间转了一个念头,又说出这样的几句话:"但是为你们的前途幸福计,你一时不宜和他就结婚,这个主张是很对的,如果他常常跑来见你,常常又来恳求你和他结婚,岂不增加你的困难,使你难于贯彻这个主张吗?"

贞丽毅然决然的回答道:"我只得冒这个险,因为我要天天见他;一天不见他,我就觉得难过。我希望你和克拉允许他常常来看我。我老实告诉你,无论何处,倘若不能让我常和尼尔在一起,我是住不来的。"

丁恩听她这样辞锋锐利,坚决不移,虽诡计多端,也不得不为气馁,只得很不自然的说道:"我们当然是很欢迎他来的。"

他们这样问答之后,彼此默默者久之,默然的时候大家都觉得很不自然。既而贞丽提议不必再兜圈子了,就回家罢,丁恩见已无话可谈，实在也再谈不下去，便照她的意思知照车夫，一点没有再勉强她的话。

他知照那车夫之后，车子当然转向回家的方向跑，一路上彼此仍是默然无话可说。一到了丁宅，贞丽并不在楼下勾留，一溜烟就跑到楼上自己的房间里去，急急忙忙的把电话机拿起来，打算打电话给尼尔，她觉得极需要听听他的声音；极需要知道他是在不远的地方，一要他来，他立刻就可以来。她自己也莫名其妙，总觉得无形中有什么想把他们俩硬行拆散，想干涉他们俩的亲近。所以她在拿起听筒打电话的时候，心里已急得什么似的。

不料她在听筒里听见对方的回话是懒洋洋的女子的柔声"哈罗"，这个柔声刺入她的耳鼓，好像一只猫的利爪抓到了一只蝴蝶一样。她觉得她从前曾经听过这个慢而且长的"哈罗"柔声，她觉得很熟；再仔细一想，她觉得这个柔声和从前有一次清晨她打电话给尼尔，对方回话说她打错了号码的那个柔声是一样的，她自己想，怎么又有这同样的女子声音，难道又错到一样的号码吗？但是两次恰巧错到两个完全相同的号码，似乎是事实上绝对不会有的事情。她刹那间全身都震颤起来了，一时竟发了呆。但是顷刻间她对于尼尔的信任心又勃然兴起，反深自惭愧，觉得刚才脑际闪着的一些胡思乱想是不该有的。

她这样一转念间，便用很客气的口吻在听筒里回答对方说道："哦！我抱歉得很，我想我又打错了号码了。"她回了这句话之后，正在把听筒挂上去的当儿，忽听见对方有这样的一问："你是贞丽女士吗？"

贞丽的手正拿着听筒将要挂上去，忽然听了这一问，把手悬在空中，一时竟不能动，因为她又发了呆。她对于尼尔的怀疑又不由

一个女子恋爱的时候

自主的勃发起来。她强自镇定之后,才勉强鼓着勇气对听筒里说道:"是的,我是贞丽女士,可以请你叫尼尔先生听电话吗?"

【译余闲谈】

"吃醋"似乎是一种与生俱来的本能,美国思想新颖名闻全球的法官林德西(Ben B. Lindsey)主张男女都不应把对方视为自己独占的财产,主张根本打倒"吃醋"的观念,在理论上虽言之成理,却是一件很不容易的事情。

二十二

贞丽听见电话里的回音是女子的柔声,并且对方问她是否贞丽女士,她简直发了呆,定一定神,才能勉强的叫她请尼尔听电话。又听见对方用很爽利而高兴的柔声回答道:"尼尔出去了。我是珠莉。我听得出你的声音,贞丽女士。等尼尔回来的时候,我要不要叫他打过来?"

贞丽:"可以不必,谢谢你。我此刻就要出门的。你看见尼尔的时候,只要告诉他说我曾经打过电话来。费你的心,谢谢你。"

电话断了之后,珠莉自己恭贺自己有了这样好的运气。我们在前面已经知道,她那个时候已在另一艺术家哈纳斯那里做模特儿,并不常和尼尔碰头,不过那天下午哈纳斯因事停止工作半天,珠莉有了空,便跑到尼尔这里来谈谈,尼尔正在艺术室中工作,适有相当的需要,叫她临时做一两小时的模特儿,不料画到一半,缺少了几种颜料,便匆匆出去,想在附近的地方买些回来,叫珠莉略为等一等。他出去,离贞丽打电话来的时候不过先数分钟,却在此数分钟里,给珠莉一个好机会来放置一个暗礁。

珠莉正在等尼尔回来的当儿,自己对自己叽里咕噜的说道:"要我告诉他说她有电话来过吗?休想!我知道她一定听得出我的声音,让她可以多一件心事去想想。"

贞丽确因此多了一件心事。她诚然知道那天下午珠莉也许是在尼尔工作室里做模特儿,没有别的什么不正当的勾当……但是她想起从前有一次刚在黎明的时候,她打电话给尼尔,接电话的人也是这个珠莉的声音,那样早的时候,她就在那里干些什么呢?而且当时接电话的明明是她,她又假装作不是,反而说贞丽的号码打错了,把电话回绝,这样遮遮掩掩,到底什么意思?那天早晨贞丽停一会儿又打电话给尼尔,却是由他自己来接,可见他确是在家里,则在前一会儿珠莉接电话及回绝电话的事情,他应该知道的……贞丽越想越气,气得满脸都涨得好像夕阳西下的红霞,在外表上虽是更增她的妩媚,但她的方寸中实已怨愤得不堪言状。她又自己想着,尼尔难道真肯为着像珠莉那样的一流女子而至于欺骗我吗?想起来断不至此,但依她就事实上的观察,又明明使她不由自主的产生怀疑。她想来想去,又想到自己身世的伶仃孤苦,唯一诚心诚意爱她的那个慈父又不幸弃她而离此尘世,不禁珠泪涔涔下,俯着首大悲深痛起来。她随又抽抽咽咽的哭着自言自语道:"我想尼尔绝不至这样,我想尼尔绝不至这样。"一面自己这样说着,一面又泪如泉涌的哭着,她想这件事一定要问个明白,她想尼尔一定有恰当的说明。但是她终怕实际的情形不免叫她肝肠寸断,越想又越怕起来。

停一会儿,贞丽又自己懊悔在打电话的时候不该对珠莉说她立刻就要出门的。她原是希望尼尔回来时就打电话给她的,刚才对珠莉所以有那句话,无非出于一时的愤恨而出于赌气的态度,事后追想,也自怼不该说那句话。她本想叫尼尔那天夜晚来陪她谈谈，但是已与珠莉说了那句话，恐怕此愿终成泡影。她原可以再打电话给尼尔，不过因为她在事实上既不能对尼尔完全无疑，则尼尔如果真是如她所疑的那样不忠实，她如再打电话过去，似乎要给珠莉见笑，说她受了尼尔的骗还一点不觉得，还要那样瞎起劲，岂不是很不值得？因为这个缘故，她竟没有勇气再拿起听筒。她又想也许尼尔自己就要打电话来，可是等了许久，天已渐渐的夜了，还没有听见尼尔有什么电话来。

【译余闲谈】

无论家人之中，或是朋友里面，疑团总是最会误事的恶魔。所以我向来主张我们应该事事开诚布公的说出来，想什么说什么，大家爽爽快快的问个明白，说个明白，问错了请原谅，说错了请矫正，这样一来，疑团便无所施其技了。最不好的是事事放在肚子里，尽在暗中瞎转念头，越想越钻到牛角尖里去了，别人还一点儿莫名其妙。

二十三

贞丽正在焦心等尼尔打电话来，天将夜了还未见来。在尼尔方面呢，因为珠莉并未告诉他贞丽曾有电话来过，他当然对此事毫无所知，他把颜料买回之后，即聚精会神于他的绘画，简直把时间都弄忘记了，一直绘到天黑了，不能再画了，才把画刷搁开，一将画刷搁开之后，他的脑子即转念到贞丽。他心里极想即刻跑去看看贞丽，但是他想起丁恩一家人之可厌，想起他们对于他之冷淡，又觉裹足不前。他想且慢，且等贞丽自己打电话来约他之后再去；他深信贞丽一定要有电话来约他去会晤的。但是等了许久,却不见贞丽有电话来。他们俩彼此都渴望晤谈,都渴望对方打电话来,都极想自己先打电话而复迟疑中止,都等了许久时候而至失望。

将到用晚膳的时候,克拉跑到贞丽房中来,告诉她说那天夜里他们有个聚会,请了一二外宾来聚餐,一位就是克拉的未婚夫罗塞,还有一个是一位寡妇,叫作什么华蕾夫人,她是贞丽从来未曾见过的。克拉把这个消息告诉贞丽之后,接着说出这样的几句话。"贞丽吾爱,有几句话我说了似乎是不合恕道,但是我也管不得许多,我所要说的就是刚才提起的那位华蕾夫人。我觉得她来这里的时候太多了,实在讨人厌。今天夜晚她又来了,我心里真想把她赶出去,但是我想她常常来,你总是要和她见面的,你们迟早总要见面,我也不必多此一举了。她是一个寡妇,当我在外国的时候,爸爸才和她结识的,亲密得什么似的。我心里真是恨她。"

丁恩的轧姘头勾当,在克拉虽说得如数家珍,此时贞丽的心坎因充满了尼尔,所以也不甚注意她说的话。贞丽想那天夜里要使尼尔通消息恐怕是无望的了,她本想当夜不在家里用晚膳,专候尼尔来后一同出去散散步,不过现在尼尔既不见来,她又不得不在家里和他们共同用膳。想不参加他们的聚餐罢,又觉得托辞推却很难为情。正在这样迟疑未决的时候,克拉却在旁劝驾,问她道:"一定要请你下来聚餐,你肯允许吗?"贞丽听她的声音很有切盼的意思,更觉得固拒难为情,就点点头随口答道:"可以。"

克拉听她答应了,霎时间现出十分高兴的样子,欣然说道:"那好得很!你下来聚餐的时候,请你特别穿些好看的动人的衣服。"她说完这话之后,飞箭似的跑出去了。所以贞丽为什么要特别穿些好看的动人的衣服,就是贞丽要问,她也来不及在那里回答了。贞丽本是一个天真烂漫的女子，以为她的几句话不过是平常的意思，不过是因为有客来了，叫她衣服穿得好些，并没有什么别的含义。

　　但是贞丽下去到客厅里见着华蕾夫人的时候，不由自主的又想起克拉在房里对她说的那几句话，她觉得华蕾夫人对她看得非常仔细，由头看到脚，又由脚看到头，看了不够，似乎还在那里转什么念头，贞丽弄得如陷五里雾中，真是莫名其妙。她想她和这位华蕾夫人素昧生平，向无关系，何以和她初次见面就这样特殊的注意，贞丽虽是胸无城府的人，却很聪明的，照她看去，华蕾夫人在表面上虽笑容可掬，但是笑的里面实在恶意多而善意少。

　　在旁冷观的克拉看见贞丽的艳丽那样吸动华蕾夫人的注意，虽强自抑制其情绪之外露，但斜着嘴唇慢慢的微笑，大足表示她的计划之凯旋，因为她的用意本在气气她所怀恨的华蕾夫人。

　　当丁恩下楼走入客厅的时候，他所最注目的当然是贞丽了，他又凭借丁叔叔爱护好友女儿的态度，把手臂围着贞丽的肩部，这个当儿，贞丽明明看出华蕾夫人皱着眉毛，表现很不高兴的样子。但是丁恩在此时的全部注意力都用在贞丽的身上，华蕾夫人的眉毛就是皱到极点，他也是看不见的，不觉得的。此时芳心忐忑，最感不安的当然只有如处笼中鸟的贞丽女士。

【译余闲谈】

　　愈厉害的人，做事愈能不动声色，华蕾夫人虽是半老徐娘的一个阅历较深的寡妇，但看她那样恶形恶状的注意贞丽，便远不及克拉之能强自抑制其情绪之外露。说话亦然，会说话的人能轻声讲重话，不会说话的人一出口便闹。

二十四

在晚膳众将就座的时候，忽然发生一件事情，使华蕾夫人很不舒服，幸而她到底是阅历较深的人，勉强微微一笑，便把这件很不舒服的事情掩饰敷衍过去。什么事呢？且说他们将要就座的当儿，华蕾夫人自己先跑到丁恩旁边的一个座位后面立着，看她那样很自在的神气，似乎是一向这样坐惯了的，她预先自己跑去立在那个地位，似乎在那里专等着丁恩把她的椅子替她往后拉出放好，她就可以安然的坐下去。

此时丁恩的女儿克拉却抢前一步说道："哦！华蕾夫人，可否请你坐在罗塞座位的旁边？（罗塞即克拉新订的未婚夫。）你是很懂得心理学的，他极欲和你讨论一些关于心理的问题。"

罗塞听了她的这几句话，微微的在那里抽一口冷气，嘴里似乎正在那里低微的叽里咕噜些听不出的什么话。丁恩呢？似乎正在那里蠢蠢欲动，正想即刻举步发动的样子。贞丽此时只知道向克拉呆望着，不知所措：她看克拉的神气和态度，知道她是要叫华蕾夫人移到别个位置上，让她（贞丽）坐在最高的一个客位。

这个当儿，一件座位次序虽是一件小事，却有僵局的趋势，宾主大家都觉得有些进退维谷的样子，因为大家都看得出华蕾夫人的面色充满了怒意。克拉却表现不屈挠的神气，说了上面的那几句话之后，竟等着华蕾夫人照办，大有百折不回无商量余地的面孔，华蕾夫人目击这样神气，竟亦自觉无可如何。克拉的恶作剧手段，倒也有些厉害。

贞丽看着这样近乎僵局的景象，正要开口说她自愿坐在罗塞的旁边，华蕾夫人竟笑了一下，自动的移步走开原立的位置，她也知道克拉的意思是要把那个位置留给贞丽的。她移开之后,克拉果然提议请贞丽立过去,大家才各就座位坐下。

这顿聚餐,就谈话一事上说,可以说是失败,因为差不多各有各的心事,谈的时候都很勉强,都不舒服。其中唯一有些愉快神气的只有克拉,但是有时她看见罗塞注视贞丽似乎太久,对贞丽的态度似乎过分殷勤,她的愉快神气又每每为之中断。

晚膳完毕后,贞丽即不欲多留,即对他们告晚安,回到自己的房里去,让他们仍在客厅中玩纸牌。当贞丽表示要先退的当儿,罗塞原有挽留贞丽多坐一会儿的意思,但看见克拉睁着眼睛对他盯住,他不敢开口,只得默然无声,随着大家回报一声晚安,其实他心里当时是很觉得不安的!

贞丽走后,克拉故意向着华蕾夫人说道:"贞丽真美丽!你以为对吗?"

华蕾夫人冷然答道:"她那一类的女子原是这样的,这也是很平常的,有何大惊小怪!"

罗塞听了竟冒着火,觉得华蕾夫人未免亵渎了贞丽,愤然说道:"平常!是的,和鸡牙一样的平常。"(译者按,鸡是没有牙的,此正谓不平常之意。)

克拉其先肯帮贞丽说几句好话,原是要气气华蕾夫人,如今见罗塞竟有倾向贞丽的口气,又不免吃醋,接着说道:"罗塞,华蕾夫人的话倒也不错。蓝眼金发虽美,也不是什么希罕的事情。"

罗塞:"你的话虽也不无理由,但是你要知道,贞丽女士的美不专在她的眼与发,她的妩媚温柔,实足令人心醉。"

华蕾夫人听见罗塞这样歆羡贞丽,非常高兴,她的高兴并非有所爱于贞丽,她觉得丁恩的女儿其先故意极口称赞贞丽的美,使华蕾夫人难过，如今罗塞却极口称赞贞丽的美，使她（克拉）难过，岂不是以她的矛攻她自己的盾吗？

【译余闲谈】

华蕾夫人不过是丁恩的姘头，向来坐惯了高位，便自以为高位非她莫属，此即所谓"久假不归"，遂忘其所以了。无实际而盗虚声的人，久之往往自以为真有什么不得了的本领，也往往忘其所以，也终于不免有一天要出丑的。

二十五

晚膳后贞丽没精打采的先退回楼上自己的房间里去，丁恩和克拉、罗塞、华蕾夫人，仍在楼下打纸牌。在打牌的时候，华蕾夫人因见罗塞十分称赞贞丽的温柔妩媚醉人，引起克拉的醋意，心中暗喜。克拉果然一肚子的酸素发作，无从宣泄，又不能再自抑制，忽然很不高兴的把手上的纸牌丢下来，喊道："这样兴味索然的游戏讨厌极了，我不能再打下去，让我们想点别的法子消遣罢。"

罗塞建议道："我们到一个俱乐部去逛逛如何？"

华蕾夫人懒洋洋地说道："我听见哲斯秘密俱乐部今晚有很动人的跳舞。"

克拉一双很精锐的眼睛对她瞟了一下，心里暗想道："你这个贱货有什么好念头，无非要我们赶紧离开，好让你留在这里和爸爸厮混罢了。"她心里这样暗想了一下，随口问她的父亲道："爸爸，你也想出去逛逛吗？"

丁恩："我不想出去，我深信没有我随着，你们三个人格外可以逛得畅快些。"丁恩自有他的心事。他所谓三个人也者,除了克拉和罗塞之外,当然就是华蕾夫人了。换句话说,他不但希望他的女儿和罗塞赶紧出去,并很急切的希望华蕾夫人也跟着一起滚。

华蕾夫人听了却不转睛的望着丁恩很坚决的说道:"我今晚绝不想到什么俱乐部去,我要留在这里玩玩掷骰子。"此时罗塞已经等得不耐烦,叽里咕噜的对克拉说道:"克拉,不要多麻烦了,我们俩去罢。"克拉看见此时丁恩的面孔很难看,明明知道他厌恶华蕾夫人之留着不肯去,已达极点,但是克拉当然也不肯帮丁恩劝华蕾夫人一定要走,只不过把椅子向后一推,立起来,对华蕾夫人冷笑道:"掷骰子!我只望你的头不要掷掉!"

克拉和罗塞匆匆离开之后,丁恩悻悻然的对华蕾夫人说道:"我恐怕你今天夜里要觉得我是一个很没趣的伴侣啊。"

华蕾夫人对着他笑,满脸堆着笑容,并且用很和平的音调对他说道:"你不必着慌,今天夜里你要得到一个很称心的伴侣。"

丁恩听着她的那样和平的语调,不由自主的转着视线对她望着,觉得她说的话含有弦外之音,但是一时他却摸不着头脑,不过他总模模糊糊的觉得她别有含意,也许是含有恐吓的作用。他只得转着和软的声音探道:"这样说起来,你一定要在这里,原意并不是要玩什么骰子之戏。"

华蕾夫人驳他道:"我们两个人何时曾经玩过什么骰子之戏?这是你所知道的,你用不着那样假痴假呆。你自己心里明白,我们两个人所曾经玩过的那种游戏,也许不能像什么投骰子游戏可以那样随随便便的过去罢。"

丁恩:"我们两个人曾经玩过了什么游戏?"他说这句话的时候,虽然作完全不知道的神气,但很觉得华蕾夫人望着他的脸在那里端详察看,他不由自主的赧赧然大露忸怩的神态。

华蕾夫人不慌不忙的回答他道:"我们已往的行径确是在那里玩一种游戏,我觉得现在正是宣布谁是赢者的时候了。"

丁恩跑到近处茶几上取了一支香烟。华蕾夫人伸出手来,说道:"谢谢你。"他便把那支香烟授给她。依礼貌,男子应先把香烟授给女宾,华蕾夫人此时见丁恩把寻常的礼貌都忘记了,更觉得他的心里恐慌到了什么程度。丁恩把第一支香烟授她之后,又替自己拿了第二支,当他划自来火燃烟的时候,却记得先燃给华蕾夫人,然后再替自己燃着。他暗想那夜的谈判却是一个手段谁高的比赛,不过他自觉他的开始已不大佳,因为他已露出恐慌的状态,被华蕾夫人看出他着急的心事。

他们俩彼此吸了好一会儿的烟,彼此都默然不语,后来还是丁恩忍耐不住,先开口。

【译余闲谈】

心里虚的人,要装作镇定的样子,却是一件极不容易的事情。反过来看,问心无他的人,无论遇着什么莫须有的诬陷,态度总是易于镇定的。华蕾夫人之镇定固然不是问心无他而来,乃是有恃无恐。

二十六

丁恩的老姘头华蕾夫人因见贞丽之美,看穿了丁恩的心事,想乘此机会敲他一个竹杠,她对丁恩说,他们所玩过的那种游戏(按即指轧姘头),现在到了算账的时候了,而且说她是赢的人。丁恩停了好一会儿才开口道："你有无筹码证明谁赢？"他还假痴假呆的这样问着。

华蕾夫人毫不踌躇的回答道："我向来以为是我赢的，但自从我看见了贞丽女士，才知道你变了心，被你占了便宜。"

丁恩："你对我说的话实在使我莫名其妙。"

华蕾夫人："我知道你现在对于我们以前的那幕游戏觉得很懊悔。贞丽女士多么美丽可爱！是不是？"她说到这里，又用很坚定的口气接着说道："我完全知道你现在的心事；得到了一个像贞丽女士的那样女子，哪得不令你魂销魄夺，心花怒放！"

丁恩很迅速的申斥她道："你简直是随口胡说八道，不知你自己说些什么！"

华蕾夫人很温柔的警告他道："请你不要动火。说到动火，今天夜里我实在早就愤怒得很，但是我在此等处却比你聪明，因为我很明白动火是无济于事的。我已决心用和平的方法解决我们的事情。"

丁恩立刻抗议道："我不懂我们有什么事用得着解决。"

华蕾夫人装作沉思的神气问道："没有什么事吗？我老实告诉你，倘把我们的黑幕宣布于外，于你我两方都是不利的，因为你怕人说闲话，我也何尝不怕人说闲话？我实经不起外人的纷纷议论。"

丁恩自言自语："黑幕！"这个当儿，华蕾夫人即毅然的宣言说："你如不愿使黑幕揭穿，须有相当的赔偿办法来慰藉我的已被损伤的心。"

丁恩："该死！你简直是存心要敲我的竹杠！"

华蕾夫人："敲竹杠，这种字眼是多么不好听！你不想想看，你因贞丽女士而设法把这个黑幕轻轻的掩饰过去，在你即有所牺牲，乃是为那样可爱的贞丽而出此，岂不十分值得吗？有什么竹杠不竹杠之斤斤计较?"

丁恩:"我并没有什么黑幕用得着掩饰。我对于妇女向来应付得很得法,绝不预备有这类的牺牲。我对于你也是这样,绝无例外之可言。我并不是呆子,你不要想恫吓我。"

华蕾夫人:"你我之间诚然没有什么情书可以做证据,但是我们的结合,我所住的公寓里却有人可以出来做见证。就是说我对于你失约的起诉不免失败,但是我只要赴法庭去告你一状,已足够使你的声名扫地。"

丁恩很盛气的驳斥道:"你并无什么理由出此狠辣手段,因为我从来未曾答应要娶你做正式的夫人,从来未曾表示要和你结婚。"

华蕾夫人:"现在对于此点既无证见,当然可以随你乱说,但是你早知道我有意要嫁你。倘若你没有机会去买到一个新的模特儿(按即指贞丽而言),你一定要娶我的。"

丁恩:"我不能了解你所说的话。"

华蕾夫人:"你用不着再这样遮遮掩掩,我知道你完全了解我的意思。你知道贞丽女士因她的父亲破产,已经弄得赤贫如洗,你深信只要你肯把你的财富来供给她,向她求婚,她便不肯嫁给那个身世清寒正在奋斗的青年艺术家。"

丁恩:"你竟会说出这样的话,我看你一定是神志昏迷了。"

华蕾夫人:"如果你想我是个瞎子,看不出你对贞丽那样鬼鬼祟祟的行径,你自己正是神志昏迷了,还配得上说我!你这个糊涂虫,你知道你自己的女儿克拉已经知道你的心事?她在晚膳时候,有意刺激我,使我难堪,就是因为她知道你对于贞丽另有了心事。克拉所以洋洋得意。因为她想这样可以气死我,否则她决不肯请我来同用晚膳,但是克拉看错了我。我并不气,我知道我已输了,我现在只求有相当的赔偿,便算了事。"

【译余闲谈】

丁恩被华蕾夫人捉住了把柄,他还要想假惺惺躲避,故意说出许多牛头不对马嘴的话,其实都是多说的,因为世界上只有自己问心无他,毫无愧怍可言,然后内有以自主而不至为外力所威吓。若自己先干了不敢公开的事情,心中先已空虚,哪里还硬得出?

二十七

华蕾夫人见丁恩醉心于贞丽,想乘此机会敲他一个竹杠,老实说要丁恩先解决他和她的纠葛,解决的方法即给她以相当的赔偿。

丁恩:"倘若不解决,你便怎样?"

华蕾夫人:"那只有公布你我的黑幕!或用另一方法,我索性当面去和贞丽女士说一两句话,说你曾经和我……这样一来,也许可以平平我的怨气,而且可以避免向社会揭开你我的黑幕,因为我心里不愿意把你我的黑幕露布出去,比你还要渴望得厉害。"

丁恩狠狠的说道:"你赢了!你赢了!如果你不提出过分的要求,我情愿答应履行。但是我要老实对你说,你这种行为简直是敲竹杠;你自己虽然不承认用这样的名称,可是实际上非索诈而何?其实你要说我的坏话,也没有什么真凭实据,而且我知道贞丽必不相信你的话,不过要避免麻烦起见,又鉴于瞎造谣言伤人本也用不着什么真凭实据,所以情愿考虑你的要求。"

华蕾夫人:"好!这才见得你还算是一个明达事理的人!我的

要求并不至如何过分,不过你要想到我因此所须受的种种痛苦与损失;姑置你的财富于不论,我心里实在舍不得你自己本人,这是你所知道的。"

华蕾夫人尽管轻声在那里说那样句句逼人的话,却急得丁恩怒恨交加,愤然说道:"你的行为既和拆白党中人无异,要说明明白白的说,用不着这样兜着弯儿的把戏!"

华蕾夫人很安静的说:"这不难!只要你快在银行支票上写几个明明白白的数目字,这事便可解决了。"

此时丁恩气得脸上灰白,但又无可如何,只得走近桌旁,拿出银行支票簿子,写了一张给她。不料她接着瞧了之后,却把那张支票撕得粉碎,很安定的说道:"天下有这样便宜的事情!至少要加倍,那么你才能脱身。"

丁恩气得全身发抖,但又只得力持镇静,写好一张新支票给她。华蕾夫人才算满意,从容不迫的把这张支票折好,放入她随身带着的皮袋内。她这样放好之后,还要从容不迫的说道:"我不料你我的关系竟做到这般田地的结局,我真对你不住。我从前想嫁你,常梦想嫁你是多么一件愉快的事情。我明明知道你是生性吝惜,明明知道在你那样保养得好修饰得好的身体里面,并没有一些些儿心的存在;但是不知怎地你却有使我舍不得你的地方。所以如今解决算是解决了,在我方面仍是一件很大的损失。"华蕾夫人这样临别赠言,因怨极而有意骂丁恩几句,出出她的气,却也无意中露出她的本心,就是她对丁恩原无所谓情,因为她看透了他的为人,她所重的不过是他的支票,如今一了百了,以后写支票给她的机会便断了,诚然在她是一件大损失。

她说完之后,用媚眼睇视丁恩,这种媚眼在平日虽有勾人魂魄令人颠倒的效用,而在此时的丁恩看起来,只有增加他的怀恨。丁恩所恨的还不全在那一张支票,因为他究竟是很富有的,虽吝啬成性,在嫖赌方面却也还肯阔绰,他所最恨的因为这是他生平第一次受女人索诈而竟无可如何。他靠着他的金钱,受他骗的女子总算不少,但是他的金钱也只能有效于以金钱为目的的女子,像现在他要想骗得贞丽的心,便不得不假装正派,经不起华蕾夫人对贞丽有要揭穿黑幕的话,华蕾夫人就捉着这一点,弄得他咆哮怨恨而又不敢不上她的圈套,他实在觉得受不惯,所以格外难过。

华蕾夫人此时赔偿到手了,出气的话也说了,才从容不迫的立起来预备走,临走的时候还对丁恩说这样的几句话:"我希望你胜利,不过我不信你能容易得着贞丽女士的胜利。我知道你在今天夜里要准备独自在家和贞丽谈心,现在却被我把这样甜蜜的一夜破坏,真是很对不住你。但是假使我是你的话,我绝不愿这样性急,绝不愿这样鲁莽的躁进。"

二十八

华蕾夫人既敲到了一笔巨款到手,将走的时候还从容不迫的教训丁恩几句话,劝他虽醉心于贞丽,不要那样心急,不要那样鲁莽。

丁恩冷笑着用讥消的口气,回答她道:"当然你的劝告是很有价值的;只要看你替自己所干的事多么能干,便可推知你的话是一定有价值的。但可惜现在我并不需要你这样有价值的劝告。"

华蕾夫人:"也许不需要。不必多说,我就要走了,临走的时候,你还肯给我一个临别的热吻吗?老家伙!你不要把我忘记得这样快啊!"

当她把身体就近丁恩的时候，丁却急往后退，华蕾夫人装出戏弄他的神气，随口说道："你不肯接吻也罢，但总应该送我出去罢。"她一面说着，一面往外走，丁恩究竟有点不好意思，只得送她出去，当他替她开大门的时候，眼前忽然一闪，看见有一个很面熟的人正在他的屋前走过，他此时正要扶华蕾夫人坐汽车，未及细察，不过他微微觉得那个人转身回来，走近他的身边。等到丁恩替华蕾夫人把汽车门关好之后，回转身来，却和那个人打个对照，他很傲慢而十分不愿意的敷衍道："尼尔先生晚安。"

尼尔却泰然的回答他道："今晚天气真好。这种好天气，在街上兜兜圈子，散散步，多么好！"

丁恩原来以为尼尔是要到他家里来的，所以一面孔现出不愿意的神气。至此听见尼尔不过是要在街上兜兜圈子散散步，却像如释重负，心里为之一松，脱口而出的说道："哦！那么你并没有意思要走进我家里来？"

怪可怜的尼尔，他因为贞丽搬入了那个"家里"，他的魂魄可以说是时时刻刻都绕着那个"家里"，所以那晚正是绕着那个"家里"的外面瞎跑着。他本来决意要等贞丽来叫他去，他才去，如今听见丁恩提起那个"家里"，他竟不能自持的回答他道："我心里很想进去看看贞丽。"

刚才觉得如释重负的丁恩，听了这句意外的话，又好像重把一块大石头压到肩上去，匆遽得什么似的拒绝他道："她此时已经安睡了。你既喜欢在街上兜兜圈子散散步，何妨再到别几条街上去兜兜圈子散散步呢？再会罢！"他说完之后，不待尼尔开口，就往自己屋前的石阶上走，走进之后，立即把门关上。丢在外面的尼尔呆了一下，叽里咕噜的说道："你这个人的手段倒厉害。"

一个女子恋爱的时候

丁恩一钻进了自己的屋里，向客厅走着的当儿，便开口自言自语道："这个猪头三！又来缠夹不清！"（译按：原文为 pig-headed fool，译为沪语"猪头三"，似很切当。）他心里想着身在户外的尼尔，又想起华蕾夫人刚才说的对贞丽不可鲁莽躁进的劝告，他觉得尼尔实在是他的计划里的一个绝大障碍。他不禁对自己说道："一定要先想点方法把这个人弄掉才行。"后来他脸上忽现得意的神气，笑了一下，又对自己说道："这事容易，我明天要去看柏禄斯。"

柏禄斯何人？他是一家规模宏大的广告公司经理，他和丁恩也是俱乐部里常在一起的熟友，平日对丁是很要联络敷衍的，这也无非是势利上的关系。第二天，丁恩到他事务所去秘密谈了一番，接洽妥当之后，在临走的时候，他还叮咛嘱托柏禄斯道："千万不要把我的名字漏出去。"柏禄斯拍着胸脯对他担保绝不至把他的名字漏出去，才彼此握手告别。

当天尼尔就得到柏禄斯打给他的一个电话，约他到他事务所里去一谈。尼尔的本意是要避免商业性质的工作，俾得专心致志于他天性所近的心里所爱好的艺术工作，所以对于柏禄斯的电约，起初并不怎样热心，但转念一想，也许由此一谈，可以得到收入较丰的事情，借此可以快些把他和贞丽的安乐窝成立起来，因为这个缘故，他才决定于当天下午三点钟去看柏禄斯。

【译余闲谈】

尼尔对贞丽狂热，丁恩对贞丽也未尝不是狂热，同是狂热，其差异之点何在？则在尼尔系用正当的手段（即以自己的品格学问感动对方的心），获得双恋，而丁恩则自知其品格学问之不足取，专凭单恋而用阴险手段来诱骗。

二十九

尼尔那天得到柏禄斯约谈的电话之后，想于下午三点钟去看他。那天一上午他无时不在那里切望贞丽有电话打来。在贞丽呢，也屡次的想鼓起勇气打电话给他。但是三番五次的想打，又停，希望与失望交战于方寸间。她自从前一天打电话给尼尔，因他不在，被珠莉偷接之后，心里一直疑尼尔对她自己有不忠实的地方，但她又深觉尼尔不至于此，明知要散此疑团，非与尼尔亲自晤面询问解释一番不可，可是她心里对于他的信任既因此疑团而不能十全，又怕他见面时也许要使她失望，则又怕见他的面。

午膳之后，她实在耐不住闷葫芦之苦恼难过，终于决心拿起电话筒打电话给尼尔。尼尔一听见是贞丽的声音，立刻在那面这样答应着："贞丽！"他此时的答应，好像脱口而出的悲号的声音，贞丽听见了他的声音，也快乐得流出泪来，立即对他说道："你能立刻过来吗？立刻？"

尼尔："我立乘地下电车来，因为这是最迅捷的方法……但是我忽然又想起一个别人的预约，此时已经两点打过了，我那个预约是在三点钟的。我恐怕来不及先来你那里转一下。可否请你等我到四点钟，如我能早来更好。你身体好吗？一切都顺适吗？我的甜心！"他问的时候，声音含着很担心忧虑的意味。

贞丽："不很顺适……不。尼尔，我想有点误会的事情发生。但是我如今和你谈了几句话，已觉得比前好些。请你快些来，可以吗？"

尼尔："我此时恨不得立生双翼飞到你的面前。但无论有何误会，我来后必能力除。我此时所以亟亟去看柏禄斯，因为也许有什么较好位置的机会。我想你也一定很希望我得着好的机会。"

贞丽很希望他能得着好机会，这是不消说的，因为她之所以不肯立与尼尔结婚，本是替他在经济上打算，不愿就以经济上的担负阻碍他在艺术上的前程。但是后来尼尔和柏禄斯交谈之后却大失所望，他告诉尼尔说，想给他做的职务不在纽约，是在旧金山（按此时贞丽及尼尔均在纽约）。尼尔听了这句话，简直一时发了呆答不出，柏禄斯更追上一句催问道："你有意思想立刻就动身前往吗？"只见尼尔摇着头，很失望的回答他道："我不能离开纽约，这在我是不可能的事情。"

柏禄斯现出不豫之色，很不舒服的回答他道："但是你要明白，我们是给你一个很好的机会。"尼尔心里想他这话是不必说的，因为当尼尔听见他告诉他薪水数目的时候，早就知道这个机会是很好的。他很诚恳的对他这样说："我心里虽然很感谢你的厚意，但是我实在觉得抱歉，因为还有别的事情使我离不开纽约，至少在目前是万万离不开的。"

柏禄斯："我想你还是再仔细考虑一番的好。我们可以等到后天听你最后的回音。也许在这一两天内，你就可以把别的事情料理清楚。这真是一个极难得的机会，如果你不加审慎的考虑而交臂失之，那真可惜！"

尼尔和柏禄斯分别之后，急急要和贞丽商量这个问题。他在途中想，如果他真能把别的事情安置妥帖，很想接受柏禄斯所给予的机会。他想起他所未竟的一幅画，深觉半途中辍未免可惜，因为他是爱艺术如生命的人。但是他想到为贞丽而有所牺牲，也是一件乐意的事情，在这个当儿，艺术和爱情比较起来，又敌不过爱情了。

他对于贞丽实在是死心塌地的爱她,为着爱,什么都肯牺牲。

尼尔看见贞丽的时候,刚巧遇着贞丽是单自一人在那里,这一点也使得尼尔默谢彼苍,因为他自己知道一天未见贞丽,已如大旱之望云霓,见面的时候一定免不掉热情的自然的激烈表现,如有别人在旁,有种种的不便。他只碰着贞丽的手指,全身便像受了电气一般,在贞丽简直来不及阻止他,一走进来就已被他揽在怀里,满面狂吻,两个人一句话都还未曾说出来。

但是这一次贞丽的态度却忽然的没有反应,她在平日和尼尔这样互爱时本也很热烈的凑上去。此时忽然把热度大大减低,所以尼尔把嘴唇合到她嘴唇的时候,即觉得和平日不同,他赶紧把头抬起来,直望着她的眼睛。他很怀疑的眼巴巴的向着她呆望。他随着很惊愕的问她道:"贞丽!这又怎么?为什么你不和我接吻?你的态度这样冷淡!"

三十

尼尔不知道柏禄斯叫他去做的职务是要他离开纽约的一种暗计,是一种调虎离山的暗计,赶紧跑去见贞丽,想和她商量一番。他见着贞丽就抱着狂吻,却见贞丽态度平淡,与平日迥异,非常惊异。

贞丽从他的怀抱里挣扎了出来,对尼尔说道:"尼尔!让我们坐下来罢。"尼尔跟她走近一张沙发上,坐在她身边,对她紧紧的望着,很安静的说道:"到底有了什么误会,请你还是老老实实的告诉我罢。"

贞丽:"我原来要老老实实的告诉你,因为我倘若不再知道实际的真相,我实在不能再忍耐下去。自从昨天下午到现在,我所看出的世界简直好像昏黑暗淡，无限失望。"

尼尔很坦然的说道："我原来就知道你住在这里是绝对不能愉快的。"

贞丽："尼尔，使我不愉快的不是丁家里人，却是你。你知道吗，我探知那个女子，名叫珠莉的那个女子，昨天早晨却在你的艺术工作室里！"她说完默然，表现无穷凄楚的神情。

尼尔有些吞吞吐吐的说道："她是一个放纵不羁的女子，这是你所知道的。"

贞丽："我前次打电话给你，我听出她的声音，对我说我的电话号数打错了，这难道也是她放纵不羁的缘故吗？"

尼尔："我不知道什么缘故她做了这件事，我当时实在跑过去，想去阻止她，但是已经来不及了。我的心爱的，我想你绝不至因为这样无关紧要的事而引起疑虑罢！"

贞丽有些愠意的说道："也许你们做艺术家的和别人不同。就退一步说，我姑且相信她在那里是没有什么不正当的行为，但你何必又讳莫如深，不让我知道呢？"

尼尔："贞丽，请你不要说这样的话。我从来没有存心骗过你。我承认我当时可以办到使你知道你所打的号数并不错，但是我后来我想，不知道珠莉为人的人一定不能谅解她的；她的为人不负责任，简直和一个小孩儿一样。所以我当时不能就告诉你，因为我恐怕不能够使你谅解她所做的事情，尤其是因为她当时身在我的房里。"

贞丽："正是因为她当时在你房里，看见你对于她的干涉（按指撒谎号码错误而打断电话的事），你竟泰然让她这样做了过去，事后也不加以纠正，也是使我心里难过的理由中之一部分。"

尼尔："你切勿误会，我当时并非让她在事后安然的过去，我当时将她大骂了一顿。"

贞丽："但是你说许多话，还未说明当时珠莉何以在你的房里。"

尼尔："这里面的实在情形，我可以老实告诉你。当天夜里我从你那里回到家里的时候，我一进门，就见她躺在榻上，沉沉的睡去，我莫名其妙，后来细看屋里各部分都扫得干干净净，擦得纤尘不染，各物都排得整整齐齐，焕然一新，我才知道她替我做了许多事，倦极而躺下休息，竟至睡去。我当时实不忍惊动她，所以我自己坐在一张椅上看书，看倦了就在椅上睡去，一直睡到第二天早晨，睡梦中被她答应你电话的声音吵醒，才恍然知道此身之何在。"

贞丽听了心里愈不舒服，提出这样自卫的抗议："你用不着在她面前那样偷偷摸摸，你当时尽可以老老实实的对她说我们并没有什么不可告人的秘密。你知道吗，你这样遮遮掩掩将要引出什么结果来。我为着这件事，不知怎样的伤心悲痛。这件事在你方面的确是不应做的，我想你自己也不能不承认的，是不是？"

尼尔："你这样责备我，我心里并不怪你，我的甜心，但是我所难过的是你对于我没有信任心了。这样说来，我一向信任你，也是盲目的。"

这一对未婚夫妇谈至此，已入动气的范围里去了，虽以温柔妩媚的贞丽至此也气得不能自抑。尼尔继续说下去："一向我是绝对信任你的，没有什么人能够使我相信你是不爱我的，一直到了你自己告诉我你不爱我，我才恍然知道有这么一回事。"

贞丽："尼尔，你使我觉得自己很微小，很卑鄙。"

尼尔："这话也好，你应该觉得自己小如一个微生虫！"

他们俩的谈话愈益趋入紧张的空气了。

三十一

尼尔和贞丽彼此渐谈渐气,空气渐渐紧张,贞丽疑心尼尔和珠莉已有了什么不正当的关系,气愤的对他说道:"你使得我觉得微小卑鄙。"尼尔亦不肯让,回答她道:"你应该要觉得好像一条虫那样微小。"

贞丽:"哦!尼尔,我是觉得好像一条虫那样微小,但是我情愿如此;我情愿做一条快乐的虫,比做一只怨愤的鹅好得多了。"

尼尔:"你的话不错,但是让我问你,你怎样发现我的罪过?"

贞丽:"我昨天下午打电话给你的时候,刚巧你出门了,对方代接电话的声音,我辨得出是珠莉的声音。"

尼尔很难过的说道:"我那个时候刚走开十分钟,所以不知有你的电话来过。我以为你一直未有电话来过,心里正因此纷乱得非常厉害,简直心里一直在那里胡思乱想着,想象你一定在此被人关了起来……所以我昨天夜里独自一人跑到此屋门前跑来跑去,直跑到后来看见克拉和她的未婚夫走进了,才嗒然若丧的走回去……"

贞丽听了这几句话非常诧异,把身体坐直起来,向着尼尔呆呆的看了一下,问他道:"珠莉未曾告诉你说我有电话来过吗?我叫她告诉你……"

尼尔:"我想她大概忘记了告诉我。"

贞丽:"我想一定是她忘记了告诉你。也许是她有意不告诉你!"说到末一句时,贞丽抽抽咽咽的哭起来了。正在这个当儿,忽听有人说道:"啊,你在这里,尼尔先生,下午安好?"

尼尔和贞丽回转头来一看,原来不是别人,乃是丁恩。贞丽看见他突如其来的看见了她那副形状，倒使她有些局促不安起来。尼尔看见丁恩走近了，不得不勉强起来招呼他坐下，不过态度是非常的冷淡。丁问贞丽道："你用过茶点么！"

贞丽："不，我们刚在这里谈天。"

尼尔在旁插一句道："谈着很重要的事情！"丁听了笑了一下——一种很奸诈的笑。他笑了之后，就对贞丽说道："请你叫女仆把茶点拿上来罢，让我们过一个很愉快的下午。"

他说话的时候，简直好像只有他和贞丽两个人，并没有尼尔在身边似的。

贞丽吩咐女仆照办之后，他们谈着敷衍的话，各人有各人心里萦回着的念头。尼尔见丁刺刺不休，心里非常愤怒，贞丽亦心里觉得非常不安。丁的心里极想知道尼尔究竟已否把旧金山之行告诉贞丽。他明明知道他冲进来是要打断两个情人的谈话，但是这正是他冲进来的目的，所以他并无意思要退避出去。

其实他们三个人里面没有一个要用什么茶点，他们各有各的心事，所以喝茶简直是一件无意味的举动，随手拿着茶杯动动就是了，完全心不在焉。尼尔此次跑来见贞丽，满心要把柏禄斯答应给他好位置的消息告诉她，意思要劝她随他同往旧金山去。但看丁坐着不走，噜里噜苏的谈个不休，他心里想当天下午恐怕无机会把这件事告诉贞丽了，非常觉得失望。所以他坐在那里，心里一直想有什么法子使丁离开……他想他身在丁的客厅里，当然不好意思叫那个客厅的主人走出去。他望望贞丽，觉得她很疲倦的样子，心里转了一个念头，计上心来，就随口对她说道："我看你的精神不好，恐怕需要出去到空气新鲜的地方去散散步。我陪你一同出去走走，你以为怎样？"

贞丽听了,回转身很高兴的对着尼尔,正要开口的当儿,却见丁恩很迅速的插一句说道:"我看你这样疲倦的样子,还是不要出去的好。"

贞丽听了丁恩的这几句话,究竟如何,下次再告。

三十二

尼尔见丁恩妨碍他和贞丽的谈话,有意叫贞丽一同出去散步,丁恩以贞丽身体未复原为辞,加以阻挡,贞丽说:"不要紧,我并不觉得疲倦;我想出去散散步正合我的意思。"她对尼尔说:"请你等一会儿,我进去穿一件衣服就来。"他们俩虽有时好像蔚蓝的青天上不无云翳,但真心的爱人到底是真心的爱人。

贞丽走开的时候,丁恩怒目望着尼尔,用责备的口气对他说道:"她在她父亲逝世之后,身体尚未复原,你应该要明白的,你邀她出去,不要在外面过久,免她身体受不住这样劳顿。"

尼尔:"我知道怎样维护贞丽女士啊。"丁恩听了竟大发醋意,冷笑着说道:"我对你这句话不无疑问。"

尼尔很冷淡的答道:"这句话有无疑问,是贞丽女士有权与问的事情,我不懂此事和你有什么相干?"

丁恩:"这样看来,你不知道我也可以算是贞丽女士的保护人,当她住在我家里的时期内,她就在我保护的范围里面。"

尼尔冷然说道:"我希望你不久就可以轻卸你那样的责任。我却要老实告诉你,在那个时候以前,我要在你的保护之上再加一层保护。"

正在这个当儿,贞丽来了,她既来,他们两个人险些儿更要争吵的话都被她打断了。

尼尔一陪着贞丽走出门口之后，就急急忙忙的把柏禄斯给他好位置的事情告诉她，但出乎他意料之外的是她对于这个消息并不欢迎，她不愿意他去。

尼尔："但是，贞丽，我的心爱，你要知道这样一来我们立刻就可以结婚。我实在耐不住和你分离，想到可以免得和你分离，我便决计不肯放过这个好机会。"

贞丽："我想你不该去接受这件事情。你为着我而废了你自己刚在惨淡经营的那幅壁画，你想这样的为我而牺牲，我的心安吗？我情愿住在一间小小房间的公寓，过我清苦的生活，只要我知道你是在那里做你所心爱的工作，渐渐达到你的梦想，我心里即可以愉快欣悦，无以复加。"

尼尔："贞丽，你的话诚然使我感动，使我获得鼓励，但是我仔细一想，恐怕我自己不是一个真正的艺术家，因为我心目中把你放在第一，却把艺术的工作放在其次。要我一方面继续忍耐着进行我的艺术工作，继续奋斗向前求胜利，一方面却须忍耐着等你俟我胜利后才和你结婚，这是使我很不能忍耐的苦事。要我使你和我一同受清寒的苦况，这又是我心里所不忍做的事情，因为这个缘故，我情愿接受商业方面的机会，什么艺术上的将来荣誉都不在我的心里了。"

贞丽："因我而阻碍你事业的前途，这是我绝对不做的事情。"

尼尔："但是这样一来，我便可以和你立刻结婚。倘若我不是至诚的爱着你，处此两难的情形之下，最妥当的办法是商业上的机会不要，连你我都不要，但是我舍不得你，不要说和你分离，就是想到这一点都使我异常的难堪，实行更不必说了。"

贞丽："我当然也不能让你做这件事，但是我也不能让你把所惨淡经营的壁画搁起。"

尼尔："我非先和你结了婚，和你一同动身往西方去，那个商业上的位置我也不愿接收。但是要我丢掉商业上的机会而先从事我的艺术工作，我也忍耐不来，因为如此我便无力和你结婚，我决不能让你为艺术事业的前途而受饥饿之苦。"

贞丽："但是我已经告诉你……"贞丽要表示愿共穷苦，但尼尔不等她说完，插着说出下面的话。

三十三

尼尔所以想受丁恩友人柏禄斯给他的关于商业方面的好位置，无非要借此可以早与贞丽结婚，但贞丽却不愿他牺牲他艺术事业的前途，表示情愿穷苦。

尼尔："是的，但是你虽说情愿穷苦，在实际上向来未尝受过什么穷苦的凄况。同时我知道你现在寄居的地方，在你也觉得很不愉快，因为这个缘故，我一定要想些法子才好。除此之外，你应该知道我心里是如何喜欢和你结婚。"他讲到末了一句话，满面堆着笑容，快活得什么似的，但是转念之间，他立将笑容敛了起来，现出一副严正的面孔，这样问道："我记得刚才我们在丁宅的时候，你刚在告诉我说有些事情或有些人使你心里异常惧怕，被丁恩进来打断了，到底是什么一回事？你现在可以把原委告诉我吗？贞丽。"

贞丽在此刹那间很灵敏的立时转了一个念头，这样托辞的闪避着说道："没有什么，我不过神经过敏，自己觉得胆小罢了。"其实贞丽自从搬入丁宅之后，很看得出丁恩对她态度渐渐变得可怕，不过转念觉得如令尼尔知道，深怕他又要更急迫的催促提早和她结婚，由此增加他的家累，以致妨碍他的艺术事业的前途，所以本想告诉他，临时又忍着不敢说出来。

尼尔心里仍在那里揣想贞丽所说的惧怕的事情和惧怕的人，忽然他又想到珠莉，对贞丽说道："在你所惧怕的人里面，你曾经和我提起过珠莉。贞丽，你对她有什么惧怕？这似乎未免可笑；但是如果你要我和她完全断绝往来……"

贞丽此时对于尼尔的信仰又涌现心头，自觉她对珠莉的嫉妒也未免没有真实的根据，所以这样插着说道："我这个人何至于如此褊狭而好干涉，何至于有意作此要求？我自己虽曾对你说过我心里怕她，但是我何以说出这样的话，我自己也有些莫名其妙；不过我那时心里觉得自己之孤独无助，很易受他人的欺凌罢了。此外还有一种原因，就是她不肯把我在电话里说的话转达给你听，这是你所知道的。这种举动就是不含有别的什么恶意，至少是不合于友谊的行为。"

尼尔："我觉得你对珠莉的惧怕的确没有什么真实的根据，我但望你心里所蕴藏着的其他的惧怕也能像这样没有真实的根据才好。"

贞丽："我知道我自己有点胡思乱想，但是一个人在不愉快的时候原易胡思乱想，瞎猜一阵。我想你一定肯宽恕我的，你肯吗？我的尼尔！"

尼尔听了这句话，当然心花怒放，笑眯眯的故意开玩笑的回答她道："要么我们到什么清静的地方去畅谈一番，如今要我在这样嘈杂的街道上回答如此严重的问句，难免有逼迫的嫌疑吧。"

贞丽也笑眯眯的抵他一句："这有什么难？我们一同回去不好吗？"

尼尔："回去看那个家伙吗？"

贞丽："如果你所说的家伙是指丁恩而言，此时他也许出去了。我想我们还是回去吧，因我已觉得有些疲倦了。"

他们一同回到丁宅之后，看见丁的女儿克拉和她的未婚夫罗塞已先在，知道他自己和贞丽的密谈机会又无望，所以并未久停，他离开的时候，贞丽送他到门口，和他约定翌日下午再相会。

几分钟之后，贞丽走回客厅里去，当时克拉已跑到楼上去换晚宴的衣服，原来罗塞正要自开汽车陪她到长岛去玩，所以当时只剩罗一人在客厅里。罗见贞丽走进来，对她叽里咕噜的说道："她去换衣服了，换穿舞衣，恐怕非一小时走不出来，在她未来之前，我们有什么事情可以彼此消遣？我们共同喝酒好吗？"

此时罗塞已喝得醉烘烘的，竟对贞丽干出一件无礼的事情，详情待续。

三十四

贞丽送尼尔出去之后，回到客厅里看见克拉的未婚夫罗塞酒喝得满面通红，贞丽知道他还要自开汽车陪同克拉出去，所以随口劝他不要再喝，免得闯祸，不料他竟乘着疑他已醉，走过来挨近贞丽的身体，对她笑着，自觉有所借口以肆其无礼行为而洋洋得意。贞丽看他笑着，无意中不提防也报以一笑，但刚才笑了一下，觉得罗塞来势不存好意，深悔孟浪，不料顷刻之间已被罗塞抱在怀里，她一失措，正思躲避，不提防已被他亲着她的樱唇狂吻。

贞丽气得全身发战，拼命挣扎着力求脱离，但是罗塞抱得十分妥稳，宛转娇啼而柔弱的贞丽竟处于无力抵抗的地位。但是她当然不肯就屈服，还死命的挣扎，虽身体一时挣扎不开，却极力把她的面部向旁边转，离开他的嘴唇。当她的面部向旁边转了之后，视线适与客厅的门口相对，闪眼一看，更觉得吓得魂不附体，原来在门口立着的不是别人，就是罗塞的未婚妻克拉。此时罗塞专心一意的抱着贞丽，用全副的精神防她逃去，当然看不见门口有人眼巴巴的望着，所以还是不肯放手。

克拉见了这种情景，立转身一溜烟的跑了。贞丽看见她这样默不作声的溜掉，更觉异常的难过，因为她料定克拉对她发生误会了。贞丽至此不得不大声喊道："让我走开！你痴了吗？让我走开！"一方她还是继续拼命挣扎着，后来她的手略挣到比较可以松动的位置，极力向前一推，才把身体脱离而急急向后退避。此时她已咽不成声，既而怒声斥道："你这个傻子，你知道克拉在门口望见了你吗？"

嬉皮笑脸的罗塞恬不知耻的答道："啊！原来你所怕者是克拉在那里望见了！我起先还以为你不喜欢我。"

贞丽："喜欢你吗？我把你看作一个畜生！"

罗塞："是否因为我吻了你？那真使我有点不懂了。我一向知道怎样吻一女子，而且知道怎样使得她爱我的吻。"

贞丽此时已面色苍白，全身不住的发抖，而且忽于狂怒之后继之以恐惧。恐惧什么？恐惧见克拉的面，她想她用什么法子可以使克拉相信刚才的拥抱接吻的事情全是一种无意义的横暴强迫行为？她心想这件事恐怕很难使克拉不生误会。

贞丽抖着声音说道："我就要上去解释给克拉听，我并且要使她明白谁是犯罪的人。"

罗塞劝告她道："我看你还是让她多些时间去平平她的怒意吧；她此时正在盛怒之下，你如果要这样急急忙忙的去剖白，徒然给她用着难堪的话轰你一顿。"

贞丽置之不理,往外跑出。当她刚在离开客厅的时候,罗塞还在背后呼着说道:"我预祝你交好运。"

贞丽一直往克拉的私室跑,跑到房门口的时候,已经胸部起伏喘得不得了,勉强立一会儿,使呼吸略平之后,才举手打门。克拉把门用力一开,乒乓一声把门往墙边一掷。贞丽自己步入房里去,看见克拉在那样盛怒狂威之下,心里不禁为之战栗。克拉等她走进之后,厉声说道:"你无须对我说出替自己掩饰的谎语,那是我不愿意听的。"

经她这几句话一说,贞丽反而为之胆壮,因为她原无所用其撒谎,所以她很镇定的说道:"我用不着说什么谎语。"

克拉:"既然如此,如果你没有什么话可以替你自己辩护,你再来见我的面,便是对我的侮辱。"

贞丽:"但是却有几句话要替我自己说明,我所要说的几句,没有一字不是真确的,克拉,你刚才看见的情形不是出于我自愿的行为。你要知道刚才罗塞酒喝得太多,所以醉得昏天糊涂,简直好像失了他的脑袋。"

三十五

贞丽在客厅里被罗塞乘着醉意强抱狂吻被克拉在门口撞见之后,怒惧交并,即跑上楼去向她说明误会。克拉冷笑一声说道:"他喝醉了酒吗?我老实告诉你,他这件事决不是因他喝醉了酒的。他的酒量我很知道,他刚才喝了多少酒我也知道。他刚才所喝的酒绝不至使他干出这样的事情。这种事情非有对方鼓励他做,绝不会发生的。"

贞丽:"克拉,你看见了这样情形而愤怒,这是我一点不能怪你的，但是我要请你明白这件事的确是罗塞所干出的鲁莽的行为。"

克拉："诚然是极鲁莽的，这种甜蜜的行为竟在我的眼前干了出来，非极鲁莽而何？我真不知道你再有什么方法替你自己洗刷得干净！"

贞丽："你真正相信是我有意要他这样做吗？"

克拉："当然是你自己有意要他这样做的！倘若你无意，你尽可以想法避免这件事情。你难道忘了我从前对你说过的警告吗？我从前对你说过，凡有关罗塞的事情，我绝对不许有什么人越权参与。我知道你一定要觉得他家产富有，比一个清寒穷困的艺术家来得可爱。也许你是有意于我的父亲，恐怕他的老姘头华蕾夫人做你的爱敌，所以竟对罗塞这样鬼鬼祟祟，使我的父亲因嫉妒而对你更热。你到底是何居心，我倒要弄个明白。"

此时贞丽如身在狂风暴雷疾雨之下，头昏身战，泪如泉涌，简直不自知此身之在何世，勉强呜咽着说道："你所说的话，我脑子里简直连影子都不曾有过。"

她这样凄惨悲愤的情景却未能使盛怒之下的克拉有丝毫的感动，反厉声怒号着说："你到了这个时候用不着再那样假痴假呆了！你难道不晓得我已经知道你已决意不嫁给你所宝贝的尼尔吗？倘若你仍有意嫁给他，你也不肯搬到这里来住了。你外面装着老实，其实你何尝不知道我父亲是别有心肠的。你如果只不过想嫁给我的父亲，倒也未尝不合于我的意思？因为我决不愿让华蕾夫人嫁给他……"

克拉尽管继续暴跳如雷，继续倒出许多不入耳的话，但贞丽已气得神魂颠倒，听不见她再往下说的话，就是她已说的几句话，已经使她悲愤无以名状，已经使她心如刀割，肝肠寸断。她至此才明白克拉从前为什么那样再三劝她搬到她父亲家里去住。她心里竟以为贞丽要想嫁给她的父亲,这在贞丽方面觉得是多么奇怪而可怕的事情。她心里竟因为恨极了华蕾夫人,希望贞丽嫁给她父亲的一事能够实现。如今她心里又以为贞丽有意诱惑罗塞,借此与华蕾夫人争风,争着嫁给有钱的丁恩,凡此种种,贞丽愈想愈痛,愈想愈惭,简直觉得无地自容,拔起脚来打算向外奔,克拉拦着对她说出几句很刻毒的话:"我看你还是赶紧走下楼去,索性和罗塞爽爽快快的吻一阵,因为我恐怕此事一被父亲听见之后,你和罗塞接吻的机会就很不容易了!"

贞丽至此更忍无可忍,蛾眉倒竖,杏眼圆睁,狠狠的瞪眼对着克拉说道:"我实在替你觉得羞耻!"她这句很简单很冷淡很至诚的话却使得克拉不得不稍抑她的凶焰,虽然她的嘴仍旧斜着作鄙视的冷笑,但她的双颊却不由自主的红了起来。

贞丽起先被克拉的盛气所凌,她虽自问于心无愧,在形迹上究竟不免有些不安,所以给她吓得魂不附体,简直呆得说不出话来,经过数分钟之后,神志略清,听见克拉的话越说越卑劣,她反而理直气壮,抑住她自己的感情,很镇定很缓慢的说下去:"你现在信不信我,这是我全不在乎的事情,其实我现在并不要你信我——老实不要你再做朋友。"她说时语气非常严肃,更继续给她下面一大篇教训。

三十六

贞丽起先被克拉轰得神魂颠倒,后来神志略定,很严正的给克拉一大顿教训,这样继续对她说下去:"我从前和你做好友,深敬你的为人,但是自从你到外国去跑过一趟回来,你简直变得可怕。

有人告诉我,说你在外国的时候,有许多势利的男子知道你父亲富有,趋承你什么似的;也许就是因为这个缘故,所以你如今竟会这样卑鄙,并且这样疑心别人也存着一样卑鄙的观念。依你的意思,简直以为个个人都可为着金钱而不顾廉耻!而且你这个全无心肝的人,因为不愿你自己的父亲娶华蕾夫人,就情愿牺牲我的一生而不恤。但是如果你以为我心里和你一样的念头,那是大错了。你替我走下楼去告诉罗塞,说我鄙视他的为人,他连对我所欲嫁的尼尔说话都不配。至于你呢,老实说,我也要叫尼尔和你离得越远越好,如同叫他要远离那不是东西的罗塞一样。讲到想嫁给你的父亲吗?我如有这样的念头,便不是人!"

贞丽倘也暴跳如雷的和克拉对闹,克拉倒也欢迎,因为这样一来,她亦可以乘势再闹一番。如今贞丽却不和她闹,只用很严肃的语气,很尊严的态度,轻声说重话的教训她一顿,反弄得她暴跳不起来,目瞪口呆,一时再闹不出什么来了。但是她的心性已变得无可救药,虽听见贞丽说得那样直截了当,仍是不相信她所说的是完全真实,把身体向后转,耸肩作冷笑。贞丽看她绝对没有谅解的可能,立即离开她的房间,知道这是最后的决裂,无可挽回的了。她并且知道她应该就要离开丁宅,因为和那样侮辱她的克拉同处于一个屋子里,就是勉强过一夜,也是忍不住的。在她的本意,原欲把随身衣服收拾起来,立刻就离开,因为她想起晤见丁恩,便心里非常的不舒服。但是转念一想,得罪她的是克拉,不该完全迁怒于她的父亲身上,就是决意离开丁宅,亦应该和他说个明白。因此她就在自己房里压了一下电铃,叫了一个女仆进来,问知丁恩当时还在家里,几分钟之后,她便起身向丁恩的书房里走。但是当她走到将近书房门口的时候,想起克拉所说的刺心痛骨的话,竟提不起脚,好像忽然有了什么东西阻挡她的前进。她心里忽然想着:"丁恩是否和克拉一样的心肠,以为她因为金钱的关系,有意要抛弃尼尔于不顾? 转念之间,自己安慰自己道:不至这样,不至这样,他不至于转错了这样的一个念头,因为他明明知道我是怎样的爱着尼尔。"她虽然极力要把上面可怕的默想丢开,但是想起丁恩近来对她的愈益亲昵的神情,又引起她的怀疑。她又想这也许是做父执的人对于后辈爱护周到的态度,也许是一种同情的表示。但是转念一想,又觉得丁恩近来对于她的态度,实有超过表示同情的意味。倘若丁恩果是别有心肠,也许还以为他的深情蜜意很受对方的欢迎。假使真是如此,那么丁恩自己对于贞丽的猜度,简直和克拉是一鼻孔出气的了。贞丽想到这个地方,心里决然以为丁恩父女对她实具同一的错误判断,她决意挺身壮胆,使他们明白他们的胡思乱想实是大错。这样的把主意打定之后,便更理直气壮,很勇敢的大踏步向前走,走到她心里觉得是她仇敌的那个人的面前。

丁恩坐在安乐椅上看报,见她进来,笑着脸说道:"请到这边来。"贞丽不大理会,就在离他好远的一张椅上坐下。丁恩本已立起来迎她,看见她已坐下,自就原椅上坐下,把新闻纸折好,对她细细的望了一下。他瞥眼一闪,就看出贞丽是受了气的样子,或且是正在大怒的当儿,他倒觉得说话不可冒昧,只听见贞丽先他开口说道:"我是下来告诉你,我就要把零物收拾好,立刻要离开你的屋子。"

三十七

贞丽受克拉一顿屈辱之后,也给她一顿好教训,然后往丁恩书房里,告以立刻就要离开丁宅的意思。

丁恩："怎么一回事？又有谁得罪了你吗？"

贞丽很坚毅的宣言道："这事不值得什么详细的讨论。总而言之，我未曾依照尼尔说的话做去，搬到这里来住，实在是我的大错。我现在就要离开此地，情愿住在一家旅馆里，暂时驻足，预备于相当时期内和尼尔结婚。"

丁恩对别的犹可，一听见她要打算不久和尼尔结婚，在他简直好像是晴天霹雳，面孔上顿时现出惊惶失措的神气，立将身体向前移着说道："你不要说笑话，你自己也觉得你所说的话是含着什么重要的意味吗？"听他的口气，简直以为贞丽是撒娇，并没有真心要想离开丁宅。

贞丽看他那副神气，更气得唇白颊战，很严冷的说道："我完全知道我自己所说的话含有什么意味。"她斩钉截铁的说了这几句话之后，就停着不愿多说。丁恩哪里肯休？他又用劝告的口气说道："但是你总应该说明什么理由：总应该加些解释才是。我这样殷勤的招待你来我家里暂住，就是有未周到的地方，但是你也不该因为你自己的计划做错了，就迁怒到我，当面给我这样难堪的态度。"

贞丽心里虽恨丁恩，但他说的这几句话却也不能说他没有相当的理由，而且他责备她忘恩背义，这种罪名她也不愿默然忍受，所以她毅然的回答他道："当然有个理由：我现在才知道克拉为什么缘故要极力劝我搬到这里来住，我现在才知道我搬到这里来住被人误会了。"

丁恩听了堆着笑容："原来是克拉得罪了你！我要提醒你，她并不是这个屋里的家长，你何必去理会她呢？"

贞丽："倘若克拉这样的误会我，别人也能这样的误会我。"

丁恩听到她所说的第二句，觉得那句话好像是一把刀直刺入他的心,立刻把笑容敛了下来,默然无言者久之,后来仍是他先开口说道:"到底克拉怎样的得罪了你,可否请你详详细细的告诉我一番?我诚然不能常常为克拉辩护,但是你要明白,你现在不是对克拉为难,简直是对我为难啊!"

贞丽否认着说道:"我并不对什么人为难。但是如果你一定要我说出来,我也就不得不老实对你说。克拉有个很无耻的观念:她以为倘若有一个有钱的人要娶我,我就要把尼尔抛弃掉。"

丁恩听着这两句话,觉得忽然又舒服了起来,笑容几乎又要堆上来,欣然答道:"这在克拉看起来,原不算什么可耻的观念。她并不觉得对你说了这些话就可算是侮辱了你,这是我所确信的。照她的意思,这简直是一件唯一应该做的事情。"丁恩说的这几句话,似乎含有替克拉道歉的意思,但同时也含有他完全和克拉表同情的意思,后一层又使贞丽诧异而为之大不舒服,很决然的郑重说道:"我决计就要搬出去。"

丁恩:"你不可这样固执,你要知道你现在的心境很不佳,千万不要于这个时候解决有关系终身幸福的事情。你还是赶紧到楼上去穿好晚餐的衣服,让我们两人单独同用晚膳,详细的谈谈。至于克拉方面,我明天一定要向她理论,请你放心。"

他所说的这些话,没有一个字说动了贞丽的心,贞丽听得不耐烦,由椅上立起来就向门口走。丁恩以为她已被他说得回心转意了,赶紧走上前去替她开房门,不料贞丽又对他说出这样的一句话:"请你不要误会,我是立刻要离开此地的。"丁恩满心以为可以从此一帆风顺了,忽然又听见这句话,好像一盆冷水由头上浇了下来,连忙在门边回转身来,把门紧紧的关上,把背靠在门上抵住,不许贞丽出去。

三十八

贞丽到丁恩书房里和他言明即欲离开他家,丁恩把房门紧紧的关着,不许她出来,并且问道:"你的意思是真的要离开此地吗?"贞丽听他的口气显然是不信任她真有离去的心意,简直疑心她是装腔作调,更使她愈益愤怒,不禁申斥他道:"此地简直没有一个人看重忠义,甚至没有一个人看重爱情,你想我仍旧肯留在这种的地方吗?"

丁恩乘此机会赶紧追着说道:"你怎么知道此地没有一个人看重爱情?"他问起这句话的时候,精神很紧张,很兴奋,继续这样说道:"我想象中觉得此地确有一种使人心悦神迷而无量享用的爱情,不过为你所未梦见罢了。"他这几句话当然是暗指他自己之念念在贞丽身上转念头,又怪贞丽之未知领受,所以又接着说:"你年纪这样轻,晓得什么情欲或欲望?你这样小孩儿,哪里晓得人生失恋之苦楚啊?"他说完这几句话,精神上好像受了很大的刺激,颇现气喘的样子,既而脸上又红了一阵,大概他自己也觉得有些难为情吧。

贞丽十分害怕的望着他,看他那样震动着的情绪,使她好像受了电击,惶骇得什么似的,一心但想赶紧逃出那个房间,脱口哀求道:"谢谢你——请你开门吧。"

丁恩拒绝她道:"开门!还早!你这样冷酷的人,要等我再告诉你一些关于爱情的事情,然后始能开门让你出去。"他向着贞丽走近来,贞丽吓得魂不附体,赶紧退一步避他伸出来的双手,一面目不转睛的注视着那扇房门,想乘机夺门而出,但丁恩离那扇房门还很近，一下又不能奔出。丁恩看她惊得面无人色，对她说道："你不要惊吓，我不会做别的什么事情，不过要和你谈一谈。你对我及克拉既然发表了你的意见，也应该听听我所要说的意见，才算公平。"

贞丽再退一步去避他，适退到一张椅子上，不由自主的跌坐在那张椅子上面。丁恩冷笑着说道："哼！你自以为你知道什么叫作爱情。其实你的经验阅历是怎样的浅薄，你对于人生的滋味简直还未曾尝过啊！你自己情愿让一个穷措大破坏你一生的幸福，这是再愚蠢不过的事情。我希望你总有一天能够明白，爽爽快快的和他脱离关系。这原是我一向的心意，现在既被克拉的鲁莽闹到这样田地，我只有一层意思还要告诉你，就是你如仍要嫁给那穷鬼，在你未嫁过去之前，我仍愿供给你一切的富丽豪华，使你过富丽豪华的生活，如同你自己父亲在世时的排场一样。"

贞丽听他这一段大胆唐突的话，为之冲发大怒，厉声骂道："你这个东西卑鄙一至于此，简直是我所料想不到的。我起先不过猜想你心里也许不免有些胡思乱想，倒决料不到你竟这样厚颜说得出来。"

丁恩的厚颜的确出乎贞丽意料之外，他听了她这样厉害的几句教训，一点儿也不动气，反而和声柔意的说道："你这样聪明的人怎么也会忽然愚笨起来！其实我上面所说的话也很有理由，并不如你所想的那样荒唐。你是我生平所看见的最漂亮的、最美丽的、最妩媚的女子。我呢？曾经有许多社会上的时髦妇女缠绕不清，争相谋我，我实在觉得她们可厌。而且你原是一个富家女子，不幸你父亲破产萧条，使你在他身后一贫如洗。在这种情况之下，我们俩实在有彼此互需之处。我的年龄比你大些，这的确是一个缺点，但是你要明白天地间没有十全十美的事情的,况且你要知道有许多做母亲的人很想把她们的爱女设法给我,年龄都比你轻得多哩。"

在丁恩自以为他这篇话说得十分入情入理,越说到后来,越自己觉得得意,急喘的声音渐渐的和缓起来了,着慌的态度也渐渐的镇定起来了,此时已慢慢走近立在贞丽的前面,竟在唇边现出微微的笑容。

三十九

贞丽往丁恩书房和他告别,被他关在里面,不许她出来,并劝她勿嫁穷人,暗示应该嫁他的意思,贞丽愤然说道:"你和克拉两人都受了趋炎附势、贪财图利的贻毒!我倒要问你:你刚才说有许多年轻貌美的女子谋你而不可得,你既然有这样好的机会,有了钱就可以很容易的买到一个妻子——年轻而貌美的女子——你尽管干你的事,何必要拿这种卑鄙龌龊的钓饵来侮辱我?"

丁恩很直率的回答道:"我的心爱的,你不但年轻而已,你不但貌美而已,你实在是全世界上没有什么可以比得上的,我所最心爱的人。你有特殊的吸力,使我梦寐不忘!"

他说的时候,目不转睛的注视贞丽,弄得她梨花双颊,突泛红霞,羞愧愤怒,不可言状,但觉额角太阳穴"咕嘟咕嘟"的跳动,好像血液由两边太阳穴往头上冲,突如其来的立起来,大哭着喊道:"我情愿饿死,绝不愿嫁给你这样卑鄙的东西!"她一面这样呜咽疾号,一面拔起脚就往外奔。丁恩等她奔到门边的时候,从容不迫的对她说道:"我想你应该要顾全你父亲身后的名誉啊!"贞丽听见这句刺耳的话,对他呆呆的望着,好像被他对她头上射着一箭。他呢？两手插在衣袋里立着，对她默默无语的呆望，报以得意洋洋的态度，在她看了更觉得难过。后来贞丽从发呆中勉强开口问道："你这句话到底什么意思？"

丁恩拉她到一张椅上坐下，用很镇定的命令口气说道："你不妨坐下，让我告诉你。"贞丽给他吓得不知所措，不由自主的勉强坐下，一面仍对着他呆望，一面听他这样的说下去："倘若你不是这样发戆，此事的内容我也不讲给你知道。你不记得吗？你父亲的顾问律师曾经说过，你父亲把格兰柯武地方的房产抵押的款用到哪里去，他（指律师）简直一点儿不知道。"贞丽点一点头，表示律师的确说过这句话。

丁恩："这笔款子他是用来做偷贩酒的生意，你知道吗？"（译按：美国禁酒，这是犯法的营业。）贞丽听到这句话又怒了起来，喊着说道："这是胡说八道！我的父亲绝对不会参与这种事情。"

丁恩冷笑着，既而用很温和的声音说道："我心爱的，你何必这样大惊小怪？做偷贩酒的生意并不是什么很坏的事情，其实还是一种很动人的商业。我知道这种生意的确是这样，因为你父亲做这种生意，我也陪他一伙儿干的。但是我却要声明一句，我的加入，还是他再三请我帮忙，我觉得情不可却而答应他的。"

贞丽抗议道："你以为我会相信你的这些胡说吗？"

丁恩："我可以提出证据给你看。我知道天下真正忠心的人极少，但我总希望你是肯忠心于你的父亲，肯顾全你父亲身后的名誉，不使他已死的人还要受着不名誉的污点。"

丁知道贞丽是一个贤女，想把孝德来激动她的心，自以为是再好没有的计策，无奈他虽说了上面许多话，只赢得她冰冷的一句答语："你尽管乱说，我父亲的许多朋友决没有人相信你的话。"

丁恩："你不要误会，我倒没有想把此事宣布于外的意思，因为我自己也在内，当然不肯让这件事泄漏出去。不过有一点却是很重要的，就是你的父亲邀我同做这件犯法的生意还不打紧，他还有一件欺骗我的事情！"

贞丽又怒着痛骂道："你这个人真是毫无心肝的东西。我父亲在世时待你怎样好，全把你当作一个最亲密的好友看待，在他身后，你竟忍心这样的诬陷他！"

丁恩："事实如此，我也不能有所增减，而且正是因为你父亲是我最亲密的好友，他竟欺骗我，更是一件痛心的事情。"

贞丽气得嘴唇发抖，她的父亲到底欺骗了丁恩什么，且待下回分解。

四十

丁恩见力阻贞丽离开而无效，竟诬贞丽的父亲在世的时候曾邀他合伙做过犯法贩酒的勾当，并说还有欺骗的事情，意欲借此为要挟，希望贞丽因顾到乃父身后令名而软化。贞丽气得全身发抖，立起身来打算就走，从她颤动的樱唇上宣言道："我不能再听你胡说下去！"

丁恩装着很郑重的样子："这样看来，我先以为你对于你已逝世的父亲一定是很忠心的，真是猜错了。我起先以为你是肯替你的父亲爱护他身后的名誉。你如果有意爱护他身后的名誉，这件事并不难，只要你肯答应做我的夫人就够了。"他说到最后的那一句话，到底不免有点尴尬的样子和尴尬的声音。

贞丽："但是我不相信你所说的话；你无非想用诡计来陷害我，

叫我进你的圈套，叫我上你的当！"

丁恩转身走近书桌旁边，很严冷的说道："你等着看！"他一面说着，一面从抽屉里拿出两封信来，先抽出一封交给贞丽，又很严冷的说："你开起来看看！"贞丽从那个信封里抽出一张折好的信笺，展开来一看，不看则已，一看使她吓了一跳，原来那封信确是她父亲的笔迹，但见其中写着这样的内容："丁恩老友：我们第一次所经营的某项事业的失败，使我受一重大的打击，但是我仍想经营下去。我所有的格林柯武地方的产业，已经变卖了十万元，这是你所知道的。那是我所余下的可以利用的唯一产业，现在如要立刻再筹得这样的数目，我简直没有把握。但是如果你能宽我以时日，我当竭力设法，替你筹得这笔款子。你的老友卜斯德。"

当贞丽看到她父亲签字的地方，禁不住悲上心来，俯首呜咽痛哭。铁石心肠的丁恩非但毫无怜惜之意，反而悻悻然的责问道："现在你相信我所说的都是确实的话吗？"贞丽被他这一问，倏然间仰起头来，丁恩看见她涌着泪水的目眶仍炯炯有神，一点没有屈服的样子，使他心头更填满了恨意，含怒待发，只听见贞丽慢慢的这样说道："这封信也不过证明我的父亲曾经和你共做过一种营业，并不能证明他欺骗过你什么。"

"或者还有一封信可以使你相信……"丁恩一面嘴里这样嚷着，一面转身一闪，又跑到桌旁拿出第二封信来，把那个信壳掉给贞丽看。贞丽随手接着一看，里面所说的话，不过是丁恩和她的父亲彼此同意各出十万元做一件在信上未曾写明的营业而已。丁恩在旁一等到贞丽把这封信的内容刚刚看完之后就脱口而出的说道："你看！第一点我要问你的，倘若所做的营业是合法的，在这封信里何以不写明什么营业呢？你是聪明人，这一点理由总可猜得懂罢！"

他把这几句话说完之后,稍为停一会儿,希望贞丽有什么回答他的话,但是只见贞丽默然而语,并不睬他。丁见她不睬,又接下去说:"这是很明白!在当时你的父亲既和我合伙营业,说明各人负一半责任,他又何肯把十万元还我呢?倘若他未曾欺骗我,被我发现了出来,他肯干这样的蠢事吗?"

贞丽像发狂的喊着骂道:"你胆敢这样说谎!你胆敢这样说谎!"

丁恩一点没有胆怯的样子,仍很坚定的回答她道:"你明明知道我所说的话是真确的。就让一步说,你仍是不知道,对于这种真确的事实有什么关系?就是你固执己见,不问事实,难道事实因为你的不问而改变吗?"

贞丽:"我永远不相信我的父亲会有意欺骗什么人。"

丁恩耸肩作冷笑:"随你的便!但是真确的事实还是一样的真确。所可惜的是你现在情愿错失替你父亲顾全身后名誉的一个好机会罢了。你父亲自己本要想设法顾全他自己的名誉,这层意思,你在他信里不是看得出的吗?他在信里明明说请我宽他以时日,但是他同时知道他自己一时是难于筹还这笔款子。"

四十一

丁恩把贞丽父亲卜斯德的亲笔信给她看,说他和丁从事某项营业失败,想筹款重整旗鼓;又有一信说明各出十万元做某项营业云云。两信并未指明什么营业,而丁却硬说是偷做违法的贩酒买卖,并说她父亲骗了他十万元。贞丽寻思一下,觉此事疑窦百出,诘问他道:"我父亲决不会骗人的。假使他果照你所诬蔑而骗了你的钱,被你发现之后,何以没有钱还你呢?"

丁恩："你的思考力不坏，居然想得出这样好的意思来，但是你所说的话仍难不倒我。你父亲在我发现之后所以没有钱还我，是因为他在骗我之后也受了别人的骗，这是从事贩酒买卖者的惯技，原无足奇的。"他说到这里，竟觉得洋洋得意，把手指一弹，笑着说道："说来真是好笑！你的父亲起先骗我说他被人骗了，不料后来他在骗我之后真是被人骗去，弄得他进退维谷。我被人弄掉了十万块钱，当然不肯马马虎虎的过去，所以非加以严密的考查不可，这种种黑幕都是经我考查之后才显露出来的。"

贞丽究竟是一个天真烂漫的女郎，听得丁恩说得口若悬河，头头是道，口气沉毅坚决，真是像煞有介事，竟也弄得有点糊里糊涂，当初心里所含的疑团竟受着很厉害的攻击，使她精神上感到异常的悲痛，幸亏她究竟是一个聪明人，所以刹那转念之间，又很敏捷的转出一个新念头来，再诘问他道："照我父亲信里的意思，他还想重整旗鼓来干；假使他真是被人骗得一钱不名，他还有这样的念头吗？"

丁恩："讲到你的父亲，他确是要这样干的。他实在是不善于经营金钱的事情。你自己应该也看得出，他明明在他信里承认营业失败了，但同时却表示仍旧愿意再拼它一下，存着侥幸的意思。他的一生简直把卜氏的产业弄光了，就是因为他不善于经营金钱的事情。你看不见吗？他后来手里已经弄到异常的拮据，还是要硬撑场面，不肯紧缩，虽有他的亲信的医生和顾问的律师劝他留意，他并无丝毫的觉悟。"

丁恩如此牵强附会的话，并非毫无事实的根据，弄得贞丽哀念老父之惨淡维持，艰苦备尝，几要呜咽悲哽的哭了起来，但她却又烛见丁恩的奸险，不愿在他面前示弱，不得不强自抑制自己的感情，勉作镇定的样子，只听丁恩这样接着说下去："可是有一点我却很深信的。后来被我发现之后,他却有意思要设法把钱还我。他不幸此事尚未结束就逝世了;倘若他仍在世,我相信他一定要设法筹还的。还有一点我也很深信的,就是倘若他不是受经济迫得实在厉害,弄得他真到了走投无路的地步,他也绝不至于欺骗一个生平的好友。患难是品性的试金石,这句话一点不错。但是贞丽,你连这样千真万确的债务都拒绝承认,比你父亲之欺诈更进一步了,这真使我觉得更为诧异的事情!"

"他绝对不会欺诈!无论你如何说法,我知道我的父亲永远没有欺骗过你。但是倘若你一定要咬着他一口,一定要我替他归还这一笔款子,你尽管要就是了。"她说到这里,声泪俱下,立起来想走,两手握紧,全身尽自发抖。

做亏心事情的人究竟难于气壮到底;此时丁恩被贞丽这样声色俱厉的怒斥几句,好像冷水浇背,暴雷当前,刹那间竟不能不移其视线他转,不敢对她逼视。但是顷刻间他的心又壮了起来,对她说:"债是不要你还……不过要你把离开此地的念头打消……让我们在几个星期之后静悄悄的结婚,然后再溜到地中海去度我们的蜜月……"

四十二

丁恩对贞丽说他并不要她替她父亲归还十万元,只须她肯嫁他,便肯保全她父亲身后的名誉。贞丽被他吓得起跳,这样喊道:"嫁给你!我宁愿死而不愿嫁给你!"

丁恩的那副面孔本是已经堆着笑容,被她这样冷若冰霜的怒斥了几句,那个面孔立刻板了起来,顿时变色,很不自然的问道:"那么怎么办才好呢?难道你情愿替你的父亲归还这笔债吗?"

贞丽毅然的回答道:"我情愿把钱付给你。"她说这话的时候,声音和态度都表示她异常的坚决,一点儿不迟疑,在丁恩听了,好像一只恶狗被人把一个石块掷得很准的负痛似的。但是顷刻间他的奸猾念头又转了过来,俯着他的头,斜着眼睛偷探她的面色,然后笑了出来———一种很忍心的揶揄的笑。他接着这样说道:"好!不过我要知道你到底从什么地方可以得到那十万块钱。"他讲完这句话之后,揶揄的笑立刻消灭,现出毫不掩饰的侮慢的态度,接下去说道:"除非你另去嫁一个富人,由他给你这一笔款子。"他说到这里,急急忙忙的申说道:"不过就是你能另嫁一个富人而居然得到这笔款子,还是不行,因为这笔款子的归还是要借此保全你父亲身后的名誉,所以只有你自己付出来的我肯领收,此外无论什么人代付的我都不要。"

在丁恩的原意本是要使贞丽对此哀的美敦书[①]而恐惧,由恐惧而屈服,但是他望望贞丽,只见她还是毅然决然的只肯还他的钱,绝对不肯迁就他求婚的要求,并且听她毫无疑义的驳斥他道:"你专会以小人之腹猜度别人的意思,我要老老实实的告诉你,我决不嫁给什么另一富人,除了我所心爱的那个人之外,无论什么人我都不嫁的。"

丁恩悻悻然:"嫁你所心爱的那个人吗?我倒要劝你不要嫁得太快!你要明白,欲在艺术家的工作室里发十万元的财,不是一件很容易的事情。总而言之,你如要一定固执你自己的偏见,只有自寻失败的机会!你也许以为可以向你父亲的几位老友中商借这笔款子,但是你要知道求人是一件极难的事情,就是给你借到了,你也是终须归还的,请问你从哪里去赚得这笔巨款去归还他们?倘若你一定要嫁给一个一贫如洗的艺术家,我敢说连这笔款子的影子你都看不见!"

---

① ultimatum,最后通牒。——编者

贞丽仍是丝毫不动的对他宣言道："我决意去筹得这笔款子来归还你。你不要轻觑我，尽管等到我绝对筹不到这笔款子的时候，你再提出苛刻的条件不迟！"

丁恩："你能筹到什么款子！我看你还是定下一个结婚的日子罢。你若不听我的要求，我便要破坏你父亲的名誉。"

贞丽是个孝女，她看她父亲的名誉比她自己的幸福还重，虽明知她的父亲决不至骗人，可是已有亲笔的信落在丁恩的手里，虽不能作为欺骗的确证，但听他牵强附会的去败坏父亲身后的令名，于心良觉不忍，因此她这样的对他说道："你无论如何，须给我一年的时期，如我在一年内能设法筹得十万元来还你，便没有问题；如一年之后仍不能筹还这笔债务，到那时候你再提出你的条件。不过有一点你却要明白的，就是我始终不信我的父亲生平有什么欺骗的行为。他也许有过失，但我深信他决不至存心欺友。如今我所以情愿担任归还这笔债务，乃是不愿你牵强附会去败坏他身后的名誉。"

丁恩虽觉一年的期限太长，但比绝对无望总好得多，而且知道这是贞丽最后的让步，所以也就表示赞同，并且恭维她道："我起先就深信你一定重视你父亲的名誉，如今果如我所预料。不过你切勿忘记，倘若你将来不肯践约，我那时仍是不肯放松的。"

四十三

贞丽情愿在一年内设法替她父亲筹还丁恩十万元，丁对她约，一年后倘若无法归还这笔款子，她便须嫁给他。贞丽怕他就要借端毁坏她父亲身后的名誉，不得不忍辱答应，但是没有丝毫嫁他的意思，一心只想在这一年内应如何极力设法筹得这十万元的款子，俾得免此纠纷,匆匆跑回自己的房间里去,时在夜里,但她仍准备立即离开丁宅。

她跑进自己房里之后,把房门关上,想起自己身世之苦,不禁泪如雨下,伏榻抽抽咽咽的悲哭起来,继而自己又想,在这种仇人的屋里悲哭,倘被人看见,徒然示弱,乃强自抑制,忍泪收拾随身用的一些零碎物件,放入一个手提箱里,一面按铃呼唤女仆。女仆进来之后,她这样吩咐道:"其余的衣物箱子,你统统替我收拾好,我明晨要叫人来拿去。"说完这几句话之后,她从一个黑色皮手袋里抽出一张五圆的钞票赏给那个女仆。女仆原不知道贞丽小姐和她主人有过什么争吵,所以听了贞丽一番嘱咐,接着这张钞票在手里的时候,瞠目莫名其妙,但是她也不便盘问,只得很客气的说一句:"谢谢小姐。"

"你下楼去替我打个电话到汽车公司去唤一辆汽车来,汽车到时即来通知我。"贞丽等那女仆出去之后,自己就穿好外衣,戴好帽子等着,一会儿汽车来了,她叫女仆拿了提箱,一同下楼。当她很迅速的经过客厅的时候,她心里还怕罗塞仍在里面,也许又要出来缠夹不清,但她却未见他的影子,其实克拉早就余怒未息的拉着罗塞一同出去了。她走过客厅,又看见丁恩的书房门关着,她心里又为一释,因为丁恩不知道她走得这样快,不至出来送行,又使她够麻烦。这样匆匆的跨入汽车之后,汽车夫照例问道:"开到什么地方去?"

贞丽被丁恩气昏了,一心只想立刻离开丁宅,离开之后,应到什么地方去暂时过夜,却一直未曾想过,被汽车夫这一问,倒呆了一下,既而随口说出"到丽慈大旅舍去。"丽慈大旅舍是一个很阔绰的旅舍,当她父亲在世的时候,排场很阔,她也随着父亲及朋友常到这个地方去,所以嘴唇上一时无意中便溜滑出这几个字来,但她转念一想,现在不比从前了,她再能到这种阔地方去花费吗?于是她随手把所带的黑色皮手袋开起来看看，翻来翻去，才知道里面除了一些零物如手巾、粉盒等等，所余下的钱实在很有限。她一时不知所措，只气得自己啮自己的嘴唇，埋怨自己不该这样糊涂，连一时零用的款子都没有预先打算好。她想现款一时没有，不妨拿银行存折来看看，有无余款可取。她便把其余的东西放回手袋里，只拿出那个存折来瞧一下，知道也无济于事。她从前托于慈父庇荫之下，经济方面是一点不必自己动天君的，所以对于金钱并不知道重要，更不知道愁虑，如今轮着自己支配用途，才知道焦急，同时却目见自己乘着的汽车向前急驶，如果她不再想出办法来，不久就要到那个丽慈大旅舍，使她进退两难。刚巧汽车因横路有车经过而不得不略停着等候，贞丽举手向车内隔着的玻璃叩打作声，要想叫车夫不要开到那旅舍去，车夫虽尚未听见，而贞丽举手时眼睛无意中转到自己的手指上，瞥见自己手指上所带着的一个碧玉戒指，不觉急中智生，缩回手向着那个戒指仔细的瞧瞧。这个戒指原来是她的父亲在世时给她戴的，她此时心里颇想把这个戒指暂付典质，以应燃眉之急，虽想到是父亲的遗物，觉得不忍出此，但为势所迫，亦只得咬紧牙根来干它一下。当时贞丽心里这样错杂混乱的转着或进或退的念头，不觉时间之飞逝如箭，而所乘的汽车已到了那个丽慈大旅舍门口。

四十四

贞丽随口对汽车夫说过要到丽慈大旅舍去，但是一想匆匆于夜里出来，手边异常拮据，如何去得，正想要把手指上所带的一个碧玉戒指暂付典质以救目前急需，所乘汽车已于瞬息间开到了那个大旅舍的门口。那门口穿着制服的看门巡捕恭而敬之的跑过来准备替她开汽车门,贞丽此时实在着了慌,汽车门虽开了,她却只管呆坐在车里,未即出来,临时转了一个念头,脱口而出的说道:"且慢!我还有事要到第五街去走一趟。"看门巡捕听了,赶紧恭恭敬敬的把汽车门关上,一面向汽车夫代达贞丽刚才说的话。这样一来,汽车总算未曾就把她送入那个素以繁华著名的丽慈大旅舍,却把她送向第五街飞驰。但是贞丽转念一想第五街也是一个很繁华的街道,那里所有的是珍珠宝饰的公司,是要预备人家去买的,不是预备人家去卖的,如今她是要想把那只戒指典质筹些款子应用的,哪可跑到那条街上去呢?真是一关既过,一关又来,当她对旅舍看门巡捕说的时候,不过随口说了出来推托,如今则汽车竟照着这个方向前驶了。她对汽车夫望望,觉得这个人的面相却还像一个善人,便招呼他把车子暂停在路旁,对他说道:"我不瞒你说,我因有急用,要把一个戒指暂付典质,你可知道有哪家可靠的当铺吗?"那个车夫果然是个热心的好人,便说:"我有个朋友在第六街开有当铺,非常公道,我可以介绍给小姐。"贞丽原是富家女子,从前只听过当铺之名,从来未曾到过,也不知道什么地方可以寻得,此时总算于紧急中遇着了小小救星,由他把车子改着方向直往第六街开去。

贞丽一人在车里百感猬集,恍惚身处隔世,继而又想到自己的经济问题,她想刚才汽车夫问起她的戒指是否金刚钻制的,她答说不是,可见如果是金刚钻,一定可以多弄到一些款子,可是当父亲在时,她所喜欢的只不过是碧玉与珍珠,并不怎样喜欢金刚钻,而且就是碧玉珍珠,她平日也不大注意,所以她父亲也未曾多买给她。现在她除了这个戒指外,所有的宝饰不过是箱子里一个绒盒子里摆着的两大串珍珠。但又想到父亲身后破产,什么都要用以抵债,此时尚未清理,也许这两串珍珠也要拿去抵偿,还不能算是她自己所有的东西。可怜她生平原不知什么是穷的滋味，现在她的慈父逝世了，她的家也拆散了，甚至她平日的至友也冷淡了，才第一次感觉穷的苦味。继而转念想到倘若她和尼尔能有稳定的将来，那么就是辛勤穷苦，也是情愿的，但望尼尔能在艺术上有所成就，使她能得帮助他成功的机会，分享他的欣欢愉快，那是怎样可以惊喜的事情！她正在胡思乱想的有点好味儿，忽听汽车夫对她说道："我们到了。"后来她那个戒指居然典质了一百二十五元，出来的时候，汽车夫又紧紧的问道："小姐！如今是否再开到丽慈大旅舍去？"贞丽暗想当时为时已晚，别的旅舍太不熟悉，还是到丽慈去寻一间最便宜的房间过一夜，第二天再设法迁移罢。主意打定之后，就对汽车夫说："是的！就开到丽慈大旅舍去。"

到了旅舍，先问清房间的价目而后住进去，这种经验在贞丽也是破题儿第一遭，她当然选了那家旅舍里最便宜的一个房间住下。进房之后，她把房门关上锁好，四面望望她自己的新宿所。讲到更简陋的房间，她原非未曾住过，当她父亲在世的时候，在繁华富丽的城市中住得厌了，常常叫女儿陪着他到乡村去作短期的旅行，在乡村里过宿时所住的房间当然都是更简陋的。但那时他们是以此为换换空气的娱乐行为，反而充满了兴趣和愉快；如今她所住的这个房间，虽在丽慈大旅舍里算是最末等，其实也不算得简陋，但是此时由她看去，却处处要引起她的悲伤。

四十五

贞丽当夜暂住丽慈大旅舍最下等的房间里，她独自一人关着房门愈想愈怕起来。她想那天竟答应丁恩的约，说一年后若她不能筹还那笔十万元的款子，她便须嫁他，这是一件何等癫狂的事情！她回想那天确曾告诉丁恩说，她情愿死去，也不情愿嫁他，后来因为要保全老父身后的名誉起见，深恐丁恩用无赖手段，使老父蒙不白之冤，于心不忍，所以出此缓兵之计，允以一年为期，再想补救的办法。但她转念之间，又想到父亲身后萧条，她已一贫如洗，那笔巨款，欲在一年内筹得，却是一件毫无把握的事情，万一届时一筹莫展，难道就把此一身委诸她所切齿痛恨的丁恩么？想到此点，竟觉不能忍受，"哇"的一声哭了出来，把身体掷在榻上，掩面抽抽咽咽的大哭一顿，哭得如痴如狂，昏迷糊涂，也不知自己是睡是醒是梦。后来到了黎明，她从梦中惊醒，犹珠泪纵横，悲不自胜，懒洋洋的用手把散发拨开，想要起身，觉得头昏脑涨，体力不支。其实她当时固然过于悲痛，也因昨夜离开丁宅时并未用过晚膳，此时腹中不免饥饿，故在悲怆的心理之上又加以饥饿的生理上的影响，更觉得筋疲力尽，好像大病之将临。不过她此时一心一意的只想着两件事，所以腹内饥饿在她并不知觉。她此时一心一意的所想的两件什么事呢？第一件是她要赶紧去看她父亲的律师，她听说父亲身后因破产而须将所有产业拿来抵偿，不知道除了抵偿之外，还有略余的希望没有，所以她很想去看看那位律师，问个明白；第二件是她要赶紧去看尼尔，告诉他……

她想到告诉尼尔，脑际一闪，又感觉异常的苦痛。她想她不忍把丁恩一年成约的事告诉他，因为她以前情愿自己吃苦，不愿令尼尔因提早结婚而受家室牵累，无非要使他的心意安泰，俾得专心致志于艺术上努力而有成功的一天，如今倘把这件胁迫的成约告诉他，岂不使他心神不宁，不能继续努力于他所爱好的事业吗？而且讲到十万元的巨款，在尼尔也一筹莫展，和在她自己之望洋兴叹一样，就是告诉他，徒然使他发狂成痴，于事无济。所以她左思右想，她现在的困苦地位，只得由她自己一人单独的向前奋斗，她想也许将来的结果要走上一条绝路，但在绝路未到以前，她总不愿令尼尔知道有这样的惨剧在前面等着。

她咬紧牙根这样决定之后，心神反较前略定，等到天明，她从榻上起身，决意向前奋斗。她自思处此绝境，只有拼命向前奋斗，也许还可打出一条生路出来。她主意打定之后，即先用电话约她父亲的顾问律师嘉定纳面谈，嘉定纳原知贞丽于她父亲逝后，哀毁过甚，身体尚未十分复原，所以不愿她劳驾，对她说他自己过来看她，但是她急于要自己去看这位律师。贞丽到嘉定纳律师事务所时候，走到他桌旁一张皮椅上非常疲顿的坐了下去。嘉定纳原是他父亲平日很亲信的很有交情的律师，本知道她在丁宅暂住，并不知道闹出了什么乱子，看见她那副难于支持的神气，用好意埋怨她道："我看你这样疲乏的样子，真不该出来。"贞丽惨然缄默了一会儿，喘着气说道："我已经离开丁宅了。"嘉定纳听了为之一惊，用劝告的口气对她说道："但是卜小姐……"贞丽不等他说下去，就插着说道："请你不要劝告我。克拉和我过不去，所以我不能再住下去。我现在暂住在丽慈大旅舍，但我要赶紧迁到一家便宜的地方，因此我才跑来看你。我父亲身后的产业，除抵偿债务外，还略有什么余剩吗？"她问的时候，一面孔现着盼望的神情。

四十六

贞丽在旅舍里哭了一夜，翌晨身上虽觉得发热，仍力疾往视她父亲的顾问律师嘉定纳，问她父亲身后的产业除偿债外尚有所余否。嘉定纳很代为伤感的样子摇着头说道："此时账务尚未清理完毕。但是我想我能够代为设法替你筹借一笔私人的款子救济你的眉急。"他说的时候似乎不免有点勉强的神气。但出乎他的预料之外者，是贞丽并不要他代为借款，而且很坚决的婉谢他道："你的好意我虽然很感谢，但是在我不知道怎样能够归还之前，决不肯借用别人的款子。我现在还有两大串珍珠，我想还可以拿来弄点款子暂应急需。"

嘉定纳听到她最后的几句话，顷刻间面上又很严重起来，叹口气很表同情的样子说道："我恐怕你这件事又不免要失望，因为照我所查过的账目言，当时你父亲买给你的两大串珍珠还是赊账，该款并未付出。这笔款子为数亦不小，非产业中所能概括，我原想劝你把这两大串珍珠归还原主，俾这笔账目就可注销。"

贞丽不由自主的喟然叹道："我现在所有的就不过这两串东西。"她说的时候精神上很受着刺激，好像发了呆。嘉定纳觉得她的境地太可怜悯，又念着她父亲在世的交情，很诚恳的对她说道："你到了这样可怜的境地，不可再固执，应该让我替你照料一切，你要知道你父亲在世时是怎样的一种宏大场面，现在他逝世未久，难道他的女儿寒苦至此就竟至无人援手吗？就是不愿再到其他友人的家里去，我希望你肯到我家里去暂住，我深信内人一定很欢迎你来的，请你不必客气罢。"贞丽只呆呆的听他说下去，就是在他说完之后，她还是在那里发呆，未即回答，嘉定纳对她凝视着，好像要静听她的回音。

"我心里异常感谢你的厚意，"贞丽很镇定的这样回答他，"你的意思我很明白，但是你要知道我现在已有决心容受我所遭遇的倏然变迁的境遇，我就是勉强绷着场面，不幸的将来仍是要由我自己来抵御的。所以我的意思，我现在不应该再自居于富家的女儿，要老实承认自己是和其他一贫如洗的女子一样，是要寻觅工作的机会而力求自立的。在卜氏的许多朋友也许要诧异，但是我不如这样光明正大的脚踏实地的做去，若遮遮掩掩，东累西挪，弄到将来自己仍无力归还债务，那才更为不了。"

嘉定纳："你未免过虑！你父亲自有朋友肯助你而不必你负归还的责任。"

贞丽："你的话固然也有你的理由，但是我觉得我去寻求他们资助，实有自取侮辱的危险，我已决心靠我自己向前奋斗，决不想去牵累他人。我就要把珍珠送到这里来，就是我曾从家里带出来的几张图画和一些零件的东西，也要开一张清单送给你看一下。总之我父亲的产业既须依法抵债，我决不愿任意妄取，必须你认为是我可以取的，我才肯留下。"这样说过之后，贞丽才没精打采的和嘉定纳言别。嘉定纳亲身送她到门口的时候，还殷殷劝她不要固执，最好还是让他代为筹借一笔款子应用。贞丽说："我现在是个穷人，何必借款绷空场面，我想我所应做的唯一诚实的事情，就是要寻工作做，求自食其力的方法。"

嘉定纳："我虽然觉得你未免强项得可笑，却也佩服你勇敢。不过倘若你仍有意嫁给你的那位青年艺术家，我希望你还是提早结婚吧。"贞丽这两天原是以娇弱之躯经如许伤心波澜，体气已觉不支，听见嘉定纳"倘若你仍有意……"云云，似乎对她的贞固诚心仍有怀疑，更为痛心，所以嘉定纳见她刹那间竟像昏去，身体摇摇不能支持而有即将跌倒之势。

四十七

贞丽听律师嘉定纳说了之后，才知道她父亲遗留给她的两大串珍珠也要缴出抵债。嘉定纳送她将到门口时，她身体不支，几将晕倒，嘉赶紧伸手去扶她，她才勉强立住，立定之后，对他说道："我不久就要把珍珠送过来。"她说后走出门去，随手轻轻把门带上。

她走入电梯，头昏脑涨，好像生着大病似的，觉得电梯好像在脚下往下丢，让她的身体在空中悬着，等到电梯着地，她还是那样失神落魄的神气。别的客人都很诧异，对她望望，她虽也有些觉得，但也顾不得许多。她此时的心境百念灰冷，尚挂在心头的一件事不过是想着她和尼尔结婚的障碍很难避免。

她身边所有的唯一可以值钱的东西不过是那两串珍珠，她心里很爱好的很中意的一些余物，现在也不是她的了。在嘉定纳未告诉她之前，她心里就怕这东西也许不可算是她的，现在竟证实了。她此时没精打采的自己想，这样的不幸也不要紧，只不过催促她赶快寻得工作的机会以自食其力。她想无论如何就是这两串珍珠幸得保留，所值为数究竟有限，对于付给丁恩十万元的债务，也无多大裨益。她一面这样想着，一面踯躅道旁，既而靠着一家店门口的玻璃旁，想她第二步应该做什么事情。她自言自语道："我还是赶紧先另寻一个相当的住所罢。"读者知道，贞丽原是暂住在丽慈大旅舍，但她因手中拮据，亟亟要搬到一个便宜的旅舍去暂住，所以此时又想到这一点。她原是在她父亲庇护之下娇养惯的，现在弄得孤零零的贫苦烦恼交迫，格外觉得可悲。一人懒洋洋的在道旁走着，走了许多时候，但见来往车子如梭，没有一辆空的街车，等了许久，才叫到一辆，乘着驶回丽慈大旅舍去。她在街上买了一份当天的日报，一到自己的房间里面之后，即匆匆的把报纸展开来看，看到了许多旅舍在报上登的广告。她拣了几家，先用电话问问他们的房金数量，她一面把所听到的房金数量记了下来，以资比较，一面自己又匆匆的把零物收拾好，刚将各物收拾清楚之后，才从打听的几家旅舍里，选定最便宜的一家。

她依着所知地址到了那家小旅舍里的房间之后，觉得地方狭隘不堪，一切都极简陋。她自己想怎样会跑到这样的一个地方来！当茶房把东西放好去后，她就随手把房门关上。不料她刚把手上那把锁门的钥匙插进门孔正在转动的当儿，忽然听见由隔壁一个房里传来的异声这样的呼道："浑蛋！把那笔款子给我，不然我要打死你！"贞丽再倾耳静听，听见脚向前冲的急声，听见相罩互扭的打声，接着听见女子尖锐的哀号声。贞丽虽远在隔室，竟为之吓得全身发战！这种野蛮的狠斗，在她生平是第一次听见的，所以感觉得特别恐怖，简直是吓得好像魂不附体，手足失措，她勉强支持自己的身体，再倾耳听听看，又觉阒无声息，但想象此阒无声息中的情形也许还要可怕。等一会儿，听见隔室房门"砰"的一声，继之以低微的呜咽哭声。

贞丽听到此时，深觉隔室里必是一个恶棍侮辱一个柔弱可怜的女子，她竟因不平之心所驱使，由恐怖一转而为盛怒，完全忘记了她自己也是一个女子的危险，决去救她，把钥匙一转，把门像电掣风驰地一开，往厅上就跑，跑得太急，几乎和一个獐头鼠目的男子对碰。那个男子似乎就是从隔室开着门跑出来往电梯处奔。他看见贞丽对面跑来，做出奸笑的鬼脸叫道："哈露！好孩子！"从他那顶污旧的灰色呢帽边下斜着眼睛偷看她，并斜转身好像要跟上她！

四十八

贞丽因欲拯救隔室的哀哭女子，向外往厅上跑时，却见似乎由隔室出来的獐头鼠目的男子好像要跟上她胡调，但又见他似乎转了念头，霎时间又缩回脚仍向电梯处跑，贞丽才于惊慌之中三步做两步走的奔到隔室的房门前，似乎还能隐隐的听见里面仍在呜咽哀泣的声音，当初激动贞丽的侠肠义气，使她冒险奔出救援的也就是这种呜咽哀泣的声音。此时贞丽举手向门上的花玻璃叩着，但听见里面仍是呜咽着哀泣，好像没有听见外面叩门声音似的。贞丽叩了好一会儿，不见动静，心中狐疑万端，屡次想就此作罢，可是想到里面的苦人儿也许很需要她的慰藉或协助，则又不忍即走，屡次举手重向那门上叩着，后来她试把门钮一转，才知道里面门闩并未上着，照理未得里面人的允许是不该贸贸然自己闯入，不过此时贞丽急于救人，也顾不得许多平常的礼套，就硬着头皮推开门侧身往里面钻。钻进去之后，不看则已，看了竟欲赶紧退身出来，为什么呢？因为她看见那榻上躺着的女子绝不像一个正当的女子，装束既极妖冶，脸上于横肉之上把粉擦得厚厚的，胭脂涂得令人见之要发寒噤。贞丽正想往后退时，已被她瞥见，用她很像要吃人的一双眼睛对贞丽望了一下，厉声问道："你来干什么？"贞丽看她的形状和声音虽觉她不是好东西，但想起她刚才的哀泣，又觉她也许有困苦待人救济的事情，所以急急忙忙的回答道："我进来不为别的什么事，不过要问问你用得着我帮忙的地方没有。"在贞丽自问是一番好意，不料那个女子仍是厉声的斥道："我不要什么人来帮我的忙！我从前也曾经请过别的女子来帮我忙，结果是她们无一不是自私自利的，甚至把我的男人都骗了去！"贞丽听她说出这样不伦不类的话，觉得十分刺耳，不等她完全说完，就不能自主的脱口喊了出来："哦！你的话多么可怕！"

"好！如果你听不进我的话，替我滚出去！我并未欢迎你进来！"那个女子竟完全好像和贞丽相骂，贞丽一时也弄得莫名其妙，想不到素昧平生的人竟好像和她是莫大的冤家，狭路相逢，但自思平生并未曾和何人结过怨，仍很和缓的回答她道："我无意中说了那句话，抱歉得很。我知道你刚才是受了伤的，不知道你需要我什么帮助么？至于你的那位男人，我和他是向来不相识的，你尽管放心。"那个女子听了贞丽这几句娓娓动听的话，觉得诧异。原来那个便宜的旅舍原不是一个好地方，在里面住的人无论男女都是一丘之貉，彼此欺诈胡调，无所不为的，那个獐头鼠目的男子固是歹人，就是受他打了一顿的这个女子也不是正当的。贞丽只知道选着最便宜的旅舍搬，又哪里知道这许多黑幕呢？那个女子原意以为贞丽也不过是许多胡调女子里面的一个，至此才觉有异，便从床上坐了起来，睁着眼对贞丽从头看到脚，仔仔细细的审视了一番，才问她道："你怎么会跑到这个房间里来？是你自己跑进来的吗？"

贞丽："请你不要动气，我立刻就出去。要不要我替你吩咐楼下掌柜的人去唤一位医生来看看你？"在贞丽还想着那个女子是刚才被打伤了，想顺便下楼去替她弄一位医生来看看。那女子听了大笑道："医生可以无须，你叫他们弄几杯酒来喝喝倒使得。"贞丽虽阅历浅，至此已觉有些害怕，即往房门方向走，直走到门边，才回头向那个女子问道："可否请你告诉我这个旅舍到底是一种什么地方？"

"好！你原来是要到这里来做侦探的！老实对你说，我是不会受你骗的，这个旅舍的当局和我彼此是朋友，你不要转错了念头啊！"

四十九

贞丽因那个隔室女子形态很不正当，问她那个旅舍到底是个什么地方，反被她疑为侦探，被她轰了几句。贞丽对她说道："我的意思不过要替我自己问问，借备参考，决不是要做什么侦探，而且我已觉得此地非我所应久驻，所以无论你肯不肯老实的告诉我，倒也没有什么关系。"

当贞丽说完这几句话，正在握着门纽即将开房门的时候，那个妖冶娼妓式的女子呼着道："且慢！我看你这个人倒有点稀奇古怪！你若是一个普通的女子，何以会跑到这个地方来，其中必有缘故。我却要先向账房间问问清楚，免得你又要鬼鬼祟祟的拿些什么东西溜出去！"

贞丽："你不要胡思乱想，实在是因为我在事前未曾调查清楚，贸贸然跑到这个地方来。"她一面这样说，一面拔起脚就匆匆往外跑。那个女子竟跟着她出来，看见贞丽跑入隔室，她也跑过来，挺着胸往里走，开玩笑儿的神气对她笑着道："承你枉顾，我是来回拜你的。"贞丽起先急挥着手叫她不必进来，后来看她嬉皮笑脸的自由行动，却也无可如何，只得对她说道："我立刻就要动身的！"她一面说着，一面就伸手去取提箱，准备立刻出走的样子。那女子看到这个时候，似乎觉得贞丽的确不是她们的同道可比，稍变刚才那样揶揄的态度，对她说道："你跑到这个地方来，是否为着什么不正的勾当，我仍觉难于断定，倘若你的意思是要寻一家正当的旅舍，那你确是跑错了地方了！"

贞丽："谢谢你，我下一次要先调查清楚，不要再上当了。"她一只手拿着手套及钱袋，一只手携着提箱，匆匆忙忙三步做两步的跑出房门。那个对她满腹怀疑的女子手开着门握着，呆呆的看她那样急不可待的神气。

下了电梯之后，茶房即替她携着提箱，随她走到账房间的窗口。那里一位伙计走过来的时候，她很冷的对他说道："我是来算清房金的。"他知道她是刚才搬进来的，何以转瞬之间就急急的跑出去？很引起他的诧异，所以随口问她道："有什么不对的事情开罪了你么？"贞丽板着脸回答他道："不是你所能够改良的事情！"那个伙计听了她这样的口气，心里已经明白，也不多说，即替她去开出房金的清单给她，当他接受房金的当儿，对她示意道："你还是想到丽慈大旅舍去住吧！"他哪里知贞丽是嫌丽慈大旅舍过昂，正是由那个地方搬出来的呢？贞丽听他这样说，也只好置之不睬，只问他电话机在何处，等到她将电话接好之后，便在和她父亲的顾问律师嘉定纳谈话。她原想打电话给尼尔的，但是她不愿在电话上把她所以离开丁宅的详情告诉他，所以先打电话给嘉定纳，因为他是已经知道她已离开丁宅的。嘉定纳告诉她一家很正当而又很俭省的旅舍，不久贞丽便按照那个地址搬入一个房间里去，虽仍不免是陈设简陋，比刚才那家相差也不远，但是环境却一望而知道是完全不同的。她在这里很觉得可以不至陷入危险的境域而得安心住下了。她此时才想起前晚曾对丁宅女仆说过要在翌晨饬人往取所余的行李，便即吩咐旅舍里的仆役按地址到丁宅去取过来。当时已在下午一点钟的时候，她因为于炎热中奔波往返，汗流浃背，潋浴①实比膳食还需要得多，这家小旅舍里面的浴室虽设备极为简陋，但总聊胜于无，所以吩咐仆役之后，即准备入浴室去潋浴去。

五十

贞丽因贪房金便宜，住到一家淫盗窟的小旅舍里去。幸而发现得早，搬移到一家正当的小旅舍里去。当时已在下午一点钟的时

---

① 方言，洗澡之意。——编者

候,贞丽吩咐旅舍里的仆役到丁宅去取几个留下的衣箱,一面自己便去溆浴,浴后又吩咐拿进一客吐司面包,一杯橘子汁。这样一来,她的脑子便清爽得多,镇定得多,不是离丁宅后任何时候所能比。这大概也是因为她的年龄尚轻,青年的活泼精神和勇敢气概终非一时的挫折所易于摧残。因此她在房里用点心的时候,一人坐在那里越想越出了神,她自己鼓励自己,自言自语的这样说道:"我一定要替我自己打出一条生路来,你看世界上多少成功人都是从困苦艰难中靠自己挣扎的力量而钻出来的,就是在我自己的祖宗里面也不乏先例,难道我就这样不济事吗……"她正在这样想下去的当儿,忽为叩门声所中断,开门一问,原来是仆役已从丁宅将几只箱子取来了,贞丽就叫他搬取上楼。她自己一俟点心用好之后,就开箱整理,把各物开成清单,因为她曾经答应她父亲的顾问律师嘉定纳,说她要将带出的箱子里的东西开清单送给他看,如有东西应归入她父亲遗产以抵偿债务的,她情愿交出,不愿妄取。她把清单开好之后,连同两大串珍珠,带去交给嘉定纳。此时贞丽并不像前次见嘉定纳时的颓丧,因为她在淫盗窟的旅舍里经过了那一番很兴奋的很惊异的奋斗,反而激起她的勇敢精神,觉得这种苦味辣味尝过之后,其他如失去些衣物珍饰便是渺乎小焉的事情。

嘉定纳接收贞丽交给他的那张清单之后,对她说道:"关于这张清单,让我仔细的审核一番,请你明晨打一个电话给我,那时我可将审核的结果告诉你。"

贞丽很殷切的说道:"我想这些东西应该是可以归我的,因为都是我母亲的遗物。"

嘉定纳:"倘若都是你母亲的遗物,当然是应该归给你的,不过让我查一查看,有没有尚未付清价值的东西,俾免将来再发生什么纠葛的事情。"

贞丽离开嘉定纳律师事务所后，心里想也许还不至一无所有，无论如何，总还有些希望，比完全绝望总胜一筹，不过非等到第二天早晨，总还是在闷葫芦中。她想在此事尚未揭晓以前的时候，她一定要和尼尔通一通消息。她想大概尼尔已打过电话到丁宅去寻找不着她，一定知道她是离开了丁宅。她自恨昏乱忙了大半天，还未曾打一个电话给他知道。她明知道他一接到她的电话，一定要赶来看的，但是她住在那样简陋狭小的旅舍，就是谈话也易给别人偷听去，况且她又怕尼尔一看到她的现状，一定要提议立刻结婚，那么丁恩的款项未还，又要使父亲身后含冤受诬，所以索性俟自己的事情略略布置清楚之后再到他的艺术工作室里去看他，把她和克拉闹翻的情形告诉他，再想点推托的理由，预防他说出提早结婚的建议，不过却要把丁恩要挟一年后不能还债即须和丁结婚的一回事瞒掉。主意既打定之后，她便出去乘着公共汽车到华盛顿十字街去，乘到了那个地方，她下车走不多久就到了尼尔的艺术工作室。见他正在那里绘画，同时瞥见珠莉正穿着一件异常入时的红色游泳衣，全身姿态苗条，曲线尽露，正立着给他做绘画时用的模特儿。当时尼尔一瞥见贞丽来了，立刻抛弃了手上拿着的绘油画的油笔，奔来迎她，奔得太慌，半途中竟撞倒了一张椅子，他也不管，直往前冲。

五十一

贞丽到尼尔艺术工作室的时候，他正用着穿好游泳衣的珠莉在那里绘画，见贞丽来了，飞跑来迎她，嘴里埋怨着说道："我今天简直是全天打电话寻你，但是打到丁宅去问，没有一个人知道你的踪迹，难道他们竟不准你用电话而如此假托吗？真使我不懂！"贞丽看见珠莉也在那里，只得自己勉强装作笑容，对着尼尔发笑，因为她不愿意给珠莉知道她和丁宅发生了什么纠葛，她先对珠莉说了一两句寒暄客气的话，然后才对尼尔这样解释道："我因为有事和嘉定纳先生接洽，忙得不可开交，所以离开他事务所的时候已经不早。我想此时你今天的工作也该要完了，便跑到你这里来共用一些茶点谈谈。"贞丽说这几句，当然是要给珠莉一种暗示，叫她知道避开，让他们俩可以私下谈谈，但是这种暗示的用意虽为珠莉所明白了解，却不能发生暗示所欲达到的效力，因为珠莉对于尼尔确实发生了很热烈的单恋，这是读者所知道的。她听见这几句话之后，反而把身体向旁边一张睡椅上一掷，很舒适的展着身体躺在那里，把两条粉嫩丰腴滑腻的腿懒洋洋的斜叠着，娇滴滴的做出撒娇的声音向尼尔说道："尼尔，不错，一定替我们预备些茶点，我肚子正觉得饿，也要多吃一块好饼糕哩。"尼尔见她当着贞丽的面做出那样妖冶的形态，放出那样娇柔的昵语，实在觉得如坐针毡，狠狠的用眼睛盯住她几下，意思是叫她谨慎些，不要使他难堪。但是珠莉哪里肯休，只装聋作哑，假痴假呆，尼尔急得如热锅上的蚂蚁一般，只得赔着笑脸低声下气向她求饶似的说道："珠莉，请你帮我去预备茶点，让我来把贞丽的椅子排好。"

贞丽原意要想设法把珠莉调开，让他们俩独自留着，俾得自由晤叙，如今看见尼尔反叫珠莉弄什么茶点，心里不免不悦，面上也有些看得出。尼尔当然已经觉得，一面把珠莉吩咐之后，看她耸肩笑着往厨房里跑，一面捏着贞丽的手臂往椅边请她就坐。挽臂偕行的当儿，尼尔把贞丽的臂膊捏了一下，对她附耳窃语道："你不要性急，我一定设法叫她滚出去。"他招呼贞丽坐好之后，即溜入厨房很坚决的对珠莉说道:"请你赶紧替我出去,你在贞丽未到之前,不是说有点要事要赶着出去吗?现在你赶紧去吧,不要在这里使我为难啊!"

珠莉见他愈急,态度愈从容,冷笑着回答他道:"哦!原来如此!倘若不是那个贱货从中作梗,你已是我的人了,现在你却希望我走开避她,让她爽爽快快的独占吗?我却没有这样容易说话!"尼尔听了她这几句,心里更老大不高兴,很正经严肃的警告她道:"你如敢再这样诬蔑贞丽,我便和你断绝友谊。我不愿意赶你出去,但是你自己不肯自重,一定要我赶,那我也就不能再和你客气了。"

珠莉媚笑着说道:"你一定要我走吗?未尝不可,不过你总要设法使我有所得而后走。"

尼尔很不耐烦的说道:"有所得!你如肯有礼貌,便大有所得了,此外我还有什么可以贡献给你呢?"

"我所要得的就是这个!"她一面笑眯眯的说着,一面钻到尼尔的臂膊旁,要他抱着,倚贴着他的怀抱,用手把他的头往下拉,把她自己的樱唇紧紧的吻着他的嘴唇,吻得她那袅娜多姿的身体都发颤起来——原来她所要得的出去代价就是这样亲密热烈的一阵狂吻!

五十二

珠莉跑到厨房里去预备茶点,尼尔跑进去叫她赶紧离开他的寓所,珠莉说出去可以,不过要代价,拉着他狂吻一阵。尼尔心里不爱她,又深怕坐在隔室里的贞丽瞥见,所以不禁冒起了火,用力把她推开,狠狠的怒斥她道:"你是多么一个痴子!"珠莉虽不得不由他身体上抛开她的手,并且摩摩她的手指上的红痕,因为她抱得很紧,尼尔推时用力过猛,竟划伤了她的手指,几处留着红痕。但她总算吻得一阵爽快,所以虽遭尼尔的怒斥,她的一双流盼多姿的媚眼却表现出凯旋的神情,对尼尔说:"倘若你诚心要伤我,请你用狂吻来伤我,我也情愿!"

尼尔低声吱吱咕咕:"伤你!要不要我来杀你!"

珠莉:"请俟异日!我今天所期望于你的总算已经达到目的了。"

尼尔满心怕她继续噜苏,使他对贞丽方面感觉为难,正在觉得走投无路一筹莫展的当儿,忽听见她这两句话有自动离开的意思,真如大旱之忽见云霓,现出很有希望的模样,欣然问道:"那么你此刻就可以离开吗?"

"哦!当然!我一定离开,虽则我心里仍是很不愿意离开你。"珠莉说完了这几句话,跳而且舞的跑入卧室里去穿衣,她舐着自己的嘴唇,回想刚才热烈接吻的美味,面上还不由自主的现出微笑的样子。贞丽本来以为珠莉那天一定是不肯走开,如今看见她跑进卧室去穿着外衣,明明的愿意走了,但看她走过时那副跳跃顽笑的模样,又觉得有些莫名其妙。她想珠莉原是不愿意离开的,现在在短时间内尼尔居然能把她打发开,已觉得尼尔之神通广大,她不但肯离开,并且那样高兴欢乐的准备离开,其中奥妙,实在令人莫测,贞丽一面这样暗想,一面张大着眼睛逆送着珠莉跑过去。等到珠莉跑入卧室之后,贞丽对于上面所说的奇异现象仍不能断念,她想他们两位都是研究艺术的人,艺术家对于艺术家彼此也许有他们特殊的了解能力,她想到此处,不禁微微的叹一口气。

珠莉尚未走出卧室的时候,尼尔已欣欣然从厨房里捧出茶点出来和贞丽坐在一处。贞丽好一会儿未见珠莉出来,觉得谈话很不便当,觉得局促不安,过了十分钟,心里想也许珠莉是有意慢慢的穿衣,有意多延长时间,借此实行她的恶作剧,她正在这样转念头的时候,忽然看见珠莉姗姗而来,身上穿着一件深红的外衣,裁剪入时,袅娜婉曼,大有我见犹怜之概。珠莉出去之后,尼尔见贞丽似乎还在那里发呆,他便对贞丽说道:"甜心!让我们把她忘掉吧,来谈谈我们自己的事情吧。我觉得你很有些不称心如意的事情,到底是怎么一回事,可否让我知道?"

"克拉对我发生了误会!"她说这句话时好像很不愿意的模样,心里并希望尼尔听了不要再强她告诉其中详细的情形。

尼尔听后狠狠的说道:"我早就知道你和那个女子一定是相处不来的,如今果然不出我的预料。请你告诉我她对你的误会到底是怎样发生的。"

贞丽懒洋洋的说道:"克拉似乎以为我对于嫁你的这桩婚事变心了。"

尼尔愤然说道:"她简直把她自己小人之腹来度你的君子之心,我不愿你再听她那样的胡说八道!"尼尔说完这句话之后,气得什么似的,他虽明明知道贞丽是一心一意的爱他,但他因此更不愿有人诬蔑她。

贞丽:"这一层你可以不必烦心了,我决不至再有机会听到她的胡说八道,因为我已于昨夜离开丁宅了。"尼尔听了这几句话才恍然大悟道:"哦!原来如此!我今天打了无数次电话到丁宅去问你,他们总是假痴假呆的不替我达到,原来因为有了这么一回事!我这样无法和你通话,真是急得不得了,倘若今晚仍得不到你的消息,我便要老不客气的跑到丁宅去搜查一番!"

一个女子恋爱的时候

五十三

尼尔接着问贞丽:"你昨夜离开丁宅之后,到什么地方去了?"

贞丽把她所住的小旅舍的名字告诉他,见他脸上现出不舒适的样子,知道他心里替她处境难过,赶紧接着对他说道:"这个旅舍虽小,我倒觉得很满意,是嘉定纳先生介绍给我的。"尼尔一面听她这样申述,一面看见她捧着茶杯的手在那里发颤,便伸着手去把那个茶杯接过手,放在杯盘里,很和缓温婉的对她说道:"我总觉得这件事真使人不舒服。"

贞丽恐怕他是指着小旅舍的事说,深虑牵到她目前处境的困苦,又要谈到提早结婚的事——这在她当然是一件很为难的事情,因为她还要在一年内替她父亲筹还丁恩十万元——所以她强作笑容有意弄乱尼尔的思虑,插着说道:"我和克拉闹翻的那一回事诚然使我觉得不舒服,如今事已过去,我们也不必去多说它,况且我如果一直在丁宅闲着住下去,一无事做,也是忍耐不来的,不如寻点职业,从事服务,在我是可以舒服得多。你以为对吗?"

尼尔很诚恳的回答她道:"你要寻得一个终身的重要职业——就是赶紧就和我结婚!"贞丽微微的摇着她的头,但她的晶莹流利的一对媚眼望着尼尔的一对和爱恳挚渴求得一快乐答案的眼睛,爱潮涌上心头,大有不能自持之概。此时尼尔的手慢慢的接近贞丽的手,好像是代表他在那里说话,在那里请求。此时两人虽默然互视,但贞丽想着尼尔对她说话的那种声音,觉得好像干焦枯燥的樱唇上滴上了甘露一般,给她精神上无限安慰与愉快。她想着他的声音,又玩味他所说的话,觉得他的话沁入心脾，使她顿忘一切烦恼，使她忽有无限光明。她此时简直渐入痴境，渐渐的闭上了眼睛，微微的叹息了一下，弯着身体钻在尼尔的怀抱里，他的颊和她的碰到一块儿，互相抱着，互相亲着，互相吻着，此时他们俩的心灵已经并而为一，此时贞丽虽然静默着未曾把肯定的答话回给尼尔，但在尼尔的心里却已觉是好像完全凯旋了。在贞丽方面呢，她这两天好像在惊涛狂澜中挨过，苦痛与恐怖交迫于她柔弱的一身，疲顿已达极度，如今躲在爱人的怀抱里，无异从暴风怒海中逃出的孤舟入了镇定稳固的海湾船港，使得她在身心上都感觉一种说不出的愉悦惊喜，快慰安适。但不料候忽间贞丽忽将尼尔推开，瞪着眼睛喊道："尼尔，你使我忘了一件很重要的使命！"她说这话的时候，泪泞泞下，接着呜咽说道："请你不要再接触我！"

尼尔见她这样忽喜忽悲的无常态度，心里异常忧虑，恐怕她是因为受了过甚的刺激而神经错乱，以至于此，很温和的嘱咐她道："请你不要这样惊慌，先坐下何如？你放心，我听你的话，决不来接触你。让我去取一杯清水来给你喝几口好吗？"贞丽给他这样很体贴的问了几句，似乎稍为比前镇定一些，才觉得她自己刚才信口涌出的话实在不免唐突。她心里这样感觉，同时把身体往沙发椅上一掷，抽抽咽咽的哭着说道："啊！尼尔！我真心诚意的爱你，但可否请你在目前切勿再提结婚这件事。"这句话在贞丽心里当然明白有她的苦衷与理由，但是在尼尔听起来仍觉得是很唐突，因为既然那样爱他，又处在这样孤苦伶仃的境地，何以仍是那样坚拒和他结婚呢？可是当时他看贞丽那副情绪冲动非常激昂的当儿，又不敢和她辩论，仅闷着一肚子的诧异，惊惶失措的静悄悄的跑近跪在她的膝旁呆呆的发怔。

五十四

贞丽虽见着了尼尔,两人亲热得什么似的,但丁恩对她的要挟,她不得不瞒着他,而在尼尔方面,见她此时愈益孤苦伶仃,提早结婚的要求又旧话重提,弄得贞丽进退两难,几若狂癫。尼尔见她那种样子,以为她也许因迭遭苦难而致神经错乱,只静悄悄的望着她。一会儿之后,贞丽慢慢的抬起她的头,含着泪珠儿的一对媚眼又和尼尔打个对照,伸着她的一双手放在尼尔的一只手上面,忽然惊呼道:"你的手怎么冷得像冰一样!"尼尔见她此时似乎已经清醒,为之一慰,并未曾顾到他自己的情形,只急急忙忙的问她道:"你现在心里觉得怎样?可以和我谈谈吗?"

贞丽:"你肯答应我不要再像刚才那样催促我提早结婚吗?"

尼尔:"我心爱的贞丽!你怎么还不明了我的心?我的意思实在要尽我的心力来爱护你。你想!像你现在所处的孤苦伶仃的境地,这样亟需有人时常在身边慰藉的时候,倘若我竟让你仍是独居,我成了怎样的一种人呢?"

贞丽:"你对我的真诚挚爱所给我的安慰,真是我没有话可以形容的,尼尔吾爱,但是我已经决意非等到……"她说到这里便说不下去,只得吞吞吐吐的绕着弯儿接下去说:"父亲逝世为时未久,难道我们就可以这样快的举行婚礼吗?"

尼尔:"我看你的心境很烦闷,我决不愿噜苏来增加你的不快,不过我不免觉得你对于我的意思过于不肯谅解,我的意思姑且搁开,就是你自己的父亲此时若仍在世,也决不肯让你一个人这样独居着过你的孤寂的生活。他若在世,也一定要劝你听从我的建议。"

贞丽："那却未必！父亲是一个很守旧的人，他常说现在有许多事情只管鲁莽求速是很不好的。这样匆匆忙忙的举行结婚，他……"

尼尔至此已觉得不耐烦起来，插着说道："但是贞丽，我只要你提出一个日期，如果你不愿匆忙，我并不是一定要很近的日期，就定在数星期之后也未尝不可。倘若你对于我的爱和我对于你的爱是一样浓挚的话，我便用不着这样强烈的催促你结婚。"

贞丽："尼尔，你不应说出这样的话，没有人能完全了解别人的苦衷。如果你处在我的地位……"

尼尔心里更觉得不耐烦，不免露出悻悻然的态度，说道："我恐怕你对于所谓爱情还是不能怎样懂得清楚啊！"贞丽听了这句话，觉得尼尔对于她对他的爱不免发生怀疑，好像刹那间受了一个很大的打击，很迅速的由沙发椅上立起来，呜咽着说道："倘若你真是觉得那样……"她梗着喉咙一时呜咽着说不下去，拔起脚就打算往外跑。

尼尔看见这种情形，又吓得心慌意乱，立自痛悔，赔着一副笑脸紧紧的拉着贞丽谢罪道："请你千万不要动气！我要向你道一千次的歉意，总求你要海量包容，我的爱，让我们接一接吻，把一切都化为乌有而重新保存着我们的亲爱吧。"说时迟，那时快，尼尔已抱着贞丽接吻，贞丽也只得随他吻着，不过当他们的嘴唇碰在一起的当儿，尼尔心里想这一吻还不能结束他们的吵嘴，因为她既有她的苦衷，不能答应尼尔提早结婚，在尼尔对她的怀疑恐怕也要愈益加甚。

五十五

尼尔因见贞丽仍坚拒提前结婚，说了几句埋怨的话，颇疑贞丽对他爱情减退，后见贞丽愤而欲走，则又紧抱接吻谢罪。贞丽一面任他抱着蜜吻，一面心里转着念头，以为她既未能答应他提前结婚，则在他屡求而不应之后，他对她当然要发生疑团，既对她生疑，必失却对她的信任心，倘然到后来他真以为她是不爱他，他岂不是便要抛弃她吗？她想到了这一点，好像深怕尼尔就要给别人抢去似的，其先她不过懒洋洋的任尼尔抱着，至此她也很动情感的把尼尔抱得紧紧的不肯放。在那刹那间，尼尔颇以贞丽忽由消极而变为积极的态度为可异，但是他见他的热烈的爱也得着贞丽对他热烈的反应，也就觉得心满意足，倾怀接受。贞丽一面紧紧的抱着尼尔，一面求着他："以后请你永远不要再说那样埋怨的话。你一定要答应我，无论我做什么，你总是不疑我的。尼尔！你一定要答应我这个要求！答应我除非我亲口对你说我不再爱你，你总是相信我到底！"

尼尔快活得什么似的，总是眯着眼尽笑着。他当然还不知道贞丽为什么要这样的再三叮咛叫他不要失却对于她的信任心，甚至觉得她的如此再三叮咛之可笑。但是他见她那样一副天真烂漫柔情蜜意的媚态懿态，已使他觉得陶醉，使他不得不爱她，脱口而出的对她说笑着道："我的心爱的，你只要答应我不要抱得这样紧，随便你要什么，我就可以答应你什么。"贞丽此时才觉得她自己是拼命的用尽气力抱着尼尔，渐渐的放松，不过心里很明白尼尔虽然嘴里答应了，在糊里糊涂中答应的话是靠不住的，而在目前她既不能把自己的苦衷和盘托出，又只好任他仍在糊涂之中过去。她一人心里这样七上八下的乱转着一阵念头，在尼尔当然是一点儿未曾梦想得到，所以他仍是欣欣然高兴非凡的说道："贞丽！我就要和你一同出去到一家餐馆里去共用晚膳，这是多么快活的事情！请你稍为等候一会儿，让我去把衣服换个整齐就来。"

当尼尔去更换衣服的时候，贞丽就随手把茶盘、茶杯及杯托等物拿到厨房里去洗涤。她这样劳动着比一人呆坐着等候舒适得多。她一面洗涤，一面已在脑子里想着未来的奋斗计划，但是她觉得除非得到一笔款子，就是很小数量的一笔款子，她简直无从着手进行。她想到这一点，觉得此时多想亦无用，不如静候嘉定纳律师的回信再说，因为她父亲的这位律师曾经答应她第二天给她知道她父亲遗产中尚有何物可以留给她。

尼尔急急忙忙的把衣服换好，不一会儿就跑出来陪伴贞丽。贞丽见他穿着一套烫得平直而又异常合身的西装，愈显出他的英俊焕发的美，又见他手上拿着一条女子用的黑色的丝围巾，上面绣着白色的玫瑰，艳丽动人。他举起这条围巾给贞丽看，同时眉花眼笑的说道："我想尽方法把这件东西藏好，不给珠莉看见。这是我的一位朋友从西班牙寄来送我的，这样稀罕可贵的东西，我是不肯轻易送人的。有一次无意中被珠莉看见，她爱好异常，一定要我送给她，我想了许多话婉拒她，才得保存着到今天。"他这样说着的当儿，一面就随手把这条围巾围在贞丽的玉肩上面，嘴里还"吱吱咕咕"的自豪着说："你看我是多么一个善于服侍的丈夫！"贞丽笑着任他摆布，嘴里却说笑着："你真能干，我却也不是一个无用的人。"尼尔装作鬼脸痴笑："你又来了！又是我的话说错了！"

五十六

尼尔与贞丽两人且谈且笑的从艺术工作室里下楼偕行到街上，准备一同出去用晚膳。贞丽陪尼尔下来的时候，心里七上八下的转着她自己的念头，她想她此时所处的境遇虽孤寂困苦，但在尼尔面前一定要现出欣悦的态度,要现出具有自立精神的样子,由此也许可以使他觉得她虽是富家出身,耐苦处变的能力也不逊于其他女子。这样一来,他也许不至再那样急急的催着提早结婚。她正在这样胡思乱想得起劲的当儿,尼尔忽打断她的思虑,尼尔问道:"我们到什么地方去晚餐好呢?你想到什么特殊的地方去吗?"

贞丽:"让我们先随意散步吧,走到哪里就在哪里晚餐好吗?不过我肩上披着你刚才给我的这条围巾,路上人看见了要不要觉得过于触目?"

尼尔:"你说在这个乡村里吗?这算什么触目!我曾经见过有个女子夜里不穿袜露着腿在街上乱跑,而且身上也并未穿着外衣哩。"

贞丽将计就计的说道:"她自己的腿应否遮蔽,这是关于她个人的事情,你以为是吗?"

尼尔哪里知道她说这句话别有用意?所以也就随口答道:"这当然是关于她个人的事情。"

贞丽笑着,既而说道:"这也是你为人特别明白的地方,也是我心里喜欢你的一点。你是真能信仰人生应各有他们的自由。有许多人嘴里虽然这样说着,在实际则又行不顾言。你却不是这样的人。"

尼尔:"你的意思是说他们专会嘴上空谈,瞎发议论吗?世上确有这种人。他们虽都承认在法律范围内的自由是个人应享受的自由,但是一到了实行的时候,他们的行为是否能像他们所发的言论一样,那又是另一件事了。"

贞丽:"我深知你是真能重视自由精神的人,你把自由看得比什么都要来得重要,你是情愿抑制你自己的欲望而绝不肯妨碍别人的自由,你以为对吗?"

尼尔欣然答道:"我诚然要这样的做去。"

贞丽又嫣然对尼尔笑着，同时把他这句话牢牢的记在脑子里，预备将来的应用。他们且行且谈且笑，一会儿之后，他们一同走进了一家乡村小饭馆里去，贞丽正在回想着尼尔刚才所说的一番话，欣欣然自以为得意的当儿，她忽然敛容变色，原来他们所跑进的那家饭馆，珠莉刚巧也在那里用膳。贞丽一进门就瞥见了她，见她在餐厅一个角上和一位清癯面孔眼光炯炯的青年同桌用膳，那个青年冷冷的望着尼尔和贞丽就一张附近的桌子旁坐下。此时尼尔并不觉珠莉即在附近，而在贞丽则已觉大不舒服起来，她想何以在她看见尼尔的时候，往往总有他的这个富于诱惑性的模特儿缠夹在一起？她一想起这一点，愈觉得焦急而难于忍耐。难道珠莉真是尼尔的世界里所缺少不了的一个部分吗？难道珠莉对于尼尔的前途真有妨碍或干涉的可能吗？此时在珠莉方面固无明确的事实可以作贞丽的这种推论，但是不知怎样，贞丽一见着珠莉，总是这样杂念起伏，无以自解。她不断的这样在脑子里旋转得天翻地覆，直到堂倌把蛤蜊汤捧来之后，她才力把杂念抑住，勉强把温和欣悦的态度恢复过来，陪着尼尔用膳。贞丽望见这个乡村饭馆壁上所悬的几帧炭画，询问尼尔关于这几帧画的内容，尼尔告诉她说这几帧画的作者现在虽已成名，起先都是这小乡村里的贫苦艺术家，也常到这地方来用膳的，后来著名了，才搬到城里去。贞丽叹口气，她随后究竟说出什么，请看下文。

五十七

尼尔指着那家乡村饭馆壁上的图画对贞丽说，那些画家起先也都是穷措大，后来成了名，才由那个小乡村移到城里去。贞丽听罢叹一口气,随后问道:"为什么做艺术家的都要做穷措大呢?"

尼尔很诚恳的答道:"因为要赚钱便须要许多时间和精力,而做艺术家的人如要在艺术上有所成就,有所创造,他不得不用全副精神在他的艺术工作上,便无暇顾到其他的方面了。"

"但是……"贞丽刚把这两字说出口,不料却被珠莉过来打断。当时珠莉和一位青年男友也在一张附近的桌上用膳,曾被贞丽所瞥见,不过尼尔还未注意到,这是读者所知道的,此时她却从附近那张桌旁离座跑过来。尼尔见是珠莉,正在立起来的当儿,珠莉却随手把他推回椅上,立在他的身边,把她的玉臂懒洋洋的揽在他的颈上,问他曾否把他的俄国货的卷烟带了一些来。尼尔就从衣袋里拿出一小包授给她,她接过手之后,很迅速的俯下去对着尼尔的前额接了一个表示感谢的香吻,然后才起身走回到她自己的原有的桌子那边去。她的那位青年男友只睁着眼对她怒视。

在一方面珠莉的青年男友当然大发酸性作用,因为他看见珠莉对尼尔那样亲密的态度,同时也使贞丽发生一肚子说不出的不舒服。她瞟着眼角往珠莉的桌上觑着,见她把两臂搁在桌上用手撑着她自己的脸,嘴上含着的那支卷烟被她吸得烟气袅转向空气中喷出,同时对着那位急得发跳的青年男友作冷淡的笑容。那位青年男友则面孔上急得什么似的,用低声对她"吱吱咕咕"的不知说着什么,就表面上猜度起来,不外乎因酸素作用,正在和她大开谈判。贞丽看着这一副样子之后,回转头来向尼尔问道:"那个男子到底是谁?"

尼尔:"他的名字叫作孟斯。他给珠莉弄得昏乱颠倒,真是一个可怜虫!"

贞丽:"你为什么称他为可怜虫?"

尼尔:"他徒然对珠莉痴心妄想,其实是决无希望的,徒受珠莉的愚弄罢了。"

贞丽："你又何以知道呢？"

尼尔："因为珠莉是要随时变换她的男友，她不要的时候，连你要望她一望都不情愿的。"

贞丽听后默然不语者久之，后来她才说道："我想你仍未能深知她的性情吧。我不能相信她是这样随便的。她愚弄倾倒于她的许多男子，借此开玩笑以自娱，这也许是或有的事情，但是我以为一到了和她确有切身关系的时候，她便要认真起来，不肯再视同儿戏了。"

尼尔："诚然，她倘若对于一个男子确是钟情，她很有媚迷情诱的手段，但是她的手段也不是都行得通的，有的男子看透了她的把戏，她也就觉得英雄无用武之地，白费一番工夫罢了。"

贞丽："你对她真能看得这样透彻吗？"

尼尔："我对她看得很透，老实说，她也曾经尝试来愚弄我，也想把我列入她所愚弄的许多男子里面去，但是幸而她的手段并不高深，所以我决不会上她的当。"

贞丽听了这一番话，照理应该可以如释重负，从此可以放心了，但是她想起初尼尔也许心里明白，不至受诱，但是假以时日，常和她接近，迷惑的手段用久了，也许到了后来要慢慢的着迷，也未可知。所以尼尔所说的这几句，仍不能破除她的鳃鳃过虑。

五十八

贞丽听了尼尔对于珠莉的一番批评的话，虽觉得尼尔未必有意于珠莉，但深怕他的这个富有诱惑性的模特儿经过长久时间之后，也许要把她的尼尔夺去，所以心里仍是不能舒服。既而转念，也许珠莉也未必有意于尼尔，那么岂不是她自己多心生暗鬼，徒然自苦吗？她虽有了这一转念，但是心里终究好像有块石头压着，无从释放，所以那顿晚餐，她所吃的东西到底是什么味道，她一点儿都没有知道。后来咖啡茶拿来之后，他们喝完就走，她也巴不得快些吃完离开那个地方。

他们俩出了饭馆之后，就挽臂在路旁缓步偕行，向各书店及古玩珍饰店的玻窗里东张西望，这样散步了好一会儿，尼尔建议再一同回到他的艺术工作室里去。但是依贞丽此时的心境，这个建议简直是不可能的事情，因为她明知同回到工作室之后，尼尔一定又要继续的劝她提早结婚，而在她又恐怕如再坚拒，也许又启尼尔的疑团，答应则无以避免丁恩对她父亲身后名誉的存心糟塌，她愈想愈难过，只得托辞对尼尔说她已觉疲倦，就要回到她的旅舍里去，尼尔便陪她乘了一辆汽车往城里开驶，在车里他的手臂围着她的肩膀，但默然没有谈话。依尼尔平日的脾气，总是欣欣然的喜欢谈天，此时竟默然不谈，可见他心里是如何的觉得失望，这种神情，聪慧如贞丽哪有看不出的道理？但是也只有好像哑子吃黄连，说不出的苦。后来车子到了旅舍门口的时候，尼尔在车里和她接吻告别，才把刚才的呆板态度化为乌有，又露出他的欣悦的样子。

贞丽上楼直往自己的房间里跑，她当时精神上的惘然若有所失，是一种当然的结果，但是她却满心想着如何筹得十万元，替她父亲归还丁恩，以为此层如能设法办到，什么都可以迎刃而解。这样胡思乱想了一夜，第二天一清早就起来打电话询问她父亲的顾问律师嘉定纳，问他目前她所有的几箱东西可否不必归入其他产业内去赔偿她父亲的债主。律师事务所中人哪里有那样早开始办公？所以贞丽连打几次电话都是白打，后来第一次对方有了回音，她一问才知道嘉定纳仍未来，不过他的书记已知道她身边所带的几箱东西可以无须用来抵偿她父亲的债务。她得到这个消息之后，便想起从前认得一位朋友名叫邬烈佛，是一位很能干的商人，在交易所做经纪人生意的。她立把那几个箱子的东西，典质了三百元，拿了这笔款子直奔到邬烈佛的事务所中去，意思是要和他商量商量有何将本求利的好方法。原来这位能干商人邬烈佛并非可憎的市侩，却也是一位翩翩少年，素来醉心于贞丽的，一听见是贞丽来访他，便飞跑似的赶到门口来迎接她，满面堆着笑容对她说道："今天什么风把你吹到这里来，这是多么愉快的一件事！有许多朋友想来找你，我也是其中的一个……"他一面笑着说着，一面引她走进他的事务所，恭而敬之的移近一张椅子请她坐下。她坐下之后，他又噜噜苏苏的说了许多悼惜她父亲的话。在他是极力的要表示殷勤，在贞丽听了他说着许多悼惜她父亲的话，竟无意中引起她无限的伤心，她的眼泪立刻夺眶而出，幸亏她一转念间想到今天是来商量生意的，安可在别人的办公室中哭将出来呢？她便赶紧用黑边的手巾很迅速的把刚才出的眼泪揩掉，极力抑住自己的情绪，勉强的说道："你们做朋友的个个都这样仁爱，我真不知道怎样感谢你们。你知道我此次惨遭大故，如受雷震，爱父既去，又一贫如洗……"

五十九

贞丽带着典质所得的三百元往访熟友邬烈佛，意欲和他商量筹款的办法。邬无意中提起她的父亲，致贞丽异常伤感，并告诉他目前萧条的身世。

邬烈佛很诧异的问道："你父亲经济行将破产的情形，在他未逝世以前，你并不知道吗？"

贞丽："我当时一点都不知道。假使当时父亲把情形告诉我，我也许能想点办法来帮助他。至少我不肯如平常的费用宽裕，赶紧节省。"

邬烈佛："诚然，当时你如果知道你父亲所处的实际境况，你决不肯再像平常的那样用钱。我当时就有些不懂，既然境况较前一落千丈，何不从早设法紧缩，还要那样绷场面，一直弄到后来不可收拾。"

贞丽："当时虽不免有这样的情形，但是此事你却不可错怪了我父亲。我深信当时他还要那样挣扎，全是因为他爱女过于殷切，总想尽力设法使我不知道这种可悲的实际状况。"

邬烈佛："你所说的原因固然很对，但是有一点却是很不幸的，就是你父亲当时何以未曾想到事情弄到不可收拾的时候，使你忽然改变处境，有若迅雷之不及掩耳，其所受刺激更为难堪？"

贞丽："你这句话又不免错怪了父亲。你要知道当时父亲哪里料到他自己就会这样快的去世呢？他未尝不想平平安安的活着看我很愉快的出阁，到了出阁之后，他想我就是没有什么钱，嫁得了如意郎君，也就不至把钱看得怎样重了。"

邬烈佛至此忽然很殷勤的问道："你未曾把婚约解除了吗？已经解约了没有？"他这样接一连二的催问着，很使贞丽惊异，她转念之间，才记起邬烈佛从前曾经向她求过婚而未得如愿以偿的。

贞丽很郑重的回答道："当然没有解约！"她说了这一句话之后，很愤然的接着说："你何以问起这句话，使我不胜惊异，简直好像个个人都不信任我的真心诚意。"

邬烈佛赶紧堆着笑容道歉："我很抱歉得很，无非出于误会而已，并没有别的什么意思，请你不必介意。"

贞丽："你们这样胡乱的瞎猜别人的心意，使我觉得你们里面没有一个懂得真正的爱情是什么！"她脱口而出的说了这几句话，一说出口之后即自己觉得未免措辞鲁莽，但已经随口说了出来，也就来不及收回去。

邬烈佛听了不服，提出这样的抗议："由你嘴里说出这样的话实在不能算公平，因为我何尝不懂得爱，但是你当时竟不听我的要求，而在这个世界上除了你能给我一颗心外，又没有别的女子，所以我现在处在没有爱的境界中，实在还是你的过失啊！"

贞丽："请你不要这样胡说八道！你要记得你是已经结过婚的。"

邬烈佛笑着："这没有什么要紧，就是真尼（邬的夫人）听见了也不要紧，因为我们从来未曾说过爱的，就是她知道我承认我的爱是在你身上，她也没有什么话说。"

贞丽："我不信你说的话，无非是因为我揭穿了你的胡调，你便说出这样的遁词以自掩饰罢了。"

邬烈佛给贞丽说得像斩钉截铁的无可逃遁，便笑着自作和解的口吻说道："我们随便谈谈罢了，你又何必这样的认真呢？"

六十

邬烈佛被贞丽教训了几句，他只好嬉皮笑脸的说是说笑话。

贞丽："你不要再说这样的笑话了，你要知道这里是做生意的事务所，不是说笑话的地方。"

邬烈佛："哦！原来你到这里来找我是为着做生意来的！"

贞丽："当然！不是来和你商量做生意的事情，还有别的什么事情？照你想还有别的什么事情？"

邬烈佛又开玩笑的说道:"我知道你无意要我回答这个问句。你不要忘记我们都是在做生意的事务所里,除了商量做生意外,不应谈到别的什么事情。"他这句话当然是用来抵贞丽刚才说的一句勿忘处身事务所的话,在贞丽当然也觉得,所以笑着回答他道:"说得好!你这几句话倒也说得针锋相对。"

邬烈佛:"我们现在真不讲笑话了,让我们讲正经话吧,你真的要我帮什么忙吗?倘若我可以帮忙的地方,极愿效力,到底有什么事用得着我,可以让我知道吗?"

贞丽到此也就不再迂回,直率的问他道:"你知道怎样可以发财,对吗?"

邬烈佛:"有的时候我诚然有此能力。但是你真要想发财吗?真想发财?"

贞丽点点头,她虽默无一语,但看她的一对奕奕有神的眼睛,却像无限的话了出来。她正满腔充盈着希望,希望邬烈佛能指示她一条发财的途径,不料他却说出这样令人听了嗒然若丧的话:"在交易所里想靠做生意发财却是一件很费心血的冒险的事,况且我记得你曾经说过,你只要嫁了你所爱的那个人,就是没有钱也是快乐的。"

停了好一会儿,贞丽才回答道:"我一定要得到一笔款子,用来归还我父亲所留下而未还的一笔债务。"她说这两句话的时候,声音很低,但在低微的声音中却带着悲哽的音调,使她的听者觉得她的诚意和苦衷,虽然尚未深悉她的明确的需要,但至少已略能感觉她所需要之迫切,所以他不由自主的很体贴似的说道:"我很愿意帮你的忙,只要是我的力量做得到的事情,我一定肯尽力的去做。"其实他们俩此时都感觉有一种不知其所以然的魔力使他们的声音变了常态,使他们好像都几乎说不出话来。为什么呢?在贞丽方面，因为她想她所认得的朋友里面，只有邬烈佛有帮她发财的力量，她必须靠他帮忙发一笔财，才有归偿父债而获得快乐的可能，所以邬烈佛的一臂之助是她最大而唯一的希望，当这样重要开头苦乐枢机的当儿，听到邬烈佛悲观的话，怪不得她要悲感交集，形于音容谈吐之间。在邬烈佛原是嬉皮笑脸，不觉得有什么严重的事情，但听到贞丽悲哽的呼吁，却也不由自禁的激动情绪，很正经诚恳的表示愿意尽力协助。

贞丽于力自抑制自己悲哀情绪之中正想开口向邬烈佛说一句"谢谢你的好意"，但是话未出口，已倏然间神志昏迷，身往地上一仆，少顷但觉神志略已清醒，邬烈佛的女书记伊文思很慌忙的把绒巾替她揩面，邬烈佛自己则连忙跪在她的身旁摩擦她的手，但闻贞丽轻微断续的说道："我真对不住你们。"她此时面色及嘴唇仍是像白纸一样，还勉强转作笑容微微的说道："我很感谢你们的厚意。"邬烈佛也觉得悲上心来，连忙安慰她道："贞丽，请你力自安慰吧，我就要用我自己的汽车送你回家。"

此时贞丽已完全恢复了她的知觉，从地上挣扎着要想坐起来，邬烈佛和他的女书记赶紧帮同扶着。

六十一

贞丽在邬烈佛的事务所中因伤感过甚，一时晕倒于地，把邬烈佛和他的女书记吓得手忙脚乱。少顷贞丽渐已恢复知觉，挣扎着要坐起来，邬烈佛和他的女书记在左右把她夹扶起来，移到她原坐的那张椅上坐下。贞丽还勉强争着说道："请你们不要烦劳，我顷刻间就可以完全恢复的。我还要继续商量我们的生意。"邬烈佛忙着劝道:"务请你决勿在此时继续商量生意的事情。我今天晚上一定亲自来访你,那时再商量吧,如果你要我今天下午就过来,那也可以。你现在仍住在丁宅吗?"

贞丽摇着她的头,随后说道:"不!现在不住在那里了。"当时邬烈佛的女书记正拿着一杯水立在旁边,备她不时之需,贞丽说了上面一句话,就转过脸来对那女书记说道:"谢谢你,现在不至再晕倒了。"邬烈佛乘势也对那女书记说:"伊文思女士,谢谢你,现在可无需了。"这样一来,他便把那位女书记打发开,然后独对贞丽问道:"贞丽,请你要保重自己,不要再那样伤感。我听说你是住在丁宅,现在到底因为什么事又不住在那个地方呢?"

贞丽:"这种事我实在懒得再去讲它,我所可以奉告者,丁恩的女儿克拉和我意见不合,此外你也无须再问了。"

邬烈佛:"你既不愿详谈这件事,我当然不应该再来多问,不过我自己却有一点意思要贡献给你。"他讲到这里,忽然插入这样的一个问句:"你目前住在哪里?"

贞丽:"住在一家旅舍里。"她说时心里想在那个时候还是不要把旅舍的名字告诉他的好。

邬烈佛:"你应该搬到一个朋友家里去住才好。真尼目前又出外做客去了,倘若她能就回来,我要请你到舍间去暂住。"他说到这样,停着想了一下,又接着说道:"我自己尽可以移到俱乐部去住。"

贞丽:"你说得这样容易!"她说时已能微微的笑着。"对于你的一番好意固然很感谢,但我还是喜欢暂时住在旅舍里,在这一方面可以无须费你的心,不过我希望你在另一方面能助我一臂之力。我现在有三百元。我知道你是一个成功的经纪人,对商业是富有经验的,我的意思是要求你替我想法,把这三百元做本钱,弄得十万元的收入。"

邬烈佛很惊异："我哪有这样神通广大的本领？这却是一件很不容易效劳的事情！"

贞丽："我并不是要希望立刻就能达到目的，你可在一年的时期内替我经营一番。"

邬烈佛："有一年的时期，那也许要好些，但是我想不如由我借给你这笔款子，可以省却许多时间，岂不更好吗？"

贞丽："除非我设法做些商业，决没有得到十万元的日子，我自量既无力归还这样的一笔巨款，所以我绝对不肯向人借贷。"

邬烈佛开玩笑的样子对她说道："好！你说你有三百元做本钱，请你就拿这三百元给我看看。"他不料贞丽竟把典质所得的三百元紧紧的带在身边，听了他这几句话，立刻就拉开她的皮夹，把这笔款子交给邬烈佛。邬见她这样诚诚恳恳的态度，便欣然答应她极力想法，并答应她日后再把经营的消息告诉她。

六十二

贞丽因见邬烈佛的女书记伊文思老练忠恳，约她一同出去用午膳。贞丽和她不过初次相遇，深怕她疑心这一约有何要求于她的作用，所以急急的对她说道："我不过有点事情要征求你的意见。"伊文思女士稍稍沉默着想了一下，即回道："我很欣幸的承受你的厚意，贞丽女士。"贞丽望望她的手表，看见已经十一点半，时候已不算早，便问道："我们此时可以就去吗？"伊文思回答道，请贞丽再等五分钟，让她把手头的工作安顿好即行。

贞丽乃独往应接室中坐待，她坐下之后，无意中向窗外看看，但见许多高矗云际的房屋，一望无际的广境，平日虽亦常见，此时因心境豁然展开的关系，好像是初次看见这样一个雄伟壮大的城市，引起她的特殊感触，觉得近来因自己一人的前途问题，一天到晚好像只在牛角尖里周旋转念，至此乃觉得宇宙之大，人事之繁，这样雄伟壮大的城市也竟有成为事实的可能，则她的十万元的小问题也许只须努力的设法规谋，未必就绝无解决的希望。她正在这样天翻地覆的瞎转着念头，伊文思已来和她一同出去，她的思虑才因之打断，随伴着她同行，到了一家饭馆坐好席位叫好菜肴之后，贞丽劈头便问伊文思女士道："我的身世情况，你亦有所知吗？"

伊文思："我屡在报上看见关于你的记载，并在报上看见你的照片，所以今天早晨一看见你走进办公室，我就认得你是什么人。"

贞丽："那么我用不着再告诉你我父亲身后萧条的情形，因为你都可以知道了。"她说时心里觉得一松，因为她可以不必详告她所不愿意重述的许多过去的情形。她只这样很直率的继续说下去："许多人都以为我是席丰履厚惯的，应该靠朋友的资助而维持生活，但我心里却不愿意这样，我情愿自己设法寻事做，情愿筹谋自食其力的办法，所以今天要请你来商量商量。"

伊文思："我以为这真是可以敬佩的志愿。"

贞丽："我听得你这样表同情和鼓励的话，心里是如何的愉快！不过此事应该怎样着手，我却毫无头绪，你可以不吝赐教吗？"

伊文思："我觉得像你这样受过教育的女子，这件事并不难。当然，有的工作需要更多的办事经验，但是倘若你愿意从低微的位置……"

贞丽："我虽不论位置的大小，收入却也须够得维持我的生活费。"

伊文思:"那么我看你还是不要想进商界,因为商界开始的薪俸总是很微薄的。你能够当教师吗?例如教音乐,你能教吗?"

贞丽:"讲到音乐,我真是一点不懂,绘画也是外行。仔细想起来,我实在没有什么特殊的本领,如何是好呢?"

伊文思:"你能跳舞吗?"

贞丽:"我很喜欢跳舞,你有什么建议?"问这句话的时候,她那炯炯的眼光好像充满了希望似的。

伊文思:"我想你也许可以造成一个舞台上的名伶。"

贞丽:"这要经过训练,远水不及救近火,我立刻就要寻得一个位置安身才行,我实有急不可待之势,奈何?"

伊文思好像很焦灼似的,俯首尽力的思索,嘴里嚷着:"让我再想想看……"想了一会儿,她好像有所新发现的神气:"就一个伴侣的位置,你以为如何?"

什么叫作伴侣的位置,在贞丽仍是莫名其妙,但就字面上想,做做伴侣似乎不是一件很难的事情,所以她也就随口答道:"这倒是一件可能的事情。"

六十三

贞丽决计要力谋自立的方法,和伊文思女士商量,最后伊文思说她也许可就伴侣的职务,贞丽虽不知道伴侣的职务究竟怎样,也就糊里糊涂的答应着可以。伊文思便很殷勤的说道:"你既然愿意,我可以告诉你一处职业介绍所的名字地址。"她一面说,一面拿出一本袖珍日记簿,就上面撕下一小张纸,继续说道:"让我把这个职业介绍所的名字地址写下来给你。"她将这张小纸写好之后,又对贞丽说道:"你可以依这个地址去见一位叫作范柏斯太太便行。"

她们俩午膳用完之后,贞丽便依照那张纸上所写的介绍所地址,直接去见那位范柏斯太太。她到了之后,看见是一所很大的屋子,里面有许多公司租作办公室。她在六层楼上才找到范柏斯职业介绍所的所在,进去之后,便向应接室里一位很忙的青年妇人接洽,说要见范柏斯太太。那位青年妇人很伶俐的拿出一张卡片,随口问道:"请问你的姓名和欲就的位置。"贞丽心里想这个妇人一定是范柏斯太太的助理员了,她不愿写真姓名,所以告诉说自己叫作卜兰丝,至于所欲就的位置,她当然说了伴侣。这位助理员再对贞丽仔细的看一下之后,似乎有些诧异,既而说道:"请你坐着等一下,我就来。"这样说了之后,她便往里跑。贞丽乃就一张桌旁坐下,看见桌上放有许多杂志,她便随手拿一本来看看,但她此时哪有心思看书?所以懒洋洋的翻了几页,也就放回原处。一会儿那个助理员出来请她进去,贞丽一望那位范柏斯太太头发已白,面目却很清秀,坐在一张很大的办公桌旁,俨然好像什么铁路公司的总经理,精明干练的神气现于眉目态度间。她看见贞丽,就把手一挥,指着一张椅子请她坐下,同时对她全身作很仔细的观察,嘴里很镇定的说道:"我知道你要就一个伴侣的位置。"她说后稍停一下问道:"你有意要做女子的伴侣呢?还是有意要做男子的伴侣?"

"当然是要做女子的伴侣!"贞丽红着脸很窘急的样子脱口而出的这样回答着,其实她自从听见伊文思女士提起伴侣云云,从未曾想过这一点,现在忽被范柏斯太太突如其来的问起这样的一句话,不得不使她着了慌。

范柏斯:"从前有没有过做伴侣的经验?"

"没有过！"贞丽很坚决的回答这句话。照常例急于谋得一事的人，对于此事的经验总要铺张扬厉，只怕别人不相信他确有经验，而贞丽此时却好像只怕别人觉得她所声明的话——没有过经验的话——之不得人相信！其实呢，在她也不过是说一句老实话罢了。

范柏斯："既然如此，请你告诉些你自己的经历，你自己有几种什么特长？"

贞丽默然想了好一会儿，最后才这样的回答她道："我受过普通的文雅教育，所以所会的也不过是通常的事情。我颇精于高尔夫球、网球、游泳。当然，我还会骑马，我也会诵读，虽然我未曾读过给什么人听。不过要我做一个残废病人的伴侣，我却不知道我自己可以成为一种什么样的伴侣。"

范柏斯很特别的笑了一下："我知道了，不过我还要问一件事，你和交际场有过接触吗？我指很阔绰的交际场。你认得什么阔人吗？"

贞丽想起她自己从前在交际场中也何尝不是一个赫赫有名的阔人？如今她既不愿拖泥带水的去扯到别人身上去，不如将计就计的来说个谎，便笑着回答她道："我和卜贞丽女士极熟，和她做了好几年的朋友，她允许我把她做保证人，你如果要调查我的底细的话，尽可以去问问她。"

六十四

贞丽在职业介绍所中和范柏斯太太谈话，范柏斯问她有没有做书记的经验，贞丽回答她道："我对于办理公牍文件没有什么经验，不过关于普通函件却还熟悉。此外关于宴会方面的布置等事，我倒也可以应付裕如。"

范柏斯摇着她的头："你能用打字机打字么？"

贞丽："我很抱歉……"

范柏斯："这样看来，我恐怕你不能担任这个位置，因为用者要请一位熟于打字的，而且还要善于笔述的才行。"

贞丽吞吞吐吐的说道："我事前并不知道做伴侣的职务需要这些条件。"

范柏斯："寻常呢，做伴侣职务的人并不一定要这些条件，不过我刚才对你说起的这个机会，要雇用一位伴侣的那个太太却要一位能做伴侣而又能兼任书记的女子。"

贞丽："没有人托你物色一个伴侣而不必兼任其他职务的么？"

范柏斯："你肯伴人到东方去旅行么？有一位有年纪的太太不久要到日本去旅行，不过有一点我却不能不告诉你，就是她为人颇难应付，除非你有一种和她很合得来的性情……"

贞丽插嘴说道："那个位置我却不能干，因为我离不开纽约这个地方。"

范柏斯："卜兰丝女士（贞丽对她假托的姓名），这样一来，你谋事的区域既有了限制，你所得选择的范围当然要因此而狭窄得多了，尤其是因为你对陪伴残疾病人并没有过什么经验，但是你尽可留下你的姓名和通讯地址，并留下可以替你做保人的卜贞丽女士的地址。我一有适宜于你的机会，就写信通知你。请你再到应接室里和那位来斯东女士接洽，叫她把你的资格等等记下来，归卷备考。"

贞丽依她的话到来斯东女士办公桌旁把自己的姓名地址经历告诉她，看见来斯东能在很短的时间内很准确的把她所说的话登记起来，贞丽心里暗暗的敬羡她办事的干练。贞丽向来斯东告别后，下楼往街上走。这个时候她自己又独自转念头，她想对范柏斯报假名是不是一件错误的行为，但又想现在需要速谋位置自给的女子和从前养尊处优的卜贞丽女士确是两种人，而且倘用真名，随处受人的怜惜更是她所不愿意的事情，想到这里，她自言自语道："用假名也好，如果范柏斯太太真写信给卜贞丽女士调查卜兰丝的底细，我一定可以叫卜贞丽写一封很满意的回信给她参考。"她这样自言自语的时候，忍俊不住的耸肩笑着。

她所以用假名，也因为她的真姓名在纽约交际场中人所共知，一旦做伴侣的职务，容易引起社会上的无谓的注意，所以不如用假名，还可以安静的做去。盛名之为累，反不如无名之自得，于此可见。但是她此时虽用了假名，何时能得到伴侣位置的机会，还毫无把握，而她想到那天请伊文思女士吃了顿午膳之后，囊中所余下者不过几块钱，不禁忧上心来，幸而转念间想到邬烈佛答应她在商业上尽力替她设法的话，又引起她的勇气，以为受丁恩所逼迫的十万元的一笔款子也许不至无望。但是为支持眼前计，她不得不又拿点东西到当铺里去典质。她到旅舍里躺在榻上刚才休息一小时左右，尼尔有电话来说要来看她。她匆匆忙忙的在脸上涂抹一些香粉胭脂，使容光可以好些，免得尼尔看出她的苍白，又要替她担忧。那天夜晚她又和尼尔一同出去用晚膳。尼尔见贞丽的欣然态度，娇丽容光，居然被贞丽瞒过，没有看出她心里的千般思虑，万般柔肠，脱口而出说道："你的样子好像和一位百万富豪出来赴会似的。"说后自觉有语病，已来不及收回，幸而贞丽不以为忤，嫣然一笑道："我今夜觉得运道特别好。"尼尔拥着她作甜蜜的热吻。

六十五

那天贞丽从范柏斯太太的职业介绍所出来之后，当夜就与尼尔一同出去晚膳。她一心只怕尼尔又要谈起提早结婚的意思，幸而尼尔当时却柔顺温和，一点没有勉强她的意思，她才好像把心头上的一块石头放了下去，如释重负。回到旅舍之后，想起晚膳席上和尼尔相聚之乐，喁喁情话，脉脉温情，历历如在心目，欣悦心情可助清睡，那夜的睡梦原可较从前任何一夜为胜，不过她的脑际隐约不能尽灭的愁虑仍无法避免，则以想到丁恩逼着为父归偿的一笔巨款，尚无具体办法，又觉得前途茫然，不知所届，终不能作充分的安寝。

翌晨贞丽起身后正在浴室中洗浴，刚要擦干出盆的当儿，房中电话机上的铃声大震，她连忙跑过去把听筒拿起来一听，只听得范柏斯太太对她说下面的话：

"我现在有一个位置的机会，我想你是一定可以胜任愉快的。你今天上午能否到我这里来一趟？"

贞丽："我一定可以来的，范柏斯太太，不过什么时候来于你便当？可否请你告诉我？"

范柏斯："十点半，好吗？"

贞丽："我一定可以按时到你这里来。非常感谢你。"

以亟欲谋得一业以自立的贞丽，如今听见有个机会是她所可胜任的，她的愉快可想而知，所以她一面把听筒放好，一面跃着把身上的毛巾向榻上一掷，现出十分安适舒畅的态度，自言自语的说道："简直没有人可以想象得到我此时是怎样的惊喜交集！"她一面这样自言自语，一面睨着她的媚眼望衣橱上的那一面大镜子一望，才觉得自己当时是一丝不挂，赤裸裸的在那里独自一人惊异得忘形了，不禁放声对自己笑了一阵。到了这个时候，她才把浴衣披上肩，准备装饰后到范柏斯太太处一行。

她遵照时刻到了范柏斯职业介绍所，告诉来斯东女士，说她和范柏斯太太有好预约，请她即为转达。后来范柏斯太太一见着她，便现出很奇异的样子招呼她道："哦！早安！你来这里果是出于真意吗？"贞丽原是一团高兴的跑来看范柏斯，不料劈头被她这样的一问，倒弄得莫名其妙，不由自主的也现出很奇异的样子，脱口而出的重复说着"真意？""真意？"接着问道："范柏斯太太，你怎么问起我这句话？我是捧着一腔真意来的，这是无可疑的，因为我必须寻得一个职业的位置以求自立的。"她说到末了一句，现出很严正的态度。

范柏斯太太最初听着尽管笑，后来仍不出她的怀疑的样子问道："真的吗？上次你来的时候，我就以为你也许是出于一时感情的作用，并无意真要寻得什么位置。老实对你说，我今天打电话告诉你有位置机会的消息，也不过是姑且探探，并不想你真要来接洽的，卜贞丽女士。"

我们记得，上次贞丽在范柏斯职业介绍所里报名登记的时候，她因自己的真姓名在纽约交际场中是素负盛名的，所以为避免许多麻烦计，不愿意用真姓名，就用了一个假名叫作卜兰丝。现在听见范柏斯太太末了一句竟称她做卜贞丽女士，真使她惊得发呆，一下说不出话来，后来力自镇定，惊慌的态度略得抑制下去之后，才开口问道："范柏斯太太，你怎样探知我的姓名？"

范柏斯："我不瞒你说，我上次看见你的时候就认得是你，不过当时你却不用真名，而假托为卜兰丝，我觉得很奇怪，所以不愿即行说穿，要查个究竟再说。"

六十六

范柏斯太太说穿了贞丽真姓名之后,两目炯炯的直望着她的面孔,好像在那里对她仔细端详,弄得贞丽绯霞双颊,刹那间很觉得局促不安,既而贞丽提起勇气,似乎有点抗议的样子,对她说道:"我所以用假名卜兰丝,因为我不愿仍用和我现在所处境地没有关系的名字。几于人人闻名而认识的卜贞丽,现在实际已不存在了,只剩下亟欲谋业而求自食其力的卜兰丝,你肯成全其志而助她一臂之力吗?"

范柏斯太太很客气的请她坐下,随后说道:"我既然知道了你的真名,知道了你的实在经历,无论你现在要用什么假托的名字,在我的一方面并没有什么关系。"她既而笑着替她自己解释道:"我所以要知道来此求业者的真确姓名与经历,因为必须这样我才能给予他们以相当保护,这一层还须请你谅解的。"

贞丽:"现在你既知道我是什么人,你肯容纳我的要求,帮帮我的忙吗?"

范柏斯:"那是当然可以的,但是有一层意思我们却不可不想到的,倘若我随便把你荐了出去,却荐给一位在交际场中素来广交的人,你虽用了假名,也许也要被她看穿,和你在我这里一样的瞒不过去,岂不是又要发生麻烦吗?"

贞丽听她的话却也有理,所以只得承认着说道:"我也觉得这是很困难的,你有何良法见教吗?"

范柏斯:"但是有的时候,到我这里来委托请人的对交际场并不加入。例如昨天下午就有一位这样的主顾到这里委托物色一个伴侣的人才，这个位置于你是否十分适宜，我正在考虑中，但有一点却可以无疑的，就是这个机会必定可以保护你的真名，必不至拆穿。不过我觉得你既是初次入职业界，又有你所处的为难的背景，我倒要先把这个委托物色人才的主顾的详细情形告诉你，请你自己再加一番考虑。这个人家姓葛。我只见过葛太太。照我看去，她为人似乎还和气，不过未曾受过多好的教育，而且她还有好几个子女。"

贞丽很诧异："这种人为什么用得着再请伴侣呢？"

范柏斯："她也许要你帮她写些交际的信，帮她布置适宜于交际的宴会，以及使她知道上等人家的种种排场。"

贞丽："这个人家是新近才发了财的么？"

范柏斯："是的，最近才发财而突然成为富人的。"

贞丽："但是你刚才不是告诉我吗？说这个人家对交际场中并不加入，这样看来，你为何又说这家太太要用一位伴侣帮助交际的事务呢？"

范柏斯："你要知道她家里忽然发了财，是要在她的亲戚故旧中排排场面，闹闹阔，一时并夹不进真可称为交际场中的阔人，所以倘若你去帮助她，可不至遇着你自己从前在交际场中所遇着的朋友。"

贞丽："这倒是一个相当的机会。"

范柏斯："她家里所愿出的薪水很好，不过我不知道你有无耐性做这样的职务。"

贞丽："无论如何，我很情愿试试看。但是我是否要一天到晚守着，我个人有无可以自由的时间？"

范柏斯："每星期有两个时间是可以让你完全可以自由的，一个是星期日的晚间，一个是其他一日的下午。我想这是很公平的支配。"

贞丽现在虽成了一个穷光蛋，但一向来去倒还可以自由，如今听见说她在一星期里只有一个夜晚和一个下午可以自由出入，这是多么一件难受的事情！但她转念一想，叫花子讨钱有何选择的权利，所以她也只得忍耐着对范柏斯太太说道："好！我就试试看吧。"

六十七

范柏斯太太听贞丽说愿就她所提出的那暴发富人家的伴侣职务，便告诉她道："不过他们要试用两星期，试用两星期后如无问题，才可以永久的聘用。我现在就请来斯东女士打个电话去问问看葛太太什么时候有工夫让你去见她，你说好吗？"

贞丽："你能就替我一问，那更好了。"

接洽的结果，葛太太叫贞丽立刻到她家里去见她。贞丽辞别了范柏斯太太之后，就匆匆的走出了职业介绍所，她把地址告诉了等在门口待雇的汽车夫之后，才觉得为途不远，尽可以坐公共汽车去，可以较省些，但是已来不及，深自懊悔，觉得从前托于老父余荫之下，用惯舒服惯，现在一旦成为穷光蛋，仍这样疏忽，如何得了，自己警告自己下次要留意些才行。她正在车里自己对自己很严厉的训诲着，转瞬已到了葛府的门口，一进门就看见一个当差的身上穿着大红色的制服，在贞丽看来觉得怪形怪状得不伦不类，而在暴发户要绷场面的人家却视为不可多得的装饰品。那个当差的制服虽穿得灿烂一新，但是外形并不能担保他有良好的礼貌，开口就对贞丽问道："你的名字叫什么？"贞丽幸而由范柏斯太太处知道这家的底细，便也不以为奇，就把姓名告诉他，他高视阔步的进去传达。俄顷出来大声传语："卜兰丝女士请！"他那狮吼的声音把贞丽吓得一跳，她一面随着他进去，同时听见葛太太在里面叽里咕噜，说这个蠢货总是教不好的，对你说请客人时只可以称姓，不要连名一起呼了出来，偏要这样伸直喉咙乱喊着出丑！贞丽走进客厅，看见所谓葛太太者已在里面等她，劈头就问贞丽道："你曾经在上等人家里有过经验吗？"

贞丽很简单的答道："是的。"

葛："你知道怎样布置大宴会，怎样写客气的好看的交际函札吗？"

贞丽很简单的答道："能写。"

所谓葛太太者听见贞丽这样简单的答复，颇不耐烦，对她说道："你不必畏缩，可把你所能做的事统统说出来！"在她的意思，花了一笔钱请到了一个伴侣，最好无所不能，无所不做，才觉称心！

贞丽心里暗想寄人篱下真是不容易的事情，要把自己所能做的事统统说出来，从何说起从何停止呢？转了一个念头，觉得不如叫葛太太把所需要的条件说个明白，主意打定之后，就把这层意思告诉了葛太太。她想了一会儿，才开口说道："你要知道我需要什么吗？一下也说不尽许多，譬如当我躺在床上受按摩时，你要读有趣的小说给我听；开宴会时，你要帮助那个当差的布置一切；我出去买东西时，你要陪我一同出去……"她接着一口气说了几十件事情，在她还觉得没有说完，因为说得有点回不过气来，略为歇气的当儿，贞丽以为她已经数完了，就对她问道："这些就是我所应担任的事情吗？"

葛太太给她这一问，喘着气赶紧声明道："还有事情我一时想不起来！哦！我又记起一件事，我有好几个小孩，也要你帮同照料的。"

贞丽："你没有用保姆吗？"贞丽心里想做这家的一个伴侣要做许许多多做不完的事情之外，还要兼一个保姆的职务，那真是不知死所了!

葛太太:"当然的!我们这样人家哪里可以不用保姆呢?我的意思不过说当她走开的时候,你要代替她的职务罢了。"

贞丽:"保姆走开的时候多吗?"

葛:"不多,大概一星期里面有一次……"正在这个当儿,贞丽看见一大堆小孩扭进一个哭丧着脸的保姆,手打脚踢,闹做一团。

六十八

贞丽和葛太太正谈到有时要代理保姆职务的当儿,看见一堆顽皮无比的小孩子扭进一个哭丧着脸的怪可怜的保姆,许多小孩手打脚踢,弄得那个保姆哭着喊道:"你们不要吵,我不干了,我不干了。"葛太太跑过来费了许多工夫,才把一堆小孩斥开,一面看见那位保姆麦机被打得这里红了一块,那里青了一块,似乎不免觉得有些不过意的样子,对她说道:"你赶紧去寻那个当差的,弄些东西抹敷罢!"

麦机很坚决的回答道:"我自己就要到医院里去就医,等一会儿再叫我的朋友克西女士来替我把行李衣服搬出去。"

葛太太:"但是你要知道,你来这里开首两星期是试用的,除了你做完了两星期的时候,你是一文薪水得不到手的,因为我要另寻一人来代替你的职务。"

麦机:"你尽管把钱留住!你就是肯付我一个月的薪水,要我再留一天,我都是忍不下去的。"

葛太太见她态度坚决,知道无可挽回,便回转头来,顿把刚才悻悻然的样子一变而为和缓的样子,打算和贞丽继续刚才半途打断的谈判,对她问道:"啊!……我们刚才谈到什么地方?"不料贞丽给那班穷凶极恶的对保姆踢打随意的小孩子吓得发了呆,被葛太太这样一提,才从发呆中清醒,摇着头拔起脚就想走,嘴里嚷着道:"我……我想我们的事不必再谈了罢……我自己深知道我够不上代替你这保姆的职务。"贞丽最初看见葛家那一班人,已觉得难以相处,但因求业心急,仍想勉强试试看,后来看见了这一班蛮横无比的小把戏,才使她心灰意冷,毅然决然的不干,因为她知道这是她所绝对干不来的。葛太太还取笑她道:"小孩子自有小孩的行为,你不见得希望个个小孩子都像天上安琪儿一样罢!"

贞丽:"我是要就成人所需要的伴侣职务,所以对于小孩子的希望怎样,本就未曾想起的。"贞丽明知葛太太含有取笑她的意思,所以她也不肯示弱,说出这几句话来反唇相讥。她说完这几句话之后,不待葛太太回语,对她说声再会,便往外开步走。她跑出了葛府,好像重见了天日,伸一口气,觉得如释重负似的。她走进一个公共汽车站,等了几分钟之后,才有一辆公共汽车驶来,贞丽便夹在人群中上车,刚踏进车的第一层,忽转念觉得第一层那样挤,还是多走几步上去乘第二层的好,她于是急急转身,因转得太快,和正在她后面走着的一位男乘客对碰了一下。她依常礼对他笑一下道歉,说"对不住"。那位男乘客也对她微微的一笑,在此匆匆之际,贞丽对他未曾仔细看清楚,不过在一闪间略为看见那位男子嘴里镶有一颗金牙齿。这样一来,他便站开一边,让贞丽由一个狭窄而曲形的梯子走上车子的第二层。当时贞丽在匆忙间对那男子固然未看清楚,也因为他把帽子戴得很低,面孔也不容易看清楚,但是在贞丽方面,对他不过是萍水相逢的不相干的车上乘客,当然也丝毫未加以特殊注意。但是后来那辆公共汽车到了第四十八街的时候,贞丽立起来准备离车的当儿,无意中向后一看,瞥见那个镶有金牙齿的男子也坐在第二层车上,不过坐在贞丽座位的后面一排。贞丽起先明明看见他是要走进第一层的,不知在什么时候他竟跑到第二层来。但贞丽见他并不曾对她看,也没有什么别的举动,所以还不甚注意,但是当她下车之后,又无意中往后转身一望,恰巧又给她看见那个男子也由公共汽车上走下来。他下车之后并不追着贞丽,却很急步的走进一家店铺里去,但是贞丽下车时明明看见他还坐在车里,何以数秒钟后竟又在她的脚后,乃不免引起她的疑团。一会儿之后,贞丽到了范柏斯太太的职业介绍所中,已惊慌得忐忑不安,双颊急得绯红。

六十九

贞丽觉得公共汽车上遇着的那个男子一路追踪她的后面,所以她跑进范柏斯职业介绍所的时候,已吓得忐忑不安,红上双颊。范柏斯太太看见她那副情状,便急急的问她道:"你这种样子,发生了什么特别的事故吗?我信你去接洽的结果,一切都很顺利吧。"

贞丽听见"一切都很顺利"的话,不禁"扑"的一声笑了出来,便把往葛家所见的形形色色,告诉她一番。范柏斯听了之后,便知道贞丽此行是空跑的了,她对贞丽道歉说:"我起先并不知道葛家是那样的一个怪地方,竟把你介绍去,非常抱歉。现在呢?只好请你安心等候,我一遇有伴侣职务的机会,立刻就来通知你,好吗?"

贞丽踌躇了好一会儿才这样的回答她:"我现在想如有其他的事情我可以担任,我并不想再做什么伴侣的职务,因为我仔细一想,我的晚间都不能抽出来办事的,除了伴侣的事情,你有没有别的相当机会介绍给我吗?"

范柏斯:"别的机会当然是有的,但是他们所需要的都是经过相当训练的人才。你能不能先进一种文书科去研究一番……"

贞丽:"这一层我在目前实在办不到。我这样的烦扰你,很对不住,不过假使你有了相当的机会,就让我知道何如?"

范柏斯:"那是当然的,隔几时请你再来看我们。"

贞丽:"谢谢你,我是要来的。"她和范柏斯告别之后,走到街上,觉得身体上怪难过似的,抽表一看,才知道时已下午一时,尚未用膳,原来是饥饿在肚里作怪,便赶往一家普通饭馆里去用午膳,同时在沿街买了好几份报,因为要带到旅舍里去,看看其中征求人才栏的广告。后来她用完了午膳跑到旅舍里自己的房间里面去,把那几份报大翻了一阵,看来看去,不是需有专门知识技能的,便是需有若干年的实际经验,没有一件事是她有希望的。她一面不断的东瞧西看,一面自言自语的说道:"失望!失望!我自己能做什么呢?"在许多征求广告里面,只有一种广告是她能做而不愿做的,却又常常刺入她的眼帘。这是一种什么征求广告呢?是一家大规模的时装公司要雇用一个女子做模特儿。这种模特儿的职务是要穿上时装,有主顾来选购时,就和其他许多模特儿一个一个的在顾客前袅婷作态的走过,这家大规模的有名时装店,在贞丽的父亲在的时候,是她最喜欢到的一家:在当时许多睁着眼睛安然坐着看许多穿好时装走过的模特儿的顾客里面,贞丽自己也常是其中的一个。如今倘使贞丽也去应这个广告的征求,去做一个这样的模特儿。苟遇着熟人,已不免难为情,况且其中原有的许多模特儿,与贞丽面熟的也不少。这种不胜今昔之感的情景,在贞丽愈想愈难过,觉得这种苦痛难以忍耐,还是于第二日往访邬烈佛时,再和他的书记伊文思女士商量一番，看看再有什么别的方法想。她打定了这个主意，便把看过的那许多报纸塞入废纸篓里去。

但是她不知道那天下午应该做些什么。要睡觉吗？实在不能合睫。要看书吗？也无心看。要另往他处寻觅就业的机会吗？又不知到什么地方去的好。她正在这样左思右想百无聊赖的当儿，忽然听见她的房门外面有人在那里叩门。她不久以前住在一家下流的旅舍，碰过一桩惊心动魄的事情，好像成了惊弓之鸟，此时听见有人叩门，又未听见叩门的人有何声明，心里很怕又有什么令人不快的事情发生，所以很谨慎的把门慢慢的开来看看，开了之后，才知道并非别人，却是一个仆欧手上拿着一个很美观的花盒站在那里。她接过之后，付了酒钱，走进房内尚未开盒之前，她想这是什么人送来的呢？

七十

贞丽把送花盒的仆欧打发走了之后，把这个花盒拿进自己的房里去，一面向里走，一面不自禁的猜想着。她想这是谁送来的呢？她并未曾将地址告诉过邬烈佛，决不是由他送来的东西。此外并没有别位朋友知道她的地址。她想这大概是尼尔送来的了，想到这里，便自然联想到她的爱人的专诚挚意，心里为之一热，精神为之一振，急急把盒上的花边带拆去，蹑手蹑脚的把盒盖慢慢儿开起来，心里还想着尼尔竟敢到那样豪奢的公司买到这样珍贵的礼物！她把那个盒盖开了之后，还看不见里面的内容，因为里面还遮着一张很美丽的绿纸。她不能再迟缓了，急急举手把那张绿纸揭开，顿时瞥见里面排着三朵娇艳绝伦的鲜花，她动手把这一扎花举起来，喜不自胜,把花欣赏未完,又想到尼尔一定附有卡片,上面一定又有几句令人陶醉的词句,于是她又欣欣然的寻觅盒里的卡片。不料未寻得之前还可使她欣悦奋发,一寻到之后,反而使她气得发呆,原来那张卡片不是尼尔的,却是丁恩的,上面还写着这样的一句话:"以此奉赠,因为恐怕你忘记世界上固有能够有所贡献于你的人。"她望着这张小小的卡片,很觉得在那上面的字里行间正现出狰狞的奸笑,揶揄她对丁作无谓的挣扎,又含有恐吓她不宜再坚持下去,免得所处境遇愈益穷困而至于无以自存。贞丽痛恨切齿,立刻把那张卡片撕得粉碎,随手就想把那扎鲜花丢到窗外去。但是卡片诚然是被她撕得粉碎,至于那几朵花,当她要丢的当儿,好像装作娇滴滴的笑靥对她憨笑,她的手竟于霎时间软了下来,赶紧把花放在花盒里,把盒盖盖上,不愿再看。她转念一想,气也不该,因为一受刺激便盛怒难忍,徒令仇人快意而已。她正在这样胡思乱想的时候,却忽略了一件很重要的事实,就是丁恩居然已知道了她现在的地址。但是后来她的思虑比较澄清之后,也就想到这一点,就是丁恩从何处打听得她现在的地址呢?她想了好一会儿,才决定一定是由她旧宅里打听到的。

那天下午又是贞丽所最觉得难过的时候,心里烦闷达于极点,除希望尼尔来访她之后,可谓一无所事。她一个人懒洋洋躺在一张椅子上,把手臂撑着头,愈思愈烦闷,愈思愈失望,当时的全身可说是全被烦闷与失望所侵占。但她还能勉强自持的是觉得前途还不无一线曙光,因为她想目前所处的境地诚然十分困难,但如有一天这种困难被她所战胜,便有愉快的境地随在后面。在那天度时如年的下午,居然有电话来,而且是尼尔打来的,他在电话中就听得出贞丽的心境是很烦闷无聊的,所以就极力的安慰她,鼓励她,并且约她一同出去到一家饭馆里去用膳,在那里还可以听到俄国的音乐。在尼尔原是一个艺术家,便津津有味的把音乐中的妙处讲给贞丽听,在贞丽烦闷了一天,脑子都烦闷得迟钝了,实在觉得格格不相入,但是看见尼尔的眼睛充满了无限的同情,又不得不勉强支持,不使他看出她的破绽,此中苦楚,比之索性不听音乐还要厉害。在贞丽因为要玉成尼尔正在经营的一张精心结构的壁画,不愿以家室阻碍他的事业前途,情愿自己吃苦奋斗,不愿累他,所以始终不肯把她目前所处的窘境让尼尔知道。但是那个晚间膳毕分别的时候,尼尔无意中问她道:"你目前所需的费用到底够不够?"贞丽当然满口说够,并说她在英国有个舅舅还可以帮助她。其实那个舅舅和他的父亲是意见不合的,那个顽固无比的舅舅常骂美国是一个要不得的地方,美国人没有一个好家伙!所以在贞丽明知那个舅舅是白有的,不过借此倒勉强安了尼尔的心。当他们离了饭馆正在等车的当儿,贞丽无意中向对街一望,瞥见有一个人鬼鬼祟祟的在一家门口躲着,等到贞丽的视线向他转时,他愈急急的往里缩。

七十一

贞丽伴着尼尔在饭馆门前等车时,瞥见一个偷偷摸摸躲着一家店门口似在追踪她的人。贞丽自己揣想她一时认不出这个人到底是谁,但又似乎很面熟,直到她回家睡着之前,这个人鬼鬼祟祟的形迹犹萦回于她的脑际,使她感觉不安。她自己问了自己无数次:"我从前在什么地方见过他吗?"但是她想来想去,想不出在什么地方曾经见过他;如果未曾见过他,何以又似乎面熟,使她感觉不安?心里总搁不开这一件事。这是她那天晚上躺在床铺上未入睡乡之前,辗转反侧,翻来覆去的几个念头。

到了第二天早晨,贞丽的脑袋完全被急欲寻业的计划思虑所侵占,没有工夫来想起别的事情,所以也就把前晚似在追踪她的人置之脑后,不复记忆了。她一面用早膳,一面展开当天的报纸,眼光所最先注视的当然是报上所登职业介绍栏的广告。她看了许久,觉得没有一件事和她适宜的,但是她也不失望,因为那天她本打算去看看邬烈佛和他的书记伊文思女士,也许邬烈佛替她在商业方面弄到了款子,而且还可以与素表同情于她的伊文思女士商量商量未来的就业计划,心有所趋,便不至易于失望或烦闷。她洗浴更衣之后,便乘着地道电车往邬烈佛的事务所跑,她和邬烈佛晤面之后,知道她所托他的营业尚无眉目,邬叫她以后可常去看他,以便遇有商业上可为的机会时,可征得她的同意而进行,庶不至交臂失之,并叫贞丽把地址留下,以便通讯。贞丽初颇踌躇,只允要和他商量时,她可用电话约他,但后来因邬烈佛再三要她留下地址,她才把地址告诉伊文思女士。贞丽那天所觉得奇异的是素来对她很热心的伊文思女士,那天对她忽现冷淡的态度,贞丽约她再同出用膳,意欲和她商量一切,竟被她拒绝,托词已有他约。贞丽自揣并没有开罪于她的地方,也许是因在公事上与邬烈佛有了什么冲突,所以她引起了火性,对贞丽也变了向日的态度。

贞丽想其次要做的事便是要去访范柏斯太太,看看她的介绍所里有无适宜于她的位置机会,不料相见之后,范柏斯太太竟大劝她不必辛辛苦苦的寻觅职业,说了许多职业界使人不舒服的情形。贞丽看她的态度也迥异寻常,很以为异,坦白既是她的天性,所以她便老实诘问她道:"范柏斯太太,你为什么缘故这样的阻当我寻觅职业呢?"

范柏斯太太被她这一问,竟不免红上双颊,不敢再对贞丽平视,慢慢把她的视线改向她自己办公桌上垫着写字的那块玻璃上面去。既而她才吞吞吐吐的自辩道:"我并不是要阻当你寻觅职业,不过我想象你这样地位的女子,要受这样的……气,例如你前次在葛太太家里所受的侮辱,实在不值得……"

贞丽很正经的说道:"这也无所谓侮辱……讲到我所处的地位,正是要寻觅职业以求自立。"

范柏斯:"这正是我要和你研究之一点,你是否必须寻觅职业?依我的推想,你如肯让你的朋友帮助你,岂不是一件很好的事情?"

贞丽皱眉摇首,冷笑着说道:"我想你一定受了什么人的诡计,叫你不要助我。你可否告诉我,这个人到底是谁?"

范柏斯微微的抬起她的头:"我所说的话实在是为着你的利益。你未曾进过职业界,不知道自谋生计是怎么一回事。我以为你既无意永远就一职业,不过视为过渡的事情,又何必这样的不惮烦呢?我看你还是容纳朋友的帮助,或是出嫁,来得合宜。"

以身居职业介绍所主任的地位,竟谆谆劝人不要注意职业,贞丽很看得出范柏斯一定受了什么人的运动,所以这样极力阻当她的志愿。

七十二

范柏斯太太噜里噜苏的劝导贞丽还是从速出嫁来得适宜,被贞丽叫她碰着一鼻子的灰,自己也觉得没趣,便转着口气对贞丽说道:"寻觅职业的困难,我已经说得很明白了,你如果一定要我们替你留意机会,我们当然还是愿意的。"贞丽听了也不和她多缠,很简单的说声谢谢,便和她告别。

贞丽想这事决不像表面上那样简单。她曾向范柏斯诘问过到底何人运动她,叫她不要帮助贞丽寻觅就业的机会,范柏斯竟不敢作直率的回答,只东转西弯的顾而言他,这一点已足使她深信范柏斯一定受过什么人的运动。范柏斯受人运动似乎是无可怀疑的事实,但是运动她的到底是谁呢?这个问题却很费贞丽的思索,竟想了一个下午,仍未得到圆满的结果。这个人一定是知道她到那个职业介绍所接洽过的,一定是存心不愿她能由那介绍所寻得就业机会的。但这个人究竟是谁呢,贞丽左思右想,实在决定不下。她未曾把范柏斯太太的名字对任何人说过,就是对尼尔也未曾说过。伊文思女士诚然知道,但她就是介绍贞丽到范柏斯职业介绍所去的人,如说范柏斯态度之突变是由于她的从中破坏,这在情理上是绝不致有的事情。至于邬烈佛呢,就是伊文思在他面前泄漏过贞丽的计划,他也没有理由要来破坏。但是除了明知她急于求得职业的人之外,还有谁来阻当她的前途呢?她在刹那间忽然想到也许是丁恩从中捣乱,因为这个人是常要使她陷入苦境的魔鬼。但她想丁恩一向不知道她近来所进行的情形,何从知道来向她捣乱呢?这样一想,又觉得毫无真凭实据而诬人,也是她所不愿做的事情,所以贞丽在那个全下午所殚思竭虑的结果,只不过好像仍在一条暗弄里乱撞,并未获得什么出路。当时在实际上伊文思女士是不知因何缘故而淡漠了。讲到尼尔呢,贞丽也不能得到他的帮助,因为她不敢让他知道她所处的困难情形。邬烈佛呢,又有点阴阳怪气,不很可靠。律师嘉定纳虽是贞丽老父的一位好友,但是每见她便劝她向朋友筹借一笔款子用用,或向朋友求些嗟来的资助,这都是贞丽所不愿做的事情。那么怎么办好呢?

　　她想并非绝对没有办法,因为除了范柏斯职业介绍所外,还有其他职业介绍所，他们的地址都可在德律风用户名簿上寻得到的。第二天她更进一步，索性决意用她自己原来的姓名，不再假托什么假姓名，因为她相信这件事终不免要泄漏的；倘若丁恩果存心要监视她的行动，她这样显露真实姓名与世周旋，也可以对他表示她是无所畏惧的，就是喧传于社会，在她也是无所畏惧的。

卜氏原是纽约的名门，贞丽用真姓名向职业介绍所寻觅就业机会之后，果被一位新闻记者探悉，为众所知，喧传一时，于是在随后的几天内，有的用电话向她探询，有的亲来访问，当然以不怕多事无孔不钻的新闻记者为尤麻烦，弄得贞丽受着包围，大有应接不暇之苦。她和尼尔及嘉定纳商量，他们劝她谢绝来宾，婉拒晤谈，但是报上仍纷纷登载她的肖影和故事，求见之请仍络绎不绝。后来还是由她自出主意，通知各报，约定当日某时在旅舍招待各报记者，免得他们烦扰不清。

此时最欢欣鼓舞的莫过于贞丽所住的小旅舍的经理，因为他的旅舍被贞丽住着，她欲寻职业的一桩事既轰动社会，间接亦为他所开的原来默默无闻的小旅舍大作广告。因此这位总经理一听见贞丽有意招待各报记者，更起劲得不亦乐乎，不但把会客室布置得像煞有介事，甚至自挖腰包，准备好各报记者来时享他们的茶点，简直把他忙得手舞足蹈，喜得眉飞色舞，好像有什么大发财的机会在前面等着他！

七十三

贞丽因自己寻业的消息已轰传一时，新闻记者寻问探访，缠扰不休，乃定一时间招待各报记者到她的旅舍里一谈。但是她请他们来，并不是要把她自己的事情内容详细告诉他们，却是要请他们不要再穷诘她的事情。所以当各报的男女记者到齐之后,她很镇定而诚恳的告诉他们:"你们的好意我非常感谢,不过我个人的事情,在你们的读者看起来,实在不会感觉什么兴趣……"记者里面有一人抢着说道:"啊!贞丽女士!像你这样的人为什么要寻觅职业,社会上有许多人要明白底细。"话犹未了,又有一位记者应声说道:"对了!你的话一点儿不错。"

贞丽仍很和婉的说道:"我要请求你们不要勉强我详细说出我个人的事情,这是与社会无关的。我历尽艰辛,如今又被人在报上轰传着,更使我不安。一个孤苦零仃的女子有什么了不得,何必强她作无穷尽的牺牲以满足社会的好奇心呢?"各记者虽再三的要问她许多情形,见她坚决婉拒,也就逡巡渐退。散会的当儿,贞丽忽在许多记者中看见一人,使她打了一个寒噤。她立刻认得这个人,这个人非他,就是她一晚和尼尔在俄国饭馆前待车时躲着候她的那个人。她又记起这个人也就是她在公共汽车上所遇着的!这个人在公共汽车上使他可疑的行为倏然重现于她的脑际:她记得当时下车之后,他如何紧紧的随她跟着下来;又记得她偶然回首看见他的时候,他又仓皇急遽的避开远遁。这种鬼鬼祟祟的举动,倘非别有用意,何必如此?这天招待新闻记者,这个人又夹在来宾之中。贞丽深信这个人并未被请,乃是一位不速之客,混着进来的。她回到自己房间里之后,愤然自言自语道:"这个人一定是来侦探我的。"她之所以愤怒,不是归咎于追踪她的这个人:她尤其觉得痛恨的,是她所信为雇用这个侦探的人。此人为谁?她又想起丁恩,想到这里,她的眼泪涌着出来,哭着说道:"这才使我明白他怎样知道把那盒花送到这个地方来!"呜咽了一阵,又自己对自己说道:"到范柏斯太太那里去运动的也就是他。我已深信不疑的!"她一个人这样在房里伤心了一阵，呜咽了一阵，终又靠她自己安慰她自己，因为她想丁恩虽用种种诡计来引诱她，但她既下决心奋斗到底，应该鼓着勇气进行，不应该作无谓的悲伤，决不愿丁恩听到她啜泣的声音。这样一转念间，她的心境亦随之而俱变，好像狂风怒浪后的波平如镜了。

此时有一件事使贞丽获得意外的机会，因为自从各报宣布了她的真姓名及身世后，最先就有许多她父亲的老友来叫她搬到他们家里去住，被她一概婉谢，随后又有许多地方要想利用她的名字来做广告。贞丽至此才知道她的名字是那样值钱。在许多机会里面，有一两处她颇有意容纳，后来和嘉定纳商量之后，才搁了起来。因为嘉定纳劝她此事要谨慎，倘若有狡猾之徒利用她的名字作不正当的广告，有污令名，后悔无及，这种一时之利还是不贪的好。贞丽深以他的话为是，所以决意一概谢绝，还是专等就业的机会。但同时她的经济状况却犹是窘迫。她目前所用的款子还是靠把随身的衣物向当铺典质而来的，衣物有限，也就已渐渐的减少了。于是她往见旅舍的经理，要他替她换一个更便宜的房间，否则她势非离开这个旅舍不可。此时贞丽的真实境况，外面已略为知道，所以她对于旅舍经理也用不着有所隐瞒。不料这个旅舍经理因为贞丽住在他的旅舍，已使他的这个小小旅舍名闻一时，不肯放她轻易离开，所以很殷勤的请她尽管住在原住的房间里，该旅舍只要收她的房金，至于膳费，可以全免，以示优待。贞丽当然不肯领受，但是这位经理却再三请求，说个不休。

七十四

那个小旅舍的经理因为贞丽住在那里面已使他那个小小的旅舍闻名于社会，对贞丽极力献他的殷勤，只要收房金而不受膳费。在贞丽当然是很坚决的婉谢,因为她向来反对不劳而获,要自食其力,从前有不少朋友愿作慈善性质的帮助,都一一被她婉谢,也就是因为这个缘故。但是后来经那个旅舍的经理再三解释,说有她住在那个小旅舍里,那个小旅舍实获益不少,对她免收膳费,亦所以聊示报答之意,在她既有裨益于那旅舍之处,可见她并非不劳而获者可比。她听完他这一番解释,觉得还不无理由,所以答应他对此事当再加以考虑。但是她后来还是决意迁住一个房金较贱的房间,不愿勉强支撑空场面而同时却须白吃人家。当她整理物件迁住的时候,她不但不以此为难过的事情,并且觉得可以自豪,因为她自己靠自己,并不倚赖别人。移住之后,在表面上她虽看见房间之狭窄,物件之拥挤,但在心境上她却觉得安闲了许多。在安闲的心境中,思虑总比较的易于清澈,所以她此时又静悄悄的想到她委托邬烈佛替她经营的商业,不知有无好消息。邬烈佛的女书记伊文思女士曾经好几次打过电话给贞丽,说邬烈佛要想见她。但是贞丽总在电话里先问她商业上有何重要的消息,既探知并无重要消息,她也屡次未曾去看邬烈佛。此时她却决意到墙街①去看看邬烈佛,探问探问有何新消息。邬烈佛见她之后,大有惊喜交集的神气,但又怕被贞丽窥破,倏忽间又装作持重的态度以自饰。贞丽前曾拿出一笔小款托他在交易所中代谋商业上的胜利,希望由此可以获得一笔巨款,了却丁恩硬说她父亲欠他的十万元款子,她去看邬烈佛的目的既全在此点,所以一见着他就脱口而出的问道:"托你的事有何发展没有?"

邬烈佛:"有!大有发展!几个月以内,你就要发财的。"

贞丽听了这个好消息,喜得满脸堆着笑容,缓缓的吸着一口气,

---

① Wall Street,即华尔街。——编者

眼光闪烁着有如天上的明星,对他说道:"我不知道怎样谢你才好!"

邬烈佛:"那倒不必客气!你真要谢谢我的话,今天晚上和我同出去用晚膳何如?"

贞丽此时心里确是很真心的感谢他,承他邀请出去用晚膳,原也是朋友交际的常事,所以她却也无意一定要拒绝他,不过在事实上却有她的困难(理由见下),这是她的心里真觉得抱歉的,所以她也就老老实实的回答他道:"我真抱歉!我用晚膳总是和尼尔一起的。"

邬烈佛:"哦!我才知道他是你的男友!你自己说要谢谢我,否则我并不敢奉扰。"

贞丽此时既感激邬烈佛如此热诚帮她的忙,心里确觉得对他连一次聚餐都不允许,未免过于对不住他,而且邬烈佛似乎疑心她之表示感谢并非出于诚意,所以转念之后,觉得似乎应该陪他出去用一次晚膳……这种偶然的交际应酬,想起来尼尔也一定肯加以谅解的。她此时忘却从来未曾把邬烈佛告诉过尼尔——因为爱心浓厚的人忌心也浓厚,恐怕和他说了倒要引起他的多疑多问。

贞丽为一时感情所激动,对他说道:"让我先打一个电话通知尼尔。"邬烈佛看她要打电话,便客气的托词暂时离开那间办公室。贞丽把电话打通之后,尼尔听见要打断他的预约,大加反对,贞丽仍很和婉的解释,说这位朋友那天的晚膳很需要她的陪伴,但只听见尼尔在电话里咕噜着埋怨道:"难道我便不需要陪伴吗?"

贞丽接着问他道:"你今晚仍在艺术工作室里而不出门吗?"在她的意思是要说倘若他那时仍在的话,她很想于晚膳后即随便转到那里去看他。但是尼尔却仍不高兴,很鲁莽的回答她道:"我不知道!"

七十五

尼尔听见那天晚上贞丽要陪一位朋友出去用晚膳,心里很不高兴,所以贞丽在电话里问他晚膳后是否仍在艺术工作室里,他怒冲冲的回说不知道。贞丽听到他这样回答的口气,也不免有一点儿火冒。虽然只有一点儿火冒,但已足以阻挡她接下去表示晚膳后要访他的意思。贞丽正在这样忍着不说什么的时候,只听见尼尔在电话里接着说道:"珠莉原要请我出去同吃一顿晚饭,谈谈天,倘若你不肯陪我的话,我就允许她的请,也未尝不可。"在尼尔不过把事实说了出来,原也无心用此事为恐吓之资,但是在贞丽方面听来,却觉得所含意义很非泛常可比,简直以为他是用珠莉的请客来逼出她最后的决心。因为心理上有了这样的成见,立刻面部就绯红起来,两眶含怒的热泪好像云起泉涌的往外奔放。她心里想,尼尔提出珠莉的名字,是否出于别有用意?难道已经被他猜着,她是对珠莉含有妒意吗?他不过是说出珠莉有这请客的一回事呢?还是有意把珠莉这个人的本身提出来和她颉颃呢?在此顷刻间,贞丽也没有工夫来作彻底的研究。她想无论如何,倘若尼尔要想因此煽动她的妒忌作用,她却不愿上他的圈套,所以立即勉自抑住感情作用,装作和平的音调回答他道:"那也好,我就明天来看你吧,希望你得到愉快的聚会。"她说完之后,就把听筒挂上去,但她在说那几句话的时候虽勉抑感情,装作和声,可是话刚说完,已忍耐不住,所以挂听筒的当儿,"砰"的一声,完全和她先前的柔和声音相反。

当邬烈佛走进来的时候,贞丽已很迅速的用粉拍把面上的泪痕擦得干净,虽两个眼睛的神情仍含有愠意,在邬烈佛当然看不出来。那天晚上邬烈佛所请的晚膳，讲到菜肴和服侍方面，可谓尽美尽善，为贞丽自从离开丁宅以后第一次吃到的最完美的晚餐。但物质享用的完备竟敌不过她精神不安的苦楚。她身虽坐在席上，心实不在宴间，总念着当尼尔向她提起珠莉时，她不应该那样鲁莽仓皇的回绝他，她想尼尔之为人决不至用那样卑劣的手段，有意把珠莉拉出来抵制她。她愈想愈怪自己之不该如此轻觑了尼尔。但她想到这个地方，一方面极力替尼尔开脱，解释他之无辜受屈，一方面又另外加他一个过咎，觉得他此次的举动明明表示：倘若她要和别人出去聚餐，他也要出去寻得别人享乐，由此强迫她不得不对他唯命是听，殊不知她心里实在情愿对他千依百顺，不过有的时候处于困难情形之下，势难自主，而尼尔竟不肯谅解，言念及此，一颗芳心又陷入烦恼的旋涡中去。

邬烈佛看见贞丽总是那样没精打采心神不属似的，便凑身向前问道："你有什么心事吗？是不是又在那里忧虑十万块钱的那回事？其实你用不着忧虑。像你这样，要得着十万块钱，实在是一件容易的事情。"邬烈佛说这几句话的时候，笑着，但他的眼睛却不敢对贞丽正视。贞丽从他的那双眼睛里看出令人不无怀疑的背景。她对他说道："一个女子除非做些轰动一时吸人热狂的事情，要得到十万块钱，是一件谈何容易的事情。"她说着的当儿，虽微有笑容，而一双眼睛却好像冷若冰霜，凛然不可犯。

邬烈佛默然不语者好一会儿，然后才说道："这倒无须轰动全世界。"

贞丽直望着邬烈佛，反映着很惊异而需要解释的神气，愤然问他道："你存着什么不良的心意？"邬烈佛装着异常诧异的样子："这是什么话！"随着他就多方解释他的话并不含有什么不好的用意，如果她对他有所怀疑，实在是大大的错误。

贞丽："老实说，你自己刚才所说的话使我不能不有所怀疑。"邬烈佛对贞丽是否诚实，或虽有用意，请俟下文。

七十六

贞丽和邬烈佛那天在同用晚膳时，因他视线之闪避和语言之可疑，直率问他有何不良的存心，邬烈佛力辩其无，并怪她神经过敏。贞丽接着问道："既然如此，你刚才说的那句话到底什么意思？为什么说像我这样的人要发财是一件容易的事情？"

邬烈佛："你对我说的话竟作这样无谓的狐疑，显然是因为你不信任我在理财方面有特殊的才能。老实对你说，在纽约商场中经营而确有把握不至蚀本的，像我这样的人也不是容易有的。"

贞丽紧紧的追问着："你说的那句话就不过是这点意思吗？"在她实在还不能十分相信邬烈佛心里真是这样纯洁的。她接下去问道："你真以为只要有你帮助我，我要发一笔财是容易的事情吗？"

邬烈佛很不客气的回答她道："这是你唯一的机会。你对于这件事如果过于愁虑，便是看不起我的能力。其实你尽管放心，尽管及时行乐，不必多所思虑。"

贞丽叹口气道："及时行乐！我实在无心于此。以我这样心境的人本不应该陪你出来晚餐。你知道心境是有传染作用的，像我这样心境的人，无论对于什么人，都不能使他欣悦的。"

邬烈佛："我不知道你到底有些什么不能自解的心事。倘若你是为经济问题而愁虑，我劝你不必担心，可把它完全忘却。"

贞丽："这倒不仅是经济的问题……"

邬烈佛："你到底……"

贞丽："你说我神经过敏，也许不错。譬如我又想起你的女书记伊文思女士原来待我很殷勤，不知道她最近为什么对我的态度大变。"

邬烈佛默然不答者久之。后来他才懒洋洋的说道："伊文思女士之为人却很奇怪……"

贞丽："她近来对我的神气，简直有不愿和我说一句话的样子。"

邬烈佛："你不要去理她。这原是她的怪脾气。"

贞丽："她未曾对你谈起我吗？"

邬烈佛："为什么她要对我谈起你呢？你又何必为她而自扰？这几天来，她除了不能不说的几句话外，对我也不大开口。"

贞丽听见伊文思女士并未在邬烈佛面前议论到她，以为伊文思之变态应该不是为着对她有何不满意而发生的，一桩心事才如释重负的放了下来，对邬烈佛说道："你说我神经过敏，我真有点这样的毛病。"

邬烈佛见他的话已为贞丽所信，意殊自得，再笑着补充一句道："你岂但是神经过敏，并且过于多疑。"说完这两句话之后，又装出正经的面孔："但是这种种我对于你都能加以谅解的，我所希望的是你以后对于我不必再多疑就是了。"

贞丽到底是个天真烂漫未经世故的女子，被他这样追紧着一说，反觉得自己之过于鲁莽，暗想别人这样殷勤的来帮助她，她却疑心他有何不良的恶意，不自主的双颊绯红，羞答答的独自发怔。邬烈佛心敏眼快，当然转瞬间已看出贞丽赧然不安的形态，立即转着口气说些别的事情，随口问她道："我想你这个时候不见得想去看电影吧。我们一同去长岛（译者按：此为海滨游戏场）玩玩何如？"他说到这句话，看见贞丽似乎有不赞成的样子，便急急接着说道:"倘若你觉得已经疲乏,不去也好。"他所以不敢强她,一因他刚才露了一句马脚,已被贞丽严正的直率的质问,说了许多话才消除她的怀疑;二因只要使她不怀疑,她便是他的囊中物,此时时期尚未成熟,性急反而不妥。

七十七

邬烈佛看贞丽的气色形态不赞成在晚膳后再出外游玩,深知时期尚未成熟,有意指出一条出路以便转圜,说如果你觉得疲倦,不去也好。贞丽的心本有所专属,对于他所谓落花有意,流水无情,原不想和他多所缠绕,所以就乘此机会表示她已经觉得疲倦,不想再到别的什么地方去。邬烈佛顺水推船,便答应她送她回寓。他此时心里很希望他这样的善于体贴,能完全使贞丽对于他的动机不再有所怀疑。

邬烈佛的诡计确有很好的效果。贞丽心里既懊悔对于尼尔的鲁莽脾气,复懊悔对于邬烈佛之猜疑错误,满心觉得自己之不该,觉得对人不住,想到刚才邬烈佛听她疲倦就让她回寓,一点没有勉强她的意思,更觉得邬之为人实在很好。关于尼尔方面的懊悔,邬烈佛当然毫无所知,但是关于对邬方面的懊悔,却被邬烈佛完全猜到,他决意要好好的利用这个心理。

在他陪着贞丽由饭馆乘汽车回旅舍的途中,邬烈佛在汽车里有意尽力和贞丽坐得远远的,座位上地位能容他坐多远,他就尽量的坐得那么远,意欲使她觉得他既引起过她第一次的误会,不愿意再引起她第二次的误会。他这样的态度更使贞丽觉得十分惭愧,十分歉疚。

贞丽心里觉得对邬烈佛的友谊实在过意不去,在汽车里见他坐得远远的,反把她自己的身体略为移近到他的旁边,把一只手放在他的一只手上面。在邬烈佛这个时候依着感情的冲动,最好赶紧凑身过去热烈的握着她的手,但他却有意勉强抑制着,装出冷淡无意凑过去握着的样子。这种行为当然更引起贞丽的敬意。她往后靠着软垫,微微的叹了一口气,闭着眼尽管想着她得到邬烈佛的热诚帮助之后,前途如何胜利的情形。她想她只要能替父亲偿还丁恩那笔十万元的债务,便可不受丁恩的牵掣,得使此身自由,与尼尔共享搁置许久的幸福。想到这一点,又燃着她想发财的欲望,她想有邬烈佛那样热心替她想法,十万块钱总不至如何困难办到的事情。贞丽心里在这样七上八下的转着念头,归根到十万元获得之重要,但在坐在她身边的邬烈佛,却把这件事当作一件无足轻重的事情。

  坐在一辆汽车里的他们俩,彼此的心事却好像隔了几千万里。在贞丽越想越相信她所想的不错。她想邬烈佛不是曾经告诉过她吗?说有了他的帮助,十万块钱是不难在交易所里经营商业得到的。她竟于艰苦困难中得到这样一位热诚朋友的得力帮助,这在她是何等幸运的事情!而她起先不但不知感激他的好意,反而疑心他存有什么不良的作用,这又是何等可笑的事情!当然,在他也明明知道,倘若不是有他一臂之助,贞丽要想胜利,是一件怎样不可能的事情。至于他先前所说的那句话,说她这样的女子要得十万块钱是很容易的,这句话的意思也许是说以她这样一位有了得力朋友的女子,这件事当然是很容易的。总之一个人的心理作用往往如此,心里觉得他对,处处便替他辩护。贞丽越想越感激他,起先冷冷搁在他手上的手,此时竟不由自主的热烈的压着,表示她感谢的意思。邬烈佛迅捷的对她闪了一眼,就转开他的视线,仍装着静默冷淡的态度。但仅此一闪,倘非一个傻子,都必定看得出贞丽之靥窝浅笑,媚眼微合,表出不胜自喜的神情。

当他们一同到了旅舍门口的时候，邬烈佛看见那个小旅舍门口那样寒酸态，大不为然，对贞丽说道："你何必这样呢？我已替你在商业上赚到的那笔款子里面，你尽管拿些出来用。你要赚到十万块钱，时间尽够，何必这样急急？讲到资本，只要用你现有的一半也就够了，你为何省得这样厉害呢？"

七十八

邬烈佛由饭馆送贞丽到她旅舍门口的时候，见她所住旅舍的简陋，劝她不必那样节省，说尽有足够的时间赚到十万块钱。贞丽听了对他说道："时间！非真到了我得到这十万块钱以前，每一分钟的经过，在我都好像是无穷尽的难过的烦闷时间。"

邬烈佛："这又何必呢！我不是对你说过吗？我一定可以助你达到你的目的。"

贞丽："我知道你的好意。自我知道我有得到的把握以后，我的心境真比较以前愉快得多了。但是讲到这个旅舍的简陋，那在我却不在乎。我已经住惯了。表面的奢侈和心境的愉快一比之后，前者真是不足计较，这种感觉，你如果仔细想想，必觉得很可惊异的。"

邬烈佛："我无须仔细想想。我的意见以为我们两样都应该要。"

贞丽："如果我对于你的感谢能使你愉快的话，你一定得到这种愉快。"她说这两句话的时候，笑眼迎人，令人心醉，同时伸出手来和邬烈佛握别，柔声软语和他道晚安，那种感激愉快的神情，完全传达了出来。

邬烈佛耸肩笑道："贞丽！我不喜欢听什么'感谢'两个字，我希望将来你给我听见一种更好听的话。"

邬烈佛说不喜欢"感谢"两个字,在他是别有进一步的居心,不以寻常友谊间的感谢为满足。但在贞丽却不注意。她以为在他立于好友的地位,见她处在那样困难的境地,极力设法援助她,使她跳出了那个难关,便是他的心意已尽,并不存心要她感谢的。她想将来筹款的目的达到之后,她便把此中情形——即了却丁恩索诈及得偿与尼尔结婚的素愿——详详细细的告诉他,到那时候他才像鼓中忽醒,要觉得怎样的惊异!贞丽独自一人想到这一点的当儿,不禁笑容堆满了脸上。她又想,到了那个时候,邬烈佛才更知道他对于她的恩惠是怎样的高厚,才更知道她是怎样的感激他。

她一面转着这样的念头,一面走到自己的房门口,拿出钥匙把房门开了之后,踅进一间小而黑的房间里去,此时一脑子装满了将来的图画——令她愉快欣悦的图画。踅进房间之后,她一只手自动的把电灯开亮,把头上戴着的帽脱了下来,仍旧如痴如梦的想着邬烈佛告诉她的将来一定可以成功的意思。过了几分钟之后,她才抬头瞥见床铺上放着一个盒子。她心里想又是可厌的丁恩再送来的鲜花,所以最初置之不睬,不想去开它。但是她后来再仔细一瞧,才看见那盒子并不是装花的,上面贴着的条子却写着一家出名的女子时装公司的名字。贞丽心里很觉得诧异,为什么那个女子时装公司会送东西来呢?她想也许里面所装的衣服是在她父亲未逝世以前所定做的,因为定做的时装有的时候须由意大利或法国采办好之后寄到美国去的,所以在平常这种定做的货物往往很费时间,非数星期不办。因此她想还是把盒子开来,看看里面所装的到底是什么。她动手开那盒子的时候,心里又想倘若这件东西在定做的时候是赊账,还是设法归还的好,因为这个时候她越省越好。后来她把那盒子打开来一看,里面所装的是一件做得极讲究的外衣,她不记得从前曾经定做过这件东西。她觉得这件衣服异常的可爱,随手把它披在身上,向一面镜子里望望。望了好一会儿,才叹口气很不愿的把那件衣服拿下来放在原盒子里去。

她正在关好盒子着手缚那盒子上面花边的时候,忽听德律风上面的铃声大响,她接听之后,才知道是下面账房里打来的,通知她尼尔已在楼下客厅里等她。贞丽听了这个消息,心里欢忭得起跳。她赶紧跑到梳妆台前整了云鬟,打算奔下楼去和尼尔相见。

七十九

贞丽知道尼尔在楼下等候她,正要奔下去和他会晤的当儿,忽然想起尼尔来了一定要携她一同出去,到一个比那小旅舍更好一些的地方去谈谈,她应该要穿一件好一些的衣服陪他出去。正在转着这个念头,视线忽转到床铺上所放着的那个纸盒里的外衣,于是在刹那间眼光闪烁着出神,屏息静默着想出一个新主意。她想何不把那件新由制衣公司送来的新衣穿上去?既是她从前所定做的,现在做好了送来,当然是属于她的,而且关于这件新衣的价值也许已经付清,亦未可知。她想到这里,便动着她那发颤的手指重新把盒上所缚好的花边解开来,把盒盖揭开,匆匆把那件外衣拿出来披在身上,狂奔似的跑出了房门。她欣欣然一团高兴的见着尼尔。尼尔见她身上穿着那样讲究的一件外衣,在开玩笑中含着正经的态度问她道:"有什么仙人降临对你施了魔术?把你变得这样美丽!"

贞丽笑着回答他道:"你不要说这样客气的话。我穿得好看,和你也有关系的。"

尼尔:"我意思要陪你到公园里去散步谈谈,但是你穿得这样好看,到公园里去走似乎不很相宜。"

贞丽:"胡说!谁来注意我!"

尼尔:"也许没有人会注意你,假使他们的眼睛忽然都出了毛病。"

贞丽只当是尼尔说笑话,他们俩挽臂便向公园走去。旅舍离公园不过几十步路,所以不久之后,他们这两位爱人已走到公园里的阴深僻静的途径上去。后来他们就同在一张长椅上坐下,尼尔现出埋怨的样子对贞丽说道:"贞丽!你不该做这件事情(译者按:此指当晚贞丽未陪他一同出去晚膳事)。人寿几何,光阴难再。"

贞丽听了他这几句话,由尼尔刚伸出来揽她腰际的腕臂里离开一些,问他道:"我们难道能够时刻不离来使我们愉快吗?"

尼尔逼着问:"讲到愉快,倘若你不以陪着他人出去为愉快,你何以又愿干那样的事情呢?"接下去又问:"贞丽!你想想看,除了我之外,还有其他什么人有更大的权利来陪着你吗?"

贞丽:"尼尔!我恐怕你自己要跑到牛角尖里去。平心而论,我们两个人的行为都蠢,彼此都有不妥之处。你呢?当我打电话给你的时候,你不该那样出火,使人难堪。我呢?我也不该在电话里告诉你说我在晚膳后有意到你的艺术工作室里来。"

尼尔:"为什么你不该告诉我?"

贞丽:"因为我有了这一问,引出你那句短峭严厉的回答,使我几乎发狂。你不记得吗?我当时问你晚饭后是否仍在工作室,你很火冒的回答说'我不知道!'"

尼尔:"我当时匆促回答了这句话,事后心里非常歉疚,我到现在还一直觉得非常的歉疚。但是此姑不论，谈到这里，你还未尝把我刚才提出的问句回答出来。我实在想不出你为什么不践我们今晚共同出去晚餐的预约。"

贞丽开口想说，又把嘴闭了下来，默然不语的坐着，此时她心里七上八下的转着念头，想寻着一种较为稳妥的答语。好一会儿她才开口回答道："我遇着一位老朋友，他的精神非常颓唐烦闷，要请我去陪他晚餐，我所以不能拒绝他，因为他对我有一种很大的恩惠，我应该感谢他，不便固拒。"

尼尔见她静默沉思了好一会儿才说出这几句解释的话，使他心里似乎觉得不很满意，很不高兴的说道："原来如此！我但望他这样一来，可以觉得他是已受了充分的酬报，因为他已抢得我一生中的一个愉快的晚间了。"

八十

贞丽见尼尔因听见她有一老友邀她陪往晚膳，意殊怏怏，很柔和婉转的安慰他道："我想你一定不在意的，你难道不要帮助我把我的债务清偿吗？"这话在贞丽当然是指丁恩向她敲竹杠，要她偿还她父亲欠他的十万元的债务，但在尼尔听来当然不甚了了，所以他仍是埋怨着说道："你要这样说法，我简直无从说起，但我希望我们的时间之可贵也和金钱一样，你不要尽付你的时间上的旧债，使我们的时间存款宣告破产。"

贞丽颤着声音劝他道："尼尔，你只须自己想穿我们的爱不是单方面的，便不至这样自寻苦恼，也不至引起我们俩的争执。我之喜欢和你常聚，喜欢过着这样愉快的生活，和你一样的殷切，但是我不能因此便拒绝一切朋友的来往,这一层是要请你谅解的。"

尼尔:"谢谢!"他这句话当然还含有不很惬意的意味,所以贞丽又作进一步的解释,这样的说道:

"尼尔,你不可又有所误会起来。我的意思并不是说你存心要我拒绝一切朋友的来往,我知道你决不至于如此,但是你虽然没有这样的存心,而在实际上实等于叫我如此,不过你自己不觉得罢了。"

尼尔替他自己辩护道:"你的话也不十分对。我的意思是说我希望你不至有许多债务要清偿。"

贞丽:"你的意思固然是出于一片好心,但是我自己也何尝不这样希望,难道我自己希望有许多债务待清偿吗?"

尼尔对于贞丽的所谓债务云云原不甚了了,谈到这里,他就开玩笑似的说道:"好!你这句话值得亲一香吻!"这一对笑靥相迎的爱人便在那深夜公园万籁俱寂的荫径里揽抱着接他们透入心灵的长吻,此时他们俩的任何心事都抛到九霄云外了。

当尼尔放松了后,贞丽微喘着说道:"啊!时候已不早,我们应该回去!倘你再这样的下去,碰着了警察走过,我们便要受他的噜苏了。"

尼尔:"不会,就是警察看见了也不打紧,他不会责备我的。"

贞丽随手把表一瞧,惊呼道:"不得了!尼尔!此时已过中夜了!"

尼尔:"好!如你恐怕在夜露中损坏了你身上穿的那件华丽的新外衣,我们还是赶紧回去罢。"

到第二天早晨,贞丽忽接到丁恩来了一封信,她读到下面的一段话,还念念不忘前夜尼尔在公园里临别时的这两句话。丁恩来信颇简,里面有这样的几句话:"……这件新外衣得到你的赏收,这在我是多么一件愉快的事情!我想这件外衣总比你有一夜在村里穿着的披衣来得舒服而美观,应该是你所喜欢的。以你的天生丽质,只宜于美丽的衣饰,不宜于破烂旧衣。不但衣饰而已,我殷切的希望不到一年之后,凡是你的丽质所应享的事物无一不齐备于你的面前……"

贞丽读完了这几句话,面色忽现苍白,她慢慢的抬起头来,把视线从那封信笺上可怕的字句移到放着那新外套的椅子上面。她在前一晚觉得那件外衣美丽非常,此时看过去,其可厌甚于揩桌布。

她顷刻大冒起火来,非常迅速的把那件外衣放入原有的纸盒里面去,立刻按着电铃唤进一个仆役,那个仆役看见她那样急急忙忙的神气,心里以为她大概是要赶往码头去乘那一只即将启行的轮船,却听她这样吩咐道:"你就把这盒东西拿下去,立刻饬人把它送回原送来的那家制衣公司。"并接着叮咛一句:"立刻送去。"同时她把送物酒钱付给那个仆役。

八十一

当那个仆役把那盒新外套拿出去了之后,贞丽就跑到德律风边上去,打电话给丁恩。打了好一会儿,那边才有一个仆人回答,说丁恩就来听。贞丽立着等候的当儿,她拿着听筒靠近耳朵的那只手已在那里发颤,她的上齿咬着下唇,好像要借此阻止手颤而变为镇定,因为她此时真是气极了。她此时是和有意挖苦她的一个男子办交涉,能否获得什么结果是不可知的,但是无论结果如何,她觉得不得不向他提出抗议,尤其是他竟敢派人来暗探她的行动。这个人真是卑鄙,贞丽心里这样想着。从卑鄙的人那里能否得到公平的结果?想到这一点,贞丽觉得茫然。

一个女子恋爱的时候

停一会儿，贞丽听见对方的声音了，丁恩用着十分和蔼蕴藉的口气说道："早安！吾爱，我累你等了好一会儿，真对不起得很。你打电话来，是向我谢谢那件送给你的新外衣吗？我心里愉快极了，但是你又何必那样客气呢？"

贞丽听见丁恩这样从容不迫若无其事的口气，觉得很诧异，一时倒发了呆，未即回答，所以丁恩竟得说完他这一大套奉承她的话。在丁恩说着的时候，他自己当然觉得洋洋得意，眉飞色舞，那种高兴的心理岂是笔墨所能形容！但是后来贞丽一开口，当她的声音传到对方耳朵的时候，丁恩好像浇了一背的冷水，简直冷了半截！

贞丽这样对他说道："我已叫人把那件东西送回店里去了。我要你知道，我认为你的行为是最不荣誉的行为。只有卑鄙怯懦的人才做得出像你这样的举动。你派人暗探我的行动，你所得的结果没有别的，只有我对于你的鄙视轻贱。你暗中叫范柏斯太太劝我不要寻觅职业，这是最卑鄙的手段，我简直不知你是何居心！"

丁恩听了这一顿异常严厉的训斥，他的嘴唇立刻合紧成了一线，足见其切齿痛恨之深，两个奕奕炯然的眼睛更现出盛怒难压的神气，但是他仍用极和平温蔼的声音回答她道："贞丽吾爱，你难道以为像我这样的人肯让我未来的贤妻此时还要寻觅职业来维持自己的生计吗？我早就知道你若是真的就了职业，于我的面子也很有关系，所以才极力设法使得这样的事情不至实现。"

贞丽愤然回答道："胡说八道，我自寻职业，与你何干？我看你徒然自寻烦恼罢了。"

丁恩奸笑着说道："与我何干？我明白了，你满心以为邬烈佛肯帮助你的事情。老实对你说，吾爱，那个小狗我随时可以收拾他的，你不要把他看得过于神通广大啊！"

贞丽惊呼道:"啊!你真不是人类!"立刻把听筒挂上。她此时惶恐异常,因为她怕为她的事情而牵累邬烈佛受丁恩的毒害。她心里这样忖着:"丁恩有权力害邬烈佛吗?这似乎是不至有的事情,丁恩固然有钱,邬烈佛固然及不到他的富有,但邬烈佛却也是有钱的人,当不至于受丁恩的逼迫罢。"但是她又想在商场中存心毁坏别人也是可能的事情,所以决意要把这件事告诉邬烈佛,使他知所预防,不至上当才是。

那天早晨贞丽本想到一家职业介绍所去打探消息,因为她曾经在那家介绍所中登记过,所以想去看看。如今遇着这件意外的事情,她不得不改变方针,匆匆戴了帽子,抓着钱袋,忙着乘地道电车到墙街去看邬烈佛。

当贞丽到的时候,邬烈佛适在他的办事室,她便把立须亲晤的意思告诉他的女书记伊文思女士。伊文思好像要睬不睬的神气,但此时贞丽一心急着要立刻晤见邬烈佛,对于伊文思的冷淡态度当然也不措意。

贞丽见着邬烈佛的时候,他笑着迎她,说道:"难得又蒙你来见访。"

八十二

贞丽见着邬烈佛,急急忙忙脱口而出的说道:"邬烈佛,有人……要……要想法害你,他能做得到吗?"

邬烈佛吓了一跳:"什么话!你所指的这个毒手到底是谁呢?"

贞丽喘着回答道:"因为有人说出这样恐吓的话!"

邬烈佛笑着说道:"这就是你所要报告的话吗?我明白了,这大概是一位吃醋的爱人罢？我想他一定是一位艺术家！"

贞丽不能耐的样子，很简单的解释道："那个毒手是丁恩啊。"

邬烈佛听了又急得起跳，贞丽见他的面容简直变了色，心里暗想丁恩居然可以叫人这样怕他，愈觉自己前途希望之黯淡辽远。她只听见邬烈佛慢慢儿说道："这个倒是一个有势力的人。但是既有你来预先通知我，我想不至于发生什么危险。你相信他的话是真有实行的存心吗？"

贞丽："我想他是有实行的存心。他所以要这样，是为着你肯助我的缘故，所以我想要免你的危险，你只得立刻停止替我在交易所里经营的商业。"

邬烈佛："丁恩何以要这样呢？此事的背景到底是什么？"

贞丽："我一时却也说不出其所以然，不过依我的猜想，他所以有此恐吓，大概是要强迫你与我断绝商业上的往来，取消我在你贵公司里的户头。"说到这里，邬烈佛插着沉吟道："要取消你在这里的户头。"贞丽重复说道："是的！要取消我在你这里的户头。"

邬烈佛静默沉思者久之，贞丽心里揣度他此时一定是在考虑两条可走的路：一方面想到他自己的危险，一方面又想帮助她，在此两条路中仔细思量其利害。最后他才突如其来的说道："怕什么？既在事前预有所知，即可以从事预防。"

贞丽："但是我不能让你冒这样的险。你虽然知道他有这样的存心，但仅仅乎知道有什么用处？倘若你知道便可无事，那么丁恩也决不肯先把他的用意告诉我了。"

邬烈佛："你的话虽也不无理由，但是你要知道，他要害我也不是一件简单的事情。我想这不过是他的一种恐吓，要借此使我停止你在这里所开的交易户头罢了。可是这层我却不愿干的。"

贞丽："我望你一定要停止我在这里的户头。为我而使你冒险，这在我的良心上是绝对过不去的。"

邬烈佛又沉思了一会儿，然后说道："有办法！我们可以骗骗这个老头子！我尽管在形式上停止你在这里开的户头，你尽管让他知道这个事实。我们尽可另寻一个相当的人替我们料理这件事情。"

贞丽很怀疑的问道："你想这样办法不至于被他发现出来吗？他现在竟使人随时随的暗探我的行动哩。"

邬烈佛本坐在椅上，此时将身往椅背上向后一靠，现出很奇异的神气，诘问贞丽道："丁恩的目的到底是什么？你既然信任我，何妨对我说说？"

贞丽："我诚然是信任你的，但是在目前我却未能有何说明。所可奉告者，丁恩是我最恨的仇人，我深信他对肯帮助我的人，总要千方百计的阻止他。"

邬烈佛："既然如此，我们对丁恩倒要特别的留神。我此后要想出秘密的法子来和你会晤，免得给他知道。在你的方面，尽管通知他，说你已将在我这里开的户头完全取消了。我要会晤你的时候，再想法通知你。以后你走出你那旅舍的时候，有没有法子避人耳目，不使人知道？"

贞丽："我想这件事该旅舍经理可以设法帮忙。"

八十三

贞丽临走的时候，邬烈佛对她说道："我今天正在想要替你买进一些证券交易，现在姑且暂停，等到我们把丁恩的缠绕弄脱之后再说罢。一两天里面我还有事情要和你面谈。"

贞丽从邬烈佛的事务所回到旅舍之后,她就写一封信给丁恩,里面有这样的几句话:"……因为你恐吓邬烈佛,所以我现在已将我自己在他公司里所开的户头退了出来。我并且老实把你的存心告诉了他,使他留心预防……"她把这封信付寄之后,就出门想到几处职业介绍所去探消息。最近的一处离她所住的旅舍很近,所以她出门之后就打算步行到那个介绍所里去,不料她刚在旅馆门前转身,忽然又瞥见随着暗探她的人在一家门口上立着。他看见贞丽的时候,并不像从前那样要急于躲避的样子,贞丽由此便知道已经有人告诉过他,说贞丽已经发觉他的暗探举动了。

贞丽心里想这种偷偷摸摸暗探的举动应是犯法的事情,因此颇想去寻她父亲的顾问律师嘉定纳商量从法律方面筹谋对付的方法。但是她转念一想,这样操切有所未妥,因为丁恩之为人阴险多计,他所说的话是靠不住的。倘若贞丽对付他的手段用得太厉害,也许他要把以前答应她的话因恼羞成怒而根本取消,不再许她在一年内设法偿还他那十万元的款子,不再肯为她的父亲守秘密,放出谣言来毁坏她父亲身后的令名,那岂是做女儿的人所忍视而不加避免的事情?况且丁恩对贞丽之横加干涉,并没有获得什么好结果,他虽托了范柏斯太太极力劝她不要寻觅职业,只要倚靠朋友的资助,但在实际完全失败,贞丽反因此而不用假名,索性赤裸裸的用自己原有的真名,这样一来,对于寻觅职业一层反而可以较前减少困难,丁恩之心劳日拙,徒自取扰,于贞丽方面并不发生他所希冀的效果。故贞丽此时想只要邬烈佛留心防备,不至受丁恩的毒害,丁手段虽辣,有何能为?这样仔细一想,贞丽便决意不与计较,觉得至少在当时尚无计较之必要。

贞丽跑到第一家介绍所,不得要领而出。后来跑到第二家介绍所，那里面的经理对她说有一个机会，她相信是她可以胜任的位置。贞丽听了当然为之一喜。

据那位经理史东女士说，有一家轮船公司因为收到了许多旅客来信询问关于航行的种种情形，所以想设立一个咨询部，在各重要商埠设立分部。在纽约的一个分部正在物色一个相当人才主持其事，这个人必须游历过外国，关于海洋航行的种种情形都能熟悉才行。那个经理继续着说道："那些来信的内容我倒也看过几封，大概都是已经预订了舱位或正在打算预订舱位的客人写来的，其中有些问题却琐屑的可笑，例如有的问应该穿些什么衣服，有的问在船上如何交际，有的问晕船怎么办。"

贞丽听了很高兴的说道："我深信这个位置是我所喜欢的。他们预备出多少薪水？"

"他们预备开始的时候每星期送薪水六十元。这种数目虽小，但据我所知，将来事业发达之后，一定还可以增加的。"

贞丽觉得这个薪水还太小，所以迟疑了一会儿，后来才回答道："我希望的薪水虽还要大些，但是我相信对此事可以胜任，将来不怕不能增优待遇。如果对方愿意的话，我倒情愿做这件事情。"

那个经理："你的话不错，以你的才干，前途一定有希望的。这个机会今晨才知道的，我一知道这个消息，就想起你是一位适宜的人才。假使你尚未来，我也要打电话来通知你的。如果你现在就有暇，你就可以到那公司里去看一位威尔卿先生。我刚才也告诉他说有你这样一位人才，答应他立刻通知你去接洽。我也早想这件事你一定愿干的。"

贞丽："非常的谢谢你，史东女士。你想在午膳以前还来得及去接洽吗？"

史东女士笑着回答道："如你快些，我想还来得及。据威尔卿先生说，他在午后一点钟以前还不离开公司的。我当再打一个电话给他，说你已在途中了。我很希望你能胜利。"

八十四

职业介绍所的经理史东女士那样殷勤，贞丽当然感谢得很，容光焕发，欣然对她笑着。此时贞丽想到她自己，当然如释重负，因为她终究寻得了一件她所喜欢做而又能做的事情。

贞丽起初还怕诡计多端的丁恩也许又要千方百计的来破坏她所要接受的职业，因为他在商业场中很富有势力，所经营的事业范围又广，倘若他的势力能及到那个轮船公司，那么要破坏贞丽就业的机会实在易如反掌，并非不可能的事情。但是后来贞丽才觉得这是顾虑，也许是丁恩未顾到这一着，因为她一晤见那个轮船公司的经理威尔卿先生，只谈了几分钟，就决意请贞丽担任那公司里的职务。贞丽接事之后很觉得满意，因为她喜欢做那种工作。她原是一位千金小姐，对于公事房里的生活最初当然也是很不惯的，但是她平心静气一想，也就自己安慰自己，很愉快的做去，因为她想假使接受当初所遇的什么伴侣的职务，连晚间都走不开，便没有与尼尔会晤的机会，比之现有的职务更差得远，这样一比，便觉得目前的职务未尝不可满意。

上面说她每晚得与尼尔会晤，其实其间还有例外，因为有的晚间邬烈佛一定要约她会商替她经营商业的事情。在贞丽呢，她既把这件事委托邬烈佛去办，她实在觉得没有时常和他聚商的必要，因此她再三再四的叫邬烈佛全权办理，尽管用他自己的判断来处置她所投资的商业。但是邬烈佛却一定要时时和她面商替她所经营的商业，倘若她不答应这样的会晤，他便停止着不肯进行。当屡次这样聚商的时候，贞丽总老实对他说道："我是完全门外汉，什么时候应该买进，什么时候应该卖出，我简直毫无所知。"但是她虽这样声明，邬烈佛总是十分忍耐的把所经营的内容与经过以及设计等等，一五一十的详详细细的讲给她听，好像他所做的非她全知道不可。贞丽见他这样不惮烦的说着，也只好很忍耐的听着，但是她不过睁着眼呆呆地听着，要她有所建议却是不可能的事情。邬烈佛每一星期里面总有一两次借口会商进行商业的问题，要和贞丽晤谈一次。当时丁恩似已无所举动，但是邬烈佛仍再三叮咛贞丽，叫她仍要小心防备，不要让他知道，所以贞丽每次离开旅舍去见邬烈佛，由旅舍出门的时候，总是从仆役所走的小门出来，出了小门之外，就乘着邬烈佛老早开在那里停着等候的汽车。而且她所乘的这辆汽车不敢走闹热的街道，只得兜偏僻的远路，弯弯曲曲的达到邬烈佛的事务所。到了目的地，也不是堂堂皇皇由大门进去，也是偷偷摸摸的由旁边小门进去。每次这样的会晤，都极使贞丽在精神上感觉非常的苦痛，因为这种行径大有男女幽会的神情，实在是她所不愿干的事情。但在当时的实际方面，她也觉得无可奈何，因为倘若不应邬烈佛之约，不和他商量，他便将商业的进行搁置起来，不肯继续做去；而非有他替她进行，她又没有别条途径可望获得十万元的巨款以还她父亲的一笔债务。

此外在贞丽的精神上还有一层苦痛，就是她这件事还要极力瞒着她所爱的尼尔。在事实上她不能告诉她托邬烈佛代为经营商业的一件事，如让他知道，则全部事实非让他知道不可，但贞丽不愿于自己悬心吊胆之外，再把这同样的苦楚加之于尼尔。她之经营商业，当然有获得的款以解决困难的希望，但是商业是含有冒险性的，失败也是一件可能的事情，这种担心的事，她情愿独自担负。

八十五

当贞丽因邬烈佛相助经营商业，不得不受他拘束而在极困苦的境地中，尼尔正在聚精会神于他所绘的壁画。他本来已无心于此事，本来不想继续进行，经贞丽的力劝，始决意始终不懈的打算用全秋季来完此名作。贞丽见他仍能专心致志于他天才特近的艺术事业，喜不自胜，更不愿有什么别的事来分他的心。

这个时候已是九月，正是秋初的天气，有一天早晨贞丽在旅舍里正要打算到聚餐室里去用早膳，仆欧拿进来一叠由邮局寄来的信，贞丽随手接了过来，匆匆的把尚未拆开的信就信封上翻阅了一番，看见其中有一个信封上写着真尼寄来的，真尼女士不是别人，就是邬烈佛的妻子。贞丽先把其他的信暂时搁开，想到了晚间再去细细拆阅，却先拿了这封信带到早餐桌上去看。真尼原也是她的朋友之一，不过从她家境一落千丈之后，从前酒食征逐的朋友大半都把她忘却，连信都不大看见，如今真尼忽然有一封信来，所以特别引起贞丽的注意，先要把它拆开来看一下。看了之后，才知道那封信不过是一封很简短的信，只不过说作者在纽约有一二日的勾留，叫贞丽去看她，最后署着"真尼"两字，一点没有平常写信应该用的合于礼貌的称呼。贞丽看了懒洋洋的把原信折好，心里不想去看它。但她转念一想，这是邬烈佛的夫人写给她的，应再加考虑才是，因为邬烈佛对她肯那样热心帮忙，实在可感，深愧无以为报，他的夫人写信来约她去一趟，虽信里的口气好像命令式，但也应该敷衍一下。

贞丽此时已在一家轮船公司的咨询部工作，想读者诸君还能记得。她那里忙得不得了，忙的时候，一心只知道应付公事，别的什么事都一概忘却，所以早晨接到真尼女士写来的那封信，直到了傍晚才记了起来。那个咨询部自从她主持以后，事务一天一天的发达，来信一天一天的增加，实在使她忙得不可开交。有许多事情因为问的人多得很，她便想把所得的材料编成一册子，以后有人来问相同的问题，便可将这类小册子寄去，这样一来，至少可以省去一半回答的工夫。但是各类小册未编完未印好以前，她一面要回信，一面要编书，当然是忙上加忙。当天下午公事忙完之后，她才记起早晨那封短信的事情，即匆匆忙忙打电话到邬烈佛夫妇所住的公寓中，欲寻真尼女士说话。贞丽在电话里明明听见真尼即在电话旁边对那个接电话的女仆说话的声音，但却听见那个女仆回答她（指贞丽），说真尼无暇接话，如有什么事情，可由她（指女仆）转达。

"你问她今天下午五点半的时候她是否在家？"贞丽这样回答时，她的声音已露出些微含怒的神气。那个女仆回说那个时候真尼可以在家。贞丽得到这个消息之后，就打算一到五点钟就去走一趟。这时候的车子塞满各公司的办事员，挤得满山满谷，贞丽因欲避免这种拥挤，本想早一些离开办公室，但因责任心所驱，直至时候到了才走，奔到真尼家中的时候，已略过了五点半。她走进真尼的客室，看见其中装饰得异常华丽，却见坐在椅上交叉着腿，嘴里喷着香烟的那位女主人动也不一动，好像来者是个生客，是她所不愿睬的人！此时贞丽呆望着真尼，彼此默然了好一会儿，然后真尼才拿着她的香烟筒往就近一张椅子上指一下，点点头示意叫贞丽坐下。贞丽此时简直冒火待发，两颊红晕，只听见真尼说道："倘若你想起我已知道一切，我深信你一定是不肯来的。你既然未曾想起这一层而居然肯来，也好，我可以和你当面谈个明白，可以省却许多麻烦。"

八十六

邬烈佛的夫人真尼女士对贞丽怀着一肚子的鬼胎,愤然对贞丽说她既然来了,当面说个明白也许可省却许多麻烦。贞丽原是问心无他,所以坦然的回答道:"倘若你老实告诉我你所知道的究竟是什么,我们两个人的时间都可以省些。"

真尼:"好!你也许已经猜到我所已经知道的是你近来对于邬烈佛真用心啊!"

贞丽听了这句话,吓得往后缩,好像受了一个意外的打击而急于退后似的。同时她撑着一手好像表示抵抗以自卫,随后将手放下懒洋洋的掷在她的膝部。她此时所受的刺激可想而知,但真尼对她却只加以冷笑,继续的进攻:"我知道我从前所猜度的都不错。在你以为瞒得非常得法,以为我一点儿不知道。你这个笨东西,竟想这种卑贱的行为终能秘密而不至泄漏!"真尼真厉害,她说这几句话的时候竟态度冷淡得好像是讨论和她个人没有关系的事情,换句话说,就是她能轻声说重话,比之一来就咆哮的更为厉害。

贞丽坐在那里气得发了呆,只眼巴巴的对着真尼呆望,完全现着惊诧绝顶的样子。好一会儿她才用异常沉痛的声音说道:"你叫我来就是要我来听这种可笑的胡说吗?"

真尼又耸肩冷笑着说道:"到底是不是可笑的胡说,你在心里比我明白得多;无论是不是,此事必须停止。"

贞丽紧接着问道:"倘若你的意思是指我和邬烈佛的友谊,那你要明白我和他的往来全是商业上的关系,你又何必反对呢?"

真尼驳她道："但是你们的事情却是在商业上办公时间以外进行的。我老实告诉你吧，你和邬烈佛的秘密聚会，都被我知道了！"

贞丽面色惨白，慌着问道："谁告诉你？"她问这句话的时候心里却是真在骇怕。但是她所以骇怕的原因，在真尼却发生了误会，并不明白她所以骇怕的真正原因何在。贞丽心里想，这又是她的狡猾无比的仇人（按指丁恩）所雇用的侦探作祟了。当然，邬烈佛自己也未尝不可将此事告诉给真尼听，但是如果是邬烈佛自己告诉的，真尼应知其真因所在，何至于有此可怕的误会呢？这些都是贞丽方面的心理。在真尼方面，其心理却另是一途，她以为贞丽之所以骇怕，乃是因为她的秘密被发现了。其实贞丽所骇怕的是深恐此事既被丁恩所知，他对于邬烈佛又不肯甘休，又要用尽手段来害他，在贞丽岂不是又须害一热心相助的朋友，所以使她忐忑不安，为邬烈佛担心。

在真尼因为贞丽被她样样都吓了出来，异常得意的说道："你已觉得事已至此绝无托词推诿的必要，这是我觉得愉快的一点。如今我们可来明白讨论这件事。我要问你，你对邬烈佛到底想要他什么？"

贞丽很老实的告诉她道："他在交易所里助我做点生意。"

真尼听了异常愤怒，但仍自强制着说道："你还想托词来骗我，这是绝对无益的事情。我知道邬烈佛向来和他的顾客做生意，决不必叫那顾客偷偷摸摸的从旅舍的旁门溜出来，又在他办公处里各职员都走光之后，才叫那顾客偷偷摸摸的到他那办公处那里去。"

贞丽急得哭了出来，自卫的抗议道："真尼！我们不得不那样，实另有苦衷。倘若邬烈佛告诉你这件事，我深信他必已将原因解释给你听。"

八十七

贞丽见真尼的语锋刻毒,气得涕泪涌流,强抑愤怒,对真尼说如果她的消息是得诸邬烈佛,应知其中不得已之特殊苦衷。真尼心存成见,闻此语乃别有会心,对贞丽说道:"你完全明白他是未将此事告诉我的!我所得的消息是有人投函相告的。这封信当然是匿名的,但是投函者却声明如果我告诉你说他的名字的缩写是 F. D.(译者按:即丁恩原文的缩写),你便可心里明白了。"

贞丽听了垂头丧气,微作呻吟,身向椅后倒,面容愈益惨白,全身抖颤不已,好一会儿,她才轻声问道:"你曾经告诉了邬烈佛吗?"

真尼一直坐着不动,望着她一点没有怜惜的意思。后来她见贞丽仰首向她问着这一句话,才摇着头冷冰冰的回答说:"未曾,我以为此事只要你和我两人间就可以解决的。"

贞丽:"但此事必须让他知道。他的生命实又处于危险的境地了。"

真尼:"你的手段真是聪明极了,我老实对你说,你想欺骗我是不可能的事情。你所闹出的乱子已尽够了,不必再节外生枝吧。"

贞丽恳求着说道:"真尼,你千万不要误会。邬烈佛不过见我急需一笔巨款,助我在交易所里做点生意,替我弄点款子而已。我们所以不得不秘密进行者,因为有人不愿意我得到这笔款子,曾对邬烈佛有所恐吓,表示他如果敢于助我,他自身便有危险。"

贞丽虽作极诚恳极哀痛的说明,而真尼总是歪着嘴作冷笑鄙贱她的神气,镇定不动的泰然吸着香烟。最后她才冷然说道:"当然你也不至希望我竟肯相信这样矫揉做作的一大篇假话!不过我也知道在这种尴尬的时候,你除了这样昧着良心说假话,也是没有别的什么法子。"

贞丽的声音颤着,她的眼眶充满了热泪,仍不肯休的解释道:"我所说的话都是真确的。你相信一封匿名信的话而不睬我所说的实在情形,这是极不公平的。"

真尼紧接着驳复道:"就是你自己说的话已足够证明投函者所言之非虚。你已承认在办公时间之后在邬烈佛的办公处和他聚会。除了痴子,没有人能相信你的牵强可笑的解释。"

贞丽处在这种情景中只有发怔失望而已,而真尼则得寸进尺,复有意作下面苛刻的表示:"我所以请你到这里来面谈,因为我要叫你知道你虽诡计多端,仍瞒不过我。我老实对你说,我非被迫至绝顶,决不许邬烈佛有他的自由;势逼处此,我向法庭起诉,牵涉你在内的淫妇名字宣布于外,在你也不是一件舒服的事情吧?"

贞丽气愤到了极点,狂喊着说道:"你这个人竟横蛮至此!你尽可立即面询邬烈佛,他亦要将我所说的同一理由告诉你。我们不见得预先想好一样的话来欺骗你。"

真尼:"我虽然未曾打听清楚你们两个人究竟聚会了几次,但是你们一定有时间预先商量同样的说法,这是我所敢断定的。"

贞丽到了这个时候,简直无从说起,只有怨恨悲痛而已,而真尼则越说越得势,继续着说道:"做人何必如此使人过不去呢!天下富人多得很,何必一定要跟着邬烈佛?我却要劝你另寻一个未结过婚的富人,不过你和邬烈佛倘真发生了恋爱,那当然又是一种说法了。"

贞丽不愿对她再有所辩论,回转身就往外走出。真尼怒目看她走出,昂然自傲自己手段之高明。

贞丽走到电梯旁等电梯,不料电梯到她所立着的那一层楼时,电梯的门开后,踏出来的却是邬烈佛。

八十八

贞丽从真尼的房里受了满肚子的冤愤,怒冲冲的往外跑,不料跑到电梯旁正在等着乘电梯下楼,邬烈佛刚巧从那个电梯里踏出来。贞丽此时实已眼花心乱,邬烈佛虽从电梯里踏出来,她并未曾注意到是他,所以仍直往电梯里走。但邬烈佛当然看见了她,用异常惊异的声音叫着她的名字,并赶紧接上一句说道:"请你等一等。"并拦阻她的去路,贞丽至此才知道是邬烈佛,缩回脚让电梯开下去。

邬烈佛看见贞丽神色仓皇,愁眉不展,殊觉惊吓,急急忙忙的问道:"发生了什么事变吗?"

贞丽脱口而出的告诉他道:"丁恩已探知我们两人在你事务所中的晤见,而且他已告诉了真尼!"贞丽说完后,只听见邬烈佛埋怨着叹道:"天啊!这多么糟糕!"

贞丽也吓得往后缩,而心里觉得因为自己的事牵累他陷入如此为难的境地,同时感到莫大的歉疚,对他这样说道:"我心里对你的歉疚不安,实没有言语可以表现得出,我又不能使真尼相信这并不是……"

邬烈佛插嘴说道:"我知道,大多数人对于这类事情大概都只有一种解释。我想我们两个人真陷入为难的境地了。"

贞丽:"你一定要设法使真尼了解此事的真相!我所最怕的还是丁恩。他似乎已完全知道我们的一切情形,而他的为人之残酷,比什么都来得厉害。你看他多么刻毒!他静待我觉得十分安稳的积极进行之后，突如其来的实行其暗箭中伤之毒计。他对付我们的手段，简直好像猫之于鼠。"

邬烈佛："你怎样知道？他曾经说出我们什么时候有过聚会的事情么？"

贞丽："真尼虽然未曾告诉我他所说的话，但我深信他对此中详细情形必已洞若观火。我而且深信他也派有密探常在注意你的行动。也许自从我写信告诉他说我已不委托你经营商业之后，他就一直派有密探跟着你。我们现在怎么办好呢？"

邬烈佛："明天一清早请你就到我的办公室来看我，无论如何，我一定要和你详细商量一番。而且关于我替你所买进的火油证券也有问题，我恐怕此项生意上了当，不免要蚀本。但是我当设法补救，请你不必因此愁虑。"

贞丽："我想最妥当的办法，还是请你将现在所余下的款子统统还我，让我再托别人替我经营吧。"她说这几句话的时候，态度异常坚决，明明表示不再要邬烈佛做她的经纪人了。

邬烈佛听了这几句话，如受雷击，用奇异的眼光对着贞丽呆望，这种呆望中实含有很可怕的意味。但他究竟是诡计多端，转瞬间又出了什么鬼主意，用下面的话掩饰了这种可怕的背景，对她说道："也好，尽可以随你自己的意思做。我明天就可以开一张支票给你。"

贞丽："因为我的事累你至于这样的困难，你的厚谊，我实在无以为报。"她说时伸出手来和他握手，表示诚恳的感谢。

邬烈佛装作欣然的样子，对她说道："请你尽管放心，不久各事均能圆满解决。"他嘴虽这样说得好听，而心里实在那里七上八下的打主意，因为他明天要把预定的诡计向她表示一下。

贞丽那天回寓之后，当然是一夜翻来覆去的没有睡，她想不知道邬烈佛到底替她在交易所里弄到了多少钱，又记起他当天提及火油证券恐怕要蚀本，到底不知怎样。她默祷着，就是要蚀本，最好不至蚀得过于厉害，尤其是当着她这个正在十分为难的时候，因为她要改托别人经营。

八十九

贞丽被真尼气得心绪扰乱，精神恍惚，那天夜里通宵此起彼伏七上八下的转着许多念头，后来想到真尼之妄加猜疑，侮慢达于极点，更觉怒火中烧，愧愤无地。其实她在当晚与尼尔在外共用晚膳的时候，她的心神不安的样子好几次被尼尔觉得，曾问她有什么事情使她心里不舒服。她极力强自抑制，装作镇定的口气回说没有什么事情。尼尔沉思着说道："我近来好几次觉得你有什么计划放在心里，好像我在你的规划方面是一个不甚重要没有多大关系的人。"他这种猜度很引起贞丽的不安，她很惊慌的劝他："尼尔！请你不要说这样的话。"

尼尔埋怨她道："这却不能怪我多心，你好几个星期以来有何新计划，在我面前连提都没有提起过一次。"

贞丽："啊！吾爱！我想一切都很顺适，所以我也用不着有什么新计划。只要你对于你的艺术工作觉得很愉快的进行，什么都不要紧；你对于你的艺术工作一定觉得是愉快的，是不是？"

尼尔："这一点我确是承认的，但是你现在既已表示可以自立的精神，对于嫁我的允诺仍未实践，我仍觉得美中不足。我的意思以为你能自立的精神已有了事实的证明，而我的现状也还养得起我的妻子……当然，等到我功成名就……但我如何能等得到那个时候呢？"

贞丽急着说道:"唉!你何必在现在就提出这个问题呢?"

尼尔一点不放松的说道:"为什么在现在不应提出这个问题呢?我许久未再提及此事,并不是我对此事便冷淡了。"

晚膳后为时已不早,贞丽当然又很勉强的把他的话打断;当他们分别的时候,贞丽觉得尼尔很不舒服,临走和她接吻的当儿,竟有冷淡的意味,而且只吻了一下,竟不像是温存多情的尼尔的热吻。贞丽夜里独自一人悲感咸集,想到真尼之泼辣,固已愧愤无极,念到尼尔之不谅,尤觉进退两难,竭精殚思,寸心几碎。

第二天一清早她就跑到邬烈佛的办公处去,当她走进去的时候,邬的书记伊文思女士见她为之惊异而却步,盖此时贞丽经终夜之焦思苦虑,形容憔悴可怜,无怪伊文思见而惊异却步。伊文思见贞丽如此之形态,不禁问她是否生了病,只听见贞丽疲乏无力的回答她道:"不,我并没有生病。请问你,邬烈佛先生不久就要来么?"

伊文思究竟是女性而特富于情感,见贞丽好像是心事万千,愁容可悯,很温婉的对她说道:"他也许就要来。有时他比我还要先到哩。"其实邬烈佛何尝到得这样早,无非伊文思安慰她的话。伊文思自从有一次被贞丽请去午餐畅谈,即被邬烈佛吩咐以后不许再应贞丽之请,心里对贞丽一直觉得不舒服,后来细想这也不能怪贞丽,如今看见贞丽之可怜,反而和她表现无限的同情。

伊文思说邬烈佛就要来,原是用以安慰贞丽的话,不料那天早晨邬烈佛果然来得特别早,她一说之后,他转瞬就来了。在邬烈佛当然是因为有预约,在伊文思因为不知道,所以不免觉得惊奇,后来看见邬烈佛见贞丽时并无诧异的样子,立即请她走进他自己的办公室里去,才明白他们是原有预约的。

他们两个人在里面讲些什么,在外面的伊文思只得瞎猜着,不过二十分钟之后，见贞丽蹒跚着从邬烈佛的办公室走出，一出房门就晕倒在地上。不过在她勉强走出之后，却已随手把房门关上，嘴里也未曾有何声音，所以在室内的邬烈佛并不知道室外有这么一回事。

九十

贞丽那天早晨从邬烈佛办公室走出房门将门带上关好之后，即晕倒于地。他的女书记伊文思见此情景，顷刻间打定主意不去呼唤邬烈佛出来，只转着愤恨不平的眼光向着那扇门闪了一下，随即俯首去援救贞丽。此时贞丽晕倒在她脚边，已面无人色，知觉消失。伊文思虽然拼命的摩擦她的肢体，却看见她仍是沉沉昏去，不易醒来，好久之后，她的知觉才渐渐的恢复，初有知觉的当儿，她的眼睛忽然圆睁起来作精锐之虎视，拉着伊文思的手，全身发颤，吓得伊文思无法躲避！幸而此时别部分办事室中的职员没有人经过该处，再过一会儿，贞丽才能十分勉强立起来，半走半拖的挨到一张椅子上去。伊文思一面帮她坐上去，同时屡次把视线转到邬烈佛办公室的那扇门上，显着不胜焦灼的神气。

当贞丽的神志更为清醒而可以听得懂别人说话的时候，伊文思才附耳对她窃语道："我有事要和你谈一下。请你就出去，在厅上等我。我叫另一位女同事暂做我的事，我自己要抽身出来见你。我有要紧的事情告诉你。"

贞丽好像莫名其妙的望着她，后来似乎懂得伊文思态度之严重，点一点头，伊文思便扶着她走到厅里。几分钟之后，伊文思又出来陪她同到一间休息室里去。这一间休息室倒也布置得很使人舒适，有大沙发，有安乐椅，有长榻。伊文思把贞丽的帽子脱下来，帮助她移到长榻上躺下,然后她自己拖一张椅子就近贞丽的榻旁,开口对她说道:"自从第一天我们相遇在菜馆中叙餐畅谈之后,我便不允许和你餐叙,也许你一直觉得奇怪。"她不等贞丽有所回答,继续的快快说下去:"这是因邬烈佛先生吩咐我的,他吩咐我不准我告诉你什么话。他很直率的表示,倘若不遵从他的嘱咐,我的饭碗便须打破。"

贞丽不禁惊奇,勉强抬头问道:"你知道什么理由么?"

伊文思:"不,我不知道,但是如果你告诉我刚才你在他的办公室里发生了什么事情,我也许能够猜得出。"

贞丽很老实的回答她道:"他告诉我说,他替我在商业上赚到的款子最近已完全蚀掉了。只余下原本三百元,他就还我一张三百元的支票。这笔巨款实关我一生前途,所以使我气得晕去。"

伊文思听了为之一呆,很怀疑的重复贞丽的话:"他替你在商业上赚到的款子吗?我倒稀奇了!我全知道,一夏季里你的账上就一直不过三百元,他从未有一次替你买进了什么。"

贞丽气得发跳喊道:"真的吗?"

伊文思:"真的!我不懂他为什么要对你这样?但是我现在知道他为什么不许我和你友谊和好。他知道我要把实在的情形告诉你。我从前就猜想他对你一定有什么阴谋诡计,但我当时以为也许没有什么十分重要的事情,所以想犯不着多事,使自己的位置供无谓的牺牲。现在我不能再忍了。自从他叫我如何的对付你,我心里一直不好过,我一向实在想要帮助你,因为胆怯,竟未果行,现在我要不顾一切了。"

贞丽感激她的厚谊当然出于衷曲,用手拍着她道:"哪里可以因为我的事情累你失却你的位置呢?"但她却接着说道:"不过你现在告发了他的秘密,却有失却位置的危险,你知道吗?"

伊文思愤然说道："我已决意不干他的职务，这一层却是不打紧的，不过他为什么要那样欺骗你，这里面的理由你知道吗？"

贞丽沉吟着说道："我想我能够寻出他欺骗我的理由。"贞丽此时心里暗想第一次得邬烈佛允助的那天晚上，她就对他的友谊不无怀疑，不过因他手段高妙，所以她竟致入彀。

九十一

贞丽气冲冲的跑进邬烈佛的办公室里，责问他为什么一向那样欺骗着她。他最初表示诧异的神气，望着她几秒钟之后，对她说道："你要详悉其中情形，请你坐下来吧。"他想欺骗的一回事既被她发觉了，其实也无须他再详细的说出，因为她大概也都知道了。他本来想等到她更山穷水尽的时候，再乘机实行他的诡谋，此时更未到他可以实行诡谋的时期，但事已至此，只得赤裸裸的干它一下。

邬烈佛虽觉得实行诡谋的时期未成熟，但他引诱的手段却早已用过。在他们屡次在他的办公室里秘密聚谈的时候，他总希望有相当的机会把他对贞丽迷恋的心意告诉她，设法叫她肯听他的话。但总寻不到一个相当的机会。因为贞丽始终只愿谈商业上的事情，态度冷若冰霜，予人以不敢犯。有的时候，他因情欲炽热如火，不管她的态度冷淡严正，他仍铤而走险，作微细的小试，例如靠着她的身旁，对她做作媚眼，暗示与他的妻子真尼合不来，家庭中的不快乐，以及其他种种希望可以打动贞丽柔怀的举动。可是贞丽总是屹然不动，丝毫不给以同情的表示。她当时心里却也未即断定他动机之不纯，不过视为他自痛家庭不睦，须要友人之安慰，而她自己因营商起见，不得不赴此种秘密会议，已属不愿，更不愿以态度之亲密而使邬烈佛发生误会，以为她有意于他。而且贞丽每次和他会谈，她的全副精神都集在与她有重要关系的商业问题，邬烈佛有许多用尽心机表示诱惑的小手段，在她实完全不觉得，她此时的心理一方面只想到商业的盈亏，一方面只恐怕被丁恩所发觉。她遇着尼尔的时候，不敢多想自己的营业或许要失败，因为恐怕尼尔看见她的忧容而诘问缘由；在她自己办公的时候，也只得暂将一切置诸脑后，俾得尽心于她的职务；不过当她每次与邬烈佛秘密会谈的时候，对于营业前途的结果现出非常焦灼的样子。

她的这样焦灼的样子，邬烈佛愈觉得这笔巨款在她有极重要的关系。她虽未曾把此事的详细情形告诉他，但他已猜着此事与丁恩有关系，并猜着丁恩有挟制她的作用。他因为猜着此款在贞丽有重要的关系，所以他一直欺骗她，屡次说赚到了多少，决意到一年将了的时候，倏然对她说这个款子因忽然在交易所里失败而全数覆没，在她完全失望之后，陷入更困苦的环境中，他更易下手。不料他们的秘密会谈被丁恩所知，又弄出他的妻子真尼大兴醋波，闹得贞丽决意不要再托他代营商业，要把所余的款子取回，已觉时期过早不便下手，忽又不知怎样被她发觉一向欺骗她的秘密，大出他意料之外。但他仍不肯放手，仍决意作最后挣扎，来达到他诱惑贞丽的目的。

贞丽坐下之后，邬烈佛问道："你真的相信我在一年的时期里面能从三百元的本钱弄得十万元的巨款吗？"他这样问的时候，大有此为天下绝无之事，而早为贞丽所能预料似的。

但是贞丽心胸坦白，一点不为他的诘问所难，泰然的回答他道："请你不要忘记，我屡次表示过怀疑，但却是你自己屡次对我说一定可以办到。"

邬烈佛直对贞丽望着，继而坐下，俯身向前对她说道："我老实对你说，我要把你弄得陷入极困难的境地中，非得我的帮助便爬不起来。我为什么要这样，倒要求你原谅。我对你实在发生了狂热的恋爱。倘若真尼许我和她离婚，我一定要和你结婚。但是有个困难之点，就是当她嫁给我的时候，她宣言决不肯做离婚的妇女，昨晚她还对我说这样的话。她说如果我敢与她离婚，她便要想法使你的名誉一败涂地。"他讲完这一段话之后，略歇以事呼吸。此时贞丽双颊红晕，恼羞并集。邬烈佛竟欲何为，请俟下回分解。

九十二

邬烈佛继续对贞丽说道："我未曾在商业上为你做过一文钱的生意，这是确有的事。你非常急迫的需要那十万元的一笔巨款，是不是？你就是费了半年的工夫时间办这件事，要想在墙街（美国的金融中心）达到这个目的，绝对不可能，但是如果你真要的话，却也可以得到。我原叫你不必愁虑。我本想再过几天让你知道你所定的一年时期已过其半，而你仍在一无所得的境况中。现在你既发觉我实在未曾替你做过一文钱的生意，我所要实行的这种计划的下半节内容，现在也无须和你再说了。但是我现在却有一种建议。我想于下星期瞒着真尼（邬的夫人）到爱德郎达克斯山（译者按：此山原名 Adirondacks，为纽约州北部最美丽之山）上去，十万元是一笔巨款，这是你所知道的；无论如何，要想在一星期的时间里面弄到十万元，不能不算是一个很大的数目。但是如果你在下星期二肯和我同行，一俟我们上了火车，我就给你一张十万元的支票。"

邬烈佛说到最后几句话的时候，他说得非常之快，好像只怕贞丽要插进去打断他的话似的。但是贞丽此时已因惊诧而呆若木偶，一句话都说不出来。她对邬烈佛原有所猜疑，听他在前面讲的几句话，原疑到他居心不良，但是她决想不到他竟不觉得贞丽之看不起他的为人；她决想不到他最后竟敢对她提出这样的话。

邬烈佛看见贞丽呆着不说话，他以为贞丽未尝无意，所以还静候她的回话。不料于数秒钟之后，看见她跳起来对他大骂，使他如闻晴天霹雳，大出意料之外，慌得尽管往后退。此时贞丽痛恨切齿，简直竭尽她生平的气力来痛骂他一顿。她一面痛恨得几乎晕去，一面却想到自身的不幸，更觉痛苦得无以名状。她想目前她只有三百元的现款，此外她由自己薪水中所省下来的为数也极有限，嘉定纳律师对她说过，她的父亲遗产除抵债之外，尚可余下一二千元给她，但尚在清理中，一时还得不到手。除这区区之数外，还有什么人能帮助她呢？一面丁恩继续不断的用险毒的手段来逼她，一面邬烈佛又这样包藏祸心的来害她，大地茫茫，处身何所？她尤其觉得可虑的，是丁恩初则设法使邬烈佛的妻子真尼相信贞丽和邬有了不正当的关系，以展其毒手，如今丁恩也未尝不可用这样的恶计，设法把这样莫须有的中伤蜚语传到尼尔的耳朵里去。贞丽越想越失望，越失望越气得厉害，邬烈佛见她就要跌下的样子，赶紧跑过去把她抱着，贞丽此时筋疲力尽，难于支持，最初当然无力抵抗，邬烈佛见她并不抵抗，为之且惊且喜，不料顷刻间被她用尽气力一推，出邬烈佛之不意，竟把他推得大翻一个斤斗，邬烈佛被她这样一来，自觉面子坍足，老羞成怒，大骂你这不识抬举的东西。贞丽不再去理会他，拔脚就往门口跑，看见那扇门正在慢慢的开起来，她正在怕有什么人经过瞥见，忽见有一人进来，不是别人，却是邬的书记伊文思女士，伊文思先对邬烈佛闪了一眼，便和贞丽一同退出来，随手把门关上。

伊文思对贞丽道歉着说道:"我在外面真急得要命,不知道你在里面还是在那里发笑的,还是在那里喊哭。"贞丽忽想起邬烈佛刚才看见伊文思跑进来,又陪着她出去,一定要疑心到贞丽所知道的秘密全是她所告诉的,所以对她所问的这句话不及回答,先对她说道:"我在楼下等你,你赶紧上去把你所有的东西带下来,我和你一同乘一辆汽车到我的办公室里去。我想我在我所任事的那家轮船公司里可以替你弄得一个位置。"

伊文思笑着说道:"好!我去后就来。"

后来她们俩乘着一辆街上叫的汽车同到嘉伯勒轮船公司里去,到了之后,贞丽才把能够替她在该公司弄得一个位置的情形告诉她。

九十三

贞丽告诉伊文思说:"公司里的当局在几个星期以前本对我说可以请一位助手帮忙,但是我以为我一个人还可以对付得下,所以婉谢了他们的好意。现在我想工作一天一天的繁起来,一个人确有点干不下。"她说到这里,停着若有所思,既而接着说道:"不久他们要物色一个人代替我的位置;倘若我能尽力替你弄得这个职务,我才觉得略可答报你为我而遭的牺牲。"

伊文思现出不安的样子,对她望着好像不胜其疑虑,对贞丽说道:"我希望你不是想把你自己的位置辞掉,让我升上去,这却做不得。"

贞丽很镇静的回答道:"不,我不久要结婚了。"

伊文思听了快乐得很,她心里想贞丽所谓结婚当然是指不久将和她的艺术家未婚夫结婚。她还随口说道:"我真愉快听到这个好消息,像你这样美丽的一个女子,确须要有人卫护你。恋爱一定是人生极乐的一件事啊。"她说了末一句,叹了一口气,竟好像引起了她自己的什么心事。

贞丽听了默然未答。

在嘉伯勒公司的办公室里,贞丽让伊文思暂在她的办事室坐着等候,一面她往晤经理威尔卿君,说明她当天因有特别重要私事使她未能准时到办公室。威尔卿因她平日办事非常认真,所以特别原谅,并不谴责。她把迟到的理由说明之后,又对威尔卿说道:"我现在却带来一位很能干的女子;倘若你仍觉得我可用一助手的话,我很希望可以请她担任。"

威尔卿回答道:"好极了!"接下去他却给贞丽一个出她意外的消息,这样说道:"我还想再调一位女同事到你那里来试试看,如果你认为满意的话,不日还可以叫她代理你的事情,因为公司里想派你乘爱贞纳号轮船南行。"

他讲完之后,停了一会儿,贞丽看见他似在等候她对此事有快乐的表示。依寻常情形讲,嘉伯勒公司的职员每遇被派到爱贞纳轮船旅行,尤其是往西印度群岛,无不视为难得的旅行机会,觉得一团高兴,所以威尔卿初意以为贞丽听见这样的使命,一定也要觉得快乐的,如今见她默然不语,却觉得摸不着头脑,很怀疑的问她道:"贞丽女士,我想你是高兴去的。我们此次要派一位能干的女同事在这个轮船上代表本公司做女主人,招待乘客,使他们在途中得到周到舒服的照顾,增加他们的交际娱乐。"

贞丽很踌躇着回答道:"我一时却有难决的苦衷。在未决之前,我有好几件事情要考虑一番。但是如果你肯容我再过几天……我想要和尼尔商量商量……"

威尔卿："当然，当然。现在让我先见见你的那位新助手，看她对此职务能否胜任。"

贞丽出来引伊文思进去晤谈了一番。不久伊文思出来告诉贞丽说，经理已答应请她担任助手的职务了。

在当天办公时间将毕的当儿，贞丽心里差不多已经决定不受公司当局派她到爱贞纳轮船上担任女主人的职务。倘若她肯去，这倒是一个好机会，使她可以暂离纽约，避开丁恩一步紧一步的压迫，在她原亦未尝非计，不过她想因此不得不久离她所心爱的尼尔，又不愿承受。尤其因为丁恩十万元的挟制，在她仍一筹莫展，深恐她和尼尔聚首的时间已不多，所以和他聚首的时间在她简直一刻千金，斤斤较量。

在贞丽心里一方面虽有这样恐怖，一方面却自己责备自己，难道就这样容易的被人所屈服吗？爱贞纳轮船南行原定六星期后回国，她想在这六星期后的时间内，也许她有绝路逢生的计划可以办到。她应怎样利用这时间来救她自己，此时虽毫无把握，但若她竟离开纽约，则更无从进行，岂非绝对的要完全失败？

九十四

贞丽在轮船公司办公室里将散的时候，她差不多决意不接受公司里派她乘爱贞纳号轮船南行。她又想姑和尼尔商量看怎样，但她觉得尼尔也许赞成她作此六星期的短期旅行，因为这是一种很好的愉快的旅行机会，无论什么人都觉得是交臂失之未免可惜的。可是在贞丽因自己的困难问题未得解决，时光逝如流水，她尚欲力自挣扎，期得最后的胜利，倘贸然远离，立于无从奋斗的境域中，在她精神上势非发狂不止。她又颇想把自己难于受派的意思就告诉经理威尔卿，但因当时时间已经不早，而且知道卜兰还在经理室里和经理威尔卿商量商业上的事情，未便就进去。

卜兰是该公司乌尔达号轮船上的高级职员，此时他因为这个轮船由巴拿马及卡力比群岛[①]驶回纽约，特来和经理威尔卿有所接洽。他前几次到总公司时，贞丽曾经见过他，他们已成为好朋友，他每次航行归来时，总带些各地的土产纪念物来赠送她。

这一天贞丽明知他和经理威尔卿接洽公事之后，一定要来看她的。她想这个时候正是心绪纷乱不堪，哪有工夫和男朋友谈话呢？所以她正想把所办的事从速结束起来，务必在他与经理谈话未毕之前，先离开办公室，免他来谈话又多一番麻烦。但是这一天卜兰和经理接洽的公事大概不多，所以他们的谈话完得格外早，在贞丽以为他尚不至就出来，不料她尚不及离办公室，卜兰已笑眯眯的走进来了。他们俩原是相熟的朋友，所以彼此笑着寒暄之后，卜兰就笑着开玩笑似的问她道："我知道你又不肯答应和我一同出去聚餐谈谈？但这一次你一定要勿却我的奉请，因为我很觉得烦闷，又少知己的朋友。"

贞丽也只得勉强撑着寻常合于交际的和蔼容态，对他说道："你不但是一位航行大家，而且如此善于辞令。"

卜兰："我真觉得怪烦闷，尤其因为听见关于在海地岛我的一位老友的不佳消息，这位老朋友叫作雷益，在西印度群岛上是大名鼎鼎的人物。闲话少说，我此次顺便带了一点不值钱的小礼物送给你，请你哂纳。"他一面说着，一面拿出一串光润灿烂的颈圈放在

---

① Caribbean，今译加勒比。——编者

贞丽的办公桌上，贞丽觉得这串颈圈异常可爱，谢谢他的厚意，但是卜兰从她道谢的声音里和她的形态上看出她似另有什么别的心事。她微皱眉头，轻声自语道："雷益！这个名字我觉得很耳熟，似乎从前曾经听过的。"

卜兰得意扬扬的凑着说道："当然你必定曾经听见过，我的这位老朋友是名闻遐迩的。无论什么人，从海地岛回来的，没有不谈起他。"

贞丽："我之听见过他的名字，却不是在这个公司里。我不十分记得在何时，但我可以断定是在很早的时候就听见过的。"

卜兰："照我所知道，他在西印度群岛上经营糖业多年。我说了一大堆的话，结果恐怕还是落得个你不允和我一同出去聚餐谈谈！"这末句话是卜兰每次和贞丽晤谈结束时常说的，而贞丽每次都只对他笑着，他见贞丽无意出去，也未敢勉强，仍是很客气的道别而去。卜兰去后，贞丽便往视尼尔，一面走，一面仍想着卜兰无意中所提起的雷益，觉得这个人的名字何以这样耳熟，想来想去，总想不出曾在何处听见过，一直想到尼尔寓所的门口，才打断着念头仰首叩门。她打了好几下门，不听见里面有声音，她想也许尼尔出了门，慢慢的把门推开，踏进去看看，不料踏进去之后，听见由厨房里叫出声音来，不是尼尔的声音，却是他所用的模特儿珠莉的声音！

九十五

贞丽只见珠莉从厨房里跑出来，手上拿着一个锅子，边走边搅着锅内的白酱。当她望见贞丽的时候，漠然的说道："哦！原来是你！我却以为是尼尔来了。他每次回来的时候，总是买了许多东西回来，手上都堆得满满的，以致不能自己开门进来。"

贞丽不知不觉中蛾眉双锁，惊诧异常，然珠莉却好像未曾看见，好整以暇的说道："想你是来和我们一同吃饭吧。"说着回转身向厨房就走，走后，还侧着身回首说道："尼尔立刻就要来的。"

贞丽看见珠莉这样的态度，好像行所无事的在尼尔寓所里主持一切，简直自居于主妇的权位，惊异出于不能自已，不过因好胜心的关系，不愿意被珠莉看出她的忧心如焚，所以转瞬间即强自抑制，装做毫无所觉的样子，脱下了帽子，并且敷衍着说她听见他们在家里吃晚饭，倒很高兴，因为她觉得出去到饭馆里吃，已经厌了，有她在家里预备好晚饭，那是再好没有的了。

珠莉跑入厨房之后，怒气冲冲的把锅子向炉上一丢，把煤气管关断，心里不高兴到了极点。原来珠莉进来不过比贞丽早半个钟头，她进来的时候，看见尼尔的艺术工作室已阒无一人，于是她忽异想天开，想独自一人先把晚饭预备好，等尼尔来时吓他一下。所以立刻在厨房里工作起来。她明明知道尼尔常和贞丽同往外面去吃晚膳，不过她此次却希望把晚饭预备得齐全妥帖，也许可以劝得住尼尔不要出去，就暂在家里吃一顿。她又明明知道贞丽大概是要看尼尔的，但心里打定主意，如果贞丽到时尼尔尚未回来，她应该想出几句话把贞丽气走，不料贞丽却装做镇静与客气的态度，好像已知道她的诡计而不为所动似的，这样一来，反而把珠莉气得七窍生烟！

珠莉在厨房里固然是气得要命，而在另一房间里的贞丽却也气得不得了，她外貌虽然仍装做若无其事，一心恐怕被珠莉看出了要笑她，但她心里却难过得有如针刺，她勉强坐在小火炉旁，那火炉是珠莉刚才烧着火，预备尼尔回来享用的。贞丽懒洋洋的把头向后靠着椅背，闭着眼睛，心里七上八下的在那里瞎想。她想珠莉在这个时候何以会在这里呢？她觉得在已往尼尔总是把这个时候腾出来和她（指贞丽自己）聚会的，从不肯用于第三人的。但此次她看见珠莉那样主权在握好整以暇的态度，一定不是珠莉自己无意中来的，一定是尼尔预约珠莉此时来聚会的。她又想珠莉刚才说过"你是来和我们一同吃饭吧"，则尼尔明明告诉她说我也许要来的，他和她就这样的亲密！贞丽又想起珠莉所说尼尔每次回来买着许多东西，手上拿得满满的等语，心里更觉得难过。她平日本以为尼尔很少和珠莉一起，如今听珠莉所说的话，似乎又不免引起怀疑。最后她又想尼尔常和她自己在外同用晚膳，这是无可疑的事实，也许当他们俩在外用膳时，珠莉只一个人在这里用膳，亦未可知。但是果有这样的情形，何以尼尔从未说起？这也许是尼尔怕她要发生妒意。但在珠莉亦何必要独自一人在这里吃晚饭？以她这样善于交际的女子，决不肯过如此寂寞的生活。她想来想去，竟想不出所以然的道理来。同时她忽听见珠莉在厨房里踱来踱去的声音，不但有脚声，似乎她的嘴上还低唱着什么调儿，贞丽觉得这个女子的性情倒愉快欣悦，自愧不如，尼尔若是喜欢她，却也不无理由，因为有一个性情愉快欣悦的人常在身旁，确是人生一件幸福。

九十六

贞丽想到珠莉的性情愉快欣悦，也不无可取之处，而且对于尼尔之苦心孤诣，一往情深，亦颇动人爱怜，念及此处，对珠莉也不禁油然发生体谅之意。再想到她自己受丁恩的挟制,一时尚无术逃脱,尼尔虽屡次要求结婚,无法允许,将来为老父身后名誉计,若无术偿还丁恩的十万元巨债,也许要使尼尔失恋伤心,亦未可知。贞丽思念及此,万分惆怅,以为在此僵局之下,尼尔、珠莉和她自己三人皆感着苦痛,与其如此,不如让珠莉与尼尔能成眷属,自己宁愿牺牲;三人同苦,不如让两人快乐而只留一人痛苦。她想到这样的意境,妒意为之消除殆尽,心神反为之一爽。至于促成的方法,她想既有六星期旅行的机会,不如乘此机会应公司的派遣,附轮南行,暂离纽约,使珠莉有机会和尼尔接近,进行她的恋爱功夫。倘若尼尔果肯倾心于她,那当然没有话说;倘若尼尔的心仍是向着她自己,不为珠莉所动,则只须有法脱免丁恩的挟制,尼尔的爱仍然是她(指贞丽自己)所有的。

几分钟之后,尼尔回来了,他看见贞丽精神焕发,媚眼炯炯有神,心里怪愉快的,但听见珠莉也在,立显愠意,大有加以诘问的神气,被贞丽的笑窝软语挡住,并由贞丽表示愿意有珠莉加入共用晚膳,才把尼尔的怒意抑压下去。贞丽在表面虽如此竭力调解,而心里却悬揣不出尼尔对珠莉之来到底作何感想。她仍不明珠莉在厨房里预备晚膳是否由于尼尔的预约,如她最初所猜度。假使是他所预约的,她此时也不愿他即有所解释;假使不是他所预约的,她也不愿他当场就令珠莉有所难堪。所以无论如何,她决意以和事佬自任。

他们三位围坐一同用晚膳了。坐定之后,贞丽告以爱贞纳轮船即将南行,及公司里想派她负该轮担任女主人之职,作六星期之南方旅行,她把大概情形说完之后,欣然接着说道:"威尔卿先生选我担任女主人之职,他的好意很可感的。"她说这句话的当儿,低着眼不敢向尼尔直视,但从眼角微睨,窥见尼尔正在伸手拿着香烟,听见这句话,忽然惊得将香烟由手指上掉下了来。大家静默了几秒钟,最后才由尼尔表示很不相信的样子问道:"贞丽,你真想去吗?"

贞丽一点不迟疑的回答他道:"当然,我是想去的。"她的口气异常的坚决,接着说:"这样难得的好机会,我哪肯错过?一个冬季离开纽约,是多么愉快的事!在此过了一个夏季,已经可怕了;再过一个冰雪逼人的严冬,我是受不了的。"她说到这里,不由自主的举目向尼尔望一下,因为她深怕自己所说的话未免过分,使尼尔听着难受。但她看尼尔的神气,似乎深信贞丽的动机确是为旅行而出此的,心里如释重负,轻了许多。

在珠莉面前,尼尔不愿和贞丽有所争辩,贞丽明知他的心事,而且知道他要在珠莉离去时,陪她回家,在那时候,再和她从长计议这件事情。但是珠莉未走,他们不好意思先走,尼尔数次暗暗示意珠莉先行,而珠莉却都置之不睬,有意和贞丽一同挨着不走。后来时间不早,贞丽只得先走,尼尔在途中一开口要求贞丽不要独自远行,贞丽就婉辞拒他的要求。尼尔以时间已迟,不及多言,匆匆回寓,当时他的心境有如万马奔腾,纷乱不堪,到了寓所之后,却见珠莉仍在那里,她嬉皮笑脸的讥讽着说道:"你这可怜虫!我老早告诉你,她是过不来这样的苦生活的。"她在尼尔工作室老等着他回来后才去,原来她的存心就是要射这一支暗箭!

九十七

第二天早晨尼尔接到一封长信,他看完之后,面色苍白,在房间里踱来踱去，走个不休，地上铺着的那个地毯好像临时被人用了几个月似的。他踱着的当儿，忽而再把信抽出来看看，忽而再把信放入衣袋，忽而又再抽出来看看，那个衣袋简直失了原形。他此时的一颗心简直好像在怀疑与妒忌的轮上乱滚。

他想起前一晚珠莉对他说过的几句话："尼尔！她（指贞丽）决不肯始终如一的爱着你，她所享用惯的东西就是钱。"她想照贞丽现在的行为已证明珠莉的话并不错。她觉得南方的冬季和暖舒服，现在便打算跟着太阳到和暖的南方去。这是她从前做富翁女儿的时候所过惯的生活。现在公司里出资派她做这件事，她当然不肯推却。既而又想到刚才收到的那封长信，他想这封信的内容，也许是出于卑鄙阴险的丁恩所造的谣言，也许是足以证明贞丽确是一个诈伪的女子。他想到这里，又觉得对于贞丽很抱歉。无论如何，他急欲一见贞丽，问个明白，若一直在这样的闷葫芦里，比死还要难受！

他望望他的表，他简直每隔一分钟就望一下，因为他知道那个时候正是贞丽离开旅舍到办公处的当儿，正在途中，非等到办公时间已到，她已到了办公处，是无法打电话和她开口的。后来等到了九点零五分，他想爱钱如命的人此时总到了办公处工作罢，其实按时办公乃为美德，而他此时对贞丽疑而且恨实已到了极点，所以任何材料都只足供他这方面的效用。他自以为他自己一点儿没有错误，他觉得各种事实都证明丁恩在那封长信里所说的话并非虚构的。他又想起有一晚贞丽似乎托辞先离开他，他深信原来离开他的目的就是要偷偷摸摸溜到富而年轻的邬烈佛那里去啊！他思念及此，真觉得痛心疾首，悲愤填膺！

他拿起电话筒和贞丽通话，一听见贞丽和蔼的声音，他的怒气忽然消化了许多,所以他在电话里说的声音也还能镇定,他问道:"可否请你暂离开你的办事室,即到我的艺术工作室来走一趟?"

贞丽:"为什么?尼尔,有什么事情?"

尼尔:"你能来吗?我一定要见你。"

贞丽:"你能否告我,为什么事情要我就来看你?"

尼尔:"我有要紧的事情要和你面谈。"

不到一小时之后,贞丽来了,一见面就笑问究竟为着什么一回事,尼尔很直率的告诉她道:"所有的证据,都是和你不利的。"

贞丽:"你怎样知道的?"这个口气似乎是直认不讳了,但贞丽所以要这样,因为她知道到了这个时候,应该和盘托出,免得尼尔再感苦痛。她自己的苦痛不在乎,尼尔的苦痛她却看得异常的重要。

尼尔很失望,用责备的口吻说道:"那的确是真的了?"

贞丽:"什么是真的?"

尼尔很锐利的答道:"我想你已知道——就是关于邬烈佛的事情!"

贞丽:"你曾经收到丁恩给你的信吗?"

尼尔颇现诧异的样子。

贞丽:"大概你所收到的信,和丁恩写给邬烈佛夫人的那封信一样吧。"

尼尔弄得莫名其妙。他在事前并未曾料及贞丽猜得着他从什么地方得到此事的秘密消息,这样看来,丁恩并且把这件事写信告诉了别人。他很冷淡的说道:"你对于这件事自己也觉得羞耻吗?"

贞丽:"羞耻!除非你相信丁恩所说的话是真确的,我不知道你所谓羞耻的意义何在。"

九十八

尼尔因贞丽不承认有什么羞耻,更弄得莫名其妙,不由自主的驳道:"你不是自己承认了和邬烈佛有来往吗?"

贞丽:"我和邬烈佛有来往,确是有的,这是事实,我不能否认,但我却不能承认丁恩使真尼(邬的夫人)相信的那回事,我更不料你便因此责我和邬烈佛有何不正当的关系。"贞丽说到这里,不免火上心来,因为她原是心地清白,无妄被诬的。她接到尼尔电话的时候,原疑丁恩有了什么暗计中伤的行为,所以尼尔那样急急要和她见面,以为此事既已揭穿,只要她把实际情形加以解释便可得到尼尔的谅解,不料尼尔竟和真尼一样的疑她和邬烈佛发生了不正当的关系。她想尼尔一直疑心她既是生长于豪富之家,恐怕不能过清贫的生活,如今他就是知道她和邬烈佛只有商业上谋利的关系,对于这一点的疑心难免愈要增加,因为他并不知道贞丽之忍苦谋利,实心是要替死父偿清丁恩所要挟的一笔巨债。她想到此处,真觉得是哑子吃黄连,说不出的苦。她又平心静气的想,尼尔当然也有可以原谅之处,任何人听见他的爱人和别一男子时常聚会,尤其是在夜里密会,难免都要发生怀疑的,但丁恩有所要挟的情形,又未便立即说破,重伤他的心而致妨碍他的艺术事业,只得仍自一人忍受苦痛,且看前途如何。

贞丽虽再三声明她和邬烈佛的关系不过是因为自己的拮据,要靠他在交易所的商业上面弄点款子,尼尔不知底蕴,始终未能谅解,彼此不欢而散。

丁恩大施其暗探的工夫,知道此时尼尔对于贞丽已生芥蒂,他便竭尽生平的心力，对贞丽大献其千万分的殷勤，送花哪，送衣料哪，送款子哪，不怕东西贵，只怕她不赏脸，但贞丽却主意拿得坚定，一概原璧归赵，一件不肯收受。

贞丽在爱贞纳轮船将开行的前几天，她心境上之苦痛，有非言语所能形容者。她想来想去，觉得最大的难关还是十万元的巨债作梗，非想一个办法不可。但她的父亲身后萧条，亲友陌路，将伯谁呼？正在愁思苦虑之际，忽然想起前几天卜兰所提起的现在西印度经营糖业的雷益，似乎这个名字在她的父亲日记簿子里曾经看见过。自她的父亲逝世后，她久不忍翻阅他的日记，此时想起父亲与此人的交谊很厚，也许可以得到他一臂之助，拯出难关。她马上把那日记翻开来查阅，才知道雷益将赴西印度的海地岛经营商业时，还劝她的父亲加进二万五千元的资本，在她的父亲将逝世的前几天，日记里还提起雷益有信来，说所种糖树大有希望，如今相距时间无几，结果如好，岂不是死中求生的一条大路，思念及此，不禁手舞足蹈，好像真是死处逢生似的。但她的父亲在世时的关于欠人和人欠的款项，他的顾问律师嘉定纳应有所知，贞丽因此立打电话询问嘉定纳，不料他查了好久，回说并没有这笔二万五千元的记载，贞丽听了大为失望，此时她在心境上的喜惧情绪，大有倏忽万变之概，不过她想父亲的日记上既有此事之详细记载，而且彼此友谊素笃，也许不无希望，但是只知道雷益是在海地岛，他的详细的址仍无所知，到西印度时，就是要去访他，也很不易。继忆卜兰曾说雷益在西印度是一位名闻遐迩的人物，嘉伯勒轮船公司中人当有所知，多方询问之后，才查得他在海地岛的糖树场地址。贞丽唯一的希望，是访到了雷益，可以解决她的切身问题。

贞丽和尼尔虽前次不欢而散，但彼此仍往来如常，并未决裂，不过彼此心里都不免有了一层隔阂，彼此都有说不出的苦处。

九十九

贞丽和尼尔两人彼此心里既都不免有了一层隔阂，而又不肯明说，各有误会，各有怀疑，却彼此不知各有各的苦痛。贞丽终于在十一月的一个阴霾天气中乘着爱贞纳轮动身，尼尔于事前托辞另有要事预先离城到乡间去，所以未来送行。在尼尔也许欲借此减少苦痛，在贞丽则徒觉尼尔之情爱淡薄，故有此铁石心肠，大增其苦痛。当夜她在船上终宵未合睫，翌晨起来，面色苍白，身体疲乏，见者以为她娇养之躯不胜晚间风浪之震撼，殊不知她精神上的风浪有以致此。

在另一方面，尼尔但觉离开贞丽之后，精神恍惚，抱憾无穷，独自一人在公园里踽踽踯躅，行数英里而不知息，至深夜始没精打采的回到自己的艺术工作室里，时已筋疲力尽，往榻上一掷，沉沉的睡去。珠莉未尝不乘此机会竭力献其殷勤，无如尼尔之心不在焉，等于石投大海，毫无踪影可言。

贞丽在船上因担任了女主人的职务，忙得不得了，因为关于乘客的饮食起居交际以及一切可以使得他们在船上安乐的事情，都须由她主持，船上职员及仆役都须听她的指挥。服务的事情原是她所乐为，不过因为她自己另有一腔心事，悒悒谁语，所以好像是做了一个囚犯，关在这轮船上似的。她心里的唯一希望，就是赶紧到了海地岛，寻得她父亲的老友雷益先生，也许有死里逢生之望。希望是精神上的最有力的滋养料，她之尚能勉强自持，全靠这一点儿殷切的希望。

该轮经过好几个码头之后,途中陆续有乘客加入。有一天早晨,贞丽在甲板上的栏杆旁对洋远望,享受了好一会儿的阳光与清新空气之后,正想回到自己房里去,忽遇着一位新来的乘客,看上去是位年纪颇老而形态并甚端庄的男子,用很温和的态度与声音对贞丽说道:"贞丽女士允许我自己介绍吗?我今日早晨才上船的,我的名字叫佛兰克,听见说你是这只船上的女主人,所以冒昧开口向你请教。我承贵公司经理威尔卿先生的好意,替我弄好由古巴到海地岛的舱位……"

贞丽听见他提起海地岛,不等他说完,就脱口轻声喊着道:"海地岛!哦!你对于那个地方很熟悉吗?"

佛兰克看她那样认真殷勤的询问,颇现诧异的样子,回答她道:"我在那里住家有好几年了。"

贞丽面容立现喜色,很急切的问道:"那么你也许认得雷益先生吧?"

佛兰克:"讲到他!在西印度各岛的人大概都知道他的名字,但是我不直接认得他。我听见说他近来不大出来,总是在他所经营的植物场里,我并且听见说……"他说到这里,忽而停止,对贞丽望了一下,故意作不经心的样子问道:"他是你的一位朋友吗?"

贞丽摇着她的头:"不,不过我的父亲在多年以前就认识他。我此次极想去拜访他,你既说曾在海地岛住家,我希望你能替我介绍介绍。"

佛兰克:"这当然是我所乐意做的,不过你要去访他却用不着有什么人介绍,因为他一定很欢迎一位老友的女儿。这一层,依他平日的名誉与信用,我敢断言无疑的。不过……你既不认识他,我就随便告诉你,也不要紧的,你此次去见他,他的境遇和你父亲知道他的时候大不同了。这怪可怜的老先生近来竟大大的陷入困境!"

在佛兰克以为随意谈谈,一点儿与贞丽没有关系,哪里料到贞丽听了却焦急得好像热锅上的蚂蚁!面上原有的喜色突然转入了恐慌的神态,惊声问道:"噢!究竟他遇着了什么意外的祸难?我在纽约就听见人说起关于他的不佳消息,但不知内容究竟如何。"

一〇〇

贞丽在船上向佛兰克问起雷益在海地岛的近况,听说他近况很不幸,又不知道究竟是怎么一回事,正在诧异的当儿,佛兰克当然不知道雷益的幸不幸和她有什么相干,所以他写意得很的回答她道:"贞丽女士,我想别人不幸的事情,你殊不必多所讨论而致烦心啊。"

贞丽默然停了好一会儿,因为她此时说下去,在表面上看来,雷益的事情的确和她有什么相干?但她实在要探问明白雷益的近况究竟怎样,她的聪明的念头转了一下之后,又向佛兰克问道:"但是……你要知道,我此次既想于到了海地时去拜访他,在未与他会晤之前,对于他的近况也应该知道一些,庶几见面时易于措辞。"

佛兰克沉吟了一会,回答道:"你的话倒也不错。"他说完这句话之后,突如其来的问道:"你曾经听见人说起雷益的夫人吗?"

贞丽很诧异的重复着说:"他的夫人!"接着说道:"我从来没有听见人说起过她。我父亲的日记中没有提起过她;当我父亲在世偶尔谈起雷益先生时,也未曾提起过他的夫人。"

佛兰克："大概你的父亲也不知道有这么一回事。其实什么人在事前都不知道的，直到最近他的夫人忽然现身于海地岛，大家才知道雷益原来很受他妻子的牵累。听说他们俩在美国结婚才几个月，便大吵大闹，雷益灰心已极，简直是被她驱出美国而向外漂泊。她既恨他，肯爽快和他离异，也就一了百了，可是她有意不提出离婚的要求，使他不得另娶，借此收拾他，和他为难。在雷益方面，他又不愿由自己提出离异，于是两方对峙，竟成僵局，不得不远出国门，过漂泊生活以自遣愁怀，心里希望他的那位貌叛神离的夫人也许经过多少时候，寻得称心的人物，索性再嫁，免得再来和他烦扰。不料最近她寻到海地来，仍自称雷益夫人，赶来和他闹个不休，弄得雷益气得不堪言状，使他的精神上受极大的痛苦，简直发了痴一样。"

贞丽和佛兰克谈了一会，因为有船上职务关系，便匆匆离开，而心里仍在念念不忘的想着这件事，她想佛兰克不过说起雷益的夫人使他的精神上受无限的痛苦，也许和他商业上的经济方面并没有什么关系，贞丽此次想去见他，是要想在经济上得到他的协助，所以特别注意到这一点。她深信像雷益这样注重友谊的人，倘若他在能力上办得到，一定是不至吝惜的，这真是她所余的一线希望，但雷益在经营糖业方面的经济近况究竟如何，她仍然如在闷葫芦中，很想再去问问佛兰克，但转念一想，直率如此向他查问雷益的经济近况，似有未便；除非把她自己的实在情形告诉佛兰克，如此直率的查问不免要引起他的猜疑；倘若把自己的实情和盘托出，佛兰克是初认识的人，其为人如何，未有所悉，亦很不妥当。所以她再三思维之后，还是暂时忍耐为是，埋头干她的船上职务，等船到海地再看情形如何。

后来爱贞纳轮居然到了海地,那一天因乘客纷纷上岸的很多,贞丽既担任了女主人的职务,也特别的忙,直到乘客上岸之后,她才打算上岸去寻访雷益。佛兰克上岸得很迟。在她将要离船之前,他走过来对贞丽问道:"你要不要我奉陪去寻访雷益先生?"贞丽很老实的回答他道:"谢谢你的好意,但是我已约好船上一位女同事同去,所以不想奉扰了。"她说后伸手和佛兰克握手致谢。他才欣然告别,并说如有事需要帮忙的时候,他很愿意尽力。

贞丽和一位女同事上岸乘车前进,因为她一心在急于晤见雷益,所以途中的风景怎样,见如未见。

一〇一

贞丽和她的在船上的女同事威柏斯德女士同乘马车往植糖场去访雷益,热带天气炎热,长途仆仆,疲劳殊甚。贞丽急于晤见雷益,愈觉路途之长,愈感酷暑之热,屡问威柏斯德女士将到否。威柏斯德则屡以问车夫,后来威柏斯德觉得再过去一些就到了雷益的寓所,因为她几年前曾到过该地,所以还仿佛有点记得,但她尚不能自信,举以询问车夫。贞丽因她用该地的变音法语对车夫问,所以听不懂,不过看见车夫点头,知道目的地不远了。

几分钟之后,她们的马车就到了森林中的雷益寓所门前的甬道。这个地方在前几年布置得草青花艳,清丽动人,如今却荒芜萧条,一若无人过问者。此在未来过的贞丽固无所觉,在几年前来过的威柏斯德则不免比较前后而不胜今昔之感,叹口气对贞丽说道:"他竟随便到这个地步!我想在热带地方,独身的人总是要弄到这样凌乱的。"贞丽此时也无暇和她详细谈及雷益并不是独身的男子,在最近以前他确是有过妻子的。贞丽不过对她说这次来是有一点私事和雷益商量，进去之后请她在另一处等候着。

她们下车之后，打门打了好久，还无人应。贞丽正在着急的当儿，听见有人的脚声由远而近，把门开了一缝，伸头望着她们。威柏斯德对这个黑仆说道："把门开起来。"这个人把门打开之后，用英语问道："你要看什么人？"此时贞丽便拿出一张名片，上面写了几句话，叫这个仆役拿进去给他的主人看。

这个仆役不愿收受这张名片，对贞丽说道："主人病得很重。"贞丽很踌躇的说道："他曾有看护妇吗？或有其他可以代他负责的人，我可以向他一谈吗？"

仆役："没有，他连医生都没有，不要说什么看护妇。"

贞丽："那么我只得看他自己了。他的病不至于不能看字吗？"她问时很担忧，恐怕雷益就是看了名片上的字，也许仍不明她的来意。

仆役："他看不清楚，而且他也不见客。"

贞丽接着说道："请你把这张名片给他看看，倘若他知道了我的名字，仍不想见我，我也不勉强他。"那个黑仆听了才接过片子拖着脚蹒跚着向里走，贞丽看他走上一个光线模糊的楼梯，便不见了。贞丽同时向旁边一望，见有一室，便随口对威柏斯德说道："我上去时，请你就在这个房间里等我何如？"威柏斯德听了，从贞丽肩旁伸头也向那个小室望了一下，看见里面污浊凌乱，回答她道："倘若他肯见你的话，我还是暂在外边等一下好。"

贞丽："我想他大概肯见我。你如不愿在房间里等，拿一张椅子在天井中树荫下坐一会儿也好。"

那个黑仆去了许久尚未出来。她们两位等得很不耐烦，正在厅前不安的时候,黑仆忽而出来,笑嘻嘻的表示欢迎,对贞丽说道:"主人听见你来,他很高兴。"

威柏斯德拿了一张椅子到天井荫处去坐着等候,贞丽随着黑仆走上那个满处尘埃的楼梯,走进雷益的卧室。她觉得他的卧室的情形和屋里其他部分也差不多,并看见这个卧室里似乎临时还匆匆的略加整理,使来宾看了觉得好些。她想黑仆之久久始出,大概也是这个缘故。

贞丽不惮远途来访的这位雷益先生卧榻不能起身,但虽瘦削疲顿,当他从那张拿在手上的名片仰首观看,对老友卜斯德的女儿说话的时候,他的声音和那副眼睛却充满了热情和欢迎的意味。

贞丽进了雷益的病房十分钟之后,她所预存的希望好像永远埋葬了。她虽未直接探悉他是一个一败涂地的人,但从她所见的情形猜想起来,似乎是很显明的了。雷益知道贞丽的父亲逝世的消息,贞丽见他说起她父亲时,他面上现出很悲痛的样子。

一〇二

雷益最后对贞丽说他招待不周,非常抱歉,并说原有女仆照料家事,忽因事他去,目前只有一黑仆,一切都非由自己亲自指挥不可,卧榻多时,楼下如何,亦无所知,关于膳食等事,全由黑仆办理,但应如何准备,如何烧法,都非他指导不可。贞丽听他的口气,似乎有招待她用膳的意思,便顺口对他说道:"我今天匆匆来拜望你,即须赶回船上去,恐怕不能在这里用午膳。"雷益听后默然无语者好一会儿,看他的面容似乎很失望的神气,勉强把身体向上推,使他的头在枕上搁得高些,但因为气力过弱,推了上去又退了下来。他断断续续的很轻微的说道:"我请你叫赖斯达(黑仆名)上来,就是你不用膳,也要弄点东西吃,你在这样炎暑中来,途中一定很难受的。"

贞丽:"请你不要费心,我们过几分钟就要去的。"

雷益双目炯炯的望着贞丽,对她说道:"当赖斯达拿你的名片给我看时,我希望你能在这里住几天,下班船再回去,因为我有许多话要和我老友的女儿谈谈。"贞丽听到他这样关切老友的话,回想到她自己的慈父,不禁热泪盈眶,涌流而下,只听见雷益继续着说道:"我这里弄得乱七八糟,以致不能好好的招待你,我心中实在万分不安。倘若你在纽约动身之前给我一个电报,我一定可以设法预先布置一切,扫榻以待。"

贞丽听他这样再三致歉,不由自主的说道:"雷益先生,我不是不愿意在这里耽搁几天,和你谈谈,实在因为我……"她说到这里,忽然停止,因为她此时还未曾告诉他说过她的时间是属于轮船公司的,行动不能完全自由。雷益未等到她说下去,就猜着说道:"也不能怪你啊!这里的苦生活你哪里过得来,况且又有一个无知无识的赖斯达,更多不便。"贞丽至此不得不俯身就近轻声对他说道:"请你不要误会我,我所以要赶回轮船上去,因为我在船上担任了女主人的职务,代表公司招呼许多乘客,所以不能完全自由。"

雷益听了大为诧异,问道:"你为什么干起这样的事情来?"

贞丽想实在情形似无须对这个病人噜苏,便想出几句话哄他说道:"你不知道吗?像我这样的一班少女,现在都要出来服务社会,表示自己的能力;而且我此次乘该轮经过此地,也可以顺便来看看你。父亲在时常常谈起你,并且我知道有一次幸亏你救他的命。"

雷益听了也不多所追究，适赖斯达上来，就叫他备些冰冻红茶和糕饼，拿出来给贞丽和她的同伴吃些。贞丽告别出门之后，私询赖斯达他的主人病了几时，他说："我也不大清楚，大概总有几个星期吧。"

贞丽又问："你能劝他请一个医生来看看吗？"

赖斯达："恐怕没有医生能替他恢复他所失去的东西！"

贞丽回去的途中想念着这个黑仆临别所说的几句话，觉得雷益的确是无望的了，他自己既病得那个样子，她的问题当然不必再和他多说，多说也无用。

贞丽回到船上的第二天，因失望悲切过甚，竟发生"歇斯底里亚病"（hysteria，妇女易患的一种神经病）。当该轮将离开海地岛时，尼尔寄了一封信来，贞丽开阅时面色改变，双手颤动，但阅后更觉失望，因为这信里所说的话只是敷衍的性质，这是自从尼尔发现贞丽和邬烈佛来往之后的态度。他信里虽说希望贞丽在旅行中愉快，但在他心坎中决不愿她有此一行，此外不过告诉她一些关于他近来的工作，终无恳切真挚的话。贞丽看了没精打采的随手把信折好放开。在贞丽尤其觉得可痛的是为顾全父亲身后名誉计，现在竟似无法逃出丁恩的恶计，该轮一月间可回到纽约，她如再无法筹得十万元巨款，在三月间势须践约嫁给她心里所不愿嫁的人。

一〇三

从海地岛起程之后，继续为贞丽的伴侣者非他，失望与苦痛而已。但在船上的人只有那位船医知道她的苦楚。女主人的职务原是一件很麻烦辛苦的事情，船医为保护她的健康起见，常于众客谈话中无意的谈起她的病痛，说热带气候不宜于她的身体，阳光过烈，职务过繁……他的这样宣传，对于贞丽却大有益处，因为这样一来，船上的许多乘客对于贞丽特加原谅，可以不必来麻烦她的事情，也就不来找她。

贞丽此时的心理和以前初动身时恰恰相反。她自纽约动身未到海地的一段路程中，无时无刻不望该船行驶速率之增加，恨不得自己常能跑到蒸汽锅炉室里去，亲自把煤炭大加而特加，使轮船的进驶速率加到和她的理想一样快。自海地起程后却大不同，她一心只怕该轮驶得太快，因为她但愿永居在船，勿回纽约。她未尝不想和尼尔相见，但目击对方情爱渐冷的痛苦，反不如相离遥远，眼不看见为净。可是心理是心理，事实是事实，她要快时，轮船不见得因她一人的心理作用而真快起来；她要慢时，轮船不见得因她一人的心理作用而真慢起来。最后有一天，爱贞纳号轮船终于驶进了纽约的码头。

此时贞丽一方面觉急于要一见尼尔，好像上岸后就要向他那里奔似的，一方面却觉不愿见他，这种矛盾的心理与冲突的情绪，一时竟充满了她的胸臆。

贞丽自从纽约动身后，并未曾有只字寄给尼尔。她自信要么不写，写起来又不能淡淡的写几句问候的话，又难免要将满腔的热情宣泄出来。但是她此次忍痛乘轮暂离纽约，初意原想给珠莉以接近尼尔的机会，颇想成全他们两人的好事，未便自己再于途中作热情的书信，杳无音信可以使他仍然觉得她对他的态度是淡漠的。因为这种种理由，所以她在途中决意不写信给他。

她想起回到纽约码头时举目无亲之凄凉，又很望尼尔能来迎候。她想虽然事先没有信给他，只要他肯注意该轮何日何时到纽约，并非打探不到的事实，她想到此点，竟好像得到了一种安慰，但再转念一想，尼尔也许不见得来。

船到码头时，她身居女主人的职务，当然不能先行下船，还要在船上招呼许多即将离船的乘客。他们都忙着来和她道别，欣然表示他们在途中得到愉快生活的谢意，所以贞丽在船上忙了好一会儿，等到各乘客都下了船，她才自己准备登岸。

她冷清清的一个人没精打采的由船旁吊梯上走下去，此时码头上各人俱已散归，好像是一个被人放弃的荒凉地方，鸦雀无声，阒寂无人，所以她只管俯着头向下走，眼睛并不向前看，只觉得是孤零零一个人在这个世界上！

忽然之间有一双腕臂伸出来拥抱她，把她的头紧紧的拥在他的厚绒大衣上，一面嘴里说着迎她回来的欢欣。

自悲畸零身世的贞丽，此时心境上的愉快好像触电作用，其惊喜交集，有非身历其境者所能领会，但觉得世界上一切都没有了，所有的只是这样复与尼尔相见相倚中的伟大的无可形容的舒泰。

但是困难未经克服之前，困难终不肯退却。贞丽心境上的这种感觉，尼尔一点儿并不知道。他心里仍然爱她，但对她的近来冷淡的态度仍一肚子的狐疑，所以当贞丽推开他的拥抱对他望着说道："你的好意甚感，我事前并料想不到你会来的。"末了这句话又引起尼尔的反感，因为心里有了成见的人，几于什么不相干的话都可引起他的反感。他随即冷然说道："我知道你料想不到我会来的。但是像我这样没出息的可怜虫居然来了。"

一〇四

尼尔又现出那样不高兴的样子，贞丽淡然的问他道："你肯到我的旅舍里去走一趟吗？"尼尔赌气着回答道："我不去，我已够受用了！……但是我可以和你同乘汽车，等到这辆车经过我的工作艺术室时，我可以下来。"他说到末了几句话时，自恨未能完全置贞丽于不理，嘴里虽说着不陪她回到旅舍去，却要和她同乘汽车到自己的工作艺术室。他所以如此不彻底者，实亦出于不能自已。他起初打算来迎接贞丽时，原仍疑心她对他的爱情已淡，可是不由自主的跑来看她，仍由于不自主的舍不得她。他来到码头时，原来只想淡淡的去见她，但一见她的当儿，又不自禁的现出热烈的状态来。后听见贞丽说本不料他会来的，他又冷了半截，恨不得拔起脚来就跑，但又舍不得跑开。他拒绝陪送贞丽到旅舍去，是一种赌气的行为，颇觉自豪，但又舍不得全拒，自愿陪同乘着汽车到自己的工作艺术室为止！

　　贞丽在此时的心理也是暗自惊喜与暗自烦闷纷集而来。她暗自惊喜，因为她虽把尼尔丢在她的情敌的重围里，他居然肯来迎接，可见他的爱情确是始终未变；但是她因父债未偿，前途荆棘正多，一切不能和他明说，又觉得无限的烦闷。但无论如何，到了这个时候，无论尼尔有什么话，或有什么行为，有一点却为贞丽所深信不疑的，便是她深信尼尔是始终爱她的，不然，当他伸出双臂来拥抱她的时候，决不至于有那样热烈的表示。但此种欣悦异常的情绪，只有贞丽自己知道，在尼尔却完全不觉得，不但不觉得，他反以为贞丽对他是完全冷淡的，是完全不关心的，和她接吻时简直是做她所不愿做的事情。

　　他们俩坐在汽车里好像泥菩萨一样，彼此默无一言。贞丽心里还以为到了尼尔艺术工作室门口时，他也许要请她下车进去坐一会儿，这件事在贞丽可以算是心所希望而又是心所畏惧的。但后来到了那个地方，尼尔并未请她进去，仅仅自己走下了车，把车门随手关上，对她微微颔首，让她的车子向前驶去。此时贞丽有如万箭钻心，其精神上的痛苦，莫可名状。她为着丁恩的要挟，欲保全老父身后令名，有不得不嫁他之势。此种消息如令尼尔知道，他精神上的打击，不言可知，贞丽所以肝肠寸断，宁自饮泣吞声而不忍明告尼尔者以此。但在事实上虽未明告尼尔，而在闷葫芦中的尼尔，其所受之精神苦痛，实亦未见其减损。她于无法之中想出一个尝试的办法，即设法乘爱贞纳轮离开纽约几个月，让痴情集注于尼尔的珠莉得大显神通的机会，倘若尼尔果为所动而两人得成眷属，则贞丽自思庶不至因己身而使尼尔由失恋以致一蹶不振。但是这几个月她是白费工夫的，因为尼尔在这几个月特别感到苦痛。

贞丽到了旅舍之后，一切行李都未安置妥当，就听见有人叩她的房门，她开门之后，忽见珠莉立在门外。贞丽正在诧异而未及开口的当儿，珠莉已先自开口说道："我知道如此匆促间来看你是很冒昧的，但我所以要赶来看你，因为要在你未见着尼尔之前，我先要和你谈一谈。"

贞丽退一步把门拉开让她进来。珠莉进来之后，把帽子取下往榻上一掷，按按她的头发，把身体向那个房间里所仅有的最舒服的一张沙发上一掷坐下。珠莉之来，贞丽已猜着她一定有很重要的目的，否则她们两人处于不两立的地位，她用不着来访问贞丽的。贞丽是个很灵敏的女子，听珠莉头几句话的口气，决意不把刚才见过尼尔的事实告诉她。

珠莉坐下停了一会儿便开口说道："我知道尼尔未曾写过一信给你，告诉你一切情形。自从你动身作南方旅行之后，此间情形大变了。"珠莉此来究竟何为，且待下回分解。

一〇五

珠莉对贞丽说,自从她作南方旅行之后,一切情形都变了。贞丽故作镇静的态度说道:"我希望尼尔的艺术已成名了。"

珠莉:"他的艺术原可使他成名,倘若不是你害了他!他一天在外乱走,走到深夜才回来,好像要把路旁的水门汀①走坏了才甘心似的,所为何事?不是为着你吗?因为你不能嫁他,他现在已恨你了。"

贞丽:"这件事应该由我和尼尔两个人自己讨论,何必旁人担心!"她说时现出很冷淡的样子。

珠莉:"哼!旁人担心!老实对你说,我们已成了三角恋爱的关系。他现在决计不娶我,其实他本来无须必定要答应我的,因为这件事不是由他发动的,我当负起这个责任,不能怪他……但是他现在也同时决计不娶你了。"

贞丽听她说到末了一句话,只瞪着眼睛对她呆呆的望着,望得她红着脸,觉得难为情,因为说谎话的人难免不心虚,所以有这样的不由自主的状态流露出来。既而贞丽缓缓的对她说道:"你知道我是不能相信你的。"

珠莉:"你不相信,随你单恋罢了。"她们两人不欢而散。珠莉去了之后,随后又来了一个不速之客——丁恩。他打听贞丽已经回到纽约,因为此时距一年不能偿债即须嫁他之约仅有两个月左右,在他以为贞丽当然是他的掌中物了。他当晚一定要见贞丽,贞丽因旅舍中耳目众多,不愿在旅舍中见他,便走出旅舍,坐入丁恩的汽

---

① Cement,今译水泥。——编者

车。车子开后，便问他有什么事要谈，丁恩欣然说道："我们不应该谈谈关于结婚的筹备吗？"

贞丽的面容立刻变了苍白色，回答他道："倘若你来的目的是这样，请你立刻送我回到旅舍去。你要怎样筹备，随你的便，不过你不要忘记，我还有两个月的时间设法还你的那笔款子。"

丁恩作鸱鹞笑，接着说道："你仍在那里作梦想！我的至爱，让我先看看你的手，因为我要替你预先定制戒指啊。"

贞丽不再去理会他，没精打采的回到旅舍去。自从这一晚之后，她连夜做梦，梦见丁恩的戒指套在她的头上，由头套到肩，由肩套下去，一寸一寸的向下套，套得她的身体慢慢儿缩为乌有。她在梦中吓得发颤，由梦中惊醒时，但觉全身大汗，呼吸短促！

她夜里为梦魇所扰，白天的生活也极为无聊烦闷。尼尔自那天发生误会之后，不来看她，她于孤寂之中，有时只有伊文思女士来和她谈谈，但是她一肚子的苦楚也不愿和她多说，所以伊文思虽感觉她的精神恍惚，心事万端，究亦无从慰藉。到了最后的两个星期里面，她的父亲的顾问律师嘉定纳写信告诉她，说她父亲的遗产已清算完竣，除因破产抵债外，还有一万二千元可以留给她，已替她存入银行了。贞丽的救命符在十万巨款，区区一万余元仍无济于事，所以她知道了这个消息，丝毫不觉得什么可喜。

最后两星期的日子一天一天的好像特别迅速的过去，贞丽在那末日未到而将到之前，欲见尼尔之心更不能自制，有一天曾写一封短简去约他第二晚来旅舍一晤，但却未接得他的回音。到了第二晚，贞丽仍满腔热诚的等候他来，等到夜深，毫无影踪，终于掩泪就榻，呜咽达旦。

在末日的前一早晨，她接到一封信，拆开来一看，才知道是丁恩写来的，他说第二日他全日在家恭候，准备欢迎她光临；倘若她不愿的话，过了末日再晤面，他仍是用满腔热诚欢迎她。她看了信只有睁着眼独自一人发呆，决意将全部事实，写信直告尼尔，但转念不如让尼尔相信她是厌贫喜富的薄情女子，比知道事实的苦痛还可以减少些。

一〇六

最后一夜到了！贞丽一个人在房里只睁着眼睛坐着发怔，她简直不知人间何世，有如判决死刑的囚犯，但不料在黎明的当儿，电话铃竟大震，她没精打采的挨到电话机旁，懒洋洋的拿起电话筒向耳朵旁一搁，不听则已，一听之后，忽然使她的精神振作，注意集中，顷刻间前后判若两人！在那边打电话来的是谁？不是别人，原来是贞丽一向希望可以做她救星的雷益先生，他说就要来看她，问她可否允许他就来，贞丽连忙答应了他。

贞丽把电话筒挂上之后，脑际如狂风旋转，好像有无数问句，而一时又觉得没有话足以表现似的，因为她左思右想，猜想不出雷益之来，到底有何话说，或有何可以救她之处。说时迟，那时快，不到半小时之后，贞丽已在楼下客厅里，伏在雷益先生的胸际抽抽咽咽的哭了出来。她以无父的孤女，到了这个田地，好像全世界上只有她孤苦零丁无人过问的一个可怜虫，正在走投无路一筹莫展的危境中，忽遇着她父亲的挚友不远数万里来访，好像茫茫大海中遇着了灯塔，好像黑暗天地中遇着了一线曙光，惊喜万状，悲欢咸集，情感上之刺激，可谓达于极点，简直无异慈父当前，伤心热泪随热烈情感而涌流。

贞丽边哭边对雷益先生说道:"你不知道我看见你来心里是怎样的快活,因为我正在苦难中,需要一个救星。"说着更呜咽不已,越哭越伤心起来。幸而此时是清早,客厅里没有别人,还没有引动别人之虞,其实此时就是有别人在场,她也顾不得许多了。

雷益见贞丽如此悲伤,他还以为不过受经济压迫之苦,尚未知道于经济压迫之中,且含有强迫婚姻的内幕,一面叫她坐下来谈,一面责备自己说道:"我也不免有错,有对不住你的地方。我听见你父亲逝世的时候,我自己也正有家事问题烦扰,所以未想到对你父亲应办的事情。最初我也不知道你父亲身后萧条至此,最近才由朋友处知道你父亲过世之后,简直毫无遗留,使你一贫如洗。早知如此,我就该赶早把植糖场出售,把你父亲从前加入的股份,照股摊还,这实在是我疏忽之过,歉疚得很。"

贞丽含泪回答他道:"父亲在世时对于你所经营的植糖场有所资助,他常说不过报答你曾经救他生命的恩惠,原不望有何赢利的。"

雷益:"你的父亲虽存这样的好心,但我所经营的植糖场既有人以善价买去,你父亲既有股本加入,决没有由我独享之理。"

贞丽至此,才告诉他,说她就要被强迫嫁给一个富翁。嫁给富翁,在常人看来也许是一件可以高兴的事情,但是雷益看贞丽的悲惨音容,知道她有说不出的苦痛,这样对她说道:"请你把详细情形告诉我。我知道你心里有极苦痛的事情,未曾对我说出来。倘若只要有钱便可救你的话,我现在已将你父亲所应得的植糖场的赢利统统带来,如仍不够的话,我的款子仍可拿出来助你。假使你不愿嫁给心所不爱的富翁,而愿嫁给心中所爱的穷人,这笔款子未尝不可够你应付!"

一个女子恋爱的时候

雷益虽和贞丽的老父做好朋友，但从前贞丽年龄尚轻，他当然不知道她的志愿，所以说到这里，他心里颇怪贞丽为财富而嫁，因为不知内幕的人看来，贞丽既说将被强迫嫁给富翁，非为财富而嫁，还有别的什么不得已的理由。他心里这样想，嘴里接着说道："一对青年夫妇，有了十五万元，总还可以成立家庭而生活吧。"

贞丽起先不知道雷益所说的父亲应得的赢利到底多少，所以还有些糊涂，不知究竟雷益此来能否救她出火坑，此时听到"十五万元"云云，一时竟出乎意料之外，好像发狂似的。

一〇七

贞丽听见雷益说有十五万元，她的神经大受刺激，最初竟睁着眼睛发怔，俄顷之后，她忘其所以的向着雷益的身上罩过去，把两只手扶着他的双肩大摇，笑靥之上流着好像连串珍珠的热泪，嘴里喊着问道："真的吗？真的吗？……"

雷益看她这样发狂似的行为，被她吓了一跳。贞丽看见他这样惊愕的样子，也自觉过于忘形，颇觉有些难为情，乃勉自抑制过分的感情冲动，放手坐下，把她所经过的困苦情形，一五一十的诉给他听。告诉他的时候，有时大笑，有时痛哭，随经过的悲欢情形而不能自主的有此表现。雷益听到老友的爱女竟陷入这样可怜的境地，一面静听，一面叹息，听到悲怆处，也不禁挥几点同情的老泪。他听完之后，切齿痛恨的说道："丁恩这样贪财忘义的狗东西！他要十万元，他这样爱好金灿灿的东西，我要叫他到海地岛来，让我把十万元金子套在他的头颈上，让他索性享享金子的好处！"

贞丽艴然说道："这个方法不妥，他厚着面孔把现金拿去，我们一无证据可凭，以后也许还要受他的麻烦，我对于他是一点不能相信的。最好还是叫他到我的父亲顾问律师嘉定纳先生的事务所里去，当着证人把这笔款子还他，这样一来，他以后便不能否认了。所以我想只须写一张支票就行。"

雷益最后依她的意思办。嘉定纳律师叫人去请丁恩到他的事务所里来。同时还请了一位梅林博士来，贞丽所以要请他到场，因为她记起梅林博士是她的父亲的"听认罪的神父"（原文为confessor，系听教徒忏悔而为之向上帝求赦的神父），对于她父亲生平所为必有所知，对于她父亲和丁恩间的关系亦必知悉，故也请来参加此次赔还巨债的事情。

当丁恩亲到嘉定纳律师事务所里的时候，贞丽、雷益、梅林，及嘉定纳等都已先在。丁恩进来之后，看见这许多人，莫名其妙，很现出诧异及好奇的样子。他既而看见他们见他来后，大家面孔都铁板，毫无笑容，又颇现悚然畏惧的样子。他走近贞丽的身边，问她道："这些人来是否参加我们的婚礼？"贞丽默然不答，只伸手交给他一张十万元的支票，上面有雷益的签字，叫银行支给贞丽，更由她在票后签了字。

丁恩笑着说道："这不是开玩笑吗？"

嘉定纳和梅林两人见此情形，彼此都表示惊诧的神气。原来他们两人在事前虽看见这一张支票，但贞丽不过告诉他们说这是雷益出售植糖场后，他父亲应分得的利益，但为什么叫丁恩来，她在事前不肯作详细的说明，只不过说她的父亲欠他一笔债，她现今要如数归还他，并且说他是她父亲的仇人。做律师做证人还债原是常事，但还债的时候，两方面有这样奇异的表现，却令旁观者觉得奇怪。嘉定纳律师尤其拿出正经的面孔说道:"贞丽女士,我立于你的律师的地位,不得不反对这样神秘的行为。"

贞丽答道:"让我说明给你们听!"她说出这句话时,转着秋波向丁恩一闪,丁恩已经红了脸,但听贞丽说道:"这个人说我的父亲在私自贩酒一件事上骗他十万元,他要我嫁他,不然,他要把这件事宣布,使父亲身后损失名誉。我答应他让我在一年内设法归还,如到期不能归还,我才嫁他,希望他不要破坏我父亲的名誉。"

丁恩此时已经有点立不稳的样子,但他还强辩着说道:"还有一点你未说出,我对此事不是随口空说的,我曾经有证据给你看。我现在仍存有你父亲关于此事给我的信。我来时就猜度有什么新花样发生,所以我把这封信随身带来,并且把你自己对于此事所写的归还预约也带了来。"他说后从内袋里取出丢在桌上。

一〇八

丁恩把他所带来的贞丽父亲的信和贞丽受他要挟写给他的笔据,从内衣袋里取出,丢在桌上之后,嘉定纳律师和梅林博士同时跑过去看。梅林的手伸得快,先拿到这封信,匆匆忙忙的看着。嘉定纳则急急翻阅笔据。

梅林把那封信看了一遍,勃然震怒,随手把信掷在地上,发出好像洪钟的怒声斥道:"岂有此理!岂有此理!你居然敢把这封信来欺骗卜斯德的女儿,说她的父亲在世时骗了你的钱!你这个狗不如的东西!"他一面怒斥,一面握着他的老拳颤着举起来,要向丁恩打去的样子,丁恩好像听着晴天霹雳,吓得往后退。梅林继续着大发雷霆，声色俱厉的说道："这算是证据！你的心肝不知在哪里！当卜先生写这封信的时候，我也在场。他被你第一次骗去了一笔款子，还不知道你的诈伪，写这封信的时候，他正要作第二次的筹款来资助你。我当时就劝他不要上当，他还相信你不至骗他。你现在竟忍忘恩背义，对他身后的女儿说这是他应该偿还你的债务，要毁坏他身后的名誉！"

雷益在旁听到这里，已怒不可抑，攘臂向前要和丁恩来打一阵，幸亏被贞丽拖住他的臂膀，因为不愿他老人家劳顿。梅林仍张大着喉咙骂道："卜先生将死之前，才发觉你的诈伪行为，托词危急来骗他的钱，使他怄气，以致病愈不起，催他速逝。我当时所以不公布你的丑行者，因为卜先生上了人家的当，不愿张扬，初不料你居然以怨报德，忍心对他的女儿敲诈，把从她父亲手里骗来的钱叫她的女儿归还！"

当梅林说到这里才歇着回气的时候，嘉定纳乘机叫丁恩赶紧把那张十万元的支票交还。丁恩知道无再掩饰之余地，默然把支票交给贞丽。嘉定纳等他将支票交还之后，指挥丁恩说道："你现在还是滚出去吧。此后我倘再听见你有毁坏卜先生名誉的诡谋，我必依法收拾你！"

梅林接着宣言道："我现在就要拿点颜色给他看看，至少我要他退出各种娱乐的俱乐部，否则我要不客气的到各处宣布他的罪状。"丁恩此时如处四面楚歌之中，自想三十六着，还是走为上着，把身体向门边退。雷益还乘他临走时狠狠的切齿示威说道："这个恶棍，我非打他几个耳光不可！"丁恩到此也吓得不敢作声，一到门口，拔起脚往外逃就是了。

丁恩逃出之后，贞丽就把支票交还雷伯伯，在十分钟里匆匆忙忙的把已往情形讲给嘉定纳和梅林听,因为他们两人对于实际详情尚不甚明了。贞丽说完之后,笑嘻嘻的睨视着雷益说道:"我乘轮南游时,满心希望雷伯伯能救救我,后来看见你家里那样萧条,我以为绝望了。"雷益插着说道:"当时我病倒,家里一塌糊涂,但是我经营的植糖场却很不错。"

贞丽:"我真替你欢喜。但那十万元我目前用不着了,还是归还你吧。"

雷益:"哪有这样的道理?你的父亲既有股份在内,这当然是你应享的权利。"嘉定纳也从旁附和雷益。贞丽拉着雷益欢呼的说道:"我现在不能多在此耽搁了,我的救命恩人,随我来!"她拖雷益,要他同去见尼尔。雷益虽嘴里提出抗议,说情人会面,他不愿参加,但经不得贞丽的强拖,只得随她乘着一辆街上临时叫的汽车往尼尔的艺术工作室驶去。到了门口,贞丽附耳窃语,叫雷益先进去,限他在两分钟内把经过详情告诉尼尔,因为她此时已急不可待了。雷益进去之后,虽拼命快说,却费了三分钟,既而尼尔奔出,贞丽只觉得身在情人狂欢的紧抱中,吻得她尽量舒畅。贞丽于拥抱中问尼尔:"现在你想怎样?"尼尔喘着答道:"我想彼苍不负我们,我们同去罗马度蜜月吧。"

附录:送往迎来[*]

"《一个女子恋爱的时候》究竟要到什么'时候'才看得到她

---

[*] 载1931年6月27日《生活》周刊第6卷第27期,署名编者。

'恋爱'的结局？"这个疑问近来由读者来函询问者愈多，有的信里说："请你先把贞丽的结果告诉我吧！"好了！这篇使人焦急等候结果的长篇小说已于上期登完了。我们还打算出单行本，俟出版时，当在本刊上通告。

这篇文字的题目虽有"恋爱"两字，其实也可以当作社会小说读，因为在这里面可以看出社会情形的种种方面，有欺诈险巇的可畏境域，也有忠诚好义的可喜境域，要在处世者有卓然自立的意志，毅然果决的判断，必能避免荆棘陷阱而步入康庄大道。贞丽以一孤苦零丁的无力女子，邬烈佛诱惑于前，丁恩挟制于后，其处境不可谓不险，但是她无论所遇如何困难，仍百折不回，毫不自馁，有如执舵在手，目标在前，虽狂风怒涛，莫奈彼何，这种精神，岂以爱潮中人为限？以此精神对付事业，事业不足为；以此精神对付困难，困难不足抗。

诚然，贞丽未尝没有她的良好机会，其中尤其重要而异常得力的是雷益于千钧一发之际，好像从天下降的救星。但是机会之为物，只有最能努力者始能利用，西谚谓"天助自助者"，我请改一字，说"人助自助者"，必先努力自助，而后人助乃得加入，若自暴自弃之徒，旁人见之，只有"爱莫能助"。即就贞丽而论，倘若她无奋斗的决心与实行，老早屈服，则海地岛之行无从实现，雷益无从见面；若不能奋斗到底，虽至末日而仍在挣扎之中，则雷益赶到之日，或即丁恩已奏凯旋之时，虽有机会，何所用？机会诚若可遇而不可求，但只有最能努力者始能利用，则断然无疑，贞丽即其一例。

贞丽因疑尼尔之移爱于珠莉，一旦发觉珠莉之亦有可取，遂暂时远离以观究竟，如他们果互爱，则她宁愿退让而减轻对方的苦痛，这种自我牺牲的精神，明彻双恋的重要，我觉得都很足引人深思。关于这一点，潘公展君在《结婚指导》一书的序文里有这一段话，很可引为说明："如果所爱者初则与我彼此欣赏，继则又与他或她相互欣赏，而他们中间相互欣赏的程度超过于从前所爱者和我的相互欣赏，则只要所爱者认为这样可以保持其可爱的要素，可以身心安泰，过快乐甜蜜的生活，真正的恋爱者就该体会了这种意思，毫不犹豫的让他们成全。必如此而后恋人和别人恋爱或结婚，只要恋人认为适宜，在我不但无所谓失恋，而且看见恋人之已得其所，心地应当更加快乐。青年男女有如此高尚恋爱的心肠，必定能够时时以情感促爱的进化，我敢保其恋人必没有这个忍心见异思迁去爱第三者，三角恋爱何尝会有？就是她爱了第三者，而在我可以退让以成全恋人的快乐生活，也决不致流于消极而走入牺牲自己的歧途，那么因失恋而自杀的事情，也何尝会有？"我以为不幸遇此等事，"快乐"也许不易，"消极"大可不必。

就丁恩方面说，我以为求爱不足病，唯强求诈求则为极可耻的卑鄙行为。

以上是这长篇文字登完后，我对于"送往"方面略表鄙见的意思，但对于"迎来"怎样呢？就是这篇登完之后，还要登些什么长篇著述呢？本刊的文字多是短篇，但却想登一种长篇的东西。不过至今未曾得到有精彩的长篇著述。虽承作者投稿过几篇，都未惬意，现在仍在物色征求中。但篇幅又不能久悬，倘下期仍未有，颇想先把我所译的《甘地自述》的草稿，撮其特有精彩处刊登，姑名为《甘地自述的片段》，各篇各成首尾，无继续性，一有佳稿，随时可停。这本书译完有十四五万字，我曾于公余发愤译完了一半,近因心脏时常作痛,医生嘱须节劳,本刊事务已忙得不了,苦于无法摆脱,故此事只得暂停,将来译毕,仍当出单行本,因近来承读者来函催问者颇多,故特乘此机会附带说几句。